A DEUSA EM CHAMAS

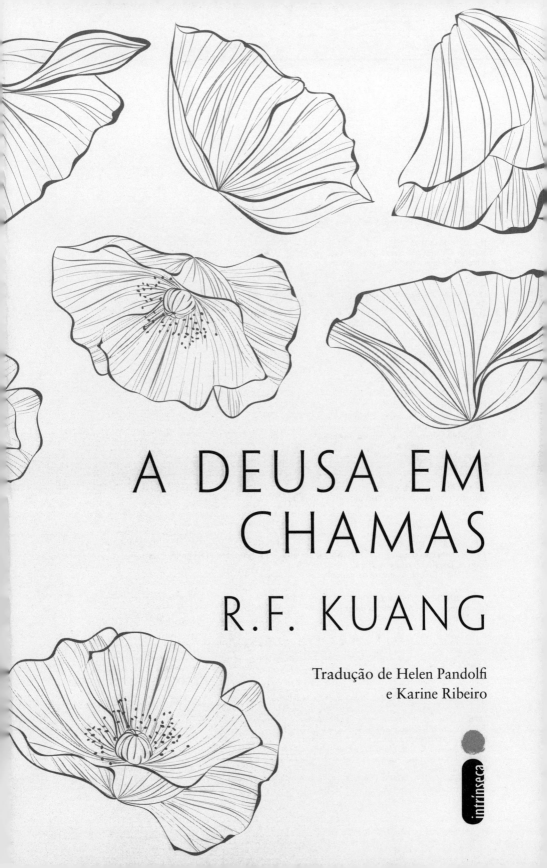

Copyright © 2020 by Rebecca Kuang

TÍTULO ORIGINAL
The Burning God

PREPARAÇÃO
Victor Almeida

REVISÃO
Ana Beatriz Omuro

LEITURA SENSÍVEL
Diana Passy

DIAGRAMAÇÃO
Ilustrarte Design e Produção Editorial

IMAGENS DE MIOLO
Sudarat Wilairat / Vecteezy (papoulas nas páginas 2, 3, 6 e nas aberturas de capítulo);
e Freepik (fumaça nas aberturas de parte)

MAPA
Eric Gunther | copyright © 2017 Springer Cartographics

ADAPTAÇÃO DO MAPA
Henrique Diniz

DESIGN DE CAPA
© HarperCollins*Publishers* Ltd 2020

ILUSTRAÇÃO DE CAPA
© JungShan

IMAGENS DE CAPA
Kasha-malasha / Shutterstock (círculo roxo na logo)
Komsan Loonprom / Shutterstock
Ohm2499 / Shutterstock (fumaça do verso)

ADAPTAÇÃO DE CAPA
Lázaro Mendes

CIP-BRASIL. CATALOGAÇÃO NA PUBLICAÇÃO
SINDICATO NACIONAL DOS EDITORES DE LIVROS, RJ

K96d

    Kuang, R. F., 1996-.
        A deusa em chamas / R. F. Kuang ; tradução Karine Ribeiro, Helen Pandolfi. - 1. ed. - Rio de Janeiro : Intrínseca, 2023.
        592 p. ; 23 cm. (A guerra da papoula ; 3)

    Tradução de: The burning god
    Sequência de: A república do dragão
    ISBN 978-65-5560-642-3

    1. Ficção chinesa. I. Ribeiro, Karine. II. Pandolfi, Helen. III. Título. IV. Série.

23-86209   CDD: 895.13
                                                CDU: 82-3(510)

Gabriela Faray Ferreira Lopes - Bibliotecária - CRB-7/6643

[2023]
Todos os direitos desta edição reservados à
EDITORA INTRÍNSECA LTDA.
Av. das Américas, 500, bloco 12, sala 303
22640-904 – Barra da Tijuca
Rio de Janeiro – RJ
Tel./Fax: (21) 3206-7400
www.intrinseca.com.br

ALERTA DE GATILHO

Este livro contém cenas de violência, tortura, estupro e consumo de drogas ilícitas.

Para meus queridos leitores,
que permaneceram com esta série até o fim
e vieram preparados com baldes para suas lágrimas

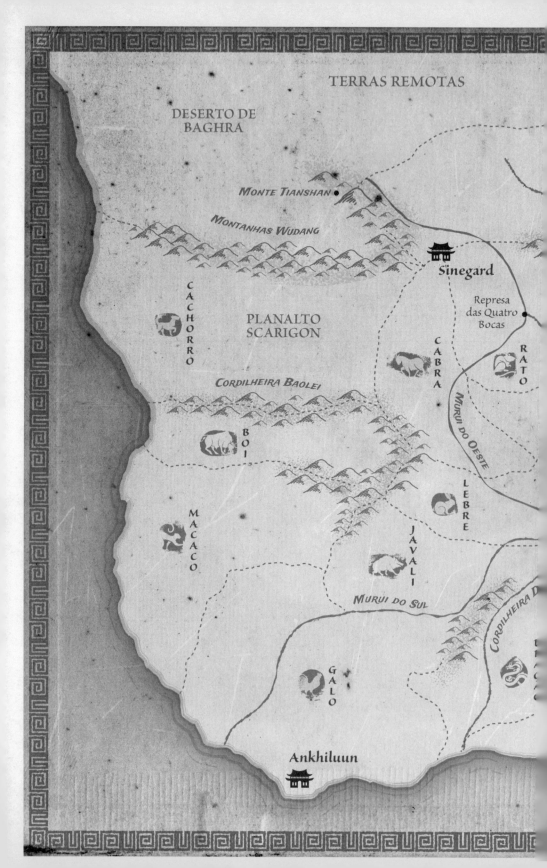

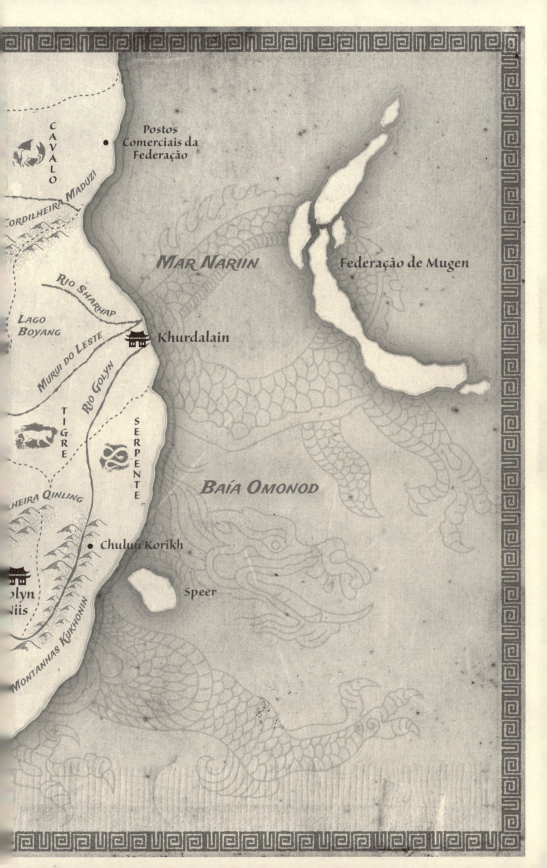

PRÓLOGO

— Não devíamos estar fazendo isso — disse Daji.

A fogueira ardia num tom sobrenatural de violeta, soltando faíscas e chiando em reprovação, como se percebesse a culpa dela. Labaredas se erguiam como mãos afoitas e logo em seguida tomavam a forma de rostos bruxuleantes que, meses depois, ainda faziam suas entranhas se retorcerem de vergonha. Ela desviou o olhar.

Mas os mortos estavam gravados em suas pálpebras quando ela fechava os olhos, as bocas ainda escancaradas de espanto diante de sua traição. Os murmúrios ecoavam em sua mente da mesma forma que ecoavam todas as noites em seus sonhos.

Assassina, diziam eles. *Ingrata. Vadia.*

O medo comprimia seu peito.

— Riga, acho que não...

— Tarde demais para arrependimentos, queridinha.

Do outro lado da fogueira, um cervo se debatia enquanto Riga o amarrava com sua costumeira eficiência brutal e impiedosa. Ele já havia posicionado três facas de serra, roubadas dos cadáveres de arqueiros ketreídes, num triângulo perfeito ao redor do fogo. Daji não havia tocado na dela. Estava assustada — o metal reluzente parecia maligno, perverso.

— Já estamos metidos nisso até o pescoço, não acha?

O cervo arqueava o pescoço, contorcendo-se na tentativa de se soltar. Riga segurou seus chifres com uma das mãos e bateu violentamente a cabeça do animal contra o chão.

As chamas cresceram e os murmúrios se intensificaram. Daji recuou.

— Estou com uma sensação ruim.

— Quando foi que você se tornou uma covarde? — provocou Riga, em tom de escárnio.

— Só estou preocupada. Tseveri disse...

— E quem dá a mínima para o que ela diz? — retrucou ele, irritado. Parecia estar na defensiva.

Daji sabia que ele também sentia vergonha. Percebia que alguma parte de Riga também desejava que eles nunca tivessem seguido aquele caminho. Mas ele nunca admitiria isso. Se admitisse, sucumbiria.

Usando um dos joelhos, Riga pressionou o pescoço do cervo contra o chão e enlaçou as patas dianteiras com um pedaço de corda. O animal abriu a boca, como se quisesse urrar, mas o único som emitido foi um ruído rouco e lúgubre.

— Tseveri sempre cagou pela boca. Profecia merda nenhuma. Não acredite nessa baboseira. Ela só falou o que a Sorqan Sira queria que a gente escutasse.

— Ela disse que isso ia nos matar — lembrou Daji.

— Não foi bem isso o que ela disse.

— Mas foi quase.

— Ah, Daji.

Riga apertou o último nó com um puxão violento, analisou seu trabalho por um instante e depois foi se sentar ao lado dela. Com uma das mãos, massageou as costas de Daji em um movimento lento e circular; a intenção era oferecer um pouco de conforto, mas parecia mais uma armadilha.

— Acha mesmo que eu deixaria alguma coisa acontecer com você? — perguntou ele.

Daji se esforçava para manter a respiração uniforme.

Faça o que ele mandar, disse para si mesma. Este era o acordo que fizera com Ziya. *Fique quieta e obedeça, ou Riga vai dar um jeito de se livrar de você*. Ela deveria se sentir grata pelo ritual. Serviria como proteção — a garantia máxima de que Riga não poderia matá-la sem matar a si mesmo, um escudo para Ziya e ela.

Ainda assim, Daji sentia muito medo. E se aquilo fosse pior do que morrer?

Então ela juntou coragem e tentou sugerir:

— Deve existir outro jeito de...

— Não existe — respondeu Riga, ríspido. — Não vamos durar muito tempo como estamos agora. A guerra tomou proporções grandes demais, nossos inimigos se multiplicaram. — Ele gesticulou com a faca em direção à floresta. — E se Ziya continuar desse jeito, não vai durar muito tempo também.

Ele não vai durar porque você o pressionou, pensou Daji, sentindo vontade de retrucar. Mas ela segurou a língua com medo de enfurecê-lo ainda mais. Com medo de sua crueldade.

Você não tem escolha. Ela se dera conta havia muito tempo de que, se quisesse continuar em segurança, teria que dar um jeito de se tornar indispensável para Riga, como uma âncora para sua vida.

— Anda logo, Ziya. — Riga levou as mãos em concha à boca para chamá-lo. — Vamos acabar logo com isso.

A floresta permaneceu em silêncio.

Riga falou mais alto.

— *Ziya*. Sei que está aí.

Talvez ele tenha fugido, pensou Daji. *Espertinho*.

Daji pensou no que Riga seria capaz de fazer se Ziya tivesse tentado escapar. Iria atrás dele, é claro, e provavelmente o alcançaria — Riga sempre fora o mais forte e o mais rápido dos três. A punição seria terrível. Mas Daji poderia segurar Riga por alguns minutos para que Ziya ganhasse tempo. Ainda que isso lhe custasse a vida, ao menos um deles seria poupado.

No entanto, segundos depois, Ziya apareceu trôpego da floresta, como se estivesse embriagado. Ele tinha o olhar desfocado e desvairado que Daji já se acostumara a ver em seu rosto. Ela sabia que isso era sinal de perigo. Devagar, pousou a mão sobre uma das facas.

Riga se levantou e se aproximou de Ziya com as mãos abertas em frente ao corpo, como um domador se aproximaria de um tigre.

— Está tudo bem?

— Se está tudo bem? — Ziya inclinou a cabeça. — O que quer dizer com isso?

Riga engoliu em seco.

— Por que não se senta conosco? — pediu Riga.

Ziya balançou a cabeça com um sorrisinho.

— Isso não tem graça — disse Riga, em tom de reprimenda. — Venha aqui, Ziya.

— Ziya? — Ziya olhou em direção ao céu. — Quem é esse?

Riga pegou a espada, e Daji ergueu sua faca. Os três haviam se preparado para aquilo com o consentimento de Ziya. Precisavam agir antes que ele abrisse o portal.

O rosto de Ziya se contorceu num sorriso sinistro.

— Brincadeirinha.

Riga relaxou.

— Vai se foder.

Daji respirou fundo, aliviada, tentando desacelerar sua frequência cardíaca.

Ziya se sentou de frente para o fogo de pernas cruzadas. Seus olhos se voltaram para o cervo amarrado em uma breve demonstração de interesse.

— Ele é bem manso, hein?

Então pegou uma das facas serrilhadas do chão e a balançou diante do cervo. A lâmina refletiu a luz do fogo. O cervo continuava imóvel, indiferente. Poderiam julgá-lo morto não fosse por sua respiração custosa e resignada.

— Daji meteu um pouco de ópio na goela dele — explicou Riga.

— Ah. — Ziya piscou para ela. — Garota esperta.

Daji queria que a droga tivesse surtido efeito antes. Queria que Riga tivesse esperado. Mas, para isso, seria preciso empatia — algo que ele não possuía.

— Vamos logo, Daji. — Riga apontou a faca para ela. — Não vamos prolongar isso.

Daji não se mexeu. Por um breve momento, pensou em correr. Seus joelhos tremiam.

Não. Não há outra saída. Se não pudesse fazer aquilo por si mesma, então que fizesse por Ziya.

Ele gostava de fazer gracinha. Jamais levara nada a sério; apenas Ziya acharia graça na ideia de enlouquecer. Mas a apreensão de Daji e de Riga era real. Ziya vinha andando na corda bamba entre a sanidade e a loucura havia meses, e era impossível saber quando ele perderia a linha de vez. Aquela era a única forma de trazê-lo de volta.

No entanto, o preço a ser pago fora alto.

— Peguem as facas — ordenou Riga.

Os dois obedeceram. O cervo estava dócil sob as lâminas, de olhos abertos e vidrados.

Riga começou a falar. Cada palavra do encantamento que haviam obtido com mentiras, torturas e assassinatos fazia com que as chamas subissem mais e mais; labaredas de três metros de altura se erguiam em direção ao céu. Ao serem proferidas por Tseveri, as palavras soavam como música. Nos lábios de Riga, como uma maldição. Daji fechou os olhos com força, tentando sufocar os gritos em sua mente.

Riga concluiu a entoação. Nada aconteceu.

Sem saber o que fazer, os três permaneceram imóveis por algum tempo, até que a gargalhada de Ziya quebrou o silêncio.

— Qual é o seu problema? — disse Riga.

— Você está falando errado — respondeu Ziya.

— Errado como?

— É o seu sotaque. Não vai dar certo com você distorcendo as palavras assim.

— Faça você, então.

Riga murmurou algo em mugenês, um xingamento que aprendera quando criança. *Fode-cabra.*

— Eu não sei como — disse Ziya.

— Sabe, sim. — Um tom malicioso surgiu na voz de Riga. — Ela ensinou a você primeiro.

Ziya se retesou.

Não faça isso, pensou Daji. *Vamos matá-lo e depois fugir.*

Ziya começou a entoação. Aos poucos, sua voz foi de um sussurro rouco para um bramido, poderoso e fluido. Dessa vez, as palavras soaram mais próximas das proferidas por Tseveri. Dessa vez, elas tinham poder.

— Agora — sussurrou Riga, e eles ergueram as facas para assassinar o último inocente do qual precisavam.

Quando tudo terminou, o vazio os arremessou de volta para seus corpos materiais com um choque semelhante a um banho de água gelada. Daji arqueou o corpo, ofegante. O ar era tão doce e ela sentia a firmeza da terra sob os pés. O mundo familiar se tornara estranho — sólido, belo e misterioso. Daji ardia por dentro, tremendo com a corrente de poder que percorria seu corpo.

Sentia-se mais viva do que nunca. Agora, tinha três almas em vez de uma; agora, estava completa; agora, ela era *maior.*

Eles ainda não haviam retornado completamente do mundo espiritual. A conexão ainda não se rompera; ela ainda tinha acesso às almas de Riga e Ziya. Os pensamentos ruidosos dos dois invadiam sua mente, e ela se esforçava para distingui-los dos próprios.

Em Ziya, ela percebia um temor nítido e puro combinado com enorme alívio. Aquilo não era o que ele queria, nada daquilo era. Ziya tinha muito medo do que poderia se tornar, mas também se sentia grato por estar livre da alternativa. Sentia-se grato pelo pacto.

Em Riga, Daji percebia um misto de alegria inebriante e ambição febril. Ele queria mais. Nem sequer prestava atenção no pânico que irradiava de Ziya; seus pensamentos estavam em outro lugar. Ele os via num campo de batalha, numa mesa de negociação, em três tronos.

Para Riga, aquele havia sido o último obstáculo. Agora os três estavam a caminho do futuro que sempre imaginara para eles.

Daji queria o mesmo. Só não sabia se conseguiria sobreviver àquilo.

Devagar, ela abriu os olhos. O sangue em suas mãos parecia preto sob a luz do luar. Embora o fogo estivesse quase extinto, a nuvem de fumaça era sufocante. Daji quase se deixou cair sobre as brasas, quase mergulhou o rosto nas cinzas para acabar com tudo.

Dedos rijos agarraram seu ombro e a puxaram de volta.

— Calma aí — disse Riga, sorridente.

Daji não conseguia sentir a mesma euforia.

Anos mais tarde, ao se torturar com as lembranças dos três naquele começo, antes de tudo dar terrivelmente errado, ela não conseguia se lembrar de como se sentira na primeira vez em que se ancoraram. Não conseguia se lembrar da sensação extasiante de poder, ou do sentimento assustador e prazeroso de ser reconhecida. Lembrava-se apenas do pesar amargo — da certeza de que, um dia, aqueles segredos roubados seriam pagos em sangue.

E havia Tseveri. O rosto deplorável da menina morta jamais deixava seus pensamentos, e ela ainda ouvia com clareza seu último alerta antes de Ziya lhe arrancar o coração do peito.

Aqui vai uma profecia para você, dissera ela.

Um morrerá.

Um governará.

E um dormirá pela eternidade.

PARTE I

CAPÍTULO 1

O punho de Rin latejava.

As manhãs de um dia de emboscada eram sempre impregnadas por uma agitação peculiar. Era como se uma carga elétrica no ar, um resíduo crepitante de uma tempestade, percorresse o corpo de Rin e de seus soldados. Ela nunca sentiu algo parecido ao lutar pela República. No começo, os soldados de Yin Vaisra mantinham uma postura impecável — eram taciturnos e calados, agiam como se estivessem ali para cumprir ordens e nada mais. Mais tarde, mostraram-se apavorados. Desesperados.

Os soldados da Coalizão do Sul, no entanto, estavam *furiosos*. E esse sentimento havia lhes dado energia para suportar semanas extenuantes de treinamento básico, além de transformá-los rapidamente em assassinos competentes, ainda que pouco antes muitos deles nunca tivessem sequer tocado numa espada.

Aquela batalha tinha uma importância pessoal para eles, e isso fazia a diferença. Não eram de Khudla, mas eram da Província do Macaco e haviam sofrido a mesma coisa sob a ocupação dos mugeneses. Desalojamentos, saques, estupros, assassinatos, execuções em massa. Centenas de massacres iguais aos de Golyn Niis tinham acontecido naquela terra e ninguém se importara, porque ninguém da República ou do Império dava a mínima para o sul.

No entanto, alguns sulistas haviam sobrevivido para vingar seus mortos, e eram esses os homens e mulheres que constituíam as tropas de Rin.

Os minutos se arrastavam e os soldados eram como cães de caça ansiosos para serem soltos de suas coleiras. O punho de Rin queimava como se estivesse em brasa, e ela sentia pontadas de dor no cotovelo.

— Pare de esfregar — repreendeu Kitay. — Vai piorar.

— Está doendo — respondeu Rin.

— Porque você fica esfregando. Tire a mão, senão isso não vai sarar nunca.

Rin passou os dedos na pele áspera e esburacada que cobria o lugar onde antes estivera sua mão direita. Ela cerrou a mandíbula, tentando resistir à vontade de coçar a pele em carne viva.

Sua mão fora amputada na noite em que chegaram ao porto de Ankhiluun. Naquela altura, depois de duas semanas em alto-mar, o membro era quase um pedaço de carne gangrenada. Apesar de todos os esforços do atendimento médico das Lírios Negros, haviam restado tantos pontos de exposição em sua pele que era um milagre a infecção não ter se alastrado. O procedimento fora breve. A médica de Moag cortou a mão de Rin, podou a carne apodrecida e costurou a pele em uma dobra limpa sobre o osso exposto.

A ferida em si havia sarado de maneira satisfatória. No entanto, depois que Rin parou de tomar láudano, seu punho se transformou numa fonte de agonia excruciante. Dores constantes a torturavam nos dedos que já não tinha. Às vezes a aflição era tamanha que Rin batia a mão contra a parede para tentar sobrepor uma dor à outra. Então se lembrava de que sua mão já não existia mais. A dor era imaginária, e Rin não sabia como abrandar algo que existia apenas em sua mente.

— Vai acabar sangrando — advertiu Kitay.

Sem perceber, Rin tinha começado a coçar outra vez. Ela aninhou o toco com a mão esquerda e o pressionou com força, tentando abrandar a coceira com a pressão de seu toque.

— Vou ficar maluca. Não é só a coceira. Ainda consigo sentir os dedos. Parece que tem mil e uma agulhas me furando, e não consigo fazer nada.

— Acho que entendo — respondeu Kitay. — Eu também sinto isso às vezes, uns tremores do nada. O que é estranho, se parar para pensar. Os dedos são meus, mas a dor é sua.

Antes da cirurgia de Rin, eles temiam que amputar a mão gangrenada pudesse inutilizar a de Kitay. Ambos desconheciam os limites do vínculo; sabiam que a morte de um significaria a morte do outro. Um sentia a dor do outro, e ferimentos em um deles se manifestavam como cicatrizes pálidas e ligeiramente visíveis na pele do outro. Mas eles não sabiam o que isso significaria para amputações.

No entanto, quando chegaram a Ankhiluun, a infecção de Rin era tão grave que a dor estava insuportável para os dois, e assim Kitay declarou em agonia que, se Rin não amputasse a mão, ele ia serrá-la por conta própria.

Para grande alívio dos dois, o braço de Kitay continuou intacto. Uma cicatriz irregular, parecida com um bracelete, surgiu em seu punho bem na altura da incisão, mas seus dedos ainda funcionavam, ainda que tivessem se tornado um pouco rígidos. De vez em quando, Rin encontrava o amigo com dificuldade para segurar uma caneta, e agora ele demorava muito mais para se vestir de manhã, mas sua mão ainda estava ali. Embora isso fosse motivo de alívio para Rin, ela não conseguia evitar um sentimento persistente de inveja.

— Consegue ver? — perguntou Rin, agitando a mão diante do rosto de Kitay. — Uma mãozinha fantasma?

— Você devia colocar um gancho aí — disse ele.

— Não vou usar um gancho idiota.

— Então uma faca. Aí talvez você voltasse a treinar.

Rin olhou para ele, irritada.

— Eu vou voltar.

— Quando? — insistiu ele. — Se continuar assim, a próxima vez em que pegar uma espada será a última.

— Não vai ser preciso...

— Talvez seja, você sabe disso. Pense bem, Rin, o que vai acontecer se...?

— Agora não — interrompeu ela, com aspereza. — Não quero falar sobre isso agora.

Ela odiava treinar com espadas. Odiava se atrapalhar fazendo coisas com a mão esquerda que a mão direita antes fazia de modo inconsciente. Depois de tanto esforço para se convencer de que não era mais impotente, as tentativas faziam com que ela se sentisse incapaz, idiota e inadequada. Na primeira vez em que segurou uma espada, uma semana depois da cirurgia, seu braço esquerdo tremeu de maneira tão debilitante que ela imediatamente jogou a arma no chão, horrorizada. Rin não suportaria se sentir dessa forma outra vez.

— Eu sei qual é o problema — disse Kitay. — Está nervosa.

— Eu não fico nervosa.

— Mentira! Você está morrendo de medo, por isso está enrolando. Está apavorada.

E tenho uma ótima razão para isso, pensou Rin.

O latejar em seu punho não era o problema, apenas um sintoma. Rin estava esperando que alguma coisa, qualquer coisa, desse errado. A localização deles podia ter vazado. Os mugeneses podiam saber que estavam chegando.

Ou eles simplesmente podiam perder.

Rin nunca tinha lidado com defesas tão boas como aquela. Os mugeneses em Khudla sabiam que as tropas de Rin se aproximavam; a guarda da cidade estava a postos havia dias. Além disso, os inimigos dela estavam propensos a temer ataques noturnos, embora a maioria das forças não ousasse executar uma operação tão complexa sem a ajuda da luz do dia. Aquela ofensiva não seria simples e proveitosa.

Mesmo assim, Rin não podia falhar.

Khudla era um teste. Ela vinha implorando ao Líder do Macaco por uma posição de liderança desde a fuga de Arlong, e tinha recebido a mesma resposta repetidas vezes: ela não poderia liderar colunas de homens em uma batalha até que tivesse experiência. Naquele dia, no entanto, ele finalmente a colocara na liderança.

Libertar Khudla era a missão de Rin e de mais ninguém. Até aquele momento ela havia lutado sozinha, uma força destruidora de fogo que a Coalizão do Sul arremessava nas batalhas como um míssil de longo alcance. Agora, no entanto, estava liderando uma brigada de centenas de homens.

Havia soldados lutando sob seu comando. Isso a assustava. E se esses mesmos soldados morressem sob seu comando também?

— Temos tudo planejado minuciosamente. A guarda muda a cada trinta minutos — disse Kitay. Eles haviam discutido aquilo uma dúzia de vezes antes, mas ele repetia a estratégia para acalmá-la. — Você vai saber o momento certo de agir quando as vozes mudarem. Se aproxime o máximo que conseguir antes do pôr do sol e ataque na hora da troca de turno. Você se lembra dos sinais?

Rin respirou fundo.

— Lembro.

— Então não precisa se preocupar.

Falar era fácil.

Os minutos se arrastaram. Rin observou o sol baixar em direção às montanhas, relutante em sua descida, como se estivesse sendo arrastado céu abaixo por uma criatura escondida no vale.

* * *

Não houve rendição formal por parte da Federação de Mugen depois que Rin conjurou a Fênix na Ilha de Speer e encerrou a Terceira Guerra da Papoula. O Imperador Ryohai e sua prole foram imediatamente transformados em estátuas de carvão soterradas por montanhas de cinzas. Ninguém da família imperial mugenesa sobreviveu para negociar a paz.

Assim sendo, não houve qualquer armistício ou tratado. Nenhum general mugenês forneceu um mapa com o paradeiro de suas tropas e tampouco entregou suas armas à liderança nikara. Em vez disso, todos os soldados da Federação que continuaram no continente passaram a representar ameaças imprevisíveis — soldados altamente qualificados vagando sem propósito ou nação. Yin Vaisra, anteriormente Líder do Dragão e recém-eleito presidente da República Nikara, poderia ter dado um fim a esse problema meses antes. Em vez disso, permitiu que os homens continuassem vagando sem rumo com o objetivo de minar os próprios aliados num plano de longo prazo para fortalecer seu domínio no decadente Império Nikara. Agora, no entanto, os pelotões formados por esses soldados haviam se organizado em diversos grupos independentes e estavam aterrorizando o sul. Para todos os efeitos, os nikaras e os mugeneses permaneciam em guerra. Ainda que sem o apoio da ilha do arco, os mugeneses tinham conseguido colonizar o sul em questão de meses, e Rin permitira isso, imersa em sua obsessão pela insurreição de Vaisra enquanto a verdadeira guerra acontecia em seu próprio lar.

Ela havia abandonado o sul uma vez. Isso não aconteceria de novo.

— Kazuo me informou que os navios continuam avançando — disse alguém em mugenês.

Era a voz de um menino, aguda e esganiçada.

— Kazuo é um babaca — respondeu alguém que estava com ele.

Rin e Kitay haviam se aproximado do acampamento mugenês e estavam agachados em meio a arbustos, ouvindo a conversa fiada dos patrulheiros que a brisa noturna carregava até eles. No entanto, o mugenês de Rin estava enferrujado depois de mais de um ano sem prática, e ela tinha que se esforçar para entender o que diziam.

— Esse idioma parece barulhinho de inseto — reclamara Nezha certa vez.

Eles ainda eram jovens bobos amontoados numa sala de aula em Sinegard e não sabiam que a guerra para a qual treinavam não era hipotética.

Rin lembrava que Nezha odiava as aulas de mugenês. Ele não conseguia compreender os cliques rápidos do idioma quando falado em sua velocidade normal, então passava as aulas zombando, fazendo os colegas de sala rirem com sons sem sentido que lhes pareciam frases reais.

— *Tic, tic, tic* — zombava ele, chirriando. — Que nem uns bichinhos.

Feito grilos, pensou Rin. Era como os mugeneses passaram a ser chamados no interior. Rin não sabia se era um insulto novo ou reciclado de muito tempo; não ficaria surpresa se fosse a segunda opção. A história era cíclica — àquela altura, Rin havia aprendido isso muito bem.

— Kazuo disse que os navios já estão chegando aos portos da Província do Tigre — disse a primeira voz, o menino. — Estão ancorando num lugar escuro, trazendo a gente de volta aos pouquinhos...

O segundo patrulheiro bufou.

— Até parece. A gente já teria ficado sabendo se fosse o caso.

Houve um breve silêncio e um farfalhar de grama. Rin percebeu que os patrulheiros estavam deitados. Talvez estivessem olhando as estrelas, o que era muito idiota da parte deles e muitíssimo irresponsável. Mas, pelas vozes, os dois pareciam muito jovens. Não eram soldados, mas crianças. Seria possível que fosse simplesmente ingenuidade?

— A lua aqui não é igual — disse o primeiro patrulheiro, nostálgico.

Rin reconheceu aquela frase. Aprendera sobre ela em Sinegard: era uma expressão mugenesa muito antiga, um aforismo derivado de uma história sobre um barqueiro apaixonado por uma mulher que morava numa estrela longínqua e que construiu uma ponte entre dois mundos para que pudessem finalmente se encontrar.

A lua aqui não é igual. Significava que ele queria voltar para casa.

Os mugeneses falavam com frequência sobre voltar para casa. Ela ouvia algo parecido sempre que espionava algum deles. Falavam sobre voltar para casa como se essa casa ainda existisse, como se a ilha do arco fosse um tipo de paraíso esplendoroso para o qual poderiam facilmente retornar se os barcos certos atracassem no porto. Falavam sobre as mães, os pais, as irmãs e os irmãos que esperavam por eles no cais, como se tivessem sido salvos por um milagre do fogo escaldante.

— É melhor ir se acostumando com esta lua — respondeu o outro patrulheiro.

Quanto mais falavam, mais jovens soavam. Rin se perguntou como seriam seus rostos; suas vozes a faziam imaginar braços e pernas compridos, bigodes ralos. Não deviam ser mais velhos do que ela. Deviam ter cerca de vinte anos, talvez menos.

Ela se lembrou de ter lutado contra um garoto de sua idade durante o cerco em Khurdalain, o que parecia ter acontecido uma eternidade antes. Ele tinha um rosto rechonchudo e mãos macias. Lembrou-se de como seus olhos se arregalaram quando ela lhe perfurou o estômago com a espada.

Ele devia ter sentido muito medo. Provavelmente estava tão assustado quanto ela.

Rin percebeu o desconforto de Kitay a seu lado.

— Eles também não querem estar aqui.

Era o que ele havia lhe dito semanas antes. Os dois estavam interrogando alguns dos prisioneiros mugeneses, e Kitay acabara sendo muito mais compreensivo com eles do que Rin gostaria.

— São só garotos — dissera seu amigo. — Parte deles é mais nova do que nós, e eles não queriam estar nesta guerra. A maioria foi arrancada das próprias casas e atirada em campos de treinamento violentos para que suas famílias não fossem para a prisão ou morressem de fome. Eles não querem matar ninguém, só querem ir para casa.

Mas a casa deles já não existia mais. Aqueles garotos não tinham para onde fugir. Se as portas da reconciliação haviam sido abertas, se alguma vez existiu a opção de repatriar combatentes inimigos e caminhar lentamente rumo a uma resolução pacífica, Rin as tinha fechado havia muito tempo.

Um grande abismo de culpa, sua amiga sempre fiel, se agitou nas profundezas de sua mente.

Rin a reprimiu.

Ela tinha se saído muito bem ao enterrar as próprias lembranças. Era a única maneira de manter sua sanidade.

Crianças também podem ser assassinas, Rin lembrou a si mesma. *Meninos podem ser monstros.*

Os limites da guerra haviam se tornado tênues demais. Todo soldado mugenês que vestia um uniforme era cúmplice, e Rin não tinha paciência para separar culpados e inocentes. A justiça speerliesa era absoluta. Sua vingança era definitiva. Ela não tinha tempo para pensar no que poderia ter acontecido se fosse diferente; havia uma pátria para libertar.

Seu punho começou a latejar outra vez. Devagar, ela respirou fundo, fechou os olhos e repassou o plano de ataque várias vezes em sua mente, tentando se acalmar.

Rin passou os dedos sobre as cicatrizes em sua barriga. Deixou-os permanecer no local onde a impressão da mão de Altan fora queimada nela como uma marca. Ela pensou nos garotos patrulheiros e os transformou em alvos.

Já matei milhões de vocês antes, pensou ela. *Para mim, isso virou rotina. Para mim, isso não é nada.*

O sol era agora um pequeno ponto carmesim, o topo quase invisível sobre os cumes das montanhas. Os patrulheiros tinham trocado de posto. Os campos, por enquanto, estavam vazios.

— Chegou a hora — murmurou Kitay.

Rin se levantou. Eles deram as mãos, olhando um para o outro.

— Ao amanhecer — disse ela.

— Ao amanhecer — concordou ele.

Kitay segurou os ombros de Rin e a beijou na testa.

Aquela era a forma como se despediam, a forma como expressavam tudo o que jamais diziam em voz alta. *Boa batalha. Nos mantenha em segurança. Amo você.*

As despedidas eram sempre mais difíceis para Kitay, que confiava a própria vida a Rin toda vez que ela colocava os pés no campo de batalha.

Rin desejava não ter essa vulnerabilidade. Se pudesse cortar a parte da própria alma que colocava Kitay em perigo — e que era colocada em perigo por Kitay —, assim o faria.

Mas saber que a vida dele também estava em jogo aprimorava sua luta. Fazia com que ficasse mais atenta, mais cautelosa; fazia com que fosse menos propensa a se arriscar e mais a atacar com agilidade e destreza quando podia. Ela já não lutava movida por fúria cega. Rin percebeu que lutava para protegê-lo, e isso mudava tudo.

Kitay acenou com a cabeça uma última vez e foi embora.

— Ele sempre fica? — perguntou a Oficial Shen.

Rin gostava dela. Shen Sainang era nativa da Província do Macaco e veterana das duas últimas Guerras da Papoula. Era uma oficial ríspida, eficiente e pragmática. Desprezava a política partidária, o que talvez explicasse o fato de ter sido uma das poucas pessoas a se oferecer para acompanhar Rin em sua primeira batalha como comandante, gesto pelo qual Rin se sentia grata.

Mas Shen era muito observadora e sempre fazia perguntas demais.

— Kitay não luta — respondeu Rin.

— Por que não? — perguntou Shen. — Ele estudou em Sinegard, não?

Porque Kitay era a única conexão de Rin com os céus. Porque ele tinha que estar num lugar seguro e silencioso para que sua mente pudesse funcionar como um canal entre a Fênix e ela. Porque, se Kitay estivesse exposto e vulnerável, as chances de Rin morrer dobravam.

Aquele era o grande segredo de Rin. Se o Líder do Macaco descobrisse que Kitay era sua âncora, saberia a única maneira de matá-la. E Rin não confiava o bastante nele ou na Coalizão do Sul para deixá-los saber disso.

— Ele estudou estratégia em Sinegard — disse Rin. — Não é soldado de infantaria.

A oficial não pareceu convencida.

— Mas maneja a espada como se fosse.

— Sim, mas a mente dele é mais valiosa do que a espada — disse Rin, concisa, encerrando o assunto. Ela acenou com a cabeça na direção de Khudla. — Chegou a hora.

Ela sentia a adrenalina correndo nas veias e o coração pulsando nos ouvidos como numa contagem regressiva para a carnificina. Cobrindo o perímetro do vilarejo, oito pares de olhos seguiam Rin — oito líderes de esquadrão aguardavam em suas respectivas posições, atentos ao fogo.

Então Rin finalmente avistou uma fila de soldados mugeneses em movimento. Lá estava, a troca de turno da patrulha.

Ela levantou a mão esquerda e deu o sinal — uma fita de fogo que se ergueu três metros em direção ao céu e se dissipou logo em seguida.

Os campos se agitaram. Os soldados vinham das frentes norte e leste, vertendo de seus esconderijos nas margens dos rios, em barrancos e bosques como formigas abandonando um formigueiro. Rin assistia à cena com satisfação. De que importava que estivessem em menor número do que a defesa? Os mugeneses seriam pegos completamente desprevenidos.

Rin ouviu uma sequência de assobios, indicação clara de que os esquadrões haviam se posicionado com sucesso. As tropas da Oficial Shen ficaram com o leste. O Oficial Lin levou suas tropas para o norte.

Sozinha, Rin atacou pelo sul.

Os mugeneses estavam despreparados. A maioria dormia ou se preparava para dormir. Cambaleantes, abandonaram suas tendas e barracas, esfregando os olhos. Rin quase achou graça das expressões de horror em seus rostos quando se depararam com o que estava deixando o ar noturno tão quente.

Rin ergueu os braços. Asas ardentes de três metros de altura surgiram em seus ombros.

Certa vez Kitay a acusou de ser exibicionista demais e sacrificar a eficiência em prol de atenção.

Mas qual era o problema? Não havia razão para ser discreta quando todos já sabiam o que ela era. Além do mais, Rin queria aquela cena gravada em suas mentes, a última coisa que veriam antes de morrer — uma speerliesa e sua deusa.

Diante dela, homens corriam de um lado para o outro como galinhas assustadas. Um ou dois chegaram a tentar atingi-la com espadas, mas o pânico fez com que suas miras fossem desastrosas. Rin avançou, a mão estendida, a vista tomada pelo fogo.

Então os gritos começaram, e o êxtase tomou conta de Rin.

Ela havia passado tempo demais odiando a sensação de queimar, odiando seu fogo e sua deusa, mas isso era passado. Agora Rin admitia para si mesma que gostava daquilo, que gostava de permitir que seus instintos mais básicos se apoderassem dela. Ela sentia prazer naquilo.

Não tinha mais que se esforçar para evocar a fúria. Precisava apenas se lembrar dos cadáveres em Golyn Niis. Dos cadáveres no laboratório de pesquisa. De Altan queimando no cais, um fim trágico para a vida trágica que haviam dado a ele.

O ódio era algo muito peculiar. Corroía suas entranhas como ácido, tensionava todos os músculos em seu corpo, fervia seu sangue a ponto de fazê-la pensar que a cabeça se partiria ao meio. Ainda assim, motivava tudo o que ela fazia. De certa forma, o ódio era como o fogo e, quando não se tinha nada além dele, também servia como fonte de calor.

No passado, ela usara o fogo como um instrumento vazio, permitindo que a Fênix a controlasse como se Rin fosse a arma, e não o contrário. No passado, agira apenas como o canal para uma torrente de fogo divino. Mas esse tipo de explosão desenfreada só era útil quando se buscava um genocídio. Empreitadas de libertação exigiam precisão.

Rin passara semanas praticando com Kitay para aprimorar a evocação do fogo. Aprendera a criar as chamas em formato de espada, a transformá-las em tentáculos e agitá-las como um chicote, a moldá-las na forma de entidades animadas e realistas — leões, tigres, fênices.

Também aprendera muitas maneiras de matar usando o fogo. Mirar nos olhos era o que mais gostava de fazer. Transformar membros em cinzas demorava demais. Surpreendentemente, o corpo humano conseguia tolerar o contato com o fogo por um tempo razoável, e Rin preferia que suas batalhas terminassem depressa. Na verdade, o rosto como um todo era um excelente alvo — o cabelo era facilmente incendiável e feridas leves na cabeça afetavam os combatentes mais do que outros ferimentos da mesma magnitude. Quando mirava nos olhos, porém, Rin queimava retinas, derretia pálpebras e chamuscava a pele ao redor, o que cegava seus oponentes em questão de segundos.

Rin notou que algo se movia furtivamente à sua direita. Alguém estava prestes a atacá-la.

Que audácia, zombou a Fênix.

Meio segundo antes de o homem alcançá-la, Rin abriu a mão e posicionou a palma virada para o rosto do inimigo.

Os olhos dele estouraram um depois do outro, fazendo escorrer um fluido viscoso por suas bochechas. Quando o homem abriu a boca para gritar, Rin o fez engolir uma torrente de chamas.

Aquilo tudo só era nefasto se Rin enxergasse seus oponentes como seres humanos, mas ela não os enxergava dessa maneira. Aprendera em Sinegard e também com Altan a separar as coisas, a se distanciar da situação. *Aprenda a ver um pedaço de carne, não um homem. Não há alma. O corpo é simplesmente um conjunto de alvos implorando para serem atingidos.*

— Sabe de onde os mugeneses vêm? — perguntara Altan certa vez. — Sabe qual é a raça deles?

Eles estavam navegando pelo Murui em direção a Khurdalain. A Terceira Guerra da Papoula estava no início e Rin tinha acabado de sair de Sinegard. Imatura e ingênua, não passava de uma estudante tentando assimilar o fato de que se tornara um soldado. Altan passara a ser seu comandante, e ela se agarrava a cada uma de suas palavras, tão deslumbrada por ele que mal conseguia formular uma frase.

Rin percebeu que Altan esperava uma resposta, então disse a primeira coisa que lhe veio à mente:

— Eles... hum... têm algum parentesco com a gente?

— Sabe como isso começou?

Rin poderia ter respondido com o que aprendera em Sinegard: migração induzida por secas ou enchentes, aristocracia exilada, guerra de clãs desde a época do Imperador Vermelho. Ninguém sabia dizer com certeza. Havia muitas teorias, e todas eram igualmente plausíveis. Mas ela teve a impressão de que Altan não estava interessado em ouvi-las, não de verdade, então balançou a cabeça e não disse nada.

Ela estava certa. Altan queria contar uma história.

— Antigamente, há muito tempo, o Imperador Vermelho tinha um animal de estimação — contou ele. — Era uma coisa selvagem, um macaco muito inteligente que achou nas montanhas. O desgraçado era muito feio e muito violento. Conhece essa história?

— Não — sussurrou Rin. — Continue.

— Ele ficava numa jaula no palácio do Imperador Vermelho — prosseguiu Altan. — De vez em quando, o Imperador o exibia para seus convidados. Eles gostavam de ver o macaco matar coisas. Soltavam porcos ou galinhas dentro da gaiola para assistir enquanto o macaco os estraçalhava. Deviam se divertir muito. Até que um dia o animal escapou da jaula, matou um sacerdote com as próprias mãos, raptou a filha do Imperador Vermelho e fugiu de volta para as montanhas.

— Não sabia que o Imperador Vermelho tinha uma filha — disse Rin.

Por alguma razão, aquele foi o detalhe mais marcante para ela. A história só falava dos príncipes, os filhos do Imperador Vermelho.

— Ninguém sabe. Ele a retirou dos registros depois do que aconteceu. Ela ficou grávida do animal e não conseguiu encontrar uma forma de expelir o feto por estar aprisionada, então deu à luz uma ninhada de meio--homens e os criou nas montanhas. Depois de alguns anos, o Imperador Vermelho enviou generais para escorraçá-los do Império, e eles fugiram para a ilha do arco.

Rin nunca tinha ouvido aquela versão da história, mas fazia sentido. Os nikaras gostavam de comparar os mugeneses a macacos, chamando--os de meio-homens, baixinhos e pequenos. Entretanto, quando Rin finalmente viu soldados da Federação com os próprios olhos, não conseguiu enxergar grandes diferenças entre eles e os aldeões nikaras.

Altan pausou a história e se pôs a observá-la, esperando que ela dissesse algo.

No entanto, Rin tinha apenas uma pergunta, que não queria fazer porque sabia que Altan não teria uma resposta.

Se não passavam de animais, como nos mataram?

Quem decidia quem era humano e quem não era? Os nikaras também viam os speerlieses como animais e por isso os escravizaram por séculos. O inimigo não era humano — até aí, tudo bem. Se eram animais, então eram inferiores. No entanto, se os mugeneses eram de fato inferiores, como acabaram vencendo? Isso significava que era preciso ser uma criatura selvagem para sobreviver naquele mundo?

Talvez nenhum deles fosse, não de verdade. Talvez isso tivesse sido exatamente o que possibilitou a carnificina. Quando se ignora a humanidade de alguém, é fácil matá-lo. Em Sinegard, o Mestre de Estratégia Irjah havia ensinado que, no calor da batalha, deviam enxergar os adversários como objetos, como partes abstratas e díspares, e não como um todo, porque assim seria mais fácil enterrar uma espada em seus peitos. Mas também era possível que, se olhasse para alguém não como um objeto, mas como um animal, você não apenas pudesse cometer o assassinato sem pestanejar, como também sentir certo prazer ao fazer isso. Dessa forma, a sensação era tão boa quanto a de chutar um formigueiro.

— Bando de macacos estupradores de gente. Criaturas impuras. Animais. Aberrações selvagens. — Altan proferiu as últimas palavras com um contentamento amargo, e Rin pensou que talvez fosse porque aquelas eram as mesmas palavras que tantas outras pessoas já haviam usado para se referir a ele. — Essa é a história dos mugeneses.

Rin abriu caminho pelo acampamento em questão de minutos. Os mugeneses não apresentaram quase nenhuma resistência; os soldados que ela enfrentara em Sinegard e Khurdalain eram bem treinados e bem armados, munidos de espadas afiadas e um suprimento infinito de armas químicas que atiravam conta os civis a torto e a direito. Os soldados de agora, no entanto, corriam em vez de lutar e morriam com facilidade espantosa.

Tudo estava fácil demais, tão fácil que Rin desacelerou. Ela sentiu vontade de saborear seu poder. *Já fui vítima de vocês, já gritei implorando por piedade. Agora vocês vão se encolher diante de mim.*

Ela não devia ter desacelerado.

Porque, assim que o fez, notou como estavam despreparados. Como não se pareciam nem um pouco com soldados. Como eram jovens.

O garoto diante dela segurava uma espada, mas não a usava. Ele sequer tentava reagir, apenas recuava com os braços levantados, implorando por misericórdia.

— Não, por favor — dizia ele.

Podia muito bem ser o patrulheiro que haviam ouvido antes; ele tinha a mesma voz trêmula e esganiçada.

— *Por favor.*

Rin pausou apenas porque percebeu que ele falava em nikara.

Ela olhou para o garoto por um instante. Seria ele nikara? Talvez um prisioneiro de guerra? Não usava o uniforme mugenês. Podia ser um inocente...

— Por favor — repetiu ele. — Não...

Mas seu sotaque o denunciou. Era travado demais. Afinal, o garoto não era nikara. Era apenas um soldado mugenês espertinho que tentava enganá-la para não ser morto.

— Queime — disse Rin.

O garoto desabou. Rin viu sua boca escancarada, viu seu rosto se retorcer num grito sinistro e depois escurecer e tostar, mas não deu a mínima.

No final das contas, era muito fácil sufocar seu coração. Não importava que parecessem crianças, que não tivessem nada em comum com os monstros que conhecera no passado. Naquela guerra de totalidade racial, nada daquilo importava. Eram mugeneses, e isso significava que não passavam de insetos e que não fariam a menor falta para o mundo quando Rin os esmagasse.

Certa vez, Altan fizera Rin assistir enquanto ele queimava um esquilo vivo.

Capturara o animal para o café da manhã usando uma armadilha simples com rede, de modo que o animal ainda estava vivo e se debatendo quando Altan o pegou na árvore. No entanto, em vez de simplesmente quebrar o pescoço do esquilo, ele decidiu ensinar uma coisa a Rin.

— Você entende como o fogo mata uma pessoa? — perguntou.

Rin negou com a cabeça, então Altan conjurou uma chama na palma da mão, sob o olhar encantado da garota.

Altan tinha um controle impressionante sobre o fogo. Era como se manipulasse um fantoche, moldando com facilidade as chamas que tomavam formas belíssimas: um pássaro em pleno voo, um dragão e uma figura humana, todas dançando dentro da gaiola formada por seus dedos, até ele fechar as mãos.

Fascinada, Rin observava as mãos de Altan se agitando no ar. A pergunta a pegou de surpresa e, quando Rin falou, suas palavras foram atrapalhadas e bobas.

— Com o calor? Quer dizer... hum...

Ele sorriu.

— O fogo é uma maneira muito ineficaz de matar alguém. Sabia que o momento da morte é, na verdade, bastante indolor? O fogo suga todo o ar respirável e a pessoa asfixia até morrer.

Rin ficou confusa.

— Não é esse o objetivo?

— Por que seria? Se quiser matar alguém depressa, use uma espada. Ou um arco. — Altan brincava com um filete de fogo, fazendo-o dançar entre seus dedos. — Os speerlieses só entram numa batalha se o propósito for causar terror. Fazemos nossas vítimas sofrerem antes de morrerem, fazemos com que elas queimem devagar.

Ele apertou o esquilo. O pequeno animal não conseguia gritar, mas Rin imaginava que, se pudesse, emitiria guinchos agudos e estridentes que correspondiam ao debater de suas patas.

— Preste atenção na pele — disse Altan.

Uma vez queimada a pelagem, Rin viu a pele cor-de-rosa por baixo, borbulhando, estalando, enrijecendo até ficar preta.

— Primeiro, a pele se enche de bolhas, depois começa a perder a cor. Veja, está escurecendo. Quando a pele fica preta, é um ponto sem volta.

Altan estendeu a mão, oferecendo o esquilo a Rin.

— Está com fome?

Rin olhou para os pequenos olhos negros do esquilo, arregalados e sem vida, e sentiu o estômago revirar. Ela não sabia dizer o que era pior: a forma como o animal se contorcera enquanto era queimado vivo ou o fato de sua carne torrada cheirar tão bem.

Quando Rin terminou do lado sul, o resto de seus soldados já havia encurralado os últimos mugeneses no distrito leste de Khudla. Quando se aproximou, eles abriram caminho para que ela passasse.

— Você demorou — comentou a Oficial Shen.

— Acabei me distraindo — disse Rin. — Estava divertido demais.

— O quartel ao sul...?

— Feito. — Rin esfregou os dedos e limpou o sangue seco que estava em sua pele. — Por que não estamos atacando?

— Eles estão mantendo reféns dentro do templo — explicou Shen.

Muito inteligente. Rin analisou a estrutura do lugar. Era um dos melhores templos de vilarejo que via em muito tempo, feito de pedra, não de madeira, o que significava que não pegaria fogo com facilidade. Além disso, lá dentro, a artilharia mugenesa tinha pontos de visão privilegiados nos andares superiores.

— Querem nos espantar com tiros — declarou Shen.

Quase como uma comprovação do que ela havia acabado de dizer, um rojão assobiou por cima de suas cabeças e explodiu contra uma árvore a dez passos de onde as duas estavam abaixadas.

— Então vamos invadir — sugeriu Rin.

— Não sabemos se eles têm gás.

— Se tivessem, já teriam usado.

— Não exatamente. Pode ser que eles só estejam esperando você chegar — observou Shen.

Fazia sentido.

— Então vamos incendiá-los.

— Não conseguimos infiltrar as paredes de pedra...

— *Vocês* não conseguem.

Rin agitou os dedos no ar, e um dragão de fogo se levantou na palma de sua mão. Ela analisava o templo, raciocinando. A estrutura estava a uma distância confortável, completamente dentro de seu alcance, um raio de cerca de quarenta e cinco metros. Rin só precisava de uma janela por onde pudesse passar as chamas. Uma vez lá dentro, o fogo encontraria muitas coisas para queimar.

— Quantos reféns lá dentro? — perguntou Rin.

— Isso faz diferença? — perguntou Shen.

— Para mim, faz.

Depois de uma longa pausa, Shen respondeu com um gesto de cabeça.

— Cinco, talvez seis. Não mais do que oito.

— São pessoas importantes?

Mulheres e crianças poderiam morrer sem grandes problemas. A liderança local, não.

— Até onde sabemos, não. O pessoal de Souji está do outro lado da cidade. E ele não tem família.

Rin ponderou suas opções mais uma vez.

Ela poderia ordenar que suas tropas invadissem o templo, mas com isso sofreriam perdas, principalmente se os mugeneses tivessem latas de gás. O Exército do Sul já estava bastante reduzido; não podiam perder mais ninguém.

Sua margem de vitória também era importante. Aquela era sua chance. Se retornasse não apenas com uma vitória, mas também tendo sofrido perdas mínimas, o Líder do Macaco lhe daria um exército. A decisão, então, era clara: Rin não retornaria com apenas metade de seus soldados.

— Quem mais sabe dos reféns? — perguntou ela a Shen.

— Só os homens que estão aqui.

— E os aldeões?

— Já evacuamos todos os que conseguimos encontrar — respondeu a oficial, como quem dizia, nas entrelinhas: *Ninguém vai ficar sabendo.*

Rin acenou com a cabeça.

— Tire seus homens daqui. Fiquem pelo menos a uns cem passos de distância. Não quero que inalem fumaça.

Shen empalideceu.

— General...

Rin levantou a voz.

— É uma ordem.

Shen assentiu e saiu em disparada. Os soldados desapareceram em segundos, e Rin ficou sozinha no pátio, massageando a palma da mão.

Consegue sentir isso, Kitay? Consegue sentir o que estou fazendo?

Não havia tempo para hesitar. Ela tinha que colocar o plano em ação antes que os mugeneses resolvessem sair para descobrir a razão de tanto silêncio.

Rin virou a palma da mão para cima, e o fogo surgiu. Ela concentrou o núcleo da chama nas fechaduras das portas do templo, e o metal começou a se retorcer, dobrando-se num formato impossível de ser quebrado.

Naquele momento os mugeneses perceberam o que estava acontecendo, porque alguém lá dentro começou a gritar.

Rin intensificou o calor do fogo, deixando que as labaredas emitissem um estrondo alto o bastante para abafar os gritos. Mesmo assim, ainda era possível ouvi-los. Era um guincho de dor, talvez de uma mulher, talvez de uma criança. Quase parecia ser de um bebê. Mas aquilo não significava nada — Rin sabia quão esganiçado podia ser o grito de um homem adulto.

Ela acentuou a violência da chama, fazendo com que o rugido do fogo a impossibilitasse de pensar, mas o grito atravessava a parede ardente e continuava chegando.

Rin fechou os olhos com força. Ela se imaginou mergulhando no calor da Fênix, no vórtex distante onde nada mais importava além de sua fúria. E assim, aos poucos, o lamento sumiu.

Queimem, dizia ela mentalmente. *Calem a boca e queimem.*

CAPÍTULO 2

— Bom trabalho — parabenizou Kitay.

Rin jogou os braços ao redor dele e o apertou contra o corpo, deixando-se ficar nessa posição por um bom tempo. Já deveria ter se acostumado aos breves momentos em que ficava longe do amigo, mas deixá-lo se tornava cada vez mais difícil.

Tentava se convencer de que não era apenas porque Kitay era a única fonte de seu poder, que aquela não era apenas uma preocupação egoísta baseada no fato de que ela passaria a ser inútil se alguma coisa acontecesse com Kitay.

Não. Rin também sentia o peso da responsabilidade por ele. Ou o peso da culpa. A mente de Kitay se esticava como uma corda entre Rin e a Fênix, e ele sentia *tudo*, desde a raiva até o rancor e a vergonha. Ele a protegia da loucura e, em troca, Rin o submetia à loucura. Jamais haveria algo que ela pudesse fazer para pagar aquela dívida.

— Você está tremendo — disse Rin.

— Estou bem — respondeu Kitay. — Não é nada.

— Mentira.

Mesmo à luz fraca do amanhecer, Rin podia notar que as pernas de Kitay estavam bambas. Ele estava longe de estar bem: mal conseguia ficar de pé. Sempre que ela retornava de uma batalha e via o que tinha feito com o amigo, seu rosto abatido e pálido, os dois tinham a mesma discussão. Rin sabia que aquilo era uma espécie de tortura para ele, mas Kitay sempre negava isso.

Rin limitaria o uso do fogo se Kitay pedisse. Mas ele nunca pedia.

— Vou ficar bem — afirmou o garoto, gentilmente. Depois apontou para alguma coisa atrás de Rin. — E você está chamando um pouco de atenção.

Rin se virou e viu os sobreviventes de Khudla.

Aquilo acontecia com certa frequência, então ela já sabia o que esperar.

Eles se aproximavam hesitantes, sempre em pequenos grupos. Cochichavam entre si, curiosos, e apontavam, amedrontados. Depois, quando percebiam que o novo exército não era mugenês e sim nikara, que não era o Exército, mas algo completamente novo, e que os soldados de Rin não estavam ali para substituir seus opressores, acabavam criando coragem.

Ela é a speerliesa?, perguntavam eles. *Você é a speerliesa?*

Você é uma de nós?

Então os cochichos se tornavam mais altos e a multidão aumentava, rodeando Rin. Eles diziam seu nome, falavam sobre sua raça, sobre sua deusa. As histórias sobre Rin já tinham chegado até aquele lugar; ela conseguia ouvir os sussurros em meio à turba.

Eles se aproximaram para encostar nela.

O peito de Rin se comprimiu. Seus batimentos cardíacos aceleraram, e ela teve a impressão de que algo obstruía sua garganta.

Kitay segurou o braço dela com firmeza. O garoto não precisava perguntar o que havia de errado. Já sabia.

— Você está...? — começou ele.

— Está tudo bem — murmurou Rin. — Estou bem.

Aquelas não eram mãos inimigas. Ela não estava em perigo e sabia disso, mas seu corpo, não. Rin respirou fundo e se recompôs; tinha que desempenhar seu papel. Naquele momento, precisava agir não como a menina assustada que um dia fora, ou como a soldada tomada pela exaustão, mas como a líder da qual aquelas pessoas precisavam.

— Vocês estão livres — anunciou Rin. Sua voz falhou devido à exaustão. Ela pigarreou. — Podem ir.

Ao perceber que a garota falava a mesma língua que eles, a multidão ficou em silêncio. O que ouviam não era o nikara agressivo do norte, mas o dialeto lento e arrastado do sul.

Ainda a encaravam com um misto de medo e fascinação, mas ela sabia que aquele era o tipo de medo que se transformaria em afeto.

Rin ergueu a voz e falou, dessa vez com a voz firme:

— Avisem suas famílias que vocês foram salvos. Digam que os mugeneses não vão mais incomodá-los. E, se perguntarem quem libertou vocês, digam que a Coalizão do Sul está cruzando o Império com a Fênix. Digam que vamos tomar nosso lar de volta.

* * *

Quando o sol surgiu no horizonte, Rin iniciou a libertação de Khudla.

Comunicar aos aldeões agradecidos que seus antigos ocupantes tinham sido transformados em pilhas de cinza deveria trazer uma sensação boa. Deveria ser a parte divertida.

Mas Rin detestava essa parte. Vasculhar uma aldeia em grande parte arrasada a fim de encontrar sobreviventes significava apenas ter que testemunhar mais uma vez a extensão da crueldade da Federação. Ela preferia enfrentar novamente o campo de batalha a passar por aquele sofrimento. Não importava que ela já tivesse visto o pior cenário imaginável em Golyn Niis, que tivesse estado diante das piores coisas que se poderia fazer a um corpo humano. Aquilo nunca se tornava mais fácil.

Àquela altura, Rin já tinha decorado as três medidas que os mugeneses implementavam ao ocupar uma cidade. Eram diretrizes tão claras que até ela poderia tê-las usado para escrever um tratado completo sobre como subjugar uma população.

Primeiro, os mugeneses agrupavam os nikaras que resistissem à ocupação, os conduziam até os campos de execução e os matavam decapitados ou com flechadas. A decapitação era mais comum, já que flechas eram recursos valiosos. Como precisavam de mão de obra para trabalhar, eles não matavam todos os homens, apenas os que davam indício de que causariam problemas.

Em seguida, os mugeneses reorganizavam ou defraudavam a infraestrutura da cidade. Os locais mais resistentes eram transformados em quartéis, enquanto os frágeis eram demolidos para virar lenha. Depois de terminar com a madeira, eles vasculhavam as casas em busca de móveis, cobertores, objetos de valor e cerâmicas, com os quais mobiliavam seus quartéis. Eram muito eficientes quando o assunto era transformar cidades em cascas vazias. Com frequência, os moradores das cidades libertadas eram encontrados aglomerados em currais, escorados uns nos outros para se manterem aquecidos.

Por fim, os mugeneses se incorporavam à liderança local. Afinal, o que fazer quando não se fala o idioma local e não se compreende as nuances da política regional? Cientes de que isso resultaria em caos, eles não suplantavam a liderança existente. Em vez disso, uniam-se a ela, fazendo com que os bambambãs locais fizessem o trabalho sujo por eles.

Rin odiava esses nikaras cúmplices dos mugeneses. Para ela, os crimes dessas pessoas eram quase piores do que os da Federação. Os mugeneses ao menos desgraçavam a raça inimiga, o que era um instinto natural em tempos de guerra. Mas os cúmplices ajudavam os mugeneses a assassinar, mutilar e violar o próprio povo. Isso era inconcebível. Imperdoável.

Rin e Kitay nunca concordavam em relação ao que fazer com os cúmplices capturados. Kitay insistia que deviam ter clemência, argumentava que tinham agido em meio ao desespero e que só estavam tentando salvar a própria pele, que podiam até mesmo ter salvado outras pessoas. *Às vezes, a conivência nos poupa. A conivência poderia ter nos salvado em Golyn Niis.*

Merda nenhuma, retorquia Rin. Conivência era covardia. Ela não respeitava ninguém que preferia morrer em vez de lutar. Se dependesse de Rin, os cúmplices arderiam em chamas.

No entanto, a decisão não cabia a eles. Os aldeões invariavelmente resolviam as coisas por conta própria. Nas semanas que se seguiam, se não no dia seguinte, eles arrastavam os cúmplices para o meio da praça, faziam com que confessassem seus crimes e depois os esfolavam, chicoteavam, agrediam ou apedrejavam. Rin nunca precisou intervir — o sul fazia justiça com as próprias mãos. A catarse da violência ainda não tinha acontecido em Khudla. Era cedo para uma execução pública e os aldeões estavam famintos e exaustos demais, mas Rin sabia que em breve ouviria gritos.

Enquanto isso, ela precisava encontrar sobreviventes. Estava à procura de prisioneiros. A Federação costumava reter dissidentes políticos, soldados desobedientes mas úteis demais para serem mortos e reféns que pudessem dissuadir quem viesse a ameaçá-los. Às vezes os prisioneiros eram encontrados sem vida, fosse por um último ato de vingança dos soldados mugeneses depois de sitiados ou então sufocados pela fumaça das chamas de Rin.

Entretanto, era mais frequente encontrá-los vivos. E não é uma boa ideia matar reféns quando se pretende usá-los.

Na região leste da aldeia, em meio aos edifícios antes ocupados por mugeneses e que não haviam sido destruídos, os soldados foram liderados por Kitay numa busca. Ele tinha um talento particular para encontrar sobreviventes. No massacre em Golyn Niis, Kitay se escondera por semanas no vão de uma parede, agachado e abraçado aos joelhos, enquanto os soldados da Federação assassinavam soldados nikaras nas ruas. Ele sabia onde procurar: entulhos ou escombros amontoados que pareciam fora de lugar, pegadas quase apagadas na poeira do chão, sons de respiração apreensiva em meio ao silêncio.

Enquanto isso, Rin ficou responsável pela busca nos escombros incendiados, tarefa que odiava. Era terrível levantar tábuas carbonizadas e encontrar corpos fraturados, agonizantes, mas ainda respirando. Muitas vezes não havia nada que pudesse fazer por eles. Em grande parte dos casos, ela mesma causara a destruição; quando o fogo se alastrava, era difícil apagá-lo.

Mesmo assim, ela tinha que tentar.

— Tem alguém aí? — gritava Rin. — Faça algum barulho. Estou ouvindo.

Ela passou por todos os porões, todos os terrenos e poços abandonados; gritou muitas vezes chamando pelos sobreviventes e se certificou de prestar muita atenção ao eco do silêncio. Seria um destino abominável estar acorrentado e morrer aos poucos, sufocado ou de fome, porque os sobreviventes de sua aldeia se esqueceram de você quando o lugar foi libertado.

Seus olhos lacrimejavam enquanto ela inspecionava um porão ainda cheio de fumaça. Rin já tinha tropeçado em dois cadáveres e duvidava que encontraria alguém vivo, mas esperou um instante antes de ir embora. Só por via das dúvidas.

Sua decisão se provou correta.

— Aqui no fundo — chamou uma voz.

Rin conjurou uma pequena chama para iluminar o porão, mas não conseguiu ver nada além de sacos vazios. Ela se aproximou.

— Quem está aí? — perguntou ela.

— Souji. — Rin ouviu um arrastar de correntes. — Provavelmente a pessoa por quem você procura.

Rin não chegou a pensar que aquilo pudesse se tratar de uma emboscada. Ela conhecia aquele sotaque rústico e arrastado. Nem mesmo os melhores espiões mugeneses conseguiam imitá-lo — todos eram treinados para falar com o dialeto seco de Sinegard.

Ela foi até o fundo do porão e aumentou o brilho da chama.

Seu primeiro objetivo em Khudla havia sido libertá-los. O segundo era encontrar Yang Souji, famoso líder rebelde e herói local que, até recentemente, defendera a Província do Macaco dos mugeneses. Quanto mais se aproximavam de Khudla, mais lendas e boatos surgiam sobre ele. Yang Souji tinha olhos que podiam ver a dois mil quilômetros de distância; podia falar com animais, por isso sabia quando os mugeneses estavam chegando: os pássaros o avisavam. Tinha uma pele que nenhum metal — fossem espadas, pontas de flechas, machados ou lanças — conseguia penetrar.

O homem acorrentado no chão não correspondia a nenhuma dessas descrições. Aparentava ser surpreendentemente jovem, só alguns anos mais velho do que Rin. Havia a sombra de uma barba brotando em seu queixo e em seu pescoço, um indicativo de quanto tempo permanecera acorrentado, mas estava sentado em uma postura ereta, de ombros abertos, e seus olhos brilhavam sob a luz que emanava de Rin.

Apesar de tudo, Rin o achou muito bonito.

— Então você é a speerliesa — constatou ele. — Pensei que fosse mais alta.

— E eu pensei que você fosse mais velho.

— Bom, então somos ambos uma decepção. — Ele sacudiu as correntes. — Você demorou. Realmente tinha que ter levado a noite toda?

Rin se ajoelhou e se pôs a tentar abrir o cadeado.

— Você vai agradecer?

— Você vai fazer isso com uma mão só? — perguntou ele, impaciente. Ela se atrapalhou com o alfinete.

— Olha, se você vai ficar...

— Me dá isso aqui. — Souji arrancou o alfinete das mãos de Rin. — Só segure o cadeado num lugar onde eu consiga enxergar e aumente um pouco a luz. Isso aí.

Ao vê-lo arrombando o cadeado com uma destreza impressionante, Rin não conseguiu conter um lampejo de inveja. Ainda a deixava triste perceber como coisas simples, como abrir cadeados, vestir-se ou encher um cantil, haviam se tornado tão custosas da noite para o dia.

Ela tinha perdido a mão de uma maneira muito idiota. Bastava uma chave. Bastava que tivessem conseguido roubar a droga de uma *chave*.

Ela sentiu uma comichão no coto em seu braço e cerrou os dentes, reprimindo a vontade de coçá-lo.

Souji abriu a fechadura em menos de um minuto. Assim que se soltou das correntes, sacudiu as mãos e suspirou, massageando os punhos.

Depois se esticou para repetir o feito nas correntes que prendiam seus tornozelos.

— Agora sim. Pode iluminar aqui?

Rin aproximou a chama do cadeado com cuidado para não queimar Souji.

Naquele momento, notou que ele não tinha a ponta do dedo médio da mão direita. Não parecia ter sido um acidente — o dedo do meio da mão esquerda era igual.

— O que aconteceu com suas mãos? — perguntou ela.

— Os dois primeiros filhos da minha mãe morreram quando eram pequenos — explicou ele. — Ela achava que os deuses estavam roubando seus bebês porque eram muito perfeitos. Aí, quando nasci, ela serrou a ponta dos meus dois dedos do meio para me deixar um pouco menos atraente.

Rin achou graça.

— Os deuses não querem seus dedos.

— O que eles querem, então?

— Dor. Dor e sua sanidade.

Souji abriu o cadeado, chutou as correntes para longe e ficou de pé.

— Bom, imagino que esteja falando por experiência própria.

Depois de concluir a busca por possíveis sobreviventes, as tropas de Rin retornaram aos campos de batalha como abutres, a fim de encontrar suprimentos. Os soldados recém-iniciados da Coalizão do Sul tinham se mostrado relutantes em tocar nos cadáveres na primeira vez em que tiveram que desempenhar a tarefa após uma batalha. Supersticiosos, temiam provocar a raiva de espíritos rancorosos dos que não foram enterrados e que não conseguiam voltar para casa. Depois de um tempo, no entanto, passaram a vasculhar os corpos com desrespeito e indiferença, tirando deles tudo que tivesse valor. Procuravam por armas, couro, roupas limpas — os uniformes dos mugeneses eram azuis, mas era fácil tingi-los — e sapatos, o item mais cobiçado.

As tropas da Coalizão do Sul sofriam com seus calçados de má qualidade. Iam a combate usando sandálias de palha ou, quando conseguiam obtê-las, sapatilhas de tecido costuradas semanas antes da batalha por esposas, mães e irmãs. A maioria lutava com sapatos de palha trançada, que não ofereciam proteção contra o frio e se desmanchavam em meio ao confronto ou na lama.

Os mugeneses, entretanto, haviam navegado pelo mar de Nariin usando botas de couro — bem-feitas, firmes, quentes e à prova d'água. Os soldados de Rin tinham se tornado muito hábeis em desatar cadarços, arrancar as botas de pés que começavam a enrijecer e atirá-las em carrinhos de mão para serem redistribuídas posteriormente de acordo com o tamanho.

Enquanto as tropas vasculhavam os escombros, Souji conduziu Rin até o antigo escritório do dirigente da vila que havia sido transformado em um quartel-general pelos mugeneses. Ele fazia comentários sobre as ruínas conforme caminhavam, como um anfitrião envergonhado que se desculpa por sua casa estar bagunçada.

— Estava muito melhor uns meses atrás. Khudla é uma vila bonita, tinha uma bela arquitetura histórica, até que derrubaram tudo para pegar madeira e usar como lenha. E *nós* fizemos aquelas barricadas — disse ele, carrancudo, apontando para sacos de areia ao redor da construção. — Mas eles roubaram tudo.

Para uma técnica simples de defesa como aquela, as barricadas de Souji eram surpreendentemente robustas. Ele organizara as fileiras da mesma maneira que Rin teria feito, seguindo o que aprendera em Sinegard, estruturando as camadas de saco de areia com estacas de madeira fincadas no chão. Rin percebeu que as defesas tinham sido erguidas de acordo com as diretrizes do Exército Imperial.

— Como eles entraram, no fim das contas?

Souji olhou para Rin como se ela tivesse feito a pergunta mais idiota do mundo.

— *Usando gás.*

Então a Oficial Shen tinha razão. Rin sentiu um arrepio ao imaginar o impacto da fumaça amarela tóxica sobre os cidadãos desavisados.

— Quanto?

— Só uma lata — respondeu Souji. — Acho que estavam guardando, porque não usaram assim que chegaram. Esperaram até ao terceiro dia da batalha, nos encurralaram e estouraram o gás na parede da trincheira. Depois foi ladeira abaixo.

Souji abriu a porta sem problemas ao chegarem ao quartel; não restara ninguém lá para mantê-la trancada.

Havia comida espalhada por uma mesa no centro da sala. Souji pegou um pãozinho, deu uma mordida e cuspiu logo em seguida.

— Eca.

— Que foi? Está murcho?

— Não, tem muito sal. Eca. — Souji jogou o pão de volta à mesa. — Por que colocam tanto sal num pãozinho?

Rin ficou com água na boca.

— Vocês têm sal?

Rin não comia sal havia semanas. Grande parte do sal no Império era importada das bacias da Província do Cachorro, mas transações como aquela tinham deixado de existir depois da guerra civil de Vaisra. Na árida região leste da Província do Macaco, os soldados de Rin sobreviviam à base de arroz empapado e vegetais cozidos. Rin ouvira dizer que havia alguns potes de pasta de soja fermentada escondidos nas cozinhas de Ruijin. Se existiam mesmo, ela nunca os vira nem comera.

— Nós *tínhamos* sal — corrigiu Souji, inclinando-se para examinar o conteúdo de um barril. — Parece que comeram quase tudo. Só tem mais um punhado.

— Vamos levar de volta para a cozinha comunitária, para que todos possam comer.

Rin se debruçou sobre a mesa do comandante, na qual alguns documentos estavam espalhados. Neles havia registros sobre números de soldados, informações sobre estoque de comida e cartas escritas em um garrancho quase incompreensível. Rin conseguiu entender algumas palavras: *Esposa. Lar. Imperador.*

Rin juntou as cartas numa pilha. Kitay e ela as analisariam mais tarde para verificar se havia alguma informação relevante sobre os mugeneses. No entanto, provavelmente tinham sido escritas meses antes, como outras correspondências encontradas anteriormente. Todos os generais mugeneses mortos por eles mantinham as cartas que recebiam em suas mesas, como se ler as palavras em mugenês pudesse manter seus laços com uma terra que sabiam não existir mais.

— Eles estavam lendo Sunzi? — Rin pegou a brochura fina. Era uma edição nikara, não uma tradução. — E o *Bodhidharma*? Onde arranjaram isso?

— Eram meus. Roubei da biblioteca de Sinegard na minha época. — Souji tirou o livreto das mãos de Rin. — Levo sempre comigo. Para aqueles imbecis provavelmente teria sido como ler algo em outro idioma.

Rin olhou para ele, surpresa.

— Você se formou em Sinegard?

— Não me formei. Estudei lá por dois anos. Depois houve a escassez de comida e a fome chegou, então voltei para casa. Jima não permitiu que eu voltasse. Mas eu ainda precisava de dinheiro, então me alistei no Exército.

Então Souji tinha sido aprovado no Keju. Aquilo era raro para alguém com um histórico como o dele, Rin sabia muito bem disso. Ela passou a vê-lo com um pouco mais de respeito.

— Por que não deixaram você voltar?

— Deduziram que, se eu tinha ido embora uma vez, poderia ir de novo, que eu sempre priorizaria minha família à carreira militar. E estavam certos. Eu teria dado no pé assim que ficasse sabendo da invasão mugenesa.

— E agora?

— Minha família inteira morreu — respondeu ele, sem qualquer emoção na voz. — Foi no ano passado.

— Sinto muito. Foi a Federação?

— Não. As inundações. — Souji deu de ombros, em um gesto conformado. — Costumávamos levar jeito para prever as enchentes, não é tão difícil interpretar o clima. Mas daquela vez não deu. Foi uma inundação provocada por seres humanos.

— A Imperatriz rompeu a barragem — disse Rin prontamente.

Chaghan e Qara pareciam uma lembrança tão distante que ela conseguia mentir sobre isso sem grande esforço. Era melhor que Souji não soubesse que o Cike, seu antigo regimento, tinha deliberadamente causado a inundação que matara a família dele.

— Daji rompeu as barragens para liquidar um inimigo para o qual ela mesma abriu os portões. — A voz de Souji adquirira um tom de cólera. — Eles não sabiam nadar, só eu, porque aprendi em Sinegard. Não existe mais nada onde antes era minha vila.

Rin sentiu uma pontada de culpa e fez o possível para ignorá-la. Não precisava assumir a culpa por aquela atrocidade em particular; a inundação tinha sido culpa dos gêmeos, uma iniciativa de guerra ambiental para atrasar o progresso da Federação.

Quem saberia se tinha funcionado, ou se sequer tinha feito alguma diferença? Já estava feito. Rin aprendera que a única forma de viver com suas transgressões era trancá-las nas profundezas de sua mente e deixá-las no abismo.

— Por que não pode simplesmente mandar todo mundo pelos ares? — perguntou Souji, de repente.

Rin não entendeu.

— Como assim?

— Estou falando de quando você transformou a ilha do arco em cinzas e encerrou a guerra. O que a impede de fazer a mesma coisa no sul?

— Prudência — respondeu Rin. — Isso queimaria todo mundo, não só nossos inimigos. Um incêndio nessas proporções não escolhe vítimas. Um genocídio em nosso território seria...

— Não precisamos de um genocídio em massa, só de um genocidiozinho.

— Você não sabe o que está dizendo. — Rin ficou de costas para ele. — Mesmo os pequenos incêndios ferem pessoas que não deveriam ser feridas.

Ela estava cansada daquela pergunta. Era o que todos queriam saber: por que ela simplesmente não estalava os dedos e incinerava os mugeneses, como tinha feito com o lugar de onde vieram? Se ela já tinha exterminado uma nação antes, por que não podia fazer isso outra vez? Por que não colocava um fim naquela guerra de uma vez por todas? Não era *a coisa óbvia* a se fazer?

Rin gostaria de poder fazer isso. Em alguns momentos, sentia uma enorme vontade de lançar chamas por todo o sul, incendiando os mugeneses como se fossem uma plantação de colheitas perdidas, sem qualquer consideração pelos danos colaterais.

Mas toda vez que o desejo surgia dentro dela, Rin esbarrava contra o mesmo veneno escuro e pulsante que turvava sua mente: o presente de despedida de Su Daji, o Selo que impedia seu acesso direto ao Panteão.

Talvez o bloqueio de sua mente tivesse sido uma benção, assim como o fato de que passara a ser forçada a usar Kitay como conduto para seu poder. Kitay garantia que Rin continuasse sã. Estável. Permitia que ela conjurasse o fogo, mas apenas de maneira focada e controlada.

Rin temia o que teria coragem de fazer se não fosse por Kitay.

— Se eu fosse você, já teria acabado com todos eles — disse Souji. — Um único jato de fogo limparia todo o sul. Dane-se a prudência.

Ela franziu as sobrancelhas, intrigada.

— Aí você também morreria.

— Pois é. Fazer o quê? — respondeu Souji, parecendo falar sério.

* * *

Rin teve a impressão de que o sol demorou uma eternidade para se pôr. Vinte e quatro horas antes, ela liderara soldados em uma batalha pela primeira vez e, naquela mesma tarde, libertara uma aldeia. No fim do dia seu punho latejava, seus joelhos estavam fracos e ela sentia a cabeça doer.

Não conseguiu silenciar a lembrança dos gritos no templo, mas precisava fazer isso.

Quando voltou à sua barraca, Rin tirou um pacote de ópio do fundo de sua mochila e colocou uma pepita no cachimbo.

— Precisa mesmo fazer isso? — perguntou Kitay.

Não era uma questão a ser discutida. Aquela conversa já acontecera mil vezes antes, e os dois chegavam sempre ao mesmo impasse, mas Kitay se sentia na obrigação de expressar seu descontentamento. Àquela altura, era quase uma tradição.

— Cuide da sua vida — rebateu Rin.

— Você precisa dormir, está acordada há quase quarenta e oito horas.

— Vou dormir depois disso. Não consigo relaxar se não fizer.

— Mas o cheiro é horrível.

— Então vá dormir em outro lugar.

Em silêncio, Kitay se levantou e saiu da barraca.

Rin não o viu sair. Levou o cachimbo à boca, acendeu-o e puxou uma longa tragada. Depois se deitou, trazendo os joelhos junto ao peito e se encolhendo em posição fetal.

Em questão de segundos ela se deparou com o Selo — uma coisa viva, pulsante, que emanava um odor tão forte do veneno da Víbora que era como se Su Daji estivesse a seu lado dentro da barraca. No começo, Rin detestara o Selo, tentando inutilmente lutar contra a barreira inabalável do veneno que não saía de sua mente.

Até que finalmente encontrou uma utilidade para ele.

Rin flutuou em direção ao clarão dos personagens. O Selo se inclinou até ela, abriu-se e a engoliu. Houve um breve momento de escuridão total e aterrorizante. De repente, ela se viu em uma sala escura sem portas ou janelas.

O veneno de Daji era composto de desejo — as coisas pelas quais ela mataria, as coisas das quais sentia saudade a ponto de querer morrer.

Altan se materializou no momento esperado.

Rin sempre temera Altan. Sempre que o via, sentia uma ligeira onda de medo, e *gostava* de se sentir dessa forma. Quando estava vivo, ela nunca sabia se ele estava prestes a acariciá-la ou enforcá-la. Na primeira vez em que Rin o vira dentro do Selo, ele quase a convencera a segui--lo até o limbo. Agora, no entanto, ela o mantinha preso em sua mente, firmemente sob controle, e ele só se manifestava quando Rin permitia.

Ainda assim, o medo continuava lá. Ela não sabia como se livrar daquele sentimento, e também não queria.

Ela precisava de alguém que ainda pudesse assustá-la.

— Que bom que chegou. — Ele esticou a mão para tocar a bochecha de Rin. — Sentiu minha falta?

— Saia de perto — disse Rin. — Vá sentar ali.

Ele ergueu as mãos e obedeceu, sentando-se de pernas cruzadas no chão escuro.

— Como quiser, minha querida.

Rin se sentou diante dele.

— Matei várias pessoas ontem à noite. Algumas delas deviam ser inocentes.

Altan inclinou a cabeça para o lado.

— E como se sentiu com isso?

Sua pergunta tinha um tom neutro, sem julgamentos.

Mesmo assim, Rin sentiu seu peito se comprimir com algo maligno e familiar, como se seus pulmões estivessem sendo esmagados sob o peso da culpa. Ela respirou fundo, lutando para manter a calma. Altan permanecia sob seu controle apenas enquanto ela estava serena.

— Você teria feito isso.

— Por que eu teria feito isso, meu bem?

— Porque você não tinha escrúpulos — respondeu ela. — Criava suas estratégias considerando apenas os números. Você não teria tido dúvidas quanto a isso, não teria arriscado suas tropas. Soldados têm mais valor do que civis, é simples assim.

— É isso aí. — Altan exibiu um sorriso condescendente. — Fez o que tinha que fazer. É uma heroína. Gostou da sensação?

Rin não mentiu. Por que faria isso? Altan era seu segredo, sua conjuração. Ninguém jamais ficaria sabendo do que fosse dito ali. Nem mesmo Kitay.

— Sim.

— Então me mostre — pediu Altan, com uma expressão de avidez. — Mostre tudo.

Rin permitiu que ele visse. Reviveu toda a situação, cada segundo, em detalhes vívidos e sórdidos. Rin mostrou a Altan os corpos se retorcendo, o vozerio de murmúrios apavorados clamando por piedade — *Não, não, por favor, não* —, o templo se transformando em uma grande língua de fogo.

— Excelente — parabenizou Altan. — Muito bom mesmo. Mostre mais.

Ela trouxe à tona lembranças das cinzas, dos ossos muito brancos que se sobressaíam nos destroços chamuscados. Por mais que tentasse, Rin nunca conseguia queimar os ossos por completo. Sempre restavam alguns fragmentos.

Ela permaneceu nas lembranças por mais um instante, desejando mergulhar mais fundo nos sentimentos que encontrava — a culpa, o remorso, o horror. Só podia vivenciá-los *naquele espaço*, onde não eram debilitantes nem faziam com que ela sentisse vontade de se atirar no chão e arrancar a pele de suas coxas e antebraços com as unhas.

Então Rin se livrava das lembranças, sepultando-as ali para que não a assombrassem mais.

Sentia-se muito leve quando tudo terminava, como se o mundo fosse um lugar cheio de máculas e ela tivesse se tornado um pouco mais pura a cada inimigo reduzido a cinzas.

Aquela era tanto sua absolvição quanto sua penitência. Ao se autoflagelar em sua mente, ao testemunhar aquelas atrocidades repetidas vezes até que as imagens perdessem o sentido, Rin prestava seu respeito aos mortos. Depois disso, não lhes devia mais nada.

Rin abriu os olhos. A lembrança de Altan ameaçou ressurgir em seus pensamentos, mas ela a reprimiu. Ele aparecia apenas com sua autorização, apenas quando Rin desejava vê-lo.

No passado, Rin quase enlouquecera com as lembranças de Altan, mas agora a companhia dele era uma das únicas coisas que a mantinham sã.

Contê-lo se tornava cada vez mais fácil. Rin aprendera a dividir a própria mente em compartimentos bem delimitados e convenientes. Pensamentos eram bloqueados, memórias eram reprimidas. A vida era muito mais fácil quando Rin calava a parte que agonizava diante de suas ações. Enquanto conseguisse manter aquelas partes separadas — a que sentia dor e a que lutava em guerras —, tudo ficaria bem.

— Acha que vão se juntar a nós? — perguntou Kitay.

— Não sei — respondeu Rin. — Eles foram meio grosseiros até agora. Ingratos.

Eles assistiam de braços cruzados enquanto homens que se autointitulavam Lobos de Ferro coletavam os destroços considerados úteis do centro da vila.

Os Lobos de Ferro eram soldados de Souji. Muitos deles tinham sobrevivido à ocupação de Khudla. Estavam em maior número do que Rin imaginava — pelo menos quinhentos —, o que era um alívio. O Exército do Sul precisava desesperadamente de novos soldados, e era difícil encontrar bons recrutas em aldeias ocupadas por mugeneses. A maioria dos jovens com qualquer inclinação para a guerra estava enterrada nos campos de carnificina. Os que tinham a sorte de sobreviver eram muito jovens ou muito velhos — ou muito medrosos — para serem bons soldados.

Mas os Lobos de Ferro de Souji eram homens fortes, saudáveis e com vasta experiência em combate. Até agora, tinham sido protetores itinerantes de lugares mais afastados da Província do Macaco. Muitos haviam fugido para a floresta quando Khudla foi tomada e agora retornavam aos bandos. Eles seriam excelentes soldados. A questão era se aceitariam ou não se juntar à Coalizão.

Rin estava em dúvida. Até agora, os Lobos de Ferro tinham passado longe de demonstrar qualquer coisa parecida com gratidão a seus libertadores. Na verdade, os ânimos andavam exaltados. Os homens de Souji eram territoriais e se recusavam a receber ordens de qualquer um que não fosse o próprio Souji. Pareciam descontentes com o fato de que outras pessoas tinham aparecido e reivindicado o título de salvadores. Kitay já havia mediado três brigas por alocação de recursos entre Lobos de Ferro e soldados da Coalizão do Sul.

— O que é aquilo? — perguntou Rin, de súbito, apontando.

Dois dos soldados de Souji marchavam em direção a seus aposentos, ambos carregando sacos de arroz.

— Que merda. — Kitay parecia nervoso. — De novo, não.

Rin se levantou.

— Ei! — gritou ela com a mão em concha ao redor da boca. — Vocês! Parem!

Os homens continuaram andando, como se não a tivessem ouvido. Ela teve que correr atrás deles, gritando, até que finalmente pararam.

— Para onde estão levando isso? — interpelou Rin.

Os soldados se entreolharam, irritados. O mais alto deles respondeu:

— Souji nos disse para levar um pouco de arroz para o acampamento.

— Nós montamos uma cozinha comunitária — explicou Rin. — Podem comer lá. Estamos levando toda a comida que recuperamos. A ordem é que tudo o que for encontrado deve...

O soldado mais baixo a interrompeu.

— Pode ser, mas não recebemos ordens suas.

Rin olhou para ele, estupefata.

— Eu *libertei* esta cidade.

— Muito gentil da sua parte, senhorita, mas pode deixar com a gente daqui para a frente.

Rin ficou perplexa quando, sem nem mesmo um olhar final de desdém, eles pegaram os sacos de arroz e continuaram seu trajeto, em um nítido sinal de insolência.

Vou ensinar vocês a obedecer. Rin sentiu o calor aflorando na mão. Ergueu o punho com a palma virada para cima e apontou para as costas dos soldados.

— Não faça isso. — Kitay a segurou pelo braço. — Este não é o momento para começar uma briga.

— Eles deviam ter medo de mim — protestou ela. — Que *audácia*...

— Não perca o controle por besteiras assim. Deixe os dois irem embora. Não pode sair por aí chamuscando as pessoas se quer que elas fiquem do nosso lado.

— Mas que merda Souji anda dizendo para eles? — perguntou a garota. — Ele sabe que estou no comando!

— Eu duvido que tenha compartilhado essa informação.

— Eles não perdem por esperar, então.

— Embora isso seja verdade, você não tem que convencer *os soldados* — disse Kitay. — Você só tem que convencer Souji. Ele é o problema.

— Devia ter deixado esse merdinha apodrecer naquele porão — resmungou Rin. — Mas posso acabar com ele agora.

— Complicado demais — respondeu Kitay, pouco impressionado. Rin sugeria que cometessem assassinato com certa frequência. — Neste momento isso levantaria muitas suspeitas. Com certeza perderíamos os homens dele. Você poderia fazer parecer um acidente, mas até isso seria difícil. Souji não faz o tipo de pessoa que cai de um penhasco.

— Então ele precisa ser podado — sugeriu Rin. — Derrubado do pedestal.

Mas como? A garota refletiu por um momento. Fazê-lo perder a credibilidade seria difícil; aqueles homens adoravam Souji. Rin não conseguiria abalar o laço entre eles da noite para o dia.

— Não vai ser preciso — disse Kitay. — Não precisa cortar a cabeça da serpente se pode domá-la. Só precisa lembrar Souji do que interessa para ele.

— Mas como?

O olhar de Kitay era astuto.

— Acho que você sabe muito bem.

Rin esfregou o toco do braço na palma da mão.

— Vou ter uma conversinha com ele, então.

Ele suspirou.

— Vai com calma.

— A que devo o prazer da visita? — cumprimentou Souji.

Ele estava agachado ao lado de uma fogueira, comendo arroz de uma tigela fumegante. O cheiro era muito melhor do que o mingau de cevada que tinham na cozinha comunitária.

— Levante-se — disse Rin. — Vamos dar uma volta.

— Por quê?

— Para ter privacidade.

Souji semicerrou os olhos. Ele devia ter imaginado o que estava por vir, porque acenou com a cabeça de maneira quase imperceptível em direção aos Lobos de Ferro que estavam próximos.

Podem deixar, dizia o gesto. *Está tudo bem.*

Eles se viraram e foram embora. Souji ficou de pé.

— Beleza, princesa. Vou com você.

Rin franziu a testa.

— Princesa?

— Formada em Sinegard? Ex-oficial do Exército Imperial? Para mim, isso é ser da realeza.

Ele não fazia soar como um elogio. Rin decidiu não retrucar e segurou a língua até adentrarem a floresta, longe dos ouvidos do acampamento. Ela poderia ao menos permitir que Souji mantivesse a dignidade perante seus homens. Dessa maneira, ele ficaria menos rabugento ao obedecer a suas ordens.

Decidiu começar com uma abordagem diplomática.

— Imagino que já tenha percebido que temos homens e recursos que vocês não têm.

— Pode parar. — Ele levantou uma mão. — Já sei o que quer. Não vamos nos juntar à Coalizão nenhuma. Não tenho nada a ver com sua guerra.

— Você não reclamou de receber nossa ajuda ontem — retrucou Rin, mordaz.

— Meu problema são *os mugeneses*. Mas não finja que tudo isso tem a ver com a Federação. Sua Coalizão quer bater de frente com a República, e você pode tirar seu cavalinho da chuva se acha que vou me meter nisso.

— Em breve você não vai ter escolha. Yin Vaisra...

Souji revirou os olhos.

— Não somos importantes para Vaisra.

— Mas passarão a ser — insistiu Rin. — Acha que Vaisra vai parar depois de conquistar o norte? Conheci os hesperianos, sei o que desejam. Não vão parar até terem colocado uma igreja em cada um de nossos vilarejos...

Souji cutucava o dente com a unha do dedo mindinho.

— Igrejas nunca mataram ninguém.

— Mas elas sustentam ideologias que matam — contrapôs Rin.

— Ah, mas aí você está procurando sarna para se coçar...

— Será que estou? Já teve que lidar com eles antes? Acho que não. Vai se arrepender de agir assim quando estiverem sob o governo hesperiano. Já tive contato com eles, sei como olham para nós. Nada vai sobreviver sob o comando deles: nossos vilarejos, nosso povo, nossa liberdade. Nada.

— Não venha me falar sobre sobrevivência — revidou Souji, irritado. — Estou mantendo nosso povo vivo há meses enquanto você brincava de cão de caça na corte de Vaisra. Veja só onde está agora.

— Foi idiotice da minha parte — disse Rin, com franqueza. — Agora vejo isso. Eu fui ingênua e devia ter enxergado os sinais. Mas agora voltei para o sul, e podemos construir um exército se seus Lobos de Ferro se junt...

A risada dele a interrompeu.

— Nem pensar, princesa.

— Não está entendendo — insistiu Rin. — Foi uma ordem, não um pedido.

Souji se aproximou e deu um peteleco no nariz dela.

— Você é que não está entendendo. Jamais vamos obedecer a suas ordens.

Rin ficou imóvel, atônita diante de tamanho *atrevimento*.

Se não fosse por bem, seria por mal.

— Souji, Souji... — Ela conjurou uma chama em sua palma. — Parece que não entende como as coisas funcionam.

Rin investiu contra Souji no mesmo instante em que ele tentou pegar a espada, mas Rin tinha antecipado aquele movimento. Quando ele tentou golpeá-la, Rin se esquivou da lâmina e atingiu o joelho do adversário com um chute violento. Ele dobrou o corpo, assolado pela dor. Com uma rasteira, Rin derrubou Souji e subiu em seu peito, segurando seu pescoço.

— Não sabe com quem está lidando. — Ela se aproximou até que seus lábios roçassem a pele do rosto dele e sua respiração amornasse a bochecha de Souji. — Não sou da elite sinegardiana. Sou a speerliesa cretina de pele escura que varreu um país inteiro do mapa. E, algumas vezes, quando fico muito irritada, *perco a cabeça*.

Ela fez um tênue filete de fogo surgir em sua mão. Souji arregalou os olhos quando Rin afundou os dedos na carne de seu pescoço.

— Você vai comigo para Ruijin. Os Lobos de Ferro agora lutam sob meu comando. Pode manter sua posição como líder, mas vai deixar a hierarquia muito clara para seus homens. E se um motim passar pela cabeça de vocês, vamos continuar esta conversa de onde paramos. Entendido?

Souji engoliu em seco e deu tapinhas no braço de Rin.

Ela apertou seu pescoço com mais força.

— Você é meu cachorrinho agora, Souji. Vai obedecer a minhas ordens sem dar um pio. Vai lamber minhas botas se eu mandar. Estamos entendidos?

Ele assentiu, mais uma vez dando tapinhas nas mãos de Rin em desespero, num sinal de rendição.

Rin não afrouxou o aperto. Bolhas começaram a surgir e a estourar debaixo do queixo de Souji.

— Estou esperando uma resposta.

— Sim — grasnou ele.

— Sim o quê? — Rin relaxou a mão para que ele pudesse falar.

— Sim, sou seu cachorrinho, vou fazer o que mandar. O que quiser. Agora... por favor...

Ela o soltou e permitiu que ele se levantasse. O pescoço de Souji fumegava um pouco. Debaixo do tecido de seu colarinho via-se uma queimadura de primeiro grau, uma marca ligeiramente vermelha dos dedos finos de Rin.

Cicatrizaria depressa, mas aquela marca jamais desapareceria. Souji poderia cobri-la com a roupa e escondê-la de seus homens, mas ela estaria lá toda vez que se olhasse no espelho.

— Por que não vai passar uma pomada nisso aí? — perguntou Rin. — Melhor não correr o risco de uma infecção.

Souji recuou, afastando-se dela.

— Você é maluca.

— Todos que lutam por este país são malucos — respondeu Rin. — Mas nenhum deles tem a pele escura como a nossa. De todas as suas opções, eu sou a menos ruim.

Souji encarava Rin. Ela não conseguia ler a expressão no rosto dele; não sabia dizer se seus olhos ardiam de raiva ou humilhação. Rin cerrou os punhos e se preparou para uma segunda rodada.

Entretanto, Souji começou a rir, pegando-a de surpresa.

— Está certo. Você venceu, sua desgraçada de uma figa.

— Não fale assim comigo.

— Você venceu, general. — Ele ergueu as mãos, fingindo se render. — Iremos com você. Qual é o destino? Dalian? Heirjiang?

— Eu já disse — respondeu Rin. — Vamos para Ruijin.

Ele ergueu uma sobrancelha.

— Por que Ruijin?

— Porque está situada nas montanhas. Vai nos manter a salvo de quase tudo. Por que não?

— Imaginei que estaria mais para o sul, mais perto da Província do Galo, já que está nessa jornada de libertação.

— Como assim? As áreas ocupadas estão todas na fronteira da Província do Macaco.

— Claro que não. A maioria está ao sul, na Província do Galo.

— Onde? Na capital?

Rin franziu a testa. Nada disso tinha sido reportado por seus informantes.

— Não, mais para baixo — respondeu Souji. — A umas semanas de distância do oceano. Um aglomerado de vilinhas, você não deve conhecer.

— Tikany — disse Rin automaticamente.

Um pequeno vilarejo do qual ninguém tinha ouvido falar. Um lugar sujo, árido, sem riqueza ou cultura, sem nada exceto uma população dócil ainda viciada em ópio desde a segunda invasão mugenesa. Um lugar para o qual Rin esperava nunca mais ter que voltar na vida.

— Isso. — Souji arqueou uma sobrancelha. — É uma delas. Por quê? Você conhece?

Ele disse mais alguma coisa, mas Rin não ouviu.

Tikany. Os mugeneses ainda estavam em Tikany.

Somos idiotas, pensou ela. *Estávamos lutando na frente errada esse tempo todo.*

— Mande seus homens levantarem acampamento — disse ela. — Vamos sair para Ruijin daqui a duas horas.

CAPÍTULO 3

Naquela noite, eles iniciaram a marcha de volta ao acampamento base da Coalizão do Sul. Ruijin ficava na área rural da Província do Macaco e era uma terra pobre e estagnada, devastada por anos de bandidagem, campanhas militares de líderes regionais, fome e epidemias. Antigamente aquela fora a capital da província, uma cidade exuberante, famosa por seus santuários de pedra construídos em meio a bambuzais. Naqueles dias, no entanto, restavam apenas ruínas de seu antigo esplendor, erodidas pela chuva e devoradas pela floresta.

Por essa razão, aquele era um excelente lugar para se esconder. Durante séculos, o povo dali se gabou de sua capacidade de se embrenhar em montanhas durante tempos conturbados. Construíam casas sobre palafitas ou em cima das árvores para se manterem a salvo de tigres; pavimentavam caminhos sinuosos através da floresta escura que eram impossíveis de serem encontrados por aqueles que não tinham prática. Nas histórias antigas, os Macacos eram vistos como um povo atrasado que vivia nas montanhas — covardes que se escondiam em árvores e cavernas enquanto as guerras aconteciam, as mesmas condutas que os mantinham vivos.

— Para onde vamos? — resmungou Souji depois de passarem uma semana subindo morros e encostas, sem que encontrassem nada além de infinitos caminhos acidentados através de uma floresta montanhosa. — Não tem nada aqui em cima.

— É o que você pensa.

Rin se abaixou para verificar algo marcado na base de uma árvore — uma pista de que ainda estavam no caminho certo — e fez um gesto para que a seguissem.

O sol havia derretido um pouco do gelo e a subida foi mais fácil do que ela se lembrava. Era possível enxergar a vegetação sob as camadas de neve, o que não fora possível duas semanas antes. Contrariando todas as expectativas, a Coalizão do Sul tinha durado até a primavera.

O inverno na Província do Macaco fora uma provação congelante e insalubre para a coalizão. Nevascas e o ar frio e seco lhes roubavam o fôlego, o solo se tornara rígido e quebradiço, nenhuma semente brotava. Chegaram muito perto de morrer de fome, e provavelmente isso teria acontecido caso um grupo de mugeneses que haviam capturado não tivesse consigo um enorme estoque de comida.

Os soldados inimigos não tinham redistribuído o resultado de seus saques. Rin não conseguia esquecer os rostos dos aldeões quando saíram de seus esconderijos: estavam magros e exaustos, e seu alívio logo se transformou em horror ao perceberem que seus libertadores estavam ali simplesmente para levar seus grãos.

Ela reprimiu o pensamento. Aquele havia sido um sacrifício necessário. O futuro do país inteiro dependia da Coalizão do Sul. Que diferença fazia uma vida ou outra?

— Bom, acho que isso explica muita coisa — resmungou Souji enquanto seguia caminho.

— Do que está falando? — rebateu Rin.

— Quando se é uma força de libertação, você não se esconde nas montanhas.

— Ah, não?

— Se quer recuperar território, precisa habitar as aldeias que liberta, expandir sua base, instalar defesas para garantir que os mugeneses nunca mais retornem. Vocês são predadores que servem apenas para extrair. Libertam lugares, mas só para cobrar tributo.

— Não ouvi nenhuma reclamação quando tirei você daquele porão.

— Pode ser, princesa — continuou Souji, agora em tom de troça e julgamento. — Mas você não é a salvação do sul. Só está se escondendo aqui até a poeira baixar.

Rin tinha várias respostas grosseiras na ponta da língua, mas as engoliu.

O problema era que ele estava certo. A Coalizão do Sul tinha sido passiva e lenta demais para iniciar a frente ampla da qual o resto do país claramente precisava, por mais que ela odiasse admitir.

A prioridade deles em Ruijin ainda era puramente sobreviver, o que significava se esconder nas montanhas e ganhar tempo enquanto a República de Vaisra lutava pelo norte. Mas eles mal sobreviviam; aquilo não duraria para sempre. Ruijin os manteria a salvo por certo tempo usando os mesmos recursos que mais tarde transformariam o lugar em túmulo.

A menos que Rin conseguisse executar o que tinha em mente. A menos que enviassem todos os soldados do exército para o sul.

— Isso está prestes a mudar — disse Rin, apoiando-se em um cajado para escalar uma encosta íngreme. — Você vai ver.

— Você não faz ideia de onde estamos — acusou Souji.

— Claro que faço.

Ela não fazia a mínima ideia de onde estavam. Rin sabia que estavam perto, mas não para onde deviam ir a partir dali. Depois de três meses e dezenas de expedições, ela ainda não conseguia encontrar a entrada para Ruijin. Era um esconderijo planejado para ser invisível. Ela precisou projetar uma chama em espiral em direção ao céu e aguardar até que duas sentinelas despontassem do mato para guiá-los por um caminho que, antes invisível, agora parecia óbvio. Rin os seguiu, ignorando o sorrisinho de Souji.

Meia hora mais tarde, o acampamento surgiu entre as árvores como uma ilusão de ótica. Estava camuflado de maneira tão engenhosa que Rin tinha a impressão de que, se piscasse, tudo poderia desaparecer.

Logo após o muro de bambu que cercava o local, havia uma multidão entusiasmada em volta de algo caído no chão.

— O que está acontecendo ali? — perguntou Rin à sentinela mais próxima.

— Finalmente mataram aquele tigre — respondeu ele.

— Sério?

— Acharam o corpo hoje de manhã. Vamos tirar a pele e estão brigando para ver quem fica com ela.

O tigre atormentara o acampamento desde antes da partida de Rin e seus soldados para Khudla. Seu rosnado assombrava os soldados em patrulha e o peixe seco sumia do estoque à noite. Só depois que o tigre arrastou uma criança para fora de sua tenda e depois abandonou seu corpo mutilado próximo ao riacho é que o Líder do Macaco ordenou que montassem uma expedição de caça. Mas os caçadores sempre voltavam de mãos vazias, cansados e arranhados pelos espinhos da mata.

— Como conseguiram? — perguntou Kitay.

— Envenenamos um cavalo — explicou a sentinela. — Ele já estava doente, morrendo por causa de uma úlcera. Injetamos ópio e estricnina na carcaça e depois deixamos ele aqui fora como isca para o tigre. Encontramos o filho da mãe hoje de manhã, duro como uma pedra.

— Viu só — disse Rin a Kitay. — É um bom plano.

— Isso não tem nada a ver com o seu plano.

— O ópio mata tigres. Literal e metaforicamente.

— O ópio fez este país perder duas guerras — disse ele. — Não quero chamar você de idiota, porque eu te amo, mas esse plano é idiota demais.

— Nós temos terra para o cultivo! Moag adoraria comprar. Se plantássemos apenas em algumas regiões, teríamos toda a prata necessária...

— E um exército cheio de viciados. Não vamos nos iludir, Rin. É isso que você quer?

Rin abriu a boca para responder, mas algo atrás de Kitay chamou a atenção dela.

Um homem alto, ligeiramente afastado da multidão, observava-a de braços cruzados. Era Du Zhuden, o braço direito do líder mercenário Ma Lien. Ele arqueou a sobrancelha ao vê-la. Rin assentiu em resposta. Du Zhuden acenou com a cabeça em direção à floresta, virou-se e desapareceu entre árvores.

Rin tocou o braço de Kitay.

— Já volto.

Ele também tinha visto Zhuden. Kitay suspirou.

— Vai mesmo insistir nisso?

— Não vejo outra saída.

Ele ficou em silêncio por um instante.

— Eu também não — respondeu Kitay, por fim. — Mas tome cuidado. Os homens do macaco estão de olho.

Rin encontrou Zhuden no lugar de sempre — perto de uma sorva de tronco retorcido a cerca de um quilômetro do acampamento, ao lado de um pequeno riacho que fazia barulho suficiente para esconder suas vozes dos espiões.

— Você encontrou Yang Souji?

Zhuden olhava ao redor, desconfiado. O Líder do Macaco tinha espiões por toda parte em Ruijin. Rin não teria ficado surpresa se alguém a tivesse seguido até ali.

Rin assentiu.

— Deu um pouco de trabalho, mas ele veio.

— Como ele é?

— Arrogante. Irritante.

Ela fez uma careta ao se lembrar do sorriso pretensioso e debochado de Souji.

— Então ele é igual a você?

— Muito engraçado — retrucou ela. — Apesar de tudo, ele é competente. Conhece bem o território. Tem contatos locais fortes. Acho que deve estar mais bem inserido na rede de informações daqui do que a gente. E ainda ganhamos quinhentos soldados experientes que morreriam por ele.

— Excelente trabalho — disse Zhuden. — Agora só precisamos que eles comecem a morrer por você.

Rin sorriu em resposta.

Zhuden não era nativo da Província do Macaco. Era um órfão de guerra da Província do Rato que fora parar no bando de Ma Lien por todas as razões de sempre: falta de moradia, necessidade extrema e uma vontade implacável de fazer o que fosse preciso para se dar bem. Mais importante ainda, ao contrário do resto da liderança sulista, ele não queria apenas sobreviver.

Ele também achava que estavam morrendo lentamente em Ruijin e desejava que continuassem seguindo para o sul. E, assim como Rin, decidira tomar medidas drásticas para acelerar as coisas.

— Como está Ma Lien? — perguntou Rin.

— Cada vez pior — respondeu Zhuden. — Para ser sincero, acho que pode bater as botas em breve, mas não dá para correr o risco de ele melhorar. Temos que agir depressa.

Ele entregou a Rin um frasco cheio de um líquido viscoso, amarelo como urina.

— Cuidado para não quebrar.

Rin pegou o frasco pela tampa e o guardou com cuidado no bolso da frente.

— Você mesmo extraiu? — perguntou ela.

— Sim. Não foi muito divertido.

Ela deu um tapinha no bolso.

— Obrigada.

— Você vai agora? — indagou ele.

— Hoje à noite — respondeu Rin. — Tenho que ver Gurubai antes. Vou tentar convencê-lo pela última vez.

Ambos sabiam que aquilo não daria em nada. Rin tivera a mesma conversa com o Líder do Macaco diversas vezes. Ela queria que fossem embora de Ruijin, ele queria ficar. Os aliados do homem na liderança da Coalizão do Sul o apoiavam, e, com isso, estavam em maioria: três votos a um.

Rin estava prestes a inverter esses números.

Mas não por enquanto. Não havia necessidade de agir com pressa, um passo de cada vez. Antes, ela daria ao Líder do Macaco uma última chance: faria com que ele acreditasse que Rin voltara complacente e disposta a colaborar. Ela aprendera a controlar seus impulsos ao longo do tempo. Os melhores planos eram os que eram mantidos secretos até serem executados. Discrição era a palavra-chave.

— Bem-vindos de volta — disse o Líder do Macaco.

Liu Gurubai tinha instalado seu quartel em uma das poucas antigas belezas arquitetônicas de Ruijin que ainda restavam, um templo de pedra com três paredes cobertas de musgo. Ele o havia escolhido por segurança, não por conforto. O interior tinha sido precariamente mobiliado: havia apenas um fogão em um dos cantos, dois tapetes e uma mesa simples para reuniões bem no centro do aposento gelado.

Rin e Kitay se sentaram de frente para ele como dois alunos chegando à casa de seu tutor para assistir a uma aula.

— Trouxe um presente — disse Rin.

— Eu vi — respondeu Gurubai. — Não conseguiu não deixar uma marquinha, não é?

— Quis que eles soubessem quem está no comando.

— Bem, imagino que Souji já soubesse. — Gurubai arqueou a sobrancelha. — A menos que estivesse pensando em decapitá-lo.

Rin respondeu com um sorrisinho forçado, desejando poder dar um murro no homem com o punho em chamas.

Quando partiu de Arlong no navio das Lírios Negros com a mão destruída e ensanguentada, Rin pensou que o Líder do Macaco seria diferente dos homens desprezíveis que encontrara até então. Achava que ele cumpriria suas promessas, que a trataria não como uma arma, mas como uma aliada, que a colocaria numa posição de liderança.

Mas Rin estivera completamente enganada.

Subestimara Gurubai. O líder era brilhante e havia sido o único sobrevivente do violento expurgo de Vaisra em Arlong por uma razão. Ele compreendia as dinâmicas de poder de uma maneira que Rin jamais conseguiria, porque passara a vida inteira colocando a teoria em prática. Gurubai sabia o que fazer para que o apoiassem, sabia o que fazer para obter confiança e admiração. Depois de duas décadas, estava acostumado a tomar decisões e não parecia disposto a partilhar sua autoridade.

— Pensei que tínhamos concordado — disse Rin, cautelosa. — Se a experiência em Khudla desse certo...

— Ah, deu muito certo. Pode ficar com aquele contingente. Os Oficiais Shen e Lin ficaram bastante contentes com seu desempenho.

— Não quero um único contingente, quero um exército.

— Você não saberia lidar com um exército.

— Acabei de libertar uma aldeia inteira com um número mínimo de vítimas...

— Seu talento para incendiar coisas não a qualifica para ser comandante. — Gurubai pronunciou devagar a última sílaba de cada palavra, como se acreditasse que ela não fosse entendê-lo de outra forma. — Ainda está aprendendo a lidar com comunicação e logística. Não tenha pressa, minha jovem. Permita-se ter tempo para aprender. Aqui não é Sinegard, não atiramos crianças sem preparação numa guerra. Encontraremos algo melhor para você fazer quando for a hora.

O tom condescendente de Gurubai fez Rin cerrar os punhos de raiva. Ela encarava as veias de seu pescoço; eram protuberantes e atrativas. Seria muito fácil rasgá-las.

Speerliesa ou não, ela não conseguiria sair viva de Ruijin se ferisse Liu Gurubai.

Kitay a acertou com um pontapé sob a mesa. *Nem pense nisso.*

Ela fez uma careta. *Eu sei.*

Enquanto Rin era uma forasteira speerliesa e Kitay vinha da elite sinegardiana, o Líder do Macaco era o típico homem do sul: bruto e rústico, de ombros largos provenientes de anos de trabalho manual e olhos brilhantes e inteligentes em um rosto marcado como um tronco de árvore.

Rin deixara o sul na primeira chance que encontrara, mas o Líder do Macaco lutara e sofrera ali durante toda a vida. Ele vira a avó suplicando por arroz nas ruas no Ano-Novo Lunar. Andara quilômetros para cuidar de búfalos por um único cobre por dia. Lutara nas brigadas provincianas que defendiam a causa da Trindade durante a Segunda Guerra da Papoula. Não havia se tornado um líder por herança ou por pura ambição; ele simplesmente subira devagar pela linha de sucessão à medida que os soldados a seu redor morriam. Fora recrutado aos treze anos com a promessa de uma única moeda de prata por mês e permanecera no Exército pelo resto da vida.

Seus dois irmãos mais novos tinham morrido lutando contra a Federação. Seu clã, outrora uma família em expansão, havia padecido devido ao vício em ópio. Ele passara pelas piores coisas possíveis no século anterior. Com isso, a sobrevivência virou sua maior habilidade. Tornara-se um soldado por necessidade, e isso o transformou num líder cuja legitimidade era praticamente inquestionável.

E, mais do que qualquer outra coisa, *ele fazia parte* do sul. Aquelas montanhas estavam em seu sangue. Qualquer um podia ver que, para além de sua postura cansada, havia paixão em seus olhos.

Rin podia ser uma figura de poder, mas Liu Gurubai simbolizava a própria identidade do sul. Se ela o ferisse, a Província do Macaco ia destruí-la.

Então Rin teve que pensar em uma alternativa.

— Fiquei sabendo que as coisas estão avançando no norte. — Ela mudou de assunto, esforçando-se para adotar um tom de voz neutro. — Tem algo para me mostrar?

— Várias novidades. — Se Gurubai ficou surpreso com a súbita aquiescência dela, não deixou transparecer. O homem deslizou um maço de cartas sobre a mesa. — Sua amiga respondeu. Isso chegou ontem.

Rin pegou as folhas e começou a ler, devorando as páginas e as passando para Kitay quando terminava. As notícias do norte não chegavam em uma frequência regular. Eram semanas sem nada e, de repente, ela recebia uma abundância de informações. A Coalizão do Sul tinha poucos espiões na República, e a maioria eram as garotas de Moag, as poucas Lírios Negros de pele clara que haviam sido mandadas para Arlong com sotaques cuidadosamente ensaiados para trabalhar em casas de chá e de jogos.

Venka também tinha ido para o norte. Com seu rosto bonito, sua pele alva e sua dicção sinegardiana impecável, ela se enturmou com os aristocratas da capital. No começo, Rin ficara preocupada com a possibilidade de ela ser reconhecida — afinal, Venka era a filha desaparecida do antigo ministro das finanças. No entanto, com base nos relatórios que enviava, Venka tinha se transformado completamente com apenas uma peruca e várias camadas de cosméticos.

Ninguém presta muita atenção ao meu rosto, escrevera Venka logo após sua chegada. *Pelo visto, as moças de Sinegard são ridiculamente parecidas entre si.*

O relatório mais recente não contava nada surpreendente. *Vaisra ainda está lutando no norte. Os líderes e seus sucessores estão morrendo a torto e a direito. Não vão conseguir resistir por muito tempo, estão sobrecarregados. Vaisra transformou as cidades sitiadas em zonas de morte. As coisas vão terminar em breve.*

Aquilo não era novidade, apenas o desenrolar do que já sabiam havia semanas. Os hesperianos de Vaisra assolavam o campo em seus dirigíveis, deixando crateras e buracos fundos como poços por onde passavam.

— Ela diz algo sobre um redirecionamento para o sul? — perguntou Rin a Gurubai.

— Ainda não. Só recebemos isto que você acabou de ler.

— Estão nos ignorando.

— Sorte a nossa — respondeu Kitay. — É só uma questão de tempo.

A grande democracia de Yin Vaisra, o Líder do Dragão, aquela em prol da qual ele saqueara cidades e tingira a água do Murui de vermelho, nunca existiu. Nunca fora sua intenção. Dias depois de derrotar a Marinha Imperial em Arlong, Vaisra assassinara os Líderes do Javali e do Galo e se declarara o único presidente da República Nikara.

Mas ele ainda não tinha um país para governar. Muitos ex-oficiais do Exército Imperial, entre os quais estava o ex-soldado favorito da Imperatriz, General Jun Loran, haviam escapado da matança em Arlong e fugido para a Província do Tigre no norte. Agora, as forças combinadas do que restou do Exército Imperial estavam quase dando trabalho para os hesperianos.

Quase. A cada novo relatório que chegava a Ruijin, a República aumentava seu domínio no norte, ou seja, o tempo de Rin estava se esgotando. A Coalizão do Sul era apenas uma rebelião entre muitas. Até agora, Vaisra se encontrava de mãos atadas frente à insurgência de Jun, sem falar nas gangues de mercenários que haviam surgido após o fim da guerra, já que posições de liderança tinham sido abertas. Mas o Líder do Dragão não permaneceria ocupado por muito tempo. Jun não podia ter a ilusão de que seria capaz de vencer as forças de Vaisra, não quando havia dirigíveis e milhares de soldados hesperianos com arcabuzes bombardeando seu exército.

Rin se sentia aliviada pelo tempo extra que Jun proporcionara, mas, cedo ou tarde, Vaisra voltaria sua atenção para o sul. Enquanto Rin estivesse viva, ele teria que fazer isso. Um acerto de contas era inevitável. E, quando isso acontecesse, Rin queria estar na ofensiva.

— Sabe o que penso disso — disse ela a Gurubai.

— Sim, Runin, eu sei. — Ele falava com Rin como um pai exausto falaria com uma criança teimosa. — E, mais uma vez, vou repetir...

— *Vamos morrer aqui em cima.* Se não partirmos para a ofensiva agora, Nezha vai fazer isso. Precisamos pegá-lo de surpresa, e neste momento...

— Não sou o único que você tem que convencer. *Nenhum* dos membros da Coalizão do Sul quer sair da zona de conforto. Estas montanhas são o lar deles e, quando os lobos se aproximam, você protege o que está dentro de seus muros.

— Não é o lar de todo mundo.

Ele deu de ombros.

— Fiquem à vontade para ir embora quando sentirem vontade.

Gurubai podia arriscar aquele blefe. Ele sabia que Rin não tinha mais ninguém a quem recorrer.

Rin começava a se irritar.

— Gurubai, precisamos ao menos falar sobre isso...

— Então falemos durante o conselho. — O tom dele deixava claro que a reunião terminara. — Pode apresentar seus argumentos outra vez aos demais, já que insiste. Embora, para ser sincero, isso já esteja ficando um pouco repetitivo.

— Vou continuar insistindo até que alguém me escute — retrucou Rin em tom inflamado.

— Você é quem sabe, já que quer dificultar as coisas — disse Gurubai.

Kitay a chutou outra vez por baixo da mesa quando se levantaram para sair.

— Já entendi — resmungou Rin. — *Já entendi.*

Uma pequena parte dela lamentou o desenrolar da conversa. Queria que Gurubai tivesse dito sim. Ela estava tentando colaborar. Rin detestava ser a única nadando contra a maré; queria trabalhar ao lado da Coalizão. Tudo teria sido muito mais fácil se ele tivesse dito sim.

Mas já que o homem não queria ceder, Rin teria que ajudá-lo com um empurrãozinho.

O jantar passou depressa. Rin e Kitay comeram tudo em questão de segundos, não devido à fome, mas porque era mais fácil ignorar o bolor nos legumes e as pequenas larvas se mexendo no arroz se engolissem tudo sem pensar. A comida nos refeitórios ficava pior a cada vez que Rin voltava para Ruijin. Os cozinheiros já não tentavam manter os insetos longe das panelas; em vez disso, encorajavam que os comessem com o argumento de que eram ricos em nutrientes. Mingau de formiga passara a ser um prato que Rin comia regularmente, embora sempre tivesse que controlar a vontade de vomitar antes da primeira colherada.

O único alimento que não havia começado a apodrecer era a raiz de shanyu — o inhame branco que grudava como cola na garganta toda vez que Rin o engolia. Os tubérculos de shanyu, tendo se mostrado muito resistentes à baixa temperatura, cresciam por todos os lados na encosta da montanha. No começo, Rin gostara muito deles. Enchiam a barriga, eram fáceis de preparar no vapor e tinham um gosto levemente doce que lembrava pão assado na hora.

Mas isso fora meses antes. Desde então, ficara tão enjoada do sabor do shanyu cru, do shanyu desidratado, do shanyu cozido a vapor e do purê de shanyu que apenas o cheiro bastava para induzir náusea. Mesmo assim, era o único alimento fresco e nutritivo disponível, então ela se forçava a comê-lo.

Depois da refeição, Rin se aprontou para visitar Ma Lien, o chefe dos mercenários.

Kitay pareceu prestes a se levantar para acompanhá-la, mas ela o interrompeu.

— Posso ir sozinha. Não tem que ver isso.

Ele não discutiu. Rin sabia que o amigo não queria ir.

— Tudo bem. Está com o remédio?

— Está no meu bolso.

— E você *tem certeza* de que...?

— Por favor, não termine a frase — interpelou ela. — Já tivemos essa conversa mil vezes. Consegue pensar em uma saída melhor?

Kitay suspirou.

— Seja rápida. Não enrole.

— Por que eu enrolaria?

— *Rin.*

— Está tudo bem — disse ela, dando uma palmadinha no ombro de Kitay antes de partir rumo à floresta.

A base de Ma Lien fora construída dentro de uma caverna a norte de Ruijin. Deveria ter sido praticamente impossível para Rin chegar tão perto de sua residência particular sem pelo menos três armas apontadas para seu peito, mas recentemente os guardas de Ma Lien haviam passado a reavaliar sua lealdade. Quando viram Rin se aproximar, deixaram que passasse com um gesto silencioso de cabeça. Nenhum deles a olhou nos olhos.

A esposa e a filha de Ma Lien estavam sentadas na entrada da caverna e se puseram de pé ao avistar Rin, parecendo apreensivas e temerosas.

Elas já sabem, pensou Rin. Tinham ouvido os boatos. Ou alguém, talvez até mesmo Zhuden, tivesse avisado o que estava prestes a acontecer na tentativa de salvar suas vidas.

— Vocês não deveriam estar aqui — disse Rin.

A esposa de Ma Lien agarrou Rin pelo pulso assim que ela passou pela entrada da caverna.

— Por favor — suplicou a mulher. — Não faça isso.

— Já está decidido. — Rin se desvencilhou da mão dela. — Não tente me impedir.

— Pode poupá-lo. Ele vai fazer o que você mandar. Você não precisa...

— Não, ele não vai. E sim, eu preciso — disse Rin. — Espero que tenham se despedido.

Elas sabiam o que aconteceria. Os homens de Ma Lien também sabiam. E Rin suspeitava que, em algum nível, o Líder do Macaco também devia saber. Talvez até mesmo a autorizasse a seguir em frente. Rin com certeza faria isso se estivesse no lugar dele. O que fazer quando um de seus generais fomenta a participação em uma guerra que não se pode vencer?

Corta-se o mal pela raiz.

A caverna tinha cheiro de doença, uma mistura de vapor de ervas medicinais e de odor de vômito que revirava o estômago. Ma Lien contraíra a febre antes mesmo da partida de Rin para Khudla. O momento era perfeito. Ela fizera um acordo com Zhuden na manhã em que partiu — se Ma Lien ainda estivesse doente quando retornasse e as chances de sua recuperação parecessem nulas, eles aproveitariam a chance.

Ainda assim, Rin não esperava que a situação de Ma Lien se deteriorasse tão depressa. Ele estava encolhido sob os lençóis, ressequido, e parecia ter perdido metade do peso corporal. Havia sangue seco no canto de sua boca e um chiado tenebroso ecoava pela caverna cada vez que ele respirava.

Ma Lien estava praticamente morto. O que Rin estava prestes a fazer não poderia nem mesmo ser chamado de assassinato; ela estava apenas adiantando o inevitável.

— Olá, general. — Rin estava de pé ao lado da cama dele.

O homem abriu os olhos ao som da voz da garota.

Rin tinha sido informada de que a doença já havia acabado com as cordas vocais de Ma Lien. *Ele sangra quando tenta falar*, dissera Zhuden. *E, se fica nervoso, se engasga com o sangue*. Rin se divertiu um pouco com a ideia. Ele não poderia ridicularizá-la ou xingá-la, não poderia gritar para pedir ajuda. Ela, no entanto, poderia humilhá-lo o quanto quisesse, e tudo o que o homem podia fazer era ouvir.

Rin deveria apenas ter acabado logo com aquilo e ido embora. A parte inteligente e pragmática de seu cérebro implorava para que fosse embora — era um risco ficar lá por tanto tempo, falar onde os espiões de Gurubai podiam ouvi-la.

Mas ela esperava por aquele encontro havia muito tempo. Rin merecia aquilo. Queria saborear o momento, e que Ma Lien soubesse todas as razões pelas quais iria morrer.

Rin se lembrava com clareza de como ele tinha gritado com ela quando sugeriu pela primeira vez que enviassem tropas para a Província do Galo. Ele a chamara de escória da pele suja, de animal imundo. Criticara Gurubai por permitir que uma menina estivesse no conselho de guerra e alegara que Rin deveria ter morrido com todos os outros de sua laia.

Ma Lien provavelmente não se lembrava daquilo. Ele era do tipo indiscreto e falador, atirando insultos para todos os lados como se fossem nada, sempre na certeza de que sua força corporal e a lealdade de seus homens o poupariam das consequências.

— Você se lembra do que me disse quando pedi o comando pela primeira vez? — perguntou Rin.

Uma bolha de saliva escorreu pelo canto da boca de Ma Lien. Rin pegou um trapo manchado de sangue do chão e gentilmente limpou o rosto de Ma Lien.

— Você disse que eu era uma vagabunda incompetente, sem experiência em liderança e com um déficit genético de racionalidade. — Rin deu risada. — Essas foram suas palavras. Você disse que eu era uma imbecil ignorante com mais poder do que eu conseguia compreender, que eu deveria me pôr no meu lugar. E disse também que speerlieses não deviam tomar decisões, apenas obedecer.

Ma Lien balbuciou algo de forma incoerente. Rin afastou o cabelo dele da boca. O homem suava tanto que parecia ter sido mergulhado em uma banheira de óleo. Pobrezinho.

— Não vim aqui para ser o capacho ninguém — declarou Rin. — Você deveria ter entendido isso.

Ela já havia jurado lealdade a duas pessoas, e ambas a haviam traído. Confiara primeiro em Daji e depois em Vaisra, e os dois a venderam sem pestanejar. De agora em diante, Rin era dona do próprio destino.

Ela colocou a mão no bolso e tirou o frasco.

Havia uma infestação de escorpiões amarelos nas florestas que rodeavam Ruijin. Os soldados tinham aprendido a mantê-los longe do acampamento queimando lavanda e montando armadilhas, mas não era possível andar três metros em meio às árvores sem tropeçar em um ninho. E bastava um único ninho para extrair veneno suficiente para encher um frasco.

— Não sinto nem um pouco de culpa por estar fazendo isso — continuou ela. — Você não deveria ter se metido no meu caminho.

Ela virou o frasco na boca de Ma Lien, que se debateu, tentando tossir o veneno, mas Rin segurou a mandíbula dele e a fechou à força, apertando seu nariz até que o líquido descesse pela garganta do general. Ele parou de resistir um instante depois, e a garota o soltou.

— Você não vai morrer na mesma hora — explicou Rin. — O veneno do escorpião paralisa. Vai travar todos os seus músculos.

Ela limpou saliva e veneno do queixo dele com o trapo da cama.

— Daqui a uns minutos, vai começar a ficar um pouco difícil respirar. Você vai tentar pedir ajuda, mas vai perceber que seu maxilar está travado. Claro que sua esposa virá correndo, mas nada poderá ser feito. Ela sabe o que estou fazendo aqui, agora. Talvez ela te ame o suficiente para ficar com você até o fim. No entanto, se ela te ama de verdade, vai cortar sua garganta.

Rin se levantou. Uma estranha onda de êxtase percorria seu corpo, fazia seus joelhos tremerem. Ela se sentia zonza, tomada por uma energia inesperada e inexplicável.

Aquela não era a primeira vez que matava, mas era seu primeiro assassinato deliberado e premeditado. Aquela era a primeira pessoa que matara não por desespero, mas com determinação fria e calculada.

A sensação era...

A sensação era *de prazer*.

Rin não precisava do ópio para contar isso a Altan. Ouvia as risadas dele como se estivesse bem a seu lado. Sentia-se divina, como se pudesse saltar sobre as montanhas, se assim desejasse.

A mão de Rin tremia, derrubando o frasco, que se estilhaçou no chão.

Com o coração disparado e o sangue correndo pelas veias em euforia, ela deixou a caverna.

— Quero liderar dois contingentes até a Província do Galo — exigiu Rin. — Souji alegou que estão reunidos lá porque o terreno plano é mais fácil de ser explorado. Estamos nos preparando para uma luta na frente errada. Eles não vão subir as montanhas porque não precisam fazer isso, vão continuar expandindo para o sul.

A liderança da Coalizão do Sul estava reunida no quartel do Líder do Macaco. Em posição de destaque, Gurubai se sentava na extremidade da mesa. Liu Dai, um ex-oficial do condado e aliado de longa data de Gurubai, sentava-se à sua direita. Zhuden estava à direita de Liu Dai como substituto de Ma Lien, mas havia uma cadeira à mesa em sinal de respeito. Souji se encontrava no fundo da sala, de braços cruzados, sorrindo como se já tivesse matado a charada.

— Se atacarmos depressa, ou seja, se pegarmos os grupos principais antes que consigam se reagrupar — sugeriu Rin —, podemos acabar com isso de uma vez.

— Hoje de manhã você queria ir para o norte para enfrentar Vaisra — disse Gurubai. — Agora quer seguir para o sul. Não pode travar uma guerra em duas frentes, Rin. Qual delas vai ser?

— Temos que seguir para o sul *justamente* para nos fortalecer e estabelecer nossa defesa contra os hesperianos — explicou Rin. — Se vencermos no sul, teremos uma temperatura melhor, estoques de comida, acesso a rotas fluviais, arsenais e todas as outras coisas das quais os mugeneses estão tirando proveito e nós nem fazemos ideia. Nossos exércitos vão aumentar em milhares e estaremos abastecidos. Mas se não aniquilarmos os mugeneses primeiro, ficaremos presos nas montanhas...

— Estamos *seguros* nas montanhas — interrompeu Liu Dai. — Ninguém invade Ruijin há séculos. O relevo é hostil demais...

— Estamos sem comida — interrompeu Rin. — Os poços estão secando. Essa segurança não vai durar para sempre.

— Sabemos disso — respondeu Gurubai. — Mas está pedindo demais deste exército. Metade desses garotos pegou em uma espada pela primeira vez há dois meses. Precisa dar tempo a eles.

— Vaisra não vai esperar até que estejam prontos — retrucou Rin. — Assim que terminar com Jun, virá atrás de nós.

Por suas expressões desinteressadas e inflexíveis, eles já não ouviam mais. Rin sabia que aquilo era inútil; era apenas outra versão da mesma conversa que tiveram dezenas de vezes. Estavam em um impasse: ela tinha o fogo, mas eles tinham todo o resto. Eram homens experientes e endurecidos pela guerra que, apesar de tudo que diziam em público, não poderiam estar mais descontentes em compartilhar poder com uma garota com metade de sua idade.

Rin sabia disso, mas não conseguia ficar calada.

— A Província do Galo foi destruída — disse Gurubai. — Está infestada de mugeneses. Nossa estratégia deveria ser a sobrevivência. Podemos *manter* a Província do Macaco. Eles não conseguem sobreviver nas montanhas. Não jogue isso fora, Rin.

Ele falou como se tivesse chegado àquela conclusão havia muito tempo. De repente, Rin caiu em si.

— Você sabia — constatou ela. — Você sabia que tinham invadido a Província do Galo.

Gurubai e Liu Dai se entreolharam.

— Runin...

— Você sabia esse tempo todo — disse ela, erguendo a voz.

As bochechas de Rin ardiam. Aquilo não era a condescendência de sempre, era menosprezá-la de maneira descarada. *Como eles se atreviam?*

— Você sempre soube e não me contou.

— Não teria feito diferença...

— Todo mundo sabia? — Rin olhou ao redor da sala.

Pequenas faíscas de chama irromperam de seus dedos sem que ela percebesse. Os membros da Coalizão recuaram, mas Rin nem percebeu. Estava constrangida demais.

O que mais estavam escondendo dela?

Gurubai pigarreou.

— Dados seus impulsos, não achamos prudente...

— Vai se foder! — bradou Rin. — Eu faço parte deste conselho, estou vencendo suas batalhas por você! *Eu mereço*...

— Não muda o fato de que você é impulsiva e inconsequente, como fica claro com suas repetidas exigências para comandar...

— Eu mereço comandar! É o que me foi prometido.

Gurubai suspirou.

— Não vamos voltar nesse assunto.

— Se nenhum de vocês está disposto a avançar, eu posso ir. Preciso de dois mil soldados. É só ó dobro do que levei para Khudla. Vai ser suficiente.

— Você sabe que isso não é possível.

— Mas essa é nossa única chance de continuar vivos...

— É mesmo? — interrompeu Gurubai. — Você realmente acredita que não podemos sobreviver nas montanhas? Ou será que só quer uma desculpa para ir atrás de Yin Nezha?

Rin queria esbofeteá-lo, mas não era idiota a ponto de morder a isca.

— Os Yin não vão nos deixar viver em paz neste país — disse ela.

Rin sabia como Vaisra operava. Ele identificava suas ameaças — passadas, atuais e potenciais — e, com paciência, as isolava, capturava e destruía. Não perdoava os erros do passado, nunca deixava de resolver pontas soltas, e Rin, que já fora sua arma mais preciosa, agora era a maior ponta solta do Líder do Dragão.

— A República não quer dividir território. Eles querem nos apagar do mapa — continuou ela. — Então sinto muito por pensar que pode ser uma boa ideia atacar primeiro.

— Vaisra não quer nossas cabeças — disse o Líder do Macaco, ficando de pé. — Quer *a sua*.

O peso daquela frase pairou no ar.

De repente, a porta se abriu, e todos os presentes buscaram suas espadas. Um ajudante entrou correndo, ofegante.

— Senhor...

— Agora não! — vociferou o Líder do Macaco.

— Mas, senhor... — O ajudante arfava. — Senhor, Ma Lien morreu.

Rin respirou fundo e soltou o ar devagar. Finalmente.

Gurubai olhava para o ajudante, atônito.

Rin foi a primeira a se manifestar, quebrando o silêncio.

— Isso quer dizer que abriu uma vaga.

Liu Dai ficou horrorizado.

— Tenha um pouco de respeito.

Ela o ignorou.

— Vocês têm uma vaga e eu sou a pessoa mais qualificada para ocupá-la.

— Você está longe de ser a próxima na hierarquia — respondeu Gurubai.

Rin revirou os olhos.

— Esse tipo de hierarquia faz sentido para exércitos de verdade, não para mercenários escondidos nas montanhas torcendo para que os dirigíveis não os vejam quando passarem.

— Os homens não vão obedecer a você — disse Gurubai. — Mal a conhecem...

Pela primeira vez, Zhuden falou.

— Apoiamos a menina.

Em silêncio, Gurubai encarava Zhuden com uma expressão de descrença.

Rin se controlava para não sorrir.

— Ela está certa — continuou Zhuden. — Vamos morrer aqui em cima. Precisamos marchar enquanto ainda temos garra. E se você não nos liderar, vamos com ela.

— Você não controla o exército inteiro — desafiou Gurubai. — Serão, no máximo, mil e quinhentos homens.

— Dois mil — interveio Souji.

Rin se voltou para ele, surpresa.

Souji deu de ombros.

— Os Lobos de Ferro vão para o sul também. Já faz tempo que estou ansioso por essa batalha.

— Você disse que não dava a mínima para a Coalizão do Sul — disse Rin.

— Eu disse que não dava a mínima para o resto do Império — explicou Souji. — Isso é diferente, este é o meu povo. E, pelo que estou vendo, você é a única que tem coragem de ir atrás deles em vez de ficar mofando aqui e esperando para morrer.

A vontade de Rin era explodir em gargalhadas. Ela olhou ao redor da mesa, insolente, desafiando qualquer um a se opor. Liu Dai se ajeitou na cadeira. Souji deu uma piscadela para ela. Dando-se por vencido, Gurubai permaneceu em silêncio.

Rin desconfiava que Gurubai sabia o que ela tinha feito. Não era segredo, e ela admitiria em voz alta caso perguntasse, mas ele não faria isso. Não tinha provas, e ninguém acreditaria; pelo menos um terço de seus homens se voltara contra ele.

Aquilo não era novidade, só oficializava rumores que já circulavam havia muito, muito tempo.

Zhuden acenou com a cabeça para Rin.

— Aguardamos instruções, General Fang.

Ela gostou tanto do som daquelas palavras que não pôde conter um sorriso.

— Bom, está decidido. — Ela olhou ao redor da mesa. — Vou levar a Terceira Divisão e os Lobos de Ferro para a Província do Galo. Partimos assim que amanhecer.

CAPÍTULO 4

— Quero soldados descansados quando chegarmos à Colmeia — disse Rin. — Se reduzirmos nossa velocidade habitual, chegaremos lá em doze dias. Vamos fazer desvios aqui e aqui para evitar postos mugeneses. Isso vai aumentar o percurso, mas prefiro preservar o elemento surpresa o máximo possível. Assim, eles terão menos tempo para se preparar.

Rin falava com mais confiança do que realmente sentia. Ela tinha a impressão de que sua voz soava alta e estridente demais, embora mal conseguisse ouvi-la sob a pulsação de seus batimentos cardíacos. Agora que finalmente havia conseguido o que queria, sua alegria desaparecera e dera lugar a uma mistura aterradora de exaustão e nervosismo.

Anoiteceu no primeiro dia de marcha após partirem de Ruijin, e eles pararam para acampar na floresta. Um grupo de soldados — Kitay, Zhuden, Souji e alguns oficiais — estava reunido na tenda de Rin, observando com atenção os mapas que a garota rabiscava.

A mão de Rin não parava de tremer, borrando o pergaminho com tinta. Era muito difícil escrever com a mão esquerda. Ela se sentia fazendo uma prova para a qual não estudara. Deveria estar gostando daquele momento, mas não conseguia ignorar a sensação de que era uma farsa.

Você é uma farsa. Ela nunca havia liderado uma campanha de verdade sozinha, e sua breve experiência como comandante do Cike terminara em desastre. Rin não tinha ideia de como administrar uma logística naquela escala, e o pior de tudo era que estava, naquele momento, desenhando uma estratégia de ataque que não tinha certeza de que funcionaria.

A risada de Altan ecoava em sua mente.

Sua bobinha, dizia ele. *Finalmente conseguiu um exército e agora não sabe nem por onde começar.*

Ela respirou fundo e se esforçou para afastá-lo de sua mente.

— Se tudo correr conforme o planejado, Leiyang será nossa até a próxima lua — concluiu Rin.

Leiyang era o maior município no norte da Província do Galo. Rin passara por lá apenas uma vez, havia quase cinco anos, quando fazia o longo trajeto de caravana para começar a estudar em Sinegard. Era um centro comercial importante, ligado a dezenas de vilarejos menores por dois riachos e várias estradas amplas e antigas que haviam sido pavimentadas na época do Imperador Vermelho. Comparada a qualquer capital do norte, aquela se parecia com um mercadinho de beira de estrada nos confins do mundo. No entanto, naquela época, Rin achara aquela cidade comerciante a mais movimentada que já vira.

Kitay apelidara a rede em torno de Leiyang de Colmeia. As tropas adversárias tinham certo controle sobre todas as aldeias do norte na Província do Galo, mas, com base na patrulha e nos padrões de viagem dos mugeneses, Leiyang era o núcleo principal.

Havia algo de importante lá. Kitay acreditava ser um general mugenês de alto escalão que, após a dizimação de sua terra natal, continuou a exercer a autoridade regional. Rin, por sua vez, temia que fosse um arsenal de armas do qual não tinham conhecimento. Talvez Leiyang estivesse abarrotada de latas de gás, não havia como saber.

Este era o cerne do problema: Rin sabia muito pouco sobre Leiyang. Ela atualizara seus mapas com as descrições detalhadas de Souji sobre a região, mas todo o resto estava desatualizado havia meses. Alguns Lobos de Ferro eram refugiados de Leiyang, mas seus relatos sobre a presença de tropas mugenesas variavam muito e tinham sido completamente inúteis. Os refugiados quase sempre forneciam informações distorcidas — alguns deles, amedrontados, exageravam ao descrever a ameaça, enquanto outros a minimizavam na esperança de encorajar uma operação de resgate para ajudar a aldeia de onde vinham.

Rin enviara batedores com a ordem de serem extremamente cautelosos; qualquer coisa que alertasse os mugeneses sobre a emboscada terminaria em desastre. Assim, ela poderia especular o quanto quisesse, mas não teria noção de toda a força das tropas de combate em Leiyang até pouco antes do início da batalha.

— Como vai fazê-los sair de lá? — perguntou Zhuden. — Não queremos atacar muito perto de civis.

Aquilo era *óbvio*. Rin não sabia se ele estava sendo condescendente ou apenas cuidadoso. De repente, passara a ser muito difícil não interpretar tudo como um desafio à sua autoridade.

— Vamos avisá-los com a maior antecedência possível sem revelar nossa localização. Souji tem algumas conexões por lá, mas teremos que nos adaptar a contingências — respondeu Rin, sabendo muito bem que aquilo era um monte de baboseira.

Ela não tinha uma resposta melhor. A pergunta de Zhuden fazia parte de um quebra-cabeça estratégico que, mesmo após horas de debate com Kitay, ela ainda não havia decifrado.

A questão era que as tropas mugenesas próximas a Leiyang não estavam agrupadas em um lugar só, onde uma emboscada bem coordenada poderia destruir todas numa tacada só, e sim espalhadas pelo vilarejo.

Rin precisava encontrar uma maneira de atrair os mugeneses para um campo de batalha amplo e a céu aberto. Em Khudla, tinha sido fácil reduzir a morte de civis — boa parte das tropas mugenesas morava em lugares separados do vilarejo. Mas todos os Lobos de Ferro com quem Rin conversara haviam relatado que os mugeneses em Leiyang se integraram plenamente ao município, formando um inusitado sistema ocupacional de simbiose predatória e fazendo com que fosse muito mais difícil distinguir os alvos em meio aos inocentes.

— Não podemos tomar esse tipo de decisão agora, não com as informações que temos — determinou Rin. — Nossa prioridade por enquanto é chegar o mais perto possível de Leiyang sem que sejamos vistos. Não queremos uma situação em que a cidade toda é mantida refém. Entendido?

Ela olhou ao redor da sala. Todos concordaram.

— Certo — disse ela. — Zhuden, escolha alguns homens para a primeira vigília.

— Sim, general — acatou ele, levantando-se.

Os outros oficiais seguiram Zhuden quando ele saiu da sala, mas Souji continuou sentado de pernas cruzadas, encostado contra os braços estendidos. Ele mastigava um talo de palha no canto da boca, que se parecia com um dedo em riste, julgando Rin.

Rin se voltou para ele, ressabiada.

— Algum problema?

— Seus planos não têm pé nem cabeça — deliberou Souji.

— Como é?

— Desculpe. Devia ter falado antes, mas não quis deixar você sem graça.

Rin fechou a cara.

— Olha aqui, se veio só me aporrinhar...

— Espera, escute. — Souji se endireitou, inclinou-se sobre o mapa e colocou o dedo sobre a estrela que destacava Leiyang. — Para começo de conversa, não pode mandar seu exército por estas estradas alternativas. Vão encontrar sentinelas por todos os cantos, não só nas estradas principais, e você sabe que não tem gente suficiente para sobreviver a uma defesa preparada.

— Não há outra rota além dessas estradas alternativas — comentou Kitay.

— Vocês é que não estão usando a criatividade.

Um vislumbre de irritação perpassou as feições de Kitay.

— Não dá para transportar carroças de suprimentos por uma floresta densa, não tem como...

— Por que vocês se recusam a ouvir conselhos alheios? — Souji cuspiu a palha. O talo caiu sobre o mapa, manchando as rotas que Rin traçara cuidadosamente. — Só estou tentando ajudar.

— Somos estrategistas treinados em Sinegard. Sabemos o que fazer — retrucou Rin, impaciente. — Então, se não tem nada mais útil para dizer do que "seus planos não têm pé nem cabeça"...

— Você sabe que o Líder do Macaco está torcendo para que fracasse, não sabe? — interrompeu Souji.

— Como é?

— A Coalizão do Sul não vai nem um pouco com a sua cara. Gurubai, Liu Dai, a panelinha toda. Eles falam de você toda vez que não está presente. Eu tinha *acabado* de chegar e já estavam tentando me virar contra você. É um clubinho de homens, princesa, e você é a peça que sobra.

Rin manteve a voz cuidadosamente neutra.

— E o que falam?

— Que você é uma criança que pensa que três anos em Sinegard e alguns meses no Exército Imperial substituem décadas de batalha — respondeu Souji. — Que seria dispensável, se não fosse por seu truquezinho com o fogo. E que provavelmente vai morrer em Leiyang porque é ignorante demais para ter noção do que está enfrentando, o que é motivo de alívio para eles. Afinal, seria um aborrecimento a menos.

Rin não conseguiu impedir que o calor subisse por suas bochechas.

— Como se eu já não soubesse.

— Olha só, speerliesa. — Souji se aproximou. — Eu estou do seu lado, mas Gurubai tem razão sobre algumas coisas. Você não sabe comandar e *é inexperiente*, especialmente em uma guerra como esta. Mas eu sei como travar essas batalhas, e se meus homens estão sendo arrastados para elas, você vai sossegar o facho e me ouvir.

— Você não vai me dar ordens — disse Rin.

— Se entrar lá com esses planos, vai morrer.

— Escuta aqui, seu imbecil...

— Calma, Rin. — Kitay ergueu a mão. — Escute por um segundo.

— Mas ele está...

— Ele está aqui há mais tempo do que a gente. Se tem algo a dizer, devíamos ouvir. — Kitay fez um gesto para Souji. — Continue.

— Obrigado. — Souji pigarreou como um professor prestes a começar uma aula. — Vocês dois estão fazendo tudo errado. Não podem querer lutar como se essa fosse uma guerra normal, com combate em campo aberto e todas essas coisas. Não é assim. Esta é uma guerra de libertação, e libertação significa táticas ardilosas de pequena escala.

— Você fala como se isso tivesse dado certo em Khudla — resmungou Rin.

— Levamos uma rasteira em Khudla — admitiu Souji. — Mas, como disse, não dava para vencer em campo de batalha com o número de soldados que tínhamos. Deveríamos ter usado táticas menores. Você pode aprender com os meus erros.

— Então o que está propondo? — perguntou Rin, disposta a ouvir.

— Vá pela floresta — disse Souji. — Consigo transportar seus preciosos carrinhos de suprimentos. Há caminhos escondidos por toda essa área. Meus homens conseguem encontrar. Depois estabeleça contato com a liderança da resistência em Leiyang antes de entrar. Neste momento, você não tem gente suficiente.

— Gente suficiente? — repetiu Rin. — Sozinha, eu consigo...

— Tá bom, tá bom, você consegue queimar um esquadrão inteiro sozinha, speerliesa, já entendi. Mas isso só é útil dentro de certo raio, e esse raio, por definição, não pode estar muito próximo de civis. Você precisa de pessoas que possam interferir, manter os mugeneses longe das pessoas que está tentando salvar. Neste momento você não tem soldados suficientes. Suspeito que seja por isso que faz careta toda vez que olha para o mapa.

Relutante, Rin percebeu que Souji era extraordinariamente astuto.

— E qual é a sua solução mágica? — desafiou ela.

— Não tem nada de mágico. Já estive nesses vilarejos, e eles têm bandos subterrâneos de resistência. Homens fortes, dispostos a partir para cima. Eles só precisam de um empurrãozinho.

— Está falando de meia dúzia de camponeses com forquilhas — disse Kitay.

— Estou falando de cem homens a mais onde quer que estejamos.

— Até parece — duvidou Rin.

— Eu vim de lá — disse Souji. — Eu tenho contatos. Se confiarem em mim, posso ganhar Leiyang para vocês. Conseguem fazer isso?

Ele estendeu a mão em direção a Rin.

Rin e Kitay se entreolharam, desconfiados.

— Não estou armando nada — disse Souji, impaciente. — Quero ir embora tanto quanto vocês.

Rin não se mexeu por um instante. Por fim, estendeu o braço para retribuir o aperto de mão de Souji.

A aba da tenda se escancarou no momento em que as palmas das mãos dos dois se tocaram. Uma sentinela entrou.

— Patrulha mugenesa — anunciou ele, sem fôlego. — A três quilômetros daqui.

— Escondam-se nas árvores! — exclamou Souji. — Há algumas a um quilômetro em ambas as direções. Mande os homens levantarem acampamento e irem para lá.

— Hã... O quê? — Rin se pôs de pé depressa, juntando os mapas. — Eu é que dou ordens aqui...

Souji se virou para Rin, agitado.

— Então ordene que se escondam.

— Nem a pau — decretou Rin. — Vamos lutar.

Os mugeneses tinham um único grupo de patrulha enquanto eles tinham um exército. Por que aquilo sequer estava sendo discutido?

Mas antes que Rin pudesse bradar uma ordem, Souji colocou a cabeça para fora da tenda, enfiou dois dedos na boca e assoviou três vezes seguidas, tão alto que fez os ouvidos de Rin doerem.

A resposta a deixou boquiaberta. Os Lobos de Ferro imediatamente se levantaram e começaram a empacotar seus pertences. Em menos de dois minutos já tinham enrolado tendas, ensacado equipamentos e desaparecido completamente do acampamento rumo à floresta. Eles não deixaram rastro — as fogueiras foram niveladas, todo o lixo foi recolhido e até os buracos das tendas na terra foram preenchidos. Um observador desavisado jamais perceberia que ali antes houvera um acampamento.

Rin não sabia se estava furiosa ou impressionada.

— Quer pensar melhor? — perguntou Souji.

— Seu cretino.

— É melhor vir também.

— Não preciso, tenho minha deusa...

— Basta uma flecha para botar você para dormir, princesa. Não tem ninguém protegendo você agora. Se eu fosse você, viria junto.

Com as bochechas queimando, Rin ordenou que os homens de Zhuden levantassem acampamento e se retirassem para as árvores. Eles saíram em disparada, correndo pela mata em meio a galhos secos que machucavam suas peles expostas, até que pararam e escalaram as árvores. Rin nunca se sentira tão humilhada quanto naquele momento, empoleirada num galho ao lado de Souji, espreitando através da folhagem para rastrear a patrulha que se aproximava.

O plano de Souji era esperar que os mugeneses fossem embora? Não era possível que ele pretendesse atacar, seria suicídio. Aquilo não batia com nenhuma das estratégias para emboscadas que tinham estudado nas aulas: não havia postos fixos de artilharia, linhas claras de comunicação ou visibilidade entre os soldados. Ao baterem em retirada para a floresta, eles apenas dispersaram e desorganizaram seus homens. Além disso, Rin ficara presa em uma zona de combate onde suas chamas facilmente sairiam de controle.

Minutos mais tarde, Rin avistou a patrulha mugenesa vindo pela estrada principal.

— Teríamos dado conta deles na clareira — sussurrou ela para Souji, irritada. — Por que...?

Souji tapou a boca de Rin.

— *Preste atenção*.

A patrulha entrou completamente no campo de visão de Rin. Ela contou cerca de vinte soldados montados em elegantes cavalos de guerra, sem dúvida alimentados com grãos roubados de habitantes famintos. Avançavam devagar, examinando o acampamento deserto.

— Andem logo — murmurou Souji. — Sumam daqui.

Não vai dar certo, pensou Rin. Seus homens eram eficientes, mas não tanto assim. Dez minutos não era tempo suficiente para abandonar um acampamento sem deixar vestígios.

Dito e feito: levou apenas um minuto para que o capitão mugenês apontasse para o chão com um grito. Rin não sabia o que o homem tinha visto — uma pegada, um buraco no chão, um cinto esquecido —, mas não fazia diferença. Eles tinham sido descobertos.

— Agora dá uma olhada.

Souji deu dois assovios seguidos.

Os Lobos de Ferro dispararam uma revoada de flechas rumo à clareira.

E acertaram na mosca. Metade dos patrulheiros mugeneses caiu de seus cavalos, e a outra metade tentava correr quando os Lobos mandaram outra rodada de flechas assoviando pelo ar; estas se fincaram em pescoços, têmporas, bocas e olhos. Três dos mugeneses chegaram um pouco mais longe, mas foram derrubados por um último grupo de arqueiros posicionados a quase dois quilômetros de onde Rin estava.

— Prontinho. — Souji pulou da árvore e estendeu uma mão para ajudá-la a descer. — Foi tão ruim assim?

— Foi desnecessário — respondeu Rin, empurrando a mão de Souji e descendo sozinha.

Seu braço esquerdo cedeu com o esforço, e ela soltou a mão, mas perdeu o equilíbrio e quase caiu sentada no chão. Rin se recompôs depressa e se pôs de pé.

— Poderíamos ter atacado direto. Não precisávamos ter nos escondido...

— Quantos homens acha que eles tinham? — perguntou Souji.

— Vinte, trinta. Não sei, eu não...

— E quantos acha que matamos?

— Bom, todos eles, mas...

— E quantas vítimas tivemos do nosso lado?

— Nenhuma — murmurou ela.

— E os mugeneses na Colmeia ficaram sabendo que estamos chegando?

— Não.

— Então? — concluiu Souji, convencido. — O que foi que disse? Que foi desnecessário?

Rin sentiu vontade de arrancar o sorrisinho do rosto de Souji com uma bofetada.

— *A parte de se esconder* foi desnecessária. Poderíamos ter atacado...

— E dado a eles um dia a mais para montar uma defesa? A primeira coisa que as patrulhas mugenesas fazem quando percebem que um confronto se aproxima é mandar um sobrevivente para alertar os demais.

Rin franziu a testa.

— Eu não sabia disso.

— Óbvio que não sabia. Você teria queimado todo mundo vivo, e tudo bem. Mas você não consegue correr mais rápido do que um cavalo. Nenhum de nós tem cavalos mais velozes do que os deles. Basta *um pequeno deslize* para perdermos a vantagem da surpresa.

— Mas isso é absurdo — contrapôs Rin. — Não vamos conseguir nos esconder até chegar a Leiyang.

— Pode até ser, mas pelo menos temos que *tentar* manter nossos números em segredo até atacarmos nossos próximos alvos. Pequenos ajustes estratégicos como este fazem diferença. Não pense na situação como um todo, pense em detalhes. Se puder manter uma vantagem por um dia, *por uma hora*, faça isso. Pode ser a diferença entre duas mortes e vinte.

— Entendi — disse ela, resignada.

Rin não era teimosa a ponto de não admitir quando estava errada, mas não era agradável admitir que ela de fato *estava* pensando em estratégias de um modo amplo. Tinha se acostumado com isso. Detalhes nunca importavam muito quando suas estratégias se resumiam a extermínio pelo fogo.

Um pouco constrangida, Rin tirou as folhas que estavam presas em sua calça e pronunciou as palavras que Souji esperava ouvir:

— Certo, você venceu e tinha razão.

Souji exibiu um sorriso triunfante.

— Estou nessa há anos, princesa. Acho bom prestar atenção.

Eles montaram o acampamento cerca de dois quilômetros ao sul de onde tinham visto a patrulha, sob árvores tão frondosas e espessas que a folhagem filtrava a fumaça das fogueiras antes que ela pudesse subir para o céu. Mesmo assim, Rin estabeleceu limites rigorosos — uma fogueira a cada sete homens e todos os vestígios teriam que ser escondidos com folhas e terra antes de seguirem caminho no dia seguinte.

O cardápio do jantar era deprimente: *wotou* no vapor e arroz empapado e insosso. O Líder do Macaco não permitira que Rin levasse nada além de alimentos velhos, argumentando que, caso falhasse naquela expedição, ao menos não mataria Ruijin de fome. Rin não insistira; não queria forçar a barra.

Os Lobos de Ferro, por sua vez, alimentavam-se muito bem, o que era suspeito. Rin não sabia onde encontravam ingredientes, mas o vapor que subia de seus caldeirões tinha um cheiro *delicioso*. Teriam contrabandeado comida de Ruijin? Quando se tratava de Souji, isso era uma possibilidade. Ele era exatamente o tipo de babaca que faria isso.

— Se está te incomodando tanto, pergunta para eles — sugeriu Kitay.

— É besteira — resmungou Rin. — Não vou criar caso.

Mas Souji vinha caminhando na direção deles, carregando vaporeiras de bambu nas mãos. Ele bateu o olho na refeição dos dois e deu um sorrisinho.

— Parece apetitoso.

Rin fechou a mão possessivamente em torno de seu *wotou*.

— É suficiente.

Souji se sentou de frente para eles e colocou as vaporeiras no chão.

— Vocês não aprenderam a conseguir comida?

— Claro que sim, mas não tem nada comestível neste pedaço de...

— Tem certeza? — Souji levantou a tampa das vaporeiras. — Vejam. Brotos de bambu, perdiz recém-caçado. É só cozinhar com um pouco de sal e vinagre e pronto, uma refeição completa.

— Mas não tem nada disso aqui por perto — defendeu-se Kitay.

— Sim, nós pegamos no caminho. Vocês não viram os bambus nos limites de Ruijin? Um monte de brotinhos. Sempre que se deparar com algo comestível, tem que enfiar na mochila. É a regra número um de uma expedição.

O cheiro de carne de perdiz estava deixando Rin com água na boca. Ela olhava os vapores com inveja.

— E como pegaram as aves?

— É simples. Dá para montar uma armadilha com quase nada se tiver farinha de milho como isca. Podemos montar algumas à noite e comer asinhas crocantes de perdiz no café da manhã. Eu ensino vocês.

Rin apontou para algo amarelo e polpudo sob os brotos de bambu.

— O que é isso?

— É banana *bajiao*.

— É gostosa?

— Nunca comeu? — Souji olhava para ela, incrédulo. — Tem um monte nessa região.

— Pensamos que fosse venenosa — explicou Kitay. — Alguns homens em Ruijin ficaram com muita dor de estômago depois de comer, então ficamos longe delas.

— Ah, não. Isso só acontece quando não estão maduras. Se não tiver certeza pela cor da casca, que precisa estar meio marrom, pode descascar para sentir o cheiro. Se for meio azedo, não coma. Seus homens não sabiam disso?

— Não, ninguém em nosso acampamento.

— Caramba — disse Souji. — Acho que depois de alguns séculos as pessoas começam a se esquecer de algumas coisas.

Rin apontou para um punhado de coisas que pareciam ser feijões pretos e crocantes.

— E aquilo, o que é?

— Abelhas — disse Souji, descontraído. — Ficam muito saborosas fritas. Só precisa tirar os ferrões.

Rin o encarava.

— Você está brincando?

— Não. — Souji pegou uma abelha e a mostrou para Rin. — Está vendo? As perninhas são a melhor parte.

Ele jogou a abelha na boca e mastigou ruidosamente.

— Bom demais. Quer uma?

— Acho que não — recusou Rin.

— Você é do sul, achei que comesse qualquer coisa.

— Nunca comemos insetos em Tikany.

Souji riu.

— Tikany passa longe de ser o vilarejo mais pobre do sul. Faz sentido que nunca tenha passado fome.

Rin tinha que admitir que era verdade. Ela havia passado fome várias vezes, tanto em Tikany quanto em Sinegard, mas porque alguém se recusou a alimentá-la, não por falta de comida. Mesmo depois que a Terceira Guerra da Papoula começou de verdade, quando todos no

Império ficaram tão desesperados que chegaram a comer cascas de árvore, Rin contara com pelo menos duas refeições diárias fornecidas pelo Exército.

Não era surpresa. Quando as coisas ficavam ruins, os soldados eram alimentados primeiro e todos os outros eram deixados à própria sorte. Rin tinha passado tanto tempo vivendo às custas das capacidades extrativas do Império que nunca aprendera a arranjar comida para si mesma.

— Não foi um insulto, só estou sendo sincero. — Souji estendeu a tigela de abelhas na direção de Rin. — Quer experimentar?

O cheiro era muito bom e fez o estômago de Rin roncar sonoramente.

— Pode comer. — Souji riu. — Temos comida de sobra.

Eles seguiram viagem ao amanhecer. Caminhavam pela beira da estrada, sempre prontos para se esconder nas árvores ao primeiro sinal dos batedores que tinham partido na frente. Haviam acelerado um pouco o ritmo desde o dia anterior. Rin queria ir direto para a Colmeia, mas Souji traçou um padrão em zigue-zague em seu mapa, estabelecendo uma rota sinuosa que os levava a todas as bases locais de autoridade chegando ao centro só no fim do percurso.

— Mas assim vão saber da nossa chegada — disse Rin. — O objetivo não é manter o elemento surpresa até Leiyang?

Souji balançou a cabeça.

— Não, eles vão descobrir que estamos aqui em cinco dias, no máximo. Não podemos manter nossa abordagem em segredo por muito mais tempo, por isso é melhor conseguirmos algumas vitórias enquanto pudermos.

— Então para que servem todas essas medidas?

— Use a cabeça, princesa. Eles sabem que estamos chegando, mas *só isso*. Não sabem em *quantos* estamos. Podemos ser um grupo de dez ou um exército de um milhão. Eles não fazem ideia do que esperar, e a ameaça do desconhecido prejudica as preparações da defesa.

É claro que Rin tinha aprendido em Sinegard a criar estratégias levando em conta o estado de espírito do inimigo, mas ela sempre interpretara isso como uma questão de estratégia dominante. Dadas as circunstâncias, qual era a melhor opção? E como deveria se preparar para a melhor das opções? As questões nas quais Souji insistia — medo, apreensão, ansiedade, irracionalidade — eram detalhes que nunca tinha parado para considerar. Naquela guerra, entretanto, onde a incerteza reinava e as forças eram desiguais, parecia essencial.

Assim, quando a Coalizão do Sul avistava soldados mugeneses, todos se escondiam no topo das árvores e os deixavam prosseguir ou executavam a mesma tática que os Lobos de Ferro haviam usado no primeiro dia. Quando passavam por vilarejos ocupados, empregavam mais ou menos o mesmo tipo de estratégia — isca controlada, ataques de força limitada; apenas o suficiente para atingir objetivos táticos sem transformar o encontro em uma batalha.

Durante oito dias, e depois de diversos encontros com mugeneses, Rin pôde acompanhar de perto toda a gama de táticas favoritas de Souji, que eram brilhantes e quase sempre giravam em torno de enganar o inimigo. Os Lobos de Ferro gostavam de armar ciladas para pequenos grupos de soldados mugeneses, sempre à noite e nunca duas vezes no mesmo lugar. Quando os mugeneses retornavam com grupos maiores, os guerrilheiros já estavam longe. Eles se passavam por mendigos, fazendeiros e bêbados para provocar ataques por parte dos mugeneses. Deliberadamente criavam falsos acampamentos para confundir as patrulhas inimigas. O estratagema favorito de Souji consistia em enviar um grupo de Lobos de Ferro composto de mulheres jovens para regiões próximas aos acampamentos mugeneses usando roupas mais coloridas e provocantes. Inevitavelmente, elas eram atacadas pelos soldados mugeneses. No entanto, havia uma surpresa: garotas com explosivos e facas eram mais difíceis de dominar do que suas presas habituais.

— Elas fingem que são vulneráveis — observou Rin. — Isso sempre funciona?

— Quase sempre. Os mugeneses adoram alvos fáceis.

— E eles nunca percebem a cilada?

— Até onde sei, não. Eles gostam de intimidar, são canalhas. *Querem* ver fraqueza. Acreditam tanto que somos apenas animais covardes e desprezíveis que não param para prestar atenção. *Não querem* acreditar que conseguimos revidar.

— Mas não estamos revidando — disse Rin. — Só estamos incomodando eles.

Souji sabia que Rin não estava entusiasmada com aquele estilo de campanha — o estilo de enfrentar, mas não enfrentar *de verdade*; de provocar o inimigo escondido nas sombras, mas nunca bater de frente com ele. Aquilo ia contra todos os princípios estratégicos que ela estudara. Rin havia aprendido a vencer, e a vencer de forma definitiva para evitar um contra-ataque mais tarde. Por outro lado, Souji flertava com a vitória, mas jamais colhia seus louros. Ele deixava peças de xadrez abertas por todo o tabuleiro, como um cão guardando ossos para mais tarde.

Ele ainda insistia que Rin estava pensando na guerra da maneira errada.

— Você não tem um exército convencional — disse ele. — Não pode entrar em Leiyang e arrasar com todo mundo como fez quando lutava pela República.

— Claro que posso — respondeu Rin.

— Você é boa nove em cada dez vezes, princesa. De repente, leva uma flecha perdida ou um dardo na têmpora e pronto! Já era. Não corra riscos. É melhor pender para o lado da cautela.

— Mas eu odeio estar sempre *fugindo*…

— Não é fugir. Essa é a parte que você ainda não entendeu. Isso é transtorno, é desordem. Pense em como suas táticas teriam que mudar se estivesse do outro lado. Você muda seu padrão de patrulha para conter os ataques aleatórios, mas não consegue prever quando vão acontecer. É desgastante, você não consegue descansar ou dormir porque não sabe o que vai acontecer no momento seguinte.

— Então seu plano é matá-los de irritação? — perguntou Kitay.

— Cansaço psicológico é uma excelente arma — respondeu Souji. — Não a subestime.

— Não estamos fazendo isso — argumentou Rin. — Mas a sensação é de que estamos sempre recuando.

— A questão é exatamente esta: *você* pode recuar, os inimigos não, porque estão presos nos lugares que ocuparam e não podem desistir deles. Tentem enxergar isso. O modelo padrão de guerra não vai funcionar aqui. Em Sinegard, aprendem a liderar grandes forças em grandes batalhas, mas vocês não têm mais isso. O que podem fazer é atacar forças isoladas, várias vezes, e retardar reforços. Precisam colocar em execução operações menores e adiar batalhas diretas pelo máximo de tempo possível.

— Que maluquice — disse Kitay.

Seus olhos estavam vidrados e tinham um brilho maníaco como em todas as vezes em que sua mente trabalhava a todo vapor para processar novos conceitos. Rin quase conseguia ouvir o zumbido em seu cérebro.

— Isto vai contra tudo o que os clássicos ensinam sobre guerra — continuou ele.

— Nem tudo — disse Souji. — De acordo com Sunzi, qual é o teorema fundamental da guerra?

— Subjugar o inimigo sem lutar — respondeu Kitay automaticamente. — Mas isso não se aplica a...

Souji o interrompeu.

— E o que isso significa?

— Significa pacificar o inimigo com superioridade pura e simples — respondeu Rin, afoita. — Se não em números, em tecnologia ou posição. Você faz o inimigo perceber sua inferioridade e ele se rende sem lutar. Poupa seus soldados de uma batalha, mantém os campos de batalha vazios. O único problema é que eles *não são* inferiores sob nenhum aspecto, então isso não vai funcionar.

— Mas não foi isso que Sunzi quis dizer — contrapôs Souji, com um tom presunçoso e enfurecedor, como um professor esperando que um aluno muito lento chegasse à resposta sozinho.

Kitay perdeu a paciência.

— Ah, não? A parte chave do texto estava escrita em tinta invisível?

Souji levantou as mãos.

— Eu também estudei em Sinegard, sei como suas mentes trabalham. Mas eles treinaram vocês para uma guerra convencional, e esta guerra não se trata disso.

— Então, por favor, nos dê a honra de aprender com você — disse Kitay.

— Não podem usar toda uma força superior em uma só tacada, precisam fazer isso em parcelas. Operações itinerantes, ações noturnas. Pegadinhas, surpresas, todas essas coisas divertidas como as que temos feito; é assim que se encontra o alinhamento ideal, ou sei lá como é que Sunzi chamava isso. — Souji fez uma pinça com os dedos polegar e indicador e continuou. — Vocês são como uma formiga devorando um rato ferido. Devem fazer isso mordida após mordida. Em vez de se envolverem em um confronto direto, vocês simplesmente fazem com que eles se esgotem. O problema de Sinegard é que ensinavam a lutar contra um inimigo do passado. Enxergavam tudo através dos olhos do Imperador Vermelho, mas esse método de guerra não funciona mais. Não funcionou contra os mugeneses nem quando vocês *tinham* um exército. E tem mais: Sinegard partia do pressuposto de que o inimigo seria uma força externa. O ensino deles não era para rebeldes.

Souji sorriu ao terminar de falar.

Apesar de sua cisma inicial, Rin precisou admitir que as táticas de Souji funcionavam. Quanto mais se aproximavam de Leiyang, mais suprimentos e informações adquiriam, e tudo indicava que os mugeneses continuavam sem saber o que estava por vir. Souji planejava os ataques para que mesmo os sobreviventes mugeneses não pudessem relatar mais de dez ou vinte soltados vistos; o número total de seu exército continuava secreto. Rin, por sua vez, certificava-se de não deixar testemunhas quando conjurava o fogo.

Mas a sorte deles estava prestes a acabar. As táticas de pequena escala de Souji funcionavam para alvos pequenos — lugarejos onde a guarda mugenesa não somava mais de cinquenta homens. Mas Leiyang era uma das maiores cidades da província, e diversos relatos corroboravam o fato de que os mugeneses estariam em milhares.

Não era possível enganar um exército desse tamanho comendo pelas beiradas. Cedo ou tarde, eles teriam que ficar frente a frente com o inimigo e lutar.

CAPÍTULO 5

No décimo segundo dia de jornada, após uma caminhada interminável por trilhas sinuosas e arriscadas em meio à floresta, eles chegaram a uma vasta planície repleta de talos vermelhos de sorgo. Diferente da vegetação selvagem e das esparsas árvores secas que haviam encontrado pela estrada até então, a plantação bem-cuidada chamava atenção, era como um alerta.

Os exércitos só cultivavam plantações depois de estabelecerem ocupação permanente. Tinham chegado aos limites da Colmeia.

Os homens de Rin queriam seguir para Leiyang naquela mesma noite. Eles tinham marchado a um ritmo tranquilo nos dois dias anteriores; as rotas na floresta não permitiam que andassem mais rápido. Estavam cheios de energia e queriam sangue.

Souji era a única resistência.

— Preciso falar com as lideranças locais antes.

Rin acatou.

— Ótimo. Onde elas estão?

— Bom... — Souji coçou a orelha. — Estão lá dentro.

— Ficou maluco?

— Os civis são os que mais sofrem com suas libertações — acusou Souji. — Ou não contou as vítimas em Khudla?

— Nós *libertamos* Khudla...

— E mataram vários civis quando incendiaram o templo — completou Souji. — Não pense que não fiquei sabendo. Precisamos avisá-los primeiro.

— É arriscado demais — argumentou Kitay. — Não sabemos quantos cúmplices eles têm. Se você for visto pelas pessoas erradas, os civis vão sofrer de qualquer forma.

— Ninguém vai denunciar a gente — disse Souji. — Eu conheço essas pessoas. A lealdade delas corre no sangue.

Rin o encarou, ressabiada.

— Apostaria a vida de todos neste exército nisso?

— Estou apostando a vida de todos naquele município — respondeu Souji. — Eu trouxe você até aqui, speerliesa. Confie em mim só mais um pouco.

E assim Rin se viu adentrando a Colmeia ao lado de Souji, usando vestes rústicas e puídas, sem espada nem reforços. Souji tinha encontrado uma lacuna na patrulha ao norte, um intervalo de trinta segundos entre turnos que permitiu que atravessassem os campos e passassem pelos portões da cidade sem serem notados.

Uma vez dentro de Leiyang, Rin ficou espantada com o que viu.

Ela nunca tinha entrado em um lugar ocupado por mugeneses onde não houvesse pilhas de cadáveres em decomposição por todos os cantos, onde os residentes não tivessem sido brutal e completamente oprimidos e forçados à submissão.

Em Leiyang, no entanto, os mugeneses haviam instalado algo mais parecido com um estado de ocupação, o que, de alguma forma, era muito mais assustador.

Os civis estavam magros, exauridos, abatidos, mas vivos — e não apenas vivos, mas *livres*. Não estavam presos nem encolhidos dentro de suas casas. Os civis — nikaras em sua maioria — andavam tão casualmente pelo vilarejo que, se Rin não soubesse da presença dos mugeneses, jamais teria adivinhado que estavam ali. Ao avançarem no vilarejo, Rin avistou um grupo de trabalhadores com ferramentas agrícolas que poderiam facilmente ser usadas como arma. Caminhavam em direção aos campos sem a vigilância de um único guarda armado sequer. Mais perto do centro da cidade, uma situação inacreditável: havia longas filas de espera até uma estação de racionamento onde tropas mugenesas distribuíam porções de grãos de cevada para os civis, que esperavam pacientemente segurando tigelas de cobre.

Rin mal sabia como formular a pergunta.

— Como...?

— Colaboração — respondeu Souji. — É o que a maioria de nós tem feito para sobreviver. Os mugeneses perceberam bem rápido que a política original de despovoamento só funcionaria se estivessem recebendo suprimentos da ilha. A ilha não existe mais e já não faz sentido dizimar um território. Além do mais, eles precisam de pessoas para cozinhar e limpar.

Assim, aqueles soldados sem lar haviam desenvolvido uma relação doentia de "simbiose" com suas vítimas: os mugeneses se misturaram aos nikaras em uma sociedade que, ainda que não necessariamente livre de violência, parecia ao menos estável e sustentável.

Por todos os lugares para onde olhava, Rin se deparava com evidências de uma coexistência controlada. Ela viu soldados mugeneses fazendo refeições em bancas nikaras de comida. Viu patrulheiros mugeneses escoltando um grupo de fazendeiros nikaras pelos portões da cidade. Não havia armas em riste, nem mãos amarradas. Parecia fazer parte da rotina. Rin até mesmo reparou em um soldado mugenês que bagunçava carinhosamente os cabelos de uma criança nikara ao passar por ela na rua.

Seu estômago se revirava.

Rin estava desnorteada. Acostumada à destruição absoluta e aos extremos da guerra, sua mente não conseguia processar aquele meio-termo bizarro. Qual seria a sensação de viver com uma espada pairando sobre sua cabeça? Qual seria a sensação de olhar aqueles homens nos olhos, dia após dia, sabendo muito bem do que eram capazes?

Ela seguia Souji pelas ruas, observando os arredores com apreensão. Ninguém parecia ter percebido a presença dos dois. De vez em quando, alguém olhava duas vezes para Souji, como se o reconhecesse, mas ninguém dizia nada.

Souji parou apenas quando chegaram ao limite do município, onde apontou para uma pequena cabana de telhado de palha meio escondida atrás de algumas árvores.

— O chefe de Leiyang é um homem chamado Lien Wen. A nora dele nasceu na mesma aldeia da minha mãe. Ele está nos esperando.

Rin franziu a testa.

— Está?

— Eu já disse que conheço essas pessoas. — Souji deu de ombros.

Uma garota magricela de feições despreocupadas estava sentada do lado de fora da cabana. Devia ter cerca de sete anos e moía grãos de sorgo com a mão em uma pequena tigela de pedra. Ela ficou de pé quando se aproximaram e, sem dizer uma palavra, fez um gesto para que entrassem.

Souji deu um empurrãozinho em Rin.

— Pode ir.

Para um líder local, a casa de Lien Wen não tinha grandes luxos e mal conseguiria acomodar dez homens. Uma mesa de chá quadrada ocupava o centro, rodeada por três banquetas. Rin se agachou e se sentou na banqueta mais próxima, cujas pernas desniveladas bamboleavam cada vez que ela mudava de posição. Aquilo era estranhamente reconfortante — aquele tipo de pobreza trazia uma sensação familiar.

— Deixem as armas ali. Ordens de meu pai. — A menina apontou para um vaso rachado no canto da sala.

Os dedos de Rin pousaram nas facas escondidas dentro de sua camisa.

— Mas...

— É claro. — Souji se virou para Rin com um olhar enérgico. — O que o Chefe Lien achar melhor.

Relutante, Rin depositou as facas dentro do vaso.

A menina desapareceu por alguns segundos e voltou com um prato de pãezinhos cozidos no vapor que colocou sobre a mesa.

— Aqui está o jantar — disse ela antes de se retirar para o canto da sala.

O cheiro estava delicioso. Rin não se lembrava da última vez em que comera pães cozidos no vapor; tinham ficado sem levedura em Ruijin havia muito tempo. Ela estendeu o braço para se servir, mas Souji deu um tapa em sua mão.

— Não — cochichou ele. — Isso é mais do que ela come em uma semana.

— Então por que...?

— Deixe aí. Vão guardar e comer depois se você não mexer na comida. No entanto, se pegar um e devolver, vão insistir para que leve quando formos embora.

Com o estômago roncando, Rin voltou a pousar a mão sobre os joelhos.

— Não imaginei que voltaria — disse alguém.

Um homem alto e de ombros largos estava parado à porta. Rin não conseguiu decifrar sua idade — as rugas ao redor de seus olhos e os bigodes brancos sugeriam que tinha idade para ser seu avô, mas sua postura era ereta e imponente, um guerreiro com décadas de lutas impressas no corpo.

— Chefe Lien.

Souji ficou de pé, uniu as duas mãos em frente ao corpo e fez uma reverência profunda. Rin prontamente seguiu seu exemplo.

— Sentem-se — grunhiu o Chefe Lien. — Esta cabana não é grande o suficiente para toda essa movimentação.

Rin e Souji voltaram a se sentar nas banquetas. O Chefe Lien, por sua vez, afastou a banqueta que estava à sua frente e se sentou de pernas cruzadas no chão de terra, o que fez com que Rin de repente se sentisse muito infantil, agachada como estava.

O homem cruzou os braços.

— Então vocês é que estão causando problemas no norte.

— Pois é. — Souji sorriu. — O próximo alvo será...

— Pare — interrompeu o Chefe Lien. — Não me importa qual será o próximo alvo. Pegue seu exército, vá embora e não volte mais.

Souji parecia confuso e ofendido. Rin acharia graça, se não estivesse confusa também.

— Eles acham que foram nossos homens — disse o Chefe Lien. — Enfileiraram os idosos na praça na manhã seguinte ao desaparecimento dos primeiros patrulheiros e disseram que matariam um por um até que os culpados confessassem. Ninguém confessou, então espancaram minha mãe. Quase a mataram. Isso foi há mais de uma semana, e ela ainda não se recuperou. Vai ter sorte se passar de hoje à noite.

— Nós temos um médico — disse Souji. — Ele pode vir até aqui ou podemos levar sua mãe até nosso acampamento. Temos homens aqui. Podemos...

— Não — respondeu o Chefe Lien, com firmeza. — Vocês vão dar meia-volta e desaparecer. Sabemos como essa história termina e não podemos sofrer as consequências. Andar na linha é a única coisa que nos mantém vivos...

— *Andar na linha?* — Souji tinha dito a Rin para que ficasse calada e o deixasse falar, mas ela não conseguiu se conter. — Chamam escravidão de "andar na linha"? Vocês gostam de andar na rua com a cabeça baixa, de se encolher quando eles chegam perto, de lamber botas quando mandam?

— Ainda temos todos os nossos homens — respondeu o Chefe Lien.

— Então você tem soldados — continuou Rin. — Deveriam estar lutando.

O Chefe Lien se limitou a fitá-la com seus olhos enrugados e cansados.

No silêncio passageiro, Rin notou pela primeira vez uma série de grossas cicatrizes em seus braços e na lateral do pescoço. Não era o tipo de cicatriz deixada por um chicote; eram cicatrizes causadas por facas.

O olhar do homem a fez se sentir muito pequena.

Finalmente, ele perguntou:

— Você sabia que eles capturam meninas de pele escura e as queimam vivas?

Rin estremeceu.

— O quê?

Rin caiu em si enquanto o Chefe Lien confirmava suas suspeitas.

— Os mugeneses contam histórias sobre você. Eles sabem o que aconteceu com a ilha do arco, sabem que foi uma garota de pele escura e olhos vermelhos. E que você está por perto.

É claro que sabem. Eles haviam massacrado os speerlieses só vinte anos antes. Era óbvio que a lenda da raça de pele escura e olhos vermelhos que conjura fogo ainda circulava entre as gerações mais jovens. Além disso, certamente ouviram os rumores no sul. As tropas mugenesas que falavam nikara escutaram os boatos sobre a deusa encarnada, a razão pela qual nunca poderiam voltar para casa; talvez tivessem até torturado para obter os detalhes e, assim, definiram bem depressa o tipo de pessoa que precisavam visar.

Mas não conseguiam encontrá-la, por isso estabeleceram como alvo qualquer pessoa que se parecesse com ela.

Rin sentiu a culpa corroer seu estômago, como se fosse ácido.

De repente, ouviu-se um barulho de aço sendo raspado no chão. Rin se virou depressa para olhar. Ainda sentada no canto da cabana, a menina mexia nas armas trazidas pelos dois.

O Chefe Lien olhou para trás.

— Tire a mão daí.

— Não tem problema — disse Souji, afável. — É melhor ela aprender a mexer com aço. Gostou da faca?

— Sim — respondeu a menina, testando o equilíbrio da lâmina em um dos dedos.

— Pode ficar. Vai precisar dela.

A menina olhou para eles.

— Vocês são soldados?

— Somos — respondeu Souji.

— Então por que não estão usando uniforme?

— Porque não temos dinheiro — respondeu Souji, abrindo um sorriso. — Quer costurar alguns para nós?

Ela ignorou o pedido.

— Os mugeneses usam uniformes.

— É verdade.

— Então eles têm mais dinheiro do que vocês?

— Não se depender de mim e do papai. — Souji se voltou para o Chefe Lien outra vez. — Por favor, comandante, escute o que viemos dizer.

O Chefe Lien balançou a cabeça.

— Não vou correr o risco de sofrer retaliações.

— Não haverá retaliações...

— Como pode ter certeza disso?

— Porque tudo o que falam sobre mim é verdade — interveio Rin.

Delicados arcos de chama dançavam em torno de seus braços e ombros, lançando longas sombras sobre seu rosto. Era sutil, mas fazia com que ela parecesse completamente não humana.

Um vislumbre de surpresa passou pela expressão do Chefe Lien. Rin sabia que, mesmo com todos os boatos, o homem ainda não acreditara no que ela era. Dava para entender — era difícil acreditar nos deuses, acreditar *de verdade*, até olhá-los nos olhos.

Rin tinha feito com que os mugeneses acreditassem. Ela faria o Chefe Lien acreditar também.

— Estão matando meninas porque estão com medo — disse ela. — E têm razão em estar. Eu exterminei a ilha do arco. Posso destruir tudo ao meu redor em um raio de quarenta e cinco metros. Quando atacarmos, não será como nas vezes anteriores. Não haverá chance de derrota e retaliação, porque eu jamais perco. Tenho uma deusa comigo. Só preciso que tire os civis do caminho, e nós fazemos o resto.

O Chefe Lien já não parecia irredutível. Rin sabia que tinha conseguido cativá-lo. Ela viu em seus olhos que, pela primeira vez, ele considerava outra saída que não "andar na linha". Estava pensando no sabor da liberdade.

— Pode pegá-los na fronteira norte — informou ele, por fim. — Há poucos civis morando lá em cima, e podemos trazer os poucos que estão lá aqui para baixo. Podem se esconder na mata; a vegetação está alta o suficiente para isso. Dá para acomodar cerca de quinhentos homens somente naquele espaço. Eles não vão saber que estão aqui até que decidam aparecer.

— Entendido — disse Souji. — Obrigado.

— Terão pouco tempo para se posicionar. Eles mandam soldados armados com bastões e acompanhados por cães de tempos em tempos para pegar qualquer um que se esconda por ali.

— "Procurando piolhos" — disse a menina. — É como eles chamam.

— Temos que ser piolhos inteligentes, então — disse Souji.

Estava nitidamente aliviado. Aquilo não era mais uma negociação, era uma conversa sobre logística.

— Sabe quantos homens eles têm? — perguntou ele.

— Cerca de três mil — respondeu o Chefe Lien.

— Como sabe?

— Eles encomendam os grãos de nós. Sabemos o quanto comem.

— E vocês conseguem calcular o número total com base nos grãos?

— É multiplicação simples — respondeu o Chefe Lien. — Não somos burros.

Rin estava impressionada.

— Tudo bem. Três mil, então.

— Podemos atraí-los uns duzentos metros para fora do município se dividirmos metade de nossas forças e os levarmos para os campos — estimou Souji. — Estaria fora do alcance de Rin...

— Não — interrompeu o Chefe Lien. — Quatrocentos.

— Talvez isso não seja possível — disse Rin.

— Dê um jeito — disse o Chefe Lien. — A batalha tem que acontecer longe do vilarejo.

— Entendi — disse Rin, dessa vez em um tom austero. — Querem ser livres sem sofrer quaisquer consequências.

O Chefe Lien se levantou. A mensagem era clara: a conversa chegara ao fim.

— Se perderem, eles virão atrás de nós. E você sabe o que são capazes de fazer.

— Não se preocupe — disse Rin. — Não vamos perder.

O Chefe Lien não respondeu; apenas os encarou em um silêncio carregado de julgamento enquanto deixavam a cabana. No canto, sua filha cantava baixinho enquanto raspava aço contra aço.

* * *

— Que bom que tudo correu às mil maravilhas — resmungou Rin, irônica.

— É verdade. — Souji estava radiante.

— Por que está tão feliz? Ele deixou tudo mil vezes mais difícil e não nos deu nada em troca...

— Ele nos deu permissão — interrompeu Souji.

— Permissão? Quem precisa pedir *permissão*?

— Você sempre precisa pedir permissão. — Souji parou de andar, e o sorriso desapareceu de seu rosto. — Quando traz uma batalha para um vilarejo, coloca em perigo a vida de todos os civis. É sua obrigação avisar a população inocente.

— Se todo exército fizesse isso, eles...

— Escute. Você não está tentando conquistar território, está lutando pelo povo. Se aprender a confiar neles, eles podem ser sua melhor arma. Serão seus olhos e ouvidos, uma extensão natural de seu exército. Mas você nunca, *nunca*, pode colocar as pessoas em perigo contra a vontade delas. Está entendendo?

Souji encarou Rin até que ela assentisse.

— Ótimo — disse ele, caminhando em passos firmes rumo ao portão.

Resignada, Rin o seguiu.

Alguém esperava por eles nas sombras.

Rin prontamente conjurou o fogo, mas Souji a segurou pelo cotovelo.

— Não. É um aliado.

O homem no portão era nikara. Tinha que ser — suas roupas, puídas e desbotadas, estavam muito largas para ele. Nenhum dos mugeneses estava morrendo de fome.

Ele era muito jovem, não passava de um garoto, e parecia muito entusiasmado em vê-los. Seu rosto se iluminou ao olhar para Rin.

— Você é a speerliesa?

Algo nele pareceu familiar; as sobrancelhas grossas, os ombros largos. Ele se portava como um líder nato, confiante e determinado.

— Você é filho do Chefe Lien, não é?

— Isso aí — respondeu ele. — Lien Qinen. É um prazer conhecê-la.

— Venha aqui, seu pilantra. — Souji agarrou o braço de Qinen e o puxou para um abraço apertado. — Seu pai sabe que está aqui?

— Meu pai acha que ainda estou escondido no bosque. — Qinen se virou para Rin. — Então você é mesmo a speerliesa? Você é menor do que eu imaginava.

Rin se eriçou ao ouvi-lo.

— Como é?

Ele estendeu as mãos, na defensiva.

— Não, não, espera... — Ele soou aflito. — Desculpe. É que ouvi tantas coisas sobre você. Pensei que... Não sabia o que pensar. É bom conhecer você.

Então Rin percebeu que ele não estava sendo grosseiro, estava *nervoso*. Ela se acalmou.

— Sim, sou a speerliesa. Por que está aqui?

— Sou seu aliado.

Qinen rapidamente estendeu o braço para apertar a mão de Rin. A palma de sua mão estava escorregadia de suor. O garoto olhava para ela ligeiramente boquiaberto, como se tivesse acabado de vê-la descer do céu em uma escadaria de nuvens. Qinen pigarreou.

— Vamos ajudar na batalha. Tenho homens preparados, é só dizer e...

— Não vão ajudar em nada — interceptou Souji. — Sabe o que seu pai disse.

O rosto de Qinen se contorceu em uma expressão de desdém.

— Meu pai é um covarde.

— Ele só quer proteger você — disse Souji.

— Me proteger? — repetiu Qinen, zangado. — Ele nos condenou a viver um verdadeiro inferno. Meu pai acha que seremos poupados se formos submissos, mas não escuta as notícias que chegam dos vilarejos ao redor. Ele não sabe o que os mugeneses fazem com as mulheres. Ou talvez saiba e não ligue.

Qinen cerrou os punhos e continuou:

— A mais ou menos cinquenta quilômetros daqui, um vilarejo tentou esconder algumas garotas em minas próximas. Os mugeneses ficaram sabendo e bloquearam as saídas para que morressem sufocadas lá dentro. Quando finalmente permitiram que os residentes buscassem os corpos, as garotas foram encontradas com os dedos feridos e ensanguentados de tanto arranhar as saídas para tentar escapar. Mas meu pai não entende. Desde que meu irmão morreu, ele anda... — Qinen engoliu as palavras.

— Ele está errado. Não estamos seguros aqui, jamais estaremos. Nos deixem lutar com vocês. Se morrermos, pelo menos morreremos como homens.

Isso não tem nada a ver com permissão, compreendeu Rin. Souji estava errado. Qinen lutaria com a autorização deles ou não. Aquilo tinha a ver com validação. Depois de tudo o que Qinen testemunhara, ele precisava ser absolvido da culpa por ter permanecido vivo, e só encontraria isso arriscando a própria vida. Rin conhecia muito bem esse sentimento.

— Você e seus amigos não são soldados — disse Souji em voz baixa.

— Podemos passar a ser — respondeu Qinen. — Você acha que vamos cruzar os braços e esperar pelo resgate? Estou feliz por estar aqui, irmão, mas teríamos começado essa luta com ou sem você. Vão precisar de nós. Andamos nos preparando, já deixamos tudo encaminhado...

— O quê? — interpelou Souji, num tom cortante. — O que vocês fizeram?

— Tudo o que meu pai tem medo de fazer. — Qinen levantou o queixo, imponente. — Estamos monitorando as rotas de patrulha deles minuto a minuto, está tudo anotado em um código que eles não saberiam interpretar. Estabelecemos sinais para que todos os residentes saibam quando devem fugir ou se esconder e arranjamos armas para todas as famílias, estacas ou instrumentos agrícolas que surrupiamos um por um. Estamos prontos para a batalha.

— Se descobrissem, matariam você — disse Souji.

— Não somos covardes — respondeu Qinen. — Viu minha irmãzinha?

— A menina na cabana? — perguntou Rin.

Qinen assentiu.

— Ela também está com a gente. Ela trabalha no refeitório, que é para onde os mugeneses mandam as crianças. Todos os dias ela coloca um pouquinho de cicuta na comida deles. Não tem grandes efeitos, só faz com que vomitem e tenham diarreia, mas ficam um pouco mais fracos toda vez. E ninguém desconfia dela.

Ao olhar para Qinen — para seu rosto sincero, furioso, desesperado —, Rin sentia uma mistura de admiração e pena. A coragem dele a surpreendia. Aqueles civis estavam cutucando a fera, arriscando suas vidas todos os dias, preparando-se para uma rebelião da qual provavelmente sabiam que não sairiam vitoriosos.

O que eles achavam que poderiam fazer? Não passavam de agricultores e crianças. Seus pequenos atos de resistência poderiam enfurecer os mugeneses, mas não surtiriam efeito.

Rin concluiu que era possível que, sob aquelas circunstâncias, aquele tipo de resistência, embora superficial, fosse a única maneira de continuar vivendo.

— Podemos ajudar vocês — insistiu Qinen. — É só dizer quando e onde.

Se pudesse agir sem escrúpulos, Rin aceitaria. Qinen poderia ser útil. Buchas de canhão nunca eram demais. Mesmo o comandante mais experiente poderia ganhar segundos, até minutos, distraindo o inimigo com soldados dispensáveis.

Mas ela não conseguia se esquecer da expressão do Chefe Lien.

Ela aprendera naquele dia o que significava levar a guerra até o povo do sul.

A expressão no rosto de Souji dizia: *não se atreva*.

Rin sabia que, se dissesse a coisa errada, perderia o apoio tanto do Chefe Lien quanto dos Lobos de Ferro.

— Souji tem razão. — Ela estendeu a mão e tocou Qinen no braço. — Esta luta não é para você.

— Não é para mim coisa nenhuma — retrucou Qinen, exasperado. — Aqui é meu lar.

— Eu sei disso. — Rin tentava soar convincente para fazê-lo acreditar que aquilo era o que realmente pensava. — E a melhor coisa que pode fazer é manter seus compatriotas em segurança quando atacarmos.

Qinen pareceu decepcionado.

— Mas isso não é nada.

— É aí que você se engana — disse Souji. — Isso é tudo.

Já era noite quando Rin e Souji voltaram ao acampamento. O ataque estava planejado para o próximo pôr do sol. Tinham considerado atacar à noite, sob a proteção da escuridão e antes que qualquer notícia sobre a chegada das tropas vazasse, mas acabaram decidindo esperar até a noite seguinte. O Chefe Lien precisava de tempo para orquestrar a evacuação dos residentes e o Exército do Sul precisava de tempo para estudar a área e posicionar os soldados da melhor forma possível. Os homens passaram as horas seguintes debruçados sobre mapas, destacando as linhas de entrada.

Já passava da meia-noite quando finalmente se recolheram para descansar. Quando Rin voltou à sua tenda, encontrou um pergaminho em cima de sua mochila de viagem.

Ela estendeu o braço para pegá-lo, mas se deteve no meio do gesto. Algo parecia errado. Ninguém no acampamento vinha recebendo correspondência. A Coalizão do Sul tinha um único pombo-correio treinado apenas para levar uma mensagem só de ida para Ankhiluun. A intuição de Rin gritava que aquilo era uma armadilha. O pergaminho poderia estar embebido em veneno; diversos generais nikaras já haviam tentado usar aquela tática.

Ela se inclinou sobre o pergaminho com uma pequena chama na palma da mão, iluminando-o com cuidado de todos os ângulos. Rin não conseguiu identificar perigo — não havia pequenas agulhas ou manchas escuras. Ainda assim, ela puxou a manga de suas vestes e cobriu os dedos antes de pegar o pergaminho e desenrolá-lo. Quando o fez, quase se arrependeu.

O lacre de cera trazia a insígnia do dragão da Casa de Yin.

Rin respirou fundo, devagar, tentando controlar seus batimentos cardíacos. Só podia ser uma brincadeira. Alguém estava lhe pregando uma peça de muito mau gosto, e Rin se certificaria de que o responsável sofresse as consequências.

O conteúdo havia sido rabiscado em uma letra trêmula e infantil; os caracteres estavam tão borrados e tortos que Rin precisou forçar os olhos para decifrá-los.

Oi, Rin
Eles me disseram para escrever isso com minhas próprias mãos, mas não acho que faça diferença porque eu mal sabia escrever quando você foi embora, então você não reconheceria minha letra de qualquer forma.

— Não tem a mínima graça — murmurou para si mesma.

Mas ela sabia que não era uma brincadeira. Ninguém no acampamento poderia ter feito aquilo. *Ninguém sabia.*

Aqui é o Kesegi, caso ainda não tenha ficado claro. Eu fiquei nas prisões da Cidade Nova por um tempo e foi minha culpa. Fui bobo, me gabei para algumas pessoas que você era minha irmã e que te conhecia. No fim das contas, os guardas ficaram sabendo e foi assim que vim parar aqui.

Me desculpe por ter feito isso com você. Me desculpe.

Seu amigo pediu para dizer que ele não quer confusão, que vão me deixar ir embora se você vier em pessoa para a Cidade Nova, mas que vão arrancar minha cabeça se trouxer o exército. Ele pediu para te dizer que as coisas não precisam acabar em morte. Ele só quer conversar. Ele disse também que não quer guerra e que está disposto a perdoar todos os seus aliados, porque só quer você.

Só que, para ser sincero...

O restante da mensagem tinha sido riscado com camadas grossas de tinta. Rin enrolou o pergaminho e saiu em disparada pela porta da tenda.

Abordou a primeira sentinela que viu.

— Quem trouxe isso?

O homem olhou para ela sem entender.

— Quem trouxe o quê?

Rin agitou o pergaminho n frente do rosto dele.

— Isso estava em cima da minha mochila. Alguém mandou você trazer isso?

— N-não...

— Você viu alguém mexendo nas minhas coisas?

— Não, mas meu turno acabou de começar. Talvez o Ginsen saiba, ele ficou aqui por três horas e pode ser que... General? Você está bem?

Rin tremia, muito. Nezha sabia onde ela estava. Nezha sabia *onde ela dormia.*

— General? — perguntou o homem de novo. — Está tudo bem?

Rin cerrou o punho, amassando o pergaminho.

— Vá buscar Kitay.

— Merda — disse Kitay, baixando o pergaminho.

— Pois é — disse Rin.

— Isto é real?

— Como assim?

— Não sei. Existe alguma chance de ser falso? De não ter vindo de Kesegi?

— Não sei — admitiu ela. — Não faço ideia.

Não sabia dizer se era mesmo a letra de Kesegi. Na verdade, ela nem mesmo tinha certeza de que Kesegi sabia ler. Seu irmão adotivo tinha ido muito pouco à escola. Rin também não sabia dizer se a carta parecia ter sido escrita por ele. Conseguia imaginar as palavras em sua voz, conseguia imaginá-lo sentado diante de uma mesa de pulsos algemados, seu rosto fino tremendo enquanto Nezha ditava o que deveria escrever. Mas como poderia ter certeza? Ela mal falara com Kesegi desde que saíra de Tikany.

— E se não for? — perguntou Kitay.

— Acho que não devemos responder — disse Rin, tão calma quanto podia. — Em ambos os casos.

Rin analisara as possibilidades antes de Kitay chegar. Ela ponderara o valor da vida de seu irmão adotivo e decidira que poderia se dar ao luxo de perdê-lo.

Kesegi não era um general, não era nem mesmo um soldado, e Nezha não poderia torturá-lo para obter informações. Kesegi não sabia nada de importante sobre a Coalizão do Sul ou sobre Rin. Tudo o que sabia dizia respeito a uma menina que tinha deixado de existir havia muito tempo, uma vendedora ingênua de Tikany que só existia em lembranças reprimidas.

— Rin. — Kitay tocou seu braço. — Quer ir até Kesegi?

Ela detestou o olhar cheio de pena do amigo, como se ela estivesse prestes a cair em prantos. Aquilo fazia com que se sentisse muito vulnerável.

Isso é exatamente o que Nezha quer. Rin se recusou a permitir que aquilo a abalasse. Nezha já havia usado os sentimentos de Rin para manipulá-la antes. O Cike estava morto por causa disso.

— O problema não é Kesegi — disse ela. — É a localização dos soldados de Nezha. A droga do *alcance* dele. Kitay, ele colocou uma carta na minha tenda. Vamos apenas ignorar isso ou...?

— Rin, se você precisa...

— Temos que falar sobre a possibilidade de as forças de Nezha estarem no sul — interrompeu Rin.

Rin não podia parar de falar. Eles tinham que mudar o foco da conversa porque ela estava com medo de como se sentiria se não o fizessem.

— Não acho que isso seja possível — continuou ela. — Venka disse que ele está liderando as tropas do pai na Província do Tigre. Mas se de fato estão no sul, eles se esconderam tão bem que *nenhum* de nossos soldados os viu, ou notou seus dirigíveis ou vagões de suprimentos.

— Não acho que ele esteja no sul — disse Kitay. — Acho que está tentando desestabilizar você. Está coletando informações e quer ver como você vai reagir.

— Não vamos responder. Não vamos morder a isca.

— Podemos conversar sobre isso.

— Não tem nada para ser conversado — rebateu Rin, ríspida. — Esta carta é falsa e o que Nezha pede é absurdo.

Ela desenrolou o pergaminho. O resto da mensagem fora escrito na caligrafia delicada e elegante de Nezha.

Olá, Rin.

Precisamos conversar.

Nós dois sabemos que essa guerra não beneficia ninguém. Nosso país está despedaçado, nossa terra natal foi destroçada pela guerra, por catástrofes ambientais, pela maldade sem limites. Nikan está diante de sua maior provação até agora e os hesperianos estão de olho em nós para ver se nos mantemos firmes ou se nos transformamos em mais uma sociedade a ser explorada.

Entendo suas razões para odiá-los e não ignoro suas motivações, mas não vou permitir que transformem nossa República em um território a ser escravizado. Não vou permitir que nossa nação seja governada por mãos alheias. Sei que você também não quer isso.

Por favor, Rin. Ouça o que estou dizendo. Preciso de você ao meu lado.

Os termos que ele propunha eram diretos e inaceitáveis. Uma trégua, desmobilização e desarmamento em larga escala, Kesegi sendo solto em troca de Rin. A Coalizão do Sul poderia ir embora ou se juntar ao Exército Republicano se assim desejasse. Nezha não havia especificado o que aconteceria com Rin. Ela suspeitava que teria algo a ver com uma mesa de operações e doses de láudano administradas de hora em hora.

— Não estou maluca — disse Rin. — Isso claramente é uma armadilha, não é?

— Não tenho certeza — disse Kitay. — Acho que existe um universo onde Nezha quer você viva. Ele não é idiota, sabe que você seria útil para ele. Poderia tentar te convencer a...

— Os hesperianos nunca me deixariam continuar viva.

— Se formos acreditar nas palavras de Nezha, parece que ele está disposto a bater de frente com os hesperianos.

Rin achou graça.

— Acha mesmo que ele faria isso?

— Não sei. Os Yin... A Casa de Yin colabora com estrangeiros com muito mais facilidade do que qualquer outra liderança nikara. É justamente por isso que estão rolando em prata. Eles podem estar confortáveis em continuar sendo mordomos dos demônios de olhos azuis. Mas Nezha...

— Nezha é um xamã.

— Sim.

— E você acha que os hesperianos sabem.

— Acho que *Nezha* sabe que não pode existir em um mundo dominado pelos hesperianos — teorizou Kitay. — É um mundo que o rotula como uma abominação. A visão de ordem deles exige a morte de Nezha, e a sua também.

Era isso que Nezha tentava insinuar, que havia mudado de ideia sobre os xamãs? Que, se Rin se juntasse a ele, estaria disposto a romper a aliança estabelecida por seu pai?

— Mas eu já tive essa conversa com Nezha — contou Rin. — E ele acha que os hesperianos estão certos. Que somos abominações e deveríamos morrer. Mas Nezha não pode morrer.

— Então voltamos à estaca zero. Não temos ideia do que esta carta significa e não temos motivos para confiar em Nezha.

Rin suspirou.

— Então o que vamos fazer?

— Acho que podemos começar decidindo o que fazer em relação ao seu irmão.

— Meu irmão adotivo — corrigiu Rin. — E eu já disse que não vamos fazer nada.

— Por que não quer falar sobre isso?

— Porque ele é só meu irmão. — Rin olhou para Kitay sem saber o que fazer. — E eu sou a última esperança do sul. Como acha que vou ser lembrada se jogar todas as chances do sul no lixo por causa de uma pessoa?

Kitay abriu a boca para responder, mas a fechou logo em seguida. Rin sabia que ele estava raciocinando, tentando encontrar uma maneira de salvar Kesegi e enganar Nezha, ou uma maneira de justificar que uma vida pudesse valer mais do que milhares.

Nenhuma dessas coisas era possível. Rin sabia disso, mas amava Kitay por tentar encontrar uma resposta.

— Por favor — disse ela. — Por favor, vamos deixar isso pra lá.

Ela se sentiu aliviada quando Kitay não a contrariou.

— Então temos uma batalha para vencer. — Ele entregou o pergaminho a Rin. — E acho que concordamos que mostrar isso para alguém não vai levar a nada.

Rin entendeu o que ele quis dizer. A Coalizão do Sul não poderia ficar sabendo. Nunca. Nem Souji, nem Zhuden e muito menos Gurubai. A oferta era atraente, isso era inegável. Até mesmo Rin se sentiu tentada e talvez tivesse se sacrificado diante daquelas condições se não tivesse tanta certeza de que não havia nada além de mentiras do outro lado.

Se aquilo vazasse, as guerras internas iam explodir. Rin aprendera muito sobre a política do sul com o Líder do Macaco. A carta tinha que ser seu segredo.

— Sim, estamos de acordo.

Uma bola de fogo surgiu na palma da mão de Rin sob o pergaminho. No instante seguinte, as palavras de Nezha ardiam em vermelho vivo, as bordas do pergaminho escurecendo e enrugando, até se retorcerem como patas de uma aranha agonizante.

Rin passou as horas seguintes tentando dormir. Ela não sabia por que tentava, já que nunca conseguia adormecer antes de uma batalha. Por fim, desistiu e passou as últimas horas antes de amanhecer andando pelo acampamento, observando o nascer do sol. Detestava ficar sozinha com seus pensamentos. Não podia continuar se torturando com dúvidas — Kesegi estava vivo? Nezha estava dizendo a verdade? Ela deveria ter respondido à carta em vez de ignorá-la?

Precisava de uma distração, precisava daquela batalha.

Rin estava otimista em relação a suas posições. Os soldados haviam sido organizados em uma formação de quatro pontos. O esquadrão dela lideraria o ataque e seguraria os soldados inimigos à frente, perto das plantações de sorgo, enquanto outros dois esquadrões menores encurralariam os mugeneses, cercando-os dentro de um triângulo para formar uma barreira entre a aldeia e o campo de batalha. Os Lobos de Ferro de

Souji, o quarto esquadrão, furariam as linhas inimigas na parte de trás, impedindo uma fuga em direção à zona de evacuação de civis.

Com o passar do dia, os preparativos seguiram sem contratempos. Graças aos Lien, estavam operando com muito mais informações sobre o campo de batalha. Ela sabia onde os mugeneses dormiam, quando comiam, onde e quando patrulhavam; era quase como se estivesse estudando uma emboscada em Sinegard.

Quando o sol começou a descer no céu, Rin revisou as instruções finais antes de despachar os comandantes de esquadrão para seus respectivos locais. O plano funcionou perfeitamente. Eles evitaram as patrulhas que sabiam estar chegando, as orientações nos mapas bateram com a área real e todos os comandantes compreenderam seus sinais e horários.

O único problema eram os uniformes.

O Chefe Lien pedira que usassem uniformes para se distinguirem dos civis, e Rin argumentara que eles não tinham qualquer traje que se assemelhasse a um.

— Que pena — respondera Chefe Lien. — Tratem de arranjar, ou a emboscada não vai acontecer.

Eles se comprometeram com pelo menos uma peça, e todos passaram a usar faixas de pano amarradas na testa. Uma hora antes de saírem, porém, os líderes do esquadrão relataram que não tinham tecido suficiente para os uniformes. Seus soldados já estavam usando fardas esfarrapadas, não tinham peças sobrando para cortar. Zhuden perguntou a Rin se deveriam rasgar as calças.

— Vamos deixar isso pra lá — resmungou Rin.

— Não — protestou Souji. — Você fez uma promessa.

— Uma promessa imbecil! Quem vai notar os uniformes à noite?

— Talvez os mugeneses notem — disse Kitay. — Matar a fonte de trabalho deles não funciona em uma relação simbiótica. É uma solução improvisada, mas é o mínimo que se pode fazer. É a diferença entre dez vidas e mil.

Decidiu-se então que os soldados sujariam seus rostos com lama vermelha encontrada em um lago próximo. A lama deixava manchas carmesim nas roupas e se incrustava na pele, deixando faixas ressecadas de barro que só saíam se lavadas com água.

— Estamos ridículos — disse Rin, observando os soldados. — Parecemos crianças brincando na terra.

— Não, parecemos um exército de terracota. — Souji esfregou a lama no rosto com dois dedos, deixando um rastro denso e brilhante na bochecha. — A elite do Imperador Vermelho, criada da lama do sul.

Faltando trinta minutos para o pôr do sol, Rin se agachou em meio aos talos de sorgo. O cheiro de óleo dominava o ar — dois mil homens posicionados atrás dela seguravam tochas que pingavam, prontos para acendê-las assim que ela desse o sinal.

Os soldados da Coalizão do Sul haviam sido treinados para lutar na escuridão, como tinha sido em Khudla. Isso prejudicava a visibilidade, mas a vantagem psicológica era significativa. As tropas que sofriam uma emboscada noturna reagiam com pânico, confusão e covardia.

No entanto, naquela noite Rin queria um campo de batalha bem iluminado, ou os mugeneses poderiam atacar civis na escuridão caótica. Ela precisava atraí-los para a plantação de sorgo, o que significava que precisava mostrar a eles exatamente onde estavam.

Está pronta, soldadinha?

A Fênix cantarolava na mente de Rin, ávida, à espera. Rin se deixou sentir a velha raiva, familiar e acolhedora. Permitiu que ela se infiltrasse em seus membros enquanto cenas de destruição rolavam em sua mente.

Ela não poderia estar mais empolgada para aquela batalha.

Estou pronta.

— Rin!

Ela se virou depressa. Souji abria caminho através do sorgo, de rosto vermelho e ofegante.

Ela sentiu um frio na barriga. Ele não deveria estar ali, deveria estar na frente leste com os Lobos de Ferro, posicionado e pronto para atacar.

— O que está fazendo aqui? — sussurrou ela.

— Espere. — Souji se apoiou sobre os joelhos, arfando. — Não dê o sinal. Tem algo errado.

— Como assim? Estamos prontos, está na hora...

— Não. Precisa ver uma coisa. — Souji tirou uma luneta do bolso e a entregou para Rin. — *Olhe bem.*

Ela ergueu a luneta rumo às paredes da cidade, semicerrando os olhos para tentar enxergar no escuro.

— Não estou vendo nada.

— Vire mais para oeste, logo depois das plantações.

Rin ajustou a posição. O que ela viu não fazia sentido.

Soldados mugeneses se aglomeravam ao redor dos muros da cidade. Mais deles chegavam a cada segundo. Sabiam sobre a emboscada. Alguma coisa — ou alguém — os alertara.

Mas eles não avançavam, suas armas não estavam em riste. Os soldados não estavam sequer se organizando em posições defensivas — o que seria esperado de um exército sob ataque.

Não. Suas armas estavam apontadas para os portões da cidade. Eles não pretendiam impedir o inimigo de entrar. Iam impedir os residentes de sair.

Então Rin compreendeu a estratégia dos mugeneses.

Eles não travariam uma luta justa, não pretendiam enfrentar a Coalizão do Sul.

Simplesmente tinham feito toda Leiyang de refém.

Rin segurou o braço do oficial mais próximo e ordenou:

— Vá buscar Kitay.

Ele saiu correndo em direção ao acampamento.

— Merda. — Rin deu um soco na própria coxa. — Que merda. *Como?*

— Não sei. — Era a primeira vez que Rin não via uma expressão prepotente no rosto de Souji. Ele parecia aterrorizado. — Não tenho ideia, não sei o que vamos fazer...

O que poderia tê-los denunciado? Eles haviam planejado aquela emboscada com o dobro do cuidado habitual. Não era possível que as patrulhas os tivessem visto; haviam seguido exatamente os horários da guarda. Era possível que alguém tivesse visto Rin e Souji deixando a cidade? Talvez. Mas como os mugeneses sabiam quando a emboscada aconteceria? E como sabiam que ela viria do norte?

Não importava como. Ainda que houvesse espiões entre seus homens, Rin não poderia resolver aquilo naquele momento, tinha um problema mais urgente para solucionar.

Os mugeneses estavam com uma faca no pescoço dos civis de Leiyang.

Um pequeno grupo de soldados mugeneses começou a avançar em direção à linha de frente da emboscada. Um deles agitava uma bandeira vermelha. Queriam negociar.

Em desespero, Rin analisava mentalmente todos os desfechos possíveis e não conseguia encontrar um resultado em que tanto os civis quanto o Exército do Sul pudessem estar seguros. Os mugeneses exigiriam uma garantia de que as tropas de Rin nunca mais retornariam.

Exigiriam um sacrifício de sangue. Muito provavelmente massacrariam os soldados de Rin, um para cada civil mantido vivo.

Rin não sabia se estava disposta a pagar esse preço.

— O que está acontecendo?

Kitay finalmente chegara. Rin tentou não entrar em pânico ao explicar a situação, mas, no momento em que começou a falar, viu uma expressão de horror tomar conta do rosto de Souji. Ele levantou um dedo, apontando em direção ao vilarejo.

No instante seguinte, uma flecha assoviou pelo ar.

O portador da bandeira dos mugeneses desabou no chão.

Instintivamente, Rin se virou para procurar por um arco levantado entre seus soldados. Quem tinha feito aquilo? Quem tinha sido *o imbecil...?*

— Pelos deuses — balbuciou Souji, os olhos ainda fixos na vila.

Rin seguiu o olhar de Souji e pensou estar alucinando. O que mais explicaria a enorme coluna saindo pelos portões da cidade, uma multidão quase do tamanho de um exército?

Ela pegou a luneta.

Qinen. Tinha que ser. Qinen mobilizara a resistência. Não. Ao que parecia, Qinen mobilizara todo o município. A multidão não era apenas de homens; vinham também as mulheres, os idosos e até algumas das crianças de Leiyang. Traziam tochas, arados, enxadas, facas de cozinha e bastões de madeira claramente feitos de pernas de cadeiras.

Eles avançaram.

Estavam cientes de que suas vidas eram o preço daquela batalha. O ataque de Rin não poderia continuar enquanto a população fosse mantida refém. Eles sabiam que os mugeneses a forçariam a escolher.

Então tinham tomado a decisão por ela.

O comandante mugenês sinalizou uma ordem, e os arqueiros se voltaram para o município, prontos para dar início ao banho de sangue.

Os civis que vinham à frente da turba caíram como dominós, mas os aldeões continuaram marchando sobre seus mortos, seguindo implacavelmente adiante como um enxame de formigas. Mais uma rodada de flechas foi disparada. Mais uma fileira de corpos caiu. Os aldeões continuavam a marchar.

Os soldados mugeneses não conseguiam atirar com rapidez suficiente para mantê-los a distância. Aquele passara a ser um confronto entre aço e corpos, um combate completamente desequilibrado. Os soldados da Federação laceravam os aldeões com tremenda facilidade. Arrancavam as armas de suas mãos, rasgavam suas gargantas e abriam buracos em seus peitos porque suas vítimas nunca haviam sido treinadas para lutar.

Os aldeões continuavam a marchar.

Os corpos se amontoavam no campo de batalha. Rin assistiu, horrorizada, quando uma espada trespassou o ombro de uma mulher idosa, que ainda assim levou as mãos trêmulas ao punho do soldado, segurando-o tempo suficiente para que uma flecha o atingisse no meio da testa.

Os aldeões continuavam a marchar.

Rin sentiu a mão de Souji em seu ombro. A voz dele estava rouca e engasgada.

— O que está esperando?

Ela acessou as profundezas de sua mente pelo canal da alma de Kitay, em busca da deusa que esperava pacientemente.

Vingança, ordenou Rin.

Seu desejo é uma ordem, respondeu a Fênix.

Rin avançou pelos campos de sorgo para rasgar o mundo com fogo. Ela matava indiscriminadamente, transformando todos em cinzas, civis e inimigos. Os civis de Leiyang abraçavam as chamas, sorridentes.

Aquela era a escolha dos aldeões, seu sacrifício.

As tropas se ergueram ao redor de Rin com suas lâminas reluzindo na noite ardente. Haviam deixado suas posições, mas nada disso importava naquele momento. Agora eram apenas corpos, sangue e aço.

É assim que tomaremos o sul, pensou Rin enquanto seu entorno se dissolvia em uma miragem febril. Isso tornou mais fácil continuar. Ela já não enxergava rostos ou dor. Tudo o que via eram formas nebulosas. *Não com nossas armas, mas com nossos corpos.*

Eles tomariam o sul de volta porque eram maioria. Os mugeneses e a República eram fortes, mas os números do sul eram abundantes. E se os sulistas chafurdavam na lama como todas as lendas contavam, então esmagariam seus inimigos com a força avassaladora da terra até que o ato de respirar se tornasse apenas uma vaga lembrança. Eles os enterrariam com seus próprios corpos. Eles os afogariam em seu próprio sangue.

CAPÍTULO 6

Depois veio a limpeza.

Em um torpor, Rin percorria os campos de sorgo que haviam sido reduzidos a uma camada de cinzas escuras. A fumaça se soltava devagar de suas vestes em espirais preguiçosas. Ela não usava ópio desde que partiram naquela expedição, mas sentia agora uma euforia familiar, um zumbido extasiante que começava na ponta de seus dedos e escalava seu peito até chegar ao coração.

Em Tikany, o período do verão era sempre marcado por uma invasão de formigas. As criaturinhas vermelhas entravam em frenesi com o calor e a falta de umidade e atacavam as crianças e os animais pequenos que cruzassem seus caminhos. Uma picada causava um vergão na pele; uma dúzia poderia ser fatal. Os aldeões reagiam com ácido, despejando-o a distância dentro dos formigueiros com a ajuda de varas longas. Rin se lembrou de como, quando era pequena, se agachava no chão com os frascos vazios na mão, observando civilizações destruídas espumando e queimando sob o sol.

Ela sempre se demorava em momentos como aquele. Rin gostava de ouvir o chiado que o ácido fazia ao escavar os túneis das formigas. Gostava de ver as formigas transbordando em agonia pelo topo do formigueiro, correndo para as piscinas de ácido que Rin cuidadosamente despejara em um anel ao redor do ninho. Gostava de ver suas perninhas se agitarem enquanto se retorciam e dissolviam.

Rin sentia um prazer semelhante naquele momento, um prazer sádico em ver vidas evaporando e saber que ela era a responsável, em saber que tinha esse poder.

Qual é o meu problema?

Ela foi tomada pelo mesmo júbilo macabro e caótico de quando envenenara Ma Lien. No entanto, ali, em meio ao sorgo, Rin decidiu não reprimir o sentimento. Ela o sorveu. Sua força era derivada da raiva, e o que sentia naquele momento era o outro lado da moeda — sua vingança estava feita.

Leiyang não tinha sido perdida por completo. Durante a busca por civis em meio às ruínas, os soldados de Rin descobriram que a taxa de sobrevivência era surpreendentemente alta. Os agressores mugeneses haviam sido desleixados, agindo a partir do pânico e do desespero, e não de crueldade calculada. Tinham perfurado toda e qualquer carne exposta em vez de visar órgãos vitais, como era de se esperar.

Por outro lado, o município de Leiyang teve seu fim. O povo do Chefe Lien não poderia mais viver ali. Seus números eram poucos, e suas casas e pertences haviam sido destruídos. Eles teriam que seguir para o sul com o exército de Rin para buscar novas casas em quaisquer vilarejos que os aceitassem.

Mas estavam livres. Isso ao menos valera a pena.

Qinen saíra vivo por algum milagre. Rin foi visitá-lo assim que soube que o garoto acordara.

O pequeno grupo de médicos da Coalizão do Sul montara um centro de triagem em um açougue, uma das poucas estruturas no centro da cidade de Leiyang que não tinha sido destruída pelos incêndios. A estrutura continuava intacta, e eles haviam higienizado o interior o máximo que conseguiram, mas não foi possível se livrar do fedor dos intestinos de porco queimados. Ao final do dia, o ar estava denso com um cheiro quente e penetrante de sangue, tanto humano quanto animal.

Qinen estava deitado sob um lençol ao ar livre, onde os médicos haviam colocado todos os pacientes que não precisariam de cirurgia imediata. Sua aparência era horrível. As queimaduras que cobriam o lado direito de seu corpo tinham retorcido tanto a pele de seu rosto que ele só conseguia falar em um sussurro rouco e balbuciante. Seus olhos estavam abertos, mas inchados, e seu olho direito se encontrava coberto por uma membrana branca e opaca. Rin ficou em dúvida se ele ainda conseguia enxergar, até que Qinen abriu um sorriso doloroso ao vê-la.

— Me desculpe... — começou ela.

Mas Qinen esticou o braço e segurou o punho de Rin com surpreendente força.

— Eu disse — chiou ele. — Eu disse que a gente ia lutar.

* * *

A resistência de Qinen não agira sozinha. Havia organizações similares em toda a Colmeia. Rin descobriu isso quando, um por um, os vilarejos ao redor de Leiyang começaram a se libertar com uma rapidez impressionante.

Sem a liderança central em Leiyang, os demais soldados mugeneses estavam isolados, sem comunicação, recursos ou reforços. Armados com facas e arados, os aldeões agarraram a oportunidade. As notícias começaram a chegar de toda a Província do Galo: o povo estava armado e se rebelava para expurgar os opressores de suas vilas.

Depois que Rin enviou os esquadrões de Zhuden por toda a Colmeia, para acelerar o processo, a batalha pelas áreas vizinhas não levou mais do que duas semanas. Algumas tropas mugenesas resistiram e foram derrotadas em explosões de fogo, gás e aço. Alguns soldados se renderam, implorando por exílio ou clemência, e foram invariavelmente executados por comitês de aldeia.

Quando Rin percorreu a Colmeia, viu-se testemunha de uma onda de violência que varreu a província.

Em alguns povoados, os civis haviam decapitado os guardas mugeneses e fincado suas cabeças de cabeça para baixo nos portões da cidade, como se fossem uma decoração de boas-vindas. Em outros vilarejos, Rin chegou enquanto as execuções estavam em andamento. Elas duraram alguns dias, como um festival doentio cujo principal entretenimento era uma orgia de violência.

A criatividade era espantosa. Os sulistas libertados obrigaram mugeneses acorrentados a caminharem nus pelas ruas, em um corredor cercado por um muro de espectadores munidos de facas para rasgar suas peles; os mugeneses foram obrigados a ficar ajoelhados durante horas sobre tijolos quebrados com pedregulhos pesados pendurados no pescoço. Os mugeneses foram enterrados vivos, desmembrados, alvejados, e seus corpos, empilhados para apodrecer.

As vítimas não foram apenas os soldados inimigos. As penas mais severas recaíram sobre aqueles que foram cúmplices — magistrados, comerciantes e emissários que haviam sucumbido ao governo da Federação. Em um vilarejo a cerca de quatro quilômetros de Leiyang, Rin se deparou com um ato público em que três homens estavam amarrados a postes, nus e amordaçados com tecidos esfarrapados para abafar seus gritos. Ao lado, duas mulheres seguravam facas compridas sobre uma fogueira; as lâminas reluziam em laranja, ameaçadoras.

Rin entendeu que aquilo terminaria em castração.

— Você sabe o que aqueles homens fizeram? — perguntou a Souji.

— Sei — respondeu ele. — Eles negociavam meninas.

— Eles... *o quê?*

— Eles fizeram um acordo para impedir que os mugeneses pegassem qualquer mulher por aí — explicou Souji. — Todo dia, levavam algumas mulheres, geralmente pobres ou órfãs que não tinham ninguém para lutar por elas, e as entregavam aos mugeneses. Depois voltavam ao nascer do sol para buscá-las, as limpavam o máximo que conseguiam e as mandavam para casa. Isso fazia com que as meninas mais jovens e as grávidas ficassem a salvo, mas acho que as mulheres escolhidas não gostaram muito dessa solução. — Ele assistia, sem piscar, enquanto uma menina que não deveria ter mais de catorze anos subia na plataforma e derramava uma cuba de óleo fervente nas cabeças dos homens. — Eles diziam que era para o bem da aldeia. Acho que nem todos concordaram.

O som de carne crepitando sob óleo quente se misturou aos gritos. O estômago de Rin roncou, como se o cheiro que sentia viesse de carne sendo cozida para uma refeição. Ela cruzou os braços e desviou o olhar, segurando-se para não vomitar.

Souji riu.

— O que foi, princesa?

— É que... — Rin não sabia ao certo como explicar seu mal-estar, muito menos distingui-lo de hipocrisia. — Isto não é passar dos limites?

— Passar dos limites? — repetiu Souji, em tom de escárnio. — Olha só quem está falando.

— É diferente quando... — Rin não terminou a frase. Era mesmo diferente? Que direito ela tinha de julgar? Por que sentia vergonha e repugnância naquele momento, quando a dor infligida por ela no campo de batalha era mil vezes pior? — É diferente quando são os civis fazendo. Parece... *errado.*

— Como se sentiu quando chamou a Fênix em Speer?

Ela hesitou.

— O que isso tem a ver?

— Foi bom, não foi? — perguntou Souji com um sorrisinho. — Deve ter sido horripilante, claro. Deve ter deixado uma cicatriz mental do tamanho de uma cratera. Mas também foi a melhor coisa que já sentiu, não foi? Como se o universo estivesse de volta ao lugar. Como se você estivesse equilibrando a balança. Não foi assim?

Souji apontou para os homens no palco. Não estavam mais gritando, e apenas um deles ainda se contorcia.

— Você não sabe o que esses homens fizeram. Eles podem se parecer com nikaras inocentes, mas você não estava aqui durante a ocupação e não sabe a dor que causaram. O sul não queima o próprio povo, a menos que haja uma razão. Você não conhece o processo de cura desses aldeões, então não tire isso deles. — A voz de Souji era firme. — Uma ferida não sara quando você finge que ela não existe. Quando um corte infecciona, você precisa cavoucar com ferro quente e arrancar a carne podre, e aí talvez ele cicatrize.

Assim, quando o sul resgatou a si mesmo em meio a um mar de sangue, Rin não fez nada para impedi-lo. Não fez nada além de assistir à maré de violência dos aldeões atingindo um nível febril que, ainda que quisesse, ela não sabia se conseguiria controlar. Ninguém admitiria em voz alta como aquilo era satisfatório; os aldeões precisavam fingir que aquele era um ritual necessário, não um ato de indulgência. Mas Rin percebia seus olhares famintos enquanto se deleitavam com os gritos.

Aquilo era catarse. Eles precisavam derramar sangue como precisavam respirar. Ela entendia aquele impulso. À noite, sozinha com seu cachimbo, ela mostrou as cenas sangrentas de novo e de novo a Altan, para que sua mente pudesse encontrar um pouco de paz enquanto ele mergulhava nelas com avidez. O sul precisava de vingança para seguir em frente. Como Rin poderia privá-los disso?

Somente Kitay desejava pôr fim às revoltas. Queria autorizar a pena de morte, mas sob certa ordem. Era a favor de julgamentos públicos e sentenças mais moderadas do que a execução.

— Algumas dessas pessoas são inocentes — disse ele. — Algumas estavam apenas tentando não morrer.

— Até parece — disse Souji. — Foi escolha delas.

— Mas você sabe quais eram as alternativas? — Kitay apontou para o outro lado do pátio, onde um homem estava pendurado de cabeça para baixo pelos tornozelos havia três dias. — Ele foi tradutor dos mugeneses por sete meses. Por quê? Porque sua esposa e filha foram capturadas e os mugeneses disseram que teria que obedecer ou elas seriam enterradas vivas. Chegaram a começar a torturar a filha dele para mostrar que não estavam de brincadeira. O que acha que ele escolheu?

Souji pareceu não dar a mínima.

— Ele contribuiu para a morte de outros nikaras.

— *Todos eles* ajudaram os mugeneses a matar outros nikaras — insistiu Kitay. — Pureza ideológica funciona só em teoria. Algumas pessoas estavam apenas tentando continuar vivas.

— Os mugeneses também fizeram minha irmã escolher — contou Souji. — Disseram que teria que ser espiã deles e denunciar os companheiros de vila ou seria estuprada e morta. Sabe o que ela escolheu?

As bochechas de Kitay ficaram vermelhas.

— Não estou dizendo que...

— Sabia que os mugeneses têm joguinhos para alcançar a cota de morte? — indagou Souji.

— Sim, eu sei — respondeu Kitay. — Em Golyn Niis...

— Eu sei o que fizeram em Golyn Niis. — A voz de Souji era cortante como lâmina. — Mas quer saber o que fizeram aqui? Eles levavam os aldeões até os telhados mais altos que conseguiam encontrar. Depois quebravam as escadas, incendiavam os andares inferiores e formavam uma plateia para assistir enquanto os aldeões queimavam. Foi *isso* que os cúmplices ajudaram a fazer. Vai me dizer que devíamos perdoar isso?

— Kitay — chamou Rin, em voz baixa. — Deixa isso pra lá.

Ele a ignorou.

— Mas não estão indo atrás apenas dos mugeneses e dos cúmplices.

— Kitay, por favor...

— Eles estão indo atrás de todos que já foram remotamente suspeitos de colaborar com os mugeneses — continuou Kitay, agitado. — Isso não é justiça, é um furor assassino. Boatos e dedos apontados estão resultando em morte. Não se pode dizer quem é culpado de verdade e quem só irritou um vizinho. Não é justiça, é caos.

— E daí? — Souji deu de ombros. — Não dá para caçar ratos sem quebrar algumas louças. Isso aqui é uma revolução, não um chá da tarde.

A jornada de volta a Leiyang foi silenciosa. Estavam exaustos. A empolgação da vitória já tinha desaparecido havia muito tempo. Depois de duas semanas de torturas e gritos de agonia, independentemente de quem fossem as vítimas, todos estavam um pouco debilitados e abatidos.

Já se passara meio dia de marcha quando um cavaleiro encapuzado apareceu na estrada. Os oficiais de Rin correram com suas lanças erguidas, vociferando para que o cavaleiro parasse. Ele obedeceu e ergueu os braços para indicar que não estava armado.

— Desça! — bradou Zhuden. — Quem é você?

— Ah, faça-me o favor. — Venka tirou o capuz e desceu do cavalo. Ela avançou, afastando as lanças com uma mão, como se abanasse uma nuvem de mosquitos. — Que merda é essa, Rin? Tire esses energúmenos daqui.

— Venka! — Rin foi até Venka e a abraçou, mas a soltou depressa. O fedor era demais para suportar. Venka parecia trazer consigo um mercado de peixe. — Grande Tartaruga, quando foi a última vez que tomou um banho?

— Me poupe — respondeu Venka. — Estava ocupada tentando salvar minha vida.

— Você teve tempo de se maquiar — salientou Kitay.

— Todo mundo faz isso em Sinegard. Eu ainda tinha um pouco na bolsa. É mais fácil de conseguir do que sabonete, tá bom?

Rin só conseguiu rir. O que mais poderiam esperar? Sring Venka era uma princesa sinegardiana, mimada e vaidosa, que se tornara um soldado letal para mais tarde se tornar uma sobrevivente. É claro que ela entraria em uma zona de guerra com lábios pintados de vermelho.

— Enfim. Vocês demoraram um século para voltar — reclamou Venka. — Estou andando em círculos por aqui desde ontem. Me disseram que estavam acampados em Leiyang.

— Sim — respondeu Rin. — Ainda estamos, na verdade. A limpeza não terminou.

— O que aconteceu? — Kitay quis saber. — Pensei que estivesse bem na República.

Venka deu um suspiro teatral.

— Estraguei meu disfarce. Foi uma situação muito boba. Lá estava eu, uma criada invisível na casa de um magistrado, e de repente a senhora da casa começou a pensar que eu estava tentando seduzir o marido dela e me atirou na rua.

— Você...? — começou Kitay.

Venka o interrompeu, enojada.

— Óbvio que não. Não é minha culpa se aquele boçal não conseguia tirar os olhos da minha bunda.

Kitay ficou nervoso.

— Eu ia perguntar se alguém reconheceu você.

— Ah. Não, mas foi quase. A esposa me demitiu, depois saiu fofocando para todo mundo que não deviam me contratar. Isso atraiu atenção demais para mim. Aí saqueei o arsenal no meio da noite, convenci o garoto do estábulo a me emprestar um cavalo e vim para o sul. — Venka contava seu relato com uma frivolidade tão descarada que poderia muito bem estar comentando sobre a última moda de Sinegard. — Em Ruijin, disseram que você tinha vindo para o sul. Então segui o rastro de sangue. Não demorei muito tempo para encontrar vocês.

— Nós… hum… nos separamos de Ruijin — contou Rin.

— Foi o que pensei — constatou Venka, observando os soldados que ali esperavam. — Como arrancou um exército de Gurubai?

— Fiz ele precisar de um general.

Rin olhou para trás. Souji e outros oficiais estavam parados no meio da estrada, observando a cena com curiosidade.

— Ela está com a gente — anunciou Rin para as tropas. — Podem continuar.

Eles retomaram a jornada rumo a Leiyang.

Rin manteve a voz baixa ao falar com Venka, olhando em volta para garantir que Souji não ouvisse demais.

— Venka, Nezha começou a enviar pessoas para o sul?

Venka arqueou a sobrancelha.

— Não que eu tenha ficado sabendo. Por quê?

— Tem certeza?

— Dizem que ele está recluso no palácio. O boato é que não está muito bem, na verdade. Está fora de serviço há algumas semanas.

— O quê? — perguntou Rin, esbaforida. Seu coração disparou de repente. — Como assim?

Kitay reagiu com um olhar de curiosidade. Rin o ignorou.

— Ele se machucou? — perguntou ela.

— Acho que não — respondeu Venka. — Já faz uma semana que ele está fora do campo de batalha. Vaisra o tirou da Província do Tigre no mês passado. Nezha passou muito tempo com os hesperianos, negociando, e dizem que ficou doente. Que está fraco, com os olhos fundos, essas coisas. Não dá para saber o que é fofoca e o que é verdade, já que não conheço ninguém que seja próximo dele, mas parece que é sério.

Quase como um instinto, Rin sentiu uma pontada de apreensão involuntária, um resquício de preocupação. Ela a reprimiu.

— Será que ele vai morrer?

— É difícil dizer — respondeu Venka. — Dizem que os melhores médicos hesperianos estão cuidando dele, embora isso possa fazer mais mal do que bem. Acho que ele vai demorar para retornar à guerra.

Isso significava que Rin estava segura e que Nezha estava apenas se divertindo às suas custas? O fato de ele estar doente não negava o fato de que tinha espiões no acampamento dela, de que sabia onde ela dormia todas as noites. Mas se Venka estivesse certa e a República ainda estivesse ocupada com o norte, era possível que, por enquanto, não precisassem se preocupar com uma emboscada iminente.

O alívio poderia durar pouco, mas Rin se contentaria com todo o tempo extra que conseguisse arranjar.

— O que foi? — perguntou Venka. — Está desconfiada de alguma coisa?

Rin e Kitay se entreolharam, chegando a um acordo silencioso: não contariam a Venka sobre a carta. Quanto menos pessoas soubessem, melhor.

— Não — respondeu Rin. — Só queria ter certeza de que não vamos ser pegos de surpresa.

— Ah, não. Acho que ele não está nem conseguindo andar — zombou Venka.

Eles cavalgaram por alguns momentos em silêncio. Rin avistou a silhueta de Leiyang emergindo do horizonte. A partir dali, encontrariam apenas estradas planas.

— E aí? O que está acontecendo aqui, pelo amor dos sessenta e quatro deuses? — perguntou Venka depois de um tempo. — Passei por alguns vilarejos para chegar aqui, e as pessoas parecem ter enlouquecido.

— É a febre da vitória — disse Rin. — Faz parte do processo.

— Estão esfolando as pessoas vivas — disse Venka.

— Porque ofereceram meninas em troca de comida.

— Entendi. Faz sentido. — Venka varreu uma mancha de poeira invisível do pulso. — Espero que tenham sido castrados também.

Mais tarde naquele mesmo dia, ao se dirigir para os campos para supervisionar o treinamento básico, Rin foi abordada por uma mulher idosa de pele muito enrugada arrastando duas meninas magricelas pelos punhos.

— Ficamos sabendo que estão aceitando meninas — disse ela. — Essas duas servem?

Rin ficou tão surpresa com a falta de cerimônia da mulher que, em vez de direcioná-la para o local de alistamento, parou para observá-la melhor. Ficou intrigada com o que viu. As meninas, que não deviam ter mais do que quinze anos, eram franzinas e mirradas e se escondiam atrás da mulher como se tivessem medo de serem vistas. Certamente não eram voluntárias — todas as outras mulheres que se alistaram no Exército do Sul o tinham feito com orgulho e por vontade própria.

— Estão aceitando meninas — repetiu a idosa, dessa vez como uma afirmação.

Rin hesitou.

— Estamos, mas...

— São irmãs. Pode levar as duas por duas pratas.

Rin encarou a mulher, atônita.

— Como?

— Então uma prata — sugeriu a mulher, impaciente.

— Não posso pagar nada. — Rin franziu o cenho. — Não é assim que...

— As meninas são boas — disse a mulher, interrompendo Rin. — Ágeis. Obedientes. E nenhuma delas é virgem...

— *Virgem?* — repetiu Rin. — O que acha que estamos fazendo aqui?

A mulher olhou para Rin como se ela estivesse louca.

— Disseram que você estava levando meninas para o exército.

Então ela compreendeu. Rin sentiu o estômago se embrulhar.

— Não estamos contratando *prostitutas*.

— Uma prata — insistiu a mulher.

— Sumam daqui! — vociferou Rin. — Ou mando vocês para a cadeia.

A mulher cuspiu nos pés de Rin e se virou para ir embora, puxando as duas meninas.

— Espere! — gritou Rin. — Deixe as meninas.

A mulher parou onde estava e por um momento pareceu prestes a ignorá-la. Então Rin conjurou uma faixa de fogo, fina e delicada, e a fez se entrelaçar a seus dedos e girar em torno de seu punho.

— Foi uma ordem.

A mulher se apressou e foi embora sem mais uma palavra.

Rin se voltou para as meninas. Elas mal haviam se mexido durante toda aquela interação, e nenhuma das duas olhava Rin nos olhos. Ficaram paradas, de cabeça baixa, como serviçais esperando ordens.

Rin sentiu uma estranha vontade de beliscar os braços das duas, tatear seus músculos, erguer seus queixos e examinar seus dentes. *Qual é o meu problema?*

Por falta de coisa melhor para dizer, perguntou:

— Vocês querem ser soldados?

A mais velha olhou depressa para Rin e deu de ombros. A outra não reagiu, os olhos ainda fixos no chão.

Rin tentou outra vez.

— Como se chamam?

— Pipaji — respondeu a mais velha.

Os olhos da menina mais nova não se moveram.

— O que há de errado com ela? — perguntou Rin.

— Ela não fala — respondeu Pipaji.

Rin percebeu um lampejo repentino de raiva no rosto da garota, como se estivesse na defensiva, e compreendeu então que Pipaji passara a vida toda protegendo a irmã de outras pessoas.

— Entendi — disse Rin. — Fale por ela, então. Qual é o nome dela?

A expressão de Pipaji se suavizou um pouco.

— Jiuto.

— Jiuto e Pipaji — repetiu Rin. — Vocês têm sobrenome?

Silêncio.

— De onde são?

Pipaji fitou Rin com um olhar obstinado.

— Não somos daqui.

— Entendi. Não têm casa, não é?

Pipaji deu de ombros, como se aquilo fosse uma coisa muito tola de se dizer.

Rin estava perdendo a paciência. Ela queria estar em campo com suas tropas, e não tentando arrancar palavras de duas menininhas emburradas.

— Olha só, não tenho tempo para isso. Estão livres daquela mulher, então podem fazer o que quiserem. Podem se juntar ao exército se tiverem vontade...

— Vai ter comida? — interrompeu Pipaji.

— Sim. Tem comida duas vezes por dia.

Pipaji pareceu processar a informação por um instante, depois assentiu.

— Tudo bem.

Seu tom de voz deixou claro que ela não tinha mais perguntas. Rin encarou as duas por um momento, então também deu de ombros e apontou em direção ao acampamento.

— Tudo bem. As tendas ficam naquela direção.

CAPÍTULO 7

Eles chegaram a Tikany duas semanas depois.

Rin estava preparada para lutar por sua cidade natal. No entanto, quando suas tropas se aproximaram dos muros de barro de Tikany, tudo era silêncio. As trincheiras estavam vazias, os portões, abertos, e não havia sentinelas à vista. Aquele não era o silêncio traiçoeiro de uma emboscada, mas o silêncio lânguido de um lugar abandonado. Os soldados mugeneses que tinham aterrorizado Tikany já haviam fugido. Rin passou pelos portões do norte sem problema, retornando a um lugar que não via desde sua partida, cinco anos antes.

Ela não o reconheceu.

Não porque o esquecera. Por mais que quisesse, Rin nunca apagaria a essência daquele lugar de sua mente: as nuvens de poeira vermelha que sopravam pelas ruas em dias de vento, cobrindo tudo com um tênue brilho carmesim; os santuários e templos abandonados em cada esquina, resquícios de dias mais supersticiosos; os edifícios de madeira bamba se erguendo do chão, como cicatrizes resilientes e hostis. Rin conhecia as ruas de Tikany como a palma da mão. Conhecia seus becos, seus túneis escondidos e os locais de coleta de ópio. Conhecia os bons esconderijos, onde costumava se refugiar quando a paciência de Tia Fang acabava e ela apelava para a violência física.

Mas Tikany estava diferente. O lugar como um todo parecia vazio, oco, como se alguém tivesse arrancado suas entranhas para devorá-las e deixado para trás uma casca débil e avariada. Tikany nunca fora uma das grandes cidades do Império, mas antes havia vida ali. Como muitas das cidades do sul, era um local de frágil autonomia, existindo sobre a terra batida como se em desafio.

A Federação a transformara em uma cidade de morte.

A maioria dos prédios em ruínas havia sido incendiada ou demolida. Os mugeneses transformaram o que restara em um acampamento extra. A biblioteca, o palco de teatro ao ar livre e a escola, os únicos lugares em Tikany que tinham trazido felicidade a Rin, não passavam de estruturas esqueléticas que mostravam sinais claros de desmonte. Rin deduziu que os mugeneses haviam destruído suas paredes para usar a madeira como lenha.

No distrito do prazer, apenas os prostíbulos continuavam de pé.

— Pegue doze soldados, mulheres, se possível, e vasculhe cada um desses prédios em busca de sobreviventes — disse Rin ao oficial mais próximo. — Vá depressa.

Rin já sabia o que encontrariam. Deveria ter ido ela mesma, mas não teve coragem suficiente para isso.

Ela continuou andando. Ao chegar ao centro da cidade, perto do salão do magistrado e do escritório de políticas públicas, Rin encontrou sinais das execuções. Estrados de madeira pintados de marrom com manchas que deviam ter sido feitas meses antes. Chicotes empilhados e esquecidos no local onde, uma vida antes, Rin descobrira sua pontuação no Keju e que iria para Sinegard.

O que Rin não encontrou foram cadáveres. Em Golyn Niis, eles eram vistos aos montes por todos os lados. As ruas de Tikany, porém, estavam vazias.

Mas fazia sentido. Quando o objetivo era a ocupação, sempre se retirava os cadáveres. Caso contrário, eles começavam a cheirar mal.

— Grande Tartaruga. — Souji soltou um assovio ao se aproximar dela. Tinha as mãos nos bolsos e observava toda a devastação como uma criança curiosa. — Fizeram a festa aqui.

— Cala a boca — disse Rin.

— O que foi? Destruíram sua casa de chá favorita?

— *Mandei calar a boca.*

Rin não suportava a ideia de chorar na frente dele, mas suas têmporas latejavam e seu peito estava tão apertado que ela mal conseguia respirar. Sentindo-se zonza, Rin cravou as unhas na palma da mão para reprimir as lágrimas.

Apenas uma vez estivera diante de uma destruição em grande escala como aquela, e quase tinha enlouquecido. Mas aquilo era pior que Golyn Niis, porque ao menos em Golyn Niis a maioria das pessoas *estava mor-*

ta. Ela quase preferia ter encontrado cadáveres aos sobreviventes que de repente surgiram, rastejando para fora das poucas residências que permaneciam de pé, olhando-a com uma confusão atordoada semelhante à de animais que haviam passado muito tempo vivendo no escuro.

— Eles foram embora? — perguntaram. — Estamos livres?

— Estão livres — respondeu Rin. — Eles foram embora. Para sempre.

Eles processavam a resposta com semblantes apavorados e desconfiados, como se esperassem que os mugeneses retornassem a qualquer momento para puni-los por sua ousadia. Depois, ganharam coragem. Mais e mais sobreviventes saíam das cabanas, barracos e esconderijos, em número muito maior do que Rin imaginara. A notícia correu pela cidade fantasma e, aos poucos, os sobreviventes começaram a se reunir na praça, aglomerando-se ao redor dos soldados com os olhos fixos em Rin.

— Você...? — perguntavam eles.

— Sim, sou eu.

Rin permitia que a tocassem para que tivessem certeza de que ela era real. Exibia suas chamas, em espiral, em formas delicadas, comunicando silenciosamente o que não conseguia colocar em palavras.

Sou eu. Eu voltei. Sinto muito.

— Eles precisam de um banho — disse Kitay. — Quase todos aqui estão infestados de piolhos. Precisamos conter a infestação antes que nossos soldados peguem. E eles precisam de uma boa refeição. Temos que porcionar as...

— Pode fazer isso para mim? — pediu Rin. Sua voz soava estranha em seus ouvidos, como se viesse do outro lado de uma parede espessa de madeira. — Eu quero... Eu preciso andar um pouco.

Kitay tocou seu braço.

— Rin...

— Estou bem — disse ela.

— Não precisa fazer isso sozinha.

— Preciso, sim. Você não entenderia.

Ela recuou. Kitay tinha acesso a todas as partes de sua alma, mas Rin não poderia compartilhar aquilo. Aquelas eram suas raízes. Ali Kitay era um forasteiro. Não entenderia seus sentimentos.

— Você... você fica responsável pelos sobreviventes. Me deixe ir, por favor.

Ele apertou a mão dela e assentiu.

— Tome cuidado.

Rin se afastou da multidão, entrou em uma ruela lateral quando ninguém estava vendo e vagou sozinha pela cidade até seu antigo bairro.

Ela não se deu ao trabalho de ir até a residência dos Fang. Não havia nada lá. Ela sabia que Tio Fang havia morrido e que Tia Fang e Kesegi provavelmente tinham morrido em Arlong. Além disso, a não ser por Kesegi, as lembranças que tinha daquela casa não traziam nada além de tristeza.

Ela foi direto para a casa do Tutor Feyrik.

Seus aposentos estavam vazios. Rin não encontrou um vestígio sequer de vida em nenhum dos quartos vazios; era como se ele nunca tivesse morado lá. Todos os livros tinham desaparecido; nem as estantes estavam lá. Restava apenas um pequeno banco que Rin deduzia que os mugeneses haviam ignorado porque era de pedra, não de madeira.

Ela se lembrava daquele banquinho. Rin passara muitas noites ali quando criança, ouvindo o Tutor Feyrik falar sobre lugares que ela nunca imaginou que veria. Viu-se ali na noite anterior ao exame, chorando de soluçar enquanto ele tentava consolá-la com tapinhas gentis nos ombros, murmurando que tudo ficaria bem. *Uma garota como você? Você sempre vai dar um jeito de ficar bem.*

Talvez ele ainda estivesse vivo. Talvez tivesse fugido logo no começo, nos primeiros avisos de perigo; podia estar em um dos campos de refugiados no norte. Se Rin se esforçasse, conseguiria alimentar a ilusão de que Feyrik estava seguro e feliz, mas que simplesmente não havia maneira de contatá-lo. Ela tentou encontrar consolo naquela possibilidade, mas a incerteza de não saber, de jamais poder saber, apenas doía mais.

Rin sentiu um gosto salgado na boca e percebeu que seu rosto estava molhado de lágrimas.

Ela secou as bochechas com um movimento abrupto e agressivo.

Por que quer encontrá-lo? Ela ouviu a pergunta na voz de Altan. *Por que se importa com essa merda?*

Havia anos que mal se lembrava do Tutor Feyrik. Ela o apagara de sua mente da mesma forma que fizera com seus dezesseis anos em Tikany. Como uma cobra que troca de pele, Rin se reinventara — de órfã de guerra para estudante e depois soldada. Naquele momento, agarrava-se à lembrança dele por alguma nostalgia patética e covarde. Apenas a recordação de uma época mais fácil, quando Rin era uma menina tentando decorar os clássicos, e ele o professor gentil que lhe mostrara uma saída.

Rin estava procurando uma vida que nunca mais teria, e ela já aprendera que nostalgia era algo que poderia matá-la.

— Encontrou alguma coisa? — perguntou Kitay quando ela voltou.

— Não — respondeu. — Não tem nada aqui.

Rin decidiu estabelecer o complexo do general mugenês como sua sede, em parte porque sentia que era seu direito como libertadora e em parte porque era o lugar mais seguro do acampamento. Antes de se acomodarem de vez, Souji e ela vasculharam cada cômodo em busca de assassinos à espreita.

Não encontraram nada além de salas bagunçadas, repletas de louças sujas, uniformes e armas de reserva. Era como se os mugeneses tivessem desaparecido como fumaça e deixado todos os seus pertences para trás. Até mesmo no escritório a sensação era de que o general tinha simplesmente dado um pulo no cômodo ao lado para tomar uma xícara de chá.

Rin vasculhou as gavetas do general e revirou pilhas de memorandos, mapas e cartas. Em uma delas, encontrou cadernos cheios de esboços de carvão da mesma mulher. Aquele general aparentemente se considerava um artista. Os desenhos não eram ruins. O general tentara capturar os olhos de sua amada com muito esmero, mas se descuidava com outras precisões anatômicas. Os mesmos caracteres mugeneses estavam presentes em todos os desenhos: lia-se *hudie*, que significava "borboleta" em nikara; Rin já não sabia como se pronunciava. Provavelmente não se tratava de um nome, e sim de um apelido carinhoso.

Ele estava se sentindo sozinho, pensou Rin. Como teria se sentido quando soube do desfecho da ilha do arco? Quando soube que nenhum navio jamais voltaria pelo mar de Nariin?

Ela encontrou um bilhete em uma folha de papel dobrada entre os dois últimos desenhos. Os escritos mugeneses não eram tão diferentes dos nikaras; ambos compartilhavam muitos caracteres, embora a pronúncia fosse completamente diferente. No entanto, Rin demorou para conseguir decifrar o trecho em tinta borrada:

Se isto significa que sou uma traidora em meu coração, então, sim, gostaria que nosso Imperador não o tivesse convocado para cumprir seus deveres, pois com isso o arrancou de meus braços.

*Todo o continente oriental — não, todas as riquezas deste universo — não
me valem de nada se você não está aqui.*

Rezo todos os dias para que os mares tragam seu retorno.

Sua borboleta.

Aquele trecho era parte de uma carta mais longa. Rin não conseguiu encontrar o resto.

Ela se sentia um pouco culpada ao mexer nos pertences do general. Era absurdo, mas a sensação era de que era uma intrusa. Rin passara tanto tempo arquitetando formas de aniquilar os mugeneses que pensar neles como pessoas — com vidas privadas, amores, esperanças e sonhos — fazia com que se sentisse um pouco enjoada.

— Olhe aquilo na parede — disse Souji.

Rin seguiu seu olhar. O general tinha um calendário detalhado, preenchido com uma caligrafia pequena e cuidadosa. Era bem mais legível do que a carta. Rin o folheou até chegar à primeira página.

— Eles chegaram aqui só três meses atrás.

— Não, isso foi quando começaram a marcar no calendário — disse Souji. — Pode acreditar, estão no sul há muito mais tempo do que isso.

A acusação não dita pairou no ar entre eles. Três meses antes, Rin poderia ter marchado para o sul. Rin poderia ter impedido tudo aquilo.

Ela já aceitara aquela responsabilidade havia muito tempo; Rin sabia que era sua culpa. Poderia ter dado a mão à Imperatriz naquele dia em Lusan, poderia ter exterminado a rebelião de Vaisra no berço e levado suas tropas para o sul. No entanto, em vez disso, tinha brincado de revolução, e tudo o que ganhara foi uma cicatriz sinuosa nas costas e um coto dolorido onde antes estivera sua mão.

Detestava pensar em quão óbvia a estratégia de Vaisra fora desde o começo e odiava a si mesma por não ter percebido. Em retrospecto, ficou muito claro por que o sul teve que ser destroçado e por que Vaisra havia recusado ajuda mesmo quando os líderes do sul imploraram em sua porta.

Vaisra poderia ter impedido aquele massacre. Ele sabia que a frota hesperiana chegaria para ajudá-lo, poderia ter enviado metade de seu exército para responder às súplicas de uma nação moribunda. Em vez disso, deliberadamente sufocou o sul. Vaisra não teria que entrar em conflito com os líderes do sul por autoridade política se apenas deixasse que os mugeneses fizessem seu trabalho sujo. Assim, quando a fumaça se dissipasse, quando o Império estivesse despedaçado, ele marcharia até lá com o Exército Republicano e trucidaria os mugeneses com dirigíveis e arcabuzes. Àquela altura a autonomia sulista já seria motivo de piada, e quaisquer sobreviventes que ainda restassem cairiam de joelhos e o declarariam seu salvador.

E se ele tivesse contado tudo para você?, perguntara certa vez o Altan que vivia nas alucinações de Rin. *E se ele tivesse contado e feito você de cúmplice? Você teria transferido sua lealdade?*

Rin não sabia a resposta. Ela desprezava os sulistas naquela época, desprezava o próprio povo, sentiu ódio no momento em que os avistou nos campos de batalha. Ela odiava o tom escuro de suas peles, seus sotaques rurais e arrastados e seus olhos esbugalhados e assustados. Era fácil confundir medo extremo com burrice e, para além disso, *quisera* vê-los como burros porque sabia que *ela* não era burra, e precisava de alguma razão para se dizer diferente deles.

Naquela época, o ódio que Rin sentia por si mesma era tão profundo que se Vaisra tivesse contado a ela cada detalhe de seu plano, ela talvez tivesse visto sua maldade como genialidade e achado graça. Se Vaisra não a tivesse vendido, talvez Rin nunca tivesse deixado seu lado.

Sentindo a raiva crescer em seu peito, ela arrancou o calendário da parede e o amassou.

— Eu fui cega em relação a Vaisra — disse ela. — Não deveria ter acreditado na benevolência dele. Mas ele também não devia ter acreditado na minha morte.

Uma vez estabelecido o complexo do general como sua base, Rin cruzou a cidade até os prostíbulos. Ela estava com fome e muito cansada. Além disso, seus olhos e sua garganta doíam pelo pranto reprimido. Tudo o que queria fazer era se fechar sozinha em um cômodo com seu cachimbo. Mas ela era a General Fang, a speerliesa, e tinha um dever com os sobreviventes.

Venka já estava lá e tinha iniciado o árduo trabalho de reunir as mulheres dos prostíbulos. Havia poças d'água e baldes caídos no chão de pedra fria onde as mulheres tomaram banho, ao lado de pequenos montes de cabelos escuros e infestados de piolhos que tinham sido recém--raspados de cabeças agora completamente carecas.

Venka estava de pé no centro do pátio quadrado com as mãos atrás das costas, como um sargento, e as mulheres a rodeavam em um círculo silencioso. Todas estavam enroladas em mantas e tinham um olhar perdido e desfocado.

— Você tem que comer — disse Venka. — Não vou sair daqui até ver você comer algo.

— Não consigo.

A garota diante de Venka poderia ter entre treze e trinta anos. Sua pele estava tão esticada sobre os ossos sobressalentes que era impossível dizer.

Venka a agarrou pelo ombro com uma das mãos e, com a outra, segurou um pãozinho de carne tão perto daquele rosto esquelético que Rin pensou que a amiga estava prestes a esfregá-lo na boca da garota.

— *Vai comer.*

A garota pressionou os lábios e se contorceu sob a mão de Venka, choramingando.

— Qual é o seu problema? — gritou Venka. — *Coma!* Cuide de si mesma!

A garota se desvencilhou e recuou para longe, chorando. Ela fitava Venka de ombros encolhidos, como se estivesse esperando para levar uma surra.

— Venka! — Rin se apressou até onde a amiga estava e a puxou de lado. — O que está fazendo?

— O que acha que estou fazendo? — O rosto de Venka estava pálido de fúria. — Todas as outras comeram, mas essa vagabundinha acha que é boa demais para isso...

Uma das outras mulheres colocou o braço em volta dos ombros da garota.

— Ela ainda está em choque. Dê um tempo a ela.

— Cala a boca — respondeu Venka, e se virou para a garota com um olhar ameaçador. — Você quer morrer?

Depois de uma longa pausa, ela balançou a cabeça timidamente.

— *Então coma.* — Venka jogou o pãozinho. O pão bateu no peito da garota e caiu na terra. — Neste momento você é a pessoa mais sortuda do mundo. Está viva e tem comida. Foi salva quando estava prestes a morrer de fome. Tudo o que precisa fazer é colocar esse pão na boca.

Ela começou a chorar.

— Pare com isso — ordenou Venka. — Não seja patética.

— Você não entende — respondeu ela, com a voz embargada. — Eu... Você não...

— Entendo, sim — disse Venka, categórica. — A mesma coisa aconteceu comigo em Golyn Niis.

A garota levantou os olhos.

— Então você também é uma prostituta e deveríamos estar mortas.

Venka usou toda a sua força para estapear a garota.

— Venka, pare! — Rin agarrou seu braço e a puxou para longe.

Venka não resistiu. Em vez disso, seguiu Rin tropegamente, como se estivesse em um transe.

Ela não estava brava, percebeu Rin. Na verdade, Venka parecia à beira de um colapso.

Aquilo não tinha a ver com comida.

No fundo, Rin sabia que Venka não havia virado as costas para sua província natal e se juntado à Coalizão do Sul, uma rebelião de pessoas com pele muito mais escura do que a dela, por lealdade real à causa. Fizera isso pelo que acontecera em Golyn Niis. Porque Yin Vaisra, o Líder do Dragão, permitira que todas aquelas atrocidades acontecessem por lá e em todo o sul sem levantar um dedo sequer.

Venka tinha tomado para si a responsabilidade de travar aquelas batalhas. No entanto, como Rin e ela haviam percebido, as batalhas eram a parte fácil. Destruir era fácil. Difícil eram as consequências, o que vinha depois.

— Você está bem? — perguntou Rin gentilmente.

A voz de Venka estava trêmula.

— Só quero facilitar as coisas.

— Eu sei disso — disse Rin. — Mas nem todo mundo é tão forte quanto você.

— Então é melhor aprenderem a ser, ou não vão passar da próxima semana.

— Elas vão sobreviver. Os mugeneses foram embora.

— Você acha que é simples assim? — Venka soltou uma risada frouxa. — Acha que tudo acaba quando eles vão embora?

— Não quis dizer que...

— Eles nunca vão embora, entendeu? Eles ainda vêm atrás de você quando está dormindo. Só que dessa vez em seus pesadelos. Não são reais, então não pode escapar deles, porque estão morando na sua cabeça.

— Venka, me desculpe, eu não quis...

Venka continuou, como se não tivesse ouvido Rin.

— Você sabia que depois de Golyn Niis as outras duas sobreviventes daquela casa de prazer tomaram veneno? Sabe quantas dessas garotas vão acabar se enforcando? Elas não têm tempo para serem fracas, Rin. Não têm tempo para ficar *em estado de choque*. Isso não é uma opção, porque é assim que acabam morrendo.

— Eu entendo — disse Rin. — Mas não pode projetar seus traumas nelas. Você está aqui para protegê-las. É uma soldada. Aja como tal.

Venka arregalou os olhos. Por um momento, Rin teve a impressão de que estava prestes a levar um tapa também. Mas o momento passou, e os ombros de Venka caíram, como se toda a sua energia tivesse sido drenada de uma só vez.

— Tudo bem, então. Mande outra pessoa fazer isso. Para mim já deu. — Ela apontou para o galpão. — E queime aquele lugar.

— Não podemos fazer isso — disse Rin. — É umas das poucas estruturas muradas ainda de pé. Até que a gente consiga reconstruir alguns abrigos...

— Queime — rosnou Venka. — Se não fizer isso, eu mesma pegarei um pouco de óleo e o farei. Mas, veja bem, eu não sou muito boa com incêndios. Então você pode lidar com um incêndio controlado ou com um pandemônio de fogo. A escolha é sua.

Um batedor chegou bem a tempo de poupar Rin de pensar em uma resposta.

— Encontramos — relatou ele. — Parece que tinha só um.

As entranhas de Rin se retorceram. Ela não estava pronta. Depois dos prostíbulos, só queria se esconder e ficar deitada em posição fetal.

— Onde estava?

— A quase um quilômetro ao sul da fronteira da cidade. Está tudo cheio de lama, acho melhor calçar umas botas mais grossas. O Tenente Chen me pediu para dizer que ele já foi. Posso acompanhar você?

Rin hesitou.

— Venka...

— Estou fora. Não quero ver isso. — Venka deu meia-volta, mas olhou para trás por um momento e disse: — Quero que os prostíbulos virem cinzas até amanhã de manhã, ou vou entender que isso fica sob minha responsabilidade.

Rin sentiu vontade de ir atrás dela e abraçá-la com força, para que chorassem juntas até que seus prantos fossem um. Mas Venka veria aquilo como um ato de pena, coisa que mais detestava no universo. Para Venka, a pena era como um insulto, uma confirmação de que, depois de todo aquele tempo, ainda a viam como uma pessoa frágil, corrompida, prestes a sucumbir. Rin não poderia fazer isso.

Então decidiu que queimaria os galpões. Os sobreviventes sobreviveriam algumas noites ao ar livre; ela tinha o fogo para mantê-los aquecidos.

— General? — chamou o batedor em voz baixa.

Rin voltou a si. Estivera observando Venka aquele tempo todo.

— Preciso de um minuto. Vamos nos encontrar na saída leste.

Ela voltou ao complexo para trocar de botas e pegar uma pá emprestada, depois seguiu o batedor até os campos de execução.

A caminhada foi mais breve do que ela esperava.

Rin reconheceria aquele lugar a quilômetros de distância. Ela o reconhecia pelo cheiro, pelo odor rançoso de decadência e poeira, pelos insetos inchados correndo pelo chão e pelos pássaros que se alimentavam de carniça empoleirados despreocupadamente sobre fragmentos de ossos brancos. Ela conhecia o solo descolorido e revirado, repleto de vestígios de cabelos e roupas espalhados pela terra onde os mugeneses mal tinham se dado ao trabalho de enterrá-los.

Rin se deteve a três metros dos túmulos. Precisava respirar antes de seguir adiante.

— Deixe isso para outra pessoa. — Kitay pousou a mão em seu ombro. — Você pode voltar.

— Não posso — rebateu Rin. — Tem que ser eu.

Tinha que ser ela porque aquilo era culpa dela. Precisava ver. Devia aos mortos ao menos aquele mínimo ato de respeito.

Rin queria enterrar tudo aquilo, cobrir aquela cova rasa com terra e depois aplanar toda a área. Assim, conseguiria voltar a se misturar à paisagem até que um dia pudessem fingir que ela nunca tinha existido.

Mas era preciso identificar os cadáveres. Muitos sulistas estavam presos em um terrível limbo de incerteza, sem saber se seus entes queridos estavam mortos, e aquela dúvida podia ferir mais do que a dor. Uma vez encontrados os corpos, eles ao menos poderiam viver o luto de maneira apropriada.

E depois, devido à importância dos rituais funerários no sul, os corpos precisavam ser limpos. Em tempos de paz, os funerais em Tikany duravam um dia inteiro. Hordas de enlutados — alguns deles profissionais contratados para aumentar os números caso a família do falecido pudesse pagar — choravam e se lamentavam enquanto seguiam o caixão para fora da cidade rumo a pedaços de terra preparados com cuidado. As almas dos mortos tinham que ser devidamente enclausuradas em seus túmulos para que descansassem em vez de assombrar os vivos. Para isso, era preciso acender incensos todos os dias, a fim de que eles tivessem uma transição tranquila para o além.

Rin passara a ter uma vaga ideia de como seria a vida após a morte. Sabia que não tinha nada a ver com uma bonita cidade fantasma paralela onde as oferendas terrenas eram recebidas como tesouros. Ainda assim, deixar o corpo de um ente querido apodrecer a céu aberto era degradante.

Ela se livrara de grande parte de sua herança do Galo. Esquecera o dialeto e os maneirismos. Vestia-se e falava como a elite sinegardiana desde o primeiro ano da escola. Rin não acreditava na superstição sulista e não pretendia começar a fingir naquele momento.

Mas a morte era sagrada. A morte exigia respeito.

Kitay estava com o rosto pálido e um pouco esverdeado, como se estivesse prestes a vomitar.

Ela pegou a pá que o amigo segurava.

— Não precisa ficar se não conseguir. Este não é o seu povo.

— Somos conectados. — Ele pegou a pá de volta e deu um sorriso cansado. — Sua dor sempre será a minha.

Juntos, começaram a cavar.

Não foi difícil. Os mugeneses tinham coberto os corpos apenas com uma fina camada de terra, nada além do suficiente para esconder o emaranhado de membros logo abaixo. Quando Rin encontrava um cadáver, interrompia a escavação e mudava de lugar. Não queria despedaçar os corpos frágeis já em decomposição.

— No norte queimamos os mortos — disse Kitay em dado momento. — É mais higiênico.

— Que inculto da nossa parte — retrucou Rin. — Mas muda alguma coisa?

Ela não tinha energia para defender o que estavam fazendo. Enterrar os corpos era o mais antigo dos rituais do sul. Os Galos eram pessoas da terra, e seus corpos e almas pertenciam à terra — terrenos ancestrais que eram marcados, possuídos, habitados por gerações que remontavam à história da província. E daí se isso fazia deles a ralé de pele escura do Império? A terra era permanente e impiedosa. A terra se ergueria e engoliria seus invasores.

— Não vão conseguir reconhecer metade desses corpos — observou Kitay. — Estão em um estado muito avançado de decomposição, veja...

— Ainda estão com suas roupas e seus adereços. Ainda têm cabelo e dentes. Vão reconhecê-los.

Eles continuaram cavando. Não importava quantos rostos encontrassem, os túmulos rasos pareciam não ter fim.

— Você está procurando por alguém? — perguntou Kitay depois de um tempo.

— Não — respondeu Rin.

Ela falava a verdade. Cogitara por alguns segundos procurar pelo Tutor Feyrik e havia tentado pensar em coisas distintas que poderiam identificá-lo. Sua altura e seu peso eram comuns demais. Talvez ela pudesse ter procurado por sua barba, mas havia centenas de homens idosos em Tikany com barbas como a dele. Suas vestes também não ajudavam, porque eram genéricas. Era possível que estivesse levando no bolso o dado da sorte que usava em suas apostas, mas Rin não conseguia suportar a ideia de caminhar pelas covas tateando os bolsos de cada cadáver com barba.

Rin nunca mais voltaria a ver o Tutor Feyrik. Estava ciente disso.

Depois de passarem três horas cavando, Rin finalmente mandou que parassem. O sol estava baixo no céu; em breve estaria escuro demais para enxergar se suas pás estavam penetrando no solo ou em carne apodrecida.

— Vamos voltar para o vilarejo — disse Rin, rouca. Ela precisava muito de um copo d'água. — Retornaremos amanhã assim que o sol nascer...

— Esperem — gritou um soldado mais adiante. — Tem alguma coisa se mexendo aqui.

No começo, Rin pensou se tratar de um engano ou de um abutre solitário buscando alimento na carniça. Mas, quando se aproximou, avistou uma mão... uma mão cadavérica se erguendo em meio à pilha de corpos, acenando fracamente.

Os soldados se apressaram para afastar os corpos. Depois de remover seis cadáveres, por fim desenterraram o dono da mão: um garoto mirrado coberto de sangue seco da cabeça aos pés.

Ainda estava consciente e tossia quando o encontraram. Olhou para os soldados, atordoado, e no momento seguinte seus olhos se fecharam e sua cabeça pendeu para o lado.

Rin enviou um mensageiro para o município em busca de um médico. Enquanto isso, deitaram o menino na grama e limparam o sangue e a sujeira em sua pele o máximo que conseguiram com a água disponível nos cantis. Rin observava o peito do menino — sua pele era pálida e ele estava coberto de sangue seco e hematomas, mas continuava a respirar em um ritmo estável e constante.

Quando o médico chegou e higienizou apropriadamente o tronco do menino, descobriram que a fonte do sangramento não era grave: era um corte de cerca de cinco centímetros de profundidade em seu ombro esquerdo. O suficiente para que agonizasse, mas não para que morresse. A terra que cobria o corte tinha agido como uma cataplasma, estancando o sangramento.

— Segurem ele — orientou o médico.

O homem abriu uma garrafa de vinho de arroz e derramou um pouco sobre o corte.

O menino acordou em um sobressalto, gritando de dor. Seus olhos pousaram em Rin.

— Você está bem — disse ela, segurando os dois braços dele presos contra o chão. — Você está vivo. Tenha coragem.

O menino arregalou os olhos. Uma veia pulsava em sua mandíbula enquanto ele se debatia sob as mãos dos soldados, mas não gritou nenhuma vez.

Mais alguns dias e ele não teria sobrevivido. A infecção e a desidratação o teriam matado. Isso queria dizer que os campos de execução eram recentes. Os mugeneses os haviam matado poucos dias antes da chegada do Exército do Sul.

Rin tentava desvendar o que aquilo significava.

Por que massacrar uma cidade pouco antes da chegada de outro exército?

Para depreciar a vitória de Rin? Para desestabilizar um exército que sabiam que não conseguiriam derrotar? Para deixar uma última mensagem cruel?

Não. Pelos deuses, não. Por favor, aquilo não poderia ser a verdade.

Mas Rin não conseguia pensar em outra razão. Suas têmporas latejavam. O menino revirava os olhos. Rin ficou com medo de ficar de pé e desmaiar também.

Isso é culpa sua, sussurravam os cemitérios. *Você nos obrigou a matá-los. Não fosse por você, teríamos deixado esta cidade em paz. Mas você veio até aqui, então tudo isso é culpa sua.*

Rin ordenou que os soldados retornassem ao município antes dela e ficou para trás, esperando pelo pôr do sol. Ela queria alguns minutos de silêncio, queria ficar sozinha com os mortos.

— Não há mais nada com vida aqui — disse Kitay. — Vamos embora.

— Pode ir — instou ela. — Vou logo depois.

Kitay se deteve.

— Isso vai fazer com que se sinta melhor?

O amigo não deu mais detalhes do que queria dizer, mas ela compreendeu.

— Não diga isso.

— Mas eu tenho razão — insistiu Kitay. — Isso torna as coisas mais fáceis.

Aquilo era algo que Rin não podia negar. Ele sabia o que Rin não conseguia admitir em voz alta. Kitay lia sua mente como se fosse um livro aberto.

— Por favor — pediu ela. — Me deixe fazer isso. Por favor, pode ir.

Ele sabia que não adiantaria discutir, então assentiu, apertou a mão de Rin e foi embora com os demais.

Kitay tinha razão. Ele sabia o tipo de absolvição que ela buscava nos campos de execução. Compreendia que Rin precisava ficar porque, se ela gravasse os feitos dos mugeneses em sua mente, se inalasse o odor dos cadáveres apodrecidos, se Rin recordasse que tinha uma razão para seu ódio, ficava mais fácil estar em paz com o que fizera na ilha do arco.

Não importava quão dolorosos soassem os gritos dos garotos mugeneses em seus sonhos, eles continuavam sendo monstros, criaturas sem coração que mereciam tudo o que ela havia feito e ainda faria com eles.

Rin precisava acreditar naquela verdade, ou não suportaria continuar vivendo.

Não sabia quanto tempo ficou ali, mas, quando finalmente decidiu voltar ao acampamento, o sol já desaparecera por completo e a imagem das sepulturas abertas já havia penetrado de forma tão profunda em sua mente que levaria cada detalhe consigo para sempre. A disposição dos ossos. Como se curvavam e se arqueavam um sobre o outro. Como refletiam os últimos raios do sol que se punha.

Você não vai esquecer, garantiu Altan. *Não vou deixar que esqueça.*

Rin fechou os olhos, respirou fundo e começou a fazer o caminho de volta para o vilarejo.

Ela deu dois passos antes de parar. Alguma coisa chamara sua atenção. Semicerrou os olhos na direção das árvores. Sim, lá estava: o vulto que percebera pouco antes. Alguém estava correndo para a floresta.

Ela deu meia-volta e saiu em disparada na mesma direção.

— Pare!

Com os braços ardendo em chamas para iluminar a escuridão ao redor, Rin entrou correndo em meio às árvores. No entanto, tão logo o fez, precisou parar bruscamente: seu alvo havia parado também. Não era um espião ou um soldado, e sim uma menina. Estava agachada na base de um barranco raso, e seus lábios se moviam como se estivesse contando em voz baixa.

Alguém a ensinara a fazer aquilo. Rin aprendera a mesma coisa quando era criança: se estão perseguindo você, se não consegue fugir, encontre um lugar para se esconder e conte até perceber que foram embora.

— Oi. — Rin se aproximou devagar de braços erguidos, um gesto que ela torcia para que parecesse inofensivo. — Está tudo bem.

A menina balançou a cabeça e continuou contando. Estava de olhos fechados, como se acreditasse que assim ficaria invisível.

— Não sou mugenesa. — Rin exagerava seu sotaque, tentando recuperar o dialeto que esquecera havia muito tempo. — Sou uma de vocês.

A menina abriu os olhos e ergueu a cabeça devagar.

Rin se aproximou.

— Está sozinha?

A garota fez que não com a cabeça.

— Vocês estão em quantos?

— Em três — sussurrou a menina.

Rin avistou outro par de olhos na escuridão, arregalados e amedrontados. Alguém se escondeu atrás de uma árvore assim que ela olhou de volta.

Rin criou um anel de fogo ainda maior e o ergueu no ar, apenas o suficiente para iluminar a clareira. Então se deparou com duas garotinhas emaciadas que a encaravam com nítido fascínio. Seus olhos pareciam grandes demais para os rostos ocos.

— O que pensam que estão fazendo?

Rin se virou e viu uma terceira pessoa. Devia ser a mãe das meninas ou sua irmã mais velha, ela não sabia dizer. Ela entrou na clareira e agarrou as meninas pelos punhos, arrastando-as para longe de Rin.

— Estão ficando loucas? — A mulher sacudia a menina mais alta pelos ombros. — O que tinham na cabeça?

— Ela estava com uma roupa de fogo — disse a garota, que ainda encarava Rin. — Eu queria ver.

— Vocês não estão em perigo — garantiu Rin, depressa. — Sou nikara, sou de Tikany. Eu sou da Província do Galo. Estou aqui para proteger vocês.

Então percebeu que não precisava ter explicado nada. A mulher arregalou os olhos ao reconhecê-la. Parecia ter finalmente notado que as chamas iluminando a clareira não vinham de uma tocha, mas da pele de Rin.

— Você é a speerliesa. — A voz da mulher saiu em um sussurro.

— Sim.

— Então você... eles... — Ela parecia não encontrar palavras.

— Sim — respondeu Rin. — Eles se foram.

— De verdade?

— Sim. Estão todos mortos. Vocês estão a salvo.

Ela não viu nem mesmo um vislumbre de alegria no rosto da mulher, e sim uma expressão de incredulidade. Ao prestar atenção, Rin percebeu que a mulher era mais nova do que imaginara. Estava muito magra e muito suja, mas havia um rosto não muito mais velho do que o dela sob aquela espessa camada de imundície.

— O que estão fazendo na floresta? — perguntou Rin.

— Nós fugimos — respondeu a mulher. — Fugimos assim que soubemos que os mugeneses estavam chegando. Eu sabia o que faziam com as mulheres nikaras. Eu não queria... Eles não podiam...

— São suas irmãs?

— Não — disse ela. — As duas moravam no meu beco. Tentei convencer mais meninas a virem comigo, mas elas se recusaram.

— Ainda bem que você fugiu — disse Rin. — Como conseguiram sobreviver todo esse tempo?

A mulher hesitou. Rin percebeu que ela estava se preparando para mentir.

A garota mais nova abriu o bico.

— Por causa da moça da cabana.

A mulher fez uma cara feia, o que significava que a menina dizia a verdade.

— Quem é ela? — perguntou Rin.

— Ela nos protege — continuou a garota. — Sabe das coisas. Diz quando precisamos nos esconder e mostra as raízes que a gente pode comer. E também nos ensina a caçar pássaros com armadilhas. Ela nos protege se a gente obedecer.

— Então ela devia ter levado vocês para bem longe daqui.

— Ela não pode ir embora.

Rin achava que sabia quem era a moça.

— Por que ela não pode ir embora? — indagou.

— Fique quieta — ordenou a mulher.

Mas a menina continuou a falar.

— Porque ela diz que perdeu a filha no palácio do Rei Dragão e está esperando ela voltar.

Rin sentiu gosto de sangue na boca. Suas pernas ficaram bambas.

O que ela está fazendo aqui?

A mulher segurou o cotovelo de Rin, hesitante.

— Você...? Está tudo bem?

— Ela está aqui — murmurou Rin. As palavras eram pesadas e metálicas em sua língua. — Me levem até ela.

Rin tinha que ir, não havia escolha. Ela era uma mosca presa em uma teia, um rato hipnotizado rastejando para as presas da víbora. Não podia ir embora agora, não até que soubesse o que Su Daji queria.

CAPÍTULO 8

Rin seguiu as meninas por uma trilha sinuosa que levava ao coração da floresta. O luar não conseguia penetrar pela copa das árvores e o breu fazia com que toda a vegetação ao redor parecesse repleta de perigos que zuniam e espreitavam nas sombras. Embora o espaço fosse estreito o bastante para que Rin temesse iniciar um incêndio, ela manteve acesa uma pequena chama na palma da mão para servir como fonte de luz.

Tentava desacelerar a própria respiração. Não era uma garotinha assustada, não tinha medo da escuridão.

Mas não conseguia evitar o medo do que a escuridão escondia.

— Por aqui — chamou a mulher.

Rin se abaixou para passar por uma moita e estremeceu ao sentir a dor de um espinho rasgando sua pele.

O que estou fazendo?

Se Kitay estivesse ali, diria que ela era maluca. Provavelmente iria sugerir que Rin mandasse a Trindade para o inferno e incendiasse a floresta toda para cortar o mal pela raiz. Em vez disso, Rin estava indo diretamente até a armadilha de Daji, como se fosse uma presa em transe, caminhando até a mulher que poucos meses antes não tinha medido esforços para torturá-la, capturá-la e manipulá-la.

Mas Daji não queria matar Rin. Ela não quisera em oportunidades passadas e não queria naquele momento. Rin tinha certeza disso. Se Daji a quisesse morta, teria dado um jeito para que isso acontecesse quando estavam na base dos Penhascos Vermelhos. Teria aberto uma artéria de Rin com um caco de vidro e, sorridente, assistiria enquanto ela sangrava até a morte na areia a seus pés.

— Chegamos — informou a mulher.

Com cuidado, Rin fez crescer a chama para iluminar os arredores. Estavam diante de uma pequena cabana feita de galhos, pele de cervo e trepadeiras que certamente não era capaz de acomodar mais do que duas pessoas.

Em voz alta, a mulher anunciou:

— Senhora, nós voltamos.

— Estou ouvindo quatro pares de passos. — Uma voz frágil e trêmula ressoou de dentro da cabana. — O que trouxeram para mim?

— Uma visitante — respondeu Rin.

Um silêncio breve se seguiu.

— Entre sozinha.

Rin se ajoelhou e engatinhou para dentro da cabana.

No interior da estrutura, a antiga Imperatriz de Nikan se escondia na escuridão. Suas vestes e joias haviam desaparecido. Ela estava malcheirosa e muito suja. Usava roupas esfarrapadas tão imundas de terra que era difícil dizer de que cor eram. Seu cabelo perdera o brilho e a centelha sedutora de seu olhar já não existia mais. Parecia ter envelhecido vinte anos em questão de meses. Aquilo não era resultado apenas do impacto da guerra ou do desgaste de lutar pela própria sobrevivência enquanto a nação ruía. Algo sobrenatural havia corroído e desfigurado a beleza de Daji de uma maneira que o tempo e suas desgraças jamais conseguiriam.

Rin a encarou em choque por um momento, perguntando-se se estivera enganada, no final das contas; se a mulher diante dela não era a Víbora, e sim uma velha qualquer habitando a floresta.

Então Daji fitou Rin com seu olho saudável, e seus lábios ressecados se abriram em um sorriso familiar.

— Você demorou.

Rin sentiu o coração disparar e os batimentos cardíacos latejarem nos ouvidos. Olhou para a entrada da cabana, onde as meninas esperavam.

— Deixem-nos a sós — ordenou Rin.

Elas não se mexeram. Apenas olharam para Daji, aguardando seu comando.

— Podem ir — disse Daji. — Voltem para o vilarejo. *Depressa.*

Elas partiram.

Assim que se viu sozinha com a Imperatriz, Rin puxou uma faca do cinto e a pressionou contra a carne macia sob o queixo de Daji.

— Quebre o Selo.

Daji se limitou a rir. Seu pescoço pálido pulsou sob a ponta da lâmina.

— Você não vai me matar.

— Eu juro pelos deuses...

— Se fosse me matar, já teria feito isso. — Daji afastou a faca com um gesto de mão, como quem espanta uma mosca. — Vamos parar com isso. Você precisa que eu esteja viva.

Rin pressionou a faca.

— *Quebre o Selo*.

Ela sentia a fúria se aproximar. Rin precisava se controlar para que sua mão não escorregasse, para não afundar a lâmina sem querer. Passara tempo demais imaginando o que faria se um dia tivesse Daji sob seu jugo. Se conseguisse obrigá-la a remover o bloqueio em sua mente, nunca mais precisaria depender de Kitay. Nunca mais despertaria à noite em meio a um pesadelo, sentindo a boca seca, atordoada com visões da morte do amigo. Nunca mais teria que testemunhar com os próprios olhos quanto o feria — o rosto dele pálido como uma vela, as cicatrizes na palma da mão que só aumentavam — todas as vezes que evocava o fogo.

— Está acabando com você, não está? — Daji curvou a cabeça. Ela encarava Rin com um sorriso ardiloso. — Ele está sofrendo?

— *Quebre o Selo*. Não vou pedir outra vez.

— O que aconteceu? A Sorqan Sira não conseguiu?

— Você sabe que não — retrucou Rin. — Foi você quem o colocou, é *sua* marca, e você é a única que pode reverter o processo.

— Ah, que pena.

Rin afundou a lâmina na carne de Daji. Quanto faltava para que ela arrancasse sangue? Talvez o pescoço não fosse a parte ideal do corpo; era fácil demais atingir uma artéria e fazer com que Daji se esvaísse em sangue antes de fazer algo útil. Rin reposicionou a faca sobre a clavícula de Daji.

— Talvez a ideia de uma nova cicatriz convença você. Quer escolher onde?

Daji forçou um bocejo.

— Apelar para a tortura não vai ser muito útil.

— Não pense que eu não teria coragem.

— Eu sei que não teria. Você não é Altan.

— Não brinque comigo. — Rin enviou um feixe de fogo até a extremidade da faca, suficiente apenas para causar uma queimadura leve. — Não tem nada que me impeça de matar você.

Daji a encarou por um longo momento. O metal polido assoviava contra o osso de sua clavícula, resultando em uma queimadura escurecida. Daji nem sequer se mexeu. Por fim, ergueu as mãos em um gesto suplicante.

— Eu não sei como — declarou a mulher.

— Mentira.

— Ah, minha criança, eu juro que é verdade.

— Mas... — A voz de Rin estremeceu. — Como assim, não sabe?

— Runin... — O olhar de Daji era piedoso. — Acha mesmo que já não tentei? Acha mesmo que não estou tentando desde que você nasceu?

Ela já não zombava de Rin; não havia traços de condescendência em sua voz. Aquela era uma confissão sincera. A tristeza na voz de Daji denunciava uma vulnerabilidade genuína.

Rin desejou com todas as forças que Daji estivesse tentando enganá-la.

— Eu faria qualquer coisa para quebrar o Selo — sussurrou Daji. — Tento fazer isso há décadas.

Daji não falava do Selo que pusera em Rin, mas do próprio.

Rin baixou a faca e conteve as chamas.

— Então por que fez isso?

— Você estava tentando me matar, querida.

— Não comigo. *Com eles.*

— Não era minha vontade, mas imaginei que acabariam se matando. E eu não queria morrer. — Daji olhou para Rin. — Você certamente compreende.

Rin compreendia.

Ela não sabia de toda a história — ninguém além de Jiang e Daji sabia, e os dois a escondiam de Rin por razões próprias —, mas sabia o bastante. Em certo momento, Daji amaldiçoara os dois outros membros da Trindade, o Imperador Dragão e o Guardião, com um Selo que limitava os poderes de todos eles e que Daji nunca fora capaz de reverter. Bastou uma briga, um conflito misterioso duas décadas antes que ninguém no Império compreendia, para que a Trindade fosse reduzida a pó. E tudo porque Daji *não sabia como reverter o Selo.*

Um morrerá, dissera Tseveri, a menina ketreíde, pouco antes de a Trindade arrancar seu coração de dentro do peito. *Um governará e um dormirá pela eternidade.*

No fim das contas, Tseveri conseguira sua vingança.

Rin se sentou sobre os calcanhares, sentindo como se toda a sua energia tivesse sido drenada do corpo. Deveria estar com raiva. *Queria* estar com raiva, queria simplesmente decepar a cabeça de Daji em um surto descontrolado de fúria. No entanto, tudo o que conseguia sentir olhando para aquela mulher envelhecida e atormentada era uma pena carregada de amargor e exaustão.

— Eu deveria matar você. — Rin soltou a faca. — Por que não consigo?

— Porque ainda precisa de mim — respondeu Daji, com calma.

— Como veio parar aqui?

— Vim esperar você. Não é óbvio?

Daji estendeu o braço e tocou a bochecha de Rin com dois de seus dedos. Rin não recuou. O gesto não era cruel nem tinha ares de superioridade; parecia uma estranha tentativa de consolo.

— Estava falando sério em Lusan — prosseguiu a mulher. — Queria que me deixasse ajudá-la. Restam tão poucos de nós hoje em dia.

— Mas como você…?

— Como eu sabia que viria para Tikany? — Daji suspirou em meio ao riso. — Porque vocês, speerlieses, são todos iguais. Vocês têm uma conexão muito forte com as próprias raízes, elas definem quem são. Pensou que poderia se reinventar em Sinegard e apagar a menina que já foi um dia, mas não consegue não voltar para o lugar de onde veio. Speerlieses são assim. Você tem tudo a ver com seu povo.

— Meu povo não existe mais — respondeu Rin. — Este povo não é meu.

— Sabe que isso não é verdade. — Daji exibiu um sorriso compassivo. — Você é o sul agora. A Província do Galo faz parte de suas origens. E você precisa que seja assim, porque não tem mais nada além disso.

— Você não pode estar falando sério — disse Kitay.

— Bom, não podemos levar Daji para outro lugar — observou Rin.

— Está pensando em deixá-la aqui? — Kitay abriu os braços, gesticulando freneticamente em volta. — Nós *dormimos* aqui!

— A gente coloca ela para dormir em outro cômodo…

— Você entendeu o que eu quis dizer. Tem planos de contar para Souji? Para Zhuden?

— É óbvio que não! E você também não v…

— Esta é sua âncora? — perguntou Daji, de pé à porta. Ela devorava Kitay com os olhos, como se ele fosse uma presa apetitosa. — Estão dormindo juntos?

Kitay se retraiu visivelmente. Rin encarou Daji, aturdida demais para responder.

— Eu... O quê?

— Deviam tentar um dia destes. O vínculo dá um toque muito especial. — Daji deu um passo à frente com um sorriso, ainda olhando fixamente para Kitay. — Ah, eu me lembro de você. Da Academia. O aluno de Irjah. Você é um garoto inteligente.

A mão de Kitay encontrou sua faca.

— Dê mais um passo e mato você.

— Ela não é nossa inimiga — interveio Rin, depressa. — Ela quer nos ajudar...

Ele deu uma gargalhada.

— Você ficou louca?

— Ela não vai machucar a gente. Se quisesse fazer isso, teria me atacado nos Penhascos Vermelhos. O equilíbrio de poderes é outro agora. Ela não tem razão para...

— É por causa dessa vadia — disse Kitay, devagar — que meu pai está morto.

Rin titubeou.

— Lamento muito — disse Daji. Por mais estranho que fosse, ela parecia dizer a verdade. Seu olhar era solene, e o sorriso ardiloso desaparecera de seu rosto. — O Ministro Chen era um servidor muito leal. Gostaria que a guerra não o tivesse levado.

Kitay parecia não acreditar que Daji ousava se dirigir a ele.

— Você é um monstro.

— Passei três anos vivendo com os ketreídes e sei infinitamente mais sobre o Panteão do que qualquer um de vocês — disse Daji. — Sou a única que já travou uma guerra contra os hesperianos ou, para ser mais exata, contra Yin Vaisra. Vocês precisam de mim se querem ter alguma chance de sobreviver ao que está por vir. Então é melhor parar com as ameaças, rapaz. Esta é sua melhor estratégia?

Daji se voltou em um movimento súbito para a mesa de Kitay e passou a examinar os mapas que ele cuidadosamente marcara. O garoto estava prestes a detê-la quando Rin o segurou.

— Só ouve o que ela tem a dizer — murmurou ela.

— *Ouvir?* A gente deveria arrancar a cabeça dela!

— Só estou pedindo para tentar — insistiu Rin. — E se percebermos que ela está mentindo, podemos contar aos aldeões quem ela é e deixar que façam justiça. Você pode até ser o primeiro a atacar.

— Eu preferia atacar agora.

Daji levantou o olhar dos mapas.

— Vocês vão perder.

— Alguém pediu sua opinião? — retrucou Kitay, irritado.

Daji tamborilava sobre os mapas.

— O desfecho é óbvio. Pode até ser que vocês vençam os mugeneses. Ainda não concluíram esta campanha, precisam levá-los mais para o sul para impedir que se reagrupem. Mas o vento sopra a favor de vocês neste momento. Se treinarem bem aquele exercitozinho de camponeses, provavelmente vão vencer. Mas assim que a República vier para o sul, Vaisra vai transformar vocês em pó.

O tom de Daji mudou drasticamente enquanto falava. A voz frágil e trêmula que lembrava a de uma avó desapareceu e deu lugar a um tom mais grave. As palavras soaram claras, nítidas e seguras. Ela voltou a falar como antes, como uma líder.

— Estamos indo muito bem sozinhos — declarou Kitay.

Daji riu.

— Vocês quase não sobreviveram a uma única frente. E não libertaram Tikany, só ocuparam um cemitério. Além disso, não têm defesa contra a República. Acham que eles se esqueceram de vocês? Assim que exterminarem a Federação para eles, a República vai atacar tão rápido e com tanta violência que vocês vão ficar desnorteados e sem tempo de reagir.

— Nosso exército é forte, está na casa dos milhares e continua crescendo — disse Kitay.

— Você não era o inteligente? Contra dirigíveis e arcabuzes, precisariam de um exército cinco vezes maior. — Daji arqueou uma sobrancelha. — Ou de xamãs.

Kitay revirou os olhos.

— Nós temos uma xamã.

— A pequena Runin é apenas uma, e tem um alcance limitado no campo de batalha e uma vulnerabilidade óbvia — disse Daji, com um gesto de desdém para Kitay. — E não dá para se esconder em toda batalha, querida. A menos que Rin cause uma catástrofe da escala do que fez à Federação, vocês não serão páreo para Yin Vaisra e seu exército.

— Eu enterrei um deus — declarou Rin. — Consigo dar conta de dirigíveis.

Daji riu outra vez.

— Garanto que não consegue. Você nunca viu uma frota inteira de dirigíveis em ação. Eu já. São leves e ágeis como pássaros. De certa maneira, também podem ser considerados deuses. Você consegue conjurar fogo, mas eles conseguem soterrar vocês com mísseis. — Ela bateu nos mapas. — Vocês estão perdendo drasticamente em número e potencial e precisam tomar medidas para corrigir isso *agora*.

Rin viu quando o semblante indignado no rosto de Kitay se desfez, dando lugar a uma expressão intrigada. Por mais irritado que estivesse, ele compreendia a lógica de Daji... e era inteligente demais para contestar um fato. Assim como Rin, percebera que Daji infelizmente tinha razão.

Restava apenas saber o que fazer a respeito disso.

Rin sabia a resposta. Daji a observava com expectativa, esperando por sua decisão.

— Precisamos de mais xamãs — declarou a garota.

— Isso mesmo, querida. Precisam de um exército inteiro — disse Daji.

A constatação era tão absurda que, por um momento, Rin e Kitay se limitaram a encarar a mulher. No entanto, ao passo que Kitay listava mentalmente uma série de objeções — Rin sabia que o amigo se limitaria a discordar —, ela tentava imaginar um cenário em que aquilo pudesse dar certo.

— Era o que Altan queria — murmurou Rin. — Ele sempre quis abrir os portões de Chuluu Korikh e organizar um exército de lunáticos...

— Altan era um idiota — disse Daji, com desprezo e desinteresse. — Não pode trazer de volta alguém que foi parar na montanha de pedra e teve a mente despedaçada.

— Então como...?

— Vamos lá, Runin. Não é tão difícil: você simplesmente treina novos xamãs.

— Mas não temos tempo para isso — respondeu Rin, soando pouco convincente.

Dentre todas as respostas possíveis, aquela era a mais fácil de explicar.

Daji deu de ombros.

— De quanto tempo precisa?

— Essa conversa não pode estar acontecendo — disse Kitay, frustrado, virado para a parede. — Isso não pode estar acontecendo.

— Eu levei anos para descobrir que o Panteão sequer existia — alegou Rin. — E nos restam poucas semanas. Nós não...

— Você teria levado semanas se Jiang não estivesse tão determinado a tirar a Fênix de sua mente — disse Daji. — E metade de seus problemas era neutralizar suas noções preconcebidas sobre o mundo. Sua mente não permitia a possibilidade do xamanismo. Esse tipo de resistência não existe mais. Os nikaras perceberam que este é um mundo onde os deuses existem nos homens. Eles já viram você queimando. Vão acreditar. — Daji estendeu a mão e tocou na testa de Rin com um dedo fino e pálido. — Tudo o que precisa fazer é lhes dar o acesso.

— Você quer que a gente crie um exército de pessoas como eu.

Rin sabia que suas palavras pareciam tolas, repetindo algo que já havia sido dito tantas vezes, mas ela precisava afirmar aquilo em voz alta para que parecesse real.

Ela entendia a incredulidade de Kitay. Aquela solução era horrível. Era tão desumana e irresponsável que, em todos os meses que passara fugindo dos hesperianos, não considerara a possibilidade sequer uma vez. A ideia passara por sua cabeça, é claro, mas Rin sempre a descartara em segundos. Afinal...

Afinal, o quê?

A alternativa era perigosa, mas todas eram. O estrago já fora feito, e o país inteiro estava em guerra entre três facções, sendo que uma dominava os céus e possuía o poder de reduzir qualquer coisa a cinzas em questão de segundos. Se Rin não corrigisse aquele desequilíbrio de poder de alguma forma, *e depressa*, poderia muito bem entregar a si mesma a Nezha dentro de um caixão.

A ideia era monstruosa, mas eles estavam na fase da guerra onde toda e qualquer escolha seria monstruosa. Agora só restava saber qual delas os manteria vivos.

— É muito simples, crianças — disse Daji. — Tragam a religião de volta a este país. Mostrem aos hesperianos a verdade sobre os deuses.

Ela já não falava com Kitay; era como se o garoto nem estivesse ali. Nenhuma das duas tinha dado ouvido a uma objeção sequer. Daji falava diretamente com Rin, de uma xamã para outra.

— Quer saber qual é o seu problema? — perguntou Daji. — Você está lutando esta guerra na defensiva. Ainda está pensando como alguém que está em fuga. Está na hora de começar a pensar como uma líder.

— Não é possível que esteja considerando isso — bradou Kitay.

Daji tinha sido escoltada para um quarto do complexo. Aquele tipo de precaução era, em grande parte, um blefe. Rin não tinha a menor dúvida de que Daji aniquilaria um esquadrão inteiro se quisesse, mas os guardas estavam equipados com cornetas e pelo menos poderiam causar alarde caso alguma coisa acontecesse.

Rin permaneceu no escritório com Kitay. Sentia-se atordoada, e sua cabeça zunia com possibilidades que nunca havia considerado. O silêncio entre os dois se estendeu por vários minutos. Kitay tinha mergulhado em um estado de fúria emudecida. Rin o observava com cautela, temendo que ele pudesse explodir.

— Você não está nem cogitando isso? — perguntou ela.

— Você está de brincadeira — respondeu Kitay.

— Pode ser que Daji tenha razão. Isso equilibraria as coisas...

— Isso é algum tipo de piada? Está falando sério, Rin? Ela está manipulando você! *Ela é assim*, e você está comendo direitinho na mão dela.

Rin sabia que isso era possível. Daji poderia estar orquestrando o fracasso da garota, e aquela seria a estratégia mais sádica para fazer isso. Mas ela tinha visto o olhar de Daji ao falar sobre os hesperianos; vislumbrara uma garota não muito mais velha do que ela, uma garota com tanto poder nas mãos que não sabia o que fazer com ele, uma garota que tinha acabado de reconquistar seu país aterrorizada diante da possibilidade de a nação ser despedaçada novamente.

— As coisas mudaram — afirmou Rin. — Ela não é mais Imperatriz. Ela precisa de nós tanto quanto precisamos dela.

Kitay cruzou os braços.

— Você parece hipnotizada.

— Como assim?

— A Víbora tem um efeito estranho sobre você. Não negue, Rin, você sabe que é verdade. Nunca se comporta de maneira racional perto dela. Sempre tem uma reação exagerada, e faz o contrário do que é prudente.

— O quê? Eu não...

— O que aconteceu em Lusan? Nos Penhascos Vermelhos? Você já teve a oportunidade de matá-la duas vezes e não fez isso. Por quê, Rin?

— Eu tentei! Mas ela me dominou...

— Foi isso mesmo que aconteceu ou será que você deixou? — Kitay falava baixo, mas havia raiva em sua voz. Rin odiou aquilo. Preferia que ele tivesse gritado. — A Víbora a obrigou a fazer coisas *que não fazem o menor sentido*. Não sei se é hipnose ou outra coisa, mas você tem que colocar a cabeça no lugar. Está pensando exatamente o que Daji quer que pense. Ela seduziu você, Rin! E *eu sei* que você não é ingênua a ponto de não perceber isso.

Rin não respondeu. Será que Kitay tinha razão? Será que o veneno de Daji ainda estava em sua mente? Seria possível que Daji estivesse hipnotizando Rin por meio do Selo?

Ela ficou em silêncio por um momento, tentando processar as palavras de Kitay. Se Rin fosse sincera consigo mesma, sim, Daji *de fato* tinha um efeito estranho e potente sobre sua psique. Ela respirava com dificuldade quando estava perto da Víbora; seus membros pareciam prestes a ceder, suas chamas ardiam, e Rin estremecia com o desejo de sufocá-la, de *matá-la*, ou...

Ou de ser ela.

Era isso. Rin queria o que Daji tinha. Ela queria sua autoconfiança natural, sua autoridade imperturbável. Queria o poder de Daji.

— Não pode negar que Daji tem razão sobre uma coisa — disse Rin. — A fronte sulista é uma distração. Nosso maior problema agora é o que vamos fazer com Nezha.

Kitay suspirou.

— Criando um exército de pessoas como você?

— Seria tão errado assim?

Rin tinha cada vez mais dificuldade para pensar em uma boa objeção. Daji tinha apresentado a ideia como se aquela fosse a única saída, e Rin não conseguia parar de ponderar as possibilidades.

Pense em como seria um exército de xamãs, sussurrava uma voz dócil em sua mente. Era a voz de Altan. *Pense no poder arrasador do fogo. Em como seria ter o Cike de volta. Pense em como seria ter uma segunda chance.*

— Pelo menos temos que conversar sobre isso — disse Rin.

— Não — rebateu Kitay, firme. — Vamos descartar isso aqui e agora. E para sempre.

— Mas por que...?

— Porque você *não pode* fazer isso com as pessoas! — vociferou ele. — O problema não é só a chance de um apocalipse global, o que, a propósito, me surpreende que não tenha considerado. Mas você sabe o que isso faz com a mente de uma pessoa. Não é algo que se pode infligir a alguém.

— Ficou tudo bem comigo.

— "Tudo bem" não é exatamente como eu descreveria o seu caso.

— Eu sou funcional — argumentou Rin. — No fim das contas, é o que importa.

— Mais ou menos — disse Kitay, no tom mais cruel que conseguiu. — E você teve treinamento. Mas Jiang não está mais aqui e a Sorqan Sira morreu. Se fizer isso com outra pessoa, será uma sentença de morte.

— O Cike passou por isso — lembrou Rin.

— E você está disposta a condenar alguém ao mesmo destino do Cike?

Rin recuou. Havia apenas dois destinos possíveis para o Cike: morte ou Chuluu Korikh. Ela tinha ouvido esse aviso inúmeras vezes desde o momento em que se juntou às Crianças Bizarras e testemunhado seu desenrolar, inevitável e brutal, mais de uma vez. Viu Altan ser engolido pelo fogo. Baji ser dilacerado. Suni e Feylen presos nas próprias mentes por demônios que não podiam ser exorcizados. Ela mesma quase tinha sucumbido a esse destino.

Ela teria coragem de forçar alguém a passar por isso?

Sim. Se aquela era a única esperança contra uma frota de dirigíveis, sim, mil vezes sim. Em nome do futuro do sul de Nikara, em nome da sobrevivência... sim.

— Isso já foi feito antes — insistiu Rin.

— Mas não por nós. Nunca por nós. Não podemos fazer isso com as pessoas. — A voz de Kitay vacilou. — Eu não serei cúmplice nisso.

Rin teve que rir.

— Esse é o limite moral que você se recusa a cruzar? Faça-me o favor, Kitay.

— Você não entende? Veja o que aconteceu com Nezha. Você o obrigou a chamar o deus e...

— Não obriguei Nezha a fazer merda nenhuma! — bradou Rin.

— Admita. Você pressionou Nezha até que ele passasse dos próprios limites, mesmo sabendo que seria uma tortura para ele. E olha só o que aconteceu! Você arranjou uma cicatriz nas costas do tamanho do monte Tianshan.

— Vai se foder.

Aquilo era golpe baixo. Kitay sabia com feri-la. Ainda assim, enfiou a faca e a torceu bem fundo.

Ele não pediu desculpas. Em vez disso, levantou a voz:

— Se pusesse de lado seus delírios de conquista por um segundo, se parasse de se embriagar com a *simples presença* da Víbora, perceberia que essa é uma das piores coisas que se pode fazer com alguém.

— Como se você soubesse.

— Acha que não sei? — Os olhos de Kitay se arregalaram, incrédulos. — Rin, eu estive em *Golyn Niis*. Mesmo assim, a Fênix rasgando minha mente ainda é a coisa mais cruel que já senti.

Isso fez com que Rin se calasse.

Ela se odiou por esquecer que só podia usar o fogo graças ao amigo, que todo dia deixava uma deusa perversa acessar o mundo material através da mente dele. Kitay tinha aguentado tudo em silêncio para que ela não se preocupasse, e o fez tão bem que Rin parou de pensar nisso por completo.

— Sinto muito — disse ela, tocando o ombro do garoto. — Eu não pensei...

— Não mesmo, Rin. — Kitay afastou a mão de Rin. Não parecia disposto a voltar atrás. O assunto estava encerrado e não haveria solução, pelo menos não naquele momento. — Você nunca pensa.

Rin andava sozinha por Tikany. Kitay tinha desaparecido no complexo, e ela não se deu ao trabalho de tentar encontrá-lo.

Já tinham brigado assim antes. Não era tão frequente após a batalha nos Penhascos Vermelhos, mas de tempos em tempos a mesma discussão estourava entre os dois — como um abismo que não conseguiam superar. Era sempre o mesmo impasse, embora se manifestasse de formas diferentes. Kitay a considerava insensível, sem qualquer apreço pela vida alheia. E ela o considerava fraco, hesitante demais na hora de tomar decisões importantes. Rin sempre teve a impressão de que o amigo não entendia muito bem o que estava em jogo, de que ainda se agarrava a alguma esperança insana e pacifista de diplomacia. No entanto, por alguma razão, Rin se sentia culpada e estranhamente envergonhada quando brigavam, como uma criança dando trabalho na sala de aula.

Que se dane, pensou ela. Kitay que se dane com sua ética. Ela precisava se lembrar do que estava em jogo.

Suas tropas tinham construído uma cozinha pública na praça da cidade, e os soldados entregavam tigelas de arroz e shanyu cozido no vapor para civis que aguardavam em longas filas. Os ajudantes caminhavam em meio a eles, alertando-os para que não comessem muito rápido. Se seus estômagos começassem a doer, deveriam parar imediatamente. Após longos períodos de fome, uma ruptura estomacal por comida em excesso poderia ser fatal.

Rin cortou a fila e pegou duas tigelas, equilibrando uma delas na dobra do braço direito.

O complexo de barracas no bairro norte de Tikany não podia ser chamado de enfermaria. Era mais como um centro de triagem de emergência construído com os escombros do que antes fora a prefeitura. Esteiras de bambu revestidas de tecido foram dispostas em fileiras organizadas do lado de fora da sala de cirurgia, e assistentes tensas transitavam entre elas carregando antissépticos e analgésicos para tratar camponeses cujas feridas pareciam estar apodrecendo havia meses.

Rin abordou o médico mais próximo e perguntou pelo menino dos campos de execução.

— Logo ali. Veja se consegue fazer com que ele coma alguma coisa. Ainda não quis nada.

O tronco do menino estava coberto por bandagens, e ele continuava pálido e com uma aparência horrível, como quando fora encontrado. Agora, no entanto, estava sentado, acordado e alerta.

Rin se sentou no chão de terra a seu lado.

— Olá.

Ele se limitou a olhar para Rin.

— Meu nome é Runin — disse ela. — Rin. Eu encontrei você.

— Eu sei quem você é. — A voz dele era débil e rouca.

— Como se chama? — perguntou Rin.

— Zhen — respondeu ele, começando a tossir logo em seguida. O menino pressionou uma mão contra o peito e se encolheu. — Zhen Dulin.

— Você teve sorte, Dulin.

Ele riu com certo desdém.

Rin colocou uma tigela no chão e estendeu outra para ele.

— Está com fome?

Dulin balançou a cabeça.

— Se você morrer de fome, eles vão ter vencido.

O garoto deu de ombros.

Rin tentou outra estratégia.

— Tem sal.

— Duvido — respondeu Dulin.

Rin não conseguiu conter um sorriso. Ninguém ao sul da Província do Macaco comia sal havia meses. Era fácil não dar valor para um condimento tão comum em tempos de paz, mas, depois de meses comendo legumes sem sabor, o sal se tornara tão valioso quanto o ouro.

— É sério. Experimenta — sugeriu Rin, balançando a tigela diante do rosto do menino.

Dulin hesitou, depois concordou. Ela soltou a tigela com cuidado sobre os dedos trêmulos do garoto.

Ele levou uma colher cheia à boca e deu uma pequena mordida. Então seus olhos se alargaram e o garoto abandonou a colher de vez, levando a comida à boca como se temesse que alguém fosse tirá-la dele.

— Vá com calma — advertiu Rin. — Tem mais. Pare um pouco se sentir dor de estômago.

Ele não voltou a falar até ter terminado de comer. Depois de uma pausa, disse:

— Eu nem me lembrava do sabor do sal.

— Nem eu.

— Tem ideia de como ficamos desesperados? — perguntou ele, baixando a tigela. — Estávamos raspando as pedras dos túmulos e fervendo o que conseguíamos extrair porque o gosto era parecido. De túmulos. Eu raspei o túmulo *do meu pai*.

— Não pense nisso agora — disse Rin, baixinho. — Aproveite a comida.

Ela o deixou comer em silêncio por um tempo. Por fim, Dulin colocou a tigela vazia no chão e suspirou, levando as mãos à barriga. Depois se virou para olhar para Rin.

— O que veio fazer aqui?

— Quero que me diga o que aconteceu.

Ele pareceu diminuir de tamanho.

— Você quer dizer quando...?

— Sim, por favor. Se você se lembrar. O máximo que puder.

— Por quê?

— Porque preciso ouvir.

Ele ficou em silêncio por um longo tempo, o olhar perdido.

— Eu pensei que tivesse morrido — começou ele. — Quando bateram em mim, senti tanta dor que tudo ficou preto e pensei que aquilo fosse a morte. Eu me lembro de ficar feliz porque pelo menos tinha acabado, e eu não teria mais que sentir medo. Mas aí...

Ele parou de falar. Seu corpo inteiro tremia.

— Pode parar — disse Rin, de repente sentindo vergonha. — Desculpe, eu não devia ter pedido isso.

Mas Dulin balançou a cabeça e continuou.

— Aí eu acordei no campo. Vi o sol brilhando no céu e percebi que tinha sobrevivido. Mas eles estavam empilhando os corpos em cima de mim e eu não queria que percebessem que eu estava vivo. Então não me mexi. Continuaram empilhando os corpos, um em cima do outro, até que eu mal conseguia respirar. E aí... começaram a jogar terra.

Rin sentiu uma dor lancinante na palma da mão e só então percebeu que tinha cravado as unhas na pele. Obrigou-se a relaxar antes que começasse a sangrar.

— Eles não viram você? — perguntou.

— Não estavam prestando atenção. Eles não são cuidadosos. Não dão a mínima. Só querem acabar logo.

O não dito era que existia a possibilidade de Dulin não ter sido o único. Ao contrário, era mais provável que houvesse mais vítimas, feridas, mas não mortas, que foram jogadas em uma cova e depois sufocaram lentamente sob a terra e sob o peso dos corpos.

Rin respirou fundo devagar.

Em algum lugar em sua mente, Altan estava satisfeito. Aquela era sua resposta. Aquilo justificava tudo o que ela tinha feito. Aquele era o rosto de seu inimigo.

Kitay podia falar o que quisesse sobre ética. Ela não se importava. Rin precisava de vingança. Queria seu exército.

Dulin desabou em lágrimas.

Rin estendeu a mão e deu uma palmadinha desajeitada em seu ombro.

— Ei, você está bem. Está tudo bem.

— Não, não está. Eu não deveria ser o único, eu deveria estar morto...

— Não diga isso.

O rosto dele se contorceu em uma careta.

— Mas não deveria ter sido eu.

— Eu também já me odiei por ter continuado viva — disse ela. — Não achava justo que eu tivesse sobrevivido e que outros tivessem morrido em meu lugar.

— *Não é* justo — sussurrou Dulin. — Eu deveria estar debaixo da terra com eles.

— Em certos dias, você vai querer estar. — Rin não entendia por que queria tanto consolar aquele menino desconhecido. Ela só desejava que alguém tivesse dito aquelas coisas para ela meses antes. — Esse sentimento nunca mais vai desaparecer. Mas, quando doer, aceite a dor. É muito mais difícil continuar vivo, mas isso não significa que não mereça viver. Significa que você é forte.

Tikany voltou a ganhar vida naquela noite.

Rin tinha se retirado mais cedo com a intenção de dormir assim que encostasse a cabeça no travesseiro, mas alguém bateu à porta, e ela a abriu para encontrar não uma sentinela ou um mensageiro, mas um grupo de mulheres, todas olhando para o chão, acotovelando-se entre si como se não soubessem por onde começar.

— O que foi? — perguntou Rin, desconfiada.

— Venha com a gente — disse a mulher da frente.

Rin franziu as sobrancelhas, intrigada.

— Para onde?

O rosto da mulher se iluminou com um sorriso.

— Venha dançar.

Então Rin lembrou que, apesar de tudo, aquele dia tinha sido uma libertação, e libertações mereciam ser celebradas.

Assim, ela as seguiu até o centro da cidadezinha, onde uma multidão se agrupava na noite sem lua, trazendo tochas de bambu e lampiões. Os tambores batiam incessantemente, acompanhando melodias de flautas que pareciam vir de todos os lados, e fogos explodiam no ar a cada poucos segundos, como se fizessem parte da música.

Pessoas dançavam e rodopiavam na praça. Havia dezenas delas, a maioria meninas, movendo-se sem qualquer coreografia ou ordem. Nada daquilo tinha sido planejado. Não teria como. Cada uma delas se movia como julgava certo, juntando fragmentos de danças de outras épocas, movidas pela alegria de estarem vivas e livres.

Deveria ter sido uma grande bagunça, mas foi a coisa mais bonita que Rin já havia visto.

As mulheres convidaram Rin para participar, mas ela recusou, preferindo se sentar para assistir. Nunca participara dos bailes na época em que morava ali. Eram eventos para meninas ricas, alegres, cujos casamentos eram motivos de celebração, e não de tristeza. Os bailes não eram para órfãs de guerra, portanto só lhe restava assistir. Ela sentia muita vontade de dançar naquele momento, mas tinha medo de não saber como se mover.

O bater dos tambores se acelerou, e a dança se transformou em uma visão hipnótica, com tornozelos e braços se agitando cada vez mais rápido até se parecerem com um borrão sob a luz do fogo, movendo-se em um ritmo que parecia estar em sintonia com os batimentos de Rin. Por um momento, ela viu uma dança diferente e ouviu uma canção diferente. Reparou em corpos de pele escura dançando junto à fogueira, entoando palavras que ela ouvira havia muito tempo em uma língua que não conseguia falar, mas da qual se lembrava.

Rin tinha aquela visão desde a primeira vez em que entrou em contato com a Fênix. Sabia que aquilo terminava em morte.

Daquela vez, no entanto, os corpos não se transformaram em esqueletos, mas permaneceram furiosamente vivos. *Aqui estamos nós*, diziam eles. *Testemunhe nosso êxito. Escapamos do passado e somos donos do futuro.*

— Oi.

Então a visão desapareceu, e Souji estava diante de Rin, segurando duas canecas de vinho de milho. Estendeu uma para ela.

— Posso me sentar aqui?

Rin chegou para o lado para abrir espaço. Eles tocaram as canecas em um brinde e beberam. Rin deixou a bebida descansar em sua língua, saboreando o gosto azedo e intenso.

— Muito me surpreende que não tenha sumido por aí com uma delas. — Rin acenou com a cabeça em direção às dançarinas.

Souji atraía as mulheres como se tivesse mel. Rin já o vira levar para sua tenda pelo menos oito mulheres diferentes desde que haviam deixado Ruijin.

— Ainda estou escolhendo — disse Souji. — Cadê sua cara-metade?

— Não sei. — Ela estava procurando Kitay na multidão desde que chegara, mas não havia sinal do amigo. — Deve estar dormindo.

Rin não contou a Souji que os dois tinham brigado. Kitay e ela eram como se fossem um. Ninguém precisava saber de suas discussões.

— Ele está perdendo isso aqui.

Souji se inclinou para trás, observando as dançarinas com uma expressão divertida e meio sonolenta. Rin notou que ele já estava bastante bêbado; seus movimentos eram lentos e atrapalhados, e uma nuvem de cheiro ácido pairava ao seu redor toda vez que ele abria a boca.

— É isso, princesa. Não dá para ficar melhor. Aproveite enquanto dura.

Rin olhou para a fogueira e tentou seguir o conselho de Souji, mergulhando na música, nas risadas e nos tambores. Mas uma escuridão incômoda insistia em comprimir seu peito, um nó de medo que não se dissipava… não importava o quanto ela se esforçasse para sorrir.

Não conseguia se sentir feliz.

Era assim que deveria se sentir depois de uma libertação? Não podia ser. Liberdade deveria trazer um sentimento de segurança. Rin deveria estar sentindo que ninguém jamais iria feri-la outra vez.

Não, era mais do que isso.

Ela queria *voltar ao passado*. Rin não se lembrava de ter se sentido segura ao fechar os olhos nos últimos dois anos. A última vez tinha sido em Sinegard, provavelmente, quando o mundo parecia se resumir a livros e provas, quando a guerra não passava de uma possibilidade que poderia nunca vir a acontecer.

Rin sabia que nunca mais se sentiria daquela forma.

Mas podia conseguir algo parecido. Tranquilidade. Segurança. Só que, para isso, a vitória teria que ser total.

Não importava se ela queria guerra ou não. A República levaria a guerra até ela, a perseguiria até que morresse. A única maneira de continuar em segurança era atacar primeiro.

Quando se tem um poder como o seu, sua vida deixa de ser sua, dissera Vaisra algumas vezes. *Quando ouvir gritos, corra na direção deles.* Aquelas tinham sido suas exatas palavras. Ele só tinha tentado manipulá-la, Rin sabia disso agora. Ainda assim, o que ele dizia parecia certo.

Mas onde estavam os gritos agora?

— O que foi? — perguntou Souji.

Rin emergiu de seus pensamentos e endireitou a postura.

— Humm?

— Pela sua cara parece que alguém cagou no túmulo dos seus antepassados.

— Não sei, é que... — Ela se esforçava para colocar o desconforto em palavras. — Isso é esquisito.

Souji bufou.

— O quê? A dança ou a música? Não sabia que você era tão exigente.

— Eles estão felizes. Estão felizes *demais*. — Suas palavras começaram a sair cada vez mais rápido, impulsionadas pelo vinho de milho que ardia em sua garganta. — Estão dançando porque não sabem o que está por vir, não sabem que o mundo inteiro está prestes a acabar e que isso não é o fim de uma guerra, e sim o começo...

Souji pousou a mão sobre a de Rin. Ela olhou para baixo, surpresa. A palma dele era áspera e calejada, mas quente. Rin se sentiu bem. Ela não se desvencilhou.

— Aprenda a relaxar, princesa. — Souji acariciava a pele de Rin com o polegar. — Você não terá muitos momentos como este no tipo de vida que escolheu, mas noites como esta são as que vão mantê-la viva. Você só pensa em seus adversários, mas isso aqui... Isso aqui é a razão pela qual você luta.

Algumas horas depois, Souji estava tão bêbado que Rin achou que ele não seria capaz de encontrar o complexo por conta própria. Os dois andaram juntos pelo caminho escuro e rochoso enquanto Souji apoiava pesadamente o braço nos ombros de Rin. Na metade da colina, seu pé ficou preso em uma pedra, e ele só não caiu porque envolveu a cintura de Rin com o braço para se equilibrar.

A jogada era óbvia. Rin revirou os olhos e se desvencilhou de Souji, que tentou tocar os seios de Rin antes de ela afastar a mão do homem com um safanão.

— Não vem com essa para cima de mim. Vou chamuscar suas bolas. Já fiz isso antes.

— Vem aqui, princesa — disse Souji.

Ele passou o braço em torno dos ombros de Rin outra vez, puxando-a para perto. Sua pele era muito quente.

Apesar de tudo, Rin se deixou amolecer naquele calor.

— Não tem ninguém aqui. — Ele aproximou a boca da orelha de Rin. — Por que a gente não brinca um pouco?

A parte mais constrangedora era que Rin *sentia* certo interesse, uma inquietação leve e pouco familiar na barriga. Ela reprimiu depressa a sensação. *Não seja idiota.*

Souji não a queria. Souji era o último homem no mundo que a acharia bonita. Podia escolher qualquer uma no acampamento, e todas provavelmente seriam mais bonitas e mais fáceis de lidar no dia seguinte do que Rin.

Não tinha a ver com atração, e sim com poder e posse. Souji queria dominá-la apenas para mais tarde se gabar por ter feito isso.

Rin se sentiu tentada. Souji era bonito e certamente era experiente. Saberia o que fazer com seus corpos mesmo que ela não tivesse a mínima ideia. Poderia ensiná-la a fazer todas as coisas das quais só tinha ouvido falar, coisas que só tinha imaginado.

Ainda assim, seria burrice dormir com ele. No segundo em que as pessoas ficassem sabendo, nunca mais olhariam para ela da mesma maneira. Rin convivera com soldados tempo o bastante para saber como as coisas funcionavam. O homem tinha o direito de se gabar. Já a mulher, provavelmente a única soldada mulher do esquadrão, passava a ser a vagabunda do acampamento.

— Melhor ir para a cama — disse Rin.

— Seria bom para você. — Souji não tirou o braço dos ombros de Rin. — Você está tensa demais, com muita raiva acumulada. Precisa relaxar um pouco, princesa. Se divertir.

Ele acariciou o pescoço de Rin, que estremeceu.

— Souji, *pare.*

— O que foi? Você é virgem?

A pergunta foi tão direta que, por um momento, Rin apenas o encarou. Ele arqueou as sobrancelhas.

— Não. Sério, princesa?

Ela o empurrou para longe.

— Não é da sua conta.

Souji tinha encontrado o ponto fraco de Rin. Ele percebeu isso e sorria, exibindo dentes brilhantes sob a luz do luar.

— É verdade que você não tem útero?

— O *quê?*

— Ouvi um boato por aí. Dizem que queimou seu útero em Sinegard. Mas não fico surpreso. Acho uma jogada inteligente, na verdade, mas que pena para os speerlieses. Agora você é a última. Se arrependeu?

— Não, nunca me arrependi — respondeu Rin entredentes, a contragosto.

— Que pena. — Souji colocou a mão na barriga de Rin. — Poderíamos ter feito uns belos bebês escurinhos. Meu cérebro, suas habilidades. Seriam os reis do sul.

Aquele foi o limite. Rin se afastou dele de punhos erguidos.

— Se encostar em mim outra vez, *vou matar você*.

Ele apenas riu e a olhou de cima a baixo, como se avaliasse quanto esforço teria que fazer para dominá-la.

Rin sentiu sua pulsação acelerar.

O que estava acontecendo com ela? Tinha iniciado e terminado guerras. Havia enterrado um deus. Incinerado uma nação inteira. Não havia uma entidade no planeta que pudesse enfrentá-la em uma luta justa e vencer. Estava certa da própria força; ela sacrificara tudo o que possuía para garantir que nunca mais voltaria a se sentir indefesa.

Então por que estava com tanto medo?

Por fim, Souji levantou as mãos em um gesto de rendição.

— Só estou oferecendo. Não precisa reagir assim.

— Sai de perto de mim. — A voz dela se espalhou pela escuridão mais alto do que ela pretendia. Alguém poderia acabar ouvindo, mas talvez fosse o que Rin queria, que alguém, qualquer um, viesse correndo. — *Sai daqui*, Souji.

— Grande Tartaruga, você é sempre assim? Isso explica por que...

Rin o interrompeu.

— Ouviu isso?

Ela teve a impressão de ter ouvido um zunido no céu, um som parecido com um enxame distante de abelhas, ficando mais alto a cada segundo.

Souji ficou em silêncio, franzindo a testa.

— O que...?

— Cala a boca! — esbravejou Rin. — Preste atenção.

Sim. O zunido era nítido agora. Não estava só na cabeça de Rin. Ela não estava entrando em pânico sem razão; aquilo era real.

Souji arregalou os olhos. Também tinha ouvido.

— Pro chão! — gritou ele, jogando-se em cima de Rin segundos antes da explosão da primeira bomba.

CAPÍTULO 9

Eles foram ao chão juntos, e Souji aterrissou dolorosamente com o cotovelo sobre as costas de Rin. Houve um momento breve de silêncio, e depois um estridor horripilante invadiu seus ouvidos. Ela espreitou sob o corpo de Souji, que gemia, e viu quando Tikany se iluminou em um clarão laranja.

Então o bombardeio continuou em uma série ininterrupta de estrondos que pareciam trovões.

Souji saiu de cima de Rin, e ela se pôs de pé, vacilante.

Kitay. Rin não conseguia enxergar nem se equilibrar direito, mas saiu em disparada rumo ao complexo, cambaleando como se estivesse embriagada. *Tenho que encontrar Kitay.*

Um som agudo e excruciante soou às costas de Rin, e ela se virou. Em meio ao fogo, conseguiu distinguir o rosto de um jovem oficial, um dos homens de Zhuden cujo nome nunca tinha conseguido decorar. Estava deitado no chão a vários metros de distância. Rin olhou para ele por um momento, confusa. Souji e ela estavam sozinhos na rua até então; todos os outros tinham ficado na praça, a cinco minutos dali.

Teria sido a explosão? Era possível que a força da bomba tivesse arremessado o oficial até ali?

Mas ele parecia bem. Sua cabeça, seus ombros e seu corpo estavam intactos, não havia sangue ou queimaduras. Por que ele estava...?

A visão de Rin lentamente voltou ao normal, e ela enxergou o que a princípio estava oculto pela fumaça e pela escuridão. As pernas do oficial haviam sido arrancadas da coxa para baixo.

O homem a encarava. Pelos deuses, ainda estava consciente. O rapaz levantou uma mão trêmula em direção a Rin e sua boca se moveu, mas não houve som algum, ao menos nada que conseguisse ouvir. Mas ela entendeu.

Por favor.

Rin pegou a faca que trazia no cinto, mas seus dedos esbarraram desajeitadamente contra a bainha.

— Eu faço isso.

A voz de Souji ressoou alta como um gongo nos ouvidos de Rin. Ele parecia completamente sóbrio agora. A mesma adrenalina que corria nas veias de Rin evaporara a embriaguez dele. Com destreza e parecendo muito mais equilibrado do que ela, Souji pegou a faca da mão de Rin e se abaixou para cortar a garganta do oficial.

Ela observou, atordoada.

Não estávamos preparados.

Ela imaginou que teriam mais tempo. Sabia que estaria na mira de Nezha quando destruiu a mensagem de Kesegi, mas achou que teria a chance de treinar o recém-conquistado Exército do Sul enquanto a República terminava a campanha no norte. Rin imaginou que teriam um momento para respirar depois da queda da Colmeia.

Só não sabia que Nezha esperava do lado de fora.

Os disparos dos canhões continuaram, agora em harmonia com o zunido dos motores dos dirigíveis. *Como uma orquestra celestial*, pensou Rin, desnorteada. Os deuses tocavam a melodia para embalar sua ruína.

Ela ouviu gritos vindos do centro da cidade. Rin sabia que não havia defesa terrestre a postos, que não tinham chance de se defenderem dos dirigíveis. Seus soldados estavam bêbados, embriagados pela vitória. Havia apenas um número reduzido de tropas nos portões da cidade porque pensaram que, pela primeira vez, estavam seguros.

E as fogueiras, *as malditas fogueiras* — pelos deuses, elas provavelmente serviram como faróis, entregando o exato local onde estavam.

Os gritos aumentaram. Multidões em pânico inundavam as ruas, fugindo para longe das fogueiras. Uma menina correu em direção a Rin, aos gritos, e ela não teve tempo de alertar: *Não, pare onde está, vá para o chão*, antes que uma explosão estremecesse o ar e chamas envolvessem o pequeno corpo.

A mesma explosão jogou Rin no chão. Ela rolou o corpo e ficou de barriga para cima, pressionando a orelha esquerda com a mão boa. As bombas explodiam uma atrás da outra, num ritmo tão regular e frenético que Rin não ouvia mais pausa alguma entre as detonações. Ouvia-se apenas um estrondo contínuo enquanto caudas de fogo caíam por todos os lados.

Ela se apoiou no chão e se obrigou a ficar de pé.

— Temos que sair daqui. — Souji a puxou pelo braço e a arrastou em direção à floresta.

As bombas explodiam tão perto que Rin sentia o calor das chamas em seu rosto, mas os dirigíveis não estavam atirando nas florestas.

Eles miravam nas fogueiras, nos lugares abertos onde estavam os civis.

— Espera — pediu ela. — Kitay...

Souji não soltou seu braço.

— Vamos nos embrenhar nas árvores. Eles não têm visibilidade perto da floresta. Vamos pegar as rotas da montanha, chegar o mais longe que pudermos antes que...

Ela tentou se desvencilhar do aperto de Souji.

— Temos que buscar Kitay!

— Ele vai dar um jeito de sair — bradou Souji. — Mas você vai morrer em segundos se...

— Eu sei me virar.

Rin não sabia como se defender dos dirigíveis — eles não pareciam ter pontos fracos —, mas poderia apontar as chamas para os mecanismos de direção, a cesta de munição, *qualquer coisa*. Só não podia ir embora sem Kitay.

O amigo ainda estaria no complexo ou teria ido para a praça? O complexo no alto da colina ainda estava intocado, escondido na escuridão, mas a praça já não passava de um mar de fogo. Kitay não devia estar gravemente ferido; se estivesse, Rin sentiria. Então isso significava que...

— Espera. — Os dedos de Souji se apertaram ainda mais ao redor do pulso de Rin. — Pararam.

O céu estava em silêncio. O zunido tinha desaparecido.

Estão aterrissando, percebeu Rin. Aquele era um ataque terrestre. Os dirigíveis não queriam aniquilar Tikany pelo ar. Queriam prisioneiros.

Seria possível que eles não compreendessem os perigos de um ataque terrestre? Podiam ter os arcabuzes, mas ela tinha uma *deusa* e poderia derrubá-los no momento em que se aproximassem. Só tinham chance de lutar contra Rin se pairassem fora de seu alcance. Mandar tropas para um confronto terrestre era suicídio.

A não ser que...

A não ser que...

Um calafrio gelou suas veias.

E então ela compreendeu. Os hesperianos não queriam atingi-la. Ela era a cobaia favorita deles. Não queriam mandá-la pelos ares com uma bomba. O que os hesperianos desejavam era que fosse capturada viva e entregue aos laboratórios da Companhia Cinzenta. Portanto, usariam a única pessoa no mundo que poderia enfrentá-la em um combate corpo a corpo e vencer.

Nezha, cujas feridas se fechavam tão depressa quanto se abriam.

Nezha, que tinha poderes que fluíam do mar.

— Corra — disse ela a Souji, no instante em que mais uma rodada de mísseis explodiu no ar.

Então tudo ficou em silêncio.

Tudo era escuridão. As cores começaram a retornar aos poucos. Havia apenas vermelho no começo, vermelho por todas as partes, e depois surgiram lampejos caóticos de vermelho e verde. Rin não sabia como tinha conseguido se levantar, apenas que em um momento estava deitada no chão e no seguinte tropeçava pela floresta, cambaleando de árvore em árvore sem conseguir ficar de pé direito. Ela sentiu gosto de sangue, mas não sabia dizer onde tinha sido ferida; a dor que sentia era como um manto, pulsando uniformemente por seu corpo a cada passo percorrido.

— Souji?

Não houve resposta. Rin não sabia se tinha de fato falado em voz alta; não conseguia ouvir nada além de um som grave e abafado ecoando dentro de sua cabeça.

— Souji?

Nada.

Ela avançou, trôpega, esfregando os olhos e tentando entender o que estava acontecendo a seu redor e em seu corpo que não fosse *dor*.

Um cheiro familiar tomou conta do ar. Era asqueroso, doce de um jeito doentio, algo que fazia seu estômago se revirar e suas entranhas se contorcerem de desejo.

Os republicanos estavam detonando bombas de ópio.

Eles sabiam qual era sua fraqueza e tinham a intenção de incapacitá-la.

Rin respirou fundo e criou uma bola de fogo na mão. Tinha uma tolerância maior ao ópio do que a maioria das pessoas, um prêmio após meses e meses de dependência e reabilitações fracassadas. Todas as noites passadas delirando, conversando com as alucinações que tomavam a forma de Altan, talvez lhe dessem alguns minutos extras antes que sua conexão com a Fênix fosse interrompida.

Isso significava que ela tinha que encontrar Nezha *imediatamente*.

— Venha — murmurou Rin.

Ela ergueu a chama no ar e a ampliou. Nezha não resistiria ao sinal. Ele devia estar procurando por ela. Ele viria.

— Onde você está? — gritou Rin.

Em resposta, um relâmpago rasgou o céu e uma cortina de chuva desabou com tanta força que Rin quase caiu.

Aquela não era uma chuva normal. O céu estava limpo um segundo antes, não havia nem mesmo sinal de nuvens. Ainda que uma tempestade estivesse se formando, não poderia ter caído tão depressa. Era muita coincidência.

Mas desde quando Nezha conseguia *fazer chover?*

De certa forma fazia sentido. Rezava a lenda que os dragões controlavam a chuva. Mesmo em Tikany, um lugar onde a religião se resumia a histórias infantis havia muito tempo, os magistrados acendiam incensos como oferendas para os senhores dragões do rio durante os anos de seca.

Mas isso significava que Nezha não dominava apenas o rio, e sim toda a água ao redor. E se ele podia controlá-la...

Se a chuva fosse obra de Nezha, ele era muito mais poderoso do que Rin temia.

— General!

Rin se virou. Um grupo corria em direção a ela. Eram novos recrutas, que Rin não conhecia. Haviam sobrevivido e a seguiam mesmo depois de terem visto seus parceiros serem despedaçados.

A lealdade deles surpreendeu Rin, mas suas mortes seriam em vão.

— Fujam — ordenou ela.

Eles não se mexeram. O que estava à frente do grupo falou:

— Vamos lutar com você, general.

— Não tentem. Ele vai matar todos vocês — respondeu Rin.

Ela já tinha visto Nezha no auge de suas habilidades. Ele erguera um lago inteiro para proteger sua frota. Se tivesse aperfeiçoado suas habilidades, ninguém ali sobreviveria por mais de alguns segundos.

Aquela já não era uma guerra de homens, era uma guerra de deuses. Aquilo terminaria entre Nezha e ela, de xamã para xamã.

Tudo o que Rin podia fazer era minimizar as consequências.

— Vão e ajudem os aldeões — instou Rin. — Levem todo mundo para longe daqui, o mais distante que conseguirem. Se escondam e não parem de correr até que estejam fora do alcance da chuva. Depressa.

Eles obedeceram, deixando-a sozinha na tempestade. A chuva era ensurdecedora. Nikara ou hesperiano, Rin não enxergava um soldado republicano sequer, o que significava que Nezha também tinha mandado seus reforços embora.

Provavelmente fizera isso em nome da nobreza. Era típico dele, sempre o governante justo, o aristocrata honroso. Rin quase conseguia ouvir Nezha dando a ordem em sua voz arrogante e segura. *Eu posso me encarregar dela.*

O fogo cintilava ao redor de seu corpo de maneira intermitente, sendo apagado pela chuva. A água caía do céu com tanta força que era como receber golpes de uma espada cega. Rin se esforçava para se manter de pé, e seus dedos tremeram ao tocar no cabo da faca em seu cinto.

Então ela finalmente o viu, caminhando pela chuva que se abria ao redor dele.

Sentiu uma pontada de dor na cicatriz em suas costas. As lembranças apunhalavam sua mente como adagas: um toque, um sussurro, um beijo. Rin cerrou a mandíbula.

Nezha parecia mais velho, embora apenas alguns meses tivessem se passado desde a última vez em que se viram. Também estava mais alto e se movia de maneira diferente; seu passo era mais assertivo, com um novo senso de autoridade. Com a morte de Jinzha, Nezha passara a ser o príncipe herdeiro de Arlong, o Jovem Marechal do exército do pai e o herdeiro da República Nikara. Estava prestes a ser dono de toda a nação, e Rin era a única coisa em seu caminho.

Os dois se olharam em completo silêncio durante um breve momento que pareceu durar uma eternidade. O peso do passado que haviam compartilhado pairava entre eles. Rin foi atingida por uma súbita onda de nostalgia, uma mistura confusa de saudade e arrependimento da qual não conseguia se desvencilhar. Passara tanto tempo lutando ao lado de Nezha que precisava se esforçar para se lembrar de como era odiá-lo.

Ele se aproximou o suficiente para que Rin pudesse enxergar seu sorriso cruel e as linhas grotescas e repuxadas das cicatrizes que estriavam a metade esquerda do rosto dele. As bochechas e a mandíbula de Nezha, antes perfeitamente angulares, agora eram como porcelana quebrada, cerâmica estilhaçada, um retrato da ruína da nação.

Venka dissera que ele estava doente, mas Nezha parecia longe de estar enfermo — Rin não conseguia detectar o mínimo vestígio de fraqueza na maneira como se portava. O rival parecia pronto para a batalha. Parecia letal.

— Olá, Rin — disse Nezha. Sua voz era mais grave, mais impiedosa. Ele soava como o pai. — O que aconteceu com sua mão?

Rin abriu a outra mão, e uma chama rugiu diante de seu rosto. Com um aceno desdenhoso, Nezha fez uma rajada de chuva extinguir o fogo muito antes de chegar até ele.

Droga. Rin sentia os dedos dormentes. Estava ficando sem tempo.

— Não vamos dificultar as coisas — disse ele. — Venha sem causar problemas. Ninguém mais precisa morrer.

Rin firmou os pés no chão.

— Você vai para casa em um caixão.

Nezha deu de ombros. A chuva se chocava com tanta força contra Rin que seus joelhos começaram a bambear.

Ela rangeu os dentes, lutando para se manter de pé.

Rin não se ajoelharia diante de Nezha.

Tinha que vencer aquela chuva; aquilo funcionava muito bem como um escudo, mas a solução era simples. Ela aprendera isso havia muito tempo em Sinegard. Anos depois, o padrão essencial das lutas entre os dois ainda era o mesmo. Nezha era mais forte do que ela, seus membros eram mais longos. Como sempre, Rin só tinha chance se chegasse perto, onde o alcance de Nezha não faria diferença.

Então investiu contra ele. Nezha se agachou, puxando a espada. Mas Rin tinha mirado em um ponto mais baixo do que ele tinha previsto; não queria atingir a cabeça de Nezha, e sim seu centro de gravidade. Ele caiu mais depressa do que ela esperava, e os dois se debateram no chão, brigando pelo controle. Rin era muito mais leve do que Nezha e só conseguiria prendê-lo se o pegasse no ângulo certo, mas ele desferiu um golpe para cima, e Rin perdeu o equilíbrio ao se abaixar.

Nezha pousou pesadamente sobre Rin, que se debatia. Ele desferiu alguns golpes com a espada e errou por pouco duas vezes, atingindo a lama no chão em vez de rasgar o rosto de Rin.

Ela abriu a boca e cuspiu fogo.

Por um glorioso momento, o fogo engoliu o rosto de Nezha. Rin viu sua pele se enrugando e descascando, viu até mesmo um pouco de osso. Então uma parede de água caiu sobre os dois, extinguindo a chama e fazendo com que os dois se esforçassem para recuperar o fôlego.

Rin se recompôs primeiro e, em um movimento ágil, golpeou Nezha na altura do estômago com o joelho. Nezha recuou, trôpego, e Rin saiu debaixo dele depressa, posicionando-se agachada diante dele.

A chuva parou, percebeu Rin. A pressão tinha desaparecido, e a floresta estava em completo silêncio.

Logo em seguida ela percebeu uma sonolência em seus membros, uma onda inebriante em suas têmporas.

Então era isso. O ópio havia penetrado em sua corrente sanguínea. Ela já não tinha o fogo, e sua única vantagem era que Nezha também tinha perdido a água. A questão agora seria resolvida com lâminas, punhos e dentes.

Ela puxou a faca, e os dois duelaram por um breve momento. Não era uma competição. Nezha a desarmou primeiro e com facilidade e arremessou a faca dela para longe.

Não importava. Rin sabia que não era páreo para ele com armas. No momento em que o punho da faca deixou sua mão, Rin desferiu um violento chute no pulso de Nezha.

Deu certo. Ele deixou cair a espada. Agora tinham apenas os próprios punhos, o que era um alívio. Era muito mais fácil, mais direto, mais brutal. Rin tentou golpear os olhos de Nezha, mas ele se defendeu. Então ela mordeu o cotovelo de Nezha, que usou a oportunidade para acotovelar a boca de Rin com violência. A cabeça dela chicoteou para trás.

Sua visão se escureceu, e ela passou a distribuir socos sem conseguir discernir o que estava fazendo. Nezha fazia o mesmo. Os golpes dele eram velozes demais para que Rin conseguisse bloqueá-los ou se esquivar, mas ela dava o melhor de si e distribuía tantos socos quanto ele, até que esqueceu que não tinha uma mão direita. Nezha golpeou o coto de Rin com o cotovelo, e uma dor lancinante tomou conta de metade de seu corpo. Por um momento, Rin esqueceu como respirar.

Nezha se libertou, ficou de pé em um salto e deu um pontapé nas costelas de Rin. Ela se encolheu em posição fetal, sem fôlego para gritar.

Nezha pisou no coto de seu braço direito, e a dor que atingiu Rin foi como uma descarga elétrica.

Nezha chutava a lateral do corpo de Rin com golpes incessantes até que ela se pôs deitada de costas, atordoada demais para fazer qualquer coisa além de arfar como um peixe fora d'água. Ele recuou, ofegante, depois caiu de joelhos sobre o peito de Rin e prendeu os braços dela no chão.

— Eu disse para você não causar problemas — disse ele, arquejante.

Rin cuspiu sangue no rosto de Nezha em resposta.

Então ele deu um soco no olho direito de Rin, e a cabeça dela ricocheteou contra a terra molhada. Nezha limpou as costas da mão na camisa e então a ergueu no ar para mais um soco, dessa vez no olho esquerdo. Ela aceitava a surra como uma boneca de pano, sem vida, sem som, sem resposta. Nezha a socou cinco, seis, sete vezes. Ela perdeu a conta. Estava atordoada com a dor e o ópio; os golpes pareciam gotas de chuva.

No entanto, o fato de Nezha estar batendo nela queria dizer alguma coisa — o fato de que ela *não estava morta* queria dizer alguma coisa. Já deveria ter morrido. Já deveria ter tido o coração perfurado ou a garganta rasgada. Teria sido mais fácil. E Nezha não era sádico, não sacrificava a eficiência em prol da tortura.

Ele não quer me matar. Rin se deu conta de que Nezha a queria viva. Queria incapacitá-la. E, naquele momento, queria que ela sentisse dor.

Aquela era a diferença entre eles. *Azar o dele*.

— Você devia ter me matado em Arlong — chiou Rin.

Nezha interrompeu os socos.

Então ele segurou o pescoço de Rin com as duas mãos e o apertou.

Rin se debatia, agarrada às mãos de Nezha. Altan a ensinara a escapar de estrangulamentos — a força estava na mão como um todo, mas os dedos por si só eram fracos, então tudo o que ela tinha que fazer era separá-los. *Um de cada vez*. Ela puxou o dedo do meio de Nezha, erguendo-o de seu pescoço.

Mas Nezha não a soltava.

Mudança de planos. Ela tentou afundar os olhos de Nezha com o polegar, mas ele afastou o rosto. Em vez dos olhos, Rin cravou as unhas na bochecha dele com tanta força que tirou sangue. Três faixas avermelhadas escorreram pelo rosto de Nezha.

Ele aliviou o aperto de sua mão ligeiramente e por apenas um segundo, mas era tudo de que Rin precisava.

Rin memorizara o lugar em que Nezha derrubara a faca dele e esticou o braço para trás, tateando em busca da lâmina. No entanto, a primeira coisa que seus dedos tocaram não foi o punhal de madeira, mas uma pedra, pesada e pontiaguda, do tamanho da palma de sua mão.

Aquilo ia servir.

Ela levantou a pedra e a bateu na têmpora de Nezha. A pedra se chocou contra o osso com um som satisfatório. Quando ele a soltou, Rin reuniu todas as forças que ainda lhe restavam e as concentrou no braço esquerdo, golpeando novamente a cabeça de Nezha. O sangue se acumulou próximo ao olho direito dele, e de repente começou a jorrar em filetes densos.

Nezha tombou para o lado.

Rin saiu depressa debaixo dele.

Era isso? Ele estava inconsciente? Tinha sido assim tão fácil? Ela se inclinou com cautela sobre Nezha, erguendo a pedra para um terceiro e último golpe.

Então Rin se deteve, espantada.

O fluxo de sangue tinha cessado e a pele de Nezha estava se costurando, crescendo de novo sobre a polpa vermelha de carne e sangue, como se o tempo estivesse se revertendo.

Rin observava sem acreditar. Ela sabia que Nezha conseguia se recuperar de ferimentos em uma velocidade assustadora, mas o processo levava horas. No entanto, o corpo dele se recuperava das feridas em meros segundos agora.

Ela tinha queimado seu rosto gravemente poucos minutos antes e não havia mais evidências disso também.

E se arrancasse o coração de seu peito? Seu corpo faria brotar um novo? Se ela enterrasse uma lâmina em seu peito, um novo coração cresceria em torno dela?

Só havia uma maneira de descobrir. Ela pegou a espada do chão e se ajoelhou sobre Nezha, prendendo seu tronco com os joelhos.

Nezha soltou um gemido débil, e suas pálpebras tremeram.

Rin ergueu a mão esquerda com a lâmina apontando diretamente para baixo. Seu braço tremia; seus dedos pareciam desajeitados em torno do punho. Mas daquele ângulo era impossível falhar. Sua vítima estava imóvel, o alvo era claro e aberto; não tinha como errar.

Um golpe certeiro no peito. Isso era tudo. Um golpe com a lâmina, talvez um movimento de torção para garantir, e tudo estaria acabado.

Mas Rin não conseguia abaixar o braço. Algo travava o movimento de sua mão. Era como se seu braço fosse um objeto estranho de vontade própria. Ela cerrou os dentes e tentou. A lâmina continuou suspensa no ar.

Com um grito de frustração, Rin investiu mais uma vez contra o corpo inerte de Nezha. Ainda assim, não conseguiu aproximar a lâmina da carne dele.

Nezha abriu os olhos no momento em que um zunido sobrevoou o ar acima deles.

Rin olhou para cima. Um dirigível se aproximava, descendo em direção à clareira em uma velocidade absurda. Ela soltou a espada e saiu de cima de Nezha.

O dirigível pousou a apenas dez metros de distância. Mal tinha tocado o chão quando os soldados pularam para fora, gritando palavras que Rin não conseguia entender.

Ela saiu em disparada para as árvores. Rin se embrenhou desesperadamente pelos arbustos, ignorando os espinhos e galhos que arranhavam seus olhos e laceravam sua pele. *Cotovelo, joelho, cotovelo, joelho.* Ela não se atreveu a olhar para trás. Precisava fugir. Se a pegassem agora, seria o fim. Rin estava sem espada, sem fogo, sem exército. Se a pegassem agora, estaria morta. A dor gritava para que ela parasse, mas seu medo a impulsionava.

Ela se preparava para ouvir os gritos, para sentir o aço frio em sua nuca. Mas nada aconteceu.

Quando seus pulmões começaram a arder e seu coração parecia prestes a explodir no peito, Rin parou e olhou para trás.

O dirigível se erguia lentamente para o céu. Com o coração disparado, ela o viu subir acima das árvores e hesitou por um momento, como se não soubesse para que direção seguir. Por fim, virou bruscamente para a esquerda e partiu.

Eles não foram atrás dela. Nem sequer tinham tentado.

Rin tentou ficar de pé, mas não conseguiu. Seus músculos não obedeciam. Ela não conseguia nem se sentar. O impacto de sua corrida a atingiu em cheio e, de uma só vez, mil e uma dores e hematomas a mantiveram no chão — como se mãos firmes a segurassem.

Deitada de lado, desamparada e imóvel, Rin gritou de frustração. Tinha desperdiçado sua chance e não conseguiria recuperá-la. Nezha tinha desaparecido e ela estava sozinha na lama, no escuro e na fumaça.

CAPÍTULO 10

Rin despertou se sentindo engasgar com lama. Tinha ficado de barriga para baixo enquanto estava inconsciente e afundado metade do rosto na terra molhada. Acordou sem conseguir respirar ou enxergar e tateou em desespero os olhos, o nariz e a boca, temendo que uma explosão os tivesse ferido. A lama caiu de seu rosto em placas pegajosas que deixaram sua pele ardendo e pinicando, mas ela se tranquilizou.

Ela ficou parada por um momento, respirando fundo, e depois se levantou devagar.

Quando conseguiu ficar de pé sem oscilar, percebeu que o efeito do ópio já estava cessando. Ela conhecia bem aquela etapa — estava familiarizada com a língua seca e dormente, além do zumbido dentro da cabeça. Ainda tinha horas pela frente até que sua mente estivesse completamente livre, mas pelo menos conseguia andar.

Tudo doía, mas Rin não queria parar e analisar as próprias feridas. Não naquele momento. Ela ainda conseguia movimentar os quatro membros, enxergar, respirar, ouvir e andar. Isso bastava. O resto teria que esperar.

Ela cambaleou de volta para o vilarejo, morrendo de dor a cada passo.

O sol começava a nascer. O ataque tinha ocorrido logo após a meia-noite, o que significava que havia ficado desacordada por pelo menos cinco horas. Era um mau sinal: se seu exército ainda estivesse de pé, a *primeira* tarefa deles teria sido procurá-la — a general, a speerliesa.

Mas ninguém tinha vindo.

A conclusão inevitável era que haviam perdido. Para começo de conversa, não tinham defesas contra ataques aéreos. Mas qual seria a extensão do dano?

O silêncio a esperava na praça da cidade. Pequenas fogueiras ainda crepitavam pelos cantos, queimando dentro das crateras abertas pelas bombas. Alguns soldados transitavam pelas ruas, vasculhando as ruínas e retirando corpos dos destroços. Poucos desses corpos se moviam e menos ainda estavam inteiros. Rin via membros mutilados para onde quer que olhasse: um braço, um tronco sem cabeça, um par de pequenos pés na terra bem diante dela.

Ela não tinha forças para vomitar. Ainda atordoada, Rin tentava se concentrar em respirar, em manter a calma e pensar no que fazer a seguir.

Será que a melhor opção era se esconder? Talvez ela devesse reunir os sobreviventes e mandá-los fugir para as cavernas mais próximas. Ou talvez estivessem temporariamente a salvo, agora que os dirigíveis haviam partido. Kitay saberia o que fazer...

Kitay.

Onde estava Kitay?

Quando ela chamou a Fênix, tudo o que encontrou foi um muro de silêncio. Rin tentou reprimir uma onda crescente de pânico. Se a conexão não estava funcionando, isso significava que Kitay se encontrava inconsciente — não morto. Ele *não podia* estar morto.

— Onde está Kitay?

Rin perguntou a todas as pessoas que viu pela frente. Abordou soldados exaustos e semiconscientes. Gritou a pergunta na cara deles, mas ninguém sabia a resposta; eles a respondiam com olhos vidrados e silêncio abatido.

Durante horas ela gritou o nome de Kitay por toda Tikany, mancando em meio aos corpos feridos, procurando nos destroços qualquer sinal de seu cabelo comprido e de seus membros longos e com sardas. Quando encontrou Venka, milagrosamente ilesa, as duas continuaram a procurar juntas, inspecionando cada rua e beco, mesmo nos lugares afastados do centro onde o atentado acontecera. Procuraram uma, duas, três vezes.

Kitay tinha que estar em algum lugar. Rin já o procurara assim em Golyn Niis, onde as chances de sobrevivência haviam sido bem menores. Em Golyn Niis, ele tinha respondido, e Rin esperava que respondesse outra vez. Ela esperava ouvir a voz fina do amigo atendendo novamente ao seu chamado.

Rin sabia que Kitay estava vivo. Sabia também que não estaria muito ferido, não mais do que ela, porque ela teria sentido. *Ele tem que estar aqui*. Ela não ousou considerar as alternativas porque eram terríveis demais. Sem Kitay, ela ficaria...

Ela ficaria...

Seu corpo inteiro estremeceu.

Pelos deuses.

— Ele não está aqui. — Por fim, Venka disse em voz alta o que ambas já sabiam, segurando Rin pela cintura como se temesse que ela fosse se machucar se não o fizesse. — Eles levaram Kitay.

Rin balançou a cabeça.

— Temos que continuar procurando...

— Andamos duas vezes por cada metro quadrado em um raio de dois quilômetros — respondeu Venka. — Kitay não está aqui. Temos que nos preocupar com outras coisas, Rin.

— Mas Kitay... Não podemos...

— Talvez ele ainda esteja bem. — A voz de Venka era extremamente gentil; estava fazendo um esforço para consolar Rin. — Não achamos um corpo.

É claro que não tinham encontrado um corpo. Se Kitay estivesse morto, Rin não estaria de pé. Portanto, restava apenas uma conclusão: Nezha havia levado Kitay como prisioneiro.

E ele era um prisioneiro valioso, um refém que valia seu peso em ouro. Era muito inteligente, e isso o tornava vulnerável a qualquer um que tivesse a mínima ideia de quem era e do que sua mente poderia fazer. Moag, a Rainha Pirata, tinha mantido Kitay encarcerado e dado a ele a responsabilidade de fazer a contabilidade de Ankhiluun. Yin Vaisra tinha feito dele um estrategista sênior.

Para que Nezha o usaria? Quão cruel ele seria?

Era culpa dela. Rin deveria ter matado Nezha, mas *não conseguiu*, e agora ele tinha levado Kitay.

— Fique calma. — Venka a agarrou pelos ombros. — Você tem que se acalmar. Está tremendo. Vamos achar um médico...

Rin se desvencilhou do toque de Venka com mais violência do que pretendia.

— Não encoste em mim.

Venka recuou, assustada, enquanto Rin se afastava a passos trôpegos. Ela teria saído correndo, mas seu tornozelo esquerdo gritava em protesto a cada passo. Avançou de maneira determinada, embora mancasse, tentando respirar e não chorar. Não sabia para onde estava indo, só queria se afastar dos corpos — da fumaça, das brasas, dos moribundos e dos mortos.

Venka não a seguiu.

De repente, Rin estava a meio caminho dos campos de execução, sozinha na planície poeirenta. Não havia ninguém à vista: soldados, espiões ou testemunhas.

Ela ergueu a cabeça para o céu, fechou os olhos e chamou o fogo. *Venha. Venha...*

O fogo não veio. Ela sabia que não viria, mas precisava de uma confirmação — como quando se passa a língua pelo buraco doloroso deixado por um dente perdido. Quando encontrou um vazio, tentou alcançar o Panteão como já tinha feito tantas outras vezes, mas não teve sucesso.

Não havia nada além do Selo — sempre à espreita, zombando. O riso de Altan ecoava cada vez mais alto, tão forte quanto o desespero de Rin.

Kitay? Ela tentou alcançá-lo com seus pensamentos. O vínculo da âncora não funcionava assim. Eles não conseguiam se comunicar telepaticamente, apenas sentiam a dor um do outro. Mas, independentemente da distância, suas almas ainda estavam ligadas. Isso tinha que contar para alguma coisa.

Por favor. Ela lançou seus pensamentos contra a barreira em sua mente, rezando para que de alguma forma pudesse alcançar Kitay. *Por favor, eu preciso de você. Onde você está?*

Rin recebeu um silêncio ensurdecedor em resposta.

Enterrou a cabeça nas mãos, tremendo, hiperventilando. Depois, veio o terror absoluto ao perceber o que isso significava.

Ela não tinha mais o fogo.

Ela não tinha mais o fogo.

Kitay não estava mais lá, realmente não estava mais lá. Sem ele, Rin era vulnerável. Sem poder. Não passava de uma garota sem uma das mãos e sem a habilidade xamânica que compensava sua incapacidade de empunhar uma espada. Não era mais uma speerliesa, não era uma soldada, não tinha mais uma deusa.

Que exército a seguiria agora?

Em desespero, Rin pegou faca e traçou um ponto de interrogação irregular em sua coxa, profundo o bastante para deixar cicatrizes que poderiam reaparecer em finas linhas brancas na pele de Kitay. Eles já tinham se comunicado dessa maneira antes; tinha que funcionar outra vez. Rin cortou a pele uma vez. Depois outra. Ela cortou a coxa até sangrar. Kitay não respondeu.

* * *

Tikany estava imersa em um silêncio sepulcral quando Rin retornou. Ninguém parecia saber o que fazer. Aqui e ali, Rin viu esforços inúteis de resgate e reconstrução. Um centro de triagem foi erguido onde antes ficavam as fogueiras, o lugar mais atingido pelas bombas, mas havia apenas dois médicos e um assistente, o que estava longe de ser suficiente para dar conta das filas de feridos que se estendiam pela praça. Rin também viu soldados limpando os escombros ou tentando inutilmente criar abrigos temporários nos fossos onde antes havia construções. No entanto, os sobreviventes, tanto civis quanto soldados, apenas olhavam em volta, como se ainda não conseguissem acreditar no que tinha acabado de acontecer.

Ninguém dava ordens.

Rin pensou que *ela* deveria estar fazendo isso.

Mas ela também andava sem rumo pela praça. Não sabia o que dizer. Ordens e ações pareciam inúteis. Como poderiam superar aquilo?

Ela não podia voltar no tempo nem trazer os mortos de volta.

Pare de ser tão patética, Altan teria dito. Ela ouvia a voz dele perfeitamente, como se estivessem lado a lado. *Pare de ser uma criança chorona. Sim, você foi derrotada, mas ainda está viva. Junte os cacos e arranje um jeito de começar de novo.*

Rin respirou fundo, endireitou os ombros e tentou ao menos agir como se soubesse o que estava fazendo.

De volta ao básico. Precisava descobrir quais recursos ainda possuía e o que havia perdido; tinha que determinar quão aptos estariam para uma batalha e reunir seus oficiais.

Rin pegou o braço do primeiro Lobo de Ferro que viu.

— Onde está Souji?

Não teria ficado surpresa se ele respondesse que não sabia. A maioria dos Lobos de Ferro vagava pelas ruas, tão confusos e desorientados quanto os demais. Mas ela não estava preparada para o olhar de terror no rosto do rapaz que havia abordado.

Era como se Rin tivesse acabado de ameaçá-lo de morte.

Ele fez uma pausa antes de responder:

— Ah. Ele não está aqui, senhora...

— Estou vendo — retrucou Rin, impaciente. — Vá chamá-lo. Avise que quero falar com ele. Agora.

O Lobo de Ferro parecia ponderar alguma coisa, com uma expressão estranha que Rin não conseguia interpretar. Teimosia? Desorientação? Ela abriu a boca para perguntar de novo, mas ele acenou respeitosamente com a cabeça e seguiu rumo aos destroços.

Rin voltou ao complexo. Era uma das poucas construções ainda intactas, graças a suas sólidas paredes de pedra. Ela se sentou à mesa, tirou um maço de documentos da gaveta e os espalhou diante de si. Então começou a pensar.

O ópio praticamente já tinha deixado sua corrente sanguínea e sua lucidez já havia se restabelecido. Sua mente estava de volta ao estado frio e lógico em que a estratégia existia para além das tensões da guerra. Rin se sentia preparada e calma. Ela conseguiria dar conta daquilo. Tinha estudado para isso.

Por um momento, esqueceu o horror que acabara de testemunhar e os múltiplos ferimentos em seu corpo, ocupando a mente com estratégias para os próximos passos. Começou com as tarefas para as quais não precisaria de Souji. Primeiro, convocou um grupo de mensageiros confiáveis e ordenou que avaliassem a situação geral o mais rápido possível. Com base nos relatórios de triagem e na contagem de corpos, fez um balanço de quantos homens ainda tinha. Depois escreveu uma lista de coisas básicas que o exército precisaria recuperar, encontrar ou construir dentro das próximas vinte e quatro horas — meios de transporte, locais para armazenamento de alimentos e abrigo. Em seguida, revisou relatórios dos espiões sobre as últimas posições dos soldados da República. As informações estavam desatualizadas. Mesmo assim, ajudavam a identificar as lacunas nas informações que tinham.

Por fim, Rin se dedicou a encontrar uma forma de destruir os malditos dirigíveis.

Ela podia lidar com os arcabuzes — eram basicamente balestras mais rápidas e mais letais. Mas *um dirigível* alterava a dinâmica da batalha, acrescentando um fator extra com o qual não conseguiria competir. Rin precisava encontrar uma forma de derrubá-los.

Começou desenhando o esboço da estrutura dos dirigíveis com base no que se lembrava deles. Gostaria que tivessem conseguido derrubar pelo menos um para poder estudá-lo, mas sua memória teria que servir. As imagens em sua mente eram confusas; tinha que se concentrar no que vira em meio à fumaça e aos trovões para visualizar o lugar onde os canhões estavam posicionados ou como as cestas dos passageiros eram acopladas aos balões.

Rin precisava admitir uma coisa: por mais frustrantes que fossem, os dirigíveis eram muito bem projetados. Eram fortemente blindados por baixo, sem frestas visíveis, e flutuavam alto demais para que flechas ou canhões os alcançassem. Os balões que os mantinham no ar eram os alvos mais promissores. Se conseguisse perfurá-los, talvez conseguisse derrubar os dirigíveis. Mas eles pareciam ser revestidos com algum tipo de metal leve e resistente o bastante para rebater flechadas, e ela nunca tinha visto os dirigíveis sendo atingidos por tiros de canhão.

Rojões, então? Seria possível acertá-los com eles? Quanta força explosiva seria necessária? E como ela organizaria as forças de artilharia em terra firme?

Impaciente, Rin amassou o rascunho. Esse tipo de problema era responsabilidade de Kitay. Ele era o engenheiro, o solucionador de problemas. Ela elaborava grandes estratégias, mas Kitay cuidava dos detalhes. O amigo já teria encontrado uma saída e começado a elaborar alguma engenhoca que de alguma forma *funcionaria*.

Uma dor que não tinha nada a ver com seus ferimentos físicos invadiu seu peito e se espalhou, como se lâminas estivessem rasgando seu coração. Rin ofegou e cobriu a boca com a mão.

Lágrimas começaram a escorrer por seus dedos. Ela não conseguiria fazer aquilo sozinha. Pelos deuses, como sentia falta de Kitay.

Pare com isso, repreendeu Altan. *Pare de ser uma chorona covarde.*

Kitay não estava lá. Choramingar pelos cantos não mudaria isso. Tudo o que podia fazer agora era se concentrar em trazê-lo de volta.

Rin pôs os desenhos de lado; não conseguiria resolver isso naquele momento. Primeiro tinha que pensar em sobrevivência básica e ajudar o que restava de seu exército a sobreviver por mais uma noite. Para isso, precisava de Souji, mas ele ainda não havia aparecido.

Rin franziu a testa. *Por que* Souji ainda não tinha dado as caras? Já se passara mais de uma hora. Ela não o via desde o ataque, mas ele com certeza não estava morto nem havia sido capturado; ela já teria ficado sabendo. Rin se levantou e foi até a porta. Ela recuou, sobressaltada, ao se deparar com o mesmo Lobo de Ferro com que falara mais cedo. Ele tinha a mão erguida, como se estivesse prestes a bater à porta. Não havia sinal de Souji.

— Onde ele está? — exigiu Rin.

O Lobo de Ferro pigarreou.

— Souji pediu para que vá até a tenda dele.

Rin ficou imediatamente desconfiada. Os aposentos de Souji ficavam no complexo, como o de todos da liderança do exército. O que ele estava fazendo em uma tenda?

— Ele está brincando? Estou esperando tem mais de uma hora e ele acha que pode simplesmente mandar me chamar?

O rosto do Lobo de Ferro permaneceu inexpressivo.

— Isso foi tudo o que ele disse. Posso acompanhá-la, se quiser.

Por um momento, Rin considerou a possibilidade de recusar o convite. Quem Souji pensava que era? Ela estava acima dele na hierarquia. Como se atrevia a fazê-la esperar? Como ousava...?

Ela mordeu a língua antes que acabasse dizendo algo precipitado.

Não seja idiota. Ela não podia se dar ao luxo de travar uma briga de poderes naquele momento. Kitay havia desaparecido, o fogo também. Ela não tinha vantagem. Aquele não era o momento. Teria que ser diplomática uma vez na vida.

— Está bem — respondeu Rin, contrariada, antes de acompanhar o Lobo de Ferro.

Souji não estava na tenda.

Rin se deteve logo na entrada.

— *Você.*

O Líder do Macaco se levantou.

— Olá, Runin.

— O que você...? — Ela respirou fundo, tentando se recompor. — Saia daqui.

— Por que não se senta? — disse ele, fazendo um gesto em direção à mesa. — Temos muito o que conversar.

— Saia daqui — repetiu ela.

Sua fúria falava mais alto do que sua desorientação. Rin não sabia por que Gurubai estava ali, mas também não se importava. Só queria que ele fosse embora. Ele não merecia estar ali. Aquela vitória não era dele, suas tropas não haviam sangrado em Leiyang. Vê-lo ali, na Província do Galo, onde o povo de Rin havia morrido enquanto ele se escondia em Ruijin, era demais para suportar. Se Rin ainda tivesse acesso ao fogo, teria incinerado o líder ali mesmo.

— Você deveria estar feliz por termos vindo — disse o homem. — Minhas tropas estão liderando os esforços de resgate. Você não notou? Sem nós, muitos mais de vocês teriam morrido.

Ela deu uma gargalhada.

— Então esse era o plano? Se esconder nas montanhas esperando que eu ganhasse suas batalhas, depois nos seguir e tomar nossa vitória?

Gurubai suspirou.

— Eu não chamaria isso de vitória.

As cortinas da tenda se abriram antes que ela tivesse oportunidade de retorquir. Souji entrou seguido por três Lobos de Ferro e vários oficiais de Zhuden.

Rin olhou para eles, surpresa. Estava esperando por aqueles oficiais havia tanto tempo quanto esperava por Souji. Por isso ninguém havia respondido? Estavam todos juntos? *Por quê?*

— Ah, que bom — disse Souji. — Estamos todos aqui.

— Onde foi que se meteram? — demandou Rin. — Estou chamando vocês desde o meio-dia.

Ele suspirou e balançou a cabeça.

— Ah, Rin.

— O que foi? — perguntou ela. — O que está acontecendo?

Nenhum dos oficiais de Zhuden a olhava nos olhos.

Souji sorriu para ela com uma expressão de piedade. Seus dedos repousavam sobre o punho de sua espada.

— Você ainda não percebeu?

Já era tarde demais quando Rin se deu conta de que estava sozinha.

Sozinha e sem o fogo.

Ela puxou a faca em um movimento ágil, mas Souji a atacou. Rin resistiu do jeito que pôde, mas sua tentativa não durou três segundos. Souji torceu a mão de Rin em um movimento usado por espadachins e depois a chutou para longe de seu alcance.

— Onde está seu fogo? — provocou ele.

Rin investiu contra a cintura de Souji, mas ele a dominou mais uma vez com facilidade. No auge de seu desempenho, Rin teria resistido por mais tempo, arranhado os olhos dele ou o golpeado na virilha. Mas Souji era maior e mais pesado e podia usar as duas mãos. Em um piscar de olhos, Rin estava imobilizada no chão.

— Então é verdade — disse Souji. — Você não tem mais.

Rin se debatia e gritava.

— Shhh. — Os dedos de Souji se fecharam em torno do pescoço de Rin. — Grite mais baixo, está machucando meus ouvidos.

— O que está fazendo? — bradou Rin. — Que *merda* você pensa que está...?

Gurubai levantou a voz.

— "Vão me deixar ir embora se você vier em pessoa para a Cidade Nova."

Ele estava lendo um pergaminho. Rin o encarou em completo assombro. Sua mente estava tão tomada pelo pânico que ela demorou um momento para reconhecer aquelas palavras. De onde as conhecia?

Não.

Não.

Gurubai continuou:

— "Ele pediu para te dizer que as coisas não precisam acabar em morte. Ele só quer conversar. Disse também que não quer guerra e que está disposto a perdoar todos os seus aliados, porque só quer você." — Gurubai terminou a leitura e deixou o pergaminho de lado. — Sacrificar a própria família me parece um ato de extrema frieza.

— Seu traidor! — vociferou Rin.

Ele devia ter ficado sabendo por meio de seus espiões, que acompanhavam Rin para onde quer que fosse mesmo depois de ela ter deixado Ruijin. Quem teria sido? As sentinelas? O guarda que ficava do lado de fora da tenda de Rin? Ele teria aberto e copiado o pergaminho sem que ela tivesse visto?

Rin pensou que tivesse saído por cima, que finalmente estava em vantagem, mas tudo aquilo não passava de um jogo.

— Quando pretendia nos dizer que uma oferta de paz tinha sido apresentada? — perguntou Gurubai. — Antes ou depois de nos sacrificar em uma guerra desnecessária?

— Nezha é um mentiroso! — gritou Rin. — Ele não quer negociar...

— Muito pelo contrário — interrompeu Gurubai, com aspereza. — Ele pareceu muito interessado em nossa proposta. Veja bem, nós *não queremos* morrer. E não temos problema nenhum em sacrificá-la, principalmente porque você pareceu não ter dificuldade alguma em fazer o mesmo conosco.

— Tem noção do que está dizendo? Vocês precisam de mim...

— Nós precisávamos de você no sul — rebateu Gurubai. — Agora temos o sul, e você não passa de um risco. Você é o único obstáculo para um cessar-fogo com a República.

— Se está fazendo a burrice de acreditar que vai conseguir travar um acordo de paz, então merece mesmo morrer — disse ela. — Os Yin não cumprem suas palavras. Juro pelos deuses que, se me entregarem, vão acabar mortos.

— Também vamos morrer se não entregarmos você — disse Gurubai. — Acho que vamos correr esse risco. Souji?

Souji apertou as mãos em torno do pescoço de Rin.

— Desculpe, princesa.

Rin se debatia violentamente, obrigando Souji a se inclinar para a frente e usar seu peso para continuar imobilizando-a. Naquela posição, aproximou o braço da boca de Rin, e ela o mordeu com força. Souji gritou quando os dentes de Rin rasgaram sua pele. Ela sentiu gosto de cobre na boca, e a pressão no pescoço dela desapareceu. No entanto, segundos depois, algo golpeou a lateral de sua cabeça.

Ela caiu de volta ao chão. Sua cabeça zunia, e havia sangue escorrendo por seu pescoço.

Rin enxergava dois Soujis pairando sobre si, e ambos pareciam tão indignados que ela não conseguiu conter o riso.

— Você tem um gosto bom — disse Rin.

Souji respondeu com uma bofetada em seu rosto. Depois outra. Os tapas ardiam como se ela estivesse levando um choque; sua cabeça girava e seus ouvidos pareciam entupidos. Não havia nada que Rin pudesse fazer além de continuar deitada no chão, aguentando tudo como se fosse um cadáver.

— Parece que suas piadinhas acabaram, não é? — provocou ele.

Rin balbuciou algo incompreensível. Souji ergueu o punho no ar, e essa foi a última coisa que ela viu.

Estava deitada no mesmo lugar quando despertou. Tudo doía. Ao se mexer, Rin sentiu uma dor agonizante nas costas de golpes que não se lembrava de ter levado. Souji continuou chutando seu corpo muito tempo depois de ela ter desmaiado.

Respirar era uma tortura. Rin tinha que aspirar com muito cuidado, puxando porções insuficientes e sufocantes de ar a fim de expandir os pulmões apenas o necessário sem mexer as costelas, que provavelmente estavam fraturadas.

Depois de alguns segundos, seu medo deu lugar à confusão.

Ela deveria estar morta.

Por que ainda não tinha morrido?

— Pronto. — Era a voz de Souji. Rin enxergou as botas a vários metros de distância. — Estou deduzindo que não tenhamos que verificar a identidade dela.

Com quem ele estaria falando? Rin tentou virar o pescoço para ver, mas seus olhos estavam inchados, além de não conseguir inclinar a cabeça mais do que trinta graus. Estava encolhida, deitada de lado, e seu campo de visão estava restrito ao chão de terra e à parede da tenda.

Os passos se aproximaram de sua cabeça. Alguém pisou com o calcanhar da bota no pescoço de Rin.

— O Jovem Marechal a quer viva — declarou uma voz desconhecida.

Rin se enrijeceu. O *Jovem Marechal*. Aquela pessoa tinha sido enviada por Nezha.

— As ordens são para levá-la viva. Mas podemos levá-la morta, caso ela resista — continuou a voz. — Eu diria que devemos antecipar uma resistência. Já vi o que a garota consegue fazer quando está acordada.

— Podemos mantê-la drogada — sugeriu outra voz do outro lado da sala. — Trouxemos ópio suficiente para a viagem. A droga a deixa inofensiva.

— Vocês vão querer correr esse risco? — disse Souji. — Pode pisar mais forte. Ninguém vai contar.

Rin se encolheu e se preparou para a dor, mas nada aconteceu. A bota se ergueu de seu pescoço, e os passos se afastaram. Em seguida, ela ouviu as cortinas da tenda se abrindo.

— Não podem matá-la.

Rin arregalou os olhos. *Era Daji?*

— Quem é essa velha? — perguntou Souji. — Alguém tire ela daqui.

Rin ouviu uma agitação, aço se chocando contra aço, depois um barulho estridente quando as armas foram ao chão.

— Não me toque — ordenou Daji, num tom sereno e tranquilo. — Agora se afaste.

A tenda estava em silêncio.

— Ela é uma manifestação dos deuses. — A voz de Daji ficou mais alta conforme atravessava a tenda em direção a Rin. — O corpo dela é uma ponte entre este mundo e o Panteão. Se machucá-la, a deusa dela invadirá nosso plano em plena fúria. Vocês já viram a Fênix? Serão transformados em cinzas antes que consigam piscar.

Não é verdade, pensou Rin, transtornada. *Não é assim que funciona.* Se a machucassem agora, a Fênix não poderia fazer nada para ajudá-la. Kitay não estava com ela.

Mas nenhum deles sabia disso. Ninguém se opôs. Todos ficaram em silêncio, refletindo sobre as palavras de Daji.

Rin sabia o que estava acontecendo; ela já tinha sido hipnotizada pela Víbora. Os olhos de Daji induziam à paralisia — eram olhos de serpente brilhantes e amarelos que atraíam e seduziam; as pupilas dilatavam e se transformavam em portões para visões sombrias e encantadoras de asas de borboleta e nostalgia infeliz. A Víbora fazia sua presa desejar. Ansiar. Sofrer.

Quando Souji finalmente se manifestou, sua voz soava diferente, hesitante:

— Então o que vamos fazer?

— Há uma montanha na Província da Serpente — respondeu Daji. — Não fica muito longe daqui. Vai ser uma viagem longa, mas...

— Temos um dirigível — anunciou um dos homens de Nezha. Ele falava com avidez, como se estivesse tentando impressionar Daji. Rin teria achado graça se não estivesse com tanto medo. — Temos combustível. Podemos voar e chegar em menos de um dia.

— Muito bem, oficial — disse Daji.

Ninguém se opôs. Os homens estavam nas mãos de Daji. *Que bom*, pensou Rin. *Agora acabe com eles.*

Mas Daji não se mexeu.

— Já ouvi falar dessa montanha — disse Souji depois de alguns instantes. — É impossível de encontrar.

— Só para aqueles que não sabem para onde estão indo — disse Daji. — Mas eu já estive lá muitas vezes.

— E quem é você? — perguntou Souji.

A pergunta não soava como uma afronta. Ele parecia confuso, como um homem que acabara de acordar de um sono profundo e de repente se viu em uma floresta desconhecida. Souji estava caminhando pela névoa, tentando desesperadamente pensar com clareza.

Daji respondeu com um riso contido.

— Sou só uma velha mulher que viu um pouco do mundo.

— Mas você não...

Souji não concluiu o raciocínio. Sua pergunta evaporou no ar. Rin desejou poder ver o rosto dele.

— O marechal vai querer vê-la primeiro — disse o enviado de Nezha que pisara no pescoço de Rin. — Ele vai querer saber se ela...

— Seu marechal ficará satisfeito com seu relato — disse Daji suavemente. — Vocês são tenentes leais. Ele vai confiar no que disserem. Se esperarem mais, vão correr o risco de ela acordar.

— Mas fomos incumbidos de...

— Yin Nezha está fraco e doente — afirmou Daji. — Não conseguiria enfrentar a speerliesa agora. O que ele faria se ela atacasse? Ela vai queimá-lo enquanto dorme, e vocês serão lembrados como os homens que levaram o monstro até ele. Querem assassinar seu general?

— Mas ele disse que a garota não consegue mais usar o fogo — relatou o soldado.

— E você confia nesse homem? — pressionou Daji. — Pretendem apostar a vida do Jovem Marechal nas palavras de um chefe de guerrilha?

— Não — murmurou o soldado. — Mas nós...

— Não pensem — sussurrou Daji. Sua voz era como seda. — Por que pensar? Não se preocupem com nada disso. É muito mais fácil obedecer, lembra? Só precisam fazer o que eu digo e ficarão em paz.

Um silêncio obediente tomou conta da tenda.

— Muito bem — elogiou Daji, com doçura. — Bom garoto.

Rin não conseguia ver os olhos de Daji daquele ângulo, mas até ela estava se sentindo sonolenta e embriagada pelo tom doce de suas palavras.

A mulher se curvou sobre Rin e afastou os cabelos do rosto da garota. Seus dedos repousaram sobre o pescoço exposto dela.

— É melhor a sedarem para a viagem.

A viagem.

Não era tudo um grande plano, então. Eles realmente iriam levá-la para Chuluu Korikh. A prisão de pedra, o inferno dentro da montanha, o lugar onde os xamãs que haviam enlouquecido eram trancafiados, presos para sempre, incapazes de invocar seus deuses e incapazes de morrer.

Não. Pelos deuses, lá não.

Rin tinha visitado Chuluu Korikh apenas uma vez. Apenas pensar em retornar fazia com que ela sentisse que estava se afogando.

Rin tentou levantar a cabeça e dizer algo, qualquer coisa. Mas o sussurro de Daji abafou seus pensamentos como uma enxurrada fresca e purificadora.

— Não pense em nada.

Rin mal conseguia distinguir as palavras de Daji. Apenas ouvia uma melodia, notas tilintantes que acalmavam sua mente como uma canção de ninar.

— Entregue-se, querida. Confie em mim. Assim é mais fácil. Assim é muito mais fácil.

PARTE II

CAPÍTULO 11

— Antes de os humanos viverem nesta terra, o deus da água e o deus do fogo duelaram e partiram o céu em dois — disse Riga. — Toda aquela cerâmica azul brilhante rachou e caiu no mundo, e o mundo verdejante foi exposto à escuridão, como uma gema dentro de um ovo estilhaçado. É uma imagem bonita, não é?

Daji se aproximou dele com cuidado, como se estivesse perto de um animal selvagem. Não sabia o que esperar de Riga. Naqueles dias, nada que ele fazia era previsível. Poderia estar prestes a beijá-la ou a socá-la.

Ela teria ficado menos surpresa se Riga gritasse e jogasse objetos e pessoas contra as paredes. As coisas estavam dando errado havia semanas.

Em vez disso, Riga lia. Tudo o que haviam construído nos últimos anos, cada pedra no castelo deles, desmoronava. No entanto, ele estava de pé ao lado da janela com um livro infantil sobre mitos, passando as páginas com calma, *lendo em voz alta*, como se ela precisasse de uma historinha para dormir.

Daji manteve a voz baixa para não assustá-lo.

— Riga, o que está acontecendo?

Ele ignorou a pergunta.

— Sabe, acho que descobri de onde você tira toda essa presunção. — Ele virou o livro para mostrar as ilustrações coloridas. — Nüwa costura o céu. Já ouviu falar desse mito, não? Os homens destroem o mundo e a mulher tem que consertá-lo. A deusa Nüwa costurou aquela fissura que fizeram no céu, pedra a pedra, e o mundo se endireitou outra vez.

Daji o encarou, buscando avidamente algo para dizer.

Não entendia mais o que ele falava. Não sabia quando as mudanças tinham começado — talvez depois de Lusan, ou desde as Terras Remotas. Foi gradualmente, como pequenas gotas de água que, por fim, rompem uma barragem. Riga se transformara em uma pessoa diferente, uma pessoa que feria aqueles ao redor e tinha prazer em torturá-la com charadas que sabia que Daji não podia responder.

Antes, Riga infligia sua força apenas aos outros. Agora, parecia aproveitar o medo dela mais do que o de qualquer outra pessoa.

Volte para mim, Daji queria gritar toda vez que conversavam. Algo se partira entre eles, alguma ferida invisível. Começara com a morte de Tseveri e crescera como uma podridão gangrenosa, e agora espreitava por trás de cada palavra que diziam, cada ordem que davam.

Um morrerá, um governará e um dormirá pela eternidade.

— Você não está dizendo nada com nada — declarou Daji.

Ele apenas riu.

— Não é óbvio? — Riga assentiu em direção à janela. — Nossas histórias se movem em círculos. Os clássicos previram como a coisa toda vai acontecer. Ziya e eu vamos partir o mundo. E *você* vai consertá-lo.

De onde estava, Daji tinha um vislumbre do litoral em chamas. Não precisava das poderosas previsões astrológicas do General Tsolin para ver o que estava prestes a acontecer. Uma simples luneta era suficiente.

Pontos laranja iluminavam a noite. Se ela não soubesse a verdade, pensaria que eram fogos de artifício.

Daji se perguntou, porque não conseguia evitar, se alguma das crianças que Shiro não havia levado ao menos tivera tempo de sair da ilha, se os pais as haviam colocado em barcos e ordenado que remassem, sem nunca olhar para trás. Mas ela sabia que não deveria ter esperanças. Os mugeneses eram meticulosos demais.

Ela sabia que ninguém naquela ilha seria deixado vivo.

Riga nos condenou.

Aquele era o fim. Daji sabia dessa verdade fundamental, tão certa quanto a rotação do planeta ao redor do sol. Sofreriam muito pelo sacrifício do sangue speerliês. Esse tipo de mal não ficaria sem punição. Os deuses não permitiriam.

Tudo pelo que lutaram, tudo que construíram... transformado em fumaça. Tudo por uma aposta estúpida.

— Você gosta do que vê? — Riga se aproximou por trás dela e colocou as mãos em seus quadris.

Ele achava aquilo erótico? Sim, *claro que achava*.

Daji abaixou a luneta, tentando mascarar o bater acelerado de seu coração. Virou-se e arriscou um sorriso. Riga gostava muito mais dela quando sorria.

— Ziya já sabe? — perguntou ela.

— Ele estará aqui em breve — respondeu Riga. — Não acho que perderia o espetáculo.

— Isso é cruel.

Ele deu de ombros.

— Vai ser bom para ele. Está ficando frouxo demais, temos que afiar a lâmina.

— E o que acontece se essa lâmina se virar contra você?

— Ele jamais faria isso. — Riga apertou a cintura dela, dando uma risadinha. — Ele nos ama.

A porta se abriu de uma vez. Ziya entrou pisando duro, como se tivesse sido invocado.

— O que está acontecendo? — exigiu saber. — Disseram que Speer está sendo atacada.

— Ah, Speer foi atacada. — Riga gesticulou para a janela. — Este é apenas o resultado.

— Isso é impossível. — Ziya tirou a luneta das mãos de Daji. Tentou mirá-la para a costa, mas suas mãos tremiam demais. — Onde estavam os navios de Vaisra?

Petulante, Riga não respondeu.

Daji pousou a mão no ombro de Ziya.

— Você deveria...

— *Onde estavam os navios de Vaisra?* — gritou Ziya, tremendo, prestes a perder o controle.

Daji viu as fracas silhuetas de criaturas de tinta sob a pele do homem, esforçando-se para irromper de dentro dele.

— Vamos, Ziya — disse Riga, com um suspiro. — Você sabe o que tivemos que fazer.

A boca de Ziya se mexeu sem emitir som. Daji o observou olhar para Riga e então para a janela.

Pobre Ziya. Sempre gostara tanto de Hanelai. Houve momentos em que Daji temera que ele tentasse se casar com aquela animada general speerliesazinha dele. Riga não permitiria, é claro. Ele sempre insistiu na pureza nikara. Além disso, odiava Hanelai. Mesmo assim, Ziya poderia ter insistido.

Amor equivocado. Amigos enciumados. Daji sentia falta da época em que esses eram seus maiores problemas.

— Preciso ir para Speer — disse Ziya. — Preciso... preciso encontrá-la.

— Ah, Ziya! Você sabe o que encontrará. — Riga apontou para o litoral em chamas. — Dá para ver a ilha perfeitamente daqui. Estão todos mortos, todos eles. Os grilos são meticulosos. Já acabou. Seja lá o que estiver acontecendo agora, é apenas uma limpeza. Hanelai morreu, Ziya. Eu avisei que era tolice deixá-la partir.

Parecia que Riga havia fincado uma adaga no coração de Ziya.

Riga deu tapinhas nas costas dele.

— É melhor assim.

— Você não tinha esse direito — sussurrou Ziya.

Riga deu uma risada profunda e cruel.

— Quando foi que você ficou corajoso assim?

— Suas mãos estão sujas com o sangue deles. Você os matou.

— *Você os matou* — imitou Riga. — Não me fale de matar inocentes. Quem nivelou o planalto Scarigon? Quem arrancou o coração de Tseveri?

— Tseveri não foi culpa minha...

— Ah, *nunca* é culpa sua — provocou Riga. — Você só perde o controle e as pessoas *acidentalmente* morrem, e depois você desperta e começa a choramingar, repreendendo as pessoas que têm consciência das próprias ações e são corajosas o suficiente para fazer o que é necessário. Recomponha-se, irmão. Você assassinou Tseveri. Você permitiu que Hanelai cavasse a própria cova. Por quê? Porque sabe qual é a prioridade e sabe o que está em jogo, e sabe que aquelas duas putinhas eram apenas pequenos obstáculos insignificantes diante da magnitude do que queríamos alcançar. Pense no que aconteceu como uma gentileza. Você sabe que provavelmente era. Sabe que os speerlieses teriam arruinado o autogoverno no momento em que o conquistassem. Que teriam começado a matar uns aos outros assim que os deixássemos assumir o controle. Você sabe que pessoas como Hanelai nunca foram muito boas com essa história de serem livres.

— Eu odeio você — disse Ziya. — Queria que estivéssemos todos mortos.

Riga deu um tapa nele. O estalo ecoou pela sala.

— Eu libertei você de suas correntes. — Riga chegou mais perto de Ziya, que se encolhia, desembainhando a espada devagar. — Arrastei vocês dois para fora da zona ocupada. Encontrei os terra-remotenses, nos levei para o monte Tianshan e trouxe você para o Panteão. Como ousa me desafiar?

O ar assobiou, grosso com algo poderoso, sufocante e terrível.

Apenas se curve, Daji queria gritar para Ziya. *Curve-se e tudo acabará.*

Mas ela se manteve calada, enraizada no lugar pelo pavor.

Ziya também não havia se movido. A visão era bizarra, um homem adulto se acovardando como uma criança, mas Daji sabia o que provocara aquilo.

O medo estava gravado nos ossos de Ziya, assim como nos dela. Golpe a golpe, corte a corte — pela última década, desde que eram crianças. Riga garantira isso.

Ela percebeu que ambos a encaravam, exigindo uma resposta. Mas qual era a pergunta? O que poderia fazer para consertar aquilo?

— Nada? — exigiu Ziya.

— Ela não diz nada — zombou Riga. — A pequena Daji sabe o que é melhor para nós.

— Você é uma covarde — rosnou Ziya. — Sempre foi.

— Ah, não zombe dela...

— Vai se foder. — Ziya bateu seu cajado no chão.

O som fez Daji dar um pulo.

Riga riu.

— Você quer mesmo fazer isso agora?

— Não — murmurou Daji, mas a palavra saiu em um grito esganiçado de terror. Nenhum deles ouviu.

Ziya avançou em Riga, que abriu a mão e imediatamente fez o outro cair no chão, urrando de dor.

Riga deu um suspiro teatral.

— Você ergueria a mão para mim, irmão?

— Você não é meu irmão — retrucou Ziya, ofegante.

Um vazio se abriu no ar atrás deles. Feras sombrias despejaram de lá, uma após a outra. Ziya apontou. Elas dispararam, mas Riga as cortou como se fossem animais de papel, tão rápido quanto surgiram.

— Por favor — disse ele, com um sorriso. — Você consegue fazer melhor que isso.

Ziya ergueu o cajado bem alto. Riga ergueu a espada.

De alguma forma, Daji encontrou forças para se mexer. Ela se atirou no espaço entre eles pouco antes de dispararem um no outro com força suficiente para provocar rachaduras no chão de pedra, uma força que estilhaçaria o mundo, como se fosse casca de ovo.

Décadas mais tarde, ela se perguntaria se sabia o que estava fazendo naquele momento, quando plantou as mãos no peito deles e entoou o encantamento. Ela sabia e aceitava as consequências? Tinha feito aquilo por acidente? O que aconteceu depois foi crueldade do destino?

O que sabia naquele momento foi que todo som e movimento cessaram. O tempo se suspendeu por uma eternidade. Um veneno estranho, algo que nunca invocara antes, serpenteou pelo ar, enraizou-se nas mentes dos três e se desenrolou para tomar uma forma que nenhum deles já vira ou experimentara. Então, Riga caiu no chão e Ziya deu passos para trás, e os dois talvez tivessem gritado, mas a única coisa que Daji ouviu além do sangue martelando em seus ouvidos foi o eco fantasmagórico da risada fria e infeliz de Tseveri.

CAPÍTULO 12

Memorando privado da República Nikara, anteriormente conhecida como Império Nikara ou Império de Nikan, ao Escritório de Assuntos Estrangeiros da República de Hesperia

O comércio aberto nos territórios nikaras segue revelando bens que justificam o investimento do Consórcio, e os esforços para adquirir esses bens não encontraram percalços, tal como antecipado. Surpreendentemente, o Consórcio assegurou os direitos a diversos depósitos importantes de mineração sem grandes problemas (na verdade, imagino que os nikaras desconhecem as riquezas sob seus pés). Além de chá e minerais, nossos agentes descobriram vários bens locais que encontrarão compradores em casa. A porcelana nikara tem um brilho e translucidez que, com sinceridade, é superior às nossas mercadorias. As figuras esculpidas de jade nikara sem dúvida atrairão consumidores buscando decoração de interiores (ver Caixa 3, anexado). A qualidade da tecelagem local é impressionante, dada a falta de teares automatizados — os artistas desenvolveram mecanismos particularmente inteligentes para coletar o poder da água para fiar tecido mais rápido do que um único tecelão poderia. (Espero que nossas damas andem pelas ruas em trajes e sombrinhas de seda em breve!)

Os representantes da Companhia Cinzenta da Ordem do Santo Criador encontraram dificuldades mais significativas. A oposição local à conversão se mostra complicada (veja a carta em anexo da irmã Petra Ignatius do Segundo Pináculo). Isso não ocorre pela existência de uma religião que impeça sua substituição — na verdade, a maioria dos nativos parece bastante indiferente à questão da religião —, mas devido à disciplina so-

cial que a religião acarreta. Eles consideram o culto semanal regular uma perda de tempo e se ressentem de serem levados à capela. Estão acostumados com seus modos esquálidos e supersticiosos e parecem incapazes de aceitar a prova ofuscante da eminência do Criador, mesmo quando apresentada aos poucos diante deles em sua própria língua. Mas nossos esforços continuarão, embora lentamente; nosso dever com o Arquiteto de trazer ordem a todos os cantos do mundo exige nada menos que isso.

Duvidamos que os nativos de Nikan possam montar um levante armado. Nossos estudos sobre o Império indicam que sua cultura estratégica é pacifista e estagnada, sem inclinação para a expansão territorial. A República nunca montou uma expedição marítima para conquistar outra nação. Exceto pela conquista da ilha de Speer, a República só absorveu a agressão estrangeira. Agora que Yin Vaisra terminou de reprimir os remanescentes do regime de Su Daji no norte, esperamos que, em um prazo de cinco anos, nossos medos de uma guerra interna possam ser eliminados.

As maiores ameaças agora são os movimentos guerrilheiros locais no sul, cujas bases estão concentradas nas Províncias do Galo e do Macaco. O trunfo que têm é a speerliesa Fang Runin, cujas exibições pirotécnicas os convenceram de uma crença xamânica pagã que rivaliza com a Ordem do Santo Criador. (Nossos contatos na Companhia Cinzenta acreditam que essas habilidades xamânicas são manifestações do Caos até então invisíveis — ver Adendo 1: "Xamanismo Nikara".) Essa ameaça não deve preocupar muito o Consórcio. O número de xamãs é pequeno — além da speerliesa e do herdeiro de Yin Vaisra, a Companhia Cinzenta não identificou nenhum outro no continente. Os rebeldes do sul ainda estão séculos atrás até mesmo da antiga Federação de Mugen em todas as frentes, e tentam lutar contra os dirigíveis com paus e pedras.

Seus supostos deuses não os salvarão. A Irmã Petra me garantiu que os mísseis de ópio aprimorados anularão a capacidade xamânica. Além disso, os esforços de pesquisa para criar contramedidas prosseguem sem problemas, e em algumas semanas teremos armas que nem mesmo a speerliesa poderá superar. (Ver Adendo 2: "Notas de pesquisa a respeito de Yin Nezha".) O sul cairá quando a speerliesa cair. Ausente de inter-

venção divina, produziremos sobre esta nação bárbara todos os efeitos que poderíamos desejar.

Em nome do Arquiteto Divino,
   Major-general Josephus Belial Tarcquet

CAPÍTULO 13

Quando Rin acordou, a cabeça estava anuviada, a boca parecia ter sido preenchida com casulos de bicho-da-seda, e uma dor latejante serpenteava pelas cicatrizes em suas costas. Ela ouviu um rugido tão alto que parecia uma mortalha envolvendo seu corpo, afogando seus pensamentos, fazendo seus ossos reverberarem.

Suas entranhas reviravam, e o piso parecia instável. Estava *em um dirigível*?

Rin sentiu algo fresco e molhado na testa, e forçou as pálpebras a se abrirem. O rosto de Daji entrou em foco aos poucos. Ela limpava o rosto de Rin com um paninho.

— Finalmente. Estava começando a me preocupar.

Rin se sentou e olhou ao redor. De perto, o interior do dirigível era bem maior do que imaginara. As duas estavam sentadas sozinhas em uma sala do tamanho de uma cabine de navio, que só podia ser um dos muitos cômodos do lugar, pois não havia nenhum soldado republicano à vista.

— Fique longe de mim.

— Ah, fique quieta. — Daji revirou os olhos e continuou a limpar a sujeira das bochechas de Rin. O pano estava marrom devido ao sangue seco. — Acabei de salvar a sua vida.

— Não vou... — Rin teve dificuldade em entender seus pensamentos, tentando lembrar por que estava com medo. — A montanha. *A montanha*. Não vou...

— Coma. — Daji pressionou um pão velho e duro na mão dela. — Você precisa de força. Ou não vai sobreviver à prisão.

Impotente, Rin a encarou. Não ergueu o pão. Seus dedos mal tinham força para segurá-lo.

— Por que está fazendo isso? — perguntou ela.

— Estou nos salvando — respondeu Daji. — E talvez seu Império sulista incipiente também, se você parar de histeria e decidir *ouvir*.

— O Exército...?

— O Exército abandonou você. Seus fiéis oficiais não podem ajudar. Você foi exonerada pela Coalizão do Sul e não pode invocar o fogo. — Daji colocou o cabelo de Rin atrás da orelha. — Estou garantindo que entraremos em segurança em Chuluu Korikh.

— Mas *por que*...?

— Porque minha força agora não é suficiente. Precisamos de um aliado. Um amigo em comum, que atualmente está passando uma eternidade em uma montanha.

Rin piscou. Ela ouvia as palavras de Daji, mas não conseguia compreender o que ela queria de fato *dizer*. Para que as peças se encaixassem, precisava decifrar os pensamentos vagarosos que se reviravam em sua mente.

Então o máximo que Rin conseguiu foi ficar boquiaberta.

Fazia quase um ano que não pensava em Jiang. Não havia se permitido. As lembranças doíam demais. Ele não tinha sido apenas seu professor, mas seu mestre. Rin confiava nele. Jiang prometera mantê-la segura, e então, no momento em que o mundo entrou em guerra, a abandonara. Jiang a deixara para se trancar numa pedra estúpida.

— Ele não vai sair — disse Rin, com a voz rouca. — Está com medo demais.

Daji franziu a boca.

— É isso o que acha?

— Ele quer se esconder. Não vai sair. Ele... Tem algo errado...

— O Selo dele está erodindo — disparou Daji, enfurecida. Seu olho bom brilhava. — Eu sei. Também senti. Ele está ficando mais forte... está voltando a ser ele mesmo. Eu não sabia o que estava fazendo quando selei nós três, mas sempre suspeitei, esperei, que não tivesse feito da maneira correta. E não fiz. O Selo era uma coisa quebrada e imperfeita, e agora está se desfazendo. Agora eu... *nós* teremos uma segunda chance.

— Não importa. — Rin balançou a cabeça. — Ele não vai sair.

— Ah, ele terá que sair. — Daji parou de limpar as têmporas de Rin. — Preciso dele.

— Mas *eu* precisei dele — disse Rin.

Ela sentiu uma dor aguda no peito, uma mistura lancinante de frustração e desespero que até então tinha sido suprimida com sucesso. Queria chutar algo e chorar. Depois de tanto tempo, como velhas feridas podiam doer tanto?

— Talvez você tenha precisado. — Daji olhou para Rin com pena. — Mas Ziya não é sua âncora. É a minha.

Rin não sabia se o restante da jornada havia levado minutos ou horas. Tinha desmaiado em um atordoamento doloroso, perdendo e recobrando a consciência enquanto seu corpo era açoitado por uma miríade de contusões. Daji ficou em silêncio, com um olhar curioso. Por fim, o soar do motor desacelerou para um choramingo, e então parou. Rin deu um pulo, acordando de vez enquanto o dirigível se arrastava e guinchava por vários metros até parar. Em seguida, os soldados republicanos entraram no compartimento dela, carregaram seu corpo amarrado em uma maca de madeira e a levaram para fora, para o ar gelado da montanha.

Rin não ofereceu resistência. Daji queria que ela se mostrasse indefesa.

Ela sabia que tinham chegado à Província da Serpente. Reconhecia a forma daquelas montanhas, havia viajado por ali antes, mas parte de sua mente não conseguia aceitar que realmente estavam nas montanhas Kukhonin.

Menos de um dia se passara desde que Souji a traíra em Tikany. Eles haviam cruzado metade do país desde então. Mas aquilo não parecia certo — a jornada deveria ter levado semanas. Rin já havia visto dirigíveis voarem, sabia quão rápido se moviam, mas tal façanha era inimaginável. Aquela constatação triturou seus conceitos arraigados de tempo, espaço e distância.

Era assim que os hesperianos viajavam? Ela tentou imaginar a perspectiva de espaço deles. Como a sociedade seria se alguém pudesse atravessar o continente em meros dias? Se ela pudesse acordar uma manhã em Sinegard e ir se deitar à noite em Arlong?

Não era de surpreender que os hesperianos agissem como se fossem donos do mundo. Para eles, devia parecer muito pequeno.

— Para onde? — perguntou um soldado.

— Para cima — respondeu Daji. — A entrada fica perto do cume. Não tem espaço lá em cima para pousar uma aeronave. Teremos que escalar.

Rin estava amarrada tão firmemente na maca que mal conseguia erguer a cabeça. Não dava para ver até que ponto ainda teriam que marchar, mas ela suspeitava que levaria horas. O único caminho até a entrada de Chuluu Korikh ficava cada vez mais estreito ao longo da subida. Não haveria espaço para pousar algo com as dimensões de um dirigível depois que ultrapassassem um terço do trajeto.

Pelo menos ela não precisaria escalar. Enquanto os soldados a içavam montanha acima, a maca a lançou em um estado de sonolência. Sua cabeça estava leve e confusa. Rin não sabia ao certo se tinha sido sedada ou se seu corpo estava exausto das feridas, mas se encontrava quase inconsciente durante o percurso, atordoada o bastante para que os hematomas causados pela bota de Souji não causassem mais do que uma dor surda, quase agradável.

Rin não percebeu que haviam chegado a Chuluu Korikh até ouvir o arranhar da porta de pedra deslizando ao se abrir.

— Precisamos de luz — disse Daji.

Rin ouviu um estalo quando alguém acendeu uma tocha.

Agora, pensou ela. Era naquele momento que Daji daria fim aos soldados. Alcançara seu objetivo; havia garantido uma passagem segura a Chuluu Korikh, e agora tinha apenas que hipnotizá-los, atraí-los até o precipício e empurrá-los.

— Vão em frente — ordenou Daji. — Não há nada para temer aqui. Apenas estátuas.

Os soldados guiaram Rin para a escuridão. Uma pressão imensa recaiu sobre ela, como se uma mão invisível tapasse seu nariz e sua boca.

Rin arfou, arqueando as costas. Engoliu muito ar, mas isso não impediu que pontos pretos penetrassem sua visão. Poderia respirar o mais fundo que conseguisse, a ponto de romper os pulmões, e ainda não seria suficiente. O interior do Chuluu Korikh era tão *aterrado*, tão sólido, um local maciço sem desvio possível para o plano espiritual.

Era pior do que se afogar.

A primeira vez que estivera ali, com Altan, fora quase insuportável, mas agora que havia vivido e respirado por anos com a divindade a apenas um pensamento de distância, o efeito era aterrorizante. A Fênix se tornara parte dela, uma presença constante e reconfortante em sua mente. Mesmo na ausência de Kitay, Rin ainda sentia a conexão com sua deusa, ainda que fraca, mas até isso se fora. Ali, era como se o peso da montanha fosse estilhaçá-la por dentro.

O soldado na frente bateu os nós dos dedos na testa dela.

— Vê se cala essa boca.

Rin nem sequer tinha percebido que gritava.

Alguém enfiou um pano para abafar seus berros. Ela se sentiu ainda mais sufocada, e qualquer racionalidade se esvaiu. Rin havia esquecido que era tudo fingimento, tudo parte do plano de Daji. Como Daji — *Su Daji*, que vivera com a voz da própria deusa por mais tempo que Rin estivera viva — aguentava aquilo? Como conseguia andar calmamente sem perder a lucidez enquanto Rin se contorcia, presa nos últimos momentos de afogamento antes da morte?

— Todos eram xamãs? — sussurrou o soldado que segurava as pernas dela, um murmúrio que ecoou através da montanha. — Grande Tartaruga. Há quanto tempo estão aqui?

— Desde que o Império vive — respondeu Daji. — E estarão aqui por muito tempo depois que morrermos.

— Eles não morrem?

— Não. Os corpos deles não são mais mortais. Eles se tornaram conduítes abertos para os deuses, e estão trancados aqui para não destruírem o mundo.

— Cacete. — O soldado estalou a língua. — Que inferno.

Os soldados pararam e colocaram a maca de Rin no chão. O que estava próximo da cabeça dela chegou um pouco mais perto.

— Chegamos ao seu destino, speerliesa — disse, os dentes amarelados sob a luz da tocha.

A atenção de Rin se desviou para o que havia atrás do homem, as fileiras infinitas de pedestais vazios. Ela se debatia, apavorada, indefesa, enquanto os soldados a soltavam da maca e a puxavam para o pedestal mais próximo.

Os olhos de Rin dispararam para Daji, implorando em silêncio e em vão. *Por que ela não estava fazendo nada?* Aquela farsa já não tinha ido longe demais? Daji não queria Rin presa ali. Ela precisava apenas de uma forma segura de chegar a Chuluu Korikh. Não tinha mais qualquer utilidade para os soldados republicanos, e era por isso que deveria ter se livrado deles àquela altura.

Mas Daji estava apenas *parada* ali, com os olhos semicerrados e um semblante calmo, observando os homens posicionarem Rin no centro do pedestal.

Foi então que Rin se deu conta de uma verdade terrível.

Daji não estivera apenas blefando.

Ela precisava de uma forma segura de entrar em Chuluu Korikh. Precisava de acesso ao Mestre Jiang. E nada em seu plano requeria a presença de Rin.

Ah, deuses.

Ela precisava sair dali. Escapar daquela prisão com certeza não era uma possibilidade — jamais conseguiria chegar à porta e descer a montanha de volta, não com as pernas amarradas daquele jeito —, mas conseguiria chegar à beirada do corredor. Poderia pular.

Qualquer coisa era melhor que uma eternidade na rocha.

Ela parou de resistir e se deixou cair nos braços dos soldados, fingindo um desmaio. Funcionou. O toque deles afrouxou um pouco, o suficiente para que deixassem o torso de Rin livre. Ela passou por baixo das mãos que queriam capturá-la e disparou. Suas pernas continuavam presas uma à outra, permitindo-lhe apenas um arrastar de pés cambaleante, mas estava tão perto... Bastava andar alguns poucos metros... Mais dois passos e escaparia...

Então ela chegou à beirada e encarou o abismo colossal diante de si, seus braços e pernas imediatamente pesados como chumbo.

Pule.

Rin não conseguia.

Não importava que ela soubesse que a eternidade em Chuluu Korikh era bem pior que a morte. Ainda não conseguia desistir. Não queria morrer.

— Vamos. — Braços fortes enlaçaram sua cintura e a arrastaram de volta. — Você não vai escapar fácil assim.

Os soldados pegaram as pernas dela e a carregaram como se fosse um saco de batatas, colocando-a de pé na estrutura de pedra.

— Parem! — gritou Rin, mas as palavras saíram abafadas e sem sentido através da mordaça. — Parem, por favor, não... Daji! *Daji! Diga a eles!*

Daji não olhou para ela.

— Garantam que os pés dela estejam centralizados — orientou a mulher, calmamente, como se instruísse os servos onde colocar uma mesa. — Coloquem-na de pé para que fique reta. A pedra fará o resto.

Rin tentou de tudo para escapar — chutar, xingar, contorcer-se, relaxar o corpo. Eles não a soltaram. Eram fortes demais e ela era fraca demais... faminta, ferida, desidratada.

Era o fim. Ela estava emparedada e nem sequer podia morrer.

— E agora? — perguntou um deles.

— Agora a montanha fará o trabalho dela.

Daji começou a entoar em ketreíde, e as pedras ganharam vida.

Horrorizada, Rin observou a base do pedestal. No começo, o movimento parecia um truque de luz da tocha, mas então ela sentiu o toque gelado da pedra ao redor dos tornozelos conforme o pedestal se erguia e a consumia, uma estrutura sólida que engolia seu corpo.

Rin se viu impotente. Em segundos, a pedra alcançava os joelhos. O soldado soltou os braços dela e deu um pulo para trás quando a rocha avançou pela cintura. O torso de Rin estava finalmente livre, mas não fazia diferença. Por mais que se debatesse, ela não conseguia quebrar a pedra que segurava suas pernas. Momentos depois, a rocha chegou ao peito, prendeu a dobra de seus cotovelos e subiu por seu pescoço. Ela ergueu a cabeça o máximo que pôde, tentando desesperadamente impedir que o nariz fosse tampado. Não adiantou. A pedra escalou seu rosto. Fechou-se ao redor de seus olhos.

Então Rin não viu nada. Não ouviu nada. Não sentia mais a pedra em sua pele; a rocha havia se tornado parte dela, uma cobertura externa natural que a fez ficar completamente imóvel.

Rin não conseguia se mexer.

Rin não conseguia se *mexer*.

Ela se debateu com todas as suas forças, mas a pedra não se moveu sequer um centímetro. A tentativa só a deixou mais nervosa. Ela se chacoalhou mais e mais, o pânico a dominando por inteiro, a liberdade se tornando uma possibilidade cada vez mais remota.

Ela não conseguia respirar. A princípio, ficou grata por isso — sem ar, logo perderia a consciência, e então a tortura chegaria ao fim. Rin sentia os pulmões explodindo, queimando. Logo desmaiaria. Logo aquilo cessaria de vez.

Nada aconteceu.

Rin estava se afogando, para sempre, mas *não podia morrer*.

Ela precisava gritar e não podia. Queria tanto se contorcer e se debater que seu coração quase explodiu no peito, e até *isso* seria melhor do que continuar ali, porque pelo menos estaria morta. Em vez disso, encontrava-se presa num momento infinito que se estenderia pela eternidade.

Saber que isso continuaria por dias e estações e anos era uma tortura inimaginável.

Eu devia ter pulado, pensou ela. *Eu queria estar morta.*

O pensamento se repetiu na mente dela sem parar, o único bálsamo contra sua nova e aterrorizante realidade.

Eu queria estar morta.

Eu queria estar morta.

Eu queria...

A tentativa de esquecer a realidade, ainda que por um breve segundo, foi o bastante para que ela se entregasse à fantasia. Rin imaginou que tinha pulado, imaginou a queda curta e eufórica, o esmagar satisfatório de seus ossos contra o fundo do abismo, seguido por um maravilhoso nada. Ela repetiu a sequência tantas vezes na mente que em certo momento chegou a se convencer de que havia mesmo pulado.

Ela não poderia alimentar o pânico para sempre. Por fim, o sentimento foi substituído por uma impotência fraca e vazia. Seu corpo se resignou e aceitou a verdade: ela não ia escapar. Não ia morrer. Permaneceria ali, de pé, meio morta e meio viva, consciente e pensando por toda a eternidade.

Rin não tinha nada, com exceção da própria mente.

Um dia, Jiang lhe ensinara como meditar, como esvaziar a mente por horas enquanto o corpo se mantinha no atordoamento calmo de um recipiente vazio. Sem dúvida fora assim que ele sobrevivera ali por todo aquele tempo, o motivo de ter entrado naquele lugar por livre e espontânea vontade. Rin desejou ter essa habilidade, mas nunca conseguira alcançar qualquer paz interior. Sua mente se rebelava contra o tédio. Seus pensamentos precisavam vagar.

Ela não tinha nada mais a fazer, exceto flanar por pensamentos para se entreter. Lançou-se sobre eles, rasgou-os e os esticou e os desfrutou, prolongando cada detalhe. Lembrou-se de Tikany. Lembrou-se daquelas tardes quentes e deliciosas que passara no quarto do Tutor Feyrik discutindo cada pormenor dos livros que pegara emprestado, estendendo os braços para receber mais. Lembrou-se dos jogos com o pequeno Kesegi no quintal, fingindo ser uma fera conhecida no Bestiário do Imperador, rugindo e sibilando só para fazê-lo rir. Lembrou-se de momentos silenciosos e roubados no escuro, breves interlúdios em que estava sozinha, livre da loja e da Tia Fang, capaz de respirar sem medo.

Quando Tikany deixou de satisfazê-la, ela voltou a mente para Sinegard — aquele lugar difícil e intimidador que, paradoxalmente, agora continha suas memórias mais felizes. Rin se lembrou de estudar nas câmaras frescas do porão da Academia com Kitay, observando-o traçar com os dedos longos um caminho da testa preocupada até o cabelo, passando de pergaminho a pergaminho. Lembrou-se de lutar cedinho com Jiang no jardim de Folclore, vendada, e defendendo-se dos golpes do professor.

Ela ficou cada vez melhor em explorar as frestas de sua mente, escavando memórias que não sabia que ainda tinha. Memórias que não havia se permitido reconhecer até então por medo de que a destruíssem.

Ela se lembrou da primeira vez que viu Nezha, e de todas as que se seguiram.

Doía vê-lo. Doía *muito*.

Um dia, eles foram tão inocentes. Era inquietante se lembrar do rosto que ele exibia apenas um ano antes: bonito, convencido e insuportável, ora com um sorriso radiante, ora com a careta resmungona de um filhotinho agitado. Quer gostasse de revisitar essas lembranças ou não, Rin estava emparedada ali pela eternidade. Suas memórias de Nezha eram a única coisa que possuía agora, e a dor era a única forma que tinha de sentir algo.

Rin retraçou a história inteira dos dois, do momento em que o encontrou pela primeira vez em Sinegard até o momento em que sentiu a lâmina perfurar os músculos de suas costas. Lembrou-se daquela beleza angelical e infantil dele, de como ao mesmo tempo se sentira atraída e repelida por aquelas feições altivas e belamente esculpidas. Rin se lembrou de como Sinegard o transformara de um príncipe mesquinho e mimado a um soldado implacável em treinamento. Recordou-se da primeira vez que lutaram um contra o outro e quando lutaram lado a lado em batalha — como a animosidade e a parceria haviam parecido um encaixe natural, como calçar uma luva perdida, como encontrar sua outra metade.

Lembrou-se de como ele tinha espichado da noite para o dia e ficado bem mais alto do que ela, e de como, quando se abraçavam, sua cabeça se encaixava perfeitamente sob o queixo dele. Lembrou-se dos olhos escuros dele sob o luar naquela noite no cais. Bem quando Rin pensou que Nezha a beijaria. Bem quando Nezha enfiou a lâmina nas costas dela.

Doía tanto repassar essas memórias. Era humilhante lembrar quão disposta estivera a acreditar nas mentiras de Nezha. Sentia-se burra por ter confiado nele, por tê-lo amado, por ter achado que qualquer um daqueles milhares de pequenos momentos que compartilharam durante seu breve tempo no exército de Vaisra tinham significado algo para ele, quando na verdade Nezha estivera a manipulando — assim como o pai dele fizera.

Rin reviveu aquelas interações tantas vezes que elas começaram a perder o sentido. A dor causada pelas lembranças se tornou uma queimação fraca e então nada, algo cujo significado a entorpecia e a entediava.

Então ela se voltou para a última coisa que ainda podia machucá-la. Buscou o Selo e descobriu que ainda estava lá, pronto e à espera no fundo de sua mente, desafiando-a a entrar.

Rin se perguntou por que o Selo não desaparecera. Era o produto da magia da deusa Nüwa, e não havia conexão com os deuses em Chuluu Korikh. Talvez, quando Daji trouxe a magia ao mundo, a conexão tivesse se partido, da mesma forma que o veneno permanecia mesmo após a morte da serpente.

Rin ficou grata por isso. Pelo menos teria algo com que se distrair, com que brincar, flertar. Para prisioneiros confinados e solitários, uma faca era um entretenimento melhor do que nada.

O que aconteceria se Rin tocasse o Selo? Talvez ela nem retornasse. Ali, com nada da realidade para distraí-la, poderia acabar presa em uma mentira encharcada de veneno para sempre.

Só que não restava mais nada a Rin. Nenhuma vida para a qual voltar. Estava sozinha com memórias estáticas.

Ela se inclinou à frente e caiu pelo portão.

— Olá — disse Altan. — Como chegamos aqui?

Ele estava perto demais, a poucos centímetros de distância.

— Para trás — disse Rin. — Não me toque.

— Pensei que quisesse me ver. — Ignorando a ordem, Altan estendeu a mão, tocou o queixo dela e ergueu-lhe a cabeça. — O que aconteceu com você, querida?

— Fui traída.

— *Fui traída* — imitou ele. — Que se dane essa bobagem. Você jogou tudo fora. Você tinha um exército. Tinha Leiyang. Tinha o sul na palma da mão e arruinou tudo, sua vagabunda sarnenta de pele escura...

Por que ela estava com tanto medo? Sabia que tinha o controle. Altan era parte de sua imaginação. Altan estava *morto*.

— Para trás.

Ele se aproximou mais.

Rin sentiu uma onda de pânico. Onde estavam as correntes dele? Por que não lhe obedecia?

Altan deu um sorriso zombeteiro.

— Você não pode me dizer o que fazer.

— Você não é real. Você só existe na minha mente...

— Minha querida, eu *sou* a sua mente. Sou você. Sou tudo o que lhe restou. Somos só nós dois agora, e não vou a lugar algum. Você não quer paz, quer prestação de contas. Você quer saber exatamente o que fez e não quer se esquecer. Então vamos começar. — Ele apertou o queixo de Rin. — Admita o que fez.

— Perdi o sul.

Altan deu um tapa na cabeça dela. Rin sabia que o golpe não fora real, que tudo aquilo era uma alucinação, mas doeu mesmo assim. Ela *deixou* que doesse. Aquilo era sua imaginação, e Rin decidiu que merecia essa punição.

— Você não apenas *perdeu* o sul. Você o entregou de mãos beijadas. Você tinha Nezha na ponta de sua lâmina. Tudo o que precisava fazer era afundá-la nele, e teria vencido. Você poderia tê-lo matado. Por que não matou?

— Não sei.

— *Eu* sei. — Outro golpe, dessa vez na têmpora esquerda. A cabeça de Rin tombou para o lado. Altan agarrou o pescoço dela e cravou as unhas. A dor era insuportável. — Porque você é patética. Precisa ser o cão de alguém. Precisa da bota de alguém para lamber.

O sangue de Rin ficou gelado — não de tristeza, mas de medo, verdadeiro e irrefreável. Ela não sabia aonde aquilo ia dar; não conseguia imaginar o que sua mente faria. Queria parar. Deveria ter deixado o Selo em paz.

— Você é fraca — rosnou Altan. — Você é uma fedelha estúpida, sentimental e chorona que traiu todo mundo porque não conseguiu superar uma *paixonite* da escola. Acha que ele te amava? Acha que um dia te amou?

Altan afastou o punho. O Selo tremulou. A imagem dele ondulou como o reflexo de um lago atingido por uma pedra. Então, houve um segundo tremor. Altan desapareceu. Em seguida, Rin entendeu que não era uma alucinação — algo martelava a pedra a centímetros do rosto dela.

Da terceira vez, Rin sentiu um chacoalhar que começou em seu nariz e vibrou por todo o seu corpo. Os dentes dela bateram.

Os dentes dela bateram.

Movimento. O que significava...

Um quarto tremor. A pedra se partiu. Rin caiu do pedestal e despencou no chão de pedra. Sentiu uma dor terrível disparar por seus joelhos; a sensação era maravilhosa. Ela cuspiu o pano da boca. O ar dentro da montanha, parado e úmido, estava delicioso. A asfixia que sentira mais cedo se fora. Comparado com o emparedamento, o ar aberto tinha o gosto da diferença entre umidade média e estar debaixo d'água. Por um longo tempo, ela ficou ajoelhada, de cabeça baixa, e apenas *respirou*, maravilhando-se com a sensação do ar entrando e saindo dos pulmões.

Ela abriu e fechou as mãos. Tocou o próprio o rosto, sentiu os dedos nas bochechas. A alegria dessas sensações, a pura liberdade do movimento, quase a fez chorar.

— Grande Tartaruga — disse uma voz que Rin ouvira vidas atrás. — Alguém claramente nunca aprendeu a meditar.

Os olhos de Rin levaram um momento para se ajustar à luz da tocha. Duas silhuetas estavam acima dela. À esquerda, Daji. E, à direita, Jiang, coberto dos pés à cabeça com terra cinzenta, sorrindo de orelha a orelha, como se os dois tivessem se visto no dia anterior.

— Você está com terra no cabelo. — Ele desamarrou as pernas dela. — Meus deuses, está por toda parte. Vamos ter que enfiá-la num riacho.

Rin se encolheu ao toque de Jiang.

— Fique longe de mim.

— Você está bem, jovem?

O tom dele era tão leve. Tão casual.

Ela o encarou, impressionada. Jiang desaparecera por um ano, mas pareceram décadas. Como podia agir como se estivesse tudo bem?

— Oi? — Jiang balançou a mão na frente do rosto dela. — Você vai ficar parada aí?

Rin encontrou a voz.

— Você me abandonou.

O sorriso dele falhou.

— Ah, criança.

— Você me *deixou*.

A expressão magoada do homem apenas deixou Rin com mais raiva, como se Jiang estivesse debochando dela. Mas o antigo mestre não ia evitar essa conversa da mesma forma como evitava tudo, fugindo da responsabilidade e fingindo loucura. Nunca fora lunático como imaginavam. Rin não ia cair nesse papo furado.

— Eu precisava de você! Altan precisava de você! E tudo o que fez foi... foi...

Jiang falou tão baixinho que ela quase não conseguiu ouvir.

— Eu não consegui salvar Altan.

A voz dela falhou.

— Mas poderia ter me salvado.

Jiang pareceu chocado. Ao menos uma vez, não tinha uma resposta espirituosa, um subterfúgio ou disfarce.

Rin chegou a pensar que ele se desculparia. Mas então Jiang inclinou a cabeça para o lado e abriu outro sorriso.

— Por quê? E estragar toda a sua diversão?

O bom humor de Jiang já irritara Rin algumas vezes no passado, mas com frequência era um bálsamo bem-vindo em um ambiente terrível. Um dia, ele fora a única pessoa que a fazia rir constantemente.

Não mais.

Furiosa, Rin não pensou. Só disparou até ele, fechando a mão para socar o rosto de Jiang. Com destreza, o homem a pegou pelo pulso e afastou o braço dela para longe com mais força do que Rin esperava.

Sempre esquecia como Jiang era forte. Todo aquele poder escondido dentro de uma figura magrela e excêntrica.

Jiang segurou o pulso de Rin, deixando-o suspenso entre eles.

— Vai se sentir melhor se me bater?

— Sim.

— Vai mesmo?

Rin olhou feio para ele por um momento, respirando com dificuldade. Então abaixou a mão.

— Você fugiu — disse ela. Não era uma acusação justa. Rin sabia disso. Mas havia uma parte dela que nunca deixara de ser aluna de Jiang, uma parte que estava aterrorizada e que ainda precisava que aquele homem a protegesse. — Você foi embora. — Rin não conseguiu evitar que a voz falhasse. — Me deixou sozinha.

— Ah, Rin. — A voz dele se tornou gentil. — Você achou mesmo que este lugar fosse algum tipo de refúgio para mim?

Rin não queria perdoá-lo.

Não queria abrir mão de sua raiva.

Estivera cultivando a mágoa por muito tempo. Sentia-se roubada de algo que possuía, e não desistiria desse sentimento tão facilmente.

No entanto, o horror do emparedamento era recente demais. Ela havia acabado de escapar da prisão de pedra. E nada, *nada*, poderia fazê-la entrar nela de novo. Rin se jogaria do penhasco, se precisasse.

— Então por que veio para cá? — perguntou.

— Para proteger você — respondeu Jiang. — Para proteger todos ao meu redor. Desculpe por não ter conseguido pensar em uma maneira melhor de fazer isso.

Rin ficou sem reação, aterrorizada pelas palavras dele. Se Jiang considerara aquele inferno a melhor alternativa, então do que tivera medo?

— Sinto muito, criança. — Jiang estendeu a mão em um gesto de reconciliação. — Sinto muito mesmo.

Ela se afastou e balançou a cabeça, abraçando o próprio corpo, recusando-se a absolvê-lo. Precisava de tempo para deixar a raiva abrandar. Não conseguia olhá-lo nos olhos, e por sorte a luz da tocha estava baixa demais para que Jiang visse suas lágrimas.

— Então o que mudou? — perguntou ela, enxugando o rosto. — Seu Selo erodiu. Você não está com medo do que vai acontecer?

— Ah, estou em pânico — respondeu Jiang. — Não faço ideia do que minha liberdade pode causar. Mas me suspender no tempo não é a resposta. Essa história precisa acabar, de um jeito ou de outro.

— Essa história vai acabar. — Daji estivera ouvindo a conversa em silêncio, com uma expressão indecifrável. Sua voz gélida cortou o ar como uma faca. — Da forma como sempre deveria ter sido.

Jiang pôs a mão no ombro de Rin.

— Vamos, criança. Vamos ver como o mundo se partiu desde que fui embora.

De novo, ele lhe ofereceu a mão. Dessa vez, Rin aceitou. Juntos, aproximaram-se da porta aberta da prisão, banhados por um círculo de luz cegante.

A brancura do sol na neve era desconcertante, mas Rin saboreou a dor que açoitou seus olhos e se deliciou com o frio cortante do vento no rosto, pedra e neve um pouco derretida sob os pés. Ela inspirou fundo o ar gelado da montanha. Naquele momento, era a coisa mais maravilhosa que já provara.

— Prepare-se para marchar — declarou Daji. — Não consigo pilotar aquele dirigível. Teremos que ir a pé até encontrarmos alguns cavalos.

Rin olhou para trás e arqueou as sobrancelhas, assustada.

Não havia mais sinais da velha que encontrara em Tikany. Décadas inteiras tinham sumido do rosto de Daji. As rugas haviam desaparecido, a pele ao redor do olho arrancado estava lisa e sem cicatriz, e o globo ocular estava milagrosamente curado.

Jiang também parecia mais exuberante, mais jovem, embora sempre tivesse exalado certa aura de atemporalidade, como se existisse fora do tempo. Mas agora ele parecia *sólido*. Poderoso. Tinha uma expressão diferente no olhar — menos caprichosa, menos plácida e divertida, e o mais focada que Rin já vira.

Aquele homem lutara nas Guerras da Papoula. Aquele homem quase governara o Império.

— Algum problema? — perguntou ele.

Rin balançou a cabeça.

— Nada. Eu só... Hum, onde estão as tropas do Nezha?

Daji deu de ombros.

— Dei um jeito nelas assim que colocaram você na montanha.

— E você não poderia ter me libertado um pouco antes? — indagou Rin, indignada.

Daji abriu seu sorriso gélido.

— Achei que deveria saber como era.

Naquela noite, eles se abrigaram sob uma pequena gruta perto da base da montanha. Cantarolando, Jiang começou a construir uma fogueira. Daji desapareceu entre as árvores e, vinte minutos depois, voltou com ratos mortos, que se dedicou a esfolar com a adaga.

Rin se recostou no tronco de uma árvore, tentando manter os olhos abertos. O absurdo daquela cena a teria fascinado, se ela tivesse energia para isso. Estava sentada perto de uma fogueira com duas das figuras mais poderosas da história de Nikan — figuras que, para a maioria das pessoas, existiam apenas em peças de fantoches —, observando enquanto preparavam o jantar. Qualquer outra pessoa teria ficado espantada.

No entanto, Rin estava exausta demais para pensar. A descida não fora árdua, mas Chuluu Korikh a esgotara. A sensação era de que tinha sobrevivido a uma queda d'água. Estava quase adormecendo quando Jiang cutucou sua barriga com um galho.

Ela se sobressaltou.

— Que foi?

Ele a cutucou de novo.

— Você está muito quietinha — disse Jiang.

Ela esfregou a barriga.

— Só quero ficar sentada um pouco. Em paz. Posso?

— Bem, agora você está sendo bem rude.

Ela ergueu a mão lânguida e o atingiu na canela. Jiang ignorou o ataque e se sentou ao lado dela.

— Precisamos falar sobre os próximos passos.

Rin suspirou.

— Fala, então.

— Bem, Daji não me atualizou de muita coisa. — Ele esfregou as mãos e as estendeu para o fogo. — Tem sido um dia muito perturbador para mim.

— Nem me fale — murmurou Rin.

— Pelo que entendi, você partiu o país em dois.

— Não foi culpa minha.

— Ah, eu sei. Yin Vaisra sempre foi um serzinho sedento de sangue. — Jiang deu uma piscadela. — Então, o que faremos agora? Destruir Arlong?

Ela ficou boquiaberta, esperando que o homem risse, mas então se deu conta de que não era uma piada. O olhar dele era ávido. Rin não fazia ideia do que esse novo Jiang era capaz, mas percebeu que precisava levar as palavras dele a sério.

— Não podemos fazer isso — disse ela. — Temos que nos infiltrar primeiro. Eles... eles pegaram uma pessoa.

— Quem?

Do outro lado do fogo, Daji respondeu:

— A âncora dela.

— Ela tem uma âncora? — Jiang ergueu a sobrancelha. — Desde quando? Você podia ter me contado.

— Eu tirei você da pedra hoje à tarde — disse Daji.

— Mas isso parece *relevante*...

— Kitay! — gritou Rin. — Chen Kitay. Ele estava na minha turma em Sinegard. Nezha o capturou em Tikany, e precisamos pegá-lo de volta.

— Eu me lembro dele. — Jiang esfregou o queixo. — Garoto magrelo? De orelhas enormes, cabelo igual a uma floresta cheia de mato? Inteligente até demais?

— Ele mesmo.

— A República sabe que ele é sua âncora? — perguntou Daji.

— Não. — Tirando Chaghan, todos que sabiam da âncora haviam morrido no lago Boyang. — Não tem como ninguém saber.

— E eles não têm por que machucar o garoto? — insistiu Daji.

— Nezha não faria isso — respondeu Rin. — Eles são amigos.

— Amigos não enviam dirigíveis com bombas atrás de amigos — retrucou Jiang.

— A questão é que Kitay está vivo — declarou Rin, exasperada. — E a primeira coisa que precisamos fazer é resgatá-lo.

Jiang e Daji trocaram um olhar longo e pensativo.

— Por favor — disse Rin. — Seguirei o plano que quiserem, mas preciso de Kitay. Do contrário, sou inútil.

— Vamos recuperá-lo — garantiu Jiang. — Alguma chance de conseguirmos um exército para você?

Daji fez uma careta. Rin suspirou de novo.

— Minhas tropas me traíram e se aliaram à República, e o líder deles provavelmente me quer morta.

— Isso não é bom — comentou Jiang.

— Não — concordou Rin.

— Então quem comanda o exército de resistência?

— A Coalizão do Sul.

— Então começamos por aí. Me conte da política deles.

Rin decidiu que, se ele não ia deixá-la dormir, era melhor entretê-lo.

— O Líder do Macaco, Liu Gurubai, controla o centro do Exército. Yang Souji comanda os Lobos de Ferro. Ma Lien conduzia o segundo maior contingente, as tropas mercenárias, antes de morrer. Zhuden era o segundo no comando. Eles foram leais a mim por um tempo, até que... bem, eles pensaram que me trocariam por imunidade.

— E quem é o chefe agora?

— Gurubai, com certeza. E Souji.

— Entendi. — Jiang pensou por um momento, e então disse, num tom alegre: — Você vai ter que matar todos eles, é claro.

— Como é?

Ele se recostou no tronco, esticou as pernas e cruzou os tornozelos.

— Quando encontrar a Coalizão, ataque assim que puder. Ataque enquanto dormem. Às vezes é mais fácil acabar com eles na batalha, mas isso tende a não ser muito bem visto. É meio indelicado e tal.

Rin o encarou, descrente. Não sabia o que a chocava mais: a sugestão dele ou o tom indiferente que usou. O Jiang que conhecia se divertia soprando bolhas no riacho com um junco. Esse Jiang falava de assassinato como se compartilhasse uma receita de mingau.

— O que você achou que aconteceria quando retornasse? — perguntou Daji a Rin.

— Não sei. Achei que talvez... que talvez percebessem que precisam de mim.

Rin não tinha parado para pensar nisso. De certa forma imaginara que usaria sua lábia e voltaria a cair nas graças deles, agora que sabiam que ela estava certa sobre a República.

No entanto, quanto mais refletia sobre o assunto, mais percebia que eles provavelmente a atacariam de imediato.

— Você é muito ruim nisso — disse Jiang. — Chega a ser fofo.

— Não dá para lutar uma guerra em várias frontes. — Daji enfiou os ratos esfolados em um galho esculpido e fino e o apoiou contra o fogo crepitante. — Quando ouvir sussurros de discordância no próprio exército, acabe com eles. Com toda a força, se necessário.

— Foi isso que você fez? — perguntou Rin.

— Ah, sim — confirmou Jiang, alegremente. — O tempo todo. Lidei com os assassinatos públicos, é claro. Riga só tinha que dizer o nome, e eu fazia as feras destroçarem as pessoas dos pés à cabeça. O importante era o espetáculo, dissuadir qualquer um de deserção. — Ele assentiu para Daji.
— E esta aqui cuidou de tudo o que queríamos esconder. Bons tempos.

— Mas eles odiavam vocês — disse Rin.

Sabia pouco do reinado da Trindade, exceto pelo que Vaisra lhe contara, mas tinha certeza de que quase todo mundo os desprezava. A Trindade havia mantido apoio político por meio da violência pura e extrema. Ninguém os amava e todos os temiam. Depois que Riga desapareceu, os Doze Líderes só não destronaram Daji porque odiavam uns aos outros em igual medida.

— Elites com interesses arraigados sempre vão odiar — disse Daji.
— Isso é inevitável. Mas as elites não importam, as massas, sim. O que

você precisa fazer é se proteger sob o véu do mito. Assim, a morte dos seus inimigos se torna parte da sua narrativa. Por fim, você se torna uma lenda tão distante da realidade que certo e errado não se aplicam mais a você. Sua identidade se torna parte e parcela da ideia da nação em si. Eles vão amá-la, não importando o que faça.

— Sinto que você está subestimando as pessoas — comentou Rin.

— Como assim?

— Ninguém se torna uma lenda da noite para o dia. As pessoas não são cegas. Eu não veneraria um ícone assim.

— Você não venerou Altan? — perguntou Daji.

Jiang assobiou.

— Golpe baixo.

— Vai à merda — disse Rin.

Daji apenas sorriu.

— As pessoas são atraídas pelo poder, querida. Não conseguem evitar. O poder seduz. Exerça-o, faça dele um espetáculo, e elas vão seguir você.

— Não posso simplesmente intimidar pessoas para conseguir o que quero — contrapôs Rin.

— Ah, é? — Daji inclinou a cabeça. — Como comandou as tropas de Ma Lien, então?

— Eu o deixei morrer — respondeu Rin.

— Explique melhor — pediu Daji.

— Tá, eu matei ele. — Foi surpreendentemente bom dizer isso em voz alta. Ela repetiu. — Matei ele. E não me sinto mal por isso. Era um péssimo líder, estava desperdiçando as tropas, me humilhava, e eu precisava dele fora do caminho...

— E não é isso que pensa dos outros? — insistiu Daji.

Rin fez uma pausa. Quão difícil seria assassinar toda a liderança sulista — Souji, Gurubai e Liu Dai? Ela pensou nos detalhes. Teria que dar fim nos guardas deles também. Precisaria atacar todos de uma vez, caso conseguissem se comunicar?

Era assustador para ela que aquilo não fosse mais uma questão de fazer ou não, mas de *como*.

— Você não pode liderar por comitês — prosseguiu Daji. — A história sangrenta deste país é prova disso. Você viu os conselhos formados pelos líderes. Sabe que não podem fazer nada sozinhos. Sabe como as guerras de sucessão começaram? Um dos generais favoritos do Imperador Vermelho exigiu que seu rival desse a ele uma trupe de músicos das Terras Remotas capturados em uma campanha nas fronteiras. O rival enviou os músicos, mas destruiu todos os instrumentos deles. Em retaliação, o primeiro general assassinou os músicos, e isso provocou uma guerra de quase um século. É o que acontece com governos cheios de facções insignificantes. Evite a dor de cabeça, criança. Mate seus rivais imediatamente.

— Mas isso não é...? — Rin fez uma pausa, tentando pôr em palavras a exata natureza de sua objeção. Por que era tão difícil explicar seu argumento? — Eles não merecem isso. Seria uma coisa se fossem oficiais da República, mas estão lutando pelo mesmo sul que a gente. É errado...

— Querida. — Daji suspirou, impaciente. — Pare de fingir que se importa com coisas como ética. É vergonhoso. Em certo ponto, terá que se convencer de que está acima do certo e do errado. A moralidade não se aplica a você. — Ela virou os ratos espetados sobre o fogo, expondo suas barrigas cruas às chamas. — Enfie isto na cabeça: você não é mais uma garotinha nem uma soldada. Está concorrendo ao trono. Você tem uma deusa do seu lado. Quer comando total daquele exército? Deste *país*? É só pegar!

— E como propõe que eu faça isso? — perguntou Rin, cansada.

Daji e Jiang se entreolharam.

Rin não conseguiu deduzir o que aquilo queria dizer, e não gostou da sensação. O olhar que trocaram era carregado de décadas de história compartilhada, com segredos e alusões que ela não tinha nem como começar a entender. De repente, ali sentada entre os dois, sentiu-se uma criancinha indefesa — uma camponesa entre lendas, uma mortal entre deuses, terrivelmente inexperiente e deslocada.

— Fácil — disse Daji, por fim. — Vamos recuperar sua âncora. E então acordaremos a nossa.

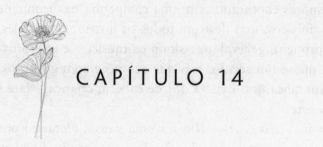

CAPÍTULO 14

Na manhã seguinte, eles partiram para o coração do território inimigo. Decidiram que o quartel-general republicano era a localização mais provável de Kitay. Nezha e Vaisra tinham que estar na linha de frente e, se estivessem usufruindo das habilidades de Kitay, como faria qualquer um na posição dos dois, então o rapaz estaria com eles.

A frente de batalha se moveu para o oeste em um período curtíssimo. Eles atravessaram a Província da Cobra e cruzaram a ponta norte da Província do Dragão, encontrando a junção do Murui do oeste e Murui do sul na Província da Lebre, onde roubaram uma jangada e fizeram uma viagem curta para a Província do Javali. Cada quilômetro em que Rin não encontrava evidências da resistência da Coalizão do Sul era um novo soco no estômago.

Significava que Nezha já os havia enxotado para longe. Talvez significasse que eles já tinham sido destruídos.

Rin, Daji e Jiang fizeram o possível para evitar civis em sua jornada. Não foi difícil. Aquele trecho do centro de Nikan era uma fossa devastada pela guerra, em grande parte nos caminhos da destruída Represa dos Quatro Desfiladeiros. Os refugiados remanescentes eram escassos, e as poucas almas perdidas que viram tendiam a se manter isoladas.

Rin observou as margens enquanto a jangada flutuava pela Província do Javali, tentando imaginar como aquela região estava apenas um ano antes. Aldeias inteiras, distritos e cidades prosperaram ali um dia. Então a represa se rompeu e, de repente, centenas de milhares de aldeões se afogaram ou fugiram para o sul em direção a Arlong. Quando os sobreviventes retornaram, encontraram suas aldeias ainda submersas pelas enchentes, terras ancestrais que abrigaram gerações engolidas pelo rio.

A região ainda não havia se recuperado. Os campos onde antes cresciam as plantações de sorgo e cevada jaziam sob um lençol d'água de oito centímetros de altura, agora cheios de cadáveres em decomposição. Vez ou outra, Rin vislumbrava sinais de vida nas margens — pequenos acampamentos de tendas ou minúsculas aldeias com não mais do que seis ou sete cabanas de palha. Nunca nada maior que isso. Eram refúgios de subsistência, não assentamentos de longo prazo.

Um longo tempo se passaria até que a região tivesse cidades outra vez. A destruição da barragem não era a única fonte de devastação. O Murui já era um rio inconstante, propenso a transbordar em anos de chuvas imprevisíveis. Ao destruir toda a cobertura vegetal, a grande enchente acabou com as defesas naturais da região. E, antes disso, a caminho da guerra no interior, os soldados mugeneses destruíram e queimaram tantos campos que garantiram anos e anos de miséria na região. Em Ruijin, Rin ouvira histórias de crianças brincando nos campos e desenterrando explosivos antigos, acidentalmente destruindo metade de suas aldeias porque abriram recipientes de gás por curiosidade.

Quantos desses recipientes ainda estavam escondidos? Quem se voluntariaria para descobrir?

Todo dia desde o fim da Terceira Guerra da Papoula, Rin aprendera que sua vitória em Speer importava cada vez menos. A guerra não havia terminado quando o Imperador Ryohai morreu na ilha do arco. Ou quando o exército de Vaisra derrotou a Marinha Imperial nos Penhascos Vermelhos.

Ela fora tão burra ao pensar que a dor terminaria se acabasse com a Federação. A guerra não acabara, não tão facilmente — apenas continuou aumentando em pequenas feridas que se acumularam umas sobre as outras até explodirem outra vez em novas feridas.

Eles só descobriram evidências de batalha recente quando chegaram ao coração da Província do Javali.

Não, batalha não. *Destruição* era uma palavra melhor. Rin viu os destroços das casas de palha que permaneciam amontoadas perto de suas fundações, em vez de espalhadas nos padrões de ruínas mais antigas. Viu marcas de incêndio que ainda não tinham sido apagadas pelo vento e pela chuva. Aqui e ali, em valas e ao longo das barracas, viu corpos que não haviam se decomposto completamente — carne podre e ossos.

Era prova de que a guerra civil não tinha acabado. Ela tinha razão: Vaisra não tinha recompensado o sul por traí-la. Provavelmente voltara seus dirigíveis para a Coalizão do Sul assim que Rin e Daji partiram para Chuluu Korikh e a perseguira até a Província do Javali, que resistiu, já que não tinha motivos para confiar na República. Como seu líder regional fora decapitado sem cerimônia em Arlong dias após a derrota de Daji, eles provavelmente não hesitaram em se unir à Coalizão, uma imprudência que Vaisra devia ter punido destroçando o lugar.

Rin assobiou.

— O que aconteceu aqui?

Eles haviam percorrido a margem do rio e encontrado uma cena bizarra na costa. A área onde as árvores deveriam estar fora queimada e aplainada, como se algum gigante em chamas tivesse batido os pés ali em uma explosão de fúria.

— O mesmo que aconteceu da última vez — respondeu Daji. — Eles trazem os pilotos de bombardeio e, se não conseguem encontrar o inimigo, atacam indiscriminadamente. Aplainam o terreno para dificultar o esconderijo dos rebeldes.

— Mas essas marcas não são de bombas — observou Rin, ainda confusa. — Não são crateras.

— Não, isso é a geleia — declarou Jiang.

— Geleia?

— Usaram isso da última vez. Algo que a Companhia Cinzenta inventou nas torres. Pega fogo quando atinge qualquer coisa viva... plantas, animais, pessoas. Nunca descobrimos como apagá-lo. Água não funciona. Abafar também não. É necessário esperar que queime até o final. E isso leva muito tempo.

As implicações daquilo deixaram Rin apreensiva. Significava que os hesperianos não apenas governavam o céu; também tinham chamas que rivalizavam com as dela.

A destruição ali era muito pior do que os destroços em Tikany. A Província do Javali devia ter lutado com todas as forças — era a única coisa que justificava uma retaliação naquela escala. Mas eles deviam saber que não poderiam vencer. Como se sentiram quando os céus choveram um fogo que não se apagava? Como tinha sido lutar contra o próprio céu? Ela tentou imaginar o momento em que aquela floresta se transformou em um tabuleiro de xadrez verde e preto, quando os civis correndo aterrorizados por entre as árvores se contorceram e fumegaram até virar carvão.

— As campanhas no ar são muito inteligentes, na verdade. — Daji passou os dedos na água. — Você joga bombas em áreas densas sem defesas construídas, assim seus alvos pensam que estão vulneráveis. Em seguida, leva seus dirigíveis para a área mais ampla possível, e assim eles sabem que ninguém está seguro, não importa onde se escondam.

Rin percebeu que aquela estratégia não era apenas especulação de Daji. Ela tinha experiência. Lutara aquela mesma guerra, décadas antes.

— Você pilota os dirigíveis em horários aleatórios — prosseguiu Daji. — Às vezes durante o dia e à noite, até que seus inimigos fiquem aterrorizados só de pensarem em sair de casa, embora fossem estar mais seguros num local em que o teto não desabará sobre eles. Assim, você os rouba de tudo. Sono, comida, conforto, segurança. Ninguém se atreve a passar por áreas abertas, então você também interrompe as comunicações e a indústria.

— Pare. — Rin não queria ouvir mais. — Entendi.

Daji a ignorou.

— Você os leva ao colapso total. Medo se transforma em desespero, desespero em pânico e, por fim, pânico em total submissão. É incrível o poder da guerra psicológica. E só são necessárias umas duas bombas.

— E o que vocês fizeram quando isso aconteceu? — perguntou Rin.

Daji piscou devagar, como se a resposta fosse óbvia.

— Fomos ao Panteão, querida.

— As coisas ficaram bem mais fáceis depois disso — afirmou Jiang. — Eu os arrancava do céu como mosquitos. Riga e eu transformamos isso em um jogo. O recorde foi de quatro dirigíveis em cinco segundos.

Jiang contou isso com tanta tranquilidade que Rin só conseguiu encará-lo, sem palavras. No mesmo instante, como se um mosquito tivesse zumbido em seu ouvido, ele balançou a cabeça e desviou o olhar.

Quem quer que tivesse saído de Chuluu Korikh não era o homem que ela conhecera em Sinegard. O Mestre Jiang em Sinegard não tinha lembranças da Segunda Guerra da Papoula. Mas aquele Jiang fazia constantes referências displicentes a ela e depois recuava rapidamente, como se estivesse mergulhando os pés em um oceano de memórias apenas para ver se gostava, encolhendo-se em seguida porque a água estava muito fria.

Mas não eram os lapsos de memória de Jiang que a incomodavam. Desde que saíram de Chuluu Korikh, Rin o observava, estudando seus movimentos e tons de voz para rastrear as diferenças. A presença dele era agradável e ao mesmo tempo desconcertante, quase sempre numa mesma frase. Era impossível prever as mudanças no timbre da voz, a súbita nitidez do olhar dele. Às vezes, Jiang era afável e excêntrico. Em outras, se comportava como um homem que lutou e venceu guerras.

Rin sabia que o Selo dele estava se desgastando. Mas o que isso significava? Será que acontecia aos poucos, uma memória recuperada de cada vez, até que ele recolhesse tudo o que havia perdido? Ou será que era errático e imprevisível, assim como a abordagem de Jiang quanto a todo o resto?

O que a confundia ainda mais eram os momentos em que Jiang quase voltava à sua antiga personalidade, tão parecida com a do professor que ela conhecera que, por um instante, Rin quase esquecia que algo havia mudado.

Jiang a provocava falando do cabelo dela, tão mal cortado perto das têmporas que parecia que Rin fora criada na floresta, de seu cotoco ("Kitay está certo, você devia prender uma lâmina aí"), da Coalizão do Sul ("Perder um golpe é uma coisa, perder um exército inteiro é outra"), de Altan ("Você nem conseguia falar dele sem corar, sua criança perdida"), de Nezha ("Bem, gosto é gosto, né?"). Essas piadas teriam provocado tapas se tivessem vindo de qualquer outra pessoa, mas, quando proferidas no tom indiferente e impassível de Jiang, de alguma forma a faziam rir.

Durante as longas e chatas tardes flutuando em trechos vazios do rio, Jiang inclinava a cabeça para o céu claro e entoava canções cujas letras obscenas faziam Daji bufar e Rin corar. Vez ou outra, até praticava luta com ela, balançando para a frente e para trás na jangada irregular, ensinando-lhe truques mentais para melhorar o equilíbrio e a cutucando com o bastão até Rin corrigir a postura.

Nessas ocasiões, Rin se sentia uma aluna outra vez, ansiosa e feliz, aprendendo com um mestre que adorava. Ainda assim, não demorava muito para o sorriso do homem desaparecer, os ombros ficarem tensos e os olhos perderem o brilho, como se o fantasma de quem Jiang havia sido tivesse fugido abruptamente.

Depois de quase três semanas, com Daji adormecida durante o turno de vigília de Jiang, Rin reuniu coragem para confrontar o antigo mestre, mas, antes que disparasse a pergunta, Jiang falou:

— Vai, anda logo.

— Hã? Como é?

— Você está me olhando como uma aldeã apaixonada desde que saímos da montanha. Vai. Pergunta.

Ela queria ao mesmo tempo rir e socá-lo. Sentiu uma pontada de nostalgia que fez seu peito doer, e as perguntas se enrolaram na língua. Não conseguia mais lembrar o que exatamente queria saber. Não sabia nem por onde começar.

A expressão dele se suavizou.

— Está tentando descobrir se me lembro de você, não está? Porque me lembro, sabe? Você é difícil de esquecer.

— Sei que lembra, mas...

Rin estava atordoada, a mesma sensação que experimentara durante os anos como aprendiz de Jiang, tateando a verdade sobre os deuses mesmo antes de entender o que estava buscando. A dúvida criara uma lacuna dentro dela, mas a garota não sabia como transformá-la em palavras, não conseguia traçar os contornos do que desejava entender.

— Eu queria saber... Bem, o Selo... Daji disse que...

— Quer saber o que o Selo está fazendo comigo. — A voz de Jiang endureceu. — Está se perguntando se sou o mesmo homem que treinou você. Não sou.

Rin estremeceu quando as memórias inundaram sua mente: vislumbres da visão que a Sorqan Sira um dia lhe mostrara, um pesadelo de corpos brutalizados e risadas maníacas.

— Então você é...?

— O Guardião? — Jiang inclinou a cabeça. — O braço direito de Riga? O homem que destituiu os mugeneses? Não. Não acho que eu seja ele também.

— Não entendo.

— Como posso descrever? — Ele tamborilou no queixo. — É como ver um reflexo distorcido no espelho. Às vezes somos os mesmos, às vezes não. Em alguns momentos, ele se move comigo. Em outros, age como quer. De repente, tenho vislumbres do passado, mas é como se eu observasse de longe, sem poder fazer nada, e isso...

Ele deixou as palavras morrerem, encolhendo-se e pressionando as têmporas. Rin observou a dor de cabeça passar; já havia testemunhado esses espasmos antes. Nunca duravam mais do que alguns segundos.

— E nas outras vezes? — insistiu ela, depois que as rugas ao redor dos olhos dele relaxaram.

— Nas outras vezes as memórias são da minha perspectiva, mas é como se eu as estivesse experimentando pela primeira vez. Para ele, é uma memória. Ele sabe o que aconteceu. Para mim, é como observar uma história se desenrolar, mas não sei o final. A única coisa que sei, com certeza, é que fiz. Vejo os corpos e sei que sou o responsável.

Rin tentou compreender e falhou. Para ela, era inconcebível viver com duas memórias, pertencentes a dois tipos diferentes de personalidade, e ainda assim permanecer são.

— Dói? — perguntou ela.

— Saber o que fiz? Sim, dói. É diferente de qualquer coisa que possa imaginar.

Rin não precisava imaginar. Sabia muito bem como era ser devorada por um abismo de culpa, como era tentar dormir quando almas vingativas sussurravam que ela os colocara ali e que por isso merecia morrer.

A diferença era que tais memórias pertenciam a ela e só a ela. Rin sabia o que fizera e aceitara isso. Como Jiang se relacionava com seus crimes? Como se responsabilizaria por eles se ainda não conseguia se identificar com a pessoa que os cometera? E se não conseguia encarar o próprio passado, se não conseguia reconhecê-lo como *dele*, estava condenado a permanecer dividido, preso na ruptura da própria psique?

Rin formulou a pergunta seguinte com cuidado. Sabia que o havia pressionado — Jiang parecia pálido e inquieto, pronto para se esquivar caso ela dissesse a coisa errada. Rin recordou seu tempo na academia, quando tinha que contorcer as palavras para que Jiang não zombasse delas ou simplesmente as ignorasse.

Agora, Rin entendia o que ele tanto temia.

— Você acha...? — Ela engoliu em seco, balançou a cabeça e recomeçou: — Você acha que vai se transformar outra vez na pessoa que deveria ser? Antes do Selo?

— Essa é a pessoa que você quer que eu seja? — perguntou ele.

— Acho que esse é o homem de que precisamos — respondeu Rin. Ela despejou as palavras seguintes antes que a coragem a abandonasse: — Mas a Sorqan Sira disse que aquele homem era um monstro.

Por um tempo, Jiang não respondeu. Ele se recostou no barco, observando o horizonte, traçando os dedos na água turva. Ela não conseguia decifrar o que estava se passando atrás daqueles olhos tão sem vida.

— A Sorqan Sira estava certa — disse ele por fim.

Rin tinha a esperança de que, assim que chegasse perto o bastante de Kitay, começaria a sentir a presença dele, uma familiaridade cálida que ficaria cada vez mais forte conforme se aproximasse. Não imaginou que seria tão súbito. Certa manhã ela acordou tremendo e arfando, os nervos formigando como se estivessem em chamas.

— O que foi? — perguntou Daji de repente.

— Nada, eu... — Rin respirou fundo várias vezes, tentando descobrir o que havia mudado dentro dela. Era como se estivesse se afogando aos poucos, sem se dar conta, e então fosse abruptamente puxada para a superfície. — Acho que estamos perto...

— É a sua âncora. — Não era uma pergunta; Jiang tinha certeza. — Como você se sente?

Rin teve dificuldade em articular uma explicação. Não era como se pudesse ler os pensamentos de Kitay ou sentir as emoções do amigo. Ainda não havia recebido mensagens dele, nem cicatrizes em sua pele. Mas sabia, com tanta certeza quanto sabia que o sol ia se pôr, que ele estava perto.

— É como... como se eu estivesse inteira de novo. Sabe quando você está doente por tanto tempo que esquece como é ser saudável? Você se acostuma com a cabeça doendo, com os ouvidos tampados ou o nariz entupido... e não percebe que não está bem. Até estar.

Rin não tinha certeza de que estava sendo clara o suficiente. As palavras que saíam de sua boca não pareciam fazer sentido, mas Jiang e Daji assentiram.

Claro que eles entendiam. Eram os únicos que podiam entender.

— Logo você vai começar a sentir a dor dele — profetizou Daji. — Isto é, se ele estiver machucado. Isso nos dará uma dica de como está sendo tratado. E essa sensação ficará cada vez mais forte conforme nos aproximarmos. Conveniente, não acha? Quase um pombo-correio.

As suspeitas deles estavam corretas: Kitay estava sendo mantido na frente de batalha republicana. Na manhã seguinte, depois de longas semanas em uma estrada que parecia feita de intermináveis crateras de bombas e aldeias fantasmas, a Cidade Nova surgiu no horizonte como um traço berrante de cor contra um fundo queimado.

Fazia sentido a República estabelecer sua base ali, em uma das cidades mais sangrentas da história de Nikan. Um dia chamada de Arabak, a Cidade Nova servia como bastião militar desde as campanhas do Imperador Vermelho. Originalmente, era uma série de fortes defensivos pelos quais os líderes das províncias lutaram por tanto tempo que a fronteira entre a Província do Javali e da Lebre havia sido marcada a sangue. A máquina da guerra exigia trabalho e talento. Então, com o passar dos anos, médicos, fazendeiros, artesãos e artistas se mudaram com as famílias para os complexos da fortaleza, que cresceram para acomodar a massa de pessoas cujo único propósito era lutar.

Agora, a Cidade Nova era o foco da atividade de fronteira do Exército Republicano e a base aérea da frota dirigível hesperiana. O comando militar republicano estava atrás daqueles muros, assim como Kitay.

Rin, Jiang e Daji tiveram que ser criativos conforme se aproximavam da cidade. Passaram a viajar apenas à noite, e mesmo assim em percursos curtos e cuidadosos, escondendo-se na vegetação rasteira da floresta para evitar os dirigíveis que circulavam a cidade em patrulhas regulares, com suas luzes estranhamente fortes. O grupo mudou de aparência — Daji cortou o cabelo curto acima das orelhas, Rin escondeu os olhos com mechas bagunçadas de cabelo e Jiang tingiu os cachos brancos de castanho com uma mistura de casca de nogueira e ocre, ingredientes que encontrou tão facilmente que Rin presumiu que ele já havia feito aquilo antes. Eles combinaram uma história caso fossem parados por sentinelas — eram uma família de refugiados e Rin era filha deles, viajando da Província da Cobra para se reunir com o irmão de Daji, um burocrata de baixo escalão na Província do Dragão.

Rin achou a ideia ridícula.

— Ninguém vai achar que sou filha de vocês — disse ela.

— Por que não? — perguntou Jiang.

— Nós não nos parecemos nem um pouco! Para começar, sua pele é infinitamente mais pálida que a minha...

— Ah, querida. — Ele deu tapinhas no topo da cabeça dela. — Isso é culpa sua. O que te falei sobre ficar no sol?

Um quilômetro após os portões, eles se depararam com multidões. Refugiados de verdade haviam invadido a Cidade Nova em hordas. Aquelas fortalezas era a única coisa em quilômetros que garantia a segurança contra os bombardeios.

— Como vamos entrar? — perguntou Rin.

— Como entramos em qualquer cidade — respondeu Daji, como se fosse óbvio. — Passando pelos portões.

Rin lançou um olhar desconfiado para as filas serpenteantes nos portões que rodeavam os muros da fortaleza.

— Eles não estão deixando ninguém entrar.

— Sou muito persuasiva — disse Daji.

— Não tem medo de que reconheçam você?

Daji lançou a ela um olhar malicioso.

— Não se eu mandar que esqueçam.

Rin não acreditara que seria tão fácil, mas observou, impressionada, enquanto Daji os fazia passar direto pelos portões, ignorando os gritos de reclamação dos outros na fila. Ela exigia com tanta confiança que lhe deixassem passar que Rin tinha certeza de que seriam fuzilados.

Mas os soldados apenas piscaram, assentiram e abriram caminho.

— Isso nunca aconteceu — disse Daji ao passar. Os homens assentiram, os olhos vítreos. — Vocês nunca me viram e não fazem ideia da minha aparência.

Ela gesticulou para que Jiang e Rin a seguissem. Espantada, Rin obedeceu.

— Incomodada? — perguntou Jiang.

— Ela só disse para eles o que fazer — murmurou Rin. — Ela só precisou *falar*, sem sequer... Ela nem se esforçou!

— Ah, sim. — Jiang fitou Daji com um olhar carinhoso. — Ela é persuasiva.

Persuasiva nem começava a descrever o poder dela. Rin sabia da hipnose de Daji. Ela mesma fora vítima disso muitas vezes. Mas, no passado, as ilusões necessitavam de vários longos momentos de cuidadoso convencimento. Rin nunca a tinha visto usando comandos tão casuais e desdenhosos, com a certeza de que seriam obedecidos.

Seria porque Jiang estava livre de Chuluu Korikh? Os poderes de Daji teriam aumentado porque sua âncora ficou mais forte? Se essa era a explicação, o que aconteceria quando acordassem Riga?

A Cidade Nova foi um soco na cara.

Rin entrara em pânico ao sair de Tikany pela primeira vez, quando acordou na segunda manhã de sua jornada a Sinegard e sua caravana havia viajado longe o bastante até cenários desconhecidos. Ela levou dias para se acostumar com a paisagem em transformação, com as montanhas se afastando, e a realidade aterrorizante de que as paredes de terra batida de Tikany não a protegeriam mais quando fosse dormir à noite na carroça da caravana.

Desde então, viajara pelo Império Nikara. Fora arrebatada pelo clamor avassalador de Sinegard, caminhara pelas tábuas da Cidade Flutuante em Ankhiluun, entrara no Palácio de Outono na exuberante e majestosa Lusan. Achava que entendia a variedade de cidades do Império, abrangendo desde a pobreza suja de Tikany até a desordem sinuosa dos barracos à beira-mar de Khurdalain e os canais azul-safira de Arlong.

Mas a Cidade Nova era diferente em outra escala. Fazia apenas alguns meses que os hesperianos estavam ali, e eles não desmantelaram as fortalezas de pedra de Nikan que estavam lá havia séculos. Porém, o esqueleto arquitetônico da cidade parecia drasticamente alterado — as antigas fortalezas foram aumentadas por uma série de novas instalações que impuseram um senso de ordem em blocos, transformando a paisagem urbana em um lugar de linhas retas em vez das vielas curvas e sinuosas que Rin conhecia. As decorações no estilo nikara não existiam mais. Rin não encontrou lanternas de papel, estandartes nas paredes, telhados inclinados de pagode ou janelas de treliça naquela cidade militar pouco utilitária. Em vez disso, para onde quer que olhasse, via vidro — na maioria das janelas e nos padrões coloridos dos prédios maiores, imagens manchadas retratando cenas que não reconhecia.

O efeito era surpreendente. Arabak, uma cidade com mais de mil anos de história, parecia ter sido apagada.

Aquela não era a primeira vez que Rin se deparava com a arquitetura hesperiana. Khurdalain e Sinegard também haviam sido reconstruídas pela ocupação estrangeira. No entanto, essas cidades tinham fortes raízes nikaras, e mais tarde foram retomadas por Nikan. Nelas, a arquitetura ocidental funcionava como um curioso resquício do passado. Por outro lado, a Cidade Nova parecia um pedaço de Hesperia que simplesmente fora arrancado e largado inteiro em Nikan.

Rin se viu encarando coisas que jamais imaginara. Em cada esquina, via luzes de todas as cores possíveis piscando, originadas não de chamas, mas por algum tipo de fonte de energia que ela não conseguia distinguir. Notou o que parecia ser uma monstruosa carruagem preta montada sobre trilhos de aço, passando devagar nas ruas bem pavimentadas enquanto finos rastros de vapor saíam do topo. Nada a empurrava ou puxava — nem trabalhadores nem cavalos. Viu dirigíveis em miniatura zumbindo pela cidade, máquinas tão perfeitamente pequenas que a princípio as confundiu com pássaros barulhentos. Mas o som delas era inconfundível: uma versão mais aguda e mais alta do estrondo que ela agora associava à morte.

Ninguém os controlava. Ninguém puxava suas rédeas ou gritava comandos. As aeronaves em miniatura pareciam ter vontade própria; sozinhas, mergulhavam e desviavam pelos espaços entre os prédios, entrando habilmente nas janelas para entregar cartas e encomendas.

Rin sabia que não era aconselhável continuar esquadrinhando a cidade dessa forma, boquiaberta. Quanto mais ficasse ali, os olhos passando por um milhão de cenas novas e surpreendentes, mais chamaria atenção. No entanto, não conseguia se mexer. Sentia-se tonta, desorientada, como se tivesse sido arrancada da Terra e jogada à deriva em um universo diferente. Ela havia passado grande parte da vida sentindo que não pertencia a lugar algum, mas aquela era a primeira vez que se sentia de fato *estrangeira*.

Seis meses. Seis meses, e os hesperianos haviam transformado uma cidade ribeirinha em algo assim.

Quanto tempo levariam para reconfigurar toda a nação?

Uma carroça de latão aparentemente autoguiada do outro lado da rua chamou sua atenção, e Rin ficou muito surpresa por não ter percebido que estava parada sobre dois trilhos finos de aço. Ela não viu a carruagem preta sem cavalos deslizando silenciosamente em sua direção até estar a poucos metros de distância.

— *Sai da frente!*

Jiang a jogou no chão. A carruagem zuniu ao passar por eles, arrastando-se de qualquer jeito por sua rota predeterminada.

Com o coração acelerado, Rin ficou de pé.

— Qual é o seu problema?

Daji a puxou pelo pulso e a arrastou para fora da estrada principal. Estavam atraindo espectadores. Rin viu as sentinelas os observando, os braços aninhando os arcabuzes.

— Quer ser pega? — repreendeu Daji.

— Desculpe. — Rin a seguiu por um emaranhado de civis até um beco estreito. Ainda se sentia desnorteada. Recostou-se na parede fria e escura e respirou fundo. — É só que... este lugar, eu não...

Para sua surpresa, Daji parecia compreender sua confusão mental.

— Eu sei. Sinto o mesmo.

— Não entendo. — Rin não conseguia expressar seu desconforto em palavras. Mal conseguia respirar. — Não sei por que...

— Eu sei — disse Daji. — É difícil se dar conta de que o futuro não inclui você.

— Sem conversinha. — O tom de Jiang era brusco, quase frio. Rin não o reconheceu. — Estamos perdendo tempo. Onde está Kitay?

Rin lançou um olhar confuso para o homem.

— Como vou saber?

Ele parecia impaciente.

— Certamente você mandou uma mensagem.

— Mas não tem co... — Ela hesitou. — Ah. Entendi.

Rin olhou para o beco. Era fino e estreito, menos uma passagem e mais um espaço apertado entre dois prédios.

— Você pode me dar cobertura?

Daji assentiu.

— Seja rápida.

Eles ficaram de guarda nos dois lados do beco. Rin se sentou contra a parede e tirou a faca do cinto. Hesitante, esperançosa, enviou uma pergunta para o fundo de sua mente.

Você está aí?

Para sua surpresa, uma chamazinha ganhou vida em sua mão. O alívio era tanto que ela quase gritou. Então abrigou a faca entre os dedos em concha, esperando até que a ponta brilhasse em laranja. Só precisava provocar uma cicatriz, não mutilar. Uma queimadura rápida seria mais fácil do que tirar sangue.

Daji balançou a cabeça.

— Pressione com força. Você tem que sangrar. Ou ele nem vai sentir.

— Tá. — Rin segurou a ponta sobre a batata carnuda da perna esquerda, mas descobriu que não conseguia evitar que os dedos tremessem.

— Quer que eu faça? — perguntou Daji.

— Não, não. Eu faço.

Rin cerrou os dentes com força para se certificar de que não morderia a língua. Respirou fundo. Então enfiou a ponta na pele.

Sua panturrilha gritou. Cada impulso lhe disse para afastar a mão, mas ela manteve o metal dentro da carne.

Os dedos teimaram em tremer. A faca caiu no chão.

Rin a pegou, envergonhada, incapaz de encarar Daji.

Por que a dor se tornara tão terrível? Ela já havia infligido danos piores a si mesma. Ainda tinha leves cicatrizes brancas de queimaduras nos braços por causa da cera de vela que uma vez pingou em si mesma para ficar acordada. Marcas onduladas e enrugadas cobrindo as coxas onde uma vez se esfaqueou para escapar das próprias alucinações.

Aquelas feridas, no entanto, eram o resultado de explosões febris e desesperadas. Ela estava sóbria agora, lúcida e calma, e sua plena presença de espírito tornava muito mais difícil infligir dor deliberadamente.

Rin fechou os olhos com força.

Controle-se, disse Altan.

Ela pensou em quando um dardo a arremessou do céu sobre os Penhascos Vermelhos. Em quando Daji a prendeu sob um mastro. Em quando Kitay quebrou sua mão e puxou os restos mutilados por algemas de ferro. Seu corpo tinha passado por coisas muito piores do que um corte raso de uma lâmina limpa. Aquela era uma dorzinha. Não era nada.

Rin enfiou o metal na pele. Dessa vez, as mãos ficaram firmes enquanto ela escavava um único caractere em movimentos limpos e precisos.

Onde?

Minutos se passaram. Kitay não respondeu.

A cada poucos segundos, Rin olhava para o braço, esperando cicatrizes pálidas que não apareciam.

Tentou não entrar em pânico. Havia um milhão de motivos para o amigo não ter respondido. Podia estar dormindo. Podia estar drogado. Podia ter visto a mensagem, mas não tinha como responder, porque estava ocupado ou sob vigilância. Kitay precisava de tempo.

Enquanto isso, não restava nada a fazer senão esperar.

Daji queria continuar escondida no beco, mas Jiang sugeriu que caminhassem pela Cidade Nova. Supostamente, para reunir informações. Ele queria mapear as rotas de saída e marcar os locais dos postos de guarda, para que, se e quando Kitay respondesse, pudessem recuperá-lo sem problemas.

Mas Rin suspeitava que Jiang, como ela, queria explorar a Cidade Nova apenas por puro e doentio fascínio. Para ver o quanto o lugar havia mudado, para entender do que os hesperianos eram capazes.

— Faz décadas — disse o homem para Daji quando ela se opôs à ideia. — Precisamos saber com o que vamos lidar.

Assim, com os rostos disfarçados por lenços, eles se aventuraram pela rua.

A primeira coisa que Rin notou foi que a Cidade Nova estava *limpa*. Logo descobriu o motivo. Ordenanças impressas em folhas gigantescas de pergaminho tinham sido coladas nos muros em caracteres hesperianos e nikaras. Nada de urinar na rua. Não jogar lixo pelas janelas. Proibida a venda de álcool não autorizada. Nenhum animal solto na rua. Nada de fogos de artifício, jogos de azar, brigas, confrontos ou gritos.

Rin já vira essas ordenanças antes — os magistrados de Nikan frequentemente colavam avisos públicos como aqueles em tentativas inúteis de limpar suas cidades indisciplinadas. Ali, porém, as ordenanças eram *seguidas*. A Cidade Nova estava longe de ser impecável; tinha a barulheira de todas as grandes cidades, mas isso se devia à sua grande população, não aos hábitos de seus moradores. As ruas estavam empoeiradas, mas sem lixo. O ar não cheirava a sujeira, excremento ou podridão, mas ao fedor normal de muitos humanos cansados e amontoados em um lugar só.

— Olha.

Jiang parou perto de uma placa de metal presa a um poste, gravada em nikara e hesperiano.

Os Quatro Princípios Cardinais da Ordem
Decoro
Retidão
Frugalidade
Modéstia

Abaixo, uma lista de regras para a "Manutenção da Ordem Social". *Não cuspa. Aja com educação na fila e aguarde sua vez. Pratique higiene.* Sob a última regra havia outra lista que explicava:

Práticas pouco higiênicas incluem:
Não lavar as mãos antes de cozinhar ou comer.

*Preparar carne crua com a mesma faca
que prepara os vegetais.
Reutilizar óleo de cozinha.*

A lista tinha mais oito linhas.

— Isso é ridículo.

Rin teve o súbito desejo de arrancá-la, mas a placa brilhante parecia tão grande e oficial que ela temeu que um dos dirigíveis em miniatura a atacasse.

— O que tem de errado com lavar as mãos? — perguntou Jiang. — Me parece ótimo.

— Não tem nada de *errado*. É só que...

Rin deixou as palavras morrerem, sem saber como explicar seu incômodo. Sentia-se como uma criança levando bronca para terminar de comer seu arroz. Não odiava a ideia de higiene em si, mas a presunção de que os nikaras eram tão atrasados, tão bárbaros, que os hesperianos precisavam lembrá-los num texto enorme e claro que não deviam se comportar como animais.

— Quero dizer, já sabemos disso — concluiu Rin.

— Sabemos? — Jiang riu. — Você já foi a Sinegard?

— Não há nada de errado com Sinegard. Vamos continuar.

Rin não sabia por que estava defendendo a antiga capital de Nikan. *Sabia* que Sinegard era nojenta. Na primeira vez em que viajou para o norte, foi aconselhada a não comer nada de vendedores ambulantes, já que eles faziam seu molho de soja com cabelo humano e esgoto. Mas agora, por algum motivo, ela se sentia parte deles. Sinegard era a capital; Sinegard era um deleite brilhante, e ela teria preferido seu barulho agitado àquele show de horrores em forma de cidade.

O desconforto de Rin não diminuiu enquanto se embrenhavam ainda mais na Cidade Nova. Só ficou pior. Toda vez que virava uma esquina, via algo — novas decorações, novas tecnologias, novos trajes — que reforçava como aquele lugar era *bizarro*.

Até os sons a incomodavam. Rin havia se acostumado com os sons de seu país. Conhecia os gritos à beira da estrada, as rodas rangendo, os negociantes tagarelando e os passos de multidões. Conhecia o idioma, esperava certas combinações entre vogais, consoantes e entonações vocais. Mas os ruídos da Cidade Nova eram diferentes. De casas de chá a artistas de rua, Rin ouvia novos acordes de música, horríveis e discordantes. Ouviu vozes falando em hesperiano, ou certa tentativa de hesperiano com sotaque.

As cidades de Nikan eram barulhentas, mas seu barulho era de um tipo diferente — local, discreto, irregular. A Cidade Nova parecia dirigida por um constante batimento cardíaco mecânico, suas mil máquinas sibilando, zumbindo e ganindo sem parar. E quando Rin percebeu isso, não conseguiu tirar da cabeça. Não se imaginava vivendo naquele cenário. Provavelmente enlouqueceria. Como alguém *dormia* naquela cidade?

— Você está bem? — perguntou Jiang.

— O quê? Claro...

— Você está suando.

Rin olhou para baixo e percebeu que a parte da frente de sua túnica estava encharcada de suor.

O que havia de errado com ela? Nunca tinha sentido um pânico assim antes, um desconforto crescente que a sufocava. Era como se tivesse sido largada em um reino de fadas com os olhos vendados. Não queria estar ali. Queria sair correndo, passar pelos muros e entrar na floresta — qualquer coisa para se afastar daquela hostilidade confusa e desesperada.

— Foi assim que nos sentimos da última vez. — O tom de Daji era estranhamente gentil. — Eles vieram, reconstruíram nossas cidades e as transformaram de acordo com seus princípios de ordem, e quase sucumbimos.

— Mas eles têm as próprias cidades — pontuou Rin. — O que querem aqui?

— Querem nos apagar. É o direito divino deles. Querem nos tornar *melhores* ao nos transformar em espelhos de si mesmos. Os hesperianos veem a cultura como uma linha reta. — Daji arrastou o dedo no ar. — Um ponto de partida e um destino. Eles estão no fim da linha. Amaram os mugeneses porque eles chegaram perto. Mas qualquer cultura ou estado que seja diferente é necessariamente inferior. *Nós* somos inferiores, até que falemos, nos vistamos, ajamos e adoremos como eles.

Isso aterrorizou Rin.

Até então, ela havia encarado a ameaça hesperiana em termos de força bruta — por meio de frotas de dirigíveis, arcabuzes fumegantes e mísseis explosivos. Ela os via como inimigos no campo de batalha.

Nunca considerara que essa forma alternativa de apagamento poderia ser muito pior.

Mas e se os nikaras *quisessem* esse futuro? A Cidade Nova estava cheia de residentes de Nikan — numa proporção de cinco para cada hesperiano — e pareciam bem dentro daquele novo arranjo.

Felizes, até.

Como as coisas mudaram tão rápido? Antes, qualquer nikara no continente teria fugido diante da mera visão dos demônios de olhos azuis. Haviam sido treinados para odiar aqueles forasteiros por séculos de boatos e estereótipos, histórias nas quais Rin quase acreditou até conhecer os hesperianos em carne e osso. *Eles comem comida crua. Eles roubam bebês órfãos para fazer ensopado. Seus pênis são três vezes maiores que o normal, e as aberturas das mulheres são cavernosas para acomodar.*

No entanto, os nikaras na Cidade Nova pareciam adorar seus novos vizinhos. Eles assentiam, sorriam e saudavam os soldados hesperianos que passavam. Vendiam comida hesperiana em carrinhos estacionados nas esquinas, bolas marrons parecidas com rochas, círculos duros e amarelos que exalavam odores pungentes e variedades de peixes tão fedorentos e úmidos que Rin estava surpresa por não serem podres. Eles — a classe alta, pelo menos — começaram a imitar as vestimentas hesperianas. Mercadores, burocratas e oficiais andavam pelas ruas vestidos com calças justas, grossas meias brancas puxadas até os joelhos e estranhos casacos que abotoavam na cintura, mas que caíam pelas nádegas como caudas de pato.

Os locais até começaram a aprender hesperiano. Era um hesperiano um pouco desleixado — um dialeto simplificado e curto que transformava as duas línguas e as tornava, de maneira estranha, mutuamente compreensíveis. Frases estrangeiras salpicavam entre mercadores e clientes, soldados e civis: *Bom dia. Quantos? Quais? Obrigado.*

No entanto, apesar de todas as suas pretensões e de todos os seus esforços, os nikaras não eram iguais aos hesperianos. Não poderiam ser, porque não pertenciam à mesma raça. Isso logo ficou evidente para Rin, pela maneira como os nikaras bajulavam os hesperianos, assentindo educadamente ao receberem ordens. Era o esperado. Aquela era a ideia dos hesperianos de uma ordem social natural.

As palavras da Irmã Petra surgiram na mente de Rin.

Os nikaras são uma nação com comportamento similar ao de uma manada. Vocês ouvem bem, mas pensar por conta própria é difícil para vocês.

— Olhe — murmurou Jiang. — Estão trazendo as mulheres.

Rin seguiu o olhar dele e viu uma mulher alta de cabelo cor de trigo descendo de uma carruagem sem cavalo, a cintura envolta em um monte gigantesco de tecido farfalhante. Ela estendeu a mão enluvada. Um servo nikara correu para ajudá-la a descer, e então parou para pegar as bolsas dela.

Rin não conseguia desviar a atenção das saias da mulher, que se arqueavam para além da cintura parecendo uma xícara virada, algo que não parecia nem um pouco natural.

— São...?

— Armações de madeira embaixo dos trajes — respondeu Jiang, antecipando a dúvida dela. — Não se preocupe, as pernas continuam ali. Essas moças acham que está na moda.

— *Por quê?*

Jiang deu de ombros.

— Não faço ideia.

Até então, Rin nunca tinha visto civis hesperianos, pessoas que não eram soldados nem parte da Companhia Cinzenta — hesperianas que não tinham negócios oficiais em Nikan além de fazer companhia a seus maridos. Agora, elas passeavam pelas ruas da Cidade Nova como se pertencessem ao lugar.

Ela estremeceu ao pensar no que aquilo significava. Se os hesperianos estavam trazendo suas esposas, é porque pretendiam ficar.

Rin de repente sentiu a panturrilha esquerda repuxar. Caiu de joelhos e puxou a perna da calça para cima, esperando fervorosamente que a dor continuasse.

Por alguns segundos, não sentiu nada. Então veio outra pontada de dor tão aguda que Rin sentiu como se uma agulha tivesse perfurado a carne e emergido do outro lado. Ela soltou um gemido silencioso de alívio.

— O que foi? — perguntou Daji de repente.

— É Kitay — sussurrou Rin. — Ele está escrevendo de volta, olha...

— Aqui não — sibilou Daji.

A mulher puxou Rin pelo braço e a arrastou rua abaixo. A dor continuou a subir pela perna esquerda da garota, a agonia ficando mais forte a cada segundo.

Kitay provavelmente não tinha acesso a uma lâmina afiada e limpa. Era provável que estivesse esculpindo sua carne com um prego, um pedaço de madeira ou a borda irregular de um vaso quebrado. Talvez estivesse usando as próprias unhas para entalhar os golpes longos e irregulares que se arrastavam em curvas acentuadas ao longo da canela de Rin, criando cicatrizes que ela mal podia esperar para ver.

Não importava a dor. Era boa. Cada facada era prova de que Kitay estava ali, que a ouvira e estava respondendo.

Por fim, chegaram a uma esquina vazia. Daji soltou o braço de Rin.

— O que diz aí?

Rin enrolou a perna da calça até o joelho. Kitay escrevera quatro caracteres, gravados em pálidas linhas brancas na panturrilha dela.

— Três, seis — disse Rin. — Nordeste.

— Coordenadas — adivinhou Jiang. — Só podem ser. A intersecção da terceira e sexta rua. Faz sentido, a cidade está organizada como uma grade.

— Então qual é a coordenada vertical? — perguntou Daji.

Rin ponderou.

— Como se leem posições de wikki?

— O jogo de tabuleiro? — Jiang pensou por um momento. — Primeiro vertical, depois horizontal, ponto de origem para o sudoeste. Ele...

— Sim — respondeu Rin. — Ele ama esse jogo.

Kitay era obcecado pelo jogo de estratégia. Sempre tentava fazer outros alunos jogarem com ele em Sinegard, mas ninguém aceitava. Perder para Kitay era irritante demais. Ele dava longos sermões sobre todos os erros estratégicos do adversário enquanto limpava suas peças do tabuleiro.

— Terceira rua norte. Sexta rua leste.

Nenhum deles conseguia se posicionar em relação à grade, então tiveram que primeiro encontrar o canto sudoeste da cidade, depois contar os quarteirões enquanto seguiam para nordeste. Levaram quase uma hora. Jiang reclamou o tempo todo:

— Que direções estúpidas esse garoto nos deu. Tem quatro lados de uma interseção, ele pode estar em qualquer um deles, devia ter incluído uma descrição.

Mas não precisavam de uma. Quando Rin dobrou a esquina em direção à sexta rua, a localização de Kitay ficou óbvia.

Um edifício gigantesco dominava o quarteirão à frente deles. Ao contrário dos outros edifícios, que eram andaimes hesperianos construídos sobre as fundações de Nikan, era óbvio que aquele tinha sido construído do zero. Os tijolos vermelhos brilhavam. Vitrais se estendiam ao longo de todas as paredes, representando várias insígnias — pergaminhos, balanças e escadas.

No centro havia um símbolo que Rin conhecia muito bem: um círculo intrincado inscrito com o padrão de um relógio, engrenagens complicadas interligadas e simétricas. O símbolo da Companhia Cinzenta. O projeto perfeito do Arquiteto.

Jiang assobiou.

— Bem, isso não é uma prisão.

— É pior — disse Rin. — É uma igreja.

CAPÍTULO 15

— Vai ser fácil, fácil — disse Jiang.

Estavam amontoados contra a parede de uma loja de chá do outro lado da rua, olhando para as portas duplas maciças da igreja. — A gente arrasta uns missionários para um canto, mata e tira as batinas deles...

— Você não pode fazer isso — interrompeu Rin. — Você é nikara. Todo mundo na Companhia Cinzenta é hesperiano.

— Hummm. — Jiang esfregou o queixo. — Infelizmente você tem razão.

— Entrada de serviço, então? — sugeriu Daji. — Eles sempre colocam alguns nikaras para varrer o chão. Posso segurá-los até vocês encontrarem Kitay.

— Arriscado demais — retrucou Jiang. — Não sabemos quantos são e precisamos de mais que cinco minutos para achar o garoto.

— Então vou perguntar o que preciso e depois enfiar agulhas neles.

Jiang colocou uma mecha do cabelo dela atrás da orelha.

— Querida, as pessoas prestam menos atenção quando você não deixa uma trilha de corpos para trás.

Daji revirou os olhos.

Rin olhou de relance na direção da igreja. Então se deu conta da solução, tão óbvia que ela quase riu.

— Não precisamos fazer nada disso. — Apontou para a fila de civis nikaras serpenteando na frente do prédio. Por coincidência, as pesadas portas duplas se abriram, e um irmão da Companhia Cinzenta saiu, estendendo as mãos em boas-vindas à congregação. — Podemos simplesmente entrar.

Eles se dirigiram para a igreja de cabeça baixa, seguindo nos fundos da multidão em uma fila única. Rin ficou tensa quando passaram pelo padre de batina cinza diante da porta, mas o homem apenas colocou a mão no ombro dela e murmurou boas-vindas, assim como fizera com todos que passaram antes. Não olhou para o rosto de Rin.

O interior da igreja era um cômodo amplo com vigas altas, lotado de bancos baixos organizados em colunas duplas. A luz do sol que entrava pelas janelas de vitrais lançava faixas coloridas e estranhamente bonitas no chão liso de madeira. Na frente, havia um púlpito em uma plataforma elevada onde meia dúzia de hesperianos de vestes cinza esperavam, observando com soberba os nikaras se sentarem.

Rin deu uma olhada ao redor, tentando encontrar portas que pudessem levar a câmaras ou passagens escondidas.

— Ali.

Jiang apontou para o outro lado do corredor, onde Rin viu uma porta atrás de uma cortina. Um padre estava diante dela, com um molho de chaves pendurado no cinto.

— Esperem aqui.

Daji se separou da fila e cruzou a sala com confiança.

O padre arregalou os olhos, confuso, ao vê-la se aproximar, mas perdeu a concentração quando Daji começou a falar. Segundos depois, ele entregou as chaves na mão dela, abriu a porta e se afastou.

Daji olhou de relance para trás e gesticulou, impaciente, pedindo que Rin se juntasse logo a ela.

— Vai. — Ela enfiou as chaves nas mãos de Rin. — Estas chaves abrem as celas. Você terá uma hora e meia, depois pode se juntar à multidão enquanto todos saem.

— Mas você não...?

— Vamos cobrir suas saídas daqui de cima. — Daji empurrou Rin em direção à porta. — Seja rápida.

Os nikaras estavam quase todos acomodados nos assentos; apenas um punhado deles continuava de pé. Daji se apressou e voltou para o lado de Jiang, e os dois se sentaram na última fileira.

Rin quase riu da situação, de tão absurda que era. Ela viera à Cidade Nova com dois dos xamãs mais poderosos da história de Nikan, seres de mitos e lendas, e lá estavam eles, prestando reverência a um deus falso.

Um guincho alto ecoou pelo salão enquanto as portas duplas se fechavam, prendendo-os lá dentro. Com o coração acelerado, Rin deslizou pela porta e se apressou escada abaixo.

* * *

Atrás da porta, havia uma escadaria serpenteante que levava a um corredor escuro. Rin acendeu uma pequena chama na mão e a manteve na frente do corpo, como uma tocha. Eles tinham razão: o porão inteiro fora convertido em prisão, com celas ladeando a passagem. Rin protegeu o rosto ao caminhar, olhando para os dois lados em busca de Kitay. Nem precisava ter se dado ao trabalho. A maioria dos prisioneiros estava encolhida nos cantos das celas, dormindo ou encarando o nada. Alguns gemiam baixinho, mas nenhum deu indicação de tê-la visto.

Que pitoresco, pensou Rin.

Fazia sentido os hesperianos manterem seus pecadores e crentes sob o mesmo teto. A Companhia Cinzenta gostava de simetria. O Arquiteto Divino se mobilizando contra o Caos. Luz contra escuridão. Adoradores em cima, pecadores em baixo, o lado oculto da jornada cruel e impiedosa da barbárie rumo a uma civilização bem ordenada.

A cela de Kitay ficava no final do corredor seguinte. Ela soube assim que virou a esquina. Tudo o que via com sua chama fraca era a curva do ombro do amigo e a silhueta de sua cabeça, virada para longe das barras. Mas ela sabia. Seu corpo inteiro vibrava de antecipação, como um ímã atraído por seu oposto. Ela *sabia*.

Rin correu até ele.

Quando alcançou a cela, Kitay estava dormindo, encolhido em uma cama de lona, com os joelhos perto do peito. Ele parecia tão pequeno. A perna esquerda de sua calça estava empapada de sangue.

Rin se atrapalhou com as chaves, tentando várias antes de encontrar a que se encaixava na fechadura. Balançou a porta com força, e o metal guinchou alto no corredor.

Kitay deu um pulo, sentando-se, com os punhos erguidos e pronto para lutar.

— Sou eu — sussurrou ela.

Ele arregalou os olhos, como se não soubesse ao certo se estava sonhando.

— Ah, oi.

Rin correu até o amigo.

Os dois caíram na cama. Ele se ergueu um pouco, mas Rin o derrubou de novo, abraçando a figura magrela do rapaz com força. Ela tinha que abraçá-lo, sentir o peso dele, saber que era sólido e real e estava ali. O vazio no peito dela, aquela ausência que a torturava desde Tikany, enfim havia passado.

Rin se sentia ela mesma de novo. Sentia-se completa.

— Você demorou — murmurou Kitay no ombro dela.

— Você sabia que eu estava vindo?

— Desde ontem. — Ele se afastou, sorrindo. — Acordei e senti que estava encharcado de água gelada. Nunca fiquei tão feliz.

Kitay parecia melhor do que ela esperava. Magro, é claro, mas o garoto estava esquálido desde Ruijin, e suas maçãs do rosto não estavam tão fundas quanto naquela época. Os braços e as pernas estavam livres, exceto por uma algema de ferro deixada em seu tornozelo esquerdo, preso a uma corrente com folga suficiente para deixá-lo se movimentar na cela. Não parecia ter sido torturado. Não havia cortes, arranhões ou machucados em sua pele pálida. As únicas feridas que sofrera eram os cortes recentes que abrira na canela.

O dedo indicador estava encrostado de sangue seco. Ele abrira o corte com a unha.

Rin apontou para a perna dele.

— Você...?

— Está tudo bem. Parou de sangrar, vou limpar depois. — Kitay se levantou. — Quem veio com você?

— Dois terços da Trindade.

Ele não se abalou diante da resposta.

— Quais dois?

— A Víbora e o Guardião — respondeu Rin.

— Claro. E quando vamos encontrar o Imperador Dragão?

— Falaremos disso depois. — Ela tilintou as chaves. — Vamos libertar você primeiro. Cadeados?

Kitay balançou o tornozelo para ela, parecendo impressionado.

— Como você...?

— Daji é persuasiva. — Rin levou a chama à fechadura e começou a passar as chaves para encontrar uma que combinasse. — Não vamos quebrar ossos.

— Graças aos deuses — disse Kitay, com uma risada.

Rin tinha acabado de encontrar uma chave prateada que parecia do tamanho certo quando ouviu o guincho inconfundível de uma porta se abrindo, seguindo por passos leves ecoando pelo corredor. Ela congelou. Daji prometera mais de uma hora; Rin estava planejando se esconder lá embaixo até que o ritual na câmara principal terminasse, fosse o que fosse. Teria algo dado errado lá em cima?

— Se esconda — sibilou Kitay.

— Onde?

Ele apontou para a cama. Rin não via como aquilo poderia funcionar — era uma estrutura estreita e frágil que mal tinha trinta centímetros de largura, com pernas de madeira que não esconderiam nem um coelho.

— Embaixo da cama.

Kitay pegou o cobertor. O lençol de algodão era fino, mas opaco. Pendurado para fora da cama, era longo o suficiente para ir até o chão.

Rin se esgueirou lá para baixo e se encolheu, esforçando-se para respirar sem fazer barulho. Ouviu o trinco da fechadura voltar para o lugar quando Kitay fechou a porta da cela.

Ela pôs a cabeça para fora, confusa.

— Espera, por que a gente não...?

— Shhh — sussurrou ele. — Eu disse para *se esconder*.

Os passos ficaram cada vez mais altos no corredor, e então pararam do lado de fora da cela.

— Olá, Kitay.

Rin enfiou as unhas nas palmas das mãos, rangendo os dentes com força numa tentativa de ficar em silêncio. Ela só conhecia uma pessoa capaz de falar com aquela exata mistura de confiança, condescendência e camaradagem fingida.

— Boa noite. — O tom de Kitay era de uma indiferença leve e alegre. — Chegou na hora certa. Acabei de tirar minha soneca.

A porta gemeu ao se abrir. Rin mal ousava respirar.

Se ele fizesse qualquer movimento na direção da cama, Rin o mataria. Tinha duas vantagens — o elemento surpresa e o fogo. Não hesitaria dessa vez. Primeiro uma torrente de chamas no rosto para assustá-lo e cegá-lo, e então quatro dedos incandescentes ao redor do pescoço.

— Como está? — Nezha estava bem ao lado dela. — As acomodações ainda são adequadas?

— Eu gostaria de livros novos — respondeu Kitay. — E meus lampiões de leitura estão fracos.

— Vou cuidar disso.

— Obrigado — respondeu Kitay, tenso. — E como está a vida de rato de laboratório?

— Deixa de ser babaca, Kitay.

— Peço desculpas — disse Kitay, arrastando a voz. — É que você foi tão rápido em enviar Rin para o mesmo destino que sempre fico chocado com a ironia.

— Escuta, seu filho da mãe...

— Por que você deixa eles fazerem isso? — perguntou Kitay. — Estou curioso. Com certeza você não *gosta* de ser machucado.

— Não machuca — disse Nezha, baixinho. — É a única hora em que não dói.

Houve uma pausa, que se estendeu em um silêncio maior e mais desconfortável.

— Suponho que o conselho ainda esteja atazanando você? — perguntou Kitay.

Rin ouviu um farfalhar. Nezha estava se sentando.

— Eles são loucos. Todos eles.

Kitay deu uma risadinha.

— Pelo menos concordamos com algo.

Rin ficou impressionada com quão rápido os dois passaram para uma conversa amigável. Não... *amigável* não era a palavra certa. Estava longe de ser amigável. Mas eles também não soavam como prisioneiro e interrogador. Soavam como estudantes segundanistas de Sinegard, reclamando do dever de casa passado por Jima. Eram velhos conhecidos se sentando para uma partida de wikki, continuando o jogo que tinham pausado.

Mas era tão surpreendente assim que fosse dessa forma? A nostalgia atacou o peito de Rin ao mero som da voz de Nezha. Ela também queria voltar a ter aquela familiaridade com ele. Não importava que segundos antes estivesse pronta para matá-lo. A voz dele, a *presença* dele, fazia o coração dela doer. Rin queria desesperadamente ficar presa em um impasse, que apenas por um minuto as guerras que os cercavam fossem suspensas para que pudessem conversar como amigos de novo. Apenas uma vez.

— Nossos aliados nortistas não vão enviar mais tropas para Arabak até receberem mais recursos — contou Nezha. — Eles acham que estou rolando em prata, que estou apenas sendo mão de vaca... mas caramba, Kitay, eles não entendem. Os cofres estão vazios.

254

— E para onde foi o dinheiro? — perguntou Kitay.

Ele falou com leveza, mas era evidente que queria provocá-lo. O tom de Nezha ficou ríspido.

— Não ouse acusar...

— Você está recebendo ajuda demais dos hesperianos para estar tão mal equipado. Alguém está explorando você. Ande, Nezha, já falamos disso. Arrume sua casa.

— Você está fazendo acusações sem provas...

— Só estou dizendo o que está bem na sua frente — rebateu Kitay. — Sabe que estou certo. Você não viria aqui se não achasse que posso ser útil.

— Diga algo útil, então.

Nezha soava mesquinho. Naquele instante, lembrava tanto sua versão do primeiro ano em Sinegard que Rin quase riu.

— Estou dizendo coisas tão óbvias que até uma criança entenderia. Seus generais estão embolsando fundos da ajuda humanitária, provavelmente gastando em seus palácios de verão. Aliás, é o primeiro lugar que deveria investigar — sugeriu Kitay. — Esse é o problema com toda aquela prata hesperiana. Toda a sua base foi corrompida. Você deveria começar impedindo os subornos.

— Mas os subornos são necessários para mantê-los ao meu lado — reclamou Nezha, frustrado. — Ou eles não formam uma frente unida. E sem uma frente unida, os hesperianos passam por cima de nós como se nosso governo nem sequer existisse.

— Pobre Nezha — disse Kitay. — Está de mãos atadas, não é?

— É tudo idiotice. Preciso de um comando de exército unificado. Preciso de liberdade para colocar prioridade absoluta na frente sulista, e quero desviar forças do norte para lidar com Rin sem me comprometer tanto. Eu só não sei *por que*...

— Eu sei por quê. Você não é o grande marechal, você é o *Jovem* Marechal. Esse é o seu apelido, certo? Os generais e os hesperianos acham que você é só um principezinho mimado e burro que não sabe o que está fazendo. Acham que é igual a Jinzha. E não colocariam você no comando dos dirigíveis nem se ficasse de joelhos e implorasse.

Rin não sabia o que a impressionava mais: a franqueza de Kitay, que Nezha não tivesse punido o amigo ainda, ou que qualquer parte do que Kitay dizia pudesse ser *verdade*.

Nada fazia sentido. Ela presumira que Nezha estava chafurdando em poder, que tinha toda a frota de dirigíveis a seu dispor. Ele parecera tão dominante quando descera em Tikany que Rin tinha pensado que a República se encontrava em suas mãos.

Mas aquela era a primeira indicação de que Nezha não estava indo tão bem quanto esperava. Ali, sozinho no porão com seu ex-colega e prisioneiro, talvez a única pessoa com quem podia ser sincero, Nezha parecia assustado.

— Imagino que as coisas também não melhoraram com Tarcquet — observou Kitay.

— Ele é um merdinha arrogante — rosnou Nezha. — Sabe no que colocou a culpa da última campanha? Em nossa falta de espírito de luta. Ele disse que os nikaras *não têm espírito de luta*.

— Uma alegação bastante ousada, dada nossa história.

Nezha não riu.

— Não há nada de errado com as nossas tropas. São muito bem treinadas, excelentes no campo. O problema é a reestruturação e as forças integradas...

— Como é?

— Outra das ideias de Tarcquet. — Nezha cuspiu o nome como se fosse veneno. — Eles querem times de ataque coordenados no ar e no chão.

— Interessante — disse Kitay. — Achei que estivessem preocupados demais com o próprio rabo para pensar nisso.

— Não é uma integração real. Significa que querem que puxemos suas carroças de carvão para onde quer que decidam ir. Significa que somos só as malditas mulas deles...

— Há papéis piores no campo de batalha.

— Não se quisermos um dia ganhar o respeito deles.

— Acho que nós dois sabemos que suas chances de ganhar o respeito hesperiano passaram faz tempo — apontou Kitay, com delicadeza. — Então você vai jogar as bombas em quem agora? A Província do Javali se rendeu?

Uma pontada de exasperação surgiu na voz de Nezha.

— Se você concordasse em ajudar com o planejamento, eu poderia dizer.

Kitay suspirou.

— Infelizmente, não estou desesperado assim para sair desta cela.

— É, você parece gostar da prisão.

— Gosto de saber que as palavras que saem da minha boca não causarão a morte das pessoas de que gosto. É uma coisa chamada ética. Você pode tentar usar qualquer hora dessas.

— Ninguém precisa morrer — disse Nezha. — Ninguém nunca precisou. Mas Rin levou aqueles tolos a investir todas as suas forças em uma estratégia inconsequente de "tudo ou nada".

Rin se encolheu ao som de seu nome na boca dele dessa vez. Nezha o dissera com tanta violência.

— Rin não está por trás disso — rebateu Kitay, com cuidado. — Rin está morta.

— Mentira. O país inteiro estaria falando se ela estivesse morta.

— Ah, você acha que seus adoráveis dirigíveis conseguiram errá-la?

— Ela não pode estar morta — insistiu Nezha. — Está apenas se escondendo, tem que estar. Nunca encontraram um corpo, e o sul não estaria lutando tanto assim se soubesse que ela está morta. Rin é a única coisa que os faz lutar. Sem ela, eles não têm esperança. Teriam se rendido.

Rin ouviu um farfalhar de tecido. Kitay podia estar dando de ombros.

— Suponho que você sabe melhor do que eu.

Outro silêncio preencheu a cela. Rin ficou parada, o coração batendo tão alto que ela se surpreendeu por não ter sido descoberta.

— Eu não queria essa guerra — disse Nezha por fim. A voz dele soava estranhamente instável, defensiva até. Rin não sabia como interpretar aquilo. — Nunca quis. Por que ela não podia entender isso?

— Bem, você enfiou uma faca nas costas dela.

— Eu não queria que as coisas fossem assim.

— Ah, deuses! Não vamos começar com isso outra vez.

— Nós a deixaríamos ter o sul se ela aparecesse. Os deuses sabem que somos gratos por ela ter se livrado dos mugeneses por nós. E Rin é uma boa soldada. A melhor. Ficaríamos felizes de tê-la de volta do nosso lado. Nós a faríamos general em um piscar de olhos...

— Você acha mesmo que vou cair nessa conversa? — disse Kitay.

— É uma tragédia estarmos em lados opostos, Kitay. Você sabe disso. Nós três teríamos sido tão bons juntos.

— Nós *éramos* bons juntos. Só que seu pai tinha outros planos.

— Podemos voltar a ser — insistiu Nezha. — Sim, estragamos tudo. Na verdade, *eu* estraguei. Mas pense no que a República poderia conquistar se lutássemos para fazê-la funcionar. Você é esperto demais para ignorar o potencial...

— Você realmente acredita nessa bobagem? Por favor, não seja condescendente, Nezha.

— Me ajude — implorou Nezha. — Juntos podemos acabar com essa guerra em semanas, Rin estando morta ou não. Você é a pessoa mais inteligente que já conheci. Se tivesse acesso aos nossos recursos...

— Sabe, é difícil levar você a sério quando faz coisas como jogar bombas em crianças inocentes.

— Aquela emboscada foi um erro...

— Perder a chamada por dormir demais é um erro! — gritou Kitay. — Negligência em entregar minhas refeições a tempo foi um *erro*. O que fez foi assassinato a sangue-frio. E Rin e eu sabemos que, se nos juntássemos a você, aconteceria de novo. Porque nós e o sul somos descartáveis para você. Você e seu pai acham que somos ferramentas que podem ser trocadas ou descartadas quando quiserem. Foi exatamente o que fez!

— Não tive escolha...

— Você teve mil escolhas. Você traçou os limites em Arlong. Começou esta guerra, e não é culpa minha se não tem coragem para terminá-la. Então diga a Vaisra que ele pode arrancar minha cabeça. Pelo menos vai servir de decoração.

Nezha não disse nada. Rin ouviu um farfalhar de tecido quando ele se levantou. Estava indo embora. Seus passos soavam duros e irritados. Ela desejou poder ver o rosto dele. Teve esperança de que ele pudesse contestar as palavras de Kitay, esboçar qualquer reação, só para que ela soubesse se Kitay havia conseguido desconcertá-lo. Mas Rin ouviu o guincho quando Nezha deixou a porta bater atrás de si, e então o clique da fechadura.

— Desculpe por não ter avisado antes. — Kitay puxou o cobertor da cama e ajudou Rin a se levantar. — Só achei que você deveria ouvir.

Rin entregou as chaves a ele.

— Há quanto tempo ele está nessa?

— Todos os dias desde que cheguei. Na verdade, estava bem-comportado hoje. Tinha que ver num dia ruim. Ele tentou um milhão de coisas diferentes para me desestabilizar. — Kitay se inclinou para abrir as algemas. — Mas ele devia ter lembrado que nunca conseguiu. Não em Sinegard e certamente não agora.

Rin sentiu uma explosão dolorosa de orgulho. Às vezes, esquecia quão resiliente Kitay podia ser. Ninguém desconfiaria disso só de olhar para o jovem — o arquetípico estudioso magrelo e ansioso —, mas Kitay suportava as dificuldades com uma coragem férrea. Sinegard não o degastara. Nem Golyn Niis o destruíra. Nezha jamais o venceria.

Não, sussurrou a vozinha na cabeça dela, que soava parecida demais com Altan. A *única pessoa capaz de destruí-lo é você.*

— Atrás de você — disse Kitay de repente.

Rin se virou, à espera de um soldado, mas era apenas um membro da Companhia Cinzenta — um jovem de batina, carregando uma bandeja de metal.

Ele ficou boquiaberto ao ver Rin. Piscou, confuso, olhando dela para Kitay, como se tentasse determinar a quantidade apropriada de pessoas em uma cela.

— Você...?

Kitay girou a chave e abriu a porta da cela.

Tarde demais. O missionário se virou para correr. Rin foi atrás. As pernas dele eram bem mais longas que as dela, e o homem quase conseguiu escapar, mas pisou na batina assim que chegou à esquina. Tropeçou apenas por uma fração de segundo, mas foi o suficiente. Rin agarrou o braço dele e o empurrou, chutando a parte de trás dos joelhos. Ele caiu. Ela invocou o fogo na palma da mão. Voltou tão rápido, tão naturalmente, como uma luva bem usada deslizando em dedos ansiosos.

Rin apertou a mão em garra no pescoço dele. A carne macia cedeu sob as unhas incandescentes dela como tofu se partindo sob aço. Fácil. Acabou em segundos. O missionário se foi sem emitir nem um choramingo. Ela escolhera a garganta porque não queria que ele gritasse.

Rin se endireitou, soltou o ar e limpou a mão na parede. Não se dera conta da magnitude do que acabara de fazer; acontecera tão rápido que nem pareceu real. Não decidira matar o missionário, nem sequer pensara nisso. Simplesmente precisava proteger Kitay. O resto fora instinto.

Ela sentiu uma urgência súbita e bizarra de rir.

Inclinou a cabeça, observando as manchas carmesim brilhando vermelhas e intensas no mármore. Por algum motivo, a visão lhe deu uma onda atordoante de prazer, o mesmo êxtase confuso que sentira ao envenenar Ma Lien.

Não se tratava de violência.

Tratava-se de *poder*.

Não era tão bom quanto matar Nezha, mas quase. Por um longo e libertador momento, Rin pensou em arrastar os dedos ensanguentados pela parede e desenhar uma flor para ele.

Não. Não. Indulgente demais. Não havia tempo para isso. A onda de náusea passou. Ela recobrou a consciência, estava no controle.

Foco.

— Vem aqui. — Ela chamou Kitay no corredor. — Me ajude a arrastá-lo para a cela. Vamos colocá-lo na cama, cobri-lo com um cobertor. Precisamos ganhar algum tempo.

Kitay cambaleou dois passos para fora da cela, inclinou-se e vomitou.

A fuga aconteceu com uma facilidade impressionante. Rin e Kitay esperaram ao lado da porta da masmorra, com os ouvidos colados na madeira e atentos ao sermão hesperiano ainda em andamento, até notarem os civis nikaras se levantando dos bancos da igreja. Então abriram uma fresta da porta e se esgueiraram pela multidão, misturando-se às pessoas. Jiang e Daji se juntaram a eles assim que saíram da igreja, mas ninguém falou nada até estarem a vários minutos de distância do lugar, do outro lado da rua.

— Você ficou mais alto — disse Jiang a Kitay assim que viraram a esquina. — Bom ver você de novo.

Kitay o encarou por um momento, sem saber como responder.

— Então você é o Guardião.

— Sou eu.

— E esteve escondido em Sinegard esse tempo todo?

— Enlouqueci um pouquinho — disse Jiang. — Estou voltando à sanidade agora.

— Faz sentido — murmurou Kitay.

Até que o amigo estava lidando bem com a avalanche de informações, pensou Rin.

— Conversas depois. — Daji jogou uma túnica marrom para Kitay, que era bem menos suspeita que os panos rasgados que ele estivera usando desde Tikany. — Vista isso e vamos embora.

Eles saíram da Cidade Nova em uma carroça de lavagem de roupas. O condutor original tinha permissão para levar lençóis da enfermaria até o rio para lavar. Daji o enfeitiçou e o fez desistir da carroça e cedê-la ao grupo. Enquanto Daji conduzia o veículo com confiança pelas ruas, Rin, Kitay e Jiang se esconderam sob pilhas de lençóis tão altas que mal dava para respirar. Rin se contorceu, sentindo calor e se coçando toda, tentando não pensar nas manchas marrons que a cercavam. Ela sentiu a carroça parar apenas uma vez. Ouviu Daji responder às perguntas de um guarda em um hesperiano simplificado muito convincente. Segundos depois, passaram pelos portões.

Daji continuou a conduzir. Ela não os deixou sair dos lençóis até uma hora mais tarde, quando a Cidade Nova não passava de um contorno pequenino atrás deles, até que o som dos dirigíveis desaparecesse e o único barulho ao redor fosse o canto constante das cigarras.

Rin ficou aliviada quando a Cidade Nova sumiu de vista. Se pudesse, jamais colocaria os pés naquele lugar de novo.

Naquela noite, após um jantar com raiz seca de shanyu e uma baguete hesperiana dura de mastigar que roubaram, Daji e Jiang interrogaram Kitay para descobrir cada pedacinho de informação que o jovem conseguira sobre a República. Ele não tinha detalhes sólidos sobre o posicionamento das tropas ou planos de cruzadas — Nezha só dera a ele informação suficiente para pedir conselhos sem causar problemas —, mas o pouco que sabia já era tremendamente útil.

— Eles estão no fim de jogo, mas isso está demorando mais do que deveria — disse Kitay. — Vaisra deu as costas à Coalizão do Sul assim que eles falharam em provar a morte de Rin. No entanto, o Líder do Macaco apresentou uma defesa surpreendentemente forte. Deve ter sido obra do Souji. Eles aprenderam bem rápido a criar abrigos antibomba decentes. Quando percebeu que os dirigíveis não iam dar conta, Vaisra enviou tropas terrestres. Por enquanto, o sul bateu em retirada para a Província do Javali. Eles se entocaram sob as montanhas por semanas, por isso todos estão concentrados em Arabak.

— A Cidade Nova — disse Rin.

Ele balançou a cabeça.

— Ainda é Arabak. Ninguém aqui além dos hesperianos, ou dos nikaras em companhia hesperiana, a chama de Cidade Nova.

— Então pararam aqui por causa das montanhas? — perguntou Daji.

— E o Jovem Marechal? Dizem por aí que está desmoronando.

Rin lançou a ela um olhar surpreso.

— Onde você ouviu isso?

261

— Duas velhas estavam fofocando no banco atrás da gente na igreja — explicou Daji. — Disseram que todos os rebeldes sulistas teriam sido exterminados há meses se Yin Jinzha estivesse no comando.

— Jinzha? — Jiang franziu a testa, enfiando o dedinho na orelha. — O pirralho Yin mais velho?

— Sim — confirmou Daji.

— Acho que fui mestre dele em Sinegard. Um babaca completo. O que aconteceu com ele?

— Ficou ousado demais — respondeu Daji. — Então o transformei em carne moída e o enviei para Vaisra em uma cesta de bolinhos.

Jiang arqueou as sobrancelhas.

— Querida, você fez o quê?

— Nezha está exausto. — Kitay retomou o assunto. — E não é culpa dele. Os conselheiros hesperianos fazem demandas insanas que ele não consegue atender, e o gabinete da República o está puxando em vinte direções diferentes para que não saiba aonde ir.

— Não entendo — disse Rin. — Pensei que, com tantas vantagens, ele se sairia melhor.

— Não é simples assim. É uma guerra com várias frentes. A República basicamente conquistou o norte... A propósito, Jun está morto. Foi esfolado vivo em um palanque há algumas semanas... Enfim, ainda há algumas províncias resistindo.

— Sério? — Rin se endireitou. Era a primeira boa notícia que ouvia em muito tempo. — Alguma província está armada?

— A Província do Boi está com a melhor resistência por enquanto, mas estarão todos mortos em algumas semanas — conjecturou Kitay. — Eles não têm organização. Estão divididos em três facções que não se comunicam. Essa foi a vantagem deles por um tempo, porque Nezha nunca sabia o que os batalhões individuais iam fazer. Mas não é uma estratégia defensiva sustentável. Nezha só precisa cuidar deles um a um.

"Há também a Província do Cachorro, que sempre foi tão periférica ao Império que ninguém se importou muito com eles. Mas isso os fez valorizar sua autonomia. E, agora que os hesperianos querem transformar a região inteira em minas de carvão, as chances de eles se curvarem a Vaisra são mínimas."

— Quantos homens eles têm? — perguntou Daji.

— Eles ainda não precisaram de homens. A República nem sequer enviou um representante para negociar. Por enquanto, não são uma preocupação para Nezha. — Kitay suspirou. — Quando se tornarem, será o fim deles. A população é esparsa, e eles não têm tropas suficientes para sobreviver à primeira onda de ataques.

— Então devíamos nos juntar a eles! — sugeriu Rin. — Isso é perfeito... Levamos nossas tropas além do bloqueio, mandamos uma sentinela e então nos encontramos com o Líder do Cachorro...

— Um convidado que aparece sem se anunciar é um convidado ruim — disse Daji.

— Não se há outro convidado com uma faca na garganta do anfitrião — rebateu Rin.

— Não entendi a metáfora — pontuou Jiang.

— Não é uma ideia ruim — comentou Kitay. — Nezha foi convencido de que Souji e Gurubai tinham intenção de enviar tropas à Província do Cachorro para pedir ajuda. Então é uma opção previsível, mas também a única que temos. Precisamos de aliados onde pudermos encontrá-los. Divididos, somos carniça.

Rin franziu a testa. Tinha algo de estranho no tom de Kitay, embora ela não soubesse dizer o quê. O amigo não soava esperto e interessado como antes, quando discutia com Rin as melhores estratégias a seguir. Em vez disso, suas palavras pareciam sem emoção, monótonas, como se o garoto estivesse recitando de qualquer jeito uma resposta memorizada em um teste.

O que acontecera com ele em Arabak? Ele não tinha sido fisicamente torturado, mas estivera sozinho com Nezha por semanas. Será que havia se voltado contra ela? Estaria apenas fingindo ser aliado deles agora? A possibilidade lhe provocou um calafrio.

Kitay não conseguiria esconder uma mentira assim. As almas dos dois eram interligadas. Rin sentiria. Pelo menos ela *esperava* que fosse sentir.

Mas então por que ele falava como um homem que desistira?

— Província do Cachorro, então. Interessante. — Jiang se virou para Daji. — O que acha? A rota para a capital deles nos deixa mais perto do alcance de Tianshan, e seria bom ter apoio terrestre por pelo menos uma parte do caminho.

— Está bem. — Daji deu de ombros. — Mas não vejo por que precisamos da Coalizão do Sul para isso.

— São milhares de pessoas.

— Milhares que teremos que arrastar pelas montanhas. Além disso, eles a venderam. — Daji indicou Rin com o queixo. — Merecem ser deixados para trás.

— Isso é culpa da liderança. As massas são maleáveis, você sabe disso.

— Vai ser uma bagunça.

— Acabei de escapar de uma montanha de pedra — disse Jiang. — Me deixe me exercitar um pouco, querida. Vai fazer bem para a minha mente.

— Justo. — Daji suspirou. — Província do Cachorro, então.

— Desculpe. — Kitay olhava de um para o outro. — Perdi alguma coisa?

Rin estava tão confusa quanto o amigo. O diálogo entre Daji e Jiang acontecera tão rápido que ela mal registrara o que tinha acontecido. Os dois costumavam conversar em uma estenografia temperada com alusões ao passado compartilhado, um código que fazia Rin se sentir constantemente como uma forasteira na jornada até Arabak. Era um lembrete costumeiro de que não importava quanto poder ela conduzisse, a Trindade tinha décadas de história, da qual Rin só conhecia algumas partes. Eles haviam visto muito mais. Feito muito mais.

— Está decidido — disse Daji. — Vamos pegar seu exército e levá-los para o norte. Concorda?

Kitay parecia perplexo.

— Mas... e o bloqueio?

Jiang se espreguiçou e bocejou.

— Ah, vamos furá-lo.

— Mas como você vai fazer isso? — perguntou Kitay, intrigado.

Daji deu uma risadinha. Jiang o encarou com um olhar divertido, como se estivesse surpreso com a pergunta do garoto.

— Sou o Guardião — respondeu ele simplesmente, como se esse fato fosse resposta suficiente.

A noite estava confortável e quente, então eles extinguiram a fogueira depois da refeição e dormiram na carroça em turnos. Kitay se voluntariou para pegar o primeiro. Rin não havia descansado desde o nascer do sol — estava esgotada até os ossos, as têmporas ainda latejando por conta do choque sensorial da Cidade Nova —, mas adiou o sono para poder se sentar ao lado de Kitay. Queria aqueles minutos a sós com o amigo.

264

— Estou feliz por você estar aqui. — Palavras superficiais que não chegavam nem perto de descrever como ela se sentia.

Kitay apenas assentiu. Ele entendia.

Rin sentia uma fagulha de calor em cada ponto de contato entre eles — a mão descansando na dele, o braço dele envolvendo sua cintura, sua cabeça aninhada entre o queixo e o ombro dele. Desejava a sensação da pele dele contra a dela. Cada toque era uma confirmação de que Kitay era real, de que estava vivo, de que estava *ali*.

Rin o encarou.

— No que está pensando?

— Nada. — Kitay falava em um tom apático. — Só estou cansado.

— Não minta para mim. — Rin queria tudo às claras. Não toleraria mais nem um minuto da estranha resignação de Kitay. Era insuportável pensar que havia uma parte do amigo que ela não entendia. — O que está incomodando tanto você?

Ele ficou em silêncio por um longo momento antes de falar.

— É só que... Não sei, Rin. Arabak estava...

— É terrível.

— Não é necessariamente terrível, apenas estranho. E fiquei lá por tanto tempo que, agora que saí, não consigo parar de pensar nos hesperianos.

— O que tem eles?

— Não sei. Só... — Os dedos dele se inquietavam sobre o colo. Dava para ver que Kitay estava avaliando o que compartilhar com Rin. Nada poderia tê-la preparado para o que o garoto disse a seguir. — Você acha que eles podem ser *melhores* do que nós?

— Kitay. — Rin se virou para encará-lo. — Como *assim*?

— Quando Nezha me trouxe para Arabak, ele passou os primeiros dois dias me apresentando à cidade — respondeu ele. — Vi tudo o que construíram em apenas algumas semanas. Você lembra como ele estava insuportável quando chegamos a Arlong pela primeira vez? Não conseguia parar de falar de sua inovação naval etc.? Mas, dessa vez, tudo que vi era mesmo uma maravilha. Tudo que vi pareciam coisas que jamais sonhei que poderiam existir.

Ela cruzou os braços.

— E daí?

— Como construíram tudo aquilo? Como criaram objetos que desafiam as leis conhecidas do mundo natural? O conhecimento deles em campos como matemática, física, mecânica e engenharia supera o nosso em um nível aterrorizante. Tudo que estamos descobrindo na montanha Yuelu, eles devem saber há séculos. — Os dedos dele se contorceram no colo. — Por quê? O que eles têm que nós não temos?

— Não sei — respondeu Rin. — Mas isso não quer dizer que são *melhores*, seja lá o isso quer dizer...

— Mas poderia? Todo membro da Companhia Cinzenta que conheci acredita que eles são intrínseca e biologicamente superiores a nós. E não dizem isso para serem cruéis ou condescendentes. Eles veem como um fato científico, tão simples quanto saber que o oceano é salgado e que o sol nasce todos os dias. — Os dedos dele não paravam quietos. Rin teve o súbito impulso de dar um tapa neles. — Eles veem a evolução humana como uma escada, e estão no topo dela, ou pelo menos no ponto mais alto que conseguem alcançar por enquanto. E nós, nikaras, nos encontramos agarrados a degraus mais baixos. Mais perto dos animais que dos humanos.

— Isso é besteira.

— É? Eles construíram dirigíveis. Não apenas podem voar, estão voando há *décadas*, e aqui estamos nós com apenas um conhecimento rudimentar de navegação marítima porque bombardeamos nossos próprios navios em pedacinhos em guerras civis por conta de nada. Por quê?

O medo se esgueirou pelo estômago de Rin. Ela não queria ouvir aquelas palavras saindo da boca de Kitay. Era pior do que traição. Parecia que estava descobrindo que o melhor amigo era um completo estranho.

Ao mesmo tempo, Rin estaria mentindo se dissesse que nunca pensara as mesmas coisas. Claro que sim. Pensara nelas durante as semanas em que foi examinada na cabana da Irmã Petra, colocando seu corpo nu e indefeso à disposição dos hesperianos, deixando-a tirar medidas e anotá-las enquanto explicava em um tom frio e direto que o cérebro de Rin era menor, que a estatura dela era mais baixa, que os olhos dela enxergavam menos por conta de sua raça.

Claro que muitas vezes ela se perguntara se os hesperianos estavam certos. No entanto, odiava ouvir Kitay falando como se já tivesse decidido que estavam.

— Eles podem estar terrivelmente errados a nosso respeito — prosseguiu ele. — Mas estão certos em relação a quase todo o resto. Do contrário, não poderiam ter construído tudo aquilo. Olhe para a cidade que construíram em semanas. Compare-as às melhores cidades do Império. Está entendendo aonde quero chegar?

Rin pensou nas ruas imaculadas da Cidade Nova, em sua estrutura em grade e seus meios de transporte eficientes. Os nikaras nunca construíram algo assim. Até em Sinegard, a capital do Imperador Vermelho e a joia da coroa do Império, o esgoto corria livremente pelas ruas como se fosse água de chuva.

— Talvez seja o Criador deles. — Rin tentou injetar certa leveza na voz. Kitay estava cansado, e ela também. Talvez de manhã, depois de dormirem, aquela conversa se tornasse apenas uma piada. — Talvez aquelas orações estejam funcionando.

Kitay não sorriu.

— Não é a religião deles, mas talvez seja algo relacionado. O Arquiteto Divino certamente é mais amigável à pesquisa científica que qualquer um de nossos deuses. Mas não acho que os hesperianos precisem de deidades. Eles têm máquinas, e talvez isso seja mais poderoso do que qualquer coisa que possam invocar. Eles reescrevem o roteiro do mundo, assim como você faz. E não precisam sacrificar a própria sanidade para isso.

Rin não tinha como contestar as palavras do amigo.

Jiang teria a resposta. Jiang, que tinha certeza absoluta de que o Panteão estava no centro do universo e a dissera uma vez para não tratar o mundo material como uma coisa a ser mecanizada, dominada e militarizada. Ele acreditava que as sociedades hesperiana e mugenesa tinham esquecido havia muito tempo sua unidade essencial com o ser universal, e por isso estavam espiritualmente perdidas.

Mas Rin nunca ligara muito para cosmologia ou teologia. Seu interesse nos deuses se resumia ao poder que podiam dar a ela, e não conseguia formular o pouco que se lembrava das divagações de Jiang para fazer qualquer objeção válida.

— E daí? — disse ela por fim. — O que isso significa para a gente?

Rin já sabia a conclusão de Kitay. Queria ouvi-lo dizer em voz alta, ver se ele ousaria. Porque a conclusão lógica era aterrorizante. Se estavam tão profundamente separados por raça, se os hesperianos eram mais inteligentes, capazes e poderosos, então qual era a razão de resistir? Por que o mundo não deveria ser deles?

Kitay hesitou.

— Rin, eu só acho...

— Acha que devemos nos render — acusou ela. — Que estaríamos melhor sob o comando deles.

— Não é isso — rebateu ele. — Mas acho que pode ser inevitável.

— Não é inevitável. Nada é inevitável. — Rin apontou na direção da carroça, onde Jiang e Daji dormiam. — Os dois eram crianças no norte ocupado. Não tinham arcabuzes ou dirigíveis, e expulsaram os hesperianos e uniram o Império...

— E o perderam duas décadas depois. Nossas chances não parecem muito melhores na segunda vez.

— Estaremos mais fortes desta vez.

— Você sabe que isso não é verdade, Rin. Enquanto país, enquanto povo, estamos mais fracos do que nunca. Se vencermos os hesperianos, vai ser resultado de uma gigantesca onda de sorte, e com o custo de muitas vidas humanas. Então não me culpe por questionar se vale a pena.

— Você sabe o que Sinegard era para mim? — perguntou ela de repente.

Kitay franziu a testa.

— O que isso...?

— Não, escute. Você sabe como era ser a garota do interior que todo mundo pensava ser praticamente analfabeta porque minha língua era presa, minha pele era escura e eu não sabia que tínhamos que nos curvar ao mestre no final de cada aula?

— Não estou dizendo...

— Eu achava que havia algo errado comigo — prosseguiu ela. — Que eu tinha nascido mais feia, mais fraca e menos inteligente que todos ao meu redor. Eu pensava isso porque era o que todo mundo me dizia. E você está dizendo que isso significa que eu não tinha o direito de desafiá-los.

— Não foi isso que eu quis dizer.

— Mas é análogo. Se os hesperianos são *intrinsicamente melhores*, então o próximo degrau da escada são os nortistas de pele pálida, como você, e speerlieses estão na base. — Enquanto dizia isso, a mão de Rin queimava a grama onde estavam sentados; a fumaça subia ao redor deles. — E então, por sua lógica, está tudo bem o Império nos escravizar. Tudo bem terem nos tirado do mapa, e as histórias oficiais nos mencionarem apenas no rodapé. É natural.

— Você sabe que eu jamais diria isso — refutou Kitay.

— Essa é a implicação da sua lógica — disse Rin. — E não vou aceitar isso. Não posso.

— Mas isso não importa. — Ele abraçou os joelhos. Parecia tão pequeno ali, uma versão muito menor do Kitay que Rin sempre conhecera. — Você não entende? Ainda não há caminho previsível que leve à nossa vitória. O que acha que acontecerá depois que chegarmos à Província do Cachorro? Você pode se esconder dos dirigíveis por um tempo, mas como vai derrotá-los?

— Simples — disse ela. — Temos um plano.

Ele deu uma risada trêmula e desamparada.

— Conte, então.

— Temos um problema de assimetria de poder agora — disse ela. — O que significa que só venceremos se essa guerra ocorrer em três fases. A primeira é uma retirada estratégica. É o que está acontecendo agora, intencionalmente ou não. A segunda é um longo impasse. Então, por fim, a contraofensiva.

Kitay suspirou.

— E como vai lançar essa contraofensiva? Talvez você tenha um décimo da capacidade de alcance deles, não?

— Tudo bem. Temos deuses.

— Você não pode ganhar esta guerra com um punhado de xamãs.

— Venci a Federação sozinha, não foi?

— Bem, mas teve um *genocídio*...

— Podemos acabar com eles limitando o xamanismo a combatentes armados no campo de batalha — insistiu ela. — Da mesma forma que estamos caçando os mugeneses agora.

— Talvez. Mas é apenas você, Jiang e a Víbora. Isso não chega perto de ser...

— Suficiente? — Ela ergueu o queixo. — E se houvesse mais?

— Não ouse abrir Chuluu Korikh — repreendeu Kitay.

— Não. — Ela estremeceu ao pensar naquele lugar. — Não voltaremos àquela montanha. Mas Jiang e Daji querem marchar ao norte. Até o monte Tianshan.

— Fiquei sabendo. — Ele a encarou, confuso. — O que há no monte Tianshan?

— Vamos, Kitay. Você consegue descobrir sozinho.

Ele se virou na direção dos dois componentes da Trindade. Rin viu os olhos do amigo se arregalarem conforme as peças se encaixavam em sua mente.

— Você é louca — disse Kitay.

— Provavelmente.

Kitay estava sem palavras.

— Mas… as histórias… Quero dizer, o Imperador Dragão está morto.

— O Imperador Dragão está dormindo — corrigiu Rin. — E faz tempo que está assim. Mas o Selo está erodindo. Jiang está se lembrando de quem era e do que podia fazer, o que significa que Riga está prestes a despertar. Quando isso acontecer, quando reunirmos a Trindade, mostraremos a Hesperia o que é a verdadeira divindade.

CAPÍTULO 16

O campo de batalha próximo à cordilheira Baolei era um enigma.

Os vales se encontravam silenciosos. Os dirigíveis não zumbiam, espadas não colidiam umas contra as outras e o ar não estava pesado com a queimadura pungente da pólvora. Rin não viu nem ouviu quaisquer sinais de combate, ao menos não durante os sete dias necessários para o grupo deles alcançar as primeiras fileiras.

Quando se aproximaram, Rin percebeu o motivo. A Coalizão do Sul fora emboscada. A República os havia encurralado contra a lateral da montanha e montado uma série de fortes improvisados, cada um posicionado a um quilômetro de distância do seguinte, com fileiras de canhões e arcabuzes preparados para acabar com qualquer um que tentasse sair do cerco. Os fortes eram construções temporárias, mas pareciam sólidos. Suportados por pilhas de sacos de areia, eram formados por muros de pedra impenetráveis, exceto por pequenas frestas grandes o suficiente para o gatilho dos arcabuzes. Flechas certamente eram inúteis contra aqueles fortes, e Rin suspeitava que os canhões rudimentares que a Coalizão do Sul usava não ofereceriam qualquer ameaça.

Mas a República também não podia penetrar a encosta. As ravinas e cavernas ao longo da cordilheira Baolei funcionavam como abrigos naturais contra bombas, o que significava que ataques de dirigíveis seriam apenas um desperdício de munição. O terreno não podia ser mapeado do ar, o que dava aos sulistas uma vantagem defensiva importante. Rin presumiu que era só por isso que a República ainda não tinha montado um ataque pelo chão.

A Coalizão do Sul não tinha forças para sair. A República não queria sangrar as forças necessárias para invadir. Por enquanto, ambos permaneciam entocados em suas respectivas estações. Aquele cerco terminaria como todos os outros — assim que os sulistas ficassem sem comida e água.

— Seu antigo colega de classe infelizmente é muito bom na guerra de cerco — disse Daji. Eles tinham passado a manhã circulando o perímetro do bloqueio na carroça, buscando uma maneira de passar despercebidos pelas linhas republicanas. — Ele os cercou em cada ponto crítico. Só vamos conseguir passar por aquelas casamatas se fizermos uma cena.

— Acho que uma cena é exatamente o que queremos — disse Rin.

— Não, é o que queremos na hora de *sair* — observou Kitay. — Mas precisamos entrar e lidar com as forças dos exércitos primeiro. Não sabemos em que condição estão. Fazer uma cena coloca um limite de tempo, e isso é complicado.

Então a questão ainda era: como passar pelo maior conjunto de poderio militar já visto no continente?

— Podemos nadar — sugeriu Kitay após uma pausa. — Acho que vi uma corrente de água a dois quilômetros de lá.

— Eles atirariam na gente na água — observou Rin.

— Estão guardando as partes do rio que levam para fora — contrapôs Kitay. — Não se importam tanto com pessoas entrando. Pegamos alguns bambus e nadamos para as camadas do fundo, que são bem lamacentas. Melhor fazer quando estiver chovendo. Assim, vamos melhorar nosso disfarce.

Ele olhou para o vagão. Daji deu de ombros, em silêncio.

— Então nadaremos — disse Rin, já que ninguém parecia ter um plano melhor. — E depois?

— Precisamos passar pelos velhos túneis de mineração.

Rin levou um susto quando Jiang falou. Ele passara a manhã inteira em silêncio, olhando calmamente para o campo de batalha, como se passeasse por um jardim botânico. Agora, seu olhar estava focado, a voz firme.

— Não é bom ficar no subsolo por muito tempo — prosseguiu ele. — Só até emergir do outro lado das florestas. Não é uma rota de saída perfeita. Aqueles túneis não são bem iluminados, e muitas pessoas provavelmente vão cair nos fossos e quebrar os pescoços. Mas não há outra rota que nos mantenha seguros dos dirigíveis.

De novo, a mudança no comportamento dele foi tão abrupta que Rin só conseguiu encará-lo, sem saber o que dizer. Jiang agia como um general experiente, casualmente montando estratégias como se fosse alguém que planejara emboscadas uma centena de vezes antes. Aquele não era ele. Era um estranho.

— O real desafio é persuadir os sulistas a seguirem você — acrescentou ele. — Terá que ser discreta. Se Souji tentou vender você para Vaisra uma vez, ele pode fazer isso de novo. Há alguém na coalizão em quem confie?

— Venka — respondeu Rin imediatamente. — Acho que Qinen também, se ainda estiver vivo. Podemos tentar convencer os oficiais de Zhuden.

— Venka pode mobilizar pelo menos metade do exército? — perguntou Daji.

Rin ponderou por um momento, porque não sabia quanta influência Venka tinha. Ela não era muito popular entre os sulistas. A garota era curta e grossa, e sua pele clara de nortista e seu forte sotaque sinegardiano deixavam claro que não era dali. Mas Venka sabia ser charmosa quando queria, e talvez tivesse conseguido se livrar de qualquer suspeita de vínculo com Rin, se Souji já não a tivesse matado.

Rin decidiu ser otimista.

— Provavelmente. Ela é capaz de atrair uma multidão. Quando a batalha começar, o resto deve seguir.

— É o que dá para fazer. — Jiang apontou para Rin e Kitay. — Vocês dois vão primeiro e encontrem seu pessoal. Reúnam o máximo de soldados que puderem dentro das próximas vinte e quatro horas, e digam para irem direto para as minas do oeste quando passarem pelas linhas de frente. Se completarem a missão antes do previsto, enviem um sinal, e quebraremos a frente de batalha mais cedo.

— Tem pelo menos duas mil tropas da República na frente — supôs Kitay.

Jiang observou os fortes por um momento, então balançou a cabeça.

— Ah, não. No mínimo o dobro disso.

Kitay franziu as sobrancelhas.

— Então como você vai...?

— Eu disse que quebraremos a frente — respondeu Jiang, com muita calma.

Kitay franziu a testa, perplexo.

— Só confie nele — murmurou Rin.

Ela retornou às suas memórias de guinchos uivantes e de figuras fantasmagóricas surgindo do nada. Recordou-se do rosto ferido de Tseveri quando os dedos com garras de Jiang penetraram sua caixa torácica.

Rin não confiava naquele Jiang seguro e determinado. Não tinha ideia de quem era ou do que poderia fazer. Mas ela o temia, o que significava que a República também deveria.

— Está bem. — Kitay ainda parecia chocado, mas não insistiu. — Qual é o sinal?

Jiang só deu uma risadinha.

— Ah, acho que você vai saber.

— Você só pode estar brincando — disse Venka.

Ela estava horrível. Tinha perdido uma quantidade enorme de peso. Estava seca, esquálida, com maçãs do rosto protuberantes abaixo de olhos vazios e inchados.

Não tinha sido fácil encontrá-la. Rin e Kitay saíram do rio para o que parecia um campo deserto. Não havia ninguém nos postos de sentinela ao redor deles. Os poucos sacos de areia visíveis estavam espalhados sem utilidade. Poderia-se presumir que a Coalizão do Sul já tinha fugido, mas os troncos queimados perto da encosta da montanha eram evidência de fogueiras de acampamento recém-apagadas, e os buracos de latrina tinham cheiro de merda fresca.

Ao que parecia, o exército inteiro fora para debaixo da terra.

Rin e Kitay haviam se aventurado nos túneis e emboscado o primeiro soldado que encontraram, exigindo que os levasse a Venka. Agora, ele estava sentado no canto da sala pouco iluminada, amordaçado, olhando de um lado para o outro com terror e confusão.

— Oi para você também. — Kitay foi até uma pilha de mapas caídos no chão e começou a revirá-los. — Estes estão atualizados? Posso dar uma olhada?

— Faça o que quiser — murmurou Venka. Nem sequer prestava atenção nele. Seus olhos, ainda arregalados de descrença, estavam fixos em Rin. — Achei que tivessem levado você para aquela montanha. Souji não parava de falar isso, que você estava presa na pedra de vez.

— Uns velhos amigos me tiraram de lá — contou Rin. — Parece que você está bem pior.

— Deuses, Rin, tem sido um pesadelo. — Venka pressionou as palmas nas têmporas. — Sinceramente, não sei qual é o plano de Souji a essa altura. Estava começando a pensar que seríamos enterrados aqui.

— Então Souji está no comando? — perguntou Rin.

— Gurubai e ele estão juntos. — Venka parecia chocada. — Você... Ah, talvez ouça falar de coisas que eu disse. Quero dizer, depois de Tikany, eles me perseguiram também. Eu...

— Tenho certeza de que, seja lá o que tenha falado, foi para que a deixassem em paz — tranquilizou-a Rin. — Não me importo com isso. Só nos atualize dos últimos acontecimentos.

Venka assentiu.

— A República lançou um segundo ataque alguns dias depois da primeira incursão no ar. Souji nos levou a um esconderijo no norte. A ideia era voltar para Ruijin, mas a República nos empurrou para o leste e ficamos presos nestas montanhas. Estamos chamando de Bigorna, porque eles ficam batendo contra nós e não temos para onde fugir. Tenho certeza de que farão o ataque final a qualquer momento. Sabem que nossos suprimentos estão acabando.

— Estou surpreso que tenham conseguido chegar às montanhas. — Kitay ergueu o olhar dos mapas. — Como os seguraram por tanto tempo?

— É culpa da artilharia deles — informou Venka. — Eles ficam dando tiro nos próprios pés. Literalmente. Nezha equipou seu exército com nova tecnologia hesperiana, mas eles não sabem usá-la. Acho que vieram antes de serem treinados, então eles se explodem na metade das vezes em que tentam nos atingir.

Não era de se admirar que Nezha parecesse tão abalado quando reclamava da reintegração da força. Rin não conseguiu evitar o sorriso.

— O que tem de engraçado? — perguntou Venka.

— Nada — disse Rin. — É só que... Lembra aquela noite na torre, quando Nezha ficou se gabando de como a tecnologia hesperiana ia ganhar o Império para nós?

— Sim, eles estão com problemas de adaptação — retrucou Venka, secamente. — Infelizmente, uma bola de canhão mal disparada também dói.

Kitay ergueu um mapa e tocou uma seta que serpenteava para o sul.

— É assim que pretendia fazê-los saírem? Uma pressão grande na fronteira sul?

— Foi o que Souji planejou — respondeu Venka. — Parecia nossa melhor aposta. Nezha não tem homens naquela fronteira. Está sob o domínio de Bai Lin, o novo Líder do Boi. Há gigantescos depósitos de tungstênio no lado da fronteira com a Província do Macaco, e Gurubai ofereceu minerar para ele se Bai Lin cavar para a gente uma rota de fuga.

— Isso não vai funcionar — disse Kitay.

Venka deu a ele um olhar exasperado.

— Faz semanas que estamos planejando isso.

— Claro, mas conheço Bai Lin. Ele costumava vir à nossa proprieda-de em Sinegard para jogar wikki com os meus pais o tempo todo. O homem não tem coragem. Meu pai costumava chamá-lo de "o maior puxa--saco do Império". De jeito nenhum ele vai irritar Vaisra. Deixará Nezha dizimar vocês e depois enviará trabalhadores para minerar o tungstênio.

— Está bem. — Venka ergueu o queixo. — Arrume algo melhor, então.

Kitay tocou o ponto ao norte do bloqueio.

— Temos que passar pelos antigos túneis de mineração. Eles nos leva-rão ao outro lado da cordilheira Baolei.

— Tentamos esses túneis — explicou Venka. — Estão bloqueados.

— Então abriremos um buraco na entrada — disse Kitay.

Venka pareceu duvidar.

— Será preciso muito poder de fogo.

— Caramba — disse Rin, numa fala arrastada. — Como será que vamos conseguir isso?

Venka bufou.

— Nenhum dos túneis de caverna aqui leva para as minas. Ainda te-ríamos que passar pela zona morta, que fica a pelo menos dois quilôme-tros de distância. Nezha está com metade de sua infantaria bem do lado de fora. Estamos trabalhando com dois terços do número que tínhamos em Tikany, e não temos defesa área. Não vai funcionar.

— Vai funcionar — afirmou Kitay. — Temos aliados.

— Quem? — Venka ajeitou a postura. — Quantos?

— Dois — respondeu Rin.

— Seus babacas...

— Rin trouxe parte da Trindade — explicou Kitay.

Venka franziu a testa.

— Hein? Tipo a das histórias de marionetes?

— A Trindade original — disse Rin. — Dois deles, pelo menos. A Imperatriz. O Mestre Jiang. Eles são a Víbora e o Guardião.

— Você está me dizendo — disse Venka devagar — que o mestre de Folclore, o homem que mantinha um *jardim de drogas* em Sinegard, vai nos tirar sozinho desse bloqueio?

Kitay coçou o queixo.

— Basicamente, sim.

— Ele é apenas o xamã mais poderoso em Nikan — disse Rin. — Quero dizer, pensamos que sim. Ainda há boatos sobre o Imperador Dragão.

Venka parecia não saber se ria ou chorava. Uma veia pulsou sob o olho esquerdo dela.

— Da última vez que vi Jiang, ele tentou cortar meu cabelo com uma tesoura de jardim.

— Ele está quase igual agora — disse Rin. — Mas invoca feras que podem acabar com pelotões inteiros de uma só vez, se a história que nos contaram está certa, então temos um aliado bem importante.

— Eu não... Eu só... Quer saber? Tá. Está bem. Pode ser que isso esteja acontecendo. — Venka passou as mãos no rosto e gemeu. — Merda, Rin. Queria que tivesse chegado aqui alguns dias antes. Você escolheu uma hora terrível para aparecer.

— Por quê? — perguntou Rin.

— Vaisra estará aqui amanhã para inspecionar as tropas.

— *Inspecionar?* — repetiu Kitay. — Vaisra não comanda?

— Não, Nezha está no comando. Vaisra fica em Arlong, governa seu novo reino e finge ser legal com os hesperianos.

Claro, pensou Rin. Por que ela esperava que fosse diferente? Vaisra havia lutado a guerra civil de sua sala do trono em Arlong, enviando Rin como cão de caça obediente enquanto ficava sentado e aproveitava as recompensas. Vaisra nunca sujava as próprias mãos. Apenas transformava pessoas em armas e as descartava depois.

— Ele vem a Arabak a cada três semanas — contou Venka. — Então voa até aqui para conferir as tropas pouco antes de ir embora. Um tipo de... comício. É insuportável. Conseguimos descobrir o cronograma porque sempre disparam para o alto quando Vaisra está aqui.

— Por que isso é um problema? — perguntou Kitay. — Isso é bom para nós.

Venka torceu o nariz.

— Como? Significa que a linha de frente inteira estará armada e em posição. Além disso, teremos que lidar com a guarda particular de Vaisra.

— Também os coloca na defensiva — contrapôs Kitay. — Porque agora eles têm um alvo para proteger.

— Mas você não está... — Venka olhou de um para o outro. — Ah. Você não está falando sério. *Esse* é o seu plano?

Rin não havia pensado em Vaisra como alvo até Kitay dizer em voz alta, mas fazia sentido. Se a figura mais importante da República ia se colocar nas linhas de frente, então é claro que Rin devia mirar nela. Pelo menos dividiria a atenção do Exército da República. Se estivessem ocupados ao redor de Vaisra, isso atrairia as tropas para longe da rota de fuga da Coalizão do Sul.

— Ele merece — disse ela. — Por que não?

— Eu... tá. — Venka estava além da descrença. Agora parecia apenas resignada. — E você tem *certeza* de que o Mestre Jiang pode dar conta?

— Vamos nos preocupar em acabar com a frente — sugeriu Rin. — Você lida com a evacuação. Quantas pessoas aqui darão ouvidos a você?

— Provavelmente muitas, se eu disser que você voltou — afirmou Venka. — Souji e Gurubai não têm muitos aliados entre as fileiras agora.

— Ótimo — disse Rin. — Diga a todos os oficiais para irem para o norte numa formação em cunha quando as coisas começarem a explodir na fronteira. Quando Vaisra chega?

— Geralmente de manhã. Foi quando fizeram os desfiles das últimas duas vezes em que visitou.

— Logo ao amanhecer? — perguntou Kitay.

— Um pouco mais tarde. Vinte minutos, talvez?

— Então invadiremos as minas vinte minutos depois do nascer do sol. — Rin se virou para o soldado amordaçado no canto. — Você vai nos ajudar?

Ele assentiu freneticamente. Rin foi até o guarda e tirou a corda da boca do homem. O soldado tossiu para limpar a garganta.

— Não faço ideia do que está acontecendo — afirmou ele, os olhos se enchendo de lágrimas. — E tenho certeza de que vamos todos morrer.

— Tudo bem — disse Rin. — Desde que faça o que eu digo.

Pelo resto da noite, Rin seguiu Venka por cavernas e túneis, sussurrando a mesma mensagem para todos que se davam ao trabalho de ouvir. *A speerliesa voltou. Ela trouxe aliados. Guardem suas coisas e preparem seus braços. Espalhem a palavra. Ao amanhecer, partiremos.*

Quando enfim a hora chegou, entretanto, os túneis estavam silenciosos. Era deprimente. Rin previra isso. A Coalizão do Sul era um exército maltratado vivendo de suprimentos insuficientes. A exaustão tomava conta das fileiras. Mesmo aqueles que acreditavam em Rin não tinham a energia para liderar. Estavam sofrendo de um problema de ação coletivo: todos esperavam que outra pessoa desse o primeiro passo.

Rin estava feliz em fazer exatamente isso.

— Dê um chute na bunda deles se não se mobilizarem — dissera Jiang a ela. — Leve o inferno à porta deles.

Então, vinte minutos depois que o sol nasceu, quando as notas fracas da música da parada começaram a soar no ar da manhã da linha republicana, Rin foi até a boca da caverna, esticou as mãos em direção ao céu e invocou uma coluna de fogo laranja brilhante.

As chamas formaram um pilar grosso que se esticou até os céus. Um farol, um convite. Ela ficou de pé com olhos fechados e braços esticados, sentindo a carícia do ar quente contra a pele, aproveitando seu rugido ensurdecedor. Um minuto depois, ela viu um conjunto de pontos pretos através do brilho do calor — dirigíveis se erguendo para encontrá-la.

Então os sulistas saíram de uma vez de suas cavernas e seus túneis, como formigas. Passaram por ela correndo, sacos pela metade pendurados nos ombros, pés descalços pisando na terra.

Rin ficou parada no centro da confusão.

O tempo pareceu se dilatar por um momento. Ela sabia que deveria se juntar à multidão que fugia. Sabia que precisava reuni-los, usar a chama para transformar aquele pânico confuso em um ataque concentrado. E logo faria isso.

Mas, no momento, queria aproveitar.

Enfim a guerra estava de volta ao controle dela. Rin escolhera aquela batalha. Havia determinado o tempo e o espaço. Dissera a palavra, e o mundo explodira em ação.

Aquilo era o caos, mas era em meio ao caos que Rin prosperava. Um momento em paz, em cessar-fogo, não tinha utilidade para ela. Rin entendia agora o que precisava fazer para se agarrar ao poder: submergir o mundo em caos e forjar sua autoridade a partir dos pedaços quebrados.

O Exército Republicano os esperava na frente ao norte.

A infantaria estava atrás de várias fileiras de canhões, arcabuzes montados e arqueiros. Eram três tipos de artilharia, uma mistura de tecnologias nikara e hesperiana projetadas para dilacerar a carne mesmo de longe. Seis dirigíveis pairavam no céu acima deles como divindades guardiãs.

O coração de Rin parou de bater enquanto examinava o horizonte. Jiang não estava à vista. Ele havia prometido uma passagem segura. Aquilo parecia uma armadilha.

Cadê ele?

A boca de Rin se encheu com o gosto de cinzas. Aquilo era culpa dela. Apesar da clara volatilidade mental de Jiang, Rin confiara nele. Colocara sua vida e o destino do sul nas mãos dele com a inocência de uma pupila em Sinegard. E, mais uma vez, ele falhara com ela.

— É uma caminhada suicida, então. — Venka não soava nem um pouco assustada. Ela pegou a espada, como se isso pudesse fazer algo contra o ataque aéreo iminente. — Suponho que isso teria que acabar alguma hora. Foi divertido, gente.

— Espere. — Kitay apontou para a linha de frente bem quando Jiang apareceu, aparentemente do nada, no espaço vazio entre os dois exércitos.

Ele não tinha uma arma nem carregava um escudo. Andava pelo campo causalmente, com os ombros caídos e as mãos nos bolsos, como se tivesse acabado de sair pela porta da frente para um passeio ameno à tarde. Não parou até chegar ao centro da fileira de dirigíveis. Então se virou para encará-los, a cabeça inclinada para o lado, como uma criança fascinada.

Rin enfiou as unhas na palma da mão.

Não conseguia respirar.

Era isso. Ela apostara a vida de todos na Coalizão do Sul no que aconteceria a seguir. O destino do sul dependia de um homem claramente instável, e Rin não podia dizer com sinceridade se acreditava ou não em Jiang.

Os dirigíveis mergulharam rápido na direção dele, como predadores perseguindo suas presas. Milagrosamente, ainda não haviam começado a atirar.

Seriam misericordiosos? Queriam poupar a Coalizão do Sul para que pudessem pegá-los vivos, para serem torturados e interrogados depois? Ou estavam tão confusos e surpresos com aquele tolo solitário e suicida que queriam se aproximar para ver melhor?

Será que faziam ideia de quem Jiang era?

Alguém na frente republicana devia ter gritado uma ordem, porque toda a artilharia girou seus canos para mirar em Jiang.

Algo invisível pulsava no ar.

Jiang não se moveu, mas algo no ar mudou, deixando seus sons e cores ligeiramente fora de ordem. Os pelos do braço de Rin se arrepiaram. Ela se sentiu intensa e deliciosamente tonta. Uma energia estranha e estimulante vibrava sob sua pele, uma incrível sensação de *potencial*. Sentia-se como uma bola de algodão embebida em óleo, apenas esperando a menor fagulha para pegar fogo.

Jiang ergueu a mão. Separou os dedos. O ar ao redor dele brilhou e se distorceu. Então o céu explodiu em sombras, como um tinteiro quebrado em um pergaminho.

Rin viu os efeitos antes da causa. Corpos caíram. Toda a linha de tiro com arco desmoronou. O dirigível mais próximo de Jiang se inclinou para o lado e atingiu seu vizinho, de forma que ambos explodiram no chão em uma bola de fogo.

Somente depois que a onda de fumaça se dissipou, Rin viu a fonte da destruição — fantasmas pretos, parecidos com névoa, serpenteavam pelo ar, disparando através de corpos, armas e escudos com facilidade uniforme. Às vezes, ficavam parados. Mesmo assim, Rin mal conseguia distinguir suas formas — um leão, um dragão, um qilin — antes de desaparecerem outra vez na sombra sem forma. Não seguiam lei conhecida do mundo físico. O metal passava por eles como se fossem imateriais, mas suas presas rasgavam a carne tão facilmente quanto a mais afiada das espadas.

Jiang havia invocado cada fera do Bestiário do Imperador, e eles estavam rasgando o mundo material como aço cortando papel.

Os outros quatro dirigíveis nem sequer conseguiram disparar. Uma frota de sombras escuras como pássaros rasgou os balões, furando seus centros e saindo do outro lado em linhas retas. Os balões estouraram como se não fossem nada. As cestas dos dirigíveis mergulharam com velocidade surpreendente, onde as feras de Jiang continuavam a destroçar as forças terrestres. Os soldados republicanos lutaram bravamente contra as aparições, balançando suas espadas contra a matança, mas seria o mesmo que lutar contra o vento.

— Puta merda.

Venka estava boquiaberta, imóvel. Deveria estar liderando o avanço em direção às minas, mas nem ela nem a Coalizão do Sul tinham se mexido. Só conseguiam observar.

— Não falei? — murmurou Rin. — Ele é um xamã.

— Não achei que os xamãs fossem poderosos *assim*.

Rin lançou a ela um olhar indignado.

— Você me viu invocar a chama!

Venka apontou para Jiang. Ele estava tão desprotegido, tão vulnerável. Mas nenhuma bala parecia conseguir perfurar sua pele, e cada flecha apontada na direção dele caía no chão bem antes de alcançá-lo, sem oferecer qualquer ameaça. Para onde quer que apontasse, explosões aconteciam.

— Você não pode fazer *aquilo* — disse Venka, em uma quase reverência.

Ela tinha razão. Rin sentiu uma pontada de inveja enquanto observava Jiang conduzir suas aparições como um maestro, cada movimento de seu braço provocando outro disparo de sombras destruidoras.

Ela pensava que entendia os limites da destruição xamânica. Ela criou um campo de corpos incinerados. Ela destruiu um *país*.

Mas o que fizera à ilha do arco tinha sido um episódio único de intervenção divina. *Jamais* deveria ser repetido. Em um combate convencional, onde distinguir inimigo e aliado de fato era importante, ela não podia competir com Jiang. Rin podia queimar um punhado de soldados de uma vez, dezenas se tivesse um alvo claro e aglomerado. Mas Jiang estava acabando com esquadrões inteiros com simples movimentos de mãos.

Não era de se espantar que tivesse agido com tanta indiferença antes. Aquilo não era uma luta para ele, era brincadeira de criança.

Rin queria um poder assim.

Agora ela entendia por que a Trindade se tornara uma lenda. Fora assim que massacraram os ketreídes. Fora assim que reuniram um país, declararam-se governantes e o arrancaram de Hesperia e da Federação.

Então por que o perderam?

Enfim a Coalizão do Sul voltou a si. Sob a direção de Venka e Kitay, avançaram agitados em direção ao bloqueio espalhado. As sombras de Jiang se afastaram para deixá-los passar. O controle dele era impressionante — devia haver bem mais que cem feras no campo, cada uma se movendo através da massa de corpos, todas distinguindo os sulistas dos republicanos.

Apenas Rin e Jiang permaneceram nas linhas de frente.

Não havia acabado. Uma segunda frota de dirigíveis se aproximava rápido, vinda do leste. Explosões ensurdecedoras dividiram o céu. De repente, o ar estava tomado de mísseis. Rin se jogou no chão, encolhendo-se enquanto as explosões retumbavam acima.

As tropas republicanas já haviam percebido a única estratégia viável. Eles perceberam os limites de Jiang — as feras dele poderiam derrubar mísseis, mas seus números eram limitados ao tamanho de um pequeno campo. Jiang não poderia destruir as tropas terrestres e se defender dos dirigíveis ao mesmo tempo. Não poderia convocar uma horda infinita.

Rin ergueu a cabeça no instante em que três dirigíveis se afastaram da frota e se viraram na direção das minas. Ela entendeu os planos dos inimigos: como não podiam derrotar Jiang, então iam acabar com a Coalizão do Sul.

Iam atirar em Kitay.

Ah, não, *merda*.

Sua vez, disse Rin a Fênix. *Mostre a eles tudo o que tem*.

A deusa respondeu alegremente.

O mundo de Rin explodiu em laranja. Ela nunca havia invocado chamas tão grandes em uma batalha antes. Sempre manteve o fogo domado dentro de um raio de cerca de vinte metros, para não arriscar danos colaterais a aliados e civis. Mas agora ela tinha alvos claros no campo vazio. Poderia enviar colunas crepitantes a quarenta e cinco metros no ar, atear fogo nas cestas dos dirigíveis, queimar as tropas lá dentro, queimar os balões até que implodissem.

Um por um, os dirigíveis caíram.

Era uma sensação delirante de tão boa. Ela não ficou maravilhada apenas pela liberdade de alcance e pela permissão para destruir sem limites. Tudo pareceu tão *fácil*. Não estava invocando a chama, ela *era* a chama; aquelas enormes colunas eram extensões naturais de seu corpo, tão simples de comandar quanto seus dedos das mãos e dos pés. Ela sentiu a presença da Fênix tão próxima que poderia estar no mundo espiritual. Poderia estar em Speer.

Aquilo era obra de Jiang. Ele abrira os portões para o vazio ao deixar as feras entrarem, e agora o espaço entre os mundos havia ficado mais fino. Fios muito pequenos de realidade os separavam do cosmos agitado de possibilidade infinita, e isso tornava o mundo material muito maleável. Fazia Rin se sentir divina.

Ela percebeu que mais um dirigível voava na direção oposta à frota. Suas armas não estavam disparando. O padrão de voo parecia errático — Rin não sabia se o dirigível tinha sido danificado ou se havia algo de errado com a tripulação. O dirigível subiu vários metros acima do resto da frota, vacilou por um momento e então voltou na direção da Cidade Nova.

Rin soube então exatamente quem estava naquele dirigível. Alguém que precisava muito de proteção. Alguém que tinha que ser extraído do tumulto, imediatamente.

— Mestre! — gritou ela, apontando. As chamas dela não podiam chegar tão alto, mas talvez as feras dele pudessem. — Derrube aquele dirigível!

Jiang não respondeu. Rin mal tinha certeza de que a ouvira. Os olhos pálidos do homem tinham ficado totalmente brancos. Ele parecia preso nos espasmos da própria sinfonia da ruína.

Mas então um pequeno conjunto de sombras se afastou do resto, disparou pelo céu e caiu no balão como uma matilha esfomeada. Momentos depois, o dirigível começou a cair.

O estrondo balançou a terra. Rin correu em direção aos destroços.

A maior parte da tripulação morrera no impacto. Ela lidou rápido com os sobreviventes. Os soldados hesperianos avançaram cambaleando ao vê-la se aproximar. Um tinha um arcabuz, e Rin lidou com ele primeiro, envolvendo sua cabeça e ombros em uma bola de fogo antes que tivesse a chance de puxar o gatilho. O outro soldado tinha uma faca, mas havia se ferido na queda, e seus movimentos eram comicamente lentos. Rin deixou que se aproximasse, girou o cabo para tirá-lo da mão dele e enfiou a lâmina com tanta força no pescoço que ela saiu pelo olho.

Então começou a revirar os destroços.

Yin Vaisra ainda estava vivo. Ela o encontrou preso sob parte do casco da cesta e os corpos de dois guardas, arfando enquanto lutava para se libertar. Ele arregalou os olhos ao vê-la. O esgar de medo ficou visível apenas por um instante antes que o rosto dele voltasse à sua máscara habitual de calma, mas Rin viu. Sentiu um pulso cruel de alegria.

Vaisra tocou a faca caída ao lado de sua cintura. Rin enfiou o pé sob o cabo e a chutou para longe do alcance dele. Sentou-se e esperou, imaginando que ele pegaria outra arma, mas Vaisra parecia desarmado. Tudo o que podia fazer era se contorcer.

Fácil. Aquilo era *fácil* demais. Rin poderia matá-lo ali mesmo, eviscerá-lo com a faca dele com menos cerimônia do que um açougueiro matando um porco. Mas isso seria tão terrivelmente insatisfatório. Ela queria fazer o momento durar.

Rin se posicionou sob o casco do cesto e o levantou. Era mais pesado do que parecia. No ar, aquelas coisas pareciam tão elegantes e leves. Agora, ela precisou de toda a sua força para tirá-lo de cima das pernas de Vaisra.

Por fim, ele se contorceu sob os corpos. Rin largou o casco.

— Levante-se — ordenou.

Para sua surpresa, ele obedeceu.

Devagar, Vaisra se ergueu. Ficar de pé doía muito — ela sabia pelos ombros caídos dele e a forma como se encolheu ao se apoiar na perna esquerda cambaleante. Ainda assim, ele não emitiu qualquer som de desagrado.

Não, o primeiro presidente da República Nikara tinha dignidade demais para isso.

Por um momento, ficaram cara a cara em silêncio. Rin o olhou de cima a baixo, gravando cada detalhe dele na memória. Queria se recordar daquele momento.

Ele era mesmo parecido com Nezha — uma versão mais velha e mais cruel, uma premonição inquietante de tudo o que Nezha deveria ser. Não era de se espantar que Rin tivesse se mostrado tão disposta a dar sua lealdade a ele. Sentira-se atraída por ele. Podia admitir isso para si mesma, agora que não importava. Aquele homem não podia mais humilhá-la. Ela podia admitir que, não fazia muito tempo, quisera ser comandada e possuída por alguém que se parecesse com *Nezha*.

Deuses, ela tinha sido tão burra.

Todos os dias desde sua fuga de Arlong, Rin se perguntara o que diria para Vaisra se o visse de novo. O que poderia fazer se ele estivesse à sua mercê. Ela fantasiara com esse momento tantas vezes, mas agora, enquanto ele estava enfraquecido e vulnerável diante dela, Rin não conseguia pensar em nada para dizer.

Não havia nada mais a ser dito. Ela não buscou respostas nem explicações dele. Sabia muito bem por que a traíra. Sabia que ele a considerava menos humana que animal. Não queria o reconhecimento nem o respeito de Vaisra. Não precisava de nada dele.

Rin só precisava que ele se fosse. Fora da equação. Fora do tabuleiro de xadrez.

— Você sabe que vão destruir você — declarou Vaisra.

Rin ergueu o queixo.

— Essas são suas últimas palavras?

— Tudo o que você faz os convence de que não deveria existir. — Sangue pingava dos lábios dele. Vaisra sabia que era um homem morto. Tudo o que podia fazer agora era tentar abalá-la. — Toda vez que invoca o fogo, relembra a Ordem Cinzenta de que não pode permanecer livre. O único motivo de estar aqui agora é ter sido útil no sul. Mas eles logo virão atrás de você, minha querida. Estes são seus últimos dias. Aproveite.

Rin reagiu com indiferença àquela ameaça.

Se ele achava que podia desconcertá-la com palavras, estava errado. No passado, Vaisra podia ter conseguido manipulá-la com adulação, elogios e insultos — como se Rin fosse argila em suas mãos. Um dia, ela se agarrara a tudo o que ele dissera porque estava fraca e à deriva, debatendo-se em busca de qualquer coisa sólida a qual se segurar. Mas nada que ele dissesse podia abalá-la agora.

Ao olhá-lo, Rin não conseguia sentir o nojo que antecipara. Passara tempo demais pensando em Vaisra como um monstro. Aquele homem trocara tudo por poder — seus aliados do sul, todos os três filhos, a própria Rin. Mas ela descobriu que não podia culpá-lo por isso. Como ela, como a Trindade, Vaisra apenas perseguira sua visão para Nikan com uma determinação cruel. A única diferença entre eles era que Vaisra perdera.

— Você sabe qual foi o seu maior erro? — perguntou ela, baixinho. — Você devia ter apostado em mim.

Antes que Vaisra pudesse responder, ela agarrou seu queixo e trouxe sua boca para a dela. Vaisra tentou se desvencilhar. Rin agarrou a parte de trás da cabeça dele e a manteve pressionada contra seu rosto. Ele relutou, mas estava muito fraco. Desesperado, mordeu os lábios dela. O gosto de sangue encheu a boca de Rin, mas ela apenas pressionou os lábios aos dele com mais força.

Então canalizou a chama na boca do homem.

Apenas matá-lo não era suficiente. Ela precisava humilhá-lo e mutilá-lo. Tinha que forçar o inferno pela garganta dele e torrá-lo por dentro, sentir a carne queimada dele se desfazendo sob seus dedos. Queria exagerar. Tinha que reduzi-lo a uma pilha de algo impossível de consertar, impossível de reconhecer.

Aquilo não desfaria o passado. Não traria de volta Suni, Baji ou Ramsa, não apagaria todas as torturas que sofrera sob as ordens dele. Não apagaria a cicatriz nas costas nem restauraria a mão que faltava. Mas era bom. O objetivo da vingança não era curar. A questão era que a euforia, por mais temporária que fosse, abafava a dor.

Vaisra ficou mole, e Rin deixou o corpo do homem cair para a frente, apoiado nos joelhos, como se estivesse se curvando diante dela.

Rin respirou fundo, inspirando o cheiro penetrante e enfumaçado do interior em chamas dele. Sabia que aquele sentimento não duraria. Passaria em minutos, e então ela ia querer mais. Rin quase desejou que ele voltasse à vida para que pudesse ser morto outra vez, e mais outra, para que pudesse continuar a sentir a emoção de vislumbrar o medo terrível nos olhos dele antes que as chamas extinguissem seu brilho.

Rin se sentia agora da mesma forma que se sentia toda vez que destruía um contingente mugenês. Sabia que a vingança era uma droga. Sabia que a vingança não poderia sustentá-la para sempre. Mas agora, enquanto estava entorpecida por ela, antes que sua adrenalina passasse e o peso e o horror do que acabara de fazer inundassem as fendas de sua mente, enquanto respirava com dificuldade sobre as cinzas enegrecidas do homem que tinha destruído quase tudo o que ela amava, a vingança parecia melhor do que qualquer coisa no mundo.

Rin não viu o último dirigível voando baixo através da fumaça em direção a Jiang até que fosse tarde demais.

— *Cuidado!* — gritou, mas os disparos dos canhões abafaram a voz dela.

Jiang caiu como uma marionete que teve as cordas cortadas. Suas feras desapareceram. O dirigível recuou, como se tentasse avaliar o dano antes de disparar uma segunda vez. Rin inclinou a cabeça para trás e gritou fogo. Um único jato de chamas rasgou o balão do dirigível. A cesta caiu em espiral e explodiu.

Rin correu pela chuva de destroços até Jiang.

Ele estava imóvel onde havia caído. Rin pressionou os dedos em seu pescoço. Sentiu uma pulsação, forte e insistente. Ótimo. Ela tentou verificar a extensão dos ferimentos dele, mas não havia sangue — as roupas de Jiang estavam secas.

Não estavam seguros ainda. Arcabuzes disparavam ao redor. Jiang não havia acabado com a artilharia da República.

— Levante-o. Rápido.

Daji se materializou, aparentemente do nada. Os olhos dela estavam arregalados e enlouquecidos, o cabelo e as roupas chamuscados de preto. A mulher enfiou as mãos sob as axilas de Jiang e o puxou para deixá-lo sentado.

— O que tem de errado com ele? — perguntou Rin. — Ele...?

Daji fez que não com a cabeça, o disparo dos arcabuzes ecoando de todos os cantos. As duas se abaixaram.

— Rápido! — sibilou Daji.

Rin colocou um dos braços de Jiang em volta de seu ombro. Daji pegou o outro. Juntas, elas se levantaram cambaleantes e correram para se proteger, Jiang pendurado entre as duas como um bêbado.

De alguma forma, chegaram ilesas à retaguarda da Coalizão do Sul. Venka e uma linha de defensores estavam na base das montanhas, atirando de volta nos republicanos enquanto os civis se aglomeravam em torno das entradas bloqueadas dos túneis.

— Aí estão vocês, cacete! — Venka largou a balestra para ajudá-las a carregar Jiang. — Está ferido?

— Não sei — respondeu Rin.

Ela e Daji acomodaram as pernas de Jiang na carroça.

O homem não *parecia* ferido. Na verdade, ainda estava consciente. Jiang puxou os joelhos para perto do corpo, meio agachado e meio sentado, se balançando para a frente e para trás, emitindo ondas de risinhos baixos e nervosos.

Rin não conseguia olhar para ele. Aquilo estava errado, tão errado. Seu estômago revirou em uma mistura de horror e vergonha. Queria vomitar.

— Riga — sussurrou Jiang de repente.

Tinha parado de rir. Ele se empertigou, os olhos fixos em algo que Rin não conseguia ver.

— Riga? — repetiu ela. — Quem...?

— Ele está aqui — disse Jiang.

Os ombros dele começaram a tremer.

— Ele não está aqui. — Daji empalideceu. Parecia aterrorizada. — Ziya, me escute...

— Ele vai me matar — sussurrou Jiang.

Seus olhos piscavam freneticamente, e seus dentes batiam. Então caiu de lado e não se mexeu mais.

CAPÍTULO 17

Os túneis de mineração pareciam mais um túmulo que uma rota de fuga. Depois que Rin abriu as entradas com chamas e vários barris de pólvora bem posicionados, a Coalizão do Sul se reuniu em uma fila compacta de corpos e seguiu por uma passagem larga o suficiente para caber apenas três homens caminhando lado a lado. O caminho parecia se estender por quilômetros. Tudo ao redor deles era pedra fria, ar parado e uma escuridão que parecia se fechar enquanto adentravam mais o ventre das profundezas.

Eles tropeçavam no escuro, tateando as paredes do túnel e batendo com os pés no chão à frente para verificar se havia declives repentinos. Rin odiava aquilo — ela queria acender cada centímetro de seu corpo em chamas e se tornar uma tocha humana, mas sabia que o fogo seria sufocante em um local tão lotado. Altan havia lhe mostrado uma vez, com um pombo em um vaso de vidro, com que rapidez as chamas podiam devorar todo o ar respirável. Ela se lembrava com clareza do fascínio ansioso nos olhos dele enquanto observava o pescocinho do pombo pulsar freneticamente e depois ficar imóvel.

Então Rin caminhava à frente da fila, iluminando o caminho com uma chamazinha bruxuleante na mão em concha, enquanto o final da fila seguia em completa penumbra.

Depois de uma hora de jornada, os soldados atrás dela começaram a implorar por uma pausa. Todos queriam descansar. Estavam exaustos. Muitos deles marchavam com feridas abertas pingando sangue na terra. Os dirigíveis não podiam alcançá-los debaixo da terra, argumentaram. Certamente ficariam seguros se parassem por vinte minutos.

Rin recusou. Jiang e ela podiam ter dizimado as linhas de frente republicanas, mas Nezha com certeza ainda estava vivo, e Rin sabia que ele não desistiria. Àquela altura, Nezha teria pedido reforços. As tropas terrestres podiam estar se preparando para entrar nos túneis enquanto marchavam. O rival poderia usar explosivos e gás venenoso para expulsá-los como ratos, e então a Coalizão do Sul desapareceria com gritos abafados sob a terra, e a única evidência de que existiram seriam ossos revelados eras depois, quando as montanhas erodissem.

Ela ordenou que continuassem até chegarem do outro lado. Para sua surpresa, as tropas lhe obedeceram sem questionar. Rin esperava ouvir pelo menos um pequeno protesto — ela havia acabado de juntar os esquadrões, sem explicação ou pedido de desculpas, antes de empurrá-los para uma zona de guerra devastada pelos deuses.

Mas ela os tirara da Bigorna. Fez o que a Coalizão do Sul não conseguiu fazer por meses. Agora, sua palavra era uma ordem divina.

Por fim, depois do que pareceu uma eternidade, eles emergiram em um maravilhoso acidente da natureza — uma caverna cuja abertura se dividia em uma fenda irregular na escuridão, revelando o céu acima. Rin parou e inclinou a cabeça para as estrelas. Depois de passar um dia no subsolo tentando convencer a cada segundo seu coração acelerado de que não estava sendo enterrada viva, ela sentiu como se tivesse se salvado por pouco de um afogamento.

O céu noturno sempre tinha brilhado tanto?

— Devíamos descansar aqui. — Kitay apontou para uma saliência na parede oposta. Rin semicerrou os olhos e viu uma escada esculpida na pedra, um conjunto de degraus estreitos e íngremes, provavelmente construído por mineiros que não passavam por aqueles túneis havia anos. — Se algo sair dos túneis, temos uma saída.

— Está bem. — De repente, Rin sentiu uma onda de exaustão que até então havia sido controlada pela adrenalina e pelo medo. Ainda estava amedrontada, mas não podia forçar o exército, nem a si mesma, a ir mais longe, ou entrariam em colapso. — Só até o amanhecer. Vamos começar a nos mexer assim que o sol nascer.

Um suspiro coletivo de alívio ecoou pelos túneis quando ela deu a ordem. Os sulistas largaram suas bolsas, espalharam-se pela caverna e seus túneis adjacentes e desenrolaram esteiras de dormir na terra. Rin não queria nada mais do que se encolher em um canto e fechar os olhos.

Mas estava no comando agora e tinha trabalho a fazer.

Passou pelas massas amontoadas de soldados e civis, fazendo um balanço de quantos haviam restado. Acendeu as tochas e os aqueceu com sua chama. Respondeu com sinceridade a todas as perguntas que fizeram sobre onde ela esteve — contou de Chuluu Korikh, do retorno da Trindade e sua invasão de Arabak.

Para sua surpresa, encontrou muitos rostos novos, não das Províncias do Macaco ou do Galo, mas do norte, a maioria homens jovens e de meia-idade com o físico robusto de trabalhadores.

— Não entendo — disse ela a Venka. — De onde eles vieram?

— São mineiros — respondeu Venka. — Os hesperianos montaram minas de tungstênio em toda a faixa de Daba depois que assumiram Arlong. Eles têm máquinas de perfuração que atravessam as encostas das montanhas, mas ainda precisavam de corpos para fazer o trabalho perigoso. Você sabe: rastejar em túneis, carregar as carroças, testar a rocha. Os nortistas vieram trabalhar.

— Acho que eles não gostaram muito.

— O que esperava? Ninguém foge de um trabalho bom para se juntar a rebeldes bandidos. Pelo que eu soube, aquelas minas são infernais. As máquinas são armadilhas mortais. Alguns dos homens ficavam dias sem ver o sol. Eles se juntaram no momento em que nos viram chegando.

Rin levou quase duas horas para passar pelos túneis. Todos queriam falar com ela, ouvir sua voz, tocá-la. Não acreditavam que estava de volta ou que estava viva. Tinham que ver o fogo dela com os próprios olhos.

— Sou eu mesmo — garantiu ela, de novo e outra vez. — Estou de volta. E tenho um plano.

Logo a dúvida e a confusão se transformaram em admiração, depois em gratidão e, por fim, em lealdade irrestrita e inflexível. Quanto mais Rin falava com as tropas, mais entendia como o dia anterior havia acontecido nas mentes deles. Quase foram exterminados, ficaram presos por semanas em túneis sem comida ou água, esperando a morte iminente por balas, incineração ou fome. Então Rin apareceu, voltou da montanha de pedra com apenas um arranhão, trazendo dois deuses da Trindade consigo, e mudou seus destinos em uma única manhã caótica.

Para eles, o que acabara de acontecer era uma intervenção divina.

Talvez antes não acreditassem nela, mas não podiam duvidar agora. Rin havia provado, sem sombra de dúvida, que Souji estava errado: a República nunca mostraria misericórdia, e ela era a melhor esperança de sobrevivência do sul. E, enquanto caminhava pela multidão de rostos admirados e agradecidos, Rin percebeu que aquele exército finalmente pertencia a ela para sempre.

Jiang não estava melhorando.

Ele recuperou a consciência assim que chegaram à caverna, mas não falou uma palavra inteligível desde então. Não deu indicação de ter reconhecido Rin quando ela se aproximou de sua esteira de dormir, onde estava sentado como uma criança, com os joelhos dobrados contra o peito. Parecia perdido em algum lugar dentro de si mesmo, um lugar perturbado e aterrorizante. Sua boca se contorcia e seus olhos se reviravam.

Embora Rin soubesse que Jiang estava lutando para encontrar o caminho de volta, ela não tinha ideia de como alcançá-lo.

— Oi, mestre — disse ela.

Jiang agia como se não a ouvisse. Seus dedos cutucavam a barra da camisa num gesto mecânico e pouco consciente. Ele estava pálido, veias cor de safira visíveis sob a pele como caligrafia aguada.

Rin se ajoelhou ao lado dele.

— Nós devíamos agradecê-lo.

Ela pousou a mão na dele, esperando que o contato físico o acalmasse. Jiang recuou bruscamente. Só então olhou para ela. Rin viu o medo nos olhos do homem — não um sobressalto momentâneo, mas um terror profundo do qual ele não conseguia se libertar.

— Faz horas que ele está assim — disse Daji. Estava recostada numa parede a vários metros de distância, mordiscando um pedaço de porco seco. — Você não vai conseguir outra resposta. Deixe-o em paz, ele vai ficar bem.

Rin não conseguia acreditar na indiferença na voz de Daji.

— Ele não parece bem.

— Ele vai superar. Já ficou assim antes.

— Com certeza você sabe. Você fez isso com ele.

Rin sabia que estava sendo cruel. Mas queria machucar. Queria que suas palavras ferissem como adagas, porque a expressão de dor que provocavam no rosto de Daji era a única saída para o pavor confuso que sentia ao olhar para Jiang.

— Sou o único motivo de ele estar vivo — rebateu Daji. — Fiz o que tinha que fazer para dar a ele a única chance de paz que já teve.

Rin deu uma olhada em Jiang, que estava curvado, sussurrando coisas sem sentido e com os dedos encolhidos.

— E isso é paz?

— Na época, a mente dele estava o matando — respondeu Daji. — Eu a silenciei.

— Temos um problema — anunciou Kitay, aparecendo na esquina da parede da caverna. — Você precisa dar um jeito em Souji e Gurubai.

Rin gemeu.

— Merda.

Ela não vira os traidores desde que a fuga começara. Nem pensara neles. Estivera tão presa na emoção da fuga, no objetivo único de resgatar o sul, que esquecera completamente que nem todos a receberiam de braços abertos.

— Eles estão causando alvoroço — prosseguiu Kitay. — Dizendo às tropas que precisam se separar quando encontrarmos uma saída. Ou consertamos isso hoje à noite ou teremos deserção ou motim pela manhã.

— O garoto está certo — disse Daji. — Você precisa agir agora.

— Mas não há nada a... — A mente exausta de Rin enfim entendeu o que Daji estava dizendo. — Entendi.

Ela se levantou.

— O que foi? — Os olhos de Kitay dispararam de uma mulher para outra. — Não temos... O que você...?

— Execução — disse Rin. — Simples assim. Sabe onde estão?

— Espere. — Kitay a encarou, perplexo diante daquela afirmação. — Isso não significa... Quero dizer, você acabou de salvar as vidas deles...

— Aqueles dois a venderam para a República sem hesitar — disse Daji. — Se acha que não vão traí-la outra vez, então é burra demais para viver.

Kitay encarou Rin.

— Isso foi ideia dela?

— É a única opção que você tem — disse Daji.

— Você governava assim? — perguntou Kitay. — Matando todos que discordavam de você?

— Claro — respondeu Daji, sem se abalar. — Você não pode liderar efetivamente quando tem dissidentes com influência. Riga tinha muitos inimigos. Ziya e eu cuidamos deles. Foi assim que mantivemos a frente nikara unida.

— Isso não durou muito.

— *Eles* não duraram muito. Eu durei vinte anos. — Daji arqueou a sobrancelha. — E não foi sendo indulgente.

— Já fizemos isso antes — disse Rin a Kitay. — Ma Lien...

— Ma Lien estava no leito de morte! — gritou Kitay. — E foi diferente. Estávamos vulneráveis na época. Não tínhamos escolha...

— Não temos escolha agora — disse Rin. — As tropas podem estar me obedecendo neste momento, mas essa lealdade não é sustentável. Não para onde estamos indo. E Gurubai e Souji são espertos demais. São carismáticos de uma forma que jamais serei. Com tempo e espaço, *vão* encontrar uma forma de me expulsar.

— Não tem como você ter certeza disso — disse Kitay. — Deixando os erros de lado, eles são bons líderes. Você poderia trabalhar com eles.

Era um argumento fraco, e Rin via que o amigo tinha noção disso. Todos sabiam que aquela noite tinha que terminar em sangue. Rin não podia continuar compartilhando o poder com uma coalizão que a havia desafiado, obstruído e traído. Se fosse liderar o sul, teria que fazer isso de acordo com sua visão. Sozinha e sem oposição.

Kitay parou de tentar argumentar. Ambos sabiam que não havia nada que ele pudesse dizer. Tinham apenas uma opção; ele era esperto demais para ignorar isso. Podia odiá-la, mas a perdoaria, como sempre fazia. Sempre tinha que perdoá-la por necessidade.

Calmamente, Daji tirou a faca da bainha e a entregou para Rin.

— Não preciso disso — disse Rin.

— Lâminas fazem menos barulho — disse Daji. — O fogo agoniza. E você não quer que os gritos deles perturbem os que dormem.

Rin lidou com o Líder do Macaco primeiro.

Gurubai sabia que ela viria. Estava nos túneis com seus oficiais, as únicas pessoas na caverna que não pareciam estar dormindo. Discutiam algo baixinho. Ficaram em silêncio quando a viram se aproximar, mas não se moveram para pegar suas armas.

— Nos deixem a sós — ordenou Gurubai.

Os oficiais saíram sem dizer nada. Mantiveram as cabeças baixas enquanto passavam em fila. Nenhum deles olhou para Rin.

— São bons soldados — observou Gurubai. — Você não tem motivo para machucá-los.

— Eu sei — disse Rin. — Não vou.

Falava sério. Sem Gurubai para liderá-los, nenhum dos oficiais tinha motivo para traí-la. Ela conhecia aqueles homens. Não eram ambiciosos detentores de poder; eram soldados capazes e racionais. Importavam-se com o sul e sabiam que agora ela era sua melhor chance de sobrevivência.

Gurubai a observou por um momento.

— Você vai me queimar?

— Não. — Rin pegou a faca que Daji lhe dera. — Você merece coisa melhor.

Gurubai ergueu os braços. Não pegou uma arma. Havia se resignado a seu destino, percebeu Rin. Não tinha mais forças para lutar.

Ele havia perdido tanto. Fora encurralado nas montanhas por um garoto em forma de general, e então sua única salvação tinha sido a speerliesa que ele pensou ter vendido para o inimigo. Se sua aposta tivesse funcionado, se Vaisra e a República tivessem mantido a palavra, Gurubai teria se tornado um herói nacional. O salvador do sul.

Mas não foi o caso. Assim, ele morreria como um traidor desgraçado. Os caprichos da história eram mesmo cruéis.

— Você é a pior coisa que aconteceu a este país — disse Gurubai. A voz dele não tinha raiva, apenas resignação. Não tentava ofendê-la ou machucá-la. Estava entregando seu testemunho final. — Essas pessoas merecem coisa melhor.

— Sou exatamente o que elas merecem — retrucou Rin. — Não querem paz, querem vingança. Eu sou a vingança.

— Vingança não faz uma nação estável.

— Nem covardia — retrucou ela. — Foi onde *você* falhou. Estava lutando apenas para sobreviver, Gurubai. Eu lutava para ganhar. E a história não favorece estabilidade. Favorece iniciativa.

Rin apontou a lâmina para o coração dele e a empurrou para a frente em um movimento rápido e suave. Ele arregalou os olhos. Ela puxou a lâmina e deu um passo para trás antes que o homem caísse, segurando-o pelo peito.

Tinha mirado mal. Soube assim que sentiu a lâmina fazer contato. Sua mão esquerda era desajeitada e fraca. Ela não perfurou o coração dele, mas dois centímetros abaixo dele. Tinha provocado uma dor excruciante, mas o coração dele não pararia de bater até que ele tivesse sangrado tudo.

Gurubai se contorceu aos pés dela, mas não emitiu nenhum som. Sem gritos, sem choramingos. Ela respeitou isso.

— Você teria sido um ótimo líder em tempos de paz — disse ela. Gurubai tinha sido sincero. Era de bom-tom que Rin lhe devolvesse o favor. — Mas não precisamos de paz agora. Precisamos de sangue.

Passos soaram atrás dela. Rin se virou e então relaxou — era Kitay. Ele olhou para a forma silenciosa e contorcida de Gurubai, a boca retorcida de desgosto.

— Vejo que começou sem mim — disse ele.

— Achei que não viria.

A voz dela parecia separada do corpo. A mão de Rin tremia enquanto observava o sangue de Gurubai se acumulando no chão de pedra. Seu *corpo inteiro* tremia; dentro de sua cabeça, podia ouvir seus dentes batendo. Percebeu essa reação fisiológica com uma curiosidade confusa e distante.

O que havia de errado com ela?

Rin tinha sentido esse mesmo êxtase nervoso quando matou Ma Lien. Quando matou o padre em Arabak. Todas as três vezes em que não matou com fogo, mas com as próprias mãos. Ela era capaz de tais crueldades, mesmo sem o poder da Fênix, e isso tanto a fascinava quanto a assustava.

Gurubai agarrou o tornozelo de Kitay, engasgando-se. Sangue borbulhava em sua boca.

— Não seja cruel, Rin.

Kitay tirou a faca da mão dela, se agachou perto de Gurubai e traçou a ponta afiada pela artéria na garganta dele. O sangue esguichou na parede da caverna. Gurubai deu uma guinada final e violenta, e então parou de se mexer.

Rin alcançou Souji enquanto ele tentava fugir.

Alguém no acampamento de Gurubai o alertara, mas havia chegado tarde demais. Quando Souji e seus Lobos de Ferro chegaram à saída oeste da caverna, Rin já estava esperando no túnel.

Ela acenou.

— Indo a algum lugar?

Souji tropeçou ao parar de repente. Seu sorrisinho confiante de sempre sumira, substituído pela expressão desesperada e perigosa de um lobo encurralado.

— Saia da minha frente — rosnou ele.

Rin passou o dedo indicador no ar. Chamas saíam da ponta e dançavam ao longo das paredes do túnel.

— Como pode ver — disse ela —, tenho meu fogo de volta.

Souji puxou a espada. Para a surpresa de Rin, os Lobos de Ferro não fizeram o mesmo. Não estavam atrás de Souji como os seguidores leais que deveriam ser. Não; se fossem leais, já teriam se juntado a ele no ataque.

Em vez disso, ficaram para trás... esperando.

Rin leu os olhares deles — expressões idênticas de incerteza calculada — e fez uma aposta ousada.

— Desarmem-no — ordenou.

Eles obedeceram imediatamente.

Souji correu até Rin. Os Lobos de Ferro o puxaram de volta. Dois o forçaram a ficar de joelhos. Um deles arrancou a lâmina de suas mãos e a jogou pelo túnel. O terceiro puxou a cabeça dele para trás e o forçou a olhar para Rin.

— O que vocês estão fazendo? — gritou Souji. — Me soltem.

Nenhum dos Lobos de Ferro se pronunciou.

— Ah, Souji. — Rin foi até ele e se abaixou para bagunçar seu cabelo. Ele mordia como um cachorro, mas não conseguia alcançar os dedos dela. — O que achou que fosse acontecer?

O coração dela batia com uma descrença vertiginosa. Tudo estava acontecendo maravilhosamente, ridiculamente bem. Ela não poderia ter imaginado um resultado melhor.

Deu tapinhas na cabeça dele.

— Você pode implorar agora, se quiser.

Souji cuspiu. Rin deu um chute no estômago dele. Ele caiu para o lado.

— Larguem-no — ordenou Rin.

Os Lobos de Ferro deixaram Souji cair no chão. Ela continuou chutando.

Rin não o brutalizou como Souji fizera com ela. Concentrou seus chutes no estômago, nas coxas e na virilha. Não pretendia quebrar suas costelas ou suas rótulas — não, ela precisava que o homem conseguisse ficar de pé diante de uma multidão.

Mas foi bom ouvir os gritinhos agudos escapando da garganta do rapaz. Mantinha aquele êxtase nervoso pulsando nas veias dela.

Rin não podia acreditar que uma vez, ainda que brevemente, cogitara dormir com ele. Pensou no peso do braço dele ao redor de sua cintura, no calor da respiração dele em sua orelha. Chutou com mais força.

— Sua puta — disse Souji, ofegante.

— Adoro quando fala assim comigo — zombou ela.

Ele tentou sibilar outro insulto, mas Rin enfiou o pé na boca dele. Sentiu o lábio dele se chocar contra os dentes. Rin nunca havia mutilado um oponente com força bruta pura. Tinha feito isso bastante com fogo, é claro, mas aquele era um tipo diferente de satisfação, como o prazer que sentia ao ouvir um tecido se rasgar.

Corpos humanos eram tão frágeis, percebeu ela, maravilhada. Tão macios. Apenas carne nos ossos.

Rin se conteve para não chutar o crânio dele. Precisava do rosto de Souji intacto. Arrebentado, talvez, mas reconhecível.

Kitay e ela decidiram não matá-lo. A morte dele tinha que ser uma exibição pública, um espetáculo para legitimar a autoridade dela e transformar seu domínio de um segredo público a um fato universalmente reconhecido.

Daji, que fazia esse tipo de coisa com bastante frequência, enfatizou a importância da execução performativa.

Não deixe que eles apenas tenham medo, disse ela. *Deixe que compreendam.*

— Amarrem-no — ordenou Rin aos Lobos de Ferro. Ela sabia que podia confiar neles. Ninguém queria ser queimado. — Vigiem-no em turnos durante a noite. Terminaremos pela manhã.

Ao amanhecer, Rin estava no centro da caverna, logo abaixo do único raio de sol que atravessava o teto de pedra rachado. Sabia como aquilo parecia simbólico — a maneira como sua pele brilhava como bronze polido, como era a figura mais reluzente na escuridão. Não importava que a multidão soubesse que era uma situação orquestrada. As imagens ficariam gravadas em suas mentes para sempre.

Souji estava ajoelhado ao lado dela, as mãos amarradas atrás das costas. Sangue seco rachava sobre cada centímetro de sua pele exposta.

— Vocês podem ter se perguntado onde eu estive nesses últimos meses. Por que desapareci depois do ataque em Tikany. — Ela apontou para a cabeça baixa de Souji. Desorientado, ele não se mexeu. — Este homem me emboscou e me enviou para apodrecer em Chuluu Korikh. Ele me traiu ao me entregar ao Jovem Marechal. E traiu todos vocês.

A caverna estava tão silenciosa que o único som que Rin ouviu em resposta foi o eco das próprias palavras.

A multidão estava com ela. Rin via isso na expressão sombria de seus rostos e no brilho frio e furioso em seus olhos. Cada pessoa naquela caverna queria ver Souji morrer.

— Este homem prendeu vocês na Bigorna. Tentou matar a única pessoa que podia salvá-los. Por quê? — Rin deu um chute forte nas costas de Souji. Ele deu uma guinada para a frente e gemeu baixinho. Não podia se defender. Sua boca estava cheia de pano. — Porque tinha inveja. Yang Souji não aguentou ver uma speerliesa liderando seus homens. Precisava tomar a liderança. Queria dominar a Coalizão do Sul.

Rin não sabia de onde vinham suas palavras, mas elas saíam com uma facilidade ridícula. Sentia-se uma atriz de teatro, entoando versos de alguma peça clássica, cada frase dramática pronunciada em uma voz profunda e poderosa que não se parecia em nada com a dela.

Quando aprendera a agir assim? No fundo, um fragmento dela estava com medo de que a qualquer minuto a máscara caísse, sua voz vacilasse e todos a vissem como a garotinha apavorada que era.

Interprete o papel, pensou. Também era um conselho de Daji. *Você só precisa usar essa pele tempo suficiente para que ela se torne parte de você.*

— Agora, a Coalizão do Sul acabou — declarou ela.

As palavras encontraram puro silêncio. Ninguém reagiu. Eles esperaram.

Rin ergueu a voz.

— Yang Souji e o Líder do Macaco são prova das falhas das coalizões políticas. Eles quase destruíram vocês com suas lutas internas. Não tinham estratégia. Eles me traíram e enganaram vocês. Mas eu voltei. Eu sou a sua libertação. E agora tomarei sozinha as decisões para este exército. Alguém se opõe?

Claro que ninguém objetou. Ela os tinha na palma da mão. Era a speerliesa deles, a salvadora deles, a única que os resgatara várias vezes da morte certa.

— Ótimo.

Ela apontou para Souji. Sabia que ninguém tentaria protegê-lo. Ninguém falou em defesa dele. Não aguardavam para ver se ela o mataria ou não. Estavam ali para ver *como* faria isso.

— Isto é o que acontece com quem me desafia. — Ela olhou para um dos Lobos de Ferro. — Remova a mordaça.

O Lobo de Ferro se aproximou e puxou o pano da boca de Souji. O corpo dele caiu para a frente, ofegante.

Rin pressionou a ponta da faca sob o queixo dele e obrigou-o a encarar a multidão.

— Confesse seus pecados.

Souji rosnou e murmurou algo incoerente.

Rin empurrou a lâmina com um pouco mais de força contra a carne de Souji, observando com prazer enquanto ele engolia em seco.

— Você só precisa confessar — disse ela baixinho. — Então tudo acaba.

Kitay não queria que ela o impelisse a uma confissão. Achava que Souji iria se rebelar e atacar, que suas últimas palavras só a prejudicariam. Mas Rin não deixaria Souji morrer com dignidade, porque então os detratores poderiam se consolar na memória do antigo líder.

Precisava aniquilá-lo. Sabia que a traição não tinha sido uma decisão apenas de Souji — todas as pessoas naquela caverna eram de alguma forma cúmplices. Mas Rin não poderia executar todas elas.

Souji tinha que ser o bode expiatório. Seu corpo tinha que assumir o peso da culpa de todos. Essa transição de liderança exigia catarse pública, e Souji era o cordeiro naquele sacrifício.

Rin empurrou mais a faca. Sangue escorria na ponta.

— *Confesse*.

— Não fiz nada — disse Souji, com dificuldade.

— Você me vendeu para Nezha — disse ela. — E você os prendeu nesta montanha para deixá-los morrer.

Isso não era bem verdade. Souji sempre tivera a intenção de proteger o sul. Pelo que Rin sabia, ele havia tomado as melhores decisões estratégicas possíveis, dada a superioridade esmagadora da República.

Souji certamente achava que a Coalizão do Sul só havia sobrevivido por causa dele. Talvez tivesse razão.

Só que a lógica não importava naquele ritual. A fúria e o ressentimento, sim.

— Diga — exigiu Rin. — Você me vendeu. Você os traiu.

Souji se virou para encará-la.

— Você pertence àquela montanha, sua puta.

Ela apenas riu. Não atacaria com chamas, ainda que fazer isso fosse muito tentador. Tinha que manter uma fachada de calma apática para exacerbar a diferença entre eles — ele, o lobo zangado, mordaz e encurralado, e ela a voz gelada de autoridade imperturbável.

— Você me vendeu — repetiu ela. — Você os traiu.

— Você os teria conduzido à morte — disse Souji. — Fiz o que foi preciso para salvá-los de você.

— Então deixaremos o povo decidir. — Rin se virou para a multidão. — Alguém acha que este homem salvou vocês?

De novo, ninguém disse nada.

— Nezha me disse que só queria a speerliesa. — Souji ergueu a voz para falar com a multidão. Estava trêmula de medo. — Ele prometeu que só pegaria isso, *disse*...

Rin o interrompeu.

— Alguém acredita que este homem é burro o suficiente para cometer um erro tão simples?

A implicação era clara. Rin acabara de acusar Souji de colaboração. Claro que era mentira, mas ela não precisava provar nada. Nem precisava apresentar qualquer justificativa real. Tudo o que tinha que fazer era insinuar. Aquelas pessoas aceitariam qualquer narrativa que ela construísse, porque queriam alimentar sua raiva. O julgamento foi concluído antes da hora.

— Mostrem a ele. — Rin apontou para Souji como um caçador indicando um alvo para uma matilha de cães. — Mostrem a ele o que o sul faz com seus traidores.

Ela deu um passo para trás. Houve um silêncio breve e antecipatório. Então a multidão avançou, e Souji desapareceu sob uma massa de corpos.

A multidão não apenas o espancou. Rasgaram sua carne. Ele deve ter gritado, mas Rin não conseguiu ouvi-lo. Também não pôde vê-lo. Teve apenas vislumbres de sangue brilhando na multidão. Era incrível a facilidade com que uma massa de homens e mulheres enfraquecidos e famintos conseguia arrancar membros inteiros de um torso. Ela viu pedaços do uniforme de Souji voando pelo ar. Sob os pés da multidão rolou o que parecia ser um globo ocular.

Ela não participou. Não era preciso.

— Isto é caos. — O rosto de Kitay estava pálido. — É perigoso.

— Não para nós — respondeu Rin.

Aquilo era violência, mas não era caos. Aquela raiva era controlada, ajustada, direcionada, uma enorme onda de poder que só Rin podia controlar.

E não foi apenas alimentada pelo ressentimento em relação a Souji. De certa forma, aquele massacre não se tratava de Souji. Tratava-se de demonstrar uma mudança de lealdade, um pedido de desculpas violento de qualquer um que já tivesse falado mal dela antes. Era um sacrifício de sangue para uma nova liderança.

E se alguém ainda duvidasse de sua liderança, então os gritos pelo menos incrustariam o medo profundamente em seus corações. Qualquer pessoa em cima do muro agora compreendia o custo da oposição. Por amor ou ódio, adoração ou medo, ela os teria de uma forma ou de outra.

Parada no final da multidão, Daji capturou a atenção de Rin. A Víbora sorriu.

O coração de Rin batia tão forte que ela mal conseguia ouvir.

Agora entendia o que Daji quisera dizer. Dava para conseguir tanto com uma simples demonstração de força. Tudo que precisava fazer era se tornar a personificação simbólica do poder e da libertação, e poderia matar um homem apenas apontando. Poderia levar aquelas pessoas a fazerem qualquer coisa.

Você tem uma deusa do seu lado. Quer comando total daquele exército? Deste país? É só pegar!

Gradualmente, o frenesi passou. A multidão se dissipou do centro da caverna como uma matilha de lobos se afastando quando a carne se acaba e os ossos estão limpos.

Fazia tempos que Souji estava morto. Não apenas morto — mutilado, o corpo profanado de forma que nenhuma parte restante parecia humana. A multidão destruíra seu corpo e, ao fazê-lo, demonstrara sua rejeição a tudo que Souji representara — uma mistura astuta de resistência de guerrilha e politicagem inteligente que, em circunstâncias diferentes, poderia ter dado certo. Em circunstâncias diferentes, Yang Souji poderia ter libertado o sul.

Mas foi assim que os caprichos do destino se desenrolaram. Souji estava morto, seus oficiais, convertidos, e a retomada, finalizada.

CAPÍTULO 18

O solo dentro da caverna estava duro demais para cavar uma cova, então Rin empilhou os restos mortais de Gurubai e Souji juntos em uma pirâmide bagunçada no centro das cavernas, embebeu-os em óleo e deu um passo para trás, vendo-os queimar.

Os corpos levaram quase meia hora para se desintegrar. Rin queria acelerar o processo com as próprias chamas, mas Kitay não deixou. Exigiu que se sentassem diante da pira enquanto os sulistas marchavam sem eles. Rin achou isso um desperdício de tempo gigantesco, mas não conseguiu dissuadir o amigo. Ele alegou que deviam isso às vítimas. De outra forma, Rin pareceria uma assassina cruel em vez de uma líder adequada.

Vinte minutos depois, ele claramente havia se arrependido. Suas bochechas ficaram pálidas. Ele parecia prestes a vomitar.

— Sabe o que nunca vou superar? — perguntou ele.

— O quê?

— Esse cheiro de carne de porco. Me dá fome. Quer dizer... eu não conseguiria comer agora, mas minha boca está cheia d'água. É nojento isso?

— Não é nojento — respondeu Rin, secretamente aliviada. — Pensei que só eu me sentisse assim.

Acontece que ela *poderia* comer agora, mesmo sentada diante dos cadáveres. Não havia ingerido nada desde a tarde anterior e estava faminta. Tinha uma porção de raízes secas de shanyu no bolso, mas parecia errado comer enquanto o ar ainda estalava com o cheiro de carne assada. Apenas quando os corpos se encolheram em caroços carbonizados e o ar cheirava a carvão e não a carne ela se sentiu confortável o suficiente para pegar a porção. Mastigou devagar as lascas de raiz em forma de moeda, usando a língua para revirar os pedaços duros até que a saliva os tivesse amolecido o suficiente para engolir, enquanto os restos mortais de Souji e Gurubai se tornavam ossos e cinzas.

Então se levantou e se juntou ao exército na marcha.

Depois que emergiram do outro lado dos túneis de mineração, continuaram pela floresta. Rin explicou para os sulistas que estavam avançando em direção ao norte para se reunirem com o Líder do Cachorro e seus rebeldes, a fim de formar a última resistência organizada contra a República restante no Império. Eles se sairiam melhor se unissem forças. Ela não estava mentindo — buscaria a ajuda do Líder do Cachorro. Se os boatos fossem verdade, ele possuía espadas e soldados. Rin seria tola em ignorá-los.

Ela não contou a ninguém além de Kitay sobre o plano de escalar o monte Tianshan. O golpe do Líder do Macaco a ensinara a sempre levar em consideração a possibilidade de um espião da República. A última coisa que queria era que os hesperianos fizessem uma incursão ao lugar antes que ela chegasse lá.

Rin também reteve a verdade por outro motivo, mais fundamental. Precisava que seus soldados acreditassem que eram importantes. Que seu sangue e suor eram as únicas coisas que podiam fazer as rodas da história girarem. Ela planejava vencer a guerra com xamãs, sim, mas não podia continuar dominando o país sem o coração das pessoas. Para isso, precisava que acreditassem que escreviam o roteiro do universo. E não os deuses.

O céu estava claro e silencioso. Nezha e seus dirigíveis estavam distantes por enquanto. Rin não sabia quanto tempo o período de graça duraria, mas não ia esperar para ver.

Estava com os nervos à flor da pele enquanto passavam pelos sopés. Suas tropas estavam expostas e vulneráveis demais, e se moviam em uma velocidade frustrante de tão lenta. Não era devido à pouca disciplina. Enfraquecidos por meses sob sítio, os soldados ainda eram atrasados por carroças transportando arsenais de armas, equipamentos médicos e o pouco suprimento restante de comida. E a chuva implacável, que começara naquela tarde como um chuvisco e logo se tornara um aguaceiro grosso e pesado, havia transformado as estradas em nada além de lama por quilômetros.

— Nesse ritmo não vamos conseguir percorrer dezesseis quilômetros hoje — disse Kitay. — Precisamos descarregar.

Então Rin ordenou que todos se livrassem da maior quantidade de suprimentos possível. Comida e remédios eram imprescindíveis, mas quase todo o resto precisou ser deixado. Todos escolheram duas mudas de roupas e descartaram o resto, em grande parte túnicas leves de verão que não ofereceriam qualquer barreira contra a neve da montanha. Também se livraram de muitas armas e munição — não tinham homens para arrastar as bestas montadas, os baús de pólvora e as armaduras extras que tinham trazido desde Ruijin.

Rin odiava aquilo. Todos odiavam. Ver tanto desperdício era insuportável. Doía ver as armas empilhadas e prontas para serem queimadas apenas para que a República não encontrasse uma forma de reutilizá-las.

— Quando as batalhas finais começarem, não se tratará de espadas e alabardas — disse Daji a Rin. — O destino desta nação depende de quão rápido vamos chegar ao monte Tianshan. O resto é irrelevante.

A velocidade da marcha deles aumentou consideravelmente depois que deixaram os suprimentos para trás. No entanto, pouco tempo depois, a chuva se transformou de um aguaceiro a uma tempestade violenta e torrencial que não deu sinal de que pararia durante a tarde. A lama se transformou em um pesadelo. Em partes da estrada, vagaram por lama preta que alcançava os tornozelos. Seus finos sapatos de algodão e palha ficaram encharcados; nenhum deles estava vestido para um clima tão úmido.

Em pânico, Rin ponderava sobre as consequências. Aquela lama excessiva não era apenas uma circunstância irritante, mas uma ameaça séria à saúde dos soldados. Provavelmente muitos sofreriam com infecções. Seus dedos iam apodrecer e cair, e teriam que escolher um canto da estrada para morrer, porque não conseguiriam mais caminhar. E se escapassem das infecções nos pés, os ferimentos que tiveram quando o bloqueio foi furado poderiam necrosar, pois não tinham tantos suprimentos médicos. Ou podiam apenas morrer de fome, porque Rin não fazia ideia de como iam conseguir comida em altitudes tão altas, ou...

A respiração dela ficou mais rápida. A visão diminuiu. Rin se sentiu tão tonta que teve que parar de caminhar por um instante e respirar, a mão pressionada contra o coração acelerado.

Começava a se dar conta da magnitude da jornada. Agora que a adrenalina da manhã passara, sem a mistura inebriante de confiança insana e júbilo bêbado, começava a entender os riscos do caminho que havia traçado para os sulistas.

Era bem provável que todos fossem morrer.

Perdas enormes eram inevitáveis. A sobrevivência deles era incerta. Caso se aventurassem, poderiam se apagar da história completamente.

No entanto, se ficassem onde estavam, morreriam. Se negociassem a rendição, morreriam. Caso se arriscassem agora contra Nezha — três xamãs e um exército enfraquecido contra a força militar combinada da República e do ocidente —, morreriam. Mas se chegassem ao monte Tianshan, se pudessem acordar o Imperador Dragão, então o cenário de batalha se tornaria muito, muito diferente.

Poderia ser o fim da história deles ou o começo de um capítulo glorioso. E Rin não tinha alternativa a não ser arrastá-los pelos dentes montanha acima.

Foi o clima, não os dirigíveis, que logo se provou o maior dos obstáculos. Eles subiram a cordilheira Baolei no meio do degelo do fim de verão, o que significava avançar por torrentes de rio, estradas escorregadias de lama e aguaceiros que duravam dias. Em várias passagens, a lama chegava à cintura, e eles só podiam prosseguir depois de cortar pedaços de bambu e construir uma ponte improvisada para que pelo menos as carroças de suprimentos não afundassem.

À noite, buscavam abrigo nas cavernas, caso as encontrassem, e elas ofereciam proteção contra a chuva e a ameaça sempre presente de ataques aéreos. No entanto, como Rin logo descobriu, não eram muito úteis contra insetos, vermes e outros animais — como ninhos protuberantes de aranhas, cobrinhas encolhidas e ratos de dentes afiados quase do tamanho de um gato. A rota que escolheram era tão raramente percorrida por humanos que as pragas pareciam ter dobrado de número para compensar. Uma noite, Rin tinha acabado de montar uma cama improvisada quando um escorpião do tamanho de sua mão disparou até ela, o rabo posicionado, o ferrão balançando para a frente e para trás no ar.

Ela paralisou, muito apavorada para gritar.

Uma flecha caiu na terra apenas alguns centímetros diante do escorpião. Ele deu um pulo para trás e desapareceu em uma rachadura na parede da caverna.

Venka baixou o arco.

— Você está bem?

— Sim. — Rin soltou o ar, ainda um pouco atordoada. — Grande Tartaruga do Céu.

— Queime um pouco de lavanda e óleo de tungue. — Venka tirou um saquinho do bolso e o entregou a Rin. — Depois, esfregue o resíduo na pele. Eles odeiam o cheiro.

Rin queimou a mistura na palma e a esfregou no pescoço.

— Quando descobriu isso?

— Os túneis da Bigorna estavam tomados desses bichos — respondeu Venka. — Só fiquei sabendo quando uns dois soldados acordaram inchados e engasgando, e então começamos a dormir em turnos e limpar as paredes com incenso todas as noites. Desculpe por isso. Devia ter alertado.

— Obrigada mesmo assim.

Rin estendeu a mão para Venka, que pegou a pomada que sobrara nos dedos da amiga e passou nos ombros. Então, colocou o colchão ao lado do de Rin, sentou-se e pressionou as palmas nas têmporas.

— Essa semana tem sido horrível — declarou Venka.

Rin se juntou a ela na cama.

— Tem mesmo.

Por um momento, ficaram sentadas lado a lado em silêncio, respirando devagar, observando as rachaduras na parede, de olho na volta do escorpião. A caverna estava lotada e tão fria que os ossos doíam, então se abraçaram com força, suas respirações nebulosas se juntando no ar gelado.

A presença de Venka era um bálsamo. *Engraçado como as pessoas mudam*, pensou Rin. Ela jamais teria pensado que Sring Venka — a sinegardiana bonita e mimada que se transformara em uma guerreira esguia e feroz — se tornaria tamanha fonte de conforto.

Outrora, não muito tempo antes, elas se odiavam com a intensidade particular que apenas estudantes podiam invocar. Rin costumava cerrar os dentes toda vez que ouvia a voz alta e petulante de Venka. Costumava fantasiar que arrancava os olhos de Venka com as unhas. Elas teriam se engalfinhado como gatas selvagens na quadra da escola se não tivessem tanto medo da expulsão.

Nada disso importava agora. Não eram mais meninas estúpidas nem estudantes. A guerra transformara as duas em criaturas inimagináveis, e o relacionamento delas se transformara ao longo desse processo. Nunca comentaram como acontecera. Não era preciso. O laço delas fora forjado na necessidade, na mágoa e em um entendimento íntimo e compartilhado do inferno.

— Me diz a verdade — murmurou Venka. — Pra que merda de lugar estamos indo?

— Província do Cachorro. — Rin bocejou. Já estava meio adormecida. Depois de um dia inteiro escalando, seu corpo estava mais pesado que chumbo. — Pensei que tivesse deixado isso claro.

— Mas isso é mentira, né? — insistiu Venka. — O exército do Líder do Cachorro não está lá de verdade, está?

Rin esperou, pensando no assunto.

Contar a verdade para Venka, compartilhar segredos com alguém que não necessariamente precisava saber aquelas informações, era arriscado. Mas Venka era uma das pessoas mais leais que Rin conhecia. Dera as costas à família para se juntar a um grupo de sulistas em uma revolta contra a província de origem. Ela nunca olhara para trás. Venka podia ser rude e irritadiça, mas era confiável. Era direta e sincera, às vezes ao ponto de ser cruel, e em troca exigia sinceridade.

— Não sou a droga de uma espiã — disse Venka quando o silêncio de Rin se estendeu por tempo demais.

— Eu sei — respondeu Rin depressa. — É só que… você está certa. — Ela olhou ao redor da caverna, certificando-se de que ninguém as ouvia. — Não faço ideia do que há na Província do Cachorro.

Venka arqueou a sobrancelha.

— Como é?

— Essa é a verdade. Não sei se eles têm de fato um exército. Talvez tenham até uma legião suficiente para combater a República. Mas podem também ter desertado ou morrido. Minha informação é baseada na de Kitay, e a dele é baseada em comentários breves que Nezha fez semanas atrás.

— Então o que há no norte? — exigiu saber Venka. — Aonde você está indo? Não me importo com o que diz para as outras pessoas, Rin, mas precisa *me* contar. — Ela esquadrinhou o rosto da amiga por um momento. — Você vai acordar o terceiro, não é?

Rin piscou, surpresa.

— Como você sabe?

— Não é óbvio? — retrucou Venka. — Você trouxe de volta o Mestre Jiang e a Imperatriz. O Guardião e a Víbora. Só falta um, e ninguém confirmou que ele está morto. Então onde ele está? Em algum ponto da cordilheira Baolei, imagino?

— Nas montanhas Wudang — respondeu Rin de pronto, desconcertada pelo pragmatismo de Venka. — Temos que passar pela Província do Cachorro primeiro. Mas como vamos... Quero dizer, tudo bem por você? Você não acha que é maluquice?

— Vi coisas mais estranhas no passado — respondeu Venka. — Você maneja o fogo como se fosse uma espada. Jiang... quero dizer, o maldito Mestre Jiang, o grande idiota de Sinegard, arrancou uma frota inteira do céu. Não sei mais o que é maluquice. Só espero que saiba o que está fazendo.

— Não sei — confessou Rin. — Não faço ideia.

Estava sendo sincera. Não fazia ideia do que o Imperador Dragão poderia fazer. Daji e Jiang pouco revelaram sobre o assunto, o que frustrara Rin. Quando perguntada, Daji dava apenas descrições vagas: *ele é poderoso, ele é lendário, ele é diferente de tudo o que você já viu*. Enquanto isso, na metade do tempo Jiang agia como se nunca tivesse ouvido falar no nome Riga. A única coisa que dava alguma segurança a Rin era que ambos pareciam certos de que o Imperador Dragão, uma vez despertado, poderia acabar com a República.

— Só sei que ele assusta Jiang — disse para Venka. — Se assusta *ele*, vai aterrorizar o mundo.

O sofrimento se intensificou nos dias seguintes, porque enfim haviam atingido uma altitude elevada o suficiente para que tudo estivesse coberto de gelo.

De início, Rin foi destemida. Imaginou que poderia facilitar a jornada deles com a pura força de suas chamas. Funcionou a princípio. Ela se tornou uma tocha humana. Derreteu as estradas escorregadias até que se tornassem uma lama pela qual conseguissem passar, ferveu água para beber, acendeu fogueiras e manteve a fileira aquecida.

No entanto, depois de dois dias dessa chama contínua, Rin sentiu uma exaustão entorpecente, e ficou cada vez mais difícil conjurar uma força que a drenava e torturava Kitay.

— Sinto muito — dizia ela toda vez que o encontrava trêmulo em cima da carroça, com dedos pálidos e fantasmagóricos pressionando a têmpora com tanta força que deixavam pequenos sulcos na pele.

— Estou bem — respondia ele todas as vezes.

Mas Rin sabia que Kitay estava mentindo. Não podia continuar machucando-o daquela forma. Acabaria destruindo os dois. Por isso, começou a invocar o fogo apenas algumas horas por dia, e apenas para limpar as estradas. Desde então, as tropas só podiam contar com seu limitado número de tochas para obter calor. Congelamento e hipotermia reduziram seus números. Soldados pararam de despertar.

Enquanto isso, Jiang se deteriorava em um ritmo assustador. A caminhada estava o matando aos poucos. Não havia outra maneira de descrever. Ele estava magro e pálido, e não comia mais. Não conseguia andar sozinho; tiveram que arrastá-lo em cima de uma carroça. Também não havia recuperado a lucidez. Às vezes, se mostrava plácido, afável e fácil de comandar, como uma criança. Com mais frequência, ele se voltava para si mesmo, dominado por alguma visão terrível que os outros não podiam ver, dando socos e chutes sempre que alguém tentava ajudá-lo. Por fim, tornou-se perigoso. Então as sombras chegaram.

Seguindo a orientação de Daji, ele era mantido sedado, com chá de láudano enfiado na boca até que se encolhesse nos cantos da carroça em um estupor. Rin ficava enjoada ao ver seus olhos opacos e incompreensíveis, a baba escorrendo pelo canto da boca, mas não conseguia pensar em uma opção melhor. Precisavam mantê-lo estável até chegarem ao monte Tianshan.

Ela não sabia do que Jiang seria capaz quando a insanidade o dominasse.

Mas não podiam sedá-lo constantemente sem causar danos severos à sua mente. Ele ainda precisava de períodos regulares de sobriedade, e estes eram tão dolorosos e humilhantes que Rin não conseguia observar.

Uma noite, Jiang acordou o assentamento com gritos tão atormentados que Rin correu imediatamente para fora da tenda e foi ficar ao lado dele.

— Mestre? — Ela agarrou a mão do homem. — O que foi?

Jiang arregalou os olhos pálidos e, por um momento, pareceu quase calmo.

— Hanelai?

Rin se afastou.

Tinha ouvido aquele nome antes. Só uma vez, brevemente, mas jamais o esqueceria. Ela voltou ao passado, quando se ajoelhou no chão congelado da floresta, o tornozelo latejando, enquanto a tia de Chaghan, a Sorqan Sira, agarrava o rosto dela com as mãos e falava um nome que fez os ketreídes ao redor se arrepiarem.

Ela parece Hanelai.

— Mestre... — Rin engoliu em seco. — Quem...?

— Sei para onde estamos indo. — Os braços de Jiang tremiam violentamente. Ela o apertou com mais força, mas isso pareceu apenas aumentar a agitação do homem. — E eu não... não podemos... *não me faça acordá-lo.*

— Está falando de Riga? — perguntou ela, com cuidado.

Ela se assustou ao ver como o homem se encolheu à menção daquele nome.

Jiang lançou a ela outro olhar de puro e abjeto terror.

— Ele é o mal encarnado.

— Do que está falando? — exigiu saber ela. — Ele é a sua âncora. Por que não...?

— *Me escute.* — Jiang estendeu a outra mão e agarrou o braço de Rin. — Sei o que ela quer fazer. Está mentindo para você. Você não pode ir.

As unhas dele penetraram a carne de Rin. Ela se contorceu de dor, mas o toque de Jiang era como ferro.

— Você está me machucando — disse ela.

Jiang não a soltou. Ele a encarou, os olhos selvagens e intensos como Rin nunca tinha visto. Algo estava perdido por trás deles. Algo estava quebrado, suprimido, tentando desesperadamente abrir caminho com as garras.

— Você não entende o que está prestes a fazer — disse Jiang, com urgência. — Não suba aquela montanha. Me mate primeiro. Mate *ela.*

O toque dele ficou mais forte. Os olhos de Rin lacrimejaram de dor, mas ela não puxou o braço. Estava com muito medo de assustá-lo.

— Mestre, por favor...

— Coloque um fim nisso antes que comece — sibilou ele.

Rin não sabia o que fazer ou o que dizer. Onde estava Daji? Só ela sabia como manter Jiang calmo, só ela podia sussurrar a combinação certa de palavras para fazer a crise dele passar.

— O que há no monte Tianshan? — perguntou ela. — Por que está com medo de Riga? Quem é Hanelai?

Jiang relaxou o toque e fixou o olhar nela, e Rin supôs ter visto um fragmento de racionalidade e reconhecimento em seu rosto. Ele abriu a boca. Mas, quando ela pensou que Jiang estava prestes a responder, o homem jogou a cabeça para trás e riu.

Eu devia ir embora, pensou Rin, de repente aterrorizada. Não devia ter chegado perto dele. Devia tê-lo deixado gritar até que a crise passasse sozinha. Devia ir embora. Quando a manhã chegasse, Jiang estaria calmo de novo e tudo voltaria ao normal, e eles jamais falariam disso de novo.

Rin sabia que Jiang estava tentando dizer algo. Havia uma verdade escondida ali, algo terrível, mas ela não queria saber. Só queria fugir e chorar.

— Altan — disse Jiang de repente.

Rin congelou, sem conseguir decidir se sentava ou se levantava.

— Sinto muito. — Jiang a encarou. Estava falando com *ela*. — De verdade. Eu poderia ter protegido você. Mas eles...

— Pare. — Rin balançou a cabeça. — Por favor, mestre, pare...

— Você não entende. — Jiang alcançou o pulso dela. — Eles me machucaram e disseram que vão machucá-la ainda mais. Então precisei deixá-lo ir...

— *Cala a boca!* — gritou Rin.

Jiang recuou, como se tivesse levado um tapa. Seu corpo inteiro começou a tremer com tanta força que Rin temeu que se quebrasse como um vaso de porcelana, mas então, de repente, Jiang ficou imóvel. Ele não estava respirando; seu peito não subia nem descia. Por um longo tempo, ficou sentado com a cabeça baixa e os olhos fechados. Quando enfim os abriu, estavam com um tom branco intenso e terrível.

— Você não deveria estar aqui.

Rin não sabia quem estava falando pela boca dele, mas aquele não era Jiang.

Então o homem sorriu, e foi a visão mais horrível que ela já vira.

— Você não sabe? — perguntou ele. — Ele quer todos vocês mortos.

Ele se levantou e andou na direção dela. Rin se atrapalhou para ficar de pé e deu um único passo vacilante para trás.

Corra, sussurrou uma vozinha na cabeça dela. *Corra, sua idiota.*

Mas ela não conseguia se mexer nem parar de olhar para ele. Estava enraizada no lugar, ao mesmo tempo aterrorizada e fascinada.

— Riga vai matar você. — Ele riu outra vez, um som alto e inquietante. — Por causa de Hanelai. Por causa do que Hanelai fez. Ele vai matar todos vocês.

Jiang a agarrou pelos ombros e a balançou com força. Rin sentiu um calafrio ao perceber pela primeira vez que não estava segura ali, *fisicamente*. Não fazia ideia do que Jiang poderia fazer com ela.

Jiang se inclinou para mais perto. Não tinha nenhuma arma consigo, mas Rin sabia que ele não precisava de uma.

— Vocês são todos podres — desdenhou Jiang. — E eu deveria ter feito o que ele queria.

Rin invocou o fogo.

— Ziya, *pare*!

Daji correu para dentro da tenda. Rin recuou, o coração batendo forte de alívio. Jiang se virou para Daji, aquele horrível sorriso de escárnio ainda estampado no rosto. Por um momento, Rin pensou que Jiang fosse bater nela, mas Daji agarrou o braço do homem antes que ele pudesse se mover e enfiou uma agulha em sua veia. Ele ficou imóvel, balançando o corpo. A expressão em seu rosto ficou calma, e então Jiang caiu de joelhos.

— *Você* — disse ele, com a voz arrastada. — Sua puta. É tudo culpa sua.

— Vá dormir — disse Daji. — Só vá dormir.

Jiang balbuciou algo sem sentido que Rin não conseguiu entender. Um braço arrastou no chão — Rin pensou que ele estava tentando pegar a agulha e se preparou para um confronto —, mas então ele se inclinou para a frente e caiu.

— Saia daqui.

Daji empurrou Rin para fora da tenda e para o ar frio da noite. Rin tropeçou, atordoada demais para reclamar. Quando chegaram à saliência gelada fora do alcance dos ouvidos no assentamento principal, Daji virou Rin e a chacoalhou pelos ombros como se fosse uma criança desobediente.

— O que estava pensando? Enlouqueceu?

— O que foi aquilo? — gritou Rin, exasperada, enxugando as lágrimas quentes que escorriam por seu rosto, sem conseguir contê-las. — *O que ele é?*

Daji balançou a cabeça e pressionou a mão contra o peito dela. Rin levou um momento para perceber que a mulher não estava apenas fingindo. Algo estava errado.

— Uma chama — sussurrou Daji, com urgência. Os lábios dela estavam de um violeta escuro e chocante. — Por favor.

Rin acendeu uma chama na palma e a estendeu entre as duas.

— Aqui.

Daji se curvou sobre o calor. Ficou assim por um longo tempo, de olhos fechados, os dedos se mexendo sobre o fogo. Aos poucos, a cor voltou ao seu rosto.

— Você sabe o que era — disse ela por fim. — Ele está recuperando a mente.

— Mas... — Rin engoliu em seco, tentando unir as peças do quebra-cabeça, configurá-las para que fizessem sentido. — Mas aquilo não é ele. Ele não é daquele jeito, com certeza nunca foi *daquele jeito...*

— Você não conheceu o verdadeiro Jiang, apenas a sombra de um homem. Conheceu uma farsa, uma imitação. Aquele não é Jiang, nunca foi.

— E *aquilo* é? — gritou Rin. — Ele ia me matar!

— Ele está se ajustando. — Daji não respondeu à pergunta. — Ele só está... confuso. É tudo...

— *Confuso?* Você não o ouviu? Ele está com medo. Está *aterrorizado* com o que está acontecendo com ele e não quer se tornar aquela pessoa porque sabe algo... algo que você se recusa a me contar. Não podemos fazer isso com ele. — A voz de Rin tremia. — Precisamos voltar.

— Não. — Daji balançou a cabeça com força. Seus olhos brilharam sob o luar. Com o cabelo desgrenhado e a expressão faminta e desesperada, parecia quase tão louca quanto Jiang. — Não há volta. Esperei tempo demais por isso.

— Não tô nem aí para o que você quer.

— Você não entende. Tive que cuidar dele todos esses anos, tive que mantê-lo confinado em Sinegard sabendo muito bem que o reduzira a um idiota hesitante. — A voz de Daji tremia. — Tirei a mente dele. Agora ele tem a chance de recuperá-la. E eu não posso tirar isso dele. Nem se estiver mais feliz assim.

— Mas você não pode — disse Rin. — Ele está assustado demais.

— Não importa o que Jiang acha. Esse Jiang não é real. O Jiang *real* precisa voltar. — Daji parecia estar à beira das lágrimas. — Preciso dele de volta.

Então Rin viu as lágrimas escorrendo pelas bochechas de Daji. Daji, a Víbora, a ex-Imperatriz de Nikan, estava chorando. *Chorando.*

Rin estava furiosa demais para ter compaixão. Não. Não, Daji não tinha o direito de fazer isso, não tinha o direito de ficar ali e se debulhar em lágrimas como se fosse inocente no horrível colapso mental que testemunhavam, quando era exclusivamente por causa dela que Jiang estava destruído daquele jeito.

— Então você não deveria ter selado ele — disse Rin.

— Você acha que eu não conseguia sentir o que fiz? — Os olhos dela estavam vermelhos. — Somos conectados. Você sabe como é isso. Eu senti a confusão mental dele. Senti quão perdido estava, senti Jiang explorando os cantos de sua mente em busca de algo que não sabia que perdera. Foi devastador, porque eu *sabia* a que coisas ele não tinha acesso.

— Então por que fez isso? — perguntou Rin, com amargor.

O que era tão terrível, tão dolorosamente terrível, que Daji arriscaria a própria vida e fraturaria a alma de Jiang para impedir que acontecesse?

Eles brigaram, Daji disse a ela uma vez.

Pelo quê?

Daji apenas balançou a cabeça, tremendo.

— Nunca me pergunte isso.

— Tenho o direito de saber.

— Você não tem direito a nada — rebateu Daji, áspera. — Eles lutaram. Eu os interrompi. É só isso que...

— Mentira. — A voz de Rin ficou mais alta enquanto a chama crescia, ficando perigosamente perto da pele de Daji. — Tem mais. Você está escondendo algo de mim. *Eu mereço saber...*

— Runin.

Os olhos de Daji brilhavam, amarelos como os de uma serpente. O corpo de Rin ficou paralisado. Ela não conseguia desviar o olhar de Daji. Na mesma hora entendeu que era um desafio — uma batalha de vontades divinas.

Você ousa?

Em outro dia, Rin poderia ter lutado. Poderia ter forçado Daji à submissão. Já tinha feito isso antes, mas estava exausta, esgotada de dia após dia puxar a Fênix pela mente ferida de Kitay. Não conseguia reunir raiva depois do que acabara de ver. Sentia-se como um pedaço fino de gelo, a um toque de quebrar.

Rin puxou a chama de volta para a mão.

As pupilas de Daji voltaram ao normal, ao adorável preto. Rin cambaleou, livre das garras dela.

— Se eu fosse você, pararia de me preocupar. — Daji não chorava mais. O vermelho ao redor de seus olhos sumira. Sumira, também, aquele soluço frágil em sua voz, substituído por uma confiança calma e desinteressada. — Os ataques de Jiang estão piorando, mas ele não morrerá. Não pode morrer. Confie em mim: quanto mais você tentar cutucar a mente dele, tentando recuperar seja lá o que acha que perdeu, mais vai se torturar. Esqueça o homem do qual se lembra. Você nunca o terá de volta.

Elas voltaram juntas para a tenda de Jiang. Rin se sentou ao lado do homem e o observou, seu coração se contorcendo de pena. Ele parecia tão infeliz, mesmo em um sono sem sonhos induzido por morfina. Tinha uma carranca preocupada, os dedos agarrando os cobertores como se estivesse pendurado na beira de um penhasco.

Aquela não seria a última vez que o veria sofrer assim, Rin percebeu. Ele ia ficar cada vez pior conforme se aproximavam da montanha. Jiang se deterioraria até enfim perder o controle, e um vencedor emergir entre as personalidades que batalhavam em sua mente.

Ela poderia fazer isso com ele?

Seria mais fácil se o Jiang que fora selado fosse apenas um homem qualquer, uma sombra pálida da personalidade genuína. Mas o Jiang que ela conheceu em Sinegard era uma pessoa completa por si só, uma pessoa com vontades, memórias e desejos.

O Jiang do presente estava com muito medo de quem costumava ser — de quem estava prestes a se tornar. Ele encontrou um refúgio em sua mente dividida. Como Rin poderia tirar isso dele?

Ela tentou imaginar como teria sido a sensação do Selo de Jiang durante todos aqueles anos em que o mestre vivera em Sinegard. E se Rin estivesse bloqueada não apenas do Panteão, mas das próprias memórias? E se estivesse mantida em cativeiro atrás de uma parede em sua mente, gritando em angústia silenciosa enquanto uma idiota atrapalhada tomava o controle de seus membros e língua?

Se Rin fosse Jiang, é claro que gostaria de ser livre.

Mas e se alguém pudesse apagar todas as memórias do que ela fizera?

Nada de culpa. Nada de pesadelos. Ela não teria buracos queimando em sua memória, como feridas abertas que doíam ao toque. Não ouviria gritos ao tentar dormir. Não veria corpos queimando toda vez que fechasse os olhos.

Talvez aquele fosse o refúgio do covarde. Mas ela o desejava.

* * *

Na manhã seguinte, Jiang recobrou certo nível de lucidez. Embora forçado, o sono ajudara. As olheiras desapareceram e seu rosto perdeu a aparência de terror, voltando a uma calma plácida.

— Oi, mestre — disse Rin quando ele despertou. — Como está se sentindo?

Jiang bocejou.

— Temo não saber do que está falando.

Ela decidiu arriscar.

— Você teve uma noite ruim.

— Tive?

A indiferença divertida dele a irritou.

— Você me chamou de Altan.

— Sério? — Ele coçou a cabeça. — Desculpe, isso foi muito grosseiro. Sei que você costumava segui-lo com olhos de cachorrinho.

Ela ignorou isso. *Cala a boca*, disse uma vozinha na mente dela. *Pare de falar, vá embora*. Mas Rin não tinha acabado. Queria pressioná-lo, ver o quanto se lembrava.

— E você me pediu para matar você.

Rin não sabia dizer se a risada dele soava nervosa ou se Jiang sempre rira dessa forma: alta, perturbadora e tola.

— Caramba, Runin. — Ele deu um tapinha no ombro dela. — Com certeza ensinei você a não se desesperar por tão pouco.

O conselho de Jiang fora superficial. No entanto, conforme a altitude aumentava e o ar ficava mais rarefeito, Rin perdia a energia mental para pensar em qualquer coisa, exceto nas exigências diárias da marcha. Suas chamas mal tornavam toleráveis os caminhos da montanha; o gelo voltava a congelar quase tão rapidamente quanto ela o derretia. À noite, quando as temperaturas baixavam perigosamente, os soldados passaram a dormir apenas em turnos de uma hora — para evitar que alguém sucumbisse ao entorpecimento.

Pelo menos era o meio ambiente, e não a República, que representava a maior parte de seus problemas. Nos primeiros dias da marcha, Rin manteve os olhos fixos no céu cinza-claro, esperando que formas escuras se materializassem a qualquer momento. Mas a frota nunca chegou. Kitay pensou em várias teorias para explicar por que não estavam sendo perseguidos — os hesperianos estavam com pouco combustível, o terreno enevoado da montanha tornava o voo cego perigoso ou a frota havia sido tão danificada na Bigorna que os hesperianos não autorizariam o envio dos dirigíveis restantes em busca de um inimigo que poderia invocar sombras do nada.

— Eles viram o que podemos fazer — disse ele aos oficiais, o tom obviamente repleto de uma confiança artificial. — Sabem que vir atrás de nós é suicídio. Pode ser que estejam traçando onde estamos, mas não vão arriscar um ataque.

Pelos deuses, Rin esperava que ele estivesse certo.

Outra semana se passava, e os céus permaneceram vazios, mas isso não chegou nem perto de deixá-la calma. E se Nezha tivesse escolhido deixá-los viver mais um dia? Ele poderia mudar de ideia no dia seguinte. Poderia ceder à pressão interna para uma vitória rápida. Certamente era fácil identificar as tropas dela no terreno. Talvez ele decidisse que segui-los pelas montanhas não valia a pena, que o gasto de combustível e recursos era um custo grande demais para justificar a busca de qualquer incubadora de xamanismo que pudesse encontrar.

Rin estava consciente de que, a cada passo que dava, ficava sob a ameaça de extermínio imediato. A República era capaz de infligir mortes em massa em segundos. Podiam acabar com aquilo a qualquer momento, mas tudo o que podia fazer era seguir em frente e esperar que fosse tarde demais quando Nezha se desse conta de que devia tê-la matado há muito tempo.

CAPÍTULO 19

A bordo de um dirigível, a jornada de Rin até Chuluu Korikh fez o mundo parecer pequeno. Por outro lado, a trilha pela cordilheira Baolei não acabava nunca. A impressão era que as montanhas, que antes ela conhecia apenas como pequenas marcas no mapa, abrangiam um território bem maior que o Império em si. Semanas exaustivas se estenderam em meses monótonos e extenuantes. A marcha prosseguiu por tanto tempo que parecia que escalavam uma vida inteira, de forma que os horrores diários se tornaram rotina.

Aprenderam a escalar passagens estreitas e complicadas com corda e facas em vez de picadores de gelo. Aprenderam a banhar os órgãos genitais com água morna quando se aliviavam. Do contrário, as temperaturas os congelariam. Aprenderam a beber água com pimenta fervida porque era a única coisa que os mantinha aquecidos. Como consequência, passavam metade das noites agachados para aliviar a diarreia.

Aprenderam quão assustadora podia ser a cegueira da neve quando os olhos ficavam vermelhos e coçavam e a visão falhava por horas a fio. Aprenderam a se concentrar no cinza opaco dos caminhos sob seus pés, e não na neve que os cercava. Ao meio-dia, quando o sol brilhava tão forte nos picos brancos que fazia a cabeça latejar de dor, eles paravam e se sentavam em suas tendas até que a claridade diminuísse.

Adaptaram-se assim e de muitas outras formas. Decidiram que, se o melhor da tecnologia hesperiana não poderia matá-los, as montanhas certamente não o fariam. Com isso, estudaram dezenas de maneiras diferentes para permanecerem vivos em um solo que tinha a intenção de enterrá-los.

Jiang não se recuperou, mas sua condição não ficou perceptivelmente pior. Na maioria dos dias, ele se sentava na carroça, obediente, talhando esculturas de animais deformados em cascas de árvore meio congeladas com uma faca velha e cega, porque Rin e Daji não confiavam a ele objetos cortantes.

Os resmungos continuaram, ainda mais incompreensíveis do que os habituais murmúrios sem sentido. Toda vez que Rin o visitava, Jiang proferia insultos envolvendo pessoas e eventos dos quais ela nunca tinha ouvido falar. Várias vezes, Jiang se dirigia a ela como Altan ou Hanelai. Raramente a chamava pelo nome certo. Ainda mais raramente olhava para Rin. Falava com a neve, sussurrando com uma urgência abafada, como se ela fosse uma cronista presente para registrar uma história que rapidamente escapava do alcance dele.

Rin pressionava Daji, mas ela se recusava a revelar qualquer coisa sobre as circunstâncias que levaram ao Selo de Jiang. Entretanto, concordou em responder perguntas sobre outras declarações do homem. Todas as noites, quando montavam assentamento, ela se unia a Rin e Kitay. Contava histórias que Rin nunca teria encontrado nas bibliotecas de Sinegard, conversas que logo se transformaram em interrogatórios. Rin disparava perguntas para Daji, uma após a outra, e a Imperatriz respondia a tudo que podia, muitas vezes com detalhes, como se falar de anedotas menores pudesse distrair Rin das questões importantes.

Rin sabia o que a mulher estava fazendo. Sabia que estava sendo enganada sobre *alguma coisa*, mas se agarrou ao que pôde. O acesso a Daji era como um pergaminho aberto contendo todos os segredos ocultos da história de Nikan. Ela seria tola se não aceitasse aquelas migalhas de informação.

— Por que Riga se parece tanto com a Casa de Yin? — perguntou ela.

— Porque ele é um deles — respondeu Daji. — Isso devia ser óbvio para você. O pai dele era Yin Zexu, o jovem irmão do Líder do Dragão.

— Irmão de Vaisra?

— Não, tio de Vaisra. Na época, o Líder do Dragão era Yin Vara. Pai de Vaisra.

Então Nezha era sobrinho de Riga. Rin se perguntou se o poder deles era transmitido pelo sangue, como a afinidade speerliesa pela Fênix. No entanto, os Yin tinham relacionamentos diferentes com o Dragão. Riga era um verdadeiro xamã, alguém que esteve no Panteão e se tornou imbuído de um poder dado e recebido livremente. Nezha era escravo de algo pervertido e corrompido, uma criatura que nunca deveria ter existido no mundo material.

— Zexu devia ter sido o líder — declarou Daji. — Ele nasceu para liderar. Decidido, cruel e capaz. Vara podia ser o mais velho, mas era infantil e submisso, sempre fugindo do confronto, sempre baixando a cabeça para os homens que temia, se curvando porque morria de medo de ser destruído. Após alguns anos de ocupação, os hesperianos decidiram que queriam transportar navios de ópio mugenês para o porto nos Penhascos Vermelhos. Vara concordou e enviou seu jovem irmão para guiar os navios de carga hesperianos pelo canal. Em vez disso, Zexu armou o porto com explosivos e afundou a frota mugenesa.

— Gosto de Zexu — disparou Rin.

— Quando ouvi falar dele pela primeira vez, já estava morto — prosseguiu Daji. — Mas Riga me contou muito a respeito do pai, sempre o admirou muito. Ele era um homem muito impulsivo, não aguentava um insulto. Vocês dois se dariam muito bem, caso não se matassem.

— Suponho que ele foi executado pelos hesperianos — disse Rin.

— Eles certamente gostariam de ter feito isso — corrigiu Daji. — Mas a guerra aberta ainda não tinha começado, e não queriam provocá-la matando um membro de uma família de elite. Em vez disso, Vara exilou Zexu na zona ocupada no norte da Província do Cavalo. Enviou a família dele inteira e o retirou dos registros de linhagem. É por isso que jamais encontrará um retrato dele no palácio em Arlong. Riga era órfão quando nos conhecemos. Os mugeneses fizeram o pai dele trabalhar até a morte no campo, e só os deuses sabem o que aconteceu com sua pobre mãe. Quando o vi pela primeira vez, Riga era uma coisinha patética, só pele e ossos, roubando comida de pilhas de lixo para sobreviver.

— Então vocês se conheceram quando eram crianças — concluiu Kitay.

— Todos crescemos no norte ocupado. Jiang e eu talvez fôssemos nativos. Ou filhos de refugiados. — Daji deu de ombros. — É impossível saber. Perdemos nossos pais bem cedo, antes que eles pudessem nos dizer de que províncias éramos. Talvez seja por isso que éramos tão favoráveis à unificação. Éramos de lugar nenhum, então queríamos governar tudo.

Era estranho imaginar a Trindade como apenas três crianças. Na mente de Rin, eles surgiram no mundo já poderosos e divinos, e era quase inconcebível que tivesse existido um tempo em que eram meros mortais como ela havia sido. Jovens. Aterrorizados. Fracos.

Eles cresceram durante o período mais sombrio da história de Nikan. Rin conheceu um país em relativa paz antes da Terceira Guerra, mas a

Trindade nasceu na miséria. Cresceram sem conhecer nada além de opressão, humilhação e sofrimento. Não era de se admirar que tivessem cometido as atrocidades que cometeram e que conseguissem justificar suas ações.

— Como vocês escaparam? — perguntou Rin.

— Os mugeneses se preocupavam com soldados adultos, não crianças. Ninguém nos notou. A parte mais difícil, de fato, foi me fazer passar pela senhora no puteiro. — Alguma emoção irreconhecível passou pelo rosto de Daji, um contorcer do lábio e um franzir da sobrancelha que logo desapareceu. — Não sabíamos para onde estávamos indo, só queríamos ir embora. Quando cruzamos a fronteira, vagamos por dias na estepe e quase morremos de fome antes dos ketreídes nos encontrarem. Eles nos acolheram e nos treinaram.

— E vocês os mataram — atestou Rin.

— Sim. — Daji suspirou. — Foi uma pena.

— Eles ainda odeiam vocês por isso — informou Rin, só para ver como Daji reagiria. — Querem vocês mortos. Sabe disso, não é? Eles estão apenas procurando um jeito de fazer isso acontecer.

— Que nos odeiem, então. — Daji deu de ombros. — Na época, nossa estratégia era fundamentada em acabar com a dissidência. Onde quer que pudéssemos encontrá-la. Em tempos como aquele, não se podia ignorar ameaças. Sinto muito que Tseveri tenha morrido. Sei que Jiang a amava, mas não me arrependo de nada.

No fim das contas, Daji fizera um sem-número de coisas terríveis e dignas de arrependimento. Rin caçou detalhes sobre todas elas e a fez revelar as mentiras que contara. Os rivais que matara. Os inocentes que sacrificara no sangrento cálculo da estratégia. Durante conversas que duraram dias, e depois semanas, Daji pintou uma imagem de uma Trindade que era muito mais implacável e enérgica do que Rin jamais imaginara.

Mas não foi o suficiente. Daji sempre falava apenas das histórias divertidas, dos detalhes, mas nunca mencionou o dia em que selou suas âncoras. E, a não ser que Rin e Kitay pedissem, ela evitava falar de Riga. Responderia a qualquer uma das perguntas de Rin sobre seu passado, mas dava apenas os detalhes mais vagos sobre as habilidades ou o caráter dele.

— Como ele era? — perguntou Rin.

— Glorioso. Lindo.

Rin bufou.

— Você está falando de uma pintura, não de um homem.

— Não há outro jeito de descrevê-lo. Ele era magnífico. Tudo o que se poderia querer em um líder, e mais.

Rin achou aquilo profundamente insatisfatório, mas sabia que aquela linha de perguntas levaria apenas às mesmas respostas.

— Então por que o colocou para dormir?

— Você sabe por quê.

Rin tentou pegá-la de guarda baixa.

— Então por que está com medo dele?

A voz de Daji reteve sua calma cuidadosa e gélida.

— Não tenho medo dele.

— Mentira. Vocês dois têm.

— Eu *não*...

— Jiang tem, pelo menos. Grita o nome de Riga durante o sono, se encolhe toda vez que falo dele. E parece convencido de que está sendo arrastado montanha acima para morrer. Por quê?

— Amávamos Riga — respondeu Daji, com suavidade. — E se um dia o tememos, foi porque ele era grande, e os grandes governantes sempre inspiram medo no coração dos fracos.

Frustrada, Rin mudou de tática.

— Quem é Hanelai?

Ao menos uma vez, Daji pareceu assustada.

— Onde ouviu esse nome?

— Responda à pergunta.

Daji arqueou uma sobrancelha, sem entregar nada.

— Você primeiro.

— A Sorqan Sira uma vez disse que eu me parecia com Hanelai. Você a conheceu?

Algo mudou na expressão de Daji. Rin não conseguiu decifrar muito bem — estaria achando aquilo divertido? Estaria aliviada, por alguma razão? Parecia menos nervosa, mas Rin não sabia o que abrandara esse sentimento.

— Hanelai não tem importância. Está morta.

— Quem foi ela? — perguntou Rin. — Uma speerliesa? Você a conhecia?

— Sim — respondeu Daji. — Eu a conhecia. E sim, ela era uma speerliesa. Uma general, na verdade. Ela lutou conosco na Segunda Guerra da Papoula. Era uma mulher admirável. Muito corajosa e muito burra.

— Burra? Por que...?

— Porque desafiou Riga. — Daji se levantou, claramente encerrando o assunto. — Ninguém esperto desafiava Riga.

A conversa parou por aí. Várias vezes, Rin tentou retomar o assunto, mas Daji se recusou a revelar qualquer outra coisa. Nunca disse uma palavra sobre o tamanho dos poderes de Riga. Nenhuma palavra sobre o que Riga fizera a Jiang, ou sobre a noite em que Jiang enlouquecera, ou como alguém tão supostamente grande e poderoso poderia ter perdido o ataque a Speer. Essas lacunas por si só foram suficientes para Rin reunir as mais vagas teorias, embora odiasse o cenário que estava se formando.

Ela não queria que fosse verdade. As implicações eram dolorosas demais. Sabia que Daji estava escondendo algo, mas parte dela não queria saber o que era. Queria apenas continuar marchando, suspendendo qualquer descrença e nutrindo a certeza absoluta de que a guerra terminaria assim que acordassem o Imperador Dragão. Mas o passado cutucava sua mente, como um dedo em uma ferida aberta. A agonia de não saber, de ser mantida no escuro, logo se tornou insuportável.

Por fim, Rin decidiu que recorreria a Jiang para obter suas respostas, o que não seria lá muito fácil. Teria que ficar sozinha com ele, mas Daji passava o tempo todo ao lado de Jiang, dia e noite. Eles dormiam, marchavam e comiam juntos. No acampamento, muitas vezes se sentavam com as cabeças juntas, murmurando coisas que Rin tentava decifrar. Toda vez que a garota tentava falar com Jiang, Daji estava presente, pairando ao alcance da voz.

Rin tinha que incapacitar Daji, mesmo que por apenas algumas horas.

— Você pode me dar uma dose forte de láudano? — Rin pediu para Kitay. — Discretamente?

Ele a encarou com preocupação.

— Por quê?

— Não é para mim — respondeu ela depressa. — Para a Víbora.

Ele então compreendeu.

— Você está jogando um jogo perigoso.

— Não me importo — disse ela. — Preciso saber.

Foi surpreendentemente fácil drogar Daji. Ela podia ser vigilante como um falcão, mas as exigências da marcha a esgotavam tanto quanto aos outros. Ainda precisava dormir. Rin só teve que entrar na tenda de Daji e colocar uma toalha embebida em láudano sobre sua boca por meio minuto. Então estalou os dedos ao lado dos ouvidos de Daji várias vezes para verificar se ela estava inconsciente. Daji não se mexeu.

Então Rin sacudiu Jiang.

O homem estava preso em um de seus pesadelos. O suor se acumulava em suas têmporas, e ele tremia e balbuciava invocações em uma fala confusa que soava como uma mistura de mugenês e ketreíde.

Rin beliscou o braço dele e no mesmo instante tapou sua boca com a mão. Os olhos dele abriram de uma vez.

— Não grite — pediu ela. — Só quero conversar. Assinta se tiver entendido.

Milagrosamente, o medo sumiu do rosto dele. Para grande alívio de Rin, Jiang assentiu.

O homem se sentou. Os olhos pálidos perscrutaram a tenda e pousaram na forma frouxa de Daji. Entretido, Jiang sorriu, como se soubesse exatamente o que Rin fizera.

— Ela não está morta, está?

— Só dormindo. — Rin se levantou e gesticulou para a porta. — Venha. Lá para fora.

Ele a seguiu, obediente. Quando estavam perto da saliência da montanha, onde os ventos sussurrantes afogariam qualquer coisa que dissessem, ela se virou para Jiang e exigiu saber:

— Quem é Hanelai?

Ele hesitou.

— Quem é Hanelai? — repetiu Rin, ferozmente.

Ela sabia que talvez tivesse apenas um minuto ou dois de lucidez dele, então precisava fazer o melhor uso daquele tempo. Passara o dia inteiro com Kitay tentando descobrir o que perguntar primeiro. Era como vasculhar um novo território na escuridão, um sobre o qual pouco sabiam.

No final, decidiram por Hanelai. Além de Altan, era o nome que Jiang mais usava para se dirigir a Rin, sempre que esquecia quem ela era. O homem entoava esse nome constantemente, quer durante o sono ou durante suas alucinações intermitentes. Era uma pessoa que ele associava com dor, medo e pavor. Hanelai conectava a Trindade com os speerlieses. O que quer que Jiang estivesse escondendo deles, Hanelai era a chave.

As suspeitas de Rin estavam certas. Jiang estremeceu à menção daquele nome.

— Não faça isso — pediu ele.

— O quê?

— Por favor, não me faça lembrar.

Os olhos dele estavam arregalados de medo, como se fosse uma criança indefesa.

Ele não é inocente, Rin disse a si mesmo. Era tão monstruoso quanto Daji. Matara a filha da Sorqan Sira e metade do clã ketreíde com um sorriso no rosto, mesmo que fingissem não se lembrar de suas ações.

— Você não tem o direito de esquecer — afirmou Rin. — Seja lá o que tenha feito, você não merece esquecer. Me conte sobre Hanelai.

— Você não entende. — Ele balançou a cabeça com força. — Quanto mais você pressiona, mais *ele* se aproxima. O outro...

— Ele vai voltar de qualquer jeito! — gritou ela. — Você é apenas a fachada. Você é uma ilusão que construiu porque está com medo demais de encarar o que fez. Mas não pode continuar se escondendo, mestre. Se resta um pingo de coragem em você, então me conte. Você me deve isso. Você deve isso a *ela*.

Rin cuspiu essas últimas palavras com tanta ferocidade que Jiang se encolheu.

Ela se agarrava a poucas informações, lançando frases para ver o que dava certo. Não sabia o que Hanelai significava para Jiang. Não sabia como ele reagiria. Mas, para sua surpresa, aquilo pareceu funcionar. Jiang não fugiu. Como tantas vezes antes, seus olhos não ficaram vidrados e sua mente não se fechou. Jiang a olhou por um longo tempo, parecendo não amedrontado, não confuso, mas pensativo.

Pela primeira vez em muito tempo, Jiang parecia o homem que Rin conhecera em Sinegard.

— Hanelai. — Ele disse o nome devagar, cada sílaba um suspiro. — Ela foi o meu erro.

— O que aconteceu? Você a matou?

— Eu... — Jiang engoliu em seco. As palavras seguintes saíram rápidas e sussurradas, como se o homem estivesse cuspindo um veneno que estivera mantendo sob a língua. — Eu não queria... Não foi isso o que escolhi. Riga decidiu sem mim, e Daji só me contou quando já era tarde demais. Mas tentei avisá-la...

— Espera — interrompeu Rin, desconcertada. — Avisá-la do *quê*?

— Eu devia ter parado Hanelai.

Jiang continuou falando como se não a ouvisse. Aquilo não era mais uma conversa. O homem não falava com ela, falava consigo, liberando uma torrente de palavras como se estivesse com medo de que talvez nunca mais tivesse a chance de se livrar delas.

— Ela não devia ter contado a ele — prosseguiu Jiang. — Ela queria ajuda, mas nunca ia conseguir, e eu sabia disso. Devia ter ido embora, mas as crianças...

— Crianças? — repetiu Rin.

Que crianças? Do que Jiang estava falando? Aquela história havia acabado de ficar mais complexa e aterrorizante. A mente dela girava, tentando construir uma narrativa em que tudo aquilo fizesse sentido, mas tudo que sua mente sugeria a deixava horrorizada.

— Crianças como Altan? Como eu? — perguntou Rin.

— Altan? — Jiang piscou. — Não, não... pobre garoto. Ele nunca saiu...

— Saiu de onde? — Rin agarrou Jiang pelo colarinho, tentando segurar a verdade antes que fugisse. — Jiang, o que eu sou?

Mas o momento passou. Jiang a encarou, os olhos pálidos e vagos. O homem que tinha as respostas se fora.

— Merda! — gritou Rin.

Fagulhas voaram de seus punhos, chamuscando a frente da túnica de Jiang.

O homem se encolheu.

— Desculpe — disse ele, baixinho. — Não posso... Não me machuque.

— Ah, pelos céus!

Ela não suportava vê-lo agir daquela forma, um homem adulto se comportando como uma criança. Sentia tanta vergonha que parecia prestes a vomitar.

Rin segurou o homem pelo braço e o arrastou de volta para a tenda. Jiang obedeceu às instruções dela sem dizer uma palavra, rastejando para baixo do cobertor sem sequer olhar para a forma esparramada de Daji ao lado. Antes de Rin sair, ela o obrigou a engolir uma xícara de chá de láudano. O sono do homem seria tranquilo, sem sonhos. E, no dia seguinte, se Jiang tentasse contar a alguém o que havia acontecido, Rin poderia simplesmente afirmar que aquela era só mais uma das bobagens sem sentido que saíam da boca do homem.

* * *

— Ele só disse isso? — perguntou Kitay pelo que parecia a centésima vez. — "Mas as crianças"?

— Foi tudo o que consegui. Ele não disse quais crianças, não disse onde...

Rin arrastou os pés e subiu na elevação. Estavam marchando havia apenas uma hora desde o nascer do sol, mas ela já estava tão exausta que não sabia como chegaria ao fim do dia. Não conseguira dormir, não com as palavras de Jiang se repetindo em sua mente. Elas não faziam mais sentido agora do que quando ele as disse pela primeira vez. As mil perguntas não respondidas de Rin geraram mais mil.

— Só podem ser as crianças speerliesas — supôs Kitay. — Certo? Com Hanelai envolvida, não há mais ninguém.

Ele já dissera isso. Os dois passaram a manhã batendo cabeça, tentando encontrar alguma explicação plausível, e aquela era a única dedução a que chegaram com algum grau de certeza: Jiang tinha feito algo para Hanelai e as crianças speerliesas, e ainda estava se remoendo de culpa por isso.

Mas feito o *quê?*

— Isso é inútil — declarou Kitay depois de um momento de silêncio. — Há muitas coisas que não sabemos. Não dá para entender uma história com especulações. Não fazemos ideia do que aconteceu há vinte anos.

— A não ser que façamos aquilo de novo — sugeriu Rin.

Ele a olhou de esguelha.

— *Você* vai fazer aquilo de novo? — perguntou Kitay.

— Rin. — Antes que a garota pudesse responder, Venka, com o rosto vermelho, abriu caminho até a frente das fileiras. Isso era raro. Geralmente Venka marchava mais atrás, observando a retaguarda em busca de retardatários e desertores. — Temos um problema.

Rin gesticulou para que as tropas parassem.

— O que aconteceu?

— São duas garotas. — Venka estava com uma expressão estranha. — Os soldados estão... Hã, quero dizer, estão...

— Eles as tocaram? — perguntou Rin de uma vez.

Rin deixara clara sua política com relação a agressões sexuais. Da primeira vez que dois soldados foram pegos encurralando uma jovem sozinha à meia-noite, ela e Venka os castraram e os deixaram sangrando na terra com os paus enfiados nas bocas. Não aconteceu de novo.

— Não é isso — respondeu Venka. — Mas houve um ataque e querem punição.

Rin franziu a testa.

— Pelo quê?

Venka parecia profundamente desconfortável.

— Por... violar corpos.

Rin na mesma hora seguiu Venka pela fila.

A primeira coisa que notou quando avançaram pela multidão foi um corpo. Reconheceu o rosto de um dos ex-oficiais do Líder do Macaco. O corpo dele estava esparramado na neve, braços e pernas bem esticados, como se estivesse preparado para ser dissecado. O torso dele parecia ter sido mordido duas vezes por um urso — uma mordida perto do peito, outra perto da barriga.

Então Rin viu as garotas, as duas ajoelhadas com as mãos amarradas atrás das costas. As mãos estavam ensanguentadas. As bocas e os queixos também.

O estômago de Rin revirou quando se deu conta do que acontecera.

— Elas devem queimar — rosnou um soldado, outro dos homens de Gurubai.

Estava perto da garota mais alta e com uma mão na espada, como se estivesse pronto para decapitá-la bem ali.

— Elas mataram ele? — perguntou Rin.

— Ele já estava morto. — A garota mais alta ergueu a cabeça, os olhos brilhando em desafio. — Ele já estava morto, estava doente, nós não...

— Cala a boca, sua putinha.

O soldado enfiou a bota nas costas dela. A garota fechou a boca e arregalou os olhos com a dor, mas não choramingou.

— Desamarre as duas — ordenou Rin.

Os soldados não se mexeram.

— Isso aqui é o quê, um julgamento? — Rin ergueu a voz, tentando emular o mesmo tom que viera tão facilmente na caverna. — A justiça é responsabilidade minha, não de vocês. Desamarrem as duas e as deixem em paz.

Taciturnos, eles obedeceram e se dispersaram, retornando à fila que marchava. Rin se ajoelhou diante das garotas. Não as havia reconhecido a princípio, mas então percebeu que eram as garotas que recrutara na

Colmeia — a moça magra pálida e bonita e sua irmã sardenta. O rosto delas estava macilento e murcho, mas Rin se recordou daquela expressão dura e severa em seus olhos.

— Pipaji? — Enfim lembrou os nomes. — Jiuto?

Elas não deram sinal de que tinham ouvido. Pipaji esfregou os braços de Jiuto, apaziguando os choramingos da irmã com sussurros.

— Vocês comeram ele — constatou Rin, porque não sabia o que mais dizer.

Aquilo era bizarro demais, inesperado demais. Ela não tinha ideia de como agir diante da situação.

— Ele já estava morto. — Se Pipaji estava assustada, tinha um dom e tanto em esconder. — Não estava respirando quando o encontramos.

Ao lado dela, Jiuto lambia as pontas dos dedos.

Rin as encarou, chocada.

— Vocês não podem fazer isso. Isso não é... quero dizer, é uma violação. É nojento.

— É comida.

Pipaji a encarou com uma expressão entediada — o tipo de expressão meio abatida e indiferente que apenas a fome produzia. *Vá em frente*, diziam os olhos dela. *Me mate. Nem vou sentir.*

Foi então que Rin percebeu que o cadáver não estava tão brutalizado quanto parecera a princípio. A neve manchada de sangue potencializara o impacto da cena. As garotas fizeram apenas duas incisões precisas. Uma sobre o coração e outra sobre o fígado. Tinham focado nos órgãos que forneceriam mais sustento, o que significava que já haviam pegado carne de corpos antes. Estavam bem treinadas nisso agora.

Era apenas a primeira vez que *foram pegas*.

Mas o que Rin deveria fazer? Forçá-las a passar fome? Não podia dizer a elas para comerem apenas as rações. Não havia suficiente para todos. Rin tinha rações suficientes porque era a general, a speerliesa, a única pessoa na fila que não podia passar fome. Enquanto isso, Pipaji e Jiuto não eram ninguém importante, nem mesmo soldadas treinadas. Eram dispensáveis.

Ela poderia punir as garotas por quererem sobreviver?

— Peguem o que quiserem e coloquem em uma bolsa — disse por fim. Ela mal conseguia acreditar nas palavras que saíam de sua boca. No entanto, naquele instante, parecia a única coisa apropriada a dizer. —

Enrolem em folhas para que o sangue não vaze. Comam apenas quando ninguém estiver olhando. Se pegarem vocês de novo, não vou poder ajudar. Entendido?

Pipaji lambeu o sangue do canto do lábio inferior.

— Entendido? — repetiu Rin.

— Tanto faz — murmurou Pipaji, assentindo para Jiuto.

Sem dizer mais nada, elas se ajoelharam sobre o corpo e voltaram habilmente a arrancar órgãos da carcaça.

Pipaji e Jiuto não foram as únicas a comer carne humana. Foram apenas as primeiras. Quanto mais a marcha se estendia, mais ficava claro que os suprimentos não iam durar. O exército estava sobrevivendo com uma porção de mayau seco e salgado e um copo de mingau de arroz por dia. Eles procuravam comida como podiam — alguns soldados começaram até a engolir cascas de árvore para aplacar as dores da fome —, mas naquela altitude a vegetação era escassa e quase não havia vida selvagem à vista.

Então Rin não ficou surpresa quando houve rumores de cadáveres — geralmente vítimas da fome ou de ulceração pelo frio — repartidos e comidos crus, assados ou separados para a jornada.

— Não diga nada — aconselhou Kitay. — Se sancionar, vai horrorizá-los. Se denunciar, eles se ressentirão de você. Mas se ficar quieta, terá uma negação plausível.

Rin não enxergava nenhuma outra opção no horizonte. Sabia que a marcha seria difícil, mas a perspectiva parecia pior a cada dia. O moral das tropas, que fora tão veemente e forte no começo da jornada, começou a murchar. Sussurros de dissidência e reclamações sobre Rin enchiam as fileiras.

Ela não sabe para onde está indo. Treinada em Sinegard, e não consegue encontrar o caminho através de uma maldita montanha. Ela nos trouxe até aqui para morrer. A ordem foi desmoronando. As tropas ignoravam ou não ouviam seus comandos. Certa manhã, demorou quase uma hora para o assentamento despertar e dar início à marcha. No começo, era possível contar os desertores nos dedos. Agora, eram dezenas.

Venka sugeriu enviar equipes de busca para caçá-los, mas Rin não via o propósito daquilo. Que bem faria? Os desertores haviam se sentenciado à morte — sozinhos, congelariam ou morreriam de fome em dias.

Fossem poucos ou muitos, não faziam diferença na vitória ou derrota dela.

Tudo o que importava era o monte Tianshan. O futuro deles se tornara preto e branco: ou despertavam Riga ou morreriam.

Os dias começaram a se misturar. Não havia diferença entre uma situação de sofrimento monótono e a seguinte. Fatigada além do imaginável, Rin começou a se sentir profundamente distante de tudo, como se estivesse apenas observando o desenrolar daquela jornada, e não participando dela. Assistia a um espetáculo de marionetes sobre uma luta bonita e suicida, algo que já acontecera no passado e fora consagrado pelo tempo e se tornado mito.

Eles não eram humanos, eram histórias. Eram pinturas serpenteando por pergaminhos. O terreno se transformava ao redor deles enquanto marchavam, ficando mais brilhante, mais afiado, mais adorável, como se estivesse se contorcendo para se equiparar ao status mítico da jornada. A neve brilhava em um branco mais puro. A névoa ficava mais grossa, e as montanhas pareciam mais sólidas, mais embaçadas nos cantos. O céu ficou de um tom mais pálido de azul, não a coloração animada de um dia brilhante de verão, mas da nuance apagada de uma pintura feita com tinta à base de água, passada de qualquer jeito na tela com um pincel grosso de pelo de coelho.

Rin e suas tropas viram pássaros vermelhos cujas caudas tinham três vezes o comprimento de seus corpos. Viram rostos humanos gravados em cascas de árvore, não esculpidos, mas cultivados organicamente — expressões calmas e beatíficas que os observavam passar sem urgência ou ressentimento. Viram cervos brancos pálidos que ficaram parados quando os humanos se aproximaram, calmos o suficiente para Rin passar a mão em suas orelhas macias. Os soldados tentaram caçá-los para comer, mas sem sucesso — os cervos fugiram ao ver o aço. Em segredo, Rin se sentiu aliviada. Não parecia certo devorar algo tão bonito.

Rin não sabia se eram alucinações provocadas pelo cansaço febril. Se fossem, então eram alucinações em grupo — visões compartilhadas de uma nação adorável, mítica e incipiente em transformação.

Por isso era maravilhoso lembrar que aquela terra ainda podia ser tão deslumbrante e linda, e que havia mais no coração das Doze Províncias do que sangue, aço e terra. Que, séculos de guerra depois, o país ainda era uma tela em branco para os deuses, que a essência celestial ainda escorria pelas rachaduras entre os mundos.

Talvez fosse por isso que os hesperianos queriam Nikan para si. Na cabeça de Rin, o país deles era uma cópia dos bairros coloniais abandonados que eles construíram em Nikan, um lugar monótono, cinza e sem graça como as capas que usavam, e talvez fosse por isso que tiveram que erguer suas cidades berrantes feitas de luzes piscantes e sons estridentes: para negar o fato de que o mundo deles era fundamentalmente sem divindade.

Talvez fosse isso o que conduzira a Federação também. Por que outro motivo alguém assassinaria crianças e manteria um país refém, exceto pela promessa de aprender a falar com os deuses? Os grandes impérios do mundo desperto enlouqueceram tanto ao se deparar com o que haviam esquecido que decidiram assassinar as únicas pessoas que ainda podiam sonhar.

Foi o que manteve Rin firme quando os pés dela ficaram tão entorpecidos pelo frio que ela mal podia senti-los enquanto os arrastava pela neve, quando suas têmporas latejavam tanto pelo branco ofuscante que luzes vermelhas intensas disparavam por sua visão: a ideia de que a sobrevivência era prometida, que a vitória era predeterminada, porque a verdade do universo estava do lado deles. Porque apenas o Panteão caótico e incompreensível poderia explicar a vasta e sombria beleza daquela terra, que era algo que os hesperianos, com seu apego desesperado e obsessivo pela ordem, jamais poderiam entender.

Então Rin marchou porque sabia que, no fim da jornada, a salvação divina os esperava. Marchou porque cada passo a deixava mais perto dos deuses.

Marchou até que, uma manhã, Kitay parou de repente alguns passos à frente. Rin ficou tensa, o coração já acelerado de pavor. No entanto, quando o amigo se virou, ela percebeu que Kitay sorria.

Ele apontou, e Rin seguiu seu olhar pelo caminho até uma única orquídea azul que despontava tímida na neve.

Rin soltou o ar e segurou a vontade de chorar.

Orquídeas não podiam crescer na altitude na qual marchavam. Só podiam crescer em elevações mais baixas, nos vales e nos sopés.

Eles se aproximavam da Província do Cachorro. Haviam começado a descer. Dali em diante, marchariam para baixo.

CAPÍTULO 20

De todas as doze províncias, a do Cachorro era o verdadeiro deserto do Império.

A Província do Rato era paupérrima, a Província do Macaco era um árido remanso agrícola e a Província do Javali era uma planície sem lei infestada de bandidos. Mas a Província do Cachorro era remota, montanhosa e tão pouco povoada que os iaques superavam em número as pessoas — talvez a única razão de o lugar ainda não ter sido invadido pela República.

Quando Rin e suas tropas desceram as montanhas ao longo da fronteira para o planalto Scarigon, não viram sinal de civilização.

Fora tola a esperança de que o Líder do Cachorro e seu exército estivessem esperando por eles de braços abertos no sopé da cordilheira Baolei. Aquele encontro sempre foi um sonho vazio, uma mentira que Rin contou aos sulistas desde o início para lhes dar uma razão para seguir em frente. Só que fazia tanto tempo desde que escaparam da Bigorna que ela mesma começara a acreditar.

Talvez ainda encontrassem aliados. A Província do Cachorro era uma terra aberta e vasta, e eles haviam chegado apenas à ponta sudeste da fronteira. Talvez ainda pudessem encontrar os rebanhos nômades de ovelhas e iaques pelos quais a Província era conhecida. Mas Rin sabia que enlouqueceria se buscasse planícies distantes, esperando que silhuetas aparecessem no horizonte.

Não podiam presumir que a ajuda viria. A única opção que tinham era continuar avançando para o monte Tianshan, sozinhos.

A marcha pelo planalto transcorreu com muito mais facilidade do que a jornada pelas montanhas. Ainda estavam exaustos, e a fome e as doenças tinham reduzido seus números, mas agora que o chão não era escorregadio e traiçoeiro, e o ar não era frio a ponto de matá-los, eles cobriam todo dia três vezes a distância do que haviam percorrido na cordilheira Baolei. O moral das tropas melhorou. Os sussurros de dissidência perdiam força. E, conforme a distante cordilheira de Tianshan se aproximava, dia após dia — não mais uma linha nebulosa no horizonte, mas uma silhueta distinta e ondulada contra o céu do norte —, Rin começou a ousar ter esperança de que realmente conseguiriam. De que todos os seus planos, todas as conversas sobre a Trindade, que até então pareciam fantasias distantes, poderiam acontecer.

Ela só não havia descoberto ainda o que teria que fazer caso elas acontecessem.

— Rin. — Kitay tocou o ombro dela. — Olhe.

Ela estivera cambaleando à frente, atordoada, exaurida.

— O quê?

Kitay ergueu a cabeça dela para que a amiga tirasse os olhos do chão. Ele apontou.

— Lá.

Rin não acreditou quando viu, mas então soou nas fileiras uma comemoração que confirmou que todos se davam conta do mesmo que ela: o contorno de uma aldeia, claramente visível contra a estepe. Nuvens espessas de fumaça subiam dos telhados de cabanas arredondadas, que prometiam abrigo, calor e um jantar.

A fila apertou o passo.

— Esperem — disse Rin. — Não sabemos se são amigáveis.

Kitay lhe lançou um olhar irônico. Ao redor deles, os sulistas marchavam com as mãos nas armas.

— Acho que não importa muito se somos bem-vindos ou não.

— Você é menor do que pensei — disse o Líder do Cachorro, Quan Cholang.

Rin deu de ombros.

— Da última vez que uma pessoa me disse isso, fiz uma multidão parti-lo em pedaços.

Ela não explicou. Estava ocupada demais comendo o banquete disposto no tapete diante de si — carneiro duro e seco; pães granulosos cozidos no vapor; ensopado de carneiro; e um copo frio e azedo de leite de iaque para ajudar a engolir tudo. Era, em qualquer padrão, horrível

— a Província do Cachorro costumava ser ridicularizada por sua comida dura e sem gosto. No entanto, depois de meses nas montanhas, a língua de Rin ansiava por qualquer sabor que não fosse o ardor maçante da água fervida com pimenta.

Ela sabia que estava sendo grosseira, mas, enquanto ninguém estivesse tentando matá-la, iria comer. Chupou o último bocado suculento de tutano de carneiro do osso, respirou fundo e com satisfação, depois limpou a mão na calça.

— Não sei quem você é — disparou Rin. — Mudaram de liderança?

Ela encontrara o ex-Líder do Cachorro uma vez, apenas brevemente, na cúpula pós-guerra da Imperatriz em Lusan. Ele não causou uma boa impressão, e Rin mal conseguia se lembrar de suas feições, mas o homem com quem jantava agora era mais magro, mais alto e muito mais jovem. No entanto, ela detectava algumas semelhanças familiares em suas feições — Cholang tinha os mesmos olhos longos e semicerrados e a testa alta do homem que Rin presumiu ser pai dele.

Cholang suspirou.

— Falei para meu pai não responder aos chamados de Vaisra. Ele devia saber que o Líder do Dragão não ia apenas querer conversar.

— Burrice dele — concordou Kitay. — Vaisra mandou a cabeça dele de volta?

— Vaisra jamais seria tão solidário. — A voz de Cholang endureceu. — Ele me enviou vários pergaminhos ameaçando esfolar meu pai vivo e me entregar a pele escura dele se a Província do Cachorro não se rendesse.

— Então você deixou seu pai morrer — comentou Kitay, num tom impassível, sem julgamentos.

— Sei o tipo de homem que meu pai era — disse Cholang. — Ele teria morrido pela própria espada em vez de baixar a cabeça. Vaisra enviou uma caixa. Jamais a abri. Eu a enterrei.

A voz dele tremeu um pouco no fim da frase. *Ele é jovem*, percebeu Rin. Cholang se comportava como um general, e seus homens o tratavam como tal, mas sua voz revelava uma fragilidade que sua pele envelhecida pelo sol e sua barba espessa não conseguiam esconder.

Ele era igualzinho a Rin e seu exército. Jovem, assustado, sem a menor ideia do que estava fazendo, mas tentando ao máximo fingir o contrário.

Kitay gesticulou para o assentamento.

— Suponho que esta não seja a capital permanente, certo?

Cholang balançou a cabeça.

— Gorulan é um lugar adorável. Templos escavados na encosta, estátuas enormes do tamanho de prédios em tudo que é canto. Nós o abandonamos assim que enviaram o que suponho ser a cabeça do meu pai em uma cesta. Não estava disposto a ser esfaqueado na minha cama.

— Parece que você recebeu um adiamento da execução por enquanto — atestou Rin.

Cholang lançou a ela um olhar amargo.

— Só porque nunca fomos figuras importantes no tabuleiro de Nikan antes. Ninguém sabe o que fazer conosco.

Isso era verdade. A Província do Cachorro sempre fora uma exceção na política imperial. Estavam muito distantes dos centros de poder para sentir o peso de qualquer regime, mas nenhum dos imperadores do interior jamais se esforçou para exercer mais controle, porque o planalto esparso e árido tinha pouco que valesse a pena controlar. Era um povo de pastores, que criava gado para subsistência e não fazia negócios. A terra não servia para ser cultivada; nada além de grama poderia criar raízes no solo fino e rochoso.

— Mas você deve saber que a República não vai ignorá-lo para sempre — prosseguiu Rin.

— Sabemos bem. — Cholang suspirou. — Trata-se de um princípio claro: a mudança de regime requer dominação total. Do contrário, se existirem rachaduras na sua base mesmo antes de você começar a governar, os precedentes são parcos.

— Não é apenas isso — retrucou Kitay. — São seus minerais. Nezha me disse que os hesperianos estavam falando disso. Eles acham que há carvão, tungstênio e prata sob este planalto. Estão muito animados com isso. Prepararam todo tipo de máquina para furar a terra assim que souberem que é seguro começar.

Cholang não pareceu surpreso.

— Presumo que a definição deles de *seguro* envolva nossa remoção completa.

— Mais ou menos — disse Kitay.

— Então nós concordamos — disse Rin, ávida.

Talvez ávida demais. Podia ouvir a fome escancarada na própria voz, mas o Exército Sulista marchara por tanto tempo agarrado a um fiapo de esperança que ela estava desesperada para garantir aquela aliança.

— Você precisa de nós e nós precisamos de você — prosseguiu ela.
— Aceitaremos a hospitalidade que puder oferecer. Meus soldados estão
famintos, mas são disciplinados. E então poderemos analisar as forças
que temos...

Cholang ergueu a mão para interrompê-la.

— Você não encontrará aliança alguma aqui, speerliesa.

Rin hesitou.

— Mas a República é sua inimiga.

— A República tem forçado sanções ao planalto desde que sua marcha começou. — A voz de Cholang não tinha traço de hostilidade, apenas de resignação. — Mal estamos dando conta de sobreviver. E não temos como reforçar defesas. Nossa população sempre foi bem menor do que as das outras províncias, e não temos armas além de arcos e ferramentas de agricultura. Certamente não temos pólvora. Posso oferecer a você uma boa refeição e uma noite de descanso. Mas se está buscando um exército aqui, não o encontrará.

Rin sabia disso. Havia percebido a óbvia pobreza no assentamento de Cholang. Conseguia ter uma noção do tamanho das forças da Província do Cachorro com base na escassa guarda pessoal do líder. Sabia que seria impossível montar uma resistência ali — a província era muito vazia, aberta e vulnerável a ataques aéreos. Não havia exército que pudesse se juntar ao dela, e certamente nenhum que pudesse derrotar uma horda de dirigíveis.

Mas Rin não tinha ido até ali em busca de um exército.

— Não estamos interessados em números — afirmou ela. — Só precisamos de um guia para subir as montanhas.

Cholang semicerrou os olhos.

— Para onde estão planejando ir?

Ela olhou para os cumes ao longe e assentiu.

Arregalou os olhos.

— Monte Tianshan?

— Tem algo naquela montanha que vai nos ajudar a vencer — respondeu Rin. — Mas você precisa nos levar até lá.

O homem parecia cético.

— Está planejando me contar o que é?

Rin olhou de relance para Kitay, que balançou a cabeça.

— É melhor que não saiba — respondeu ela, sincera. — Nem meus oficiais sabem.

Cholang ficou em silêncio, observando-a.

Rin entendia a desconfiança do homem. Ele era um líder recém-nomeado, obrigado a carregar o legado do pai morto, tentando encontrar uma maneira de manter seu povo vivo quando todas as opções pareciam sinistras. E ali estava ela, a fugitiva mais procurada da República, pedindo que desafiasse a cautela para ajudá-la a escalar uma montanha distante para um propósito oculto.

Era uma proposta ridícula. Mas, após a morte do pai, Cholang devia saber que aquela era a única escolha que tinha. Desafiar era ridículo. Ter *esperança* era ridículo. E, quanto mais Cholang ficava sentado em silêncio, com as sobrancelhas franzidas, mais Rin tinha certeza de que ele também havia percebido isso.

— Contam histórias sobre aquela montanha — disse ele por fim.

— Que histórias? — perguntou Rin.

— As névoas lá são densas como muros. Os caminhos não funcionam como deveriam. Eles se enrolam e dão a volta em si mesmos, fazendo você andar em círculos. Quem se perde jamais retorna. E ninguém que se aventurou ao cume voltou vivo.

— Três pessoas voltaram — contestou Rin. — E em breve serão quatro.

Cholang os recebeu em seu alojamento para passarem a noite.

— Não é bem um abrigo — disse ele, desculpando-se. — É um posto avançado temporário. Não é muito confortável e não temos espaço para abrigar todos. Mas podemos alimentá-los, fornecer cobertores e enviar nossos médicos para cuidar dos feridos. Meus aposentos são seus, se quiser.

A princípio, Rin negou por educação, insistindo que a tenda era suficiente. Mas então Cholang mostrou a Kitay e a ela sua cabana arredondada, uma estrutura impressionantemente robusta que poderia fornecer um abrigo muito melhor contra os ventos noturnos do que as paredes frágeis e esfarrapadas da tenda em que ficaria, e ela concordou de imediato.

— Aceite — disse Cholang. — Dormirei sob as estrelas esta noite.

Fazia tanto tempo que alguém oferecia a Rin uma gentileza tão simples, sem esperar nada em troca, que ela levou um momento para se lembrar de como responder.

— Obrigada. De verdade.

— Descanse, speerliesa. — Ele se virou para partir. — Marcharemos para Tianshan ao amanhecer.

Uma esteira acolchoada, com pelo menos cinco centímetros de espessura, ocupava o centro da cabana. As costas e os ombros de Rin latejavam só de olhar. Depois de semanas dormindo encolhida na terra fria e dura, parecia um luxo inimaginável.

— Cama boa — comentou Kitay, como se tivesse lido os pensamentos dela. — Quer que eu fique na primeira vigília?

— Não, pode dormir — respondeu ela. — Quero pensar.

Rin sabia que o amigo estava exausto. Flagrara-o fechando os olhos mais de uma vez durante a reunião com Cholang. Ela se sentou de pernas cruzadas perto do colchão, esperou que Kitay se enfiasse sob as cobertas e então segurou a mão dele.

— Rin — disse ele.

— Sim?

Kitay soava muito frágil na escuridão.

— Espero que a gente saiba o que está fazendo.

Ela inspirou fundo, soltou o ar devagar e apertou a mão do amigo.

— Eu também.

Era uma conversa sem sentido e inadequada, e não chegava perto de expressar as preocupações que dominavam a mente dos dois, nem a enormidade do que viria. Mas Rin sabia o que Kitay queria dizer. Conhecia aquela confusão mental e o medo profundo de que nenhuma das escolhas fosse boa — de que estivessem passando por uma selva de serpentes, carregando o peso do futuro do sul nas costas, e um único passo em falso pudesse destruir tudo.

Eles iam despertar Riga.

Foi o que decidiram, depois de muitas conversas sussurradas. Os cálculos não haviam mudado.

Eles não eram bobos. Sabiam dos riscos, sabiam dos avisos enigmáticos de Jiang. Sabiam que a Trindade não seria tão benevolente quanto Daji afirmava — que, quando enfim despertasse, Riga poderia ser mais perigoso do que Nezha ou a República.

Mas a Trindade era nikara. Ao contrário do sobrinho, Yin Riga nunca se curvaria aos hesperianos. Eles podiam ter cometido atrocidades, e podiam repeti-las, mas seu regime pelo menos rechaçava a invasão estrangeira.

Montar uma resistência armada sem a Trindade era suicídio. Render--se à República os levaria a um destino pior que a morte. A Trindade fora monstruosa — e Rin sabia que seriam outra vez —, mas ela precisava de monstros ao seu lado. Que outra escolha tinham?

A necessidade não tornava nada mais fácil. A cada passo que davam em direção ao monte Tianshan, Rin ainda se sentia como um animalzinho a caminho de uma armadilha. Mas tinham feito sua escolha, e não havia nada que pudessem fazer agora a não ser seguir em frente e esperar que sobrevivessem.

Ela ficou sentada imóvel na escuridão, segurando a mão de Kitay com força, até que a respiração dele finalmente se acomodou em um ritmo lento e fácil.

— Não entre em pânico.

Rin se pôs de pé num pulo. O fogo envolveu seu corpo. Ela se agachou, pronta para pular. Teria que lutar usando a chama — sua espada estava caída do outro lado da cama, longe demais.

Eu devia ter imaginado. Seus pensamentos estavam acelerados. *Não devia ter confiado em Cholang tão facilmente, devia ter imaginado que ele ia nos vender...*

— Não entre em pânico — repetiu o invasor, estendendo as mãos.

Dessa vez, a voz do homem a fez parar. Rin reconhecia aquela voz. E, quando deu um passo à frente e as feições do estranho foram pinceladas pela pouca luz do fogo, reconheceu o rosto também.

— Merda. — Apesar de tudo, ela começou a rir. — É *você*.

— Olá — disse Chaghan. — Podemos ter uma conversinha?

— Como sabia que eu estaria aqui? — perguntou Rin.

Eles passaram pelo assentamento de Cholang sem serem incomodados. As sentinelas abaixaram a cabeça quando os dois se aproximaram e os deixaram sair sem questionamentos.

Então Cholang devia saber que Chaghan estava ali. Além disso, devia ter permitido que ele entrasse na cabana de Rin sem aviso.

Babaca, pensou ela.

— Estive rastreando você desde que saiu de Arabak — revelou Chaghan. — Sinto muito pela surpresa. Não queria anunciar minha presença.

— Como convenceu Cholang a deixá-lo se esgueirar pelo assentamento?

— Os Cem Clãs têm laços estreitos com as províncias de fronteira — respondeu Chaghan. — Na época do Imperador Vermelho, Sinegard enviou seus piores graduados para nos matar.

— Imagino que não foi isso que aconteceu.

— Quando se está sozinho na linha de frente, arranjar conflitos desnecessários é a última coisa que se deseja fazer — explicou Chaghan. — Faz muito tempo que estabelecemos relações fortes de comércio. Gostávamos dos soldados da Província do Cachorro. Traçamos limites não oficiais na areia e concordamos em não cruzá-los, desde que não invadissem nosso território. Até agora, tem funcionado.

Rin olhou de soslaio para ele enquanto caminhavam, impressionada. Chaghan estava muito mais *sólido*. Antes era como um fantasma, um espírito etéreo que se movia pelo mundo como a luz atravessa o ar. Presente, mas nunca exatamente pertencente. Mas agora, quando caminhava, parecia que de fato deixava pegadas.

— Você está me encarando — disse ele.

— Estou curiosa — comentou Rin. — Você está diferente.

— Eu me sinto diferente. Agora, quando saio do plano material, não há ninguém do outro lado me puxando de volta. Tive que aprender a ser minha própria âncora. A sensação...

Ela não perguntou como era sentir a falta de Qara, todo segundo, todo dia. Não precisava imaginar a dor profunda, a ausência angustiante. Ela sabia.

De repente, um pensamento lhe veio à mente.

— Então você...?

— Não. Estou morrendo — interrompeu ele. Chaghan não parecia incomodado. Disse aquilo com tranquilidade, como se avisasse que iria ao mercado na semana seguinte. — Alcançar os deuses está cada vez mais difícil. Jamais vou conseguir ir tão longe ou ficar por tanto tempo quanto costumava. Não se eu quiser acordar. Mas não aguento passar meu tempo neste reino, neste lugar... terrivelmente *sólido*. — Ele gesticulou para a estepe com desdém. — Então não posso parar. E um dia irei longe demais. E não vou voltar.

— Chaghan. — Rin parou de andar. Não sabia o que dizer. — Eu...

— Não estou preocupado — disse ele, e soava sincero. — E gostaria muito de falar sobre outras coisas.

Então ela mudou de assunto.

— Como você se saiu quando voltou para casa?

Da última vez que vira Chaghan, ele corria para o norte em um cavalo de guerra para lidar com o golpe de seu primo Bekter. Na época, Rin temera que aquilo fosse uma sentença de morte, mas, ao que parecia, Chaghan emergira sem danos daquela disputa de poder, assumindo o comando, muitas tropas e muitos recursos.

— Bem o bastante — respondeu Chaghan. — Obviamente, Bekter não é mais um problema.

Rin estava boquiaberta.

— Como conseguiu?

— Assassinato e conspiração. O de sempre, é claro.

— Claro. Então você conduz os ketreídes agora?

— Por favor, Rin. — Ele abriu um sorrisinho. — Eu conduzo os Cem Clãs. Pela primeira vez em um século, estamos unidos, e eu falo por eles.

Chaghan assentiu para algo diante deles. Rin ergueu o olhar. Ela havia presumido que estivessem apenas se afastando de ouvidos curiosos no assentamento de Cholang, mas, quando seguiu a linha de visão de Chaghan, viu fogueiras e silhuetas finas contra o luar. Eles se aproximaram, e Rin distinguiu dezenas de tendas de tecido, cavalos descansando e sentinelas com arcos prontos. Um assentamento de exército.

— Você trouxe um contingente inteiro — constatou ela.

— É claro — confirmou Chaghan. — Eu não marcharia contra a Trindade com menos do que isso.

Rin parou de andar. A camaradagem entre eles desapareceu. Ela fechou a mão em punho, preparando-se para a briga.

— Chaghan...

— Estou aqui como amigo. — Ele ergueu as mãos para mostrar que não trazia qualquer arma consigo, embora Rin soubesse que aquilo não faria diferença. — Mas sei o que pretende fazer, e precisamos conversar, com urgência. Quer se sentar?

— Quero que todos os seus arqueiros deixem seus arcos e flechas em uma pilha ao meu lado — respondeu ela. — E quero que jure pelo túmulo da sua mãe que estarei segura com os sulistas antes do amanhecer.

— Rin, pare com isso. Sou eu.

Ela foi firme.

— Não estou brincando.

Rin havia se separado de Chaghan em termos amigáveis. Sabia que seus interesses, pelo menos em relação à República, estavam alinhados. Mas não confiava que Chaghan e os ketreídes não fincariam uma flecha em sua testa se decidissem que ela era uma ameaça. Rin já havia lidado com a justiça ketreíde; sabia que só havia escapado porque a Sorqan Sira a considerou útil.

— Como quiser. — Chaghan sinalizou para seus homens, que obedeceram com relutância. — Juro pelo túmulo de Kalagan dos naimades que não a machucaremos. E agora?

— Bem melhor. — Rin se sentou e cruzou as pernas. — Vá em frente.

— Obrigado. — Chaghan se ajoelhou diante dela. Desenrolou o saco, pegou um frasco de pó azul-cobalto e tirou a rolha antes de oferecer a ela. — Lamba a ponta do dedo e o coloque na língua. Uma vez serve. E fique confortável. O efeito é rápido, você lembra...

— Espere. — Ela não tocou o frasco. — Me diga o que está acontecendo antes que eu lance meu espírito no abismo com você. Quais deuses visitaremos?

— Não vamos visitar deuses — respondeu ele. — Vamos visitar os mortos.

O coração dela acelerou.

— Altan? Você o encontrou?

— Não. — Uma sombra de desconforto passou pelo rosto de Chaghan. — Ele não está... Eu nunca... Não. Mas ela é speerliesa. A maioria dos espíritos se dissolve em nada quando faz a transição. É por isso que é difícil comungar com os mortos; eles já desapareceram do reino da consciência. Mas sua raça permanece. Estão presos pelo ressentimento e por um deus que se alimenta deles, o que significa que muitas vezes não conseguem partir. São fantasmas famintos.

Rin lambeu a ponta do dedo indicador e o enfiou no frasco, girando-o até que o pó suave o cobrisse por inteiro.

— Está falando de Tearza?

— Não. — Chaghan pegou o frasco e fez o mesmo. — Alguém mais recente. Acho que não se conhecem.

Rin ergueu o olhar.

— Quem?

— Hanelai — respondeu Chaghan.

Sem hesitar, Rin colocou o dedo coberto na boca.

Na mesma hora, o assentamento ketreíde se tornou um borrão que aos poucos se dissolvia, como tinta girando na água. Rin fechou os olhos. Sentiu seu espírito voar, fugindo de seu corpo pesado, aquele saco desajeitado de ossos, órgãos e carne, subindo para o céu como um pássaro liberto de sua gaiola.

— Esperaremos aqui — disse Chaghan. Eles flutuavam juntos na imensidão escura, preta como piche, mas envolta em um crepúsculo nebuloso. — Quando descobri que você estava marchando para Tianshan, fiz uma pesquisa. Precisava entender os riscos. Sei que não há ninguém vivo que possa tirá-la do caminho que escolheu. — Ele assentiu em direção à bola vermelha de luz no vazio, uma estrela distante que ficava maior conforme se aproximava. — Mas talvez ela consiga.

A estrela se transformou num pilar de chamas e depois em uma mulher, brilhando em brasa como se queimasse por dentro.

Rin a encarou, sem palavras.

Conhecia aquele rosto. Conhecia aquele queixo pontudo, aquela mandíbula reta e aqueles olhos duros e severos. Já o vira no espelho.

— Olá, Hanelai — disse Chaghan. — Esta é a amiga de quem tanto lhe falei.

Hanelai se virou para Rin, analisando-a com soberba, como uma rainha examinando seu subordinado. Um sentimento peculiar tomou conta do coração de Rin, um desejo estranho e inominável. Tinha sentido isso apenas uma vez, dois anos antes, quando comparou os próprios dedos com os de Altan e ficou maravilhada ao ver que suas peles escuras se pareciam. Nunca pensou que sentiria isso de novo.

Já fazia um tempo que Rin suspeitava de sua relação com Hanelai, e agora, diante daquele rosto, sabia que a ligação entre as duas era inegável. Conhecia a palavra para isso, uma que nunca havia usado antes. Não ousou dizê-la em voz alta.

Hanelai, no entanto, não deu qualquer sinal de que sabia quem ela era.

— É você quem está viajando com Jiang Ziya? — perguntou.

— Sim — respondeu Rin. — E você...

Hanelai rosnou. Seus olhos ficaram vermelhos. Suas chamas saltaram e se desenrolaram como uma explosão suspensa no tempo, pétalas de laranja mortal florescendo na direção de Rin.

— Não tenha medo — disse Chaghan na mesma hora. — Os mortos não podem feri-la. Essas chamas não são reais, são apenas projeções.

Ele estava certo. Hanelai espumava e rosnava, jorrando palavras incoerentes enquanto fogo disparava de cada parte de seu corpo, mas não se aproximou de Rin. Embora se enrolassem e saltassem, suas chamas não tinham calor, e o plano crepuscular permanecia tão frio e neutro como sempre fora.

Ainda assim, a mulher era assustadora. Rin se esforçou ao máximo para não se deixar ser tomada pelo pavor.

— O que está acontecendo com ela?

— Está morta — respondeu Chaghan. — Já faz um tempo. E quando as almas não se dissolvem no abismo, elas precisam de correntes. Seus ódios remanescentes as impedem de fazer a passagem. Hanelai não é mais uma pessoa. Ela é ódio.

— Mas já vi Tearza. Tearza não era...

— Tearza tinha controle — cortou Chaghan. — A raiva dela era contida, porque escolheu as circunstâncias da própria morte. Hanelai, não.

Rin a observou. Agora, as chamas pulsantes e a careta dela não pareciam tão assustadoras, e sim deploráveis.

Quanto tempo Hanelai estivera pairando em sua fúria?

— Não há nada a temer — afirmou Chaghan. — Ela quer falar com você, só não sabe disso. Fale com Hanelai, e ela responderá. Vá em frente.

Rin sabia o que precisava perguntar.

Aquela era sua chance de finalmente desenterrar a verdade, o segredo que havia tanto tempo inflamava entre Jiang, Daji e ela. Entretanto, Rin não queria saber, tinha medo do que descobriria. Era como enfiar uma faca em uma ferida envenenada para extrair o veneno. A dor era assustadora. No entanto, mesmo que esse segredo a destruísse, ela precisava ouvi-lo. Precisava escalar aquela montanha de olhos abertos.

Ela encarou o rosto furioso e angustiado de Hanelai.

— O que ele fez com você? — perguntou.

Hanelai uivou.

Vozes dispararam na direção de Rin como um ataque de flechas — nem todas partiam de Hanelai, nem todas partiam de adultos. Fragmentos de centenas de lamentações a atingiam como um mosaico de dor, remendando os detalhes de uma pintura que, até então, ela só vislumbrara de longe.

... Riga...

... quando eles levaram nossas crianças...

... sem escolha...

... você teria escolhido?...

... não importava, nada importava...

... eles queriam os deuses, só queriam os deuses, e tivemos pena deles porque não podíamos imaginar que...

... por nossas crianças...

... Riga...

... teria nos deixado em paz...

... só nos deixe em paz, nós nunca quisemos...

... então Riga...

... Riga...

... Riga!...

— Entendi — disse Rin. Ela não entendia, não de todo, mas ouvira o suficiente para montar um esboço, e isso era suficiente. Não aguentaria ouvir mais, não podia pensar em *Jiang* dessa forma. — Entendi, pare...

Mas as vozes não cessaram. Apenas cresceram. Gritos se juntavam a gritos, em um volume insuportável.

... e Jiang não...

... Jiang nunca...

... ele prometeu...

... quando Riga...

... Ziya...

... ele disse que nos amava...

Ele disse que me amava.

— Pare — pediu Rin. — Não posso...

— Não pode? — A voz de Chaghan invadiu a mente dela como um caco de gelo. — Ou não quer?

As vozes se consolidaram em uma.

— Traidora! — gritou Hanelai, voando para Rin. — Traidora burra, imperialista e patética...

A voz dela se distorceu em um grito profundo, que então se dividiu em um coro. Quando Hanelai falou, não foi apenas sua boca que entoou as palavras, mas a de uma multidão de mortos. Rin quase podia vê-los, a horda de speerlieses atrás de Hanelai, todos cuspindo ódio em sua cara.

— Você ouve nosso testemunho e nos recusa. Profana os túmulos de seus ancestrais. Você que escapou, que carrega nosso sangue... como ousa se chamar de speerliesa? *Como ousa...*

— Chega — ordenou Rin. — Faça ela parar...

— Escute-a — disse Chaghan.

A fúria tomou conta de Rin.

— Eu disse *chega*.

Todas as vezes que Rin usou aquela droga, Chaghan a guiou de volta do mundo dos espíritos, arrastando sua alma desnorteada e aterrorizada para a terra dos vivos. Mas Rin estava cansada de vagar por aí como uma criança perdida. Cansada de deixar Chaghan manipulá-la com fantasmas e sombras.

Assim que a alma voltou para o corpo, trazendo-a de volta à consciência como um nadador emergindo na superfície, Rin ficou de joelhos e o agarrou pelos ombros.

— O que foi aquilo?

— Você precisava saber — explicou Chaghan. — Não ia acreditar se outra pessoa dissesse.

— E daí? Você vai me assustar com a droga de um fantasma?

— *Rin*. Você está falando de reviver um homem que assassinou sua raça.

— Os mugeneses assassinaram os speerlieses...

— E Riga permitiu. Você ouviu Hanelai? Aquela é a história completa. É o que a Víbora jamais contaria. A Federação sequestrou crianças speerliesas e exigiu os segredos do xamanismo como resgate. Riga sabia que Hanelai ia revelar tudo para os mugeneses. Sabia que ela se importava mais com aquelas vinte crianças do que com o destino do continente e acabou com o povo dela por isso. Riga via os speerlieses como animais. Seres descartáveis. Acha que ele vai tratar você diferente? Seus ancestrais ficariam enojados. Altan não iria...

— Não! — disparou ela, bruscamente. — Não fale de Altan comigo. Você sabe muito bem o que ele teria feito.

Chaghan tentou contestar, mas viu a expressão no rosto de Rin e se calou, engolindo em seco.

— Rin, eu só...

— Riga é nossa melhor chance de vencer esta guerra — declarou ela, firme.

— Talvez. Mas o que vem depois disso? Quem vai governar o Império? Você ou eles?

— Sei lá. Quem liga para isso?

— Você não pode ser tão burra assim — disse ele, chocado. — Pense bem nesse conflito. Não se trata apenas do inimigo. Trata-se de como o mundo fica depois. E se tem a intenção de permanecer no poder, então é melhor começar a pesar suas chances contra a Trindade. Acha que consegue lidar com eles?

— Não sei — respondeu ela. — Mas sei de uma coisa: sem eles, não tenho chance contra a República e os hesperianos. E eles são os únicos oponentes que importam agora.

— Isso não é verdade. A ocupação hesperiana vai ser difícil, mas vamos sobreviver...

— Você vai sobreviver, isso é certo. Você se esconde em um deserto tão seco e morto que ninguém se dá ao trabalho de invadir seu território. Não debata os riscos comigo, Chaghan. Você vai ficar bem no seu norte de merda, não importa o que aconteça.

— Olha como fala comigo... — avisou Chaghan de repente.

Rin olhou para ele, incrédula. Então lembrou por que sempre se ressentia tanto de Chaghan, por que sempre sentia tanta vontade de dar um tapa naquele rosto sombrio e onisciente. Era a pura condescendência. A maneira como sempre falava como se soubesse mais, como se estivesse dando sermões para crianças bobas.

— Não sou mais a garota que conheceu em Khurdalain — disse ela. — Não sou a comandante fracassada do Cike. Sei o que estou fazendo. Você está tentando proteger o seu povo, entendo isso, mas estou tentando proteger o meu. Sei o que a Trindade fez com você, e que deseja vingança, mas agora preciso deles. E você não pode me dar ordens.

— Sua obstinação será sua ruína.

Rin ergueu a sobrancelha.

— Está me ameaçando?

— Nem vem — disse ele, surpreso. — Rin, eu vim aqui como amigo.

Ela invocou uma pequena chama na palma da mão.

— Eu também.

— Não vou lutar com você. Mas deve saber no que está se metendo...

— Sei muito bem — afirmou ela, levantando a voz. — Sei exatamente que tipo de homem Jiang é, sei exatamente o que Daji está planejando, e *não me importo*. Sem Riga, não tenho nada. Não tenho exército. Não tenho armas. Os dirigíveis vão nos bombardear em segundos e pronto! A guerra vai chegar ao fim, e seremos nada mais do que um pontinho na história. Mas a Trindade nos dá uma chance de lutar. Lido com as consequências depois. Só sei que não vou rastejar para o esquecimento choramingando, e você deveria ter imaginado isso antes de vir para cá. Se tinha tanto medo da Trindade, deveria ter tentado me matar. Você nem deveria ter me dado escolha.

Rin se levantou. Os arqueiros ketreídes se moveram para encará-la, alarmados, mas ela os ignorou. Sabia que não ousariam feri-la.

— Mas você não pode, pode? Porque também está de mãos atadas. Porque sabe que, assim que os hesperianos nos exterminarem, vão atrás de você. Você conhece o Criador deles e como veem o mundo. E sabe que a visão deles para o futuro deste continente não inclui você. Seus territórios ficarão cada vez menores, até o dia em que os hesperianos decidirem que também querem você fora do mapa. E você precisa de mim para esta luta. A Sorqan Sira sabia disso. Sem mim, você está condenado.

Rin pegou a faca no chão. A reunião havia acabado.

— Amanhã parto para o monte Tianshan — declarou ela. — E não há nada que você possa fazer para me impedir.

Chaghan a observou, atento.

— Meus homens estarão do lado de fora daquela montanha, prontos para atacar seja lá o que emergir.

— Então mire bem — disse Rin. — Desde que não mire em mim.

CAPÍTULO 21

Sete dias depois, Rin estava com Jiang e Daji na base do monte Tianshan, preparando-se para a escalada final. Jiang carregava um jovem cervo sobre os ombros, as pernas finas amarradas com corda. Rin evitou os olhos enormes do animal. Sabia o poder que uma vida passageira tinha. O encantamento para quebrar o Selo em erosão requeria morte.

A montanha se assomava acima deles, bonita e ardilosa com seu verde exuberante e seu branco reluzente de neve limpa, envolta em névoas tão espessas que mal dava para ver um quilômetro acima. Com vinte e cinco mil pés de altura, era o pico mais alto do Império, embora o Templo Celestial ficasse a dois terços do topo. Mesmo assim, levariam um dia inteiro para subir, e provavelmente nem sequer alcançariam o templo antes do pôr do sol.

— Bem. — Rin se virou para Kitay. — Vejo você esta noite.

Ele não a acompanharia. Apesar dos protestos, os dois concordaram que Kitay seria apenas um risco nas montanhas. Ficaria mais seguro no vale, cercado das tropas de Cholang.

— Esta noite — concordou ele, inclinando-se para um abraço breve e apertado. Seus lábios roçaram na orelha dela. — Vê se não vai ferrar tudo.

— Não prometo nada. — Rin deu uma risada amarga, uma forma cruel de disfarçar o nó na garganta, ou sucumbiria ao medo bem ali. — É só um dia, querido, não sinta tanto minha falta.

Kitay não riu.

— Volta — disse ele, a expressão de repente sombria. Seus dedos apertaram os dela com força. — Rin, olha, não me importo com o que vai acontecer lá em cima. Só volta para mim.

* * *

O caminho até o monte Tianshan era sagrado.

Em todos os mitos, Tianshan era o local no qual os deuses desceram. Onde Lei Gong se encontrava quando esculpiu raios no céu com seu cajado. Onde a Rainha Mãe do Oeste cuidou do pessegueiro da imortalidade que havia sentenciado a Senhora da Lua Chang'e a uma eternidade de tormento. Onde Sanshengmu, irmã do vingativo Erlang Shen, caíra quando os céus a baniram por amar um mortal.

Era evidente por que os deuses tinham escolhido aquele lugar, onde o ar rarefeito era fresco e doce, onde as flores que ladeavam a estrada desabrochavam em cores tão intensas que não pareciam reais. O caminho, raramente percorrido, estava silencioso. Exceto pelo som de seus passos, Rin nada ouvia — nem o canto de pássaros nem o zumbido de insetos. Apesar de sua beleza natural, o monte Tianshan parecia esvaziado de qualquer outra vida.

Os dirigíveis chegaram ao meio-dia.

A princípio, Rin pensou que tivesse imaginado o zunido, de tão fraco que estava. Talvez fosse resultado do medo, dos nervos à flor da pele e da exaustão que a dominavam.

Mas então Daji parou de repente, e Rin percebeu que ela também tinha ouvido.

Jiang olhou para o céu e resmungou.

— Merda.

Devagar, os dirigíveis emergiram da grossa parede branca de névoa, um depois do outro, formas pretas escondidas entre as nuvens, monstros que se esgueiravam nas sombras, prontos para atacar.

Rin, Jiang e Daji ficaram parados abaixo, expostos na neve branca, três alvos vulneráveis diante de um esquadrão de fuzilamento.

Fazia quanto tempo que Nezha sabia que ela estava ali? Desde que chegara à Província do Cachorro? Desde que começara a marcha? Ele devia ter seguido os sulistas com aeronaves de reconhecimento, que avançavam invisíveis além do horizonte, traçando os movimentos deles pela cordilheira Baolei, esperando para ver aonde os levariam, tal qual um caçador seguindo um filhote de cervo até o bando. Ele devia ter percebido que a marcha estava indo ao oeste em busca de salvação. E após sua perda devastadora na Bigorna, desesperado por uma vitória para exibir aos hesperianos, ele devia ter decidido esperar para eliminar a resistência na fonte.

— O que está esperando? — sibilou Daji. — Atire neles.

Jiang balançou a cabeça.

— Estão fora de alcance.

Tinha razão. Os dirigíveis se movimentavam pela névoa com cuidado, predadores pacientes esperando para ver para que direção a presa correria. Pairavam tão alto que eram apenas formas embaçadas no céu, onde sabiam que as sombras de Jiang não os alcançariam. Eles não se aproximaram. E não dispararam.

Nezha sabe, pensou Rin. Era a única explicação. De alguma forma, Nezha entendia o que Rin estava tentando fazer, ou pelo menos tinha uma ideia. Ainda não estava pronto para assassinar a Trindade. Pelo bem dos supervisores hesperianos, precisava descobrir o que havia naquela câmara.

— Então se apresse — disse Daji, encarando o caminho à frente. — *Escale*.

Não havia outra opção a não ser continuar.

Rin avançou pela pedra escorregadia, deixando qualquer reserva para trás, a mente tomada por um medo puro e gélido. Seus receios sobre a Trindade não importavam agora. Não importava o que Jiang tivesse feito, o que escondesse dela, ou quem fossem as crianças. Acima dela, Nezha estava pronto para transformar seus ossos em pó com uma única ordem. Ela tinha apenas uma chance de sobreviver, e era Riga.

Rin talvez estivesse prestes a despertar um monstro. Ela não ligava.

Adiante, o trajeto estava envolto em uma névoa tão densa que Rin mal conseguia enxergar ou respirar. Aquela era a famosa névoa do monte Tianshan, o suposto véu impenetrável da Imperatriz dos Quatro Céus, para evitar que mortais descobrissem as portas para o paraíso. A umidade era tão espessa que Rin quase sentiu como se estivesse passando por água. Era difícil ver um metro à frente, e ela teve que engatinhar, guiando-se desesperadamente pelo som dos passos de Daji.

Ainda ouvia a frota de dirigíveis, mas não conseguia vê-la. O zumbido também tinha diminuído, como se a frota tivesse se aproximado da montanha e então se afastado.

Será que não sabiam qual direção seguir? Devia ser isso. Se a névoa era arriscada para os escaladores, devia ser mais perigosa ainda para os dirigíveis, que deviam ter retornado a céus mais claros, esperando até conseguirem descobrir a localização exata do alvo.

Quanto tempo Rin e os outros tinham agora? Horas? Minutos?

Estava ficando cada vez mais difícil respirar. Rin havia se acostumado com o ar rarefeito da marcha, mas nunca tinha percorrido altitudes tão altas. A fatiga subiu pelas pernas e pelos braços dela e se transformou em uma queimação intensa. Cada passo era uma tortura. Ela desacelerou, arrastando os pés à frente com cada centelha de energia que conseguia espremer dos músculos.

Rin não podia parar. Eles haviam concordado em acampar a meio caminho montanha acima, caso se cansassem rápido demais, mas aquela não era mais uma opção.

Um por vez, Rin disse a si mesma. Um passo. Então outro. E mais outro, até que por fim o caminho íngreme se tornou pedra lisa. Ela caiu de quatro, ofegante, desesperada por apenas alguns segundos de alívio.

— Ali — sussurrou Daji atrás dela.

Rin levantou a cabeça, semicerrando os olhos para a névoa, até que o Templo Celestial emergiu na neblina — um pagode imponente de nove andares com paredes vermelhas e telhados azuis inclinados, brilhando imaculado, como se tivesse acabado de ser construído.

O lugar não tinha portas. Um buraco quadrado fora escavado na parede, revelando nada além da escuridão. Não havia barreira contra o vento e o frio. Fosse lá o que houvesse lá dentro, não precisava de defesa — o interior pulsava com um poder sombrio. Rin sentiu o ar ficando mais denso conforme se aproximava, uma tensão vaga que fazia sua pele se arrepiar de desconforto.

Ali, o limite entre o mundo dos deuses e o dos homens se confundia. Aquele lugar era sagrado. Aquele lugar era amaldiçoado. Ela não sabia qual era a verdade.

A entrada escura do templo a atraía, convidativa. No entanto, Rin foi tomada por um súbito e forte impulso de fugir.

— Bem... — disse Daji atrás dela. — Vá em frente.

Rin engoliu em seco e se aproximou do painel erguido na soleira, lançando chamas na escuridão para iluminar o caminho. O ambiente não estava quente. Também não estava fresco. Era nada, a ausência de temperatura, um lugar perfeitamente condicionado para deixá-la intocada. O ar não se movia. Não havia sinal de poeira. O espaço era esculpido nas fronteiras do mundo natural, uma câmara fora do tempo.

Devagar, os olhos dela se ajustaram ao interior pouco iluminado.

Também não havia janelas no Templo Celestial. As paredes em todos os nove andares eram de pedra sólida. Até o teto, ao contrário dos tetos em todos os pagodes que Rin já vira, não se conectava com o céu, bloqueando toda a luz, exceto pelo brilho vermelho em sua palma.

Com cuidado, ela lançou as chamas mais alto e com maior alcance, tentando levar luz para cada canto da sala sem atear fogo a nada. Distinguiu as formas dos sessenta e quatro deuses acima dela, estátuas empoleiradas em pedestais exatamente iguais às que vira no Panteão. As chamas distorciam suas sombras, transformando-as em figuras enormes e ameaçadoras nas altas paredes de pedra.

Sim. Sem dúvida os deuses estavam presentes ali. Rin não apenas os sentia, podia *ouvi-los*. Sussurros estranhos arqueavam ao redor dela, entoando palavras efêmeras que desapareciam quando ela tentava compreendê-las. Rin se demorou sob o pedestal da Fênix. O olhar da estátua se fixou nela — afetuoso, zombeteiro, provocador.

Há quanto tempo, pequenina.

No meio da sala havia um altar.

— Grande Tartaruga — disse Jiang. — Você acabou mesmo com ele.

O Imperador Dragão jazia imóvel em uma cama de jade, as mãos cruzadas serenamente sobre o peito. Não parecia alguém que estivera em coma, sem comida ou água por duas décadas. Nem sequer parecia uma pessoa viva. Ele era parte do templo, tão parado e permanente quanto as rochas. O peito não subia nem descia; Rin não sabia se ainda respirava.

A semelhança com a família Yin era perturbadora. O rosto dele era porcelana esculpida: sobrancelhas imponentes, nariz reto, um arranjo adorável de ângulos fortes. Seu cabelo longo e preto descia pelos ombros com elegância. Rin ficou desnorteada ao deixar os olhos percorrerem os traços nobres e adormecidos do homem. Ela sentiu que encarava o cadáver de Nezha.

— Não vamos perder tempo — disse Daji. — Ziya?

Jiang foi rápido. Antes que Rin pudesse piscar, ele largou o cervo nos ladrilhos de pedra e enfiou a lâmina em seu pescoço.

A boca do cervo se moveu, frenética, mas dela saíram apenas gorgolejos agonizantes e uma onda estonteante de sangue.

— Rápido, antes que ele morra.

Daji puxou Rin para tirá-la do caminho, e Jiang arrastou o corpo do cervo, que ainda se contorcia, até a base do altar.

O engasgar do cervo continuou por um tempo longo e excruciante. Por fim, sua relutância em morrer se reduziu a espasmos enquanto o sangue serpenteava no chão, correndo em regatos retos e limpos onde os ladrilhos se encontravam. O tempo todo, Daji ficou ajoelhada sobre o animal, uma mão pressionada em seu flanco, murmurando algo baixinho.

Um som de estalo preencheu a caverna, um trovão longo e sem fim que ficou cada vez mais alto, até o pagode parecer prestes a explodir. Rin sentiu poder no ar. Poder demais — preencheu sua garganta, sufocando-a. Ela se agachou contra a parede, de repente aterrorizada.

Daji falava cada vez mais alto, palavras ininteligíveis e febris saindo de seus lábios.

Jiang estava parado, o rosto contorcido em uma careta estranha e desconhecida; Rin não sabia se estava horrorizado ou eufórico.

Então uma explosão de luz branca brilhou ao redor deles, seguida por um som semelhante ao de um trovão. Rin não percebeu que tinha sido erguida do chão até sentir as costas baterem com força na parede dos fundos.

Estrelas explodiram em seus olhos. A dor era pungente. Ela queria se encolher e se balançar para a frente e para trás até que parasse, mas o medo a dominava. O pavor a fez ficar de joelhos, tossindo e fechando os olhos com força enquanto esperava a visão retornar.

Jiang estava contra a parede oposta, sem se mexer, a expressão vazia. Daji estava caída na base do altar. Um fino trilho de sangue saía de seus lábios. Rin cambaleou à frente para ajudá-la, mas a mulher balançou a cabeça e apontou para o altar, onde, pela primeira vez em mais de vinte anos, Yin Riga estava de pé.

Os olhos do Imperador Dragão eram de um cobalto puro e brilhante. Eles observaram a sala devagar enquanto o homem se sentava, absorvendo cada detalhe do pagode.

Rin não conseguia se mexer. Não conseguia nem falar — todas as palavras pareciam insuficientes. Alguma força parecia fechar sua mandíbula com força, alguma gravidade que deixava o ar no templo mais denso que pedra.

— Está me ouvindo? — Daji, ficando de joelhos, agarrou as mãos de Riga. — Riga?

Ele a encarou por um longo tempo. Então crocitou, em uma voz que parecia cascalho raspando:

— Daji.

Jiang emitiu um som de engasgo. Riga olhou de relance na direção dele, e então voltou a atenção para Daji.

— Por quanto tempo fiquei desacordado?

— Vinte anos. — Daji pigarreou. — Você... sabe onde está?

Riga ficou em silêncio por um momento, franzindo as sobrancelhas.

— Estive flutuando — respondeu ele. Pelo menos ele não soava como Nezha. A voz era rouca pela falta de uso, uma lâmina enferrujada arrastando na pedra. — Não sei onde. Era escuro, e os deuses estavam em silêncio. E eu não conseguia voltar. Não conseguia encontrar o caminho. E fiquei me perguntando quem poderia ter...? — De repente, o olhar dele tornou a focar em Daji, como se tivesse acabado de se dar conta de que falava em voz alta. — Eu me lembro agora. Nós brigamos.

— Sim — confirmou Daji, pálida, com a voz trêmula.

— E você interveio.

O olhar dele permaneceu no rosto de Daji por um longo tempo. Algo que Rin não entendeu se passou entre eles. Algo cheio de remorso, saudade e ressentimento. Algo perigoso.

De repente, Riga lhe deu as costas.

— Ziya — chamou ele, a voz mais suave, mais alta, ressoando nas paredes do pagode.

Jiang ergueu a cabeça.

— Sim.

— Você deu a volta por cima, então? — Riga ficou de pé, livrando-se do braço que Daji lhe oferecera. Era bem mais alto que Nezha. Se estivessem lado a lado, teria feito Nezha parecer uma criança. — Superou aquela garota burra? Foi por isso que brigamos, não foi?

O rosto de Jiang era uma pedra ilegível.

— É bom ver você de novo.

Riga se virou na direção de Rin.

— E o que é isto?

Rin ainda não conseguia falar. Tentou dar um passo para trás, mas percebeu que estava congelada no lugar. O olhar de Riga era como estacas de aço prendendo os pés dela no chão, paralisando-a sem esforço algum.

— Que interessante. — Riga inclinou a cabeça, o olhar passando pelo corpo dela como se analisasse um animal no mercado. — Pensei que tivessem matado todos eles.

Rin tentou sacar a faca. O braço dela não respondia.

— Ajoelhe-se — ordenou Riga, baixinho.

Rin obedeceu na mesma hora. A voz dele era como uma força física em si que vibrava nos ossos dela e abalava a fundação do templo, capaz de dobrar os joelhos de Rin e obrigá-la a olhar para o chão.

Riga caminhou devagar na direção dela.

— Ela é mais baixa que os outros. Por quê?

Ninguém respondeu. Ele cantarolou.

— Acho que Hanelai era baixa. Ela segue ordens?

Enfim Rin conseguiu cuspir uma palavra.

— *Ordens?*

— Rin, quieta — disse Daji.

Riga apenas riu.

— Estou impressionado, Ziya. Você achou mesmo outro, não é? Você sempre gostou de animais de estimação.

— *Eu não sou o animal de estimação dele* — rosnou Rin.

— Ah, a coisa fala.

Riga se inclinou e abriu um grande e terrível sorriso. Então estendeu a mão, segurou-a pelo colarinho e a puxou para o ar em um movimento ligeiro. Rin arfou quando os dedões dele apertaram seu pescoço com força. Ela chutou, mas estava a vários centímetros do chão e conseguiu apenas roçar os pés nos joelhos do algoz. Sua resistência parecia mais uma birra de criança. Riga a trouxe mais para perto, até seus olhares estarem no mesmo nível, os rostos tão próximos que ela podia sentir o calor da respiração dele nas bochechas quando o homem falou:

— Estive adormecido por muito tempo, speerliesazinha — sussurrou ele. — Não estou com paciência para ser contradito.

— Largue ela — pediu Daji. — Vai matá-la assim.

Riga olhou feio para a mulher.

— Eu te dei permissão para falar?

— Ela é útil — insistiu Daji. — Ela é forte e nos ajudou a chegar aqui...

— Sério? Isso é patético. Você costumava fazer essas coisas sozinha. — Riga sorriu, achando graça. — O que foi? Ziya fodeu esta aqui também? Devo dizer que o padrão dele caiu.

— Não é isso — disse Daji depressa. — Ela é só uma criança, Riga. Não a machuque...

— O que aconteceu, minha querida? — Riga deu uma risada baixa. — Enfim desenvolvendo uma consciência?

A voz de Daji ficou gelada.

— Riga, me escute, *solte ela*.

Riga abriu os dedos.

Rin caiu no chão, levando as mãos à garganta, sem conseguir falar ou emitir qualquer ruído, as pernas de Riga se assomando acima dela. A garota se encolheu, preparando-se para um chute vigoroso, mas o homem apenas pisou nela como se fosse um tamborete.

Era Daji que lhe interessava.

— Riga... — começou Daji, logo interrompida por um tapa no rosto.

A cabeça da mulher tombou para o lado. Ela gritou e levou a mão à bochecha.

— Cale a boca — disse Riga, e a esbofeteou de novo. E de novo, e de novo, até que a marca vermelha de uma mão surgiu no rosto pálido de Daji. — *Cale a boca*, sua puta.

Rin os observou, chocada.

Por muito tempo, havia considerado Daji — Su Daji, a Víbora, ex--Imperatriz de Nikan — o ser mais poderoso da Terra. Desde que a conhecera, Rin a temera. Queria tanto *ser* ela.

Mas ali estava Daji, os ombros caídos como se tentasse se encolher até se tornar nada enquanto Riga a espancava como a um cão. E ela estava apenas *aceitando*.

— Acha que eu me esqueci? — perguntou Riga, com a voz rouca. — Sua putinha traiçoeira, acha que não sei quem me colocou aqui?

Ele ergueu a mão. Daji recuou até a parede e deixou escapar um choro angustiado.

— Ah, não fique assim. — Riga segurou o queixo de Daji e forçou a cabeça dela para cima. Suspirou. — Você costumava ficar tão bonita chorando. Quando deixou de ser tão bonita?

Rin queria vomitar.

Com certeza Daji não aceitaria aquilo. Com certeza revidaria. Com certeza Jiang a defenderia.

Mas eles apenas desviaram o olhar — Daji para as próprias mãos, Jiang para o chão. Os dois tremiam. Então Rin percebeu que aquilo não era novo para eles. Era uma resposta treinada para o terror com o qual conviveram por anos. Um terror tão incapacitante que vinte anos mais tarde, depois de meia vida livres do homem que odiavam, ainda se encolhiam diante dele, como cães espancados.

Rin estava estupefata.

O que Riga fizera com eles?

E se ela o tirasse da montanha, o que ele faria com *ela*?

Mate-o, disse a Fênix. *Mate-o agora.*

Riga estava de costas para ela. Rin podia acabar com aquilo em segundos; só precisava de um pulo rápido, correr até ele e esfaqueá-lo. Então agarrou o cabo da faca, ficou de pé o mais silenciosamente que pôde e plantou os pés no chão. Poderia invocar a Fênix, mas às vezes o aço era mais rápido que o fogo...

Não. Não. Se ela ferisse a Trindade, estaria sozinha. Tinha ido até ali. Ele era a última e melhor esperança dela. Não podia jogar tudo fora assim.

Sabia que havia despertado um monstro. Mas sabia disso desde o início; sabia que precisava de monstros ao seu lado.

— Não sou sua inimiga — disse ela. — E não sou sua serva também. Sou a última speerliesa. E vim em busca de ajuda.

Riga não se virou, mas largou o queixo de Daji. Ele ficou imóvel, a cabeça inclinada. Daji cambaleou para trás, massageando a mandíbula, encarando Rin de olhos arregalados, espantada.

— Sei o que fez. — As palavras de Rin saíram trêmulas e agudas; ela não conseguia evitar. — Sei de tudo. E não me importo. Seu passado não importa. Nikan está em perigo *agora*, e preciso de você.

Riga se virou. Os olhos dele estavam arregalados, a boca retorcida em um sorriso desconfiado.

— Você *sabe*? — Ele se aproximou, os passos sorrateiros e ameaçadores como um tigre se aproximando da presa. — O que acha que sabe?

— Speer. — Ela deu um passo para trás sem pensar. Tudo nele irradiava perigo, e seu sorriso fazia Rin querer se virar e fugir. — Eu vi... eu sei... eu sei que desistiu dela. Sei que deu permissão a eles.

— É isso o que acha? — Ele se inclinou na direção dela. — Então por que não me mata, criança?

— Porque não me importo — respondeu ela, arfando. — Porque temos outro inimigo dez vezes pior que você, e preciso de você para destruí-lo. Você fez uma escolha necessária em Speer. Entendo. Também já negociei vidas.

Por um longo momento, Riga a encarou. Rin se esforçou para manter o olhar fixo no dele, o coração batendo tão forte que ela temeu que explodisse.

Não conseguia ler a expressão do homem. Não fazia ideia do que se passava na cabeça dele. Algo estava estranho, algo estava errado, concluiu Rin ao reparar no terror que dominava as feições de Daji, mas não podia fugir, precisava ir até o final.

Então Riga jogou a cabeça para trás e riu. Sua risada era algo horrendo, tão parecida com a de Nezha e tão alegremente cruel.

— Você não sabe de merda nenhuma.

— Não me *importo* — repetiu Rin, desesperada. — Os hesperianos estão *aqui*, Riga. Estão lá fora. Você precisa me ajudar...

Ele ergueu a mão.

— Ah, cale a boca.

Uma força invisível a arremessou no chão. Seus joelhos latejavam, agonizavam. Ela se inclinou para a frente, tentando se levantar, sem sucesso.

Riga se agachou diante de Rin e agarrou o rosto dela entre as mãos.

— Olhe para mim.

Rin fechou os olhos com força.

Não fez diferença. As pontas dos dedos de Riga entraram com tanta força em suas têmporas que Rin pensou que ele fosse estraçalhar seu crânio com as próprias mãos. Uma presença cruel e gelada abriu caminho pela mente dela, escavando as memórias com violência, arrancando tudo que fazia a boca de Rin secar de medo. Tia Fang, beliscando-a com força e deixando marcas sob suas roupas, onde ninguém poderia vê-las. Shiro, enfiando agulhas de qualquer jeito em suas veias com uma força brutal. Petra, traçando metal frio contra seu corpo nu, os lábios finos sorrindo toda vez que Rin se encolhia.

Aquilo durou pelo que pareceu uma eternidade. Rin não sabia que estava gritando até sua garganta começar a doer com o esforço.

— Ah — disse Riga. — Aqui estamos.

As memórias pararam. Ela se viu curvada no chão, arfando, a baba pingando da boca.

— Olhe para mim — disse Riga de novo.

Dessa vez, exaurida, Rin obedeceu.

Ela não tinha mais forças para lutar. Queria que aquilo terminasse. Se fizesse o que ele dissera, terminaria?

— Era isso o que queria ver? — perguntou Riga, o rosto se transformando no de Altan.

Ele sorriu.

Então, por fim, Rin entendeu o que Daji quisera dizer quando afirmara que o poder de Riga estava no medo.

Ele não apenas aterrorizava com força bruta. Aterrorizava com *poder* puro e sufocante. Havia examinado a memória dela em busca da única pessoa que Rin acharia tão intimidante e forte que não poderia fazer outra coisa além de obedecer — não, *desejar* obedecer, porque medo e amor eram apenas lados opostos da mesma moeda.

Ela via agora o que interligava Jiang e Daji a Riga. Era o mesmo que a deixara fascinada por Altan. Era tudo tão fácil com ele. Rin nunca precisava pensar. Ele se enfurecia e ela o seguia, sem questionar, porque se maravilhar com o propósito dele era mais simples que arranjar o próprio. Altan a aterrorizara. Rin teria morrido por ele.

— Altan Trengsin — disse Riga. — Me lembro do nome. Sobrinho de Hanelai, certo, Ziya? Orgulho da ilha?

Novas imagens invadiram a mente dela.

Rin viu ondas quebrando em uma costa irregular. Viu um garoto correndo pelo banco de areia. Era muito jovem, não mais que quatro ou cinco anos. Estava sozinho na praia, com um tridente na mão, os olhos escuros semicerrados, concentrados, observando as ondas. Seu cabelo preto caía em cachos suaves pelas bochechas bronzeadas, e seu rosto estava retesado com um foco maduro e intenso que pertencia a alguém bem mais velho. Devagar, sem tirar os olhos da água, ele ergueu o tridente acima do ombro e praticou uma postura que Rin vira muitas vezes antes.

Ela logo percebeu que estava olhando para Altan.

— Venha — disse uma voz que saía da boca de Rin mas pertencia a Riga, pois aquela era a memória dele, algo que já fizera.

Vinte anos antes, Yin Riga se aproximou de Altan Trengsin e disse:

— Venha. Sua tia espera.

Riga estendeu a mão. E, sem questionar ou hesitar, Altan a aceitou.

Ela ouviu a risada de Riga em sua mente. *Agora você vê?*

Rin cambaleou para trás, horrorizada, mas ainda estava presa na visão, forçada a acompanhá-la pelo tempo que Riga quisesse. Não podia voltar aos seus sentidos. Não conseguia voltar para seu corpo nem ao monte Tianshan — tinha que continuar observando enquanto Riga conduzia Altan para um barco que esperava costa abaixo, um barco com cores da Federação.

Outras crianças esperavam no convés. Dezenas delas. Entre elas, havia um homem magro e espichado cujas mãos se moviam pelos ombros das crianças, cujos olhos semicerrados dançavam com uma curiosidade alegre ao observá-las da mesma forma que um dia observara Rin, cujo rosto fino e de queixo pronunciado havia pairado acima dela nos piores momentos da vida da garota e que assombrava seus pesadelos mesmo agora.

Shiro.

Vinte anos antes, o dr. Eyimchi Shiro havia pegado a mão de Altan e o guiado para o barco.

Então tudo se encaixou. A peça final e horrível do quebra-cabeça entrou no lugar certo. A Federação não havia sequestrado as crianças speerliesas. Fora a Trindade. Fora Riga todo esse tempo. Ele entregara as crianças à Federação. Fora Riga quem ameaçou Hanelai quando ela discordou de suas ações, e logo depois observou a ilha de Speer pegar fogo quando ela fez a escolha errada.

— Você está certa. — Riga tirou as mãos das têmporas de Rin, deixando-a de joelhos e ofegante. — Faço escolhas difíceis. Faço o que devo fazer. Mas não trabalho com speerlieses. Tentei com Hanelai. Aquela vadia tentou desertar. Sua raça não serve, só sabe causar confusão. E você não será diferente.

A cabeça de Rin latejava. Ela se esforçava para respirar, encarando o chão até que sua visão parasse de girar, tentando ganhar alguns segundos.

Estivera tão errada. Não havia como acalmar Riga. Não podia implorar por uma aliança com alguém que não a considerava humana.

Não se tratava de humilhação.

Tratava-se de sobrevivência.

Então o cálculo se tornou claro.

Ela havia desejado tão desesperadamente um resultado diferente. Escalara aquela montanha disposta a fazer qualquer coisa pela Trindade. Sabia que eles tinham cometido atrocidades. Teria feito vista grossa para todas essas coisas terríveis, se apenas pudesse pegar o poder deles emprestado. Se isso lhe garantisse a vitória contra a República, Rin teria perdoado a Trindade por quase qualquer coisa.

Mas não por isso.

Ela ergueu a cabeça.

— Obrigada.

Riga deu um sorrisinho.

— Pelo quê, garotinha?

— Por tornar isso fácil.

Ela fechou os olhos, focando além da dor em um único ponto de fúria. Então ergueu a mão.

A explosão de chama durou apenas dois segundos, suficiente apenas para chamuscar as roupas de Riga antes de se apagar.

A Fênix não desaparecera. Rin ainda sentia sua conexão com a deusa, mais nítida que nunca no Templo Celestial, mas a Fênix estava sufocada, guinchando, lutando contra um inimigo que Rin não conseguia sentir.

Em algum lugar no plano espiritual, os deuses estavam em guerra.

Seria combate mano a mano, então.

Rin sacou a espada. Riga puxou sua lâmina de cima do altar pouco antes de a garota avançar em sua direção, bloqueando o ataque da adversária com uma força que enviou ondas de choque pelos braços dela.

Riga era surpreendentemente lento e desajeitado. Fazia os movimentos certos, mas sempre um segundo atrasado, como se ainda estivesse se lembrando de como canalizar pensamentos em ações. Depois de um sono de vinte anos, precisava aclimatar seu corpo físico, e era só essa desvantagem que mantinha Rin viva.

Não era suficiente. Ela era péssima com a espada. Não havia praticado com a mão esquerda. Não tinha equilíbrio. Ainda que contasse com a lentidão de Riga, Rin estava com dificuldade de manter o ritmo, e em segundos ele a colocou na defensiva. Ela não conseguia sequer pensar em contra-atacar; estava muito focada em evitar a lâmina do oponente.

Riga ergueu sua espada acima da cabeça. Rin usou a dela bem a tempo de parar um golpe que ia parti-la em duas. O ombro dela cedeu com o impacto. Rin se preparou, antecipando um ataque lateral, mas Riga não tirou sua lâmina da dela. Então pressionou para baixo, mais e mais, até que o aço cruzado estivesse a centímetros do rosto de Rin.

— Ajoelhe-se — ordenou ele.

Os joelhos de Rin tremeram.

— Serei misericordioso — disse Riga. — Permitirei que você lute. Só precisa ajoelhar.

O braço dela cedeu. Riga forçou para baixo. Ela mergulhou para a esquerda, evitando a lâmina dele por pouco, sua espada escapando dos dedos entorpecidos. Riga passou o pé pelo cabo e chutou a espada para longe.

— Ziya. — Ele olhou para trás. — Livre-se disso.

Jiang ainda estava de pé, no mesmíssimo lugar em que estivera desde que Riga descera do altar. Ao som de seu nome, ergueu a cabeça, confuso.

— Mestre — disse Rin, arfando. — Por favor...

Jiang se moveu devagar na direção da espada, inclinou-se para pegá-la e hesitou. Seus olhos pousaram em Rin, e ele franziu a testa, como se tentasse se lembrar de onde a conhecia.

— Vamos, Ziya. — Riga soava entediado. — Não enrole.

Jiang piscou, e então pegou a espada do chão.

Rin se apressou para ficar de pé, a mão buscando a faca apenas para lembrar que estava tentando usar dedos fantasmas, que sua mão direita *não estava ali*.

Ela disparou para as pernas de Riga. Se pudesse desequilibrá-lo, fazê-lo cair no chão...

Ele percebeu o movimento a tempo. Deu um passo para o lado e enfiou uma joelhada bem no peito dela. Algo rachou na costela de Rin. Ela caiu no chão, incapaz até de gritar.

— Acabou?

Riga se inclinou, agarrou-a pelo colarinho e a arrastou até que ficassem cara a cara. Então deu um soco na barriga dela.

O golpe a fez voar para trás e bater na parede. A cabeça dela estalou contra a pedra. Estrelas explodiram detrás dos olhos. Ela deslizou para o chão, engasgando. Não conseguia respirar. Não conseguia se mexer. Não conseguia ver nada além dos vislumbres pulsantes, brancos e escaldantes da dor.

Rin não tinha arma, não tinha escudo, não tinha fogo. Pela primeira vez, se deu conta de que talvez não saísse viva do templo.

— Odeio fazer isso. — Riga encostou a lâmina no pescoço dela, como se praticasse o movimento antes de fazê-lo. — Matar a última de vocês. É tão definitivo. Mas vocês, speerlieses, nunca me deram escolha. Sempre foram tão *problemáticos*.

Ele afastou a lâmina. Rin fechou os olhos com força e esperou que a lâmina a atingisse. Mas não atingiu.

Ela ouviu um estalo alto. Abriu os olhos. Jiang estava entre Riga e Rin. Seu cajado estava em pedaços, e o vermelho manchava tanto seu torso quanto a lâmina de Riga. Jiang se virou. Os olhares deles se encontraram.

— Corra — sussurrou Jiang.

Riga brandiu a espada de novo. Algo preto zuniu no ar, e a espada de Riga deslizou no chão.

— Eu tinha esquecido — zombou Riga. — Você sempre teve um fraco por speerlieses.

Ele mirou um chute poderoso na ferida no torso de Jiang, que se curvou. No canto, Daji arfava e se debatia, o rosto contorcido de dor.

Rin hesitou, dividida entre Jiang e a porta.

— Ele não pode me matar — sibilou Jiang. — *Corra*.

Rin cambaleou ao ficar de pé. A porta estava a três metros de distância. Não era nada. Suas pernas doíam tanto, tudo doía, mas Rin suprimiu a dor e se forçou a continuar em movimento. Um metro e meio…

Um estrondo explodiu atrás dela. Rin caiu.

— *Corra* — repetiu Jiang, embora sua voz soasse exausta.

Rin sentiu o cheiro de sangue. Queria olhar para trás, mas sabia que não podia, que tinha que continuar em movimento. Meio metro. Ela estava tão perto.

— Invoque todos eles! — gritou Jiang. — Acabe com isso.

Rin sabia exatamente o que aquilo significava.

Do lado de fora, ela tropeçou pela névoa.

Recusava-se a se sentir culpada. Era sua única opção; era o que Jiang queria. Ele fizera sua escolha, e agora ela fazia a dela. Rin virou a mão para o céu.

Eu a liberto.

Dessa vez, a Fênix veio. O Dragão estava distraído, lutando contra o Guardião, e então a deusa dela ficou livre. O fogo explodiu no braço de Rin e subiu pelo céu, um farol brilhante contra um fundo cinza.

A Fênix guinchou, deleitando-se. Naquele momento, Rin sentiu sua presença divina mais perto, mais íntima do que nunca, uma sincronicidade que superara o que ela um dia sentira em Speer. Ali, onde as fronteiras entre homens e deuses eram borradas, suas vontades se sobrepunham até que não fossem mais seres separados, um canalizado pelo outro, mas uma única entidade, rasgando o tecido do mundo para reescrever a história.

O fogo perfurou a névoa densa, espiralando em um pilar tão alto e brilhante que Rin pensou que o mundo inteiro veria. As nuvens que envolviam o monte Tianshan se afastaram, expondo o pagode contra a face nua de pedra.

Nezha devia ter visto. Rin contava com isso. Ele a seguira até ali, e agora ela lhe entregara tudo que os hesperianos queriam — todos os xamãs mais poderosos do mundo reunidos em um só lugar, alvos expostos presos no topo da montanha.

É a sua chance, Nezha. Aproveite.

Um por um, os dirigíveis apareceram detrás das nuvens, formas pretas embaçadas que se aproximaram do farol inconfundível criado por Rin. Estavam pairando, esperando, buscando um alvo. Agora o tinham.

Os dirigíveis voaram em formação semicircular, cercando o pagode de todos os ângulos. Rin não podia ver Nezha daquela distância, mas imaginou que ele estivesse no centro da frota, de olho nela. Ergueu a mão e acenou.

— Olá — murmurou ela. — De nada.

Então apagou as chamas e correu, bem quando todos os dirigíveis no céu viraram seus canhões na direção da montanha e dispararam.

Explosões dividiram o céu e não pararam. Continuaram como um trovão infinito, ficando cada vez mais altos, até Rin não conseguir ouvir os próprios pensamentos. Ela não sabia se tinha sido arrancada do chão; moveu as pernas, mas não conseguia sentir nada abaixo dos joelhos, além das reverberações profundas nos ossos. Moveu-se como se estivesse flutuando, em um choque dormente que calou toda a dor.

Algo pulsava no ar. Não um barulho, mas uma *sensação* — ela conseguia senti-la, espessa como mingau endurecido, uma calmaria crepitante que àquela altura era familiar demais.

Ela arriscou um olhar rápido para trás. Feras jorravam para fora do pagode — não as entidades malformadas e sombrias que Rin vira Jiang invocar antes, mas criaturas sólidas, infinitas em número, cor, tamanho e forma, como se Jiang tivesse realmente aberto os portões para o Bestiário do Imperador e deixado cada uma daquelas criaturas guinchantes com garras, presas e asas entrarem no mundo mortal.

Elas trocavam infinitamente de forma. Rin observou quando uma fênix se tornou um kirin que se tornou um leão que se tornou alguma *coisa* alada que disparou em direção à frota de dirigíveis como uma flecha, junto à cacofonia guinchante de seus irmãos e irmãs.

Os hesperianos revidaram. O rugido se tornou tão alto que a montanha em si pareceu tremer.

Ótimo, pensou Rin. *Ataquem-nos com tudo.*

Que aquele fosse o teste final. Que isso provasse que mesmo os xamãs mais lendários na história de Nikan não eram páreos para as máquinas do Arquiteto Divino.

Está vendo isto, Irmã Petra? Isso é justificativa?

Rin queria ficar parada e observar, maravilhar-se com a destruição que ao menos uma vez não era obra sua. Queria assistir, como uma criancinha que destrói ninhos de pássaros, o tamanho da ferida que as duas forças que se autoproclamavam as mais poderosas daquela terra poderiam abrir no tecido do mundo.

Um míssil explodiu no céu. Rin pulou à frente bem quando uma rocha explodiu atrás dela. Destroços, ainda incandescentes pelo impacto, explodiram às suas costas.

Recomponha-se, desgraçada, disse a voz de Altan enquanto ela se colocava de pé, o coração martelando nas costelas. E *saia dessa merda de montanha.*

Ela precisava de uma forma rápida de descer. Os mísseis não a haviam atingido ainda, mas cedo ou tarde iriam. Quando os dirigíveis disparavam em massa, não faziam qualquer tipo de distinção.

Ela parou, pensando na frota.

Os dirigíveis não iam pousar. Isso seria idiotice. Mas precisariam chegar perto. Não poderiam mirar direito no pagode se estivessem muito distantes. Teriam que descer para mirar direito na Trindade.

O que dava a Rin uma única e óbvia saída.

Ela soltou o ar com força.

Merda.

Ela viu apenas um dirigível perto o suficiente para que pulasse e o alcançasse, e não tinha certeza de que conseguiria. Se estivesse no domínio de suas habilidades, teria pulado com confiança, mas estava exausta, cada parte de seu corpo ferida e doendo. As pernas pareciam pesadas com âncoras, e os pulmões queimavam em busca de ar.

O dirigível mais próximo estava subindo. Se escalasse alto demais, jamais o alcançaria — ela não podia pular daquele ponto.

Não havia mais tempo para pensar. Era agora ou nunca. Rin se agachou o mais baixo possível, enfiou os pés na terra e invocou cada grama de sua força ao correr e saltar do penhasco.

Os dedos agarraram a haste de metal no fundo do dirigível. A máquina se inclinou perigosamente para um lado, abalada pelo súbito peso dela. Rin fechou a mão com força enquanto seu outro pulso se debatia no ar, inútil. O dirigível ajustou o equilíbrio. O piloto devia saber que ela estava ali — ele balançou a máquina para a frente e para trás, tentando fazê-la cair. A fina haste de metal se enterrou na carne dela, quase cortando suas juntas. Rin gritou de dor.

Algo — uma das feras de Jiang, um míssil mal disparado ou destroços, Rin não conseguiu ver — atingiu o outro lado do dirigível, que guinou, jogando-a para cima. Ela lutou para não cair. Estavam longe do chão. Se ela largasse agora, despencaria para a morte.

Rin cometeu o erro de olhar para baixo. O abismo se assomava. Seu coração batia acelerado, e ela fechou os olhos com força.

O dirigível continuou subindo. Ela o sentiu se afastar da montanha, voltando para céus mais seguros. O balançar tinha parado.

O piloto havia descoberto quem ela era. Queria levá-la viva.

Não. Ah, não, não, não...

Algo gritou acima da cabeça dela. Rin olhou para cima. Algo havia furado a lateral do dirigível — o balão desinflou enquanto o ar escapava pelo buraco com um silvo ensurdecedor.

Os movimentos do dirigível ficaram erráticos, mergulhando em direção à montanha em um instante e no seguinte girando. Rin lutou para manter a firmeza dos dedos pegajosos de suor; seu dedão deslizou para fora da haste de metal, dormente, e então só havia quatro dedos entre ela e o abismo.

O piloto perdera o controle. O dirigível começava a mergulhar.

Mas — graças aos deuses — estava indo *em direção* à montanha.

Rin olhou para a superfície escarpada, lutando para ficar calma. Precisava pular assim que estivesse perto o suficiente, pouco antes que o dirigível a esmagasse em seus destroços.

A face da rocha estava cada vez mais próxima.

Ela inspirou fundo. *Três, dois, um.* Ela expirou e soltou.

* * *

Estou morta?

O mundo era escuridão, penumbra. O corpo dela estava em chamas, e Rin não conseguia ver. Mas a morte não doeria tanto. Era algo fácil. Rin chegara perto tantas vezes que sabia que morrer era como cair de costas em um poço preto de um nada reconfortante. A morte fazia a dor parar. Mas a dela apenas se intensificou.

Ah, Rin. A voz de Altan chacoalhou em suas têmporas — irreverente, provocadora. *Sempre uma surpresa.*

Ao menos uma vez, ela não se encolheu diante da presença dele. Estava grata pela companhia. Precisava dele para filtrar o horror.

Algo errado?

— Sou a única agora — disse ela. — Eles... eles não são... Eu sou a única.

É bom ser o único.

— Mas eu queria aliados.

Ele apenas riu. *A essa altura você já deveria ter aprendido, não?*

Ele tinha razão. Rin já deveria ter entendido que não podia colocar seu destino nas mãos de pessoas mais poderosas. Todos a quem jurara lealdade iriam inevitavelmente usá-la, abusar dela.

Mas ela *queria* seguir a Trindade. Queria que outra pessoa lutasse suas batalhas, porque estava tão, tão exausta. Rin queria Jiang de volta, e desejava acreditar que Daji era a mulher que esperava que fosse. Precisava crer que poderia impingir aquela guerra a outra pessoa. E havia sempre se agarrado com tanta força às suas ilusões.

Esqueça esses babacas, disse Altan. *Podemos fazer isso sozinhos.*

Ela riu, sentindo o gosto do sangue.

— É.

Depois de um longo tempo, as explosões pararam. Àquela altura, a visão de Rin estava restaurada. A princípio, ela viu apenas manchas de cor — grandes caminhos de vermelho no céu branco, flamejando com cada explosão. Então a visão clareou, diferenciando as colunas de fumaça e os fogos que as criavam.

Ela ficou deitada de costas, a cabeça inclinada para o céu, e riu.

Tinha conseguido.

Tinha conseguido, porra.

Em um único golpe, ela se livrou da Trindade e da frota hesperiana. Duas das maiores forças que o Império já vira acabadas, varridas da face da Terra. Todo o equilíbrio do mundo havia mudado. Em sua mente, ela viu as forças se invertendo.

Rin passara tanto tempo lutando uma guerra louca, irremediável e desesperada. E agora parecia que a vitória estava tão, tão perto. Mesmo que baixinho no fundo de sua mente, embora abafada e contida pela porta dos fundos espiritual que percorria a mente de Kitay, ela ouviu a Fênix rindo também, a gargalhada baixa e áspera de uma divindade que enfim conseguiu tudo o que queria.

— Vão à merda todos vocês — sussurrou Rin para a fumaça que se dissipava na névoa que tornava a se formar. Ela fez um gesto mal-educado com a mão. — Isso é por Speer.

Se alguém no Templo Celestial ainda estivesse vivo, ela teria visto algo. Teria visto movimento. Enquanto encarava a montanha, a névoa pregava truques em seus olhos, fazendo-a acreditar que vira o mais fraco vislumbre de uma silhueta cambaleando para fora do pagode. Mas quando olhava mais de perto, só via fumaça.

A mente racional de Rin levou alguns momentos para funcionar outra vez.

O básico primeiro. Ela precisava sair da montanha. Depois, precisava de cuidados médicos. Suas feridas não eram profundas, e a maioria havia parado de sangrar, mas um milhão de outras coisas — exposição, costelas quebradas, órgãos feridos — poderiam matá-la se não agisse depressa.

Mas se mover era agonizante. Seus joelhos dobravam a cada passo. As costelas guinchavam em protesto a cada respiração. Rin rangeu os dentes e se forçou a cambalear. Não conseguia mais que um arrastar patético de pés por vez. A dor nas pernas se intensificou — algo estava quebrado. Não importava. Kitay estava à sua espera. Ela só tinha que voltar para Kitay.

Destroços silenciosos entulhavam a base do monte Tianshan. Não apenas os restos de dirigíveis arruinados — os bombardeiros de Nezha também haviam dizimado as tropas de Cholang. Ela viu fragmentos de canhões de chão misturados a estruturas de dirigíveis. Crateras formavam hemisférios terrivelmente ordenados na terra.

Rin ficou um instante em silêncio, respirando nas cinzas. Nada se mexia. Ela era a única sobrevivente à vista.

Então ouviu — um cantarolar distorcido, o choramingar de um motor moribundo. Ela se virou. Olhou para cima.

Sob o luar, viu apenas a silhueta preta — pequena mas crescente, voando direto para ela. Não ia conseguir. Fosse lá o que mantivesse aquela coisa funcionando, não viveria por muito tempo. Ela viu a fumaça saindo dos fundos em nuvens grossas e enroladas.

Mas o dirigível ainda disparava.

Merda.

Rin se jogou no chão.

As balas se espalharam inutilmente no solo queimado. O piloto não estava mirando. Ele só precisava destruir algo, qualquer coisa, antes que a vida espiralasse para fora de suas mãos. O dirigível soltou uma última rodada de canhões, então adernou na lateral da montanha e explodiu em uma bola de fogo.

Rin se levantou, ilesa.

— Errou! — gritou ela para a montanha, para o ponto onde plumas saíam dos destroços do último dirigível. — *Você errou, desgraçado!*

Claro que ninguém respondeu. Sua voz, já bem fina, sumiu em um eco no ar frígido.

Mas ela gritou de novo, e de novo, e mais uma vez. Era tão bom dizer que sobrevivera, que enfim saíra por cima, que sequer se importava de estar gritando para cadáveres.

PARTE III

CAPÍTULO 22
ARLONG, NOVE ANOS ANTES

— Nezha. — Yin Vaisra chamou o filho com um dedo. — Venha aqui.

Animado, Nezha correu até o pai. Estava no meio de uma terrível aula de Clássicos, mas seu tutor havia abaixado a cabeça e saído da sala assim que Vaisra apareceu na soleira.

— Como estão seus estudos? — indagou o homem. — Está se dedicando?

Nezha engoliu o impulso de falar pelos cotovelos. Em vez disso, considerou a resposta com cuidado. Vaisra nunca lhe perguntara algo do tipo. Nunca demonstrara interesse por nenhum dos filhos, exceto Jinzha, e Nezha não queria que o pai pensasse que era arrogante ou tolo.

— O Tutor Chau diz que estou progredindo — respondeu o garoto. — Dominei os fundamentos da gramática nikara antiga, e agora consigo recitar cento e vinte e dois poemas da dinastia Jin. Semana que vem vamos...

— Ótimo. — Vaisra não parecia interessado ou satisfeito. Ele se virou. — Venha comigo.

Um tanto cabisbaixo, Nezha seguiu o pai para fora da ala leste e depois pelo saguão de recepção principal, sem saber ao certo aonde estavam indo. O palácio de Arlong era um lugar grande e frio, e consistia em grande parte de ar e corredores longos com pés-direitos altos cobertos de tapeçarias que mostravam a história da Província do Dragão desde a queda da dinastia do Imperador Vermelho.

Vaisra parou diante de um retrato detalhado de Yin Vara, o ex-Líder do Dragão antes da Segunda Guerra da Papoula. Nezha odiava aquela tapeçaria. Não conhecera o avô, mas sua expressão séria e abatida sempre o fazia se sentir pequeno e insignificante toda vez que passava por ela.

— Você já desejou governar, Nezha? — perguntou Vaisra.

Nezha franziu a testa, confuso.

— Por que eu desejaria?

Ele nunca havia considerado aquela opção. Jinzha, o primogênito, herdaria o título de Líder do Dragão e todas as responsabilidades que vinham com ele. Nezha era apenas o segundo filho. Estava destinado a se tornar um soldado, o general mais leal do irmão.

— Você nunca pensou nisso?

Nezha sentiu que estava falhando em um teste, mas não sabia o que dizer.

— Não é o meu lugar.

— É, suponho que não seja. — Vaisra ficou em silêncio por um momento. Então perguntou: — Quer ouvir uma história?

Uma *história*? Nezha hesitou, intrigado. Vaisra nunca contava histórias para ele. No entanto, embora não fizesse ideia de como conversar com o pai, não queria deixar a oportunidade passar.

— Sim — respondeu ele, cauteloso. — Quero, sim.

Vaisra o olhou de cima.

— Você sabe por que não deixamos você visitar as grutas?

Nezha se animou.

— Por causa dos monstros?

Seria uma história de monstro? Ele esperava que sim. Sentiu uma pontada de animação. Suas babás sabiam que seus contos favoritos falavam da miríade de feras que supostamente povoavam as grutas — os dragões, os caranguejos-canibais, as mulheres-peixe que faziam você se apaixonar e depois, quando se chegava perto demais, o afogavam sem piedade.

— Monstros? — Vaisra deu uma risadinha. Nezha nunca ouvira o pai rir antes. — Você gosta das histórias da gruta?

Nezha assentiu.

— Muito.

Vaisra pôs a mão no ombro dele.

Nezha quase recuou, mas se conteve. Não tinha medo do toque do pai. Vaisra nunca fora violento com ele, mas também nunca demonstrara afeto. Abraços, beijos, toques reconfortantes, isso pertencia à mãe de Nezha, senhora Saikhara, que quase sufocava os filhos com afeto.

Nezha sempre pensara no pai como uma estátua — distante, assustadora e intocável. Para ele, Vaisra parecia mais um deus do que um homem, o ideal perfeito de tudo que fora criado para se tornar. Cada palavra que Yin Vaisra articulava era direta e concisa, cada ação, eficiente e deliberada. Nunca demonstrava pelos filhos mais do que um eventual e sóbrio assentir de aprovação. Nunca tinha tempo para contos de fadas.

Então o que estava acontecendo?

Pela primeira vez, Nezha percebeu que os olhos do pai pareciam um pouco embaçados e que seu discurso estava mais lento que o normal. Além disso, seu hálito tinha um cheiro pungente e azedo que atingia o rosto de Nezha toda vez que o homem falava. Nezha sentira aquele odor duas vezes antes: uma nos aposentos dos serviçais, quando perambulava depois da hora de dormir, e uma vez no quarto de Jinzha.

Ele se contorceu sob a mão de Vaisra, de repente desconfortável. Não queria mais uma história. Queria voltar para sua aula.

— Vou contar uma história da gruta — disse Vaisra. — Você sabe que Arlong se tornou uma potência do sul nas décadas de guerra após a morte do Imperador Vermelho. Mas nos últimos anos do reinado, depois que o Imperador abandonou a Província do Dragão para construir uma nova capital em Sinegard, Arlong era considerada um local amaldiçoado. Estas ilhas estavam dentro de um vale da morte, de ondas agitadas e bancos de rio que inundavam. Nenhum navio que velejava além dos Penhascos Vermelhos sobrevivia. Tudo era esmagado até a morte contra aquelas pedras.

Nezha ficou parado, escutando. Nunca ouvira aquela história. Não tinha certeza se gostava dela.

— Por fim — prosseguiu Vaisra —, um homem chamado Yu, tendo aprendido as artes xamânicas, invocou o Lorde Dragão do Rio Oeste e implorou por sua ajuda para controlar os rios. Ao longo da noite, Arlong se transformou. As águas ficaram calmas. As inundações pararam. O povo de Arlong construiu canais e arrozais entre as ilhas. Em poucos anos, a Província do Dragão se tornou a joia do Império Nikara, uma terra de beleza e abundância. — Vaisra fez uma pausa. — Apenas Yu continuou a sofrer.

Vaisra parecia divagar, falando não para Nezha, mas para as tapeçarias, como se recitasse a linhagem dinástica no corredor silencioso.

— Hã? — Nezha engoliu em seco. — Por que ele...?

— A natureza não pode ser alterada — sentenciou Vaisra. — Apenas contida. Como sempre, as águas de Arlong ameaçaram quebrar suas correntes e inundar a cidade com sua fúria. Yu foi forçado a passar a vida em um estado de alucinação xamânica, sempre invocando o Dragão, sempre ouvindo seus sussurros. Depois de doze anos disso, Yu queria desesperadamente acabar com a própria vida. E, quando a possessão do deus estava completa, quando não podia mais morrer, ele queria se enclausurar em Chuluu Korikh. Mas Yu sabia que outra pessoa teria que assumir seu fardo, para garantir a paz na província. Ele não poderia ser cruel assim, nem egoísta. Então o que aconteceu?

Nezha não sabia, mas conseguiu juntar todas as peças do quebra-cabeça, assim como fazia ao praticar com seus tutores para o Keju.

O pai disse que aquela era uma história de gruta. E histórias de grutas falavam de monstros.

— Yu se transformou — respondeu o garoto. — Ele se tornou um monstro.

— Um monstro, não, Nezha. — Vaisra colocou um cacho do cabelo de Nezha atrás da orelha do garoto. — Um herói. Ele fez o sacrifício final por Arlong. Mas Arlong o esqueceu quase de imediato. Viram sua nova e horripilante forma, suas espirais sinuosas e escamas afiadas, e o receberam não com gratidão, mas com medo. Nem sua esposa o reconheceu. Olhou para o marido e gritou de pavor. Os irmãos dela atiraram pedras em Yu e o expulsaram da vila, de volta à gruta onde passou décadas suplicando pela proteção de seu povo. Ele...

A voz de Vaisra morreu.

Nezha ergueu o olhar.

— Pai?

Vaisra estudava as tapeçarias em silêncio. Confuso, Nezha seguiu o olhar dele. Nenhuma das tapeçarias ali continha a história que ele ouvira. Eram retratos dinásticos, uma fileira infinita de predecessores de Nezha, mortos havia muito tempo, finamente bordados.

O que Vaisra estava tentando dizer?

Que sacrifícios a Casa de Yin fizera por Arlong?

— Seus tutores me disseram que você queria visitar as grutas — comentou Vaisra de repente.

Nezha ficou tenso. Que conversa era aquela? Ele tinha feito algo errado? Sim, pedira para ir às grutas mais vezes do que deveria. Implorara e choramingara, afirmando que ficaria na parte rasa ou até no banco do rio do lado oposto se o deixassem chegar perto suficiente para ter um vislumbre do interior da boca da caverna.

— Me desculpe, pai — disse ele. — Não vou pedir para ir até lá de novo. Eu só estava curioso com...

— Com o quê?

— Eu pensei... Quero dizer, ouvi falar dos tesouros e pensei...

Nezha não completou a frase, o rosto pegando fogo. Suas palavras soavam burras e infantis. Em silêncio, jurou nunca mais desobedecer às ordens do pai.

No entanto, Vaisra não o repreendeu. Apenas olhou para Nezha por um longo momento, com uma expressão inescrutável. Por fim, deu um tapinha no ombro do filho.

— Não vá àquelas grutas, Nezha. — Ele parecia muito cansado agora. — Não pegue o peso de uma nação inteira. É pesado demais. E você não é forte o suficiente.

CAPÍTULO 23

— Se eu contei certo, as explosões no monte Tianshan destruíram quase dois terços da frota hesperiana em Nikan — explicou Kitay. — Isso é... muito.

— Só dois terços? — perguntou Cholang. — Não todos?

— Nezha não mandou a frota inteira ao oeste — respondeu Kitay. — Pelo que soube, o Consórcio emprestou a ele quarenta e oito dirigíveis. Derrubamos seis na Bigorna. Vi mais ou menos trinta na montanha. E sabemos que dois conseguiram escapar.

— Espero que Nezha não estivesse em nenhum desses — murmurou Venka.

Rin esfregou os olhos doloridos, exausta demais para rir. Os quatro — Cholang, Kitay, Venka e ela — estavam ao redor da mesa na cabana de Cholang, todos ao mesmo tempo agitados e perplexos. Mesmo assim, o encontro parecia carregado de uma eletricidade incendiária e urgente, uma confiança silenciosa e estupefata. Um gosto de esperança que nenhum deles sentia havia meses.

Essa era a diferença entre fugir para sobreviver e planejar um ataque. Todos entendiam a magnitude do que poderiam alcançar. Era emocionante.

— Quanto tempo você acha que os hesperianos vão levar para enviar reforços? — perguntou Rin.

— Não tenho certeza — confessou Kitay. — Talvez eles estejam revendo suas estratégias. Em Arabak ouvi boatos de que o Consórcio estava reconsiderando o investimento que fizeram. Quanto mais tempo Nezha levasse para solidificar o sul, mais eles resistiriam a oferecer ajuda militar. O Consórcio é uma entidade complicada, porque precisa de voto unânime dos países-membros para enviar tropas a uma localização estrangeira. E a cada dia que passa eles ficam menos confortáveis em perder vidas e uma quantidade de dinheiro considerável para um poder que não conseguem entender.

— Então eles são covardes — afirmou Cholang. — Tigres de papel. Chegaram tão prontos para vencer nossas guerras, mas saem correndo assim que se assustam?

— Eles não vão embora tão fácil assim — declarou Rin. — Têm planos para este continente há muito tempo. Não vamos espantá-los com meras ameaças. Temos que torná-las uma realidade. Se queremos que isso termine de vez, temos que ocupar Arlong.

Ninguém riu.

Era impressionante como uma frase tão simples, que uma semana antes teria soado como uma piada cruel, agora parecia uma possibilidade. Derrotar a República não era mais um devaneio. Era questão de tempo.

Rin sobrevivera à longa marcha com o mais escasso fragmento de exército. Os números que Kitay trouxera eram deprimentes. Metade dos soldados que deixaram a Bigorna estavam mortos ou desaparecidos, baixas que chegavam a dois terços do contingente.

Mas Rin ainda comandava os sobreviventes. E agora tinha sua maior vantagem militar desde que a guerra começara.

Os hesperianos estavam abalados. Nezha havia sofrido uma derrota de proporções épicas. Em vez de bombardeá-la sob o céu aberto, ele seguira Rin até o monte Tianshan e perdera a maior parte da frota. Esse desastre caíra em seus ombros, e o Consórcio sabia disso. Pela primeira vez, os sulistas tinham uma chance de lutar e derrotar a República. Para isso, porém, precisavam se mover o mais rápido possível.

— Devemos atacar em duas frentes. — Rin fez um movimento de pinça com a mão. — Uma estratégia de duas pontas ao norte e ao sul, como aquela que os mugeneses tentaram na Terceira Guerra da Papoula.

— Não funcionou muito bem para eles — observou Venka.

— Se não fosse por mim, teria funcionado — afirmou Rin. — Eles tiveram a ideia certa. Forçaram o Império a dividir os reforços em duas frentes vulneráveis. E tem mais: Nezha sabe que está ficando sem homens. Ele jogará tudo o que tiver em nós se nos concentrarmos em uma única frente. Não quero arriscar. Prefiro fazê-lo sangrar até a morte.

— Então nós os atacamos pelo nordeste e pelo noroeste. — Kitay completou o pensamento de Rin e os teceu em voz alta em um plano articulável. — Enviamos a primeira coluna pelas Províncias da Cabra, do Rato e do Tigre. Então a força principal atacará na área central, bem no momento em que Nezha espalhar as forças tentando manter o território que acabou de tomar. Se agirmos rápido, podemos encerrar em seis meses.

— Espere — interveio Cholang. — Vocês vão conseguir tudo isso com que exército?

— Bem — disse Kitay —, o seu.

— Perdi oitenta soldados no monte Tianshan. Não vou enviar mais deles para a morte.

— Vocês vão morrer se ficarem aqui — retrucou Rin. — Acha que Nezha vai deixá-lo em paz agora que se aliou a nós? Você já é um homem morto. É questão de quando e como.

— Você pode conseguir alguns meses extras enquanto ele estiver ocupado com a gente — acrescentou Kitay. — Mas, assim que a República acabar conosco, você vai ser o próximo. Pense: vale a pena passar mais quantos meses vivendo em tendas nas planícies?

Cholang ficou em silêncio.

— Nem adianta pensar numa resposta. — Venka informou a ele. — Kitay já pensou em uns cinco argumentos para rebatê-la.

Cholang fez uma careta.

— Prossiga, então.

— A frente encarregada do nordeste será obviamente falsa e não determinará o resultado da operação, mas ainda ganharemos uma enorme vantagem material ao atacarmos lá primeiro — explicou Kitay. — Tem bases de indústrias de guerra, ou seja, arsenais, estaleiros... muita coisa boa. Então, mesmo se Nezha não nos levar a sério no norte, venceremos. — Ele assentiu para Venka. — Vá com Cholang. Pegue uns duzentos homens do exército sulista. Você escolhe.

— Não que eu esteja recusando a tarefa — disse Venka —, mas suponha que você tenha calculado errado e a gente esteja indo em direção a um banho de sangue.

— Isso não vai acontecer — garantiu Kitay. — Nezha não tem uma base local fiel no norte. As pessoas de lá se curvaram à República faz pouco tempo, não se importam com quem vence a batalha. Eles perderam sua Imperatriz, perderam Jun Loran, e estão tão insatisfeitas sob o comando de Arlong quanto nós. Eles não têm qualquer questão ideológica em jogo.

— Mas eles são o norte — retrucou Venka. — Parte da ideologia deles é odiar vocês. Não vão se aliar a camponeses.

— Então que bom que estamos enviando Sring Venka — afirmou Kitay. — A princesa sinegardiana com pele de porcelana, você.

Venka fez uma careta.

— Tá.

— Mas o que faremos na frente sudeste? — perguntou Cholang. — Estaríamos deixando vocês sem exército algum.

— Não tem problema — disse Rin. — Temos xamãs.

— Que xamãs? — perguntou Cholang. — Você é a única que sobrou.

— Mas não preciso ser.

Foi como se Rin tivesse jogado uma bomba no meio da mesa. A sala caiu em silêncio. Kitay ficou tenso. Venka e Cholang a encararam, boquiabertos.

Rin se recusou a deixar isso abalá-la. Não ficaria na defensiva; isso apenas justificaria a incredulidade deles. Ela estivera pensando em como introduzir essa proposta desde que descera da montanha. E então ficou óbvio: para fazer a loucura parecer normal, ela tinha apenas que abordá-la como se fosse um consenso.

Rin precisava distorcer a ideia deles de *normal*.

— Su Daji tinha razão — continuou ela, a voz calma. — A única forma de termos alguma chance de vencer os hesperianos é equiparar o Criador deles com nossos deuses. A Trindade poderia ter conseguido. Poderiam até ter dominado o Império, se eu tivesse deixado Riga fazer o que queria. Mas eles eram déspotas. Com o tempo, teriam feito mais mal do que bem. — Então veio o salto lógico crucial. — Mas já que não temos a Trindade, precisamos de nossos próprios xamãs. Temos centenas de soldados que estariam dispostos a fazer isso. Só precisamos treiná-los. Definimos um cronograma de campanha para seis meses. Posso conseguir que os recrutas fiquem em forma para o combate em duas semanas.

Rin olhou ao redor da mesa, à espera de objeções.

Tudo dependia do que acontecesse a seguir. Rin estava testando os limites de sua autoridade após uma mudança tectônica de poder. Aquilo parecia tão diferente da primeira vez em que pulara para a liderança poucos meses antes, quando falara com os homens de Ma Lien com a boca seca e os joelhos trêmulos. Na época, ela estava assustada, metendo os pés pelas mãos e disfarçando sua falta de estratégia com uma coragem falsa.

Agora, ela sabia exatamente o que precisava fazer. Precisava que todos concordassem que aquela era a única solução. Rin tinha uma visão do futuro — algo horripilante, algo grande. Conseguiria transformá-la em realidade?

— Mas quando...? — Venka abriu a boca, fechou-a e tornou a abri-la. — Rin, estou só... Você me disse uma vez que...

— Entendo os riscos — disse Rin. — Na época, achei que não valia a pena corrê-los. Mas você viu o que aconteceu naquela montanha. Agora está claro que vale, sim. Os hesperianos ainda têm pelo menos catorze dirigíveis, e isso dá a eles uma vantagem que não podemos superar. Não se não tivermos mais de... bem, *mim*.

Novamente o silêncio.

Então Cholang balançou a cabeça e suspirou.

— Olha. Se algum de meus homens quiser se voluntariar, não vou me opor.

— Obrigada — disse Rin.

Estava bom. Era o máximo de apoio que receberia. Desde que Cholang não tentasse pará-la, ela não se importava com o desconforto dele.

Ela olhou para a direita.

— Kitay?

Precisava ouvi-lo falar antes de poder continuar. Não estava esperando pela permissão dele — nunca precisara da permissão dele para nada —, mas queria o aval do amigo. Queria que outra pessoa, alguém cuja mente funcionava mais rápido do que a dela jamais funcionaria, pensasse nas forças e nas vidas em jogo e dissesse: *Sim, esses cálculos são válidos. O sacrifício é necessário. Você não enlouqueceu. O mundo, sim.*

Por um longo momento, Kitay ficou parado, encarando a mesa, tamborilando freneticamente na superfície de madeira. Então olhou para Rin. Não, olhou *além* dela. Sua mente já estava em outro lugar. Já tinha deixado essa conversa para trás.

— Não serão muitos...

— Vamos precisar de poucos xamãs — garantiu ela. — Três, no máximo. Só o suficiente para que possamos organizar um ataque por múltiplas direções.

— Um para cada ponto cardeal — murmurou ele. — Porque o impacto é exponencial se...

— Certo — disse ela. — Sou poderosa, mas não sou o suficiente. Mas até mesmo um único novo xamã vai ser capaz de confundir esquemas de defesa de um jeito que não conseguimos nem imaginar.

— Cacete! — disse Venka. — Há quanto tempo está pensando nisso?

— Desde Tikany — respondeu Rin na mesma hora.

Sabia que ainda não havia persuadido os companheiros. Viu a dúvida pairando no olhar deles. Podiam não ter feito objeções, mas mesmo assim claramente não gostavam da ideia.

Rin estava frustrada. Como poderia fazê-los *enxergar*? As guerras de metal e corpos colidindo em campos mortais haviam ficado no passado. O embate de verdade aconteceria no plano divino: os deuses dela *versus* o Criador Hesperiano. O que ela vira no monte Tianshan era uma visão do futuro, de como tudo aquilo ia terminar, de uma forma ou de outra. Eles não podiam fugir daquele destino. Tinham que lutar o tipo de guerra que era capaz de fazer o impossível.

— O ocidente não vê esta guerra como uma luta material — argumentou ela. — O que está em jogo são as interpretações de divindade. Eles acham que podem nos esmagar como formigas porque obedecem ao Arquiteto Divino. Acabamos de provar que estão errados. Provaremos de novo.

Ela se inclinou para a frente, decidida, com a mão espalmada na mesa.

— Temos uma chance agora, provavelmente a única que teremos, de pegar este país de volta. A República está abalada, mas eles logo vão se recuperar. Temos que atingi-los com tudo antes disso. Nosso ataque não pode ser fraco. Precisamos *exagerar*. Precisamos assustar tanto os aliados de Nezha que eles vão fugir para o hemisfério deles e jamais ousarão voltar aqui.

Ninguém fez objeções. Rin sabia que não fariam isso. Não havia o que refutar.

— O que você pretende fazer quando os xamãs perderem o controle? — murmurou Kitay.

Ele disse *quando*. Não *se*. Não era hipotético. Haviam passado para o reino da logística, o que significava que Rin já vencera.

— Isso não vai acontecer — respondeu ela. As palavras seguintes eram como cicatrizes reabertas, familiares e dolorosas, e tinham o peso de toda a culpa que Rin tentara por tanto tempo reprimir. Eram palavras que pertenciam a um legado que ela precisava encarar. — Porque seremos como o Cike. E a primeira regra do Cike é que nós abatemos nossos agentes quando chega a hora.

O mundo parecia diferente quando Rin saiu da cabana de Cholang.

Ela viu o mesmo assentamento militar simples que encontrara ao chegar. Passou pelas mesmas fogueiras frágeis bruxuleando sob o vento forte da estepe; os mesmos soldados magricelas e os mesmo civis com pouquíssimo para comer, beber ou vestir; os mesmos olhos estreitos, cansados e famintos.

Mas Rin não via fraqueza ali.

Via um exército em reconstrução. Uma nação sendo feita. Deuses, como aquilo era empolgante. Aquelas pessoas compreendiam o que estavam prestes a se tornar?

— Veja — disse Kitay. — Já estão criando mitos sobre você.

Rin seguiu o olhar dele. Um grupo de jovens soldados havia juntado duas mesas e erguido um palco no meio do assentamento. Um lençol branco fora esticado entre duas varas, e atrás dele uma lampadazinha queimava, lançando sombras na tela branca.

Ela parou para observar.

A visão da tela trouxe de volta memórias tão doces que doíam: quatro dias de verão entre as multidões acaloradas e suadas de Sinegard; o chão de mármore na propriedade da família de Kitay; banquetes de cinco pratos de comidas saborosas que nunca provara antes e que não havia tocado desde então. Esse espetáculo de marionetes não chegava aos pés das performances durante o Festival de Verão em Sinegard, que usavam marionetes com hastes e cordas tão invisíveis que na época Rin quase acreditou que havia criaturinhas dançando diante de si. Os titereiros de agora estavam bem visíveis atrás do palco, usando bonecos gastos e costurados às pressas e que mal lembravam pessoas.

Rin não percebeu que a figura azul e sem forma na frente era Nezha até a peça ter começado.

— Sou o Jovem Marechal! — O titereiro usou a voz anasalada e aguda de uma criança petulante. — Meu pai disse que venceríamos esta guerra!

— Você levou nossa frota à ruína! — O outro ator falou em um nikara gutural e entrecortado, interpretando um soldado hesperiano. — Seu garoto idiota! Por que você atacaria a Trindade?

— Eu não pensei que eles fossem *revidar*!

As cenas seguintes eram igualmente ruins, fala após fala de humor tosco e idiota. No entanto, depois de tudo que acontecera em Tianshan, era exatamente esse tipo de humor escrachado que os sulistas queriam. Eles se divertiam com a humilhação de Nezha. Fazia do embate que teriam em breve algo que poderiam vencer.

— Vamos. — Kitay parou ao lado dela. — É mais do mesmo.

— O que mais estão dizendo? — perguntou Rin.

— Quem liga?

— Não ligo para o que dizem de Nezha. O que dizem de mim?

— Ah.

Kitay sabia o que Rin estava de fato perguntando. *O que eles sabem?*

— Ninguém sabe que você entregou a Trindade — explicou ele, hesitante. — Eles sabem que você foi ao monte Tianshan em busca de ajuda e que os xamãs lá dentro se sacrificaram para nos salvar da frota de dirigíveis. E só.

— Então eles acham que a Trindade fez algo heroico.

— Você não pensaria o mesmo? — Kitay ergueu a sobrancelha. — Pretende corrigi-los?

Rin refletiu por um momento, se vendo na posição curiosa de determinar a narrativa da história de uma nação.

Ela deixaria o legado da Trindade sobreviver?

Poderia acabar com eles. *Tinha* que acabar com eles, considerando o que haviam feito com ela.

Por outro lado, aquela narrativa heroica não era de todo uma farsa. Um dos membros da Trindade morrera de forma honrosa. Um, pelo menos, merecia ser lembrado como um bom homem. E isso dava origem a um belo mito: os xamãs de uma era anterior do apogeu nikara que abdicaram de suas vidas para garantir o nascimento de uma nova era.

Rin havia destruído a Trindade. Podia dar a eles a dignidade da morte, se assim escolhesse. E ela amava ter o poder de escolher.

— Não — decidiu. — Que eles permaneçam nas lendas.

Ela podia ser generosa com os fantasmas da Trindade. Deixaria que se tornassem lendas, e isso era tudo que seriam. Apesar de todos os sonhos de glória de Riga, Jiang e Daji, a história deles terminara no Templo Celestial. Rin permitiria que eles ocupassem esse pequeno prelúdio na história de Nikan, enquanto ela ficaria com a tarefa bem mais agradável de moldar o futuro. E, quando terminasse, ninguém sequer se lembraria dos nomes da Trindade.

Antes de dormir, Rin teve outra reunião.

Foi sozinha se encontrar com Chaghan no assentamento. Os ketreídes arrumavam seus pertences. Suas fogueiras tinham sido apagadas e a evidência, enterrada; suas tendas e cobertores estavam enrolados e presos nos cavalos.

— Você não vai ficar? — perguntou ela.

— Eu fiz o que vim fazer. — Chaghan não perguntou o que acontecera na montanha. Claramente já sabia. Havia cumprimentado ela com um sorriso impressionado e um aceno de cabeça. — Parabéns, speerliesa. Aquilo foi esperto.

— Obrigada — disse ela, apesar de tudo satisfeita.

Chaghan nunca a elogiara antes. Desde que se conheceram, em Khurdalain, ele a tratara como uma criança teimosa incapaz de tomar decisões racionais.

Agora, pela primeira vez agia como se realmente a respeitasse.

— Você acha que estão mortos? — perguntou ela. — Quero dizer, há uma chance de eles...?

— Com certeza estão mortos — respondeu Chaghan. — Eles eram poderosos, mas o vínculo da âncora os mantinha no comando dos próprios corpos, o que significa que sempre foram mortais. Eles fizeram a transição. Eu senti. E que bom.

Rin assentiu, aliviada.

— Você merece. Por Tseveri.

Ele sorriu.

— Não vamos fingir que você fez tudo aquilo por uma dívida de sangue.

— Era uma dívida de sangue — rebateu ela. — Só não era sua. E agora você deve saber o que preciso fazer.

Chaghan soltou o ar devagar.

— Posso imaginar.

— Não vai tentar me impedir?

— Está me confundindo com minha tia, Rin.

— A Sorqan Sira teria me matado.

— Ah, ela teria assassinado você há muito tempo. — Chaghan afagou o pescoço do cavalo. Rin percebeu que conhecia a criatura. Era o mesmo cavalo de guerra preto no qual Chaghan deixara as florestas ao redor do lago Boyang da última vez que o vira. Ele ajustou a cela enquanto falava, apertando cada nó com esmero. — A Sorqan Sira ficava petrificada diante da ideia do retorno do xamanismo nikara. Ela pensava que seria o fim do mundo.

— E você não acha?

— O mundo já está acabando. Sabe, os Cem Clãs sabem que o tempo se move em círculos. Nunca há novas histórias, apenas as antigas recontadas enquanto o universo se move por seus ciclos de civilização e sucumbe ao desespero. Estamos à beira de uma era de caos outra vez, e não há nada que possamos fazer para detê-la. Mas prefiro certos caos a outros.

— Só que você vai assistir a tudo de uma distância segura — disse Rin, brincando.

Sabia que não era certo pedir a Chaghan para ficar e ajudá-la. Não era egoísta a esse ponto — os nikaras já haviam explorado demais o povo dele.

Ainda assim, Rin teria gostado que Chaghan fosse ao sul com ela. No passado ela o detestara, mas vê-lo ali trouxe de volta memórias do Cike. De Suni, Baji, Ramsa e Qara. De Altan. De todas as Crianças Bizarras, eles eram os únicos que restavam, todos encarregados à sua própria maneira de trazer ordem para suas nações fragmentadas. De alguma forma, Chaghan já havia conseguido. Rin desejou desesperadamente que ele pudesse lhe emprestar seu poder.

Mas ela já havia tirado tanto dele. Não podia exigir mais.

— Aprendi com você que é melhor manter uma distância segura do caos. — Chaghan puxou o último laço e acariciou as orelhas do cavalo. — Boa sorte, speerliesa. Você é muito louca, mas não tanto quanto Trengsin.

— Vou interpretar isso como um elogio.

— É a única coisa que me faz acreditar que você talvez ganhe esta guerra.

— Obrigada — disse Rin, surpresa. — Por tudo.

Ele deu um sorriso melancólico e falou:

— Não vim aqui só para me despedir. Antes de partir, precisamos falar sobre Nezha.

Rin ficou tensa.

— O que tem ele?

Como se sentisse o desconforto dela, o cavalo relinchou e bateu os cascos da frente na terra. Chaghan na mesma hora entregou as rédeas ao cavaleiro mais próximo.

— Sente-se.

Rin obedeceu. Seu coração estava disparado.

— O que você sabe? — perguntou.

Chaghan se sentou de pernas cruzadas diante dela.

— Comecei a pesquisar sobre os Yin depois do que aconteceu nos Penhascos Vermelhos. Foi difícil separar a verdade da lenda. A Casa de Yin é cercada de boatos, e eles são bons em proteger seus segredos. Mas acho que tenho uma boa ideia do que aconteceu com Nezha. Do porquê ele é como é. — Chaghan inclinou a cabeça. — Você sabe como Nezha conseguiu suas habilidades?

— Ele me contou a história uma vez — revelou Rin. — É... é estranho. Nunca pensei que o xamanismo funcionasse dessa forma.

— Como assim? — questionou Chaghan.

Por que de repente Rin sentia a cabeça girar? Ela pressionou as unhas na palma da mão, tentando se acalmar. Não deveria ser difícil falar de Nezha. Fazia meses que ela discutia com Kitay como matá-lo.

No entanto, a pergunta de Chaghan trouxe de volta memórias de Arlong, de raros momentos de vulnerabilidade e palavras duras das quais se arrependia. Elas a faziam sentir. E Rin não queria sentir.

Forçou a voz a ficar firme.

— Quando precisamos de nossos deuses, nós os invocamos, mas Nezha nunca procurou o Dragão. Ele me disse que encontrou um quando jovem, mas, quando contou a história, pareceu algo... real.

— Todos os deuses são reais.

— Real *neste* plano — explicou ela. — No mundo material. Ele contou que, quando era criança, entrou em uma gruta subterrânea e encontrou um dragão, que matou seu irmão e o reivindicou... seja lá o que isso quer dizer. Ele fez parecer que o deus dele anda por esta terra.

— Entendi. — Chaghan esfregou o queixo. — Sim. Foi o que pensei.

— Mas... isso... Eles podem *fazer* isso?

— Não é impossível. Há partes deste mundo em que os limites entre nosso mundo e o mundo dos espíritos são mais tênues. — Chaghan juntou as mãos para demonstrar. — O monte Tianshan é uma delas. O Templo Speerliês é outra. A Gruta das Nove Curvas é mais uma. Aquela caverna é a fonte de todo o poder de Nezha. Faz tempo que os Yin são conectados ao Dragão. As águas de Arlong são antigas, e aqueles penhascos são fortalecidos com o poder de seus mortos. A magia flui suavemente por aquelas águas. Você já se perguntou como Arlong é tão rica, tão exuberante, mesmo quando as províncias adjacentes são estéreis? Um poder divino protege a região há séculos.

— Mas como...?

— Você esteve na Ilha Morta, viu como nada cresce lá. Mas já se perguntou por quê?

— Eu pensei... Quero dizer, não foi a guerra química mugenesa? Eles não a envenenaram?

Chaghan balançou a cabeça.

— Não é isso. A aura da Fênix pulsa na ilha, assim como a água pulsa em Arlong.

— Então o Dragão...?

— O Dragão... se é que se pode chamá-lo assim. — Chaghan fez uma careta de nojo. — Está mais para uma pobre criatura encantada que um dia pode ter sido uma lagosta, uma estrela-do-mar ou golfinho. Deve ter nadado na teia da magia do Dragão verdadeiro e sem querer se tornado uma manifestação do oceano, cujo desejo é...

— Destruir?

— Não. O impulso da Fênix é destruir. O oceano deseja afogar, possuir. Os tesouros de todas as grandes civilizações invariavelmente caíram em suas profundezas escuras, e o desejo do Dragão é possuir tudo. Ele gosta de coletar coisas bonitas.

A forma como ele disse isso fez Rin se encolher.

— E está coletando Nezha.

— Esse é um bom eufemismo para a situação. Mas a palavra é inofensiva demais. O Dragão não quer apenas *coletar* Nezha, como se fosse um vaso ou pintura de valor inestimável. Quer ser dono dele, corpo e alma.

A bile subiu à garganta de Rin quando ela se lembrou do pavor de Nezha ao falar do Dragão.

O que eu fiz com ele?

Pela primeira vez, Rin sentiu uma pontada de culpa por pressionar Nezha, por chamá-lo de covarde por se recusar a invocar o poder que poderia tê-los salvado.

Na época, Rin concluiu que Nezha estava sendo apenas mimado e egoísta. Não entendia como ele podia odiar tanto seus dons quando eram claramente tão úteis. Rin o odiara por chamar os dois de abominações.

Nunca parara para pensar que, ao contrário dela, Nezha não havia escolhido sua dor como tributo. Ele não podia sentir a mesma satisfação que ela sentia, porque para ele a dor não era o preço necessário a se pagar para conquistar alguma coisa. Para ele, era apenas tortura.

— Ele é atraído para aquela criatura — disse Chaghan. — E é atraído para aquele lugar. Ele é fisicamente ancorado. É a fonte de todo o poder dele.

Rin inspirou fundo. *Foque no que importa*.

— Isso não me diz como matá-lo.

— Mas diz onde atacar — disse Chaghan. — Se quer derrotar Nezha, terá que ir até a fonte.

Ela entendeu.

— Vou ter que tomar Arlong.

— Você tem que *destruir* Arlong — concordou ele. — Ou a água vai continuar curando Nezha. Vai continuar o protegendo. E a essa altura você deve saber que, quando deixa seus inimigos vivos, as guerras não têm fim.

CAPÍTULO 24

Na manhã seguinte, Rin saiu da cabana de Cholang e descobriu uma multidão tão vasta que era impossível ver onde terminava.

Kitay enviara um chamado na noite anterior convocando voluntários, especificando soldados com mais de quinze anos e menos de vinte e cinco. Rin queria recrutas de sua idade. Precisava que a fúria deles fosse desmedida e desregulada; precisava de soldados que jogariam suas almas no vazio sem a timidez cautelosa com a qual ela própria crescera ao se aliar a homens duas, três vezes mais velhos.

No entanto, logo ficou claro que ninguém prestara atenção ao limite de idade. As pessoas na multidão variavam de civis com mais de sessenta anos a crianças de sete.

Rin observou todas aquelas pessoas à sua frente e se deixou imaginar, apenas por um segundo, o que poderia acontecer se transformasse todas em xamãs. Não era uma opção de verdade, só uma fantasia indulgente e terrível. Ela imaginou desertos se mexendo como redemoinhos. Oceanos se assomando como montanhas. Viu o mundo inteiro virado de ponta-cabeça, espumando com caos primordial, e foi devastador perceber que, se ela realmente quisesse, poderia tornar isso realidade.

Você teria ficado tão orgulhoso, Altan. Foi isso que sempre quis.

— Os parâmetros eram de quinze a vinte e cinco anos — disse Rin à aglomeração. — Quando eu voltar, não quero ver ninguém que não se qualifique.

Ela se virou e voltou para a cabana.

— E agora? — perguntou Kitay, achando graça. — Uma prova escrita?

— Faça todo mundo esperar — disse ela. — Assim vamos ver quem realmente quer.

Rin os deixou ali por horas. Conforme o dia avançava, mais e mais iam embora, desiludidos pelo sol acachapante e vento implacável. A maioria deles — aqueles que Rin suspeitava terem se voluntariado apenas por uma fanfarronice temporária e insustentável — se retirou durante a primeira hora. Ela ficou feliz em vê-los partir. Também ficou aliviada quando os voluntários mais jovens enfim se levantaram e desistiram da empreitada, por conta própria ou arrastados pelas mães.

Mesmo assim, haviam sobrado quase cinquenta pessoas. Ainda eram muitas.

Mais tarde, depois que o sol havia cortado seu arco escaldante pelo céu, Rin saiu outra vez para se dirigir a eles.

— Enfiem uma lâmina sob a unha do quarto dedo, da ponta à raiz — ordenou ela. Era um bom teste de tolerância à dor. Aprendera com Altan que esse tipo de ferida se curava facilmente e não tendia a infecionar, mas *doía*. — Se realmente quiserem isso, me mostrem seu sangue.

Murmúrios de hesitação dispararam pelo grupo. Por um instante, ninguém se mexeu, como se estivessem tentando decidir se Rin estava brincando.

— Estou falando sério — disse Rin. — Tenho facas, caso precisem.

Oito voluntários enfiaram as facas até a raiz das unhas, como ela solicitara. Gotículas carmesim espirraram na terra. Dois gritaram; os outros seis abafaram o grito com maxilares retesados.

Rin levou os seis silenciosos para dentro da cabana e dispensou o restante.

Ela só reconheceu dois deles: Dulin, o garoto que encontrara enterrado vivo em Tikany. Rin ficou feliz em ver que ele sobrevivera à marcha. E, para sua surpresa, Pipaji.

— Onde está sua irmã? — perguntou Rin.

— Ela está bem — respondeu Pipaji, e não explicou.

Rin a encarou por um momento, então deu de ombros e observou os demais.

— Algum de vocês fez a marcha com suas famílias?

Dois deles, ambos garotos com a mais breve indicação de bigodes, assentiram.

— Vocês as amavam?

Eles tornaram a assentir.

— Se fizerem isso, nunca mais as verão — prosseguiu Rin. Não era exatamente verdade, mas ela precisava testar a decisão dos voluntários. — É muito perigoso. Seu poder será volátil, e eu não tenho a experiência para ajudar vocês a controlá-lo perto de civis, o que significa que só terão permissão para conviver com as pessoas deste esquadrão, e ninguém mais. Por isso, pensem bem no que estão prestes a fazer.

Depois de um silêncio novo e desconfortável, ambos os garotos se levantaram e partiram. Quatro permaneceram.

— Entendam o sacrifício que estão fazendo — disse Rin a eles, em um apelo talvez um pouco exagerado, mas devia àquelas pessoas reiterar o aviso quantas vezes pudesse. Não precisava de quatro xamãs. Precisava de tropas que não enlouqueceriam no meio do treinamento ou assustassem os demais. — Estou pedindo que apostem sua sanidade. Se entrarem no vazio, encontrarão monstros do outro lado. E podem não ser fortes o suficiente para lutar e sair. Meus mestres morreram antes de poderem me ensinar tudo o que sabiam. Não vou ser uma guia perfeita.

Ninguém disse nada. Estariam aterrorizados demais para falar ou simplesmente não se importavam?

— Vocês podem perder o controle do corpo e da mente — continuou ela. — E, se isso acontecer, terei que matá-los.

De novo, nenhuma reação.

Dulin ergueu a mão.

Rin assentiu para ele.

— Sim?

— Conseguiremos fazer o que você faz? — perguntou o garoto.

— Não tão bem — respondeu ela. — E não tão facilmente. Estou acostumada. Vai ser doloroso para vocês.

— Doloroso quanto?

— Será a pior coisa que experimentarão. — Rin tinha que ser sincera, não podia convencê-los a fazer algo que não entendiam. — Se falharem, perderão a mente para sempre. Se forem bem-sucedidos, mesmo assim jamais terão a mente para si outra vez. Viverão à beira da insanidade. Estarão sempre com medo. Beber láudano pode se tornar a única forma de conseguir uma boa noite de sono. Podem matar pessoas inocentes porque não sabem o que estão fazendo. Podem se matar.

As palavras dela encontraram olhares vazios. Rin esperou, preparada para ver todos se levantarem e partirem.

— General? — De novo, Dulin ergueu a mão. — Com todo o respeito, podemos parar de palhaçada e começar logo?

Então Rin se dedicou a criar xamãs.

Eles passaram a primeira noite sentados em círculo no chão da cabana, parecendo crianças pequenas na escola prestes a aprender a escrever seus primeiros caracteres. Primeiro, Rin perguntou os nomes de cada um. Lianhua era uma garota magrela de olhos arregalados da Província do Cachorro que tinha uma série de cicatrizes horríveis em ambos os braços, nas clavículas e nas costas. Ela não explicou como as conseguira, e ninguém teve coragem de perguntar.

Rin tinha suas dúvidas sobre ela. Lianhua parecia muito frágil e falava em um sussurro trêmulo difícil de escutar. Mas Rin sabia muito bem como aparências delicadas podiam esconder aço. Ou Lianhua provaria seu valor, ou teria uma crise em dois dias e pararia de desperdiçar o tempo de Rin.

Merchi, um homem alto e esguio alguns anos mais velho que Rin, era o único soldado com experiência no grupo. Servira na Quarta Divisão do Exército Imperial quando os mugeneses invadiram; fizera parte da força de libertação na costa leste depois que a ilha do arco caiu; e testemunhara as atrocidades de Golyn Niis. A Batalha de Sinegard fora seu primeiro combate direto.

— Eu estava na cidade quando você queimou metade dela — contou para Rin. — Na época só se falava de uma tal speerliesa. Nunca pensei que estaria aqui agora.

A única coisa que os interligava era um horror indescritível. Todos haviam visto o pior que o mundo tinha a oferecer e saíram vivos da experiência.

Aquilo era importante. Quem não tinha uma âncora precisava de algo para ajudá-lo a retornar do mundo dos espíritos, algo mortal e humano. Altan tinha seu ódio. Rin tinha sua vingança. E aqueles quatro recrutas tinham um desejo feroz e intrépido de sobreviver sob circunstâncias impossíveis.

— O que acontece agora? — perguntou Pipaji quando as introduções acabaram.

— Agora, darei a vocês religião — respondeu Rin.

Kitay e ela haviam passado o dia em busca de uma forma eficiente de introduzir o Panteão aos novatos. Em Sinegard, Rin levara quase um ano para preparar a mente para o processo dos deuses. Sob as instruções de Jiang, resolvera charadas, meditara por horas e lera dezenas de textos sobre teologia e filosofia, tudo para que pudesse aceitar que suas presunções sobre o mundo natural eram fundamentadas em ilusões.

Os recrutas não tinham esse luxo. Teriam que abrir caminho até os céus à força.

A mudança necessária e fundamental estava nos paradigmas que tinham do mundo natural. Os hesperianos e a maioria dos nikaras viam o universo como algo dividido entre corpo e mente. Viam o mundo material como algo separado, imutável e permanente. Mas invocar os deuses requeria compreender a premissa básica de que o mundo era fluido — que a existência em si era fluida — e que o mundo desperto não era nada mais que um roteiro que poderia ser escrito se encontrassem o pincel certo, um padrão que poderiam tecer em cores diferentes se soubessem como trabalhar o tear.

A parte mais difícil do treinamento de Rin tinha sido entender a crença. No entanto, era bem mais fácil acreditar quando a evidência do poder sobrenatural estava bem diante dos olhos.

— Confiamos que o sol nascerá todas as manhãs, mesmo se não soubermos o que o move — dissera Kitay. — Então apenas mostre o sol a eles.

Rin abriu a mão diante dos recrutas. Uma pequena corrente de fogo dançou entre seus dedos, serpenteando como uma carpa entre corais.

— O que estou fazendo agora? — perguntou ela.

Não esperava que nenhum deles soubesse a resposta, mas precisava que entendessem que suas suposições estariam erradas.

— Magia — respondeu Dulin.

— Errado. "Magia" é uma palavra para os efeitos com causas que não podemos explicar. Como estou causando isto?

Eles trocaram olhares hesitantes.

— Você pediu ajuda aos deuses? — arriscou Pipaji.

Rin fechou o punho.

— E o que são os deuses?

Mais hesitação. Rin sentiu a irritação dos recrutas. Decidiu então que era hora de passar para a próxima linha de questionamento. Em Sinegard, Rin teria adorado receber respostas diretas de Jiang, mas o mestre as segurou por meses. Rin não queria causar aquela mesma frustração em seus soldados.

— A primeira coisa que devem aceitar é que os deuses existem. Eles são reais e tangíveis, tão presentes e visíveis quanto qualquer um de nós. Talvez até mais. Conseguem acreditar nisso?

— Claro — respondeu Dulin.

Os outros assentiram.

— Ótimo. Os deuses residem em um plano além deste. Vocês podem pensar nele como o céu. Nossa tarefa como xamãs é invocá-los aqui para afetar a matéria ao nosso redor. Agimos como um conduíte, ou seja, um portão para o poder divino.

— Que tipo de lugar é o céu? — perguntou Pipaji.

Rin franziu a testa, se perguntando qual seria a melhor maneira de explicar. Como Jiang havia descrito mesmo?

— O único lugar que é real. O lugar onde nada é decidido. O lugar que você visita quando sonha.

Olhares confusos. Rin percebeu que não estava chegando a lugar algum. Achou melhor recomeçar, tentando pensar nas palavras certas para explicar conceitos que àquela altura eram tão familiares para ela quanto respirar.

— Vocês precisam parar de pensar no nosso mundo como o único domínio verdadeiro — disse ela. — Este mundo não é permanente. Não existe objetivamente, seja lá o que isso signifique. O grande sábio Zhuangzi disse uma vez que não sabia se havia sonhado ter se transformado em uma borboleta à noite ou se sempre viveu no sonho de uma borboleta. Este mundo é um sonho de borboleta. Este mundo é o sonho dos deuses. E quando sonhamos com os deuses, isso apenas significa que acordamos. Faz sentido?

Os recrutas pareciam perdidos.

— Nem um pouquinho — disse Merchi.

Justo. Rin entendia quão bobas suas palavras podiam parecer, embora acreditasse em todas elas.

Não era de se surpreender que ela um dia tivesse pensado que Jiang era louco. Como se explicava o cosmos sem parecer louco?

Rin tentou uma abordagem diferente.

— Não pensem demais. Só pensem assim: nosso mundo é um espetáculo de marionetes, e as coisas que enxergamos como algo material na verdade são apenas sombras. Tudo está em mudança constante, em fluxo constante. E os deuses se esgueiram nos bastidores, conduzindo as marionetes.

— Mas você quer que a gente se apodere das marionetes — concluiu Pipaji.

— Certo! — disse Rin. — Ótimo. É isso que é o xamanismo. É remodelar a realidade.

— Mas por que eles nos deixariam fazer isso? — questionou Pipaji. — Se eu fosse uma deusa, não ia querer emprestar meu poder para ninguém.

— Os deuses não se importam com essas coisas. Não pensam como pessoas, não são atores egoístas. Eles são... *instintos*. Têm um impulso único e focado. No Panteão, são mantidos em equilíbrio por todos os outros. Mas, assim que o portal se abre, você os deixa impor a vontade deles ao mundo.

— Qual é a vontade do seu deus? — perguntou Pipaji.

— Queimar — respondeu Rin na mesma hora. — Devorar e purificar. Mas cada deus é diferente. O Deus Macaco quer caos. O Dragão quer possuir.

— E quantos deuses existem? — pressionou Pipaji.

— Sessenta e quatro — respondeu Rin. — Sessenta e quatro deuses do Panteão, todos forças opostas que constituem este mundo.

— Forças opostas... — repetiu Pipaji, devagar. — Então são todos instintos diferentes. E todos querem coisas diferentes.

— Sim! Excelente.

— Então como escolhemos um deles? — prosseguiu a garota. — Ou são eles que nos escolhem? O deus do fogo escolheu você porque é speerliesa ou...?

— Espere! — interrompeu Merchi. — Podemos deixar a abstração de lado um segundo? Os deuses, o Panteão... Ótimo, está bem, tanto faz. Como os invocamos?

— Uma coisa de cada vez — repreendeu Rin. — Temos que passar pela teoria básica...

— As drogas são a chave, certo? — perguntou Merchi. — Foi o que eu soube.

— Vamos chegar lá. As drogas nos dão acesso, sim, mas primeiro vocês precisam entender o que estão acessando...

— Então são as drogas que dão as habilidades? — Merchi a interrompeu de novo. — Que drogas? Cogumelos do riso? Sementes de papoula?

— Não é... Não vamos... Não. Você ouviu alguma coisa do que eu disse? — Rin teve a súbita vontade de dar um tapa na cabeça dele, como Jiang fazia quando achava que ela estava ficando impaciente demais. Agora ela começava a se dar conta da estudante insuportável que devia ter sido. — As drogas não concedem habilidades. Não fazem nada exceto permitir que você veja o mundo como de fato é. Os deuses dão o poder. Eles *são* o poder. Tudo o que podemos fazer é deixá-los passar.

— Por que você nunca precisa tomar drogas? — perguntou Pipaji.

A pergunta pegou Rin desprevenida.

— Como sabe disso?

— Eu te observei durante a marcha — contou Pipaji. — Você andava com um fogo na mão dia e noite, mas sempre parecia muito lúcida. Impossível que estivesse engolindo sementes de papoula o tempo todo. Teria pulado da montanha.

Os outros recrutas deram risadas nervosas, mas a garota encarou Rin com uma expectativa e uma intensidade tão grandes que ela ficou desconfortável.

— Já passei dessa fase — respondeu Rin.

Pipaji não se deu por vencida.

— Parece que você está na fase em que precisamos estar.

— De jeito nenhum. Vocês não querem isso.

— Por quê?

— Porque então o deus estará sempre na sua cabeça! — gritou Rin. — Eles gritam com você, obrigando-o a ceder à vontade deles. Tentam *apagar sua existência*. Então não há como escapar. Seu corpo não é mais mortal, então você não pode morrer, mas não consegue retomar o controle. Então a única maneira de manter o mundo seguro de você é ser trancado em uma montanha de pedra com as outras centenas de xamãs que cometeram esse erro. — Rin olhou ao redor da sala, olhando bem nos olhos de cada um deles. — E vou arrancar o coração de vocês antes que isso aconteça. É mais gentil assim.

Eles pararam de rir.

Mais tarde naquela noite, depois de muitas outras horas descrevendo como era entrar no Panteão, Rin deu aos recrutas as primeiras sementes de papoula.

Pouca coisa aconteceu. Todos ficaram estúpida e alegremente drogados. Rolaram pelo chão, traçando padrões no ar com os dedos e tagarelando sobre profundidades vãs que fizeram Rin querer enfiar os dedos nos olhos. Lianhua era tomada por uma crise de risadas altas toda vez que alguém falava com ela. Merchi ficou acariciando o chão e murmurando sobre como era macio. Pipaji e Dulin permaneceram sentados e parados, os olhos fechados em algo que Rin esperava ser concentração, até que Dulin começou a roncar.

Então o efeito passou, e eles vomitaram.

— Não funcionou — grunhiu Pipaji, esfregando os olhos avermelhados.

— Porque vocês não estavam tentando ver — explicou Rin.

Não esperava que nenhum deles seria bem-sucedido de primeira, mas imaginava que algo aconteceria, a mais breve indicação de um encontro divino, e não apenas horas de idiotice.

— Não há *nada* para ver — reclamou Merchi. — Quando eu tentava me inclinar para trás, ou seja lá como disse que era, eu só via escuridão.

— Porque você não se concentrou.

— Eu estava tentando.

— Bem, não o suficiente — disse Rin, impaciente. Supervisionar um grupo de idiotas drogados não era divertido quando ela era a única pessoa sóbria na sala. — Você deveria pelo menos ter *pensado* no Panteão, em vez de tentar fazer coisas indizíveis com um montinho de terra.

— Pensei muito nisso! — gritou Merchi. — Você deveria ter nos dado instruções mais claras do que *fiquem drogados e invoquem um deus*.

Rin sabia que ele tinha razão. Suas instruções não haviam sido claras o suficiente, mas ela não sabia como fazer aqueles ensinamentos entrarem na cabeça deles. Desejou ainda ter Chaghan consigo, que conhecia o cosmos e seus mistérios tão bem que poderia facilmente dividi-lo em conceitos que todos entenderiam. Desejou ter Daji ou até mesmo a Sorqan Sira, que poderia implantar uma visão na mente deles para que pudessem estilhaçar os conceitos do real e do irreal. Precisava quebrar a lógica no cérebro deles da mesma forma que Jiang fizera com ela, mas não fazia ideia de como replicar as aulas que tivera com o mestre ao longo de um ano, muito menos como condensá-las em duas semanas.

Rin esticou os braços acima da cabeça. Passara horas sentada e curvada, e seus ombros estavam doloridos.

— Voltem para suas tendas e durmam — ordenou. — Tentaremos outra vez pela manhã.

* * *

— Talvez tenha sido uma ideia estúpida — admitiu Rin para Kitay, depois da terceira noite drogando os recrutas sem sucesso. — A mente deles é uma rocha. Não consigo colocar nada nelas, e os quatro acham tudo que digo uma burrice.

Ele esfregou o ombro dela em um gesto de apoio.

— Veja pela perspectiva deles. Você pensava que tudo era burrice quando teve suas primeiras aulas de Folclore. Achava que Jiang era louco.

— Mas só porque eu não sabia o que estávamos fazendo!

— Você devia ter alguma ideia.

Ele tinha razão. No segundo ano, Rin não sabia a verdadeira identidade de Jiang, mas sabia que o mestre era capaz de fazer coisas que não deveria ser capaz fazer. Ela o vira invocar sombras sem se mexer. Sentiu o vento soprar e a água se agitar ao comando dele. Sabia que ele tinha poder, e estava tão faminta para adquirir aquele poder que não se importava com que tipo de barreiras mentais ele a fazia superar. Mesmo assim, levara quase um ano para acessar a deusa.

Grande parte daquele período fora tomado pelas infinitas precauções de Jiang para impedi-la de se tornar exatamente o que se tornou, no fim das contas. No presente, no entanto, o foco de Rin não era garantir segurança nem estabilidade a longo prazo. Ela só precisava de tropas das quais pudesse obter, no máximo, vários meses de serventia.

— Pare de pensar nisso um pouco — sugeriu Kitay. — Não adianta bater a cabeça na parede. Venha ver no que estive trabalhando.

Ela o seguiu para fora da tenda. A dez minutos de caminhada do assentamento, Kitay havia construído uma estação de trabalho ao ar livre, que consistia em ferramentas espalhadas pelo chão, diagramas presos com pedras, para evitar que saíssem voando pelos ventos implacáveis do platô, e uma estrutura enorme coberta com uma lona encerada e pesada. Ele puxou a lona e revelou o dirigível tombado e partido em dois, seus funcionamentos internos à vista como os intestinos de um animal eviscerado.

— Você não é a única tentando equiparar o poder — disse Kitay.

Rin se aproximou para inspecionar o motor interno do dirigível, correndo os dedos sobre o revestimento externo do casco. Não era feito de qualquer material que pudesse reconhecer — não era madeira, nem bambu, e certamente não era metal pesado. Os mecanismos de energia pareciam ainda mais estranhos, um conjunto de engrenagens e parafusos complicados e interligados que lhe lembrou o relógio redondo e preso ao pulso que a Irmã Petra usava, aquela máquina perfeitamente intrincada que os hesperianos acreditavam ser prova irrefutável de que o mundo era feito por algum grande arquiteto.

— É a única aeronave que permaneceu relativamente intacta — explicou Kitay. — O resto eram destroços queimados e destruídos, mas esta só deve ter perdido energia quando estava perto do chão. As engrenagens ainda funcionam.

— Peraí — disse Rin de repente. Ela havia pensado que Kitay apenas estivesse estudando como funcionavam, não como operá-las. — Você está dizendo que podemos *voar* nisto?

— Talvez. Ainda estou a alguns dias de um voo teste. Mas sim, quando consertarmos a cesta, eu teoricamente devo conseguir fazê-lo decolar...

— Pelas tetas da tigresa. — O coração de Rin acelerou ao pensar no que aquilo poderia significar. Todo um leque de manobras táticas se abriria para eles se tivessem um dirigível à disposição. Ainda não seriam páreo para a frota hesperiana, mas poderiam usar o transporte aéreo para muitos outros propósitos. — Isso resolve tanta coisa. Transporte de volumes. Movimentações rápidas de suprimentos. Cruzar rios.

— Calma. — Kitay tocou um cilindro serpenteante de cobre no centro da bagunça intestinal. — Finalmente descobri a fonte de combustível. Queima carvão, mas de forma pouco eficiente. Essas coisas são construídas com um material que é o mais leve possível, mas ainda assim são terrivelmente pesadas. Elas não conseguem permanecer no ar por mais de um dia e não podem carregar carvão suficiente para estender a jornada sem afundar.

— Entendi — disse ela, decepcionada.

Então isso explicava em parte por que Nezha usara a frota com tamanha restrição durante a marcha pela cordilheira Baolei. Dirigíveis eram uma demonstração decente e rápida de força, mas ainda não davam aos hesperianos domínio total dos céus. Ainda precisavam voltar à terra firme para conseguir combustível.

— Ainda é melhor que nada — disse Kitay. — Vou tentar fazer com que ele volte a voar na semana que vem.

— Você é incrível — murmurou Rin.

Kitay sempre fora ridiculamente esperto. Na verdade, ela deveria ter parado de se impressionar com as invenções do amigo quando ele descobriu uma maneira de fazê-la *voar*. Mas aprender a conduzir um dirigível era uma façanha em uma escala inteiramente diferente. Aquilo era tecnologia alienígena, tecnologia supostamente séculos à frente das façanhas dos nikaras, e de alguma forma ele a desvendara em alguns poucos dias.

— Você descobriu tudo isso apenas olhando? — perguntou Rin.

— Tirei as partes que pareciam removíveis e passei um bom tempo encarando as partes que não eram. — Kitay afastou a franja do rosto, analisando o motor com atenção. — Os princípios básicos foram fáceis. Ainda há muito que não sei.

— Mas então... então como...? — Rin observou as complexas engrenagens de metal, intrigada. Pareciam sofisticadas e assustadoras. Ela jamais teria sabido por onde começar. — Quero dizer, como descobriu a ciência por trás disso?

— Não descobri. — Ele deu de ombros. — Não tenho como. Não sei o que metade dessas coisas é ou o que faz. Elas são um mistério para mim e continuarão assim até que eu esteja versado nos fundamentos dessa tecnologia, o que não farei até ter estudado nas Torres Cinzentas deles.

— Mas se você nem sequer tem os fundamentos, então como...?

— Eu não precisei deles. Não importa. O objetivo não é construir nossos próprios dirigíveis, só precisamos aprender como voar neste. Só preciso cavucá-lo até recriar as circunstâncias de funcionamento originais.

Rin ficou boquiaberta.

— O que disse? — perguntou ela.

— Eu disse que só preciso cavucá-lo até... — Kitay parou e olhou para ela, apreensivo. — Você está bem?

— Estou — respondeu ela, atordoada.

As palavras de Kitay ecoavam em sua mente como gongos reverberantes. *As circunstâncias de funcionamento originais.*

Grande Tartaruga, era fácil assim?

— Cacete, Kitay — disse Rin. — Acho que descobri.

* * *

Então ela arrastou os recrutas à força para o Panteão.

Era uma solução tão simples. Por que não vira isso antes? Rin deveria ter começado ali, ao recriar as circunstâncias de funcionamento originais do próprio encontro com a divindade.

Rin invocara a Fênix pela primeira vez um ano antes de Jiang levá-la ao Panteão. Ela não sabia o que estava fazendo. Só lembrava que havia derrotado Nezha no círculo de combate, esmurrando-o até quase matá-lo porque ele a estapeara. Rin não conseguira *tolerar* a revolta que sentiu, disparando prédio afora, para o ar frio, incapaz de conter a onda de poder que surgia dentro dela.

Rin não tinha invocado o fogo naquele dia. Mas tinha *tocado* o Panteão. E isso foi o catalizador de tudo que aconteceu depois — uma vez que conheceu os deuses, um buraco foi aberto no mundo dela, um buraco que apenas encontros repetidos com a divindade poderiam preencher.

O que a conduzira aos deuses antes mesmo que ela soubesse seus nomes?

Raiva. Raiva escaldante e amarga.

E medo.

— Qual é a pior coisa que já aconteceu com vocês? — perguntou Rin aos recrutas.

Como sempre, a reação foi um misto de espanto e confusão.

— Você não... — Pipaji hesitou. — Você não quer que a gente *diga* de verdade, quer?

— Quero — respondeu Rin. — Descrevam a pior coisa pela qual passaram. Algo que não querem que aconteça outra vez.

Pipaji se encolheu.

— Olha, eu não vou...

— Sei que é difícil reviver esse momento — disse Rin. — Mas a dor é o caminho mais rápido para o Panteão. Encontrem suas cicatrizes. Enfiem uma faca nelas. Busquem lá no fundo. Que memória acabou de emergir em suas mentes?

Um rubor surgiu no rosto de Pipaji. A garota começou a piscar muito rápido.

— Está bem. Tire um momento para pensar. — Rin se voltou para Dulin. — Quanto tempo passou naquela cova funerária?

Ele congelou.

— Eu...

— Dois dias? Três? Seu corpo parecia prestes a apodrecer quando o encontramos.

A voz de Dulin saiu estrangulada.

— Não quero pensar nisso.

— Você *precisa* — insistiu Rin. — Essa é a única forma de fazer isso funcionar. Vamos tentar uma pergunta diferente. O que vê quando está frente a frente com os mugeneses?

— Fácil — disse Merchi. — Vejo um inseto desgraçado.

— Ótimo — disse Rin, embora ela soubesse que aquelas palavras não significavam muita coisa, não carregavam o ressentimento corrosivo que precisava extrair deles. — E o que faria com eles se pudesse? Como os esmagaria?

Diante dos olhares desconfortáveis do grupo, Rin endureceu a voz.

— Não ajam como se estivessem chocados. Estão aqui para aprender a matar, foi para isso que se inscreveram. Não para se defenderem, e não por nobreza. Todos vocês querem sangue. O *que fariam com eles?*

— Eu os quero tão impotentes quanto eu estava! — Pipaji explodiu. — Quero pisar na cara deles e cuspir veneno em seus olhos. Quero que murchem sob o meu toque.

— Por quê?

— Porque eles me tocaram — respondeu Pipaji. — E me fizeram querer morrer.

— Ótimo. — Rin estendeu uma tigela de sementes de papoula em direção a ela. — Agora, vamos tentar de novo.

Pipaji conseguiu de primeira.

Nas últimas vezes em que Pipaji se drogara, balançara-se para a frente e para trás no chão, rindo de piadas que só ela conseguia ouvir. Mas dessa vez ela se sentou empertigada e ficou parada por vários minutos antes de, subitamente, cair para trás como uma marionete com as cordas cortadas. Seus olhos permaneceram abertos, mas estavam brancos e aterrorizados, as pupilas dilatadas.

— Socorro! — Lianhua agarrou os ombros da garota. — Socorro, acho que ela está...

A mão de Pipaji disparou para o ar, os dedos estendidos em um gesto firme e inquestionável. *Pare.*

— Deixe ela ficar deitada — ordenou Rin, ríspida. — Não toque nela.

Os dedos de Pipaji se curvaram como garras no chão, cavando longos sulcos na terra. Gemidos baixos e guturais saíam de sua garganta.

— Ela está com dor — insistiu Merchi. Ele a levantou e a colocou entre os braços, dando batidinhas rápidas e desesperadas em sua bochecha. — Ei. *Ei*. Está me ouvindo?

Os lábios de Pipaji se moveram muito rápido, pronunciando uma torrente de sílabas que não pareciam formar palavras em nenhum idioma que Rin conhecesse. As pontas de seus dedos estavam roxas sob a terra, como se tivessem apodrecido. Quando os olhos da garota se abriram, tudo o que Rin viu foram piscinas escuras e pretas.

Finalmente. Rin sentiu um orgulho brutal e poderoso, acompanhado por uma pontada de dor. Que tipo de deidade Pipaji havia chamado do vazio? Seria mais forte que ela?

— Pipaji? — chamou Merchi, a voz falhando.

A garota levou a mão trêmula ao rosto dele.

— Eu...

O rosto dela sofreu um espasmo e se esticou em um sorriso amplo com olhos atormentados, como se algo dentro da garota, algo que não entendia expressões humanas, estivesse usando a pele dela como uma máscara.

— Afaste-se — sussurrou Rin.

Os outros recrutas já haviam se aglomerado no lado oposto da cabana. Merchi olhou para baixo, confuso e assustado. Faixas pretas começaram a surgir em seus braços, nas partes em que sua pele havia tocado a de Pipaji.

A garota piscou e se sentou, olhando ao redor como se tivesse acabado de acordar de um sono profundo. Seus olhos ainda tinham o mesmo tom desconcertante de obsidiana.

— Onde estamos?

— Merchi, *afaste-se*! — gritou Rin.

Merchi empurrou Pipaji do colo. Ela caiu no chão, os membros tremendo. O homem recuou, esfregando os antebraços furiosamente, como se dessa forma fosse conseguir limpar a pele. Mas o preto não parou de se espalhar. Parecia que cada veia no corpo de Merchi havia subido à superfície da pele, engrossando como riachos que se transformam em rios.

Preciso ajudá-lo, pensou Rin. *Eu fiz isso, é culpa minha...*

Mas ela não conseguia se mexer. Não sabia o que faria se conseguisse.

Os olhos de Merchi se arregalaram. O recruta abriu a boca para vomitar, mas nada saiu, e ele caiu de lado, se contorcendo.

Pipaji se arrastou para trás, os dedos cerrados sobre a boca, ofegando e soluçando.

— Ah, deuses — sussurrou ela, de novo e de novo. — Ah, *deuses*. O que eu fiz?

Dulin e Lianhua estavam encolhidos contra a parede oposta. Lianhua estava de olho na porta, como se planejasse sair correndo. O choramingo de Pipaji se transformou em um pranto desesperado. Ela rastejou até Merchi e o sacudiu pelos ombros, tentando revivê-lo, mas tudo o que fez foi cavar crateras na carne ressequida onde seus dedos encontravam a pele dele.

Enfim Rin recobrou a consciência.

— Fique no canto — ordenou ela a Pipaji. — Sente-se nas suas mãos. Não toque em ninguém.

Para seu grande alívio, Pipaji obedeceu. Rin voltou a atenção a Merchi. Seus movimentos inquietos haviam se reduzido a um breve tremor, e manchas pretas e roxas agora cobriam cada centímetro de pele visível, sob a qual veias se avolumavam como se tivessem se cristalizado em pedra.

Rin não fazia ideia do que os médicos de Cholang poderiam fazer por ele, mas era dever dela tentar.

— Alguém me ajude a levantá-lo — ordenou ela, mas nem Dulin nem Lianhua se mexeram. Estavam paralisados, em choque.

Coube a Rin arrastar Merchi para fora. O homem era alto demais para ser colocado no ombro; a única escolha era arrastá-lo pela perna. Rin se curvou e agarrou a canela dele com cuidado, para não roçar na pele exposta. O ombro dela latejava por conta do peso, mas a adrenalina entrou em ação e sobrepujou a dor, e de alguma forma Rin encontrou a energia para levá-lo para fora da cabana e em direção à enfermaria.

— Aguenta aí — disse a ele. — Só respira. Vamos consertar isso.

Rin poderia estar falando com uma pedra e o resultado seria o mesmo. Quando olhou para trás, para ver como ele estava, os olhos do homem estavam opacos e sua pele havia se deteriorado tanto que ele parecia um cadáver de alguém morto havia três dias. Merchi não respondeu quando Rin o chacoalhou. Também não tinha mais pulso. Ela não sabia quando parara de respirar.

Rin continuou a cambalear adiante. Mas ela sabia, bem antes de chegar à enfermaria, que não precisava de um médico agora, e sim de um coveiro.

Pipaji havia sumido quando Rin retornou à cabana.

— Cadê ela? — perguntou.

Dulin e Lianhua estavam sentados e recostados na parede, em choque. Tinham chorado, ao que tudo indicava. Os olhos de Dulin estavam vermelhos e sem foco, e Lianhua tremia, com o rosto escondido pelos punhos.

— Ela fugiu — respondeu Dulin. — Disse que não podia mais ficar aqui.

— E vocês *deixaram*? — Rin queria estapeá-lo, tirar aquela expressão embotada e atordoada do rosto dele. — Você sabe para onde ela foi?

— Acho que subiu a colina. Ela disse...

Rin saiu correndo.

Por sorte, foi fácil achar a garota — suas pegadas estavam frescas na neve. Rin a alcançou em uma saliência seis metros colina acima. Estava curvada, tossindo, exausta pela corrida.

— Aonde pensa que vai? — gritou Rin.

Pipaji não respondeu. Ela se endireitou e encarou a queda à frente, estendendo um tornozelo fino, como se testasse o espaço vazio antes de se lançar montanha abaixo.

— Pipaji, afaste-se daí.

Rin mediu a distância entre elas, calculando. Se pulasse, poderia agarrar as pernas de Pipaji antes que ela saltasse, mas só se a outra hesitasse. A garota parecia pronta para se jogar — qualquer movimento brusco poderia assustá-la e fazê-la cair.

— Você está confusa. — Rin manteve o tom baixo e gentil, a mão esticada como se estivesse se aproximando de um animal selvagem. — Você está sobrecarregada, entendo, mas isso é normal...

— É horrível. — Pipaji não se virou. — Isso é... Eu não... Eu não posso...

Ela estava hesitando. Ainda não tinha certeza de que queria morrer. *Ótimo.*

Rin percebeu que os dedos dela não estavam mais roxos. Ela conseguira retomar certo controle sobre si mesma. Era mais seguro tocá-la agora.

Rin disparou à frente e a agarrou pela cintura. As duas caíram e se esparramaram na neve. Rin se pôs de pé e puxou Pipaji da beirada da pedra. A garota não ofereceu resistência, e então Rin a prendeu com um joelho contra seu estômago para que a recruta não pudesse fugir.

— Você vai pular? — perguntou Rin.

Pipaji arquejou.

— Não.

— Então se levante. — Rin se ergueu e estendeu a mão para a garota.

Mas Pipaji continuou no chão, os ombros tremendo com violência, o rosto outra vez contorcido em soluços.

— Pare de chorar. Olhe para mim.

Rin se inclinou e segurou Pipaji pelo queixo. Não entendeu por que fez isso, nunca agira assim antes. Mas Vaisra fizera isso com ela uma vez, e funcionara, mesmo que tivesse sido apenas para fazê-la voltar a si, focar sua atenção e afastar o medo para o fundo de sua mente.

— Você quer desistir?

Pipaji a encarou sem dizer nada, as lágrimas inundando seu rosto. Parecia tão desesperada que não lhe haviam restado forças para falar.

— Você pode desistir — afirmou Rin. — Vou deixá-la partir agora se desejar. Ninguém vai forçar você a ser xamã. Você nem sequer precisa ir ao Panteão outra vez. Pode desistir do exército também, se preferir. Pode voltar para sua irmã e achar um lugar para morar na Província do Cachorro. É isso o que quer?

— Mas eu não... — Os soluços de Pipaji passaram. Ela parecia desnorteada. — Não sei. Não sei o que eu...

— Eu sei — declarou Rin. — Sei que não quer desistir. Porque foi bom, não foi? Quando encarnou o deus? Aquela onda de poder foi a melhor coisa que já sentiu e você sabe disso. Não é maravilho perceber o que pode *fazer*? Infelizmente, sua primeira vítima foi um aliado, mas imagine pôr as mãos nas tropas inimigas. Imagine derrotar exércitos com um único *toque*.

— Ela me disse... — A garota respirou fundo, tremendo. — A deusa, quero dizer... Ela me disse que jamais terei medo outra vez.

— Isso é poder — atestou Rin. — E você não vai desistir dele. Eu sei. Você é igual a *mim*.

Pipaji ergueu o olhar, prestando atenção não exatamente em Rin, mas no espaço vazio atrás dela. Parecia perdida na própria mente.

Rin se sentou ao lado da garota, e as duas olharam juntas para a beirada.

— O que viu quando engoliu as sementes?

Pipaji mordeu o lábio e desviou o olhar.

— Me conte — pediu Rin.

— Não consigo. É...

— Olhe para mim.

Rin ergueu a camisa. A parte superior de seu torso estava enrolada em bandagens apertadas, as costelas ainda fraturadas onde Riga a chutara. Mas em seu peito, a marca preta da mão de Altan continuava tão nítida quanto no dia em que ele a entalhara ali. Rin deixou que Pipaji a encarasse por tempo suficiente para entender a forma gravada em sua pele, então se virou para o lado, deixando à mostra os sulcos erguidos e irregulares onde Nezha um dia enfiara uma lâmina na parte baixa das costas dela.

O rosto de Pipaji empalideceu.

— Como...?

— Eu ganhei essas duas cicatrizes de homens que pensei que amava — respondeu Rin. — Um está morto agora. O outro estará morto em breve. Conheço a humilhação. Se quiser, mantenha seus segredos. Mas não há nada que possa dizer que me fará pensar em você como inferior.

Pipaji encarou a marca da mão de Altan por um longo tempo. Quando por fim falou, foi em um sussurro tão baixo que Rin teve que chegar mais perto para ouvi-la em meio ao vento.

— Estávamos no prostíbulo quando eles vieram. Começaram a marchar escada acima, e eu disse a Jiuto para se esconder. Ela... — A voz de Pipaji falhou. Ela inspirou, trêmula, e então prosseguiu. — Ela não tinha tempo para chegar à porta, então se escondeu sob os cobertores. Eu os empilhei sobre ela. Pilhas e pilhas de casacos de inverno. E eu disse a ela para não se mexer, para não emitir um único som, não importava o que acontecesse, não importasse o que ouvisse. Então eles entraram, e me encontraram. E... e... — Pipaji engoliu em seco. — E Jiuto não se mexeu.

— Você a protegeu — disse Rin, gentilmente.

— Não. — Pipaji balançou a cabeça com violência. — Não a protegi. Depois que eles partiram, abri o armário. E tirei os cobertores. E Jiuto não estava se mexendo. — O rosto dela se retorceu. — Ela não tinha se mexido. Estava sufocando, não conseguia *respirar* ali embaixo, e ainda não havia se mexido porque foi o que eu disse a ela para fazer. Eu pensei que tivesse matado ela. Mas não matei, porque ela começou a respirar de novo, mas sou o motivo de...

Ela sufocou um grito e pressionou o rosto nas mãos, sem conseguir. Não prosseguiu. Não precisava. Rin conseguia entender o resto da história sozinha.

Isso explicava por que Jiuto seguia a irmã para cima e para baixo. Por que Pipaji não a deixara até então. Por que Jiuto não falava — por que não *podia* falar. Por que ela respondia a todos que a interpelavam com um olhar lúgubre e assustado.

Rin queria abraçar Pipaji com força e dizer que ela não tinha nada do que se envergonhar e nada do que se arrepender. Que ela sobrevivera, e a sobrevivência era suficiente. Queria dizer a Pipaji que fosse pegar a irmã e que fugisse para longe daquele lugar e nunca mais pensasse no Panteão outra vez. Queria dizer a Pipaji que estava livre.

Em vez disso, falou na voz mais dura que conseguiu imaginar:

— Pare de chorar.

Pipaji ergueu a cabeça, trêmula.

— Você está vivendo em um país em guerra — disse Rin. — Você se acha especial? Acha que é a única que sofreu? Olhe ao redor. Pelo menos está *viva*. Há milhares de outros que não tiveram tanta sorte. E há milhares mais que encontrarão o mesmo destino se você não aceitar o poder que tem.

Rin ouviu na própria voz um toque de frieza e crueldade que nunca usara antes. Era uma voz estranha, que ela sabia exatamente de onde viera, pois tudo o que dizia à garota à sua frente era um eco de coisas que Vaisra um dia lhe dissera, o único verdadeiro presente que um dia ele lhe dera.

Quando ouvir gritos, corra na direção deles.

— Sabe tudo isso que você acabou de me dizer? — prosseguiu ela. — Essa é a sua chave para os deuses. Mantenha isso em mente e nunca se esqueça do que está sentindo agora. Essa será a fonte de seu poder. E é o que vai mantê-la humana.

Rin buscou os dedos de Pipaji. Eram finos, sujos e com cicatrizes, bem diferentes do que os dedos de uma menina deveriam ser. Aqueles dedos haviam quebrado corpos. Aqueles dedos eram como os de Rin.

— Você tem o poder de envenenar qualquer um com seu toque — declarou Rin. — Você pode garantir que ninguém nunca mais sofra do jeito que você e sua irmã sofreram. *Use-o.*

O outro grande avanço veio bem mais rápido depois do sucesso de Pipaji. Dois dias depois, Lianhua soltou um gemido baixo e caiu de lado. A princípio, Rin temeu que ela tivesse sofrido uma overdose e desmaiado, mas então percebeu as cicatrizes nos braços e ombros de Lianhua começando a desaparecer, pele nova e macia se costurando sobre áreas que anteriormente tinham sido cruelmente retalhadas por uma lâmina.

— O que você viu? — perguntou Rin quando Lianhua acordou.

— Uma linda mulher — respondeu a garota. — Ela tinha uma flor de lótus na mão e um conjunto de canos de junco na outra. Sorriu para mim e disse que podia me consertar.

— Você acha que poderia ajudar a consertar os outros? — quis saber Rin.

— Acho que sim — respondeu Lianhua. — Ela colocou algo nas minhas mãos. Era branco e quente, e eu o vi brilhando pelos meus dedos, como se... como se eu estivesse segurando o próprio sol.

Grande Tartaruga. O coração de Rin disparou diante das possibilidades que se apresentavam diante dela. *Podemos usar isso.*

Quando Lianhua conseguiu invocar a deusa e ainda manter a consciência, Rin a deixou testar suas habilidades em uma série de animais feridos — esquilos com pernas estilhaçadas, pássaros com asas quebradas e coelhos queimados à beira da morte. Lianhua foi sensata o bastante para não perguntar de onde os animais estavam vindo. Quando ela restaurou todas as criaturas à saúde perfeita sem qualquer efeito colateral aparente, Rin deixou Lianhua experimentar em seu corpo.

— São essas duas costelas que estão me atrapalhando — disse ela, erguendo a camisa. — Você precisa que eu tire as bandagens também?

— Acho que não.

Lianhua correu os dedos pelas tiras de linho com tanta leveza que fez cócegas. Então Rin sentiu um calor abrasador e intenso que cruzava a linha entre alívio e tormento. Segundos mais tarde, a dor nas costelas sumiu. Pela primeira vez desde que subira o monte Tianshan, ela podia respirar sem medo.

— Grande Tartaruga! — Rin se maravilhou, girando o tronco para um lado e para outro. — *Obrigada*!

— Você... — Os dedos de Lianhua pairavam no ar sobre o braço direito de Rin. Ela encarava o cotoco. — Hã, você quer que eu tente?

A pergunta surpreendeu Rin. Ela não havia considerado tentar restaurar a mão perdida. Ela piscou, sem responder, presa entre o óbvio *sim, por favor, tente agora* e o medo de se permitir nutrir alguma esperança.

— Não sei se consigo — disse Lianhua depressa. — E... bem... se você não quiser...

— Não... não, desculpe — corrigiu-se Rin. — Claro que quero. Sim. Vá em frente.

Lianhua removeu a manga do cotoco e descansou os dedos frios no montinho macio que envolvia o pulso de Rin. Vários minutos se passaram. Lianhua ficou parada, os olhos fechados com força, concentrados, mas Rin não sentiu nada — nenhum calor ou formigamento —, exceto por um arrepio fantasma onde a mão deveria estar. Minutos se passaram, mas o arrepio, se em algum momento foi real, não se transformou em algo mais forte.

— Pare — disse Rin. Não podia mais fazer aquilo. — Chega.

Lianhua pareceu se encolher, envergonhada.

— Acho que há limites — explicou a garota. — Mas talvez eu possa tentar outra vez se...

— Não se preocupe. — Rin puxou a manga de volta e cobriu o pulso, esperando que Lianhua não percebesse a voz embargada. Por que seu peito parecia tão apertado? Ela sabia que não ia funcionar; tinha sido burrice pensar nisso. — Está tudo bem. Algumas coisas não podem ser consertadas.

Em termos de puro espetáculo, Dulin superava todas elas. Uma semana mais tarde, depois de tantas tentativas malsucedidas que Rin considerou acabar com seu sofrimento, o garoto tomou uma dose extra de sementes de papoula com uma determinação teimosa e de pronto invocou a Grande Tartaruga.

Em todos os mitos que Rin já ouvira, o deus Tartaruga era uma criatura paciente, protetora e benevolente. Era o guardião da terra, representando longevidade e solo fresco e fértil. Aldeões em Tikany usavam pendentes de jade entalhados como cascos de tartaruga para atrair boa sorte e estabilidade. Em Sinegard, grandes tartarugas de pedra eram por vezes plantadas diante de túmulos para guardar os espíritos dos mortos.

Dulin não evocara nada disso. Ele abriu um buraco no chão.

Aconteceu de repente. Em um momento, a terra estava firme sob os pés deles. No seguinte, um círculo de mais ou menos um metro e meio de diâmetro apareceu dentro da cabana, descendo a uma profundidade incerta e negra como piche. Por algum milagre, nenhum deles caiu lá dentro; aos gritos, Pipaji e Lianhua se afastaram da beirada.

A cratera terminava bem aos pés de Dulin. Tinha parado de crescer, mas o solo e as pedras nas laterais ainda despencavam dentro do buraco, ecoando em lugar nenhum.

Rin falou devagar, tentando não assustar Dulin, para evitar que o garoto enterrasse todos eles por acidente.

— Muito bem. Agora, você acha que consegue fechar essa coisa?

Ele parecia atordoado, olhando boquiaberto para o buraco, tentando se convencer de que não apenas existia, como fora criado por ele.

— Não sei — respondeu o garoto, trêmulo.

Com cuidado, Rin colocou a mão no ombro dele.

— O que está sentindo?

— Está... está *com fome*. — Dulin soava confuso. — Acho... acho que quer mais.

— Mais o quê?

— Mais... exposição. Quer ver mais luz do sol. — Sua voz falhava. Rin podia imaginar qual memória ele invocara ao buscar o Panteão. Dulin estava se recordando do trauma de ter sido enterrado vivo. — Quer ser livre.

— Justo — disse Rin. — Mas talvez seja melhor tentar isso quando estiver a uma boa distância do resto de nós.

Dulin engoliu com força, então assentiu. O poço parou de roncar.

— General Fang? — Pipaji chamou do outro lado da dolina. — Acho que precisamos de uma cabana maior.

No dia seguinte, Rin e seus recrutas saíram antes do nascer do sol e seguiram deserto adentro, onde nada que invocassem poderia machucar alguém no assentamento de Cholang.

— Vão até onde? — perguntou Kitay.

— Até oito quilômetros daqui — respondeu ela.

— Não é longe o bastante. Vá pelo menos dezesseis.

— Vou estar fora do seu alcance!

— Doze, então — corrigiu ele. — Mas leve o grupo para o mais distante daqui que puder. Não faz sentido vocês varrerem a gente do mapa antes de Nezha.

Então Rin pendurou nas costas uma bolsa cheia de provisões para quatro dias e drogas o suficiente para matar um elefante e conduziu seus recrutas em direção à vasta extensão do planalto Scarigon. Eles marcharam durante grande parte da manhã, e ela não parou até que o sol estivesse alto no céu azul sem nuvens, irradiando um calor escaldante que nem os ventos conseguiam dissipar.

— Aqui está bom — decidiu Rin.

Uma estepe plana e árida se estendia por todas as direções. Não havia árvores, rochas nem colinas que pudessem servir de abrigo, mas tudo bem; eles haviam trazido lona para duas cabanas, e os céus não prometiam qualquer precipitação por vários dias, pelo menos.

Rin tirou a mochila e a deixou cair no chão.

— Tomem um gole de água, e então começaremos.

Pipaji já estava sugando vorazmente seu cantil. Ela soluçou e limpou a boca com a mão.

— O que vamos fazer exatamente?

Rin sorriu.

— Deem um passo para trás.

Eles obedeceram, observando-a com cautela.

— Mais.

Rin esperou até que eles estivessem a pelo menos vinte passos de distância. Então estendeu a mão para o céu e invocou o fogo.

A chama ondulou por ela como um raio. Era delicioso. Ela puxou mais, deliciando-se com a liberação arbitrária de poder, a indulgência imprudente que trazia ecos do puro êxtase que havia experimentado no monte Tianshan.

Rin observou a reação dos recrutas — os olhos arregalados, a expressão de fascínio e admiração — e riu.

Ela permaneceu na coluna de calor apenas mais alguns segundos prazerosos, então puxou as chamas de volta ao corpo.

— É a vez de vocês — declarou ela.

Ao longo das horas seguintes, Rin supervisionou enquanto Pipaji e Lianhua usavam suas habilidades uma contra a outra. Pipaji se ajoelhava e pressionava as mãos na terra. Segundos depois, todo tipo de criatura — minhocas, cobras, ratos-de-estepe de pernas longas, pássaros — borbulhava na superfície, se retorcendo e guinchando, arranhando em desespero as veias negras que se espalhavam por suas formas protuberantes.

— Pare — pedia Rin, e Lianhua logo começava o processo de reversão, curando as criaturas uma por uma até que a podridão passasse.

Os limites das habilidades de Lianhua logo ficaram óbvios. Ela podia fazer feridas superficiais desaparecerem em menos de um minuto e podia curar ossos quebrados e hemorragias internas se tivesse um pouco mais de tempo, mas só parecia capaz de reverter ferimentos que não fossem potencialmente fatais. A maioria dos alvos de Pipaji ficava à beira da morte dentro de segundos, e mesmo os melhores esforços de Lianhua não podiam trazê-los de volta.

Os limites de Pipaji não estavam tão claros. A princípio, Rin pensara que o poder dela requeria contato pele a pele com as vítimas, mas então ficou óbvio que seu veneno podia serpentear pelo solo, alcançando organismos a vários metros de distância.

— Tente a água da lagoa — sugeriu Rin. Um pensamento horrível e animador havia acabado de lhe ocorrer, mas ela não queria expô-lo até ter certeza. — Veja se isso acelera a disseminação.

— Precisamos daquela água para beber — reclamou Dulin. — A próxima lagoa está a um quilômetro e meio daqui.

— Então encham os cantis agora, e depois moveremos nosso assentamento para a outra lagoa quando Pipaji terminar — disse Rin.

Eles obedeceram. Quando os cantis estavam todos cheios, Pipaji se agachou sobre a lagoa, franzindo a testa em concentração e mergulhando as pontas dos dedos na água. Nada aconteceu. Rin esperava ver faixas pretas disparando pela lagoa, mas a água permaneceu de um tom escuro de marrom-esverdeado. Então peixes começaram a aparecer na superfície de barriga para cima, inchados e sem cor.

— Que nojo — disse Dulin. — Acho que vamos ter que pegar o jantar em outro lugar.

Rin não teceu qualquer comentário. Estava em transe, fechando a mão com tanta força que os nós dos dedos ficaram brancos.

Era assim. Era assim que venceria Nezha.

Ele não podia ser morto porque o Dragão sempre o protegia, curando suas feridas segundos depois que se abriam. Mas Chaghan dissera a Rin que a fonte do poder dele era o rio que corria pelas grutas de Arlong.

E se ela atacasse o rio em si?

— Posso parar? — perguntou Pipaji. Peixes, sapos, girinos e insetos ainda borbulhavam mortos na água ao redor dela. — Isso parece... exagerado.

— Está bem — murmurou Rin. — Pare.

Pipaji se levantou, parecendo enojada, e rapidamente limpou os dedos na calça.

Rin não conseguia parar de olhar para o lago. A água estava preta como piche agora, um tinteiro de corpos.

Nezha não conhecia Pipaji. Não tinha ideia de quem ela era nem do que podia fazer. Tudo o que veria seria uma garota magra e bonita com olhos de cervo e cílios longos, parecendo deslocada no campo de batalha, pouco antes de ela transformar as veias dele em lama.

A seguir, Rin focou sua atenção em Dulin. Ele tinha predileção por crateras — desde o primeiro dia, podia facilmente invocar uma de qualquer formato ou tamanho dentro de um diâmetro de três metros. Mas as crateras tinham que se abrir bem onde ele estava e seus pés precisavam estar na beirada da fenda.

Isso gerava um problema. Certamente as crateras tinham grande potencial para perturbar as táticas inimigas, mas apenas se Dulin estivesse na linha de fogo.

— O que mais consegue fazer com a terra? — perguntou Rin. — Se consegue movê-la para baixo, consegue movê-la para cima? Para o lado? Fazê-la vibrar?

Rin não sabia ao certo o que tinha em mente. Vislumbrava grandes pilares de terra serpenteando no ar como víboras. Ou talvez terremotos, que podiam desorientar e espalhar linhas defensivas, além de matar bastante gente.

— Vou tentar — disse Dulin, abaixando o queixo e franzindo a testa, concentrado.

Rin sentiu o tremor sob os pés, no começo tão fraco que por um momento ela pensou que estivesse imaginando coisas. Então os tremores ficaram mais fortes. O pensamento de que talvez devesse se afastar cruzou sua mente segundos antes de sair voando pelo ar.

As costas dela bateram com força na terra. A cabeça fez o mesmo, estalando. Ela encarou o céu, ofegante, tentando respirar. Não conseguia sentir as pontas dos dedos das mãos. Ou dos pés.

Rin ouviu gritos. Os rostos de Dulin e Lianhua apareceram acima dela. Pipaji gritava algo, mas sua voz estava abafada. Rin sentiu as mãos de Lianhua sob sua camisa e pousando sobre suas costelas, e então um calor escaldante e maravilhoso se espalhou por seu torso e cabeça, até que os gritos de Dulin se moldaram em palavras inteligíveis.

— Você está bem?

— Bem — respondeu ela, arfando. — Estou bem.

Quando Lianhua segurou as mãos dela, Rin se encolheu de lado e riu. Não conseguiu evitar. O riso saiu como uma cachoeira, urgente e revigorante.

Lianhua parecia profundamente preocupada.

— General, você está...?

— Vamos vencer — disse Rin, rouca. Ela não conseguia entender por que era a única rindo. Por que eles não estavam rindo? Por que não estavam alucinados de alegria? — Ai, meus deuses. É isso. Vamos *vencer*.

Eles passaram os dois dias seguintes refinando os tempos de resposta, limitações e dosagens necessárias. Determinaram quanto tempo levava entre a ingestão das sementes e o início dos efeitos: vinte minutos para Pipaji e Lianhua, dez para Dulin. Aprenderam por quanto tempo eram úteis estando drogados — não mais que uma hora para qualquer um deles — e quanto tempo levava para saírem do estado inútil e cheio de baba.

Suas habilidades permaneciam uma arte imperfeita. Não conquistariam em duas semanas a eficiência militar do Cike original, mas se acostumaram a invocar seus deuses o suficiente para poderem replicar os resultados em campo de batalha. Isso era o melhor que conseguiriam.

Rin pediu que voltassem para o assentamento sem ela. Queria se aventurar um pouco mais antes de retornar. Ninguém lhe perguntou para onde estava indo, e Rin também não falou.

Sozinha, ela caminhou até encontrar uma área fechada na base de uma colina, com visão plena para o distante monte Tianshan.

Coletou as maiores pedras que conseguiu encontrar e as dispôs em uma pilha circular voltada para o sol poente. Era um memorial precário, mas ficaria no lugar. Quase ninguém visitava aquela montanha. Com o tempo, o vento, a neve e as tempestades erradicariam todos os traços daquelas pedras, mas era suficiente por enquanto.

Jiang nem merecia tanto. Mas merecia *algo*.

Rin tinha visto a expressão no rosto dele antes de escapar do templo. Jiang sabia muito bem o que havia feito. Naquele momento, estava completo e consciente, reconciliado com seu passado e no controle. E escolhera salvá-la.

— Obrigada — disse ela.

A voz soava aguda e débil contra o ar denso e gelado. Seu peito ficou muito leve.

Um dia, Rin o amara como a um pai.

Jiang lhe ensinara tudo o que sabia. Conduzira-a até o Panteão. Então a abandonara, voltara para ela, a traíra e a salvara.

Ele deixara tantos outros morrerem — deixara *o povo dela* morrer —, mas a salvara.

O que Rin deveria fazer com um legado assim?

Lágrimas quentes se acumularam em seus olhos. Irritada, ela as enxugou. Não estava ali para chorar. Jiang não merecia suas lágrimas. Não se tratava de luto, se tratava de respeito.

— Adeus — murmurou Rin.

Não sabia o que mais dizer.

Não, não era verdade. Algo mais pesava na mente dela, algo que ela não podia deixar de dizer. Embora tivesse pensado nisso muitas vezes, nunca ousara dizer na cara de Jiang enquanto ele estava vivo. Não podia ficar em silêncio agora. Rin chutou as pedras e engoliu em seco de novo, mas o incômodo em sua garganta não passava. Ela pigarreou, as lágrimas quentes escorrendo por suas bochechas.

— Você sempre foi um covarde de merda.

— Vamos partir — disse ela para Kitay quando chegou ao acampamento.

Andava agitada ao redor da cabana, enfiando coisas na bolsa de viagem — duas camisas, um par de calças, facas, bolsinhas de semente de papoula. Caminhara por seis horas a fio, mas de alguma forma se sentia cheia de energia.

— Vou dizer a Cholang que prepare os homens dele para marchar de manhã — completou ela. — O dirigível está pronto para decolar?

— Claro, mas... Calma, Rin, espera um pouco. — Kitay parecia preocupado. — Tão cedo assim? Sério?

— Precisa ser agora — respondeu Rin.

Ela não podia mais ficar no assentamento de Cholang, naquela porcaria de fim de mundo no planalto Scarigon. Sua mente girava com as possibilidades da campanha que viria. Nunca antes as cartas estiveram tão claramente a favor dela. A República tinha um xamã em Nezha contra quatro de Rin, e o melhor mecanismo de defesa do adversário eram bombas de ópio, que incapacitavam tropas dos dois lados, sem distinção.

Claro que os recrutas de Rin poderiam se beneficiar de outra semana de treinamento. Claro que teria sido ideal se tivessem tido mais tempo para refinar suas habilidades, aprender consistentemente a forçar os deuses para fora de suas mentes quando as vozes se tornavam altas demais. Mas Rin também sabia que cada dia que esperavam para ir ao leste era outro dia que Nezha tinha para se preparar.

Naquele momento, Nezha estava lambendo suas feridas. Rin precisava avançar o máximo de território possível antes que ele tivesse tempo de contra-atacar. Exércitos marchariam de uma forma ou de outra, e ela queria ser a primeira.

— Ao menos uma vez, o tempo está do nosso lado — disse Rin. — Não vamos ter essa chance outra vez.

— Tem certeza de que eles estão prontos?

Ela deu de ombros.

— Tão prontos quanto eu estava quando comecei.

Kitay suspirou.

— Isso não é muito reconfortante.

CAPÍTULO 25

O primeiro grande alvo no território da República era Jinzhou — a Cidade Dourada, a pérola opulenta do meio-oeste nikara. Após uma marcha de três semanas, pagodes imponentes e muralhas altas surgiram entre as árvores. As bandeiras azuis com emblemas de dragão tremulavam no topo das torres de vigia como um convite escancarado para o ataque.

A outra alcunha de Jinzhou, menos agradável, era "a Puta". O lugar ficava na interseção de três províncias e, graças à sua proximidade com prósperas fazendas de amora que forneciam carroças cheias de casulos de bicho-da-seda e alguns dos maiores depósitos de carvão do Império, podia se dar ao luxo de pagar impostos para todas as três. Em troca, Jinzhou recebera três vezes mais ajuda militar durante as Guerras da Papoula. Não fora pilhada nem uma vez na história recente; apenas passara de governante para governante, trocando obediência e riquezas por proteção.

Rin pretendia acabar com isso.

O estrategista militar Sunzi uma vez escrevera que era melhor tomar cidades inimigas intactas. Campanhas violentas e longas não beneficiavam ninguém. Jinzhou, que oferecia uma base de taxação vantajosa e estava bem posicionada entre múltiplas rotas de transporte, teria servido melhor como uma base de recursos constantes do que como uma cidade arruinada no rastro do Exército Sulista.

Mais uma vez, Rin rejeitou o conselho de Sunzi.

No sul, lutara para reivindicar territórios tomados pela Federação. Era uma guerra de libertação. Mas agora seu exército não tinha abrigo; lutavam em um terreno desconhecido e jamais poderiam retornar em paz às províncias de origem enquanto a República quisesse o controle. O problema de se apegar a um lugar específico era que manter as áreas conquistadas exauria as tropas. Era exatamente por isso que Nezha estava fadado a perder: ele fora forçado a dividir seus esforços nas frentes norte e sul.

Concluindo: Jinzhou era dispensável.

Rin não se importava em preservá-la. Não queria a economia da cidade, e sim acabar com o acesso de Nezha às riquezas dela.

O que eu não posso ter ele também não pode.

Jinzhou era uma demonstração flagrante de poder. Jinzhou era uma mensagem.

Conforme suas tropas se aproximavam dos grossos portões de pedra da cidade, Rin não sentia o mesmo nervosismo que costumava sentir antes de uma batalha. Não estava preocupada com o resultado, porque não se tratava de uma disputa de estratégia, números ou tempo. Não era uma batalha de sorte.

Dessa vez, o vencedor era garantido. Ela tinha visto o que seus xamãs podiam fazer e sabia que, fossem quais fossem as defesas da cidade, os inimigos não teriam nada capaz de desafiar um exército que até terra podia mover.

O destino de Jinzhou já estava definido. Rin só estava curiosa para ver como seria.

No entanto, eles precisavam definir a estratégia de batalha primeiro. A prudência prevaleceu, porque Kitay estava presente. Concordaram que Rin não poderia alimentar nem vestir seu exército se não acumulasse recursos ao longo do caminho, e isso era mais difícil de obter em cidades queimadas e saqueadas.

— Sei que quer lutar — disse Kitay —, mas se começar a derrubar muros sem dar a eles a chance de se renderem, então está sendo burra.

— Negociações dão aos inimigos tempo para preparar defesas — objetou ela.

Kitay revirou os olhos.

— Que defesas eles poderiam arranjar contra você?

A primeira mensagem que enviaram voltou quase imediatamente.

— Nada de rendição — reportou ele. — Eles... hum... riram na minha cara.

— É isso, então. — Rin se levantou. — Sairemos em cinco minutos. Alguém traga Dulin e Pipaji...

— Espere — disse Kitay. — Não demos a eles um aviso justo.

— Aviso justo? Acabamos de fazer uma oferta de rendição!

— Eles acham que você tem um exército camponês desordenado com espadas enferrujadas e sem artilharia. — Kitay a fuzilou com o olhar. — Eles não sabem o que o destino lhes reserva. E você não está sendo justa.

— Sunzi disse...

— Acho que nós dois podemos concordar que a estratégia de Sunzi deixou de ser relevante há muito tempo. E quando Sunzi escreveu sobre preservar informação para que seu inimigo subestime seu poder, estava falando de tropas e suprimentos, não de poderes divinos avassaladores. — Kitay desamassou um pedaço de pergaminho sobre a mesa e, sem esperar pela resposta dela, começou a escrever outra missiva. — Vamos dar outra chance a eles.

Rin bufou.

— Você vai mesmo revelar nossas novas armas antes de elas sequer serem vistas em sua primeira batalha? — questionou.

— Me preocupa um pouco ver você se referindo a pessoas como armas. E não, Rin, estou apenas dizendo a eles que precisam considerar as muitas vidas inocentes que estão em risco. Não incluirei detalhes. — Kitay escreveu por mais um tempo, ergueu o olhar e enrolou uma mecha de cabelo no dedo. — Mas isso confirma uma coisa. Nezha não está na cidade.

Rin franziu a testa.

— Como você sabe?

Eles tinham decidido que havia uma chance de cinquenta por cento de que Nezha fosse permanecer no fronte para defender Jinzhou. Por um lado, a cidade era uma coleção de tesouros tão enorme que era difícil imaginar que a República fosse abrir mão dela facilmente — as pilhas de carvão por si só podiam ter mantido os dirigíveis voando por tempo indefinido. Por outro lado, todo relatório que recebiam indicava que Nezha havia fugido para mais ao leste possível. E Jinzhou, embora rica, não tinha uma estrutura de defesa forte; era uma cidade fundada em comércio, e cidades de comércio são feitas para convidar o mundo externo a entrar, e não o contrário. Teria sido uma péssima localização para Nezha dar seu último golpe.

— Sabemos que ele não está aqui porque o magistrado teria invocado o nome dele — ponderou Kitay. — Ou ele teria aparecido para negociar pessoalmente. O país inteiro sabe o que ele pode fazer. Sabem que ele seria um negociador melhor do que qualquer outra estratégia que pudessem montar.

— Talvez ele esteja preparando uma emboscada — sugeriu Rin.

— Talvez. Mas Nezha segue mais os princípios de Sunzi que você. Não forçar onde já há resistência; não exaurir as tropas quando já está em desvantagem. — Kitay balançou a cabeça. — Não dá para ter certeza. Mas, se eu fosse Nezha, não tentaria matar você aqui. Não há acesso suficiente à água. Não, acho que ele vai dar essa vitória para você.

— Que romântico — zombou Rin. — Então vamos fazê-lo se arrepender.

Eles acamparam do lado de fora dos muros de Jinzhou por um tempo, passando a luneta de um para o outro enquanto esperavam que a delegação voltasse. Minutos se passaram, depois horas. Após algum tempo, Rin ficou entediada e voltou para a tenda, onde seus recrutas estavam sentados em círculo no chão, aguardando suas ordens.

— Eles não vão se render — declarou Rin aos seus xamãs. — Todos prontos?

Lianhua mordiscou o lábio. Dulin tremia e esfregava os cotovelos, como se estivesse congelando. Ele se parecia tanto com um estudante nervoso de Sinegard prestes a fazer uma prova que Rin achou graça. Apenas Pipaji parecia calma, recostada na parede e de braços cruzados, como se fosse uma freguesa numa casa de chá, esperando para ser servida.

— Lembrem-se: é diferente quando há corpos — disse Rin.

Eles já haviam discutido como tudo mudava no calor da batalha, como a previsibilidade segura do treino de forma alguma se assemelhava à guerra de verdade, mas ela precisava reforçar isso. Rin queria que essa fosse a última coisa na mente deles antes do combate.

— O sangue vai assustar vocês. E fica mais difícil quando os gritos começam. Os deuses se agitam. Eles são como cães selvagens farejando o ar atrás de medo. Quando sentem o cheiro do caos, ficam bem mais difíceis de dominar.

— Todos nós já vimos corpos — disse Pipaji.

— É diferente quando é você que os estraçalha — insistiu Rin.

Dulin ficou pálido.

— Não estou tentando assustar vocês — afirmou Rin. — Só quero que estejam preparados. Vocês conseguem. Praticaram, sabem o que esperar e terão o controle. O que precisam fazer se sentirem que o deus está os dominando?

Eles falaram em uníssono, como alunos em sabatina:

— Mastigamos a dose.

Cada um levava no bolso ópio suficiente para uma overdose. Eles sabiam exatamente quanto engolir para ficar inconscientes.

— E o que precisam fazer se seus companheiros se descontrolarem?

Pipaji flexionou os dedos.

— Lidamos com eles antes que lidem conosco.

— Boa garota — disse Rin.

A porta se abriu. Eles deram um pulo.

Era um batedor.

— Jinzhou mandou notícias, general. Não vão se entregar.

— Azar o deles. — Rin gesticulou para que ficassem de pé. — Vamos mostrar a eles o que vocês podem fazer.

Uma vez, em Sinegard, o Mestre de Estratégia Irjah ensinou à turma de Rin como jogar um antigo jogo chamado shaqqi. Ele os obrigava a jogar vários jogos de estratégia: wikki para antecipação e determinação, mahjong para diplomacia e assimetria da informação. Shaqqi, porém, Rin nunca tinha visto. As regras básicas preenchiam três livretos, e isso não incluía os muitos pergaminhos adicionais que ditavam as manobras de abertura padrão.

Kitay era o único na turma que já jogara shaqqi, então Mestre Irjah o escolheu para ajudar a demonstrar. Eles passaram os primeiros vinte minutos colocando no tabuleiro peças aleatórias que representavam tropas, equipamentos, artilharia e locações terrenas. Quando todas as peças estavam sobre o mapa, Mestre Irjah e Kitay se sentaram um diante do outro, com os olhares fixos no tabuleiro. Nenhum deles disse nada. O resto da turma observava, cada vez mais entediado e irritado, o combate que já se estendia por quase uma hora.

Por fim, Kitay suspirou, derrubou seu imperador com um dedo e balançou a cabeça.

— O que está acontecendo? — questionou Nezha, com arrogância.

— Vocês nem jogaram.

Mas eles tinham jogado. Rin só percebeu isso perto dos cinco minutos finais da partida. Todo o jogo transcorrera por meio de cálculos mentais silenciosos, os dois lados considerando o balanço de poder criado por suas peças aleatoriamente distribuídas. Kitay por fim chegara à conclusão de que não tinha como ganhar.

— Guerras raramente acontecem assim — disse Irjah enquanto juntava as peças. — Na batalha real, a névoa da guerra muda tudo. Mesmo os planos mais elaborados são vítimas do acaso. Apenas idiotas pensam que guerra é uma simples questão de estratagemas.

— Então de que serviu esse jogo? — reclamou Venka.

— Para mostrar que assimetrias importam — respondeu Irjah. — Azarões por vezes conseguem encontrar uma saída, mas nem sempre, principalmente se o lado com a vantagem tiver antecipado tudo que *pode* dar errado, porque aí se torna uma questão de ganhar da forma mais elegante e confiante possível. Você aprende a fechar todas as saídas. Prevê as circunstâncias que poderiam prejudicar sua vantagem, e é preciso fazer isso com tempo. Por outro lado, às vezes não há caminho possível para a vitória. Às vezes, entrar em uma batalha significa suicídio, e é importante saber quando. Esse é o propósito deste jogo. Jogar não importa tanto quanto o exercício do pensamento.

— Mas e se os jogadores não concordarem em quem tem a vantagem e ninguém se render? — perguntou Nezha.

— Então você joga até que alguém se renda — respondeu Irjah. — Mas isso seria duplamente vergonhoso para o perdedor, que devia ter concedido desde o início. A questão é treinar sua mente para ver todas as possibilidades estratégicas de uma só vez, para que saiba quando não pode vencer.

No fim das contas, shaqqi foi o único jogo de estratégia que Rin nunca conseguiu entender. Eles o jogaram várias vezes em sala de aula ao longo do ano, mas ela jamais aceitava se render. Jogava no papel do azarão desde que se entendia por gente. Parecia tão absurdo se render, simplesmente reconhecer a derrota, como se o futuro não fosse oferecer uma chance, por menor que fosse, de reverter sua sorte. Ela passara a vida inteira contando com essas pequenas chances.

Mas agora, com seu exército do lado de fora dos portões da cidade de Jinzhou, Rin estava do outro lado da mesa. Agora, ela tinha uma vantagem esmagadora, e seu dilema era apenas como aprimorar três pessoas que poderiam reescrever a realidade em uma batalha convencional sem matar todos ao redor.

A vitória já estava garantida. Agora, ela só tinha que se preocupar com as pontas soltas.

Esse era o tipo de dilema que Altan estava sempre tentando resolver quando comandava o Cike. Como ganhar um jogo de xadrez quando suas peças são as coisas mais poderosas e insanas no tabuleiro, e o oponente foi equipado apenas com peões? Como guerrear quando o objetivo não é mais a vitória, mas a vitória com a menor quantidade de baixas possível?

Rin e Kitay concordaram que o confronto dependia de Dulin. O envolvimento de Lianhua estava fora de questão — a manteriam ocupada na enfermaria depois do fim do combate, mas seu lugar não era no campo de batalha. Pipaji era mais letal a curtas distâncias, mas Dulin tinha um alcance de impacto maior. Podia causar terremotos e dolinas em um raio de nove metros, enquanto Pipaji precisava estar no meio do combate para usar seu veneno. Isso era arriscado demais. Rin precisava manter Pipaji a salvo até conseguir chegar a Arlong.

Ainda assim, Rin tinha certeza de que podia acabar com a resistência de Jinzhou apenas com Dulin.

— Você vai fazer dois golpes grandes — informou Rin. — Os dois no começo da batalha. Duas salvas de abertura. Eles vão pensar que a primeira foi um desastre natural aleatório ou alguma arma poderosa. No segundo, saberão que temos um xamã. Depois desse ponto, nossas forças terão se misturado demais com as tropas inimigas para você conseguir atacar um alvo específico.

— Mas não preciso estar na linha de frente para fazer isso, preciso? — disse Dulin. — Não seria melhor eu só mirar na cidade?

— Mas e depois? — disparou Kitay. — Vai massacrar todos os civis inocentes lá dentro?

O rosto de Dulin corou. Era óbvio que o pensamento nem sequer passara por sua cabeça.

— Eu não...

— Sei que não parou para pensar nisso — disse Kitay. — Mas precisa se concentrar. Só porque pode alterar o mundo em uma escala ridícula não significa que os cálculos normais não se aplicam mais. Na verdade, você deve tomar cuidado em dobro. Entendeu?

— Sim, senhor — respondeu Dulin, envergonhado. — Onde quer as crateras, então?

— Jinzhou tem seis muros — disse Kitay. — Escolha um.

Uma hora mais tarde, um esquadrão de menos de cinquenta soldados disparou da floresta em direção ao portão oeste de Jinzhou. Rin e Kitay esperaram nas árvores com o restante do exército, observando com lunetas enquanto as tropas zuniam até os altos muros de pedra.

O primeiro ataque seria um chamariz, já que as lideranças de Jinzhou sabiam o que Rin podia fazer. Depois da Batalha dos Penhascos Vermelhos, suas habilidades não eram mais um boato. Logo, se o magistrado de Jinzhou havia rejeitado sua oferta de clemência, ele devia estar muito confiante em suas defesas contra o fogo. Rin não era burra de entrar na briga sem antes saber que cartas o adversário tinha na manga.

Tinha sido fácil forjar um ataque. O fogo xamânico era a arma mais simples de simular. Em pouco tempo, cinquenta soldados brandindo tochas, pólvora e bandeiras embebidas em óleo criaram uma onda flamejante que, ao ser soprada pelo vento, ficou quase do mesmo tamanho de uma chama que a própria Rin seria capaz de invocar.

Os defensores de Jinzhou responderam segundos depois. Primeiro, veio a saraivada de flechas. Em seguida, uma leva maior de mísseis — bombas que não explodiram em bolas de chamas, mas em vez disso vazaram uma fumaça lenta e esverdeada ao atingirem o chão.

— Bombas de ópio — observou Kitay. — É só o que eles têm?

Ele parecia decepcionado. Rin também. Jinzhou se recusara a negociar com tanta confiança que ela havia imaginado que tivessem alguma defesa inovadora e secreta.

Em vez disso, eles apenas assinaram sua sentença de morte.

O esquadrão de mentira estava se separando. Recebeu autorização para recuar — tinha sido apenas encarregado de retirar a artilharia, não de quebrar as defesas de Jinzhou. A onda de fogo se desintegrou em dezenas de tochas individuais, apagadas quando os soldados em fuga as jogaram no chão.

A retirada estava confusa, mas as tropas ficariam bem. Entraram preparadas, com máscaras de pano embebidas em água. Isso não impediria a ação do ópio por muito tempo, mas lhes daria tempo suficiente para se dispersarem e se retirarem.

Rin se voltou para Dulin. Ele segurava sua luneta bem firme contra o rosto, a mão direita fechada em punho, batendo no joelho em um padrão errático.

Nervosismo de batalha, pensou Rin. *Que fofo*. Ela desejou, ainda que brevemente, não estar tão acostumada à guerra, para que ainda pudesse sentir aquela inquietação elétrica e angustiante.

— Sua vez — disse Rin. — Vamos.

Eles saíram das árvores e foram recebidos com uma chuva de flechas. As tropas de Jinzhou não tinham sido burras o bastante para imaginar que o primeiro ataque era tudo o que Rin tinha a oferecer. Haviam fortificado todos os seis muros com homens da artilharia, e outros corriam em direção à muralha leste quando as tropas de Rin começaram a sair da floresta.

Os sulistas cobriram as cabeças com escudos conforme seguiam em direção aos portões em formação agrupada. O braço de Rin tremeu quando flechas se cravaram nos dois centímetros de madeira que separavam o ferro da pele. Então ficou dormente. Ela rangeu os dentes e continuou avançando, de olho nos grandes muros de pedra à frente. No treinamento, determinara que Dulin abriria uma cratera a mais ou menos nove metros de distância. Faltavam oitenta.

Uma explosão ecoou à esquerda dela. Sangue e osso polvilharam o ar; corpos atingiram o chão. Rin continuou, pisando nas entranhas. Sessenta metros.

— Merda — sussurrou Dulin. — Merda, não consigo...

— Cala a boca e continua andando — ordenou Rin.

Quarenta metros. Algo guinchou acima. Os dois mergulharam, mas continuaram correndo. O míssil explodiu atrás deles, junto a gritos. Nove metros.

Rin parou.

— Está perto o bastante para você?

As tropas juntaram os escudos em uma capa protetora acima de Dulin, que parou e fechou os olhos com força. Rin observou o rosto dele se contorcer, esperando.

Os segundos que se passaram pareciam uma eternidade.

Ele está com medo. De repente, Rin ficou preocupada. *Ele não consegue focar, é demais...* Os mísseis e as flechas que atingiam o chão perto dele de repente pareceram muito próximos. Eles tiveram muita sorte de não terem sido atingidos. Mas agora eram alvos expostos. Cedo ou tarde, uma daquelas saraivadas poderia acertá-los...

Então o chão tremeu e o solo começou a se mover de um jeito incomum. Os muros de pedra vibraram, o que parecia tão absurdo que Rin pensou que era ela que estava bamba, não a estrutura gigantesca, mas então terra e pedrinhas começaram a gotejar dos muros, num fluxo que logo se tornou uma torrente.

Os muros foram tragados.

Não colapsaram. Não imploditram. Não houve qualquer colisão nem cascatas de pedra se estilhaçando numa reação em cadeia e depois desmoronando, como geralmente acontecia quando um muro caía. Em vez disso, o chão se abriu em uma bocarra escancarada. E a muralha simplesmente *desapareceu*, levando a frente de artilharia consigo, expondo o interior da cidade como uma camada de pele descascada de órgãos pulsantes.

O ar estava parado. Os disparos cessaram.

Atordoado, Dulin caiu de joelhos.

— Muito bem — disse Rin.

O garoto parecia prestes a vomitar.

Ele vai ficar bem, pensou ela. *Destrua mais algumas cidades e se tornará rotina.* Não era hora de bancar a enfermeira; Rin tinha uma cidade para conquistar. Ela ergueu o braço esquerdo e deu o sinal para o ataque, e então Exército Sulista invadiu os destroços, passando pela muralha inexistente.

Os esquadrões se dividiram ao norte e ao sul para atravessar as defesas de Jinzhou, enquanto Rin tomava o quadrante central sozinha. Ao se aproximar, ouviu gritos de pânico. Enquanto as chamas subiam por seus ombros, ela ouviu as tropas inimigas pedindo reforços — vozes estridentes clamando por bombas de ópio —, mas era tarde demais. Eles haviam direcionado os mísseis de ópio para a muralha ocidental. Até conseguirem redirecioná-los para Rin, a batalha estaria terminada.

Tudo o que os soldados de Jinzhou tinham agora eram suas armas convencionais, e essas se mostraram um desperdício. Os cabos de suas espadas queimavam, incandescentes. Tudo o que atiravam em Rin — flechas, lanças, dardos — se tornava cinzas no meio do ar. Ninguém conseguiria chegar a três metros dela, pois Rin estava envolta em uma coluna impenetrável de fogo.

Os soldados caíam diante da general como gravetos.

Ela inclinou a cabeça para trás, abriu a boca e deixou o fogo disparar pela garganta.

Deuses, como era bom. Rin não tinha percebido como sentia falta daquilo. Ela havia alcançado uma emoção tão delirante no monte Tianshan e nos campos de treinamento, quando deixara as chamas rugirem livres por seu corpo, que cada momento acordada desde então parecera quieto demais, enclausurado. Mas agora ela conseguira o que queria — destruição irracional, irrefreável e livre.

Só que uma coisa parecia estranha. Uma sensação irritante a incomodava em suas entranhas, um remorso que crescia enquanto os gritos se intensificavam e os corpos ao seu redor se enegreciam e se encolhiam.

Ela não sentia fúria. Aquilo não tinha a ver com vingança. As tropas não haviam feito nada para ela. Rin não tinha motivo para odiá-las. Não parecia justo, apenas *cruel*.

As chamas abaixaram antes de voltar para dentro dela.

O que havia de errado com Rin? Geralmente era tão fácil afundar naquele espaço extraordinário onde a fúria encontrava propósito. Nunca tivera que lutar para encontrar a raiva antes; costumava carregá-la como carvão morno, sempre queimando.

Rin havia usado o fogo contra seus companheiros nikaras antes. Fizera isso com tanta facilidade nos Penhascos Vermelhos; ateara fogo em navios inteiros sem pensar duas vezes. Mas era a primeira vez que queimava um inimigo que não a atacara primeiro.

Aquilo não era autodefesa ou vingança. Era agressão, simples assim.

Mas eles escolheram isso, ela se lembrou. *Demos duas chances de se renderem, e eles recusaram. Sabiam o que sou. Cavaram as próprias covas.*

Rin tentou alcançar um poço escuro dentro de si, e sua coluna de fogo explodiu outra vez, queimando agora com um tipo perverso de energia.

Agora, ela manejava um fogo diferente, mais poderoso e faminto, um que queria queimar não como uma reação ao medo e à dor, mas com uma fúria que surgia do *poder*. A fúria de ser desrespeitada, de ser desafiada.

Essa fúria parecia mais quente. Mais sombria.

Rin percebeu com um tremor que gostava bastante da sensação.

Estava tão perto da invencibilidade quanto um humano poderia chegar, e Jinzhou estava prestes a sucumbir sob seu toque.

Nunca seja arrogante, Irjah gostava tanto de repetir. *A guerra de verdade nunca acontece de acordo com os planos.*

Ah, mas acontecia, sim. Quando os poderes em jogo eram tão desequilibrados, nem a inevitabilidade do acaso poderia desfazer a infinita disparidade entre deuses e homens. Ela observou a batalha se desenrolar, mapeando perfeitamente o tabuleiro de xadrez em sua mente. Peças que caíam com o toque de um dedo, tudo porque ela desejava que fosse assim. Cidades desmoronando.

Ela levou um momento até perceber que o barulho das espadas havia cessado, que ninguém estava atirando nela, que ninguém corria. Apenas quando apagou as chamas Rin viu as bandeiras brancas, chamuscadas nas extremidades, tremulando em cada porta de cada construção. Fazia tempos que a cidade se rendera ao Exército Sulista. A única lutando era ela.

A batalha terminou quase uma hora depois de começar. Rin aceitou a rendição de Jinzhou, e seus soldados trocaram a euforia enérgica da batalha pelo trabalho. No entanto, mesmo enquanto a ordem era restaurada na cidade, o chão ainda era abalado por uma série de tremores distantes que reverberavam com tanta força que os dentes de Rin doíam.

Dulin havia perdido o controle.

Aquele era o pior e mais provável cenário, mas ela tinha se preparado para ele. Se Dulin não conseguisse se concentrar para acalmar a mente com ópio, ela o forçaria a ingeri-lo.

Rin deu meia-volta e saiu correndo pela muralha aberta da cidade carbonizada. Suas chamas tremeluziram e desapareceram — estava em pânico demais para focar na fúria —, mas ninguém se deu ao trabalho de atacá-la. Civis e soldados de ambos os lados estavam fugindo da cidade, correndo em zigue-zague e se abaixando enquanto enormes pedaços de pedra se desprendiam da lateral das construções e despencavam na terra.

Os estrondos ficaram mais altos. Grandes fendas se abriam, como feridas escancaradas deixadas por uma fera invisível. Rin viu dois homens desaparecerem, aos gritos, enquanto o chão se abria sob os pés deles. Pela primeira vez naquela campanha, uma adaga de medo estilhaçou a calma de Rin. A Grande Tartaruga sentira um gosto da liberdade. E queria mais. Se isso continuasse, Dulin acabaria com a cidade inteira.

Milagrosamente, o chão pareceu ficar cada vez mais calmo conforme Rin se aproximava da muralha leste. Ela percebeu que os tremores se espalhavam em um padrão circular, e que a destruição ficava mais forte quanto maiores eram os diâmetros das crateras. Mas o epicentro — o chão sob os pés de Dulin — estava calmo.

Claro. A Grande Tartaruga queria libertação. Queria ver o céu. Poderia enterrar tudo ao redor, mas não seu hospedeiro mortal.

Dulin estava curvado onde Rin o deixara, com as mãos agarrando a cabeça, aos prantos. Rin espiou Pipaji agachada a vários metros de distância, hesitante, como se não conseguisse decidir se ia ou não pular no garoto. Ela arregalou os olhos ao ver Rin.

— É melhor eu...

— Ainda não. — Rin a tirou do caminho. — Volte.

Dulin se contorcia, o que significava que ainda estava lutando. A Grande Tartaruga não vencera; Rin ainda podia trazê-lo de volta. Por um instante, considerou gritar com ele, assim como Altan fizera com Suni tantas vezes.

Mas Jinzhou estava desmoronando. Rin não tinha tempo.

Ela correu e o atingiu na cintura.

Ele despencou no chão. Rin havia esquecido como ele era fraco, um adolescente espichado que passara meses desnutrido. Ele se agitou debaixo de Rin, mas não adiantou; ela o prendeu com apenas um joelho.

O estrondo ficou mais alto. Rin ouviu outra explosão ensurdecedora vindo de dentro dos limites da cidade. Outro prédio acabara de cair. Afobada, ela buscou no bolso de trás a bolsinha de ópio, rasgou-a com os dentes e chacoalhou o conteúdo na terra.

Dulin arqueou as costas, se debatendo sob ela. Sons horríveis saíam de sua garganta. Os olhos iam de um lado para o outro, alternando entre castanho e preto toda vez que o garoto piscava.

— Fique parado — sibilou Rin.

O olhar dele estava fixo no dela. Rin sentiu uma pontada de medo quando algo antigo e incômodo penetrou sua alma. A expressão de Dulin se contorceu em absoluto terror, e ele começou a grunhir palavras em uma linguagem irreconhecível.

Rin agarrou as pepitas de ópio na terra e as enfiou na boca dele.

Dulin arregalou os olhos. Rin pulou à frente e tampou a boca do garoto com a mão, mantendo seu maxilar fechado como podia. Dulin relutou, mas Rin apertou com mais força, pressionando o cotoco contra seu pescoço, até que por fim o viu engolir. Vários segundos depois, com o ópio na corrente sanguínea do garoto, a terra enfim ficou em silêncio.

Rin soltou o maxilar de Dulin e tocou o pescoço dele para sentir o pulso. Fraco, mas insistente. O peito ainda subia e descia. Ótimo, não o havia sufocado até a morte.

— Traga Lianhua — disse ela para uma Pipaji apavorada. Espuma borbulhava nas laterais dos lábios suados de Dulin, e Rin se perguntou quanto tempo o envenenamento por ópio levaria para matar uma pessoa. — Rápido.

Enquanto Jinzhou caía, o magistrado da cidade havia percebido que a derrota provavelmente significava sua morte, então fugiu pelos portões dos fundos, escondido sob carcaças de porco em uma carroça de gado. Deixou a esposa grávida e os três filhos para trás, barricados na câmara interna da mansão da família, onde várias horas mais tarde foram encontrados sufocados sob os escombros.

Rin soube de tudo isso enquanto suas tropas, rápidas e eficientes, tomavam a cidade.

— Todos que interrogamos confirmam que ele está indo para o leste — disse a Comandante Miragha. Era uma jovem brutalmente eficiente, uma das subordinadas de Cholang da Província do Cachorro, e logo se tornou uma das oficiais mais competentes de Rin. — Ele tem aliados na próxima província. O que deseja fazer?

— Vá atrás dele — ordenou Rin. — Vá atrás de qualquer um que fugir da cidade, e não desista até arrastá-los de volta para as cadeias. Não quero que ninguém fora de Jinzhou saiba o que aconteceu aqui hoje.

De todas as lições de Souji, a mais útil era que, em campanhas de resistência, a assimetria de informação importava mais do que qualquer coisa. O campo de batalha estava nivelado agora, mas Rin não queria que Nezha soubesse que seu exército tinha novos xamãs até que Dulin e Pipaji se tornassem impossíveis de esconder. Ela sabia que não podia manter esse segredo por muito tempo, mas não havia por que dar a Nezha tempo extra para se preparar.

— É para matar ou capturar? — perguntou Miragha.

Rin fez uma pausa, pensando no assunto.

Essa pergunta tinha relação com uma questão maior: como lidar com a ocupação de Jinzhou? Na maioria das guerras civis, como a campanha de Vaisra, redefinir limites territoriais era uma estratégia eficiente. Era difícil manter território inimigo, então penetrar estruturas de poder locais sempre fora o caminho mais fácil para tomar o controle de uma cidade sem atrapalhar as funções civis. Se Rin quisesse que Jinzhou retomasse suas atividades normais, teria que manter o máximo de oficiais vivos possível. No entanto, seu foco era obter recursos, não território — Rin não tinha tropas suficientes para parar em cada cidade até chegar a Arlong.

Claro, essa não era uma política interessante para um governo duradouro, mas Rin não estava preocupada com isso. Ela queria Nezha morto, a República destruída, o sul liberto e os hesperianos banidos. Não se importava muito com o que aconteceria com o centro de Nikan nesse ínterim.

Era provável que a região caísse em um caos temporário enquanto poderes locais se reestabeleciam ou se tornavam vítimas de golpes oportunistas. Guerras em escala menor estavam prestes a acontecer. Bandidos correriam soltos.

Ela se viu obrigada a deixar esse problema para depois. Não seria difícil reafirmar o controle depois de ter derrotado a República, seria? Rin se tornaria a única alternativa restante. Quem conseguiria desafiá-la?

— Capture-os se puder — orientou ela. — Mas não precisa se esforçar.

Ao longo daquela tarde, as tropas de Rin saquearam as riquezas de Jinzhou.

Fizeram isso com o máximo de educação possível e o mínimo de brutalidade. Rin deu ordens para que seus soldados deixassem civis aterrorizados, mas seus lares em paz. Mesmo contabilizando os prédios destruídos pelo terremoto de Dulin, Jinzhou chafurdava em tanta riqueza que a destruição mal fez diferença; os armazéns, celeiros e lojas que permaneceram em pé transbordavam de mercadorias suficientes para sustentar o exército por semanas. As tropas de Rin encheram suas carroças com sacos de arroz, grãos, sal e carne seca; reabasteceram seus estoques de curativos e extratos; e substituíram as carroças enferrujadas e quebradas por veículos novos com rodas e eixos que brilhavam prateados à luz do sol.

De longe, a melhor descoberta foi um armazém têxtil com rolos e rolos de linho de algodão e seda em enormes pilhas. Finalmente poderiam fazer bandagens e consertar seus sapatos, que estavam tão esfarrapados depois da marcha por Baolei que muitos dos soldados de Rin haviam lutado descalços na batalha de Jinzhou. Agora, pela primeira vez em sua curta história, o Exército Sulista teria um uniforme.

Até então, tinham lutado com os mesmos trapos que usavam nas Províncias do Sul. Na batalha, eles se distinguiam com manchas de lama, como Souji sugerira quando quebraram a Colmeia, ou usando qualquer coisa que não fosse azul. Mas agora Rin tinha tecido, tinta e uma guilda apavorada e habilidosa de costureiras de Jinzhou que estavam ansiosas para obedecer a qualquer pedido.

As costureiras pediram que Rin escolhesse uma cor. Ela se decidiu por marrom, em grande parte porque tintas marrons eram as mais baratas, feitas com pigmentos facilmente encontrados em cascas de árvore, conchas e bolotas. Mas marrom também era uma cor adequada. Os primeiros uniformes do Exército Sulista foram a terra do leito de um rio. Quando a Deusa Serpente Nüwa criou os primeiros humanos, ela esculpiu a aristocracia a partir da mais fina argila vermelha, perdeu a paciência e moldou às pressas o resto com lama. Em Sinegard, Rin fora chamada de "plebeia de pele de lama" tantas vezes que o insulto agora parecia um chamado às armas.

Que pensem em nós como sujeira, pensou Rin. Ela *era* suja. Seu exército era sujo. Mas a sujeira era comum, onipresente, paciente e necessária. O solo dava vida ao país. E a terra sempre reclamava o que era seu de direito.

— Grande Tartaruga — disse Kitay. — Isso aqui poderia ser o palácio de um líder de província.

Estavam na sala principal do conselho da prefeitura de Jinzhou, uma vasta câmara com pé-direito alto, paredes de pedra esculpidas e tapeçarias caligráficas de três metros de altura penduradas em cada canto. Prateleiras compridas ornavam cada parede, com uma série de vasos antigos, espadas, medalhas e armaduras que datavam do Imperador Vermelho. Por um milagre, tudo havia sobrevivido aos terremotos.

Rin se sentiu deliciosamente culpada ao examinar a sala e seus tesouros. Parecia uma criança travessa revirando o guarda-roupa dos pais, sem conseguir se livrar da sensação de que não deveria estar ali, de que nada daquilo lhe pertencia.

Pertence, lembrou a si mesma. *Você os conquistou. Você destruiu este lugar. Você ganhou.*

Eles venderiam tudo, é claro. Tinham ido ali para encontrar tesouros que pudessem transformar em prata através das rotas comerciais de Moag. Ao passar os dedos sobre um leque de seda, Rin se imaginou o empunhando, usando sedas ornamentadas como as de Daji, transportada por multidões de adoradores em um palanquim dourado.

Livrou-se daquele pensamento. As imperatrizes carregavam leques. Generais carregavam espadas.

— Olha — disse Kitay. — Alguém com certeza se achava muito importante.

A cadeira do magistrado no fim da sala era comicamente ornamentada, um trono mais adequado para um imperador que para um oficial da cidade.

— Como ele conseguia participar das reuniões sentado nesse troço? — questionou Rin. A cadeira estava presa a uma plataforma elevada a mais ou menos quinze centímetros do chão. — Ia ter que abaixar a cabeça para falar com as pessoas.

Kitay bufou.

— Talvez ele seja muito baixinho.

Curiosa, Rin subiu e se acomodou na cadeira. Ao contrário das expectativas, na verdade o assento tinha sido construído para alguém muito mais alto do que ela. Seus pés balançaram na borda, longe do chão, como os de uma criança. Ainda assim, Rin sentiu um arrepio de animação ao olhar para a câmara dourada e a longa mesa do conselho, em cuja cabeceira ela estava acomodada. Imaginou os assentos cheios de pessoas: soldados, conselheiros e funcionários da cidade, todos ouvindo suas ordens com atenção.

Era essa a sensação de governar, dia após dia? Era assim que Nezha se sentia nos salões cerúleos de Arlong, do outro lado do país?

Rin conhecia muito bem o sabor do poder total e dominador. Mas, quando se sentou no trono conquistado, olhando para os assentos vazios, entendeu pela primeira vez a deliciosa autoridade que o acompanhava. Não era um gosto que havia herdado de Altan, porque Altan sempre se preocupou apenas com destruição e vingança. Nunca sonhou em tomar um trono.

Mas Rin podia queimar, *estava* queimando, com muito mais intensidade do que Altan jamais fora capaz.

Não era de se admirar que Nezha tivesse escolhido sua República em vez de Rin. Ela teria feito o mesmo sem titubear.

Aproveite sua República, pensou ela, curvando os dedos no apoio de braço frio. *Aproveite enquanto é tempo, Jovem Marechal. Dê uma boa olhada em seu esplendor e lembre-se bem de como se sente. Porque eu estou chegando para queimar tudo.*

CAPÍTULO 26

Em *Princípios da guerra*, o estrategista Sunzi descreveu em detalhes um conceito que nomeou de *shi*, que em nikara antigo significa algo como "energia", "influência" ou "vantagem estratégica". *Shi* era água correndo tão rápido rio abaixo que podia deslocar as pedras nas margens. *Shi* era a devastação de rochas rolando pela encosta íngreme da montanha. *Shi* ditava que a energia, quando presente, se acumulava e se amplificava.

A vitória de Rin em Jinzhou foi o empurrão que enviou a primeira pedra abaixo.

As coisas ficaram fáceis depois disso. Nezha não tinha tropas para defender seus territórios remotos, então rapidamente se voltou para o sudeste, para os territórios atrás das cordilheiras Qinling e Daba, que serviam como defesas naturais de Arlong. Atacado nas duas frentes, ele tomou a única decisão estratégica possível: centralizar suas defesas na Província do Dragão, deixando o resto da República se defender sozinha.

No caminho para a Província da Cabra, as tropas de Rin não se depararam com nada além de campos queimados e vilas abandonadas — evidências de ordens para que os civis fizessem as malas durante a noite e voltassem para as montanhas ou se protegessem atrás das linhas republicanas. Tudo o que os refugiados não puderam levar, deixaram no sol para estragar. Em muitas ocasiões, o Exército Sulista encontrou pilhas e mais pilhas de carcaças de animais, moscas zumbindo acima de porcos abertos cuja carne talvez estivesse boa apenas dois ou três dias antes.

Havia um princípio clássico na guerra nikara: ao encarar uma invasão inimiga, limpe a área rural e erga muralhas. Quando as coisas pareciam extremas, líderes nikaras destruíam assentamentos e moviam alimentos, pessoas e suprimentos para dentro de cidades muralhadas, evitando assim que se tornassem bens dos inimigos. O que não podia ser movido era queimado, envenenado ou enterrado. Era a prática mais antiga da tradição militar e aumentava o sofrimento de inocentes. Um lado quer conquistar, o outro faz tudo para que você se torne um bem, e você se ferra de um jeito ou de outro.

Vindo dos mugeneses, um desperdício tão extravagante teria sido considerado uma afronta. Mas de Nezha, que tinha províncias para governar e pessoas para proteger, era um sinal de fraqueza. Significava que ele estava sendo abandonado por seus aliados hesperianos. Significava que não podia impedir os sulistas de marchar sobre a Província do Dragão. Podia apenas tentar atrasá-los.

Mas o Exército Sulista tinha *shi*. Não poderia ser atrasado. As tropas de Rin estavam na onda da vitória. Tinham espadas mais afiadas agora, armaduras melhores e mais comida do que eram capazes de comer. Lutavam com mais habilidade e energia que nunca. Invadiram a área rural como uma faca penetrando tofu. Os aldeões se rendiam sem que o exército precisasse mexer um dedo; alguns até se alistavam de pronto, felizes por ter a chance de ganhar dinheiro e duas refeições por dia.

A inversão da sorte foi surpreendente. Meses antes, Rin havia conduzido uma marcha desesperada pelas montanhas, apostara as vidas de milhares na menor das chances de sobrevivência. Agora, ela marchava em ofensiva, e Nezha tinha perdido quase tudo o que fazia Rin temê-lo. Ele era um menino rei, mancando por aí com o apoio de um aliado recalcitrante que, a julgar pelos céus silenciosos, havia reconsiderado seriamente seu apoio. Enquanto isso, Rin tinha um exército que crescia em confiança, experiência e suprimentos. Acima de tudo, ela tinha xamãs.

E eles estavam se saindo maravilhosamente bem. Depois da crise de Dulin em Jinzhou, Rin achara que os três não fossem durar muito, que os usaria por no máximo algumas semanas antes que morressem em batalha ou ela tivesse que matá-los. Ficara particularmente preocupada com Lianhua, que costumava entrar em transes catatônicos que duravam o dia inteiro depois de seus turnos no trabalho de triagem. Isso deixou Pipaji tão aterrorizada que ela logo começou a resistir à ideia de invocar seu próprio deus, tendo que ser persuadida a participar das batalhas seguintes.

Ainda assim, eles estavam ficando mais estáveis com o passar do tempo. Tirando um curto episódio em que Dulin foi atingido no ombro por uma flecha e acidentalmente causou um terremoto que partiu o campo de batalha em uma ravina de três metros de altura, ele não perdeu mais o controle. Os transes de Lianhua diminuíram para a frequência de uma vez por semana e então pararam por completo. Pipaji conseguiu superar o medo; três semanas após Jinzhou, ela se disfarçou de refugiada e se infiltrou em uma vila, dando fim à linha defensiva inteira em uma noite, ao passar os dedos em cada pedaço de pele exposta.

Todos aprenderam a lidar com os poderes à sua própria maneira. Dulin começou a meditar à noite, sentado de pernas cruzadas na terra por horas a fio. Lianhua cantava enquanto trabalhava para se manter ancorada, passando por uma grande variedade de baladas folclóricas e cantigas em um soprano impressionantemente adorável. Pipaji passou a desaparecer do acampamento toda noite pouco depois do jantar e só voltava depois do amanhecer.

Uma noite, Rin, um pouco preocupada, a seguiu para fora do acampamento. Ficou aliviada ao descobrir que Pipaji apenas ficava parada na floresta, cercada por árvores e sem outro ser humano por perto. E respirava.

— Você não é muito boa em se esconder — disse a garota depois de um tempo.

Rin entrou na clareira.

— Eu não queria atrapalhar.

— Está tudo bem. — Pipaji parecia um pouco envergonhada. — Não passo muito tempo aqui. Só gosto de ficar em um lugar calmo. Onde não haja ninguém que eu possa machucar. É... hã... relaxante.

Rin sentiu um aperto estranho no peito.

— Isso é prudente.

— Pode ficar, se quiser — disse a garota.

Rin ergueu as sobrancelhas, um tanto comovida.

— Obrigada.

Por um momento, elas ficaram lado a lado, ouvindo o som das esperanças. Rin concordou: era estranhamente relaxante.

— Você não volta ao normal — disse Pipaji de repente.

— Como assim?

— Reparei nos seus olhos. Estão sempre vermelhos. Nossos olhos voltam ao normal. Os seus, não. Por quê?

— Porque fui longe demais — respondeu Rin. Estava mentindo, mas só um pouco. — Não consigo mais manter a deusa do lado de fora.

— Então o que traz você de volta? — indagou Pipaji. — Por que não enlouqueceu como... como o resto deles?

Rin pensou em contar a ela sobre o vínculo da âncora. Mas para quê? Essa opção jamais seria possível para Pipaji — revelá-la seria apenas cruel. E quanto menos pessoas soubessem de Kitay, melhor.

Ela gostava de Pipaji, mas não ia confiar sua vida à garota.

— Fiz um acordo com minha deusa — disse ela depois de um momento. — E aprendi a não ouvi-la.

— Você não contou isso para a gente.

— Porque é improvável que tenham a mesma escolha — disse Rin. — Não havia motivo para dar esperança a vocês.

As palavras dela saíram frias e diretas. Ela não conseguia pensar em nada reconfortante a dizer, e suspeitava que Pipaji também não queria ouvir. Todos os recrutas sabiam que a situação podia acabar de duas formas para eles: morte ou Chuluu Korikh. Rin os alertara várias vezes; garantira que soubessem que se voluntariar era uma sentença de morte.

— Não vou sobreviver a esta guerra — declarou Pipaji após um longo silêncio.

— Você não sabe disso — disse Rin.

Pipaji balançou a cabeça.

— Não sou forte o bastante. Você vai me matar. Vai precisar me matar.

Rin sentiu pena dela, mas mentir não faria bem algum.

— Você quer que eu diga que sinto muito?

— Não. — Pipaji bufou. — Sabíamos no que estávamos nos metendo.

E isso bastou para aliviar a consciência de Rin. Se a escolha tinha sido deles, ela não fizera nada de errado. Dulin, Lianhua e Pipaji ainda estavam ali porque decidiram que valia a pena. Eles haviam visto e aceitado suas mortes. Rin oferecera armas, as únicas armas fortes o suficiente para alterar o mundo infeliz deles, e os três as aceitaram. Aquelas eram as escolhas que a guerra provocava.

Várias semanas depois, eles ocuparam uma pequena cidade portuária a oeste do Murui, na fronteira entre as províncias da Cabra e da Lebre, e acamparam enquanto esperavam por uma velha amiga.

— Olha só você. — Chiang Moag, Rainha Pirata de Ankhiluun, saiu da prancha e se aproximou do píer com um sorriso largo. — Olha só o que se tornou.

— Olá, Moag — disse Rin.

Elas se estudaram por um momento. Então, porque Moag ainda não havia tentado enfiar uma faca nas costas dela, Rin gesticulou para os vinte arqueiros escondidos que aguardavam para dar uma flechada na testa da Rainha.

— Fofo — disse Moag ao vê-los se dispersarem.

— Aprendi com você — rebateu Rin. — Nunca tenho certeza de que lado você está.

Moag bufou.

— Ah, vamos chamar do jeito certo. A República acabou. O garotinho bonito que colocaram no trono de Arlong não consegue lidar nem com uma vila sem a ajuda do pai. Sei a quem me juntar.

Ela soava muito convincente, mas Rin sabia que não era sensato aceitar as palavras dela como garantia. Moag era, e sempre seria, um risco. Verdade, ela garantira a Rin um abrigo seguro em Ankhiluun depois de sua fuga de Arlong, mas não erguera um dedo para ajudar desde que Rin fora para o sul. Durante a guerra, Moag ficou escondida em Ankhiluun, reforçando suas frotas contra um ataque hesperiano antecipado. Estava se resguardando, esperando para ver se seria melhor resistir à República ou seguir suas regras.

A balança de poder pendia para o lado de Rin agora. Mas, se algo desse errado, era provável que Moag a vendesse para Arlong. Já havia feito isso antes.

Por enquanto, Rin estava disposta a aceitar aquele risco. Precisava de munição — toda a pólvora e todos os canhões e mísseis que não conseguira saquear. As táticas de guerra móveis funcionavam bem o suficiente em cidades que ficaram desprotegidas quando as tropas de Nezha foram convocadas às pressas para proteger Arlong. Mas ela precisava de artilharia adequada para abrir a cova do dragão.

— É bom ver você no comando. — Moag pousou a mão grande no ombro de Rin. — O que foi que eu te falei? Você não nasceu para servir, muito menos abaixo de cobras como Vaisra. Mulheres como nós não devem colocar nossos serviços à venda.

Rin deu risada.

— É bom ver você também.

Ela falava sério. Sempre respeitara a frieza crua e resoluta da Rainha Pirata. Moag havia ascendido de acompanhante a governante da única cidade livre de Nikan usando um pragmatismo cruel e brilhante, e embora Rin soubesse muito bem que isso significava que Moag não era leal a ninguém, achava a determinação dela admirável.

— O que você tem para mim? — perguntou Rin.

— Veja você mesma. — Moag assobiou para a equipe. — Alguns brinquedinhos velhos, alguns novos. Acho que vai gostar deles.

Durante a hora seguinte, a tripulação de Moag e as tropas de Rin descarregaram dezenas de caixas na margem do rio. Moag destrancou uma e abriu a tampa com um chute, revelando caixões empilhados em fileiras de quatro.

— Esse truque realmente funciona? — perguntou Rin.

— Funciona se você alegar que são vítimas da praga. — Moag gesticulou para um membro da tripulação.

Ele pegou o caixão mais próximo, enfiou um pé de cabra debaixo da tampa e a abriu. Uma pilha grossa de pólvora brilhou à luz do sol, fina e brilhante. Rin teve o impulso absurdo de se banhar nela.

— É um velho truque de contrabandista — disse Moag. — Por incrível que pareça, funciona. Todos são prudentes, e ninguém quer morrer.

— Esperto — disse Rin, impressionada.

— Guarde os caixões — sugeriu Moag. — Dão uma boa lenha.

Pelo resto da tarde, eles pegaram caixões lotados de espadas, escudos, mísseis e pólvora e em troca deram a Moag a riqueza que as tropas de Rin haviam acumulado na Província da Cabra. Tudo isso aconteceu na margem do rio. Rin não queria Moag perto de seu acampamento — quanto menos ela entendesse sobre suas forças, melhor. Moag, por sua vez, não queria vagar para longe de seus navios. A margem do rio era um meio-termo que mitigava a desconfiança mútua delas.

Moag era detalhista. Inspecionou cada item em cada baú de joias, esfregando as peças maiores entre os dedos para determinar seu valor antes de dar permissão para que os soldados as colocassem a bordo.

Rin ficou observando as duas fileiras de objetos se cruzando, uma indo e outra voltando. Havia um simbolismo bonito ali. Todo o tesouro de uma cidade em troca de aço frio e pólvora suficientes para acabar com todas as cidades restantes.

— Bem... — disse Moag, enquanto a última caixa de suas embarcações era descarregada. — Agora vamos ao pagamento.

Rin ficou boquiaberta.

— Como assim?

Moag mostrou os números que estivera marcando em um livro-razão.

— Descarreguei duas vezes mais armas do que você pagou.

— De acordo com que lógica? — perguntou Rin. — Esses preços são inventados. Todo o seu sistema de preços é inventado; só nós estamos comprando agora. Você dificilmente conseguirá arrumar um acordo em Arlong.

— Verdade — concordou Moag. — Mas os magistrados da cidade estão sempre comprando. E tenho certeza de que há pelotões locais suficientes querendo melhorar suas defesas agora que sabem o que está a caminho.

— Se fizer isso — disse Rin bem calmamente —, vou matar você.

Houve uma longa pausa. Rin não conseguia ler a expressão de Moag. Estaria com medo? Furiosa? Deliberando se devia atacar primeiro?

O olhar de Rin disparou pela praia, mapeando os possíveis riscos. Seu primeiro reflexo seria incinerar Moag bem onde ela estava, mas tinha que se proteger das Lírios Negros, que podiam acabar com ela com um grampo de cabelo envenenado ou coisa parecida. Se expandisse seu alcance, poderia acabar com as Lírios também, mas as mulheres estavam misturadas às tropas sulistas, muito provavelmente de propósito. Se ela matasse Moag, sofreria pelo menos uma dúzia de baixas.

Ela fechou as mãos em punho. Podia absorver essas perdas, ninguém a culparia por elas. Mas teria que atacar primeiro.

Então Moag deu uma risada que assustou Rin.

— Pelas tetas da tigresa. — Moag deu um tapinha no ombro dela, sorrindo. — Quando foi que ganhou um par de bolas tão grande?

Aliviada, Rin forçou a expressão dura em um sorriso.

— Mas não vou deixar de cobrar — prosseguiu Moag. — Não imediatamente — disse, percebendo a cara feia de Rin. — Quero que tenha sucesso, speerliesazinha. Não vou ficar no seu caminho. Mas é melhor você começar a pensar em como surrupiar alguns lucros do seu império.

— Lucros? — Rin torceu o nariz. — Não estou comandando negócios aqui...

— Correto. Você está prestes a comandar uma nação. — Uma expressão familiar de pena e condescendência estampou o rosto de Moag, a expressão que a mulher fazia sempre que achava que Rin estava sendo muito inocente. — E nações precisam de prata, garota. A guerra é cara. Você precisa pagar seus soldados de alguma forma. Depois, tem que pagar às massas pelas terras que devastou. Onde vão viver? O que vão comer? Você precisa de lenha para reconstruir vilas de assentamentos. Precisa de grão para espantar a fome que está enfrentando agora, já que com toda a certeza suas colheitas este ano serão uma merda. Ninguém planta quando há uma guerra acontecendo. Eles estão ocupados demais sendo, você sabe, refugiados.

— Eu... eu não...

Rin não sabia o que dizer. Precisava admitir que aqueles eram problemas reais, problemas com os quais teria que lidar cedo ou tarde, mas pareciam tão distantes que não os havia considerado. Ainda assim, eram bons problemas a se ter, porque, quando se tornassem relevantes, significaria que ela havia vencido. Mas de que adiantava sonhar acordada com um Império quando Nezha ainda governava o sudeste?

— Ah, não é para você ficar assustada. — Moag deu outro tapinha de desdém no ombro dela. — Estará sentada em um trono de riquezas em breve. É o que eu estou tentando dizer. O Consórcio está aqui por um motivo. Todas aquelas sedas? Porcelanas? Depósitos de tungstênio? Vasos antigos? Eles querem toda aquela merda, e pagarão um bom dinheiro por ela.

— Mas eles não vão negociar conosco — disse Rin. — Vão? Quero dizer, se vencermos, eles não vão deixar de fazer negócios com a gente?

— No papel, eles vão se recusar a fazer negócios com o Império Nikara. — Moag abriu as mãos em um gesto magnânimo. — Mas tenho muitos navios, e sei um milhão de formas de disfarçar os canais de negociação para que não saiam diretamente de você. Sempre dá para encontrar uma forma de fazer a venda quando há demanda. Ficarei com uma parte, é claro.

Rin ainda estava confusa.

— Mas se estiverem comprando produtos nikaras, eles não vão saber...?

— Claro que vão saber — respondeu Moag. Ela balançou a cabeça, dando outra vez aquele sorriso de pena. — Todo mundo sabe. Mas é assim que a diplomacia funciona: nações ascendem e caem, mas o apetite permanece o mesmo. Confie em mim, speerliesa, você estará carregando grãos hesperianos semanas depois de expulsá-los de suas costas, desde que esteja disposta a devolver alguns dos tesouros de Arlong em troca.

O mundo gira em torno do comércio. Mande alguém quando estiver pronta para começar.

As batalhas ficavam mais difíceis conforme o Exército Sulista se encaminhava para o leste. Rin previra isso. Ela estava batendo à porta de Nezha. Encontravam-se a apenas meses de marcha de Arlong. Agora, tropas republicanas bem-treinadas ocupavam cada cidade grande no trajeto. Rin encontrava com frequência formações de artilharia armadas com mísseis de ópio, o que a forçava a ser cada vez mais criativa ao decidir como e quando usar os xamãs. Em metade das batalhas, ela nem sequer enviava Pipaji ou Dulin, confiando em vez disso em meios militares convencionais para acabar com a oposição. Costumava ser a única xamã em ação, já que tinha uma tolerância maior ao ópio que o restante; aguentava cerca de vinte minutos de fumaça, durante os quais podia causar um dano incalculável antes de ser forçada a se retirar.

A luta se tornou feroz. Os inimigos não se rendiam tão rapidamente; costumavam lutar até a morte, levando consigo tantos sulistas quanto possível. As baixas, antes na casa das dezenas, escalaram para números de três dígitos.

Porém, Rin também recebera uma bela bênção: as tropas de Nezha eram ridiculamente *lentas* e nem um pouquinho móveis. Eram defensores estacionários — ficavam atrás das muralhas das cidades e as protegiam como podiam, mas nunca tentavam empreender ataques que pudessem causas problemas reais ao Exército Sulista.

— Provavelmente porque estão carregando toneladas de equipamentos hesperianos — sugeriu Kitay. — Arcabuzes montados, vários canhões, todas aquelas coisas pesadas. Eles não têm como transportá-los pela estrada, então estão presos.

Isso de certa forma contrabalanceou a diferença de tecnologia — as tropas de Nezha estavam presas a suas trincheiras por conta de seu maquinário pesado, enquanto os esquadrões de Rin eram rápidos e ágeis, sempre na ofensiva. Lutavam como uma tartaruga e um lobo: um se escondendo em seu casco, enquanto o outro o rodeava, esperando pela menor fraqueza para atacar.

Para Rin, estava ótimo. Afinal de contas, Kitay, Nezha e ela haviam aprendido desde o primeiro ano em Sinegard que era sempre, *sempre* melhor estar na ofensiva.

Apesar de encontrarem resistência ao longo do caminho, o Exército Sulista continuava a avançar, enquanto o território de Nezha desmoronava.

Rin sabia que Nezha não era o único responsável pelo fracasso. Ele havia herdado uma República rachada e cheia de ressentimento por seu pai, assim como um exército gigantesco e desajeitado que estava cansado de lutar uma guerra civil que acreditou que seria breve. O círculo íntimo de Nezha ficava cada vez menor, reduzido agora a um diplomata hesperiano, que fazia pouco além de tecer comentários ácidos sobre como ele estava à beira de perder um país, e um punhado dos antigos conselheiros de Vaisra, que se ressentiam por Nezha não ser o pai. Rin ouvira boatos desde o monte Tianshan. Nezha já havia acabado com duas tentativas de golpe e, embora tivesse prendido os conspiradores rapidamente, seus dissidentes apenas aumentaram.

Ainda mais importante que isso, estava perdendo o apoio da área rural.

A maior parte da elite nikara — aristocratas, oficiais das províncias e burocratas da cidade — permaneciam fiéis a Arlong. Mas os aldeões não tinham interesses enraizados na República. Não haviam se beneficiado financeiramente das novas políticas comerciais de Nezha, e agora que haviam experimentado a vida sob a ocupação hesperiana, apoiavam a única alternativa.

O resultado disso foi que, conforme Rin se movia para o sul, deparava-se com uma notável rede de informações. Na área rural, todos estavam de alguma forma conectados. O boca a boca se tornou crucial para Rin e seu exército. Pouco interessava que nenhuma dessas novas fontes estivesse a par de conversas de alto nível, ou que nenhuma delas jamais tivesse visto um mapa de posicionamento de tropas. Eles viram a evidência com os próprios olhos.

Três fileiras cruzaram este rio há duas noites, disseram a ela.

Vimos carroças de pólvora indo para o leste esta manhã.

Estão construindo pontes temporárias sobre o rio nessas duas junções.

Grande parte dessas informações era inútil. Os aldeões não eram espiões treinados, não faziam mapas precisos e muitas vezes aumentavam suas histórias para efeito dramático. Mas o grande volume de notícias compensava. Assim que Rin tivesse relatórios de pelo menos três fontes diferentes, Kitay e ela poderiam agregá-los em informações quase precisas de onde Nezha havia organizado suas defesas e onde pretendia atacar.

E isso confirmava a crença que Rin nutrira desde o começo de sua campanha: os sulistas de Nikan eram fracos, mas eram muitos. Juntos, poderiam derrubar impérios.

— Não é possível que Nezha esteja fazendo isso de propósito — disse Kitay certa noite, depois que outra cidade na Província da Cabra havia tombado pelas mãos sulistas. — Parece que ele nem está tentando.

Rin bocejou.

— Talvez isso seja o melhor que ele pode fazer.

— Deixa de ser convencida — repreendeu Kitay, com um olhar cauteloso para a amiga.

— Tá, tá.

Rin sabia que o mérito pelas vitórias recentes do Exército Sulista não era só deles. Vinham tendo sucesso em grande parte porque Nezha simplesmente não havia comprometido tantas tropas ou recursos.

Mas por quê?

Àquela altura, só podiam presumir que a estratégia predominante de Nezha era se esconder em Arlong e concentrar suas defesas lá. Mas certamente ele sabia que não deveria colocar todos os ovos na mesma cesta. Arlong fora abençoada com várias defesas naturais, mas apelar para um cerco dessa magnitude tão cedo na guerra indicava desespero ou insanidade.

— Ele deve ter alguma carta na manga — supôs Kitay. — Do contrário, a única explicação possível para tudo isso é que ele enlouqueceu.

Rin franziu a testa.

— Mais dirigíveis, talvez? — sugeriu ela.

Mas isso era pouco provável. Se Nezha havia recebido mais reforços hesperianos, já teria usado o ataque aéreo, enquanto ainda estavam em terreno distante e aberto, em vez de perto de sua valiosa capital.

— Ele está contando com o Dragão? — conjecturou Rin. — Alguma nova tecnologia militar que seja mais letal que o xamanismo?

— Ou alguma tecnologia militar que possa contrabalancear o xamanismo — disse Kitay.

Rin lhe lançou um olhar desconfiado. O amigo dissera aquilo rápido demais. Não era um palpite.

— Você sabe de algo?

— Eu... hã... não tenho certeza.

— Nezha disse algo? — perguntou ela, séria. — Na Cidade Nova, quando Petra estava...? Quer dizer, ele...?

— Ele não sabia. — Desconfortável, Kitay mexeu em um cacho do cabelo. — Petra nunca disse nada para ele. Nezha aceitou fazer os testes dela. Os hesperianos lhe emprestaram armas. Esse foi o acordo que ofereceram, e Nezha aceitou. Não acharam que ele tinha o direito de saber o que estavam pesquisando.

— Ele poderia estar mentindo.

— Talvez. Mas já vi Nezha mentir. Não era isso. Era apenas desespero.

— Mas Petra não tem nada para inventar — insistiu Rin. — Eles não têm nada. A teologia deles está errada. O Criador deles não existe. Se tivessem alguma ferramenta antixamânica, a teriam usado para proteger a frota, mas não fizeram isso. Tudo o que eles têm, poder de fogo e ópio, são armas convencionais, e sabemos como lidar com essas. Certo?

Kitay não parecia convencido.

— Pelo que sabemos, sim.

Ela cruzou os braços, frustrada.

— Escolha um lado, Kitay. Você acabou de dizer que ele não sabia de nada...

— Ele não sabia. Só estou mencionando a possibilidade, porque precisamos considerá-la. Você sabe que, a não ser que Nezha esteja escondendo o jogo, a estratégia dele até agora tem sido irracional. E não podemos prosseguir presumindo o pior dele.

— E então fazemos o quê? Você quer desviar de Arlong?

Kitay ponderou por um momento.

— Não. Não acho que devemos mudar nossa estratégia. É melhor continuarmos a ganhar território e aumentar nossos recursos. Com base na informação que temos, tomaremos Arlong no tempo planejado. Mas precisamos tomar cuidado.

— Sempre tomamos cuidado.

— Você sabe do que estou falando — disse Kitay, com um olhar cansado.

Deixaram o assunto de lado. Não havia mais o que discutir; sem provas do que Nezha poderia estar armando, não havia nada que pudessem fazer.

Em segredo, Rin achava que o amigo estava ficando paranoico.

E se Nezha não tivesse uma arma secreta? E se estivesse apenas destinado a perder? Rin só conseguia pensar que talvez, só talvez, essa história pudesse ter uma conclusão óbvia. Afinal de contas, os últimos meses haviam deixado claro que ela não podia ser derrotada. Batalha após batalha, vitória após vitória, Rin ficava mais e mais convencida do fato de que fora escolhida pelo destino para governar o Império. O que mais explicava sua onda de incríveis e improváveis vitórias e fugas? Ela havia sobrevivido a Speer. Golyn Niis. O laboratório de Shiro. Conduzira um exército por uma longa marcha. Emergira vitoriosa do monte Tianshan. Enganara e destruíra os mugeneses, a Trindade e Vaisra. E agora estava prestes a derrubar Nezha.

Claro, ela não podia deixar tudo a cargo do destino. Não podia parar de se preparar para cada batalha só porque ainda não havia perdido. A história de Nikan estava cheia de tolos que pensaram ser reis. Quando a sorte acabou, eles morreram como todos os outros.

É por isso que ela conversava com Kitay sobre isso. Sabia o que ele ia dizer. *Vamos lá, Rin. Você já está perdendo a noção da realidade. Os deuses não escolhem seus campeões. Não é assim que funciona.*

E embora racionalmente entendesse isso, ela ainda sabia que *algo* mudara quando descera do monte Tianshan, quando sobrevivera à explosão que matara as maiores figuras da história de Nikan e quase acabara com a frota hesperiana. As ondas da história tinham mudado. Ela nunca acreditara em destino, mas a cada dia que passava ela tinha mais certeza de uma coisa: o roteiro do mundo estava colorido por uma mancha vermelha intensa e irreversível.

A parte favorita de Rin na campanha do sudeste era, de longe, o vagaroso processo de aquisição e domínio da tecnologia militar hesperiana pelo Exército Sulista. Ela fazia disso um jogo, que consistia em dobrar as porções do jantar para o esquadrão que voltasse com a maior quantidade de equipamento hesperiano em funcionamento.

A maior parte das peças que recuperavam eram pequenas melhorias nos equipamentos que já tinham — bússolas mais precisas, talas mais firmes para os médicos, eixos mais duráveis para as carroças. Por vezes, encontravam equipamentos que não faziam ideia de para que serviam — pequenas lâmpadas sem pavios que não sabiam como acender, globos que tiquetaqueavam e lembravam relógios, mas cujos braços correspondiam a letras e números inexplicáveis, e minidirigíveis sibilantes que Rin supunha serem mensageiros, e que não conseguia fazer voar. Sentia-se burra, girando dispositivos entre os dedos para a frente e para trás, incapaz de encontrar os controles para fazê-los funcionar. Kitay se saiu um pouco melhor — ele enfim determinou que as lâmpadas eram acesas com uma série de toques —, mas ficou frustrado com máquinas que pareciam funcionar puramente à base de mágica.

A cinco quilômetros de Bobai, um reduto republicano recém-abandonado, eles encontraram uma caixa de arcabuzes enterrada às pressas debaixo de uma fina camada de terra.

— Cacete — murmurou Kitay quando abriram a tampa da caixa. — São quase novos.

Rin pegou um arcabuz de cima da pilha e o pesou na mão. Nunca ousara segurar um antes. O aço era gelado ao toque. Era mais pesado do que tinha imaginado — adquiriu um novo respeito pelos soldados hesperianos que levavam aquelas armas para o campo de batalha.

Ela deu uma olhada em Kitay, boquiaberto, que se ajoelhava para examinar as armas. Sabia no que ele estava pensando.

Aquilo mudava tudo. Eles tinham chegado longe com uma capacidade de alcance mínima. Havia apenas algumas dúzias de arqueiros no Exército Sulista. Levava semanas para soldados novos aprenderem a disparar flechas corretamente, e meses, se não anos, para que disparassem com precisão decente. O tiro com arco requeria uma força tremenda no braço, já que as flechas precisavam perfurar armaduras.

A segunda melhor coisa que tinham depois das flechas eram lanças de fogo, uma invenção republicana recente sobre a qual Kitay havia ouvido falar durante sua estadia na Cidade Nova, cujo funcionamento entendera com engenharia reversa. Eram tubos feitos de dezesseis camadas de papel fino enrolado, um pouco maior que trinta centímetros, preenchidos com carvão de salgueiro, enxofre, salitre e fragmentos de ferro. As lanças podiam propelir chamas a quase três metros de altura quando acesas, mas ainda necessitavam de uma fonte de fogo para serem ativadas, e costumavam explodir com facilidade nas mãos de quem as usava.

Os arcabuzes exigiam menos força dos braços que os arcos e eram mais confiáveis que as lanças de fogo. Quanto tempo levaria para as tropas aprenderem a atirar? Semanas? Dias, talvez, caso se dedicassem exclusivamente? Se ela conseguisse apenas uns vinte ou trinta soldados que fossem minimamente habilidosos ao manejar essas armas, isso abriria uma miríade de novas e inacreditáveis estratégias diante deles.

— Acha que consegue descobrir como usar isto? — perguntou Rin a Kitay.

Ele deu uma risada, passando os dedos nos tubos de metal.

— Me dê até o pôr do sol.

Kitay precisou apenas de uma tarde antes de chamá-la para uma clareira com dezenas de arcabuzes espalhados pela grama. Buracos pálidos e pequenos pontilhavam os troncos de todas as árvores visíveis.

— Na verdade é bem simples. — Ele apontou para várias partes dos arcabuzes enquanto falava. — Pensei que precisaria interrogar alguns prisioneiros hesperianos, mas o modelo revelou a própria função. Uma invenção muito inteligente. É basicamente um canhão em miniatura. Você coloca um pouco de pólvora dentro do barril, e a força da explosão faz a bola de chumbo ricochetear para fora.

— Como o mecanismo de disparo funciona? — perguntou Rin. — É necessário acender uma fagulha toda vez?

Isso parecia inconveniente para ela, assim como improvável; os hesperianos pareciam disparar quando queriam.

— Não, não precisa — explicou Kitay. — Eles fizeram algo inteligente com o fósforo. Já é um pavio queimando. Você pode acendê-lo antes de ir para o campo. Então, quando estiver pronta para disparar, é só apertar esta alavanca aqui e levar o fósforo para a pólvora. Aperta e bum. — Ele pegou um arcabuz intacto. — Aqui, eu carreguei este. Quer tentar?

Ela gesticulou com o cotoco para ele.

— Não sei se consigo.

— Vou mirar para você. — Ele se posicionou atrás dela e envolveu o corpo dela com os braços, apontando o barril para uma árvore grossa do outro lado da clareira. — Estou pronto quando você estiver.

Rin pousou os dedos no trinco de metal.

— É só apertar isto?

— É. Firme bem os pés no chão, você vai sentir um coice no ombro. Lembre-se, é uma explosão de canhão em miniatura. Aperte com força; é uma alavanca bastante dura, para evitar disparos acidentais.

Ela dobrou os joelhos enquanto ele demonstrava, inspirou fundo e puxou o gatilho.

Um estrondo dividiu a clareira. A arma pulou para trás, pressionando o peito de Rin, que se encolheu. Os braços firmes de Kitay impediram que o objeto batesse nas costelas dela. Fumaça saía do cano da arma. Ela virou a cabeça, tossindo.

— Essa é uma desvantagem — disse Kitay, quando a fumaça diminuiu. — Leva um tempo para você ver se conseguiu acertar alguma coisa.

Rin foi até uma árvore do lado oposto da clareira, onde a fumaça se desenrolava no ar como pequenos dragões. A bala atingira o tronco com força, entrando fundo no centro. Ela enfiou o dedo no buraco, avançando madeira adentro o máximo que pôde. Mesmo assim, não conseguiu sentir a bala.

— Cacete — disse Rin.

— Eu sei — disse Kitay. — Tentei disparar em uma armadura também. Vimos o que fazem com carne, mas essas coisas penetram *aço*.

— Quanto tempo leva para recarregar?

— Estou levando mais ou menos trinta segundos agora — disse ele. — Vai ser mais rápido quando estivermos treinados.

Isso significava três, talvez quatro disparos por minuto. Não era nada comparado ao que uma arqueira como Venka alcançava no mesmo tempo, mas a letalidade dos arcabuzes compensava.

— Quantos disparos seus chegaram perto do alvo? — perguntou Rin.

Kitay deu de ombros, inocente.

— Um a cada seis atingiu o tronco. Mas vou melhorar.

— E quantas dessas balas encontramos enterradas?

— Três caixas. Mais ou menos duzentas balas em cada uma.

Rin franziu a testa.

— Kitay.

Ele suspirou.

— Eu sei. Vamos ficar sem.

Ela começou a fazer contas. Trinta soldados com arcabuzes disparando uma taxa ambiciosa de três disparos por minuto acabaria com a munição em menos de...

— Seis a sete minutos — disse Kitay. — Ficaremos sem balas em seis ou sete minutos.

— Eu estava chegando aí.

— Claro que estava, só achei melhor acelerar as coisas. Sim, esse é o problema. — Ele esfregou o queixo. — Havia arsenais naquela cidade pela qual passamos semana passada. Podemos fazer alguns moldes, derreter sucata...

— Que sucata? — perguntou Rin.

Estavam com poucas espadas, e os dois sabiam que era besteira trocar espadas por balas quando a maior parte da tropa era bem melhor em combate de curta distância.

— Então precisamos conseguir sucata de alguma forma — observou Kitay. — Ou munição de aço. Mas isso vai ser difícil. Eles conseguiram esconder suas armas muito bem até agora, e aqueles arcabuzes foram um achado raro...

— Espera. — Rin teve uma ideia. — O Mestre Irjah nos deu um enigma assim uma vez.

— Hein?

— Você não lembra? O que você faz quando precisa da munição do inimigo?

Ela empurrou o cotovelo dele. Kitay balançou a cabeça.

— Rin, o enigma era para *flechas*.

— E daí? Mesmo princípio.

— Balas de aço são diferentes — insistiu ele. — Elas se distorcem com o impacto. Você não pode pegar as que o inimigo usou e reutilizá-las!

— Podemos se as derretermos — sugeriu ela. — Por que é uma ideia tão implausível? Os hesperianos amam disparar em coisas. Será fácil atraí-los. Só precisamos dar a eles um motivo para atirar. E estamos prestes a atingir um afluente de rio, o que significa...

— Não vai funcionar! Eles têm lunetas melhores que as nossas. Alvos de palha serão muito óbvios.

— Nesse caso... — disse Rin — ... vamos usar algo real.

Assim, três dias depois, eles se viram amarrando cadáveres a um mastro e a grades de uma embarcação de ópio. O segredo era uma combinação de pregos e barbante, já que cordas eram visíveis demais a olho nu. Rin enfiou os pregos na carne, facilmente escondendo as saliências sob camadas de roupas. Qualquer um que avaliasse a cena por tempo suficiente com uma luneta veria que eram corpos, mas Rin esperava que os artilheiros da República estivessem ansiosos demais para disparar antes de conferir.

Quando preencheram o convés superior com corpos suficientes para fazê-lo parecer populoso, enviaram a embarcação rio abaixo com apenas um timoneiro — cujo trabalho era impedir que batessem na margem do rio. Eles escolheram um curso de água amplo e agitado, com uma corrente rápida o suficiente para tirar a embarcação do alcance da República antes que alguém tentasse embarcar.

— Que nojo. — Rin limpou a mão na túnica, observando a embarcação sair de vista. — Esse cheiro vai levar dias para sair, não vai?

— Tudo bem — disse Kitay. — Vamos levar o mesmo tempo para extrair todas as balas.

Quando eles enfim se aproximaram da fronteira sul da Província da Lebre, encontraram um mensageiro esperando com uma carta de Venka. Cholang e ela vinham mandando atualizações regulares ao longo da campanha. Como previsto, passaram pelo norte com facilidade. Nezha parecia ter tirado suas tropas tanto do leste quanto do norte, concentrando-as em um último ponto na Província do Dragão. Até então, as cartas de Venka envolviam atualizações alegres de cidades capturadas, carregamentos de artefatos históricos nas propriedades de magistrados e a ocasional caixa de armaduras dos famosos ferreiros da Província do Tigre.

À medida que ambas as divisões do Exército Sulista se aproximavam do centro, a correspondência de Venka começou a chegar mais rápido. Por fim, Venka e Cholang estavam a apenas uma semana de distância — perto o bastante para alcançarem Arlong ao mesmo tempo que Rin e Kitay, em um ataque conjunto.

— Esta aqui é de seis dias atrás. — O mensageiro entregou o pergaminho para Rin. — Ela quer uma resposta rápida.

— Entendido — disse Rin. — Espere lá fora por um momento.

O mensageiro assentiu e saiu da tenda de comando. Rin conferiu se ele não ia ouvir a conversa, e então abriu o pergaminho a dentadas.

Mudança de planos. Não venham ainda para Arlong — meus batedores dizem que ele está levando as forças para o norte a fim de nos encontrar entre as montanhas. Encontro em Dragab? Por favor, confirme assim que puder; preferimos não entrar sozinhos em um massacre.

— Dragab? — perguntou Rin. — Onde fica isso?

— É um pequeno posto avançado ao sul de Xuzhou. E Xuzhou é, suponho, onde a República quer nos encontrar.

— Mas isso... — Rin deixou as palavras morrerem, tentando entender os mapas mentais da posição das tropas sulistas e da República. Não fazia sentido. Todo esse tempo, eles haviam pensado que Nezha manteria suas forças em Arlong, onde os Penhascos Vermelhos e canais lhe ofereciam vantagem. — Por que ele iria para o norte?

— Posso chutar três motivos — respondeu Kitay. — Um: Xuzhou está situada em um canal estreito da montanha, o que restringe o terreno de luta aos penhascos opostos e na ravina ampla abaixo. Dois: é temporada de chuvas, e a água fica presa na passagem quando a chuva fica intensa demais. E três: é nossa única rota para Arlong.

— Isso não é verdade — disse ela. — Podemos dar a volta. Há caminhos na floresta...

— Sim, com estradas tão ruins que não conseguiremos mover nossa artilharia pesada, e ainda teremos que escalar montanhas, que nos deixarão expostos aos arqueiros. Nezha sabe que estamos indo atrás dele. Quer nos sufocar nas montanhas, onde os xamãs não podem atacar com foco, o que força a batalha a um banho de sangue convencional.

— Então isso não é uma jogada desesperada dele — disse Rin. — É um convite.

Então por que o Exército Sulista deveria aceitar?

A resposta se tornou óbvia antes que a pergunta saísse de seus lábios. Eles tinham que fazer de Xuzhou o próximo campo de batalha, porque Xuzhou não era Arlong.

Os poderes de Nezha se amplificavam perto de fontes de água. Sob os Penhascos Vermelhos, onde o Murui se ramificava em canais que cercavam cada centímetro de Arlong, seria impossível deter Nezha. Ele estaria bem em cima da gruta do Dragão. Xuzhou era a última e melhor chance de lutarem contra ele enquanto o separavam de seu deus.

Rin viu o sorriso sombrio nos lábios de Kitay e soube que ele se dera conta do mesmo. Xuzhou podia ser a estratégia dominante de Nezha, mas era a deles também.

Ele assentiu para o pergaminho.

— Devemos dar o que ele quer?

Rin odiou a pergunta. Aquela escolha era frustrante. Imprevista. Ela não gostava de encontrar o oponente em um terreno escolhido por ele, sob as condições estratégicas menos favoráveis possíveis.

Mesmo assim, lá no fundo, Rin sentiu a empolgação fervendo.

Até então, aquela não tinha sido uma guerra de verdade, apenas uma série de confrontos com covardes que estavam sempre batendo em retirada. Toda vitória até então havia significado apenas um combustível essencial para aquele momento, quando enfim encontrassem o verdadeiro adversário. Era o teste final. Rin queria enfrentar a melhor estratégia de Nezha e ver quem sairia por cima.

— Por que não? — disse ela por fim. — Nezha finalmente está colocando suas cartas na mesa. Então vamos jogar.

Ela saiu da tenda e chamou o mensageiro. Ele estendeu a mão, esperando uma resposta escrita, mas Rin balançou a cabeça.

— Vou ser breve: diga a Venka para ir até Dragab o mais rápido que puder. Estaremos esperando.

CAPÍTULO 27

— Vejo que encontrou costureiras. — Os olhos de Venka pairaram sobre os uniformes marrons bem-feitos do Exército Sulista enquanto desmontava do cavalo para cumprimentar Rin. — Vou ganhar um também?

— Claro — respondeu Rin. — Está separado na tenda.

— Com listra de general e tudo?

— É assim que você pede uma promoção? — perguntou Kitay.

— Acabei de entregar o norte para vocês! — disse Venka. — É metade da porcaria do país, tá? Acho que o posto de General Sring chegou um pouco atrasado, não concorda?

— Sendo sincera? — disse Rin. — Achei que assumiria esse posto por conta própria.

— Sendo sincera? — retrucou Venka. — Já assumi.

Elas sorriram uma para a outra.

As tropas de Venka e Cholang chegaram ao campo sulista em Dragab e devoraram as refeições preparadas nas fogueiras. Emergiram da expedição ao norte com pouquíssimas baixas — uma conquista impressionante, dado que o exército da Província do Cachorro havia historicamente empreendido apenas batalhas contra invasores praticamente desarmados das Terras Remotas. As tropas também trouxeram presentes — carroças e mais carroças de armaduras, espadas e escudos extras das forjas da Província do Tigre.

Depois que Venka e Cholang comeram, os dois se juntaram a Rin e Kitay no chão da tenda de comando com um mapa aberto entre os quatro para discutir estratégia.

— É um caso estranho. — Venka marcou as colunas republicanas com tinta azul pela ponta leste da ravina Xuzhou. — Não sei por que ele não está empenhando todas as defesas em Arlong, principalmente se pode controlar a droga do rio.

— Concordo — disse Kitay. — Mas essa é a questão. Ele quer tirar a Fênix da equação.

— Por quê? Só porque lutaremos em lugares próximos? — quis saber Cholang.

— E por causa da chuva — disse Rin. — Ele pode invocar a chuva, pode fazê-la cair com a força que quiser. É meio difícil sustentar uma chama se os céus não param de apagá-la.

Em silêncio, eles observaram o mapa por alguns segundos.

A batalha por Xuzhou se tornou um jogo de táticas de guerra, um quebra-cabeça que Rin tinha que admitir ser muito divertido. Parecia uma questão que ela encontraria numa prova do Mestre Irjah. Xuzhou era o campo de engajamento. As condições limitantes eram conhecidas: a chuva prejudicava ambos, apagando o fogo e a pólvora. Nezha tinha números superiores, melhor artilharia e tropas mais descansadas devido a uma marcha mais curta. Nezha tinha a chuva. Mas Rin tinha xamãs que Nezha não conhecia e poderia chegar a Xuzhou primeiro.

Dadas as circunstâncias, era uma estratégia vitoriosa.

— Do que se trata, então? — perguntou Venka, com um suspiro. — Combate mano a mano? Vamos só nos arrastar na lama?

Ninguém ali queria isso. Nenhum comandante que se prezasse deixaria o destino de um confronto ser determinado apenas pelo embate direto e descuidado entre seus soldados. O grosso da luta poderia muito bem se resumir a espadas, lanças e escudos, mas eles tinham que encontrar alguma jogada, alguma vantagem oculta na qual Nezha não havia pensado.

De repente, Kitay começou a rir.

— O que foi? — perguntou Rin, sem conseguir acompanhar a linha de raciocínio do amigo.

Ela não sabia a que conclusão Kitay chegara, mas isso não tinha importância, porque ele decifrara o enigma, e isso era tudo que ela precisava saber.

— Isso é muito inteligente — observou Kitay. — Você tem que dar crédito ao Nezha, de verdade. Ele reduziu o número de variáveis até que as únicas que sobrassem fossem aquelas em que ele tem vantagem. Varreu quase todas as peças do tabuleiro de xadrez.

— Mas...? — pressionou Rin.

— Mas ele se esqueceu de uma coisa. — Kitay deu batidinhas na testa. — Sempre fui melhor do que ele no xadrez.

Xuzhou era uma cidade de tumbas. O Imperador Vermelho a planejara para que fosse um cemitério imperial, o local de descanso final para a maioria de seus amados generais, conselheiros, esposas e concubinas. Contratara os escultores, arquitetos e jardineiros mais habilidosos para construir grandes monumentos para seu regime, e, ao longo das décadas, o que tinha começado como um único cemitério se espalhou em um memorial do tamanho de uma cidade. Xuzhou se tornou um lugar que sobrevivia graças ao negócio da morte — seus habitantes eram artesãos empregados para varrer as tumbas, acender incensos, tocar concertos rituais para domar espíritos vingativos e fabricar mansões, roupas e móveis intricados de papel para serem queimados como oferendas para que o morto pudesse recebê-los no pós-vida. Mesmo depois que o regime do Imperador Vermelho colapsou, os guardiões permaneceram empregados, com salários pagos por um governante ou outro por reverência ao morto.

— Você consegue imaginar que uma civilização antiga construiu tudo isso? — Kitay tocou o calcário incrivelmente bem preservado enquanto passavam pelo cemitério central, buscando pontos com visão privilegiada onde pudessem alocar suas unidades de artilharia. — Eles não tinham ferramentas modernas. Quer dizer, eles mal tinham *matemática*.

— Então como conseguiram? — perguntou Venka.

— Puro trabalho humano. Quando não se consegue descobrir algo, apenas se dá um palpite. — Kitay apontou para a ponta mais distante do cemitério, onde uma escultura de doze metros do Imperador Vermelho se assomava acima da ravina. — Há ossos naquela estátua. Na verdade, provavelmente há ossos em todas as estátuas. O Imperador Vermelho acreditava que as almas humanas mantinham as construções firmes para sempre. Então, assim que os trabalhadores acabaram de esculpir seu rosto na pedra, ele os prendeu e os jogou nos centros ocos.

Rin estremeceu.

— Achei que ele não era religioso.

— Ele não era um xamã, mas era supersticioso pra cacete. — Kitay gesticulou para os monumentos que os cercavam. — Imagine viver em uma terra de feras e speerlieses. Por que não acreditaria em magia?

Rin inclinou a cabeça e observou o Imperador Vermelho. Seu rosto fora consumido pelo tempo, mas mantivera integridade estrutural suficiente para que ainda fosse possível distinguir suas feições. Tinha a mesma aparência de todas as réplicas que Rin vira de seu retrato oficial, um homem sério cuja expressão não mostrava gentileza. Rin supôs que fosse cruel. Um governante que pretendia unir as facções inimigas em um Império devia ter uma determinação brutal e ferrenha. Não podia ser maleável nem fazer concessões; tinha que moldar o mundo à sua visão.

A primeira esposa dele estava no lado oposto do cemitério. A Imperatriz do Inverno era famosa tanto por sua beleza quanto por sua tristeza. Nascera com uma graciosidade tão impossível e celestial que o Imperador Vermelho a sequestrou quando era apenas uma criança e a colocou em sua corte. Lá, o choro constante dela a deixava ainda mais exuberante, porque fazia suas sobrancelhas arquearem e os lábios se pressionarem de uma maneira que fascinava e excitava o Imperador Vermelho.

De acordo com as histórias, ela ficava tão bela quando sofria que ninguém percebeu que estava padecendo de uma doença, até o dia em que desmaiou no jardim, os dedos pressionando inutilmente o peito branco como a neve. No imaginário popular, isso era romântico.

Mas Rin reconheceu o rosto de pedra do outro lado do cemitério. E aquela não era, *não podia* ser, a Imperatriz do Inverno.

— Aquela é Tearza — murmurou ela, impressionada.

— A rainha speerliesa? — Venka franziu a testa. — Do que está falando?

Rin apontou.

— Olhe o colar no pescoço dela. É um colar speerliês.

Ela vira aquele pingente de lua crescente antes, em seus sonhos. Vira-o pendurado no pescoço de Altan. Sabia que não podia ter imaginado isso; aquelas visões estavam marcadas em sua mente.

Por que o Imperador Vermelho escolhera Tearza como sua Imperatriz?

Então era verdade que tinham sido amantes?

Todos os contos diziam que ele tentara matá-la. Que enviara assassinos atrás dela assim que se conheceram. Que tentara muitas vezes arrancar a cabeça dela no campo de batalha. Ficou com tanto medo de Tearza que se escondeu em uma ilha. Quando ela morreu, o homem transformou a ilha dela numa colônia e escravizou seu povo.

Mesmo assim, supôs Rin, amantes podiam infligir aquele tipo de violência ao outro. Riga não amava Daji? Jiang não amava Tseveri?

Nezha não amara Rin um dia?

— Se essa é Mai'rinnen Tearza — disse Kitay —, então tem muita coisa da história que não sabemos.

— O Imperador Vermelho apagou Tearza da história — conjecturou Rin. — E fez um trabalho tão competente que ninguém sequer reconheceu o rosto dela.

Rin tinha que admitir que era um feito impressionante. Quando se chegava ao patamar a que ele chegara, era possível alterar o curso de qualquer evento. Era admissível determinar as histórias que as pessoas contariam a seu respeito por gerações.

Quando eles cantarem sobre mim, decidiu ela, *Nezha não será sequer mencionado*.

Sob o comando dela, o Exército Sulista terminou de preparar a cidade para a chegada de Nezha. Esconderam canhões atrás de cada estátua. Cavaram trincheiras e túneis. Colocaram sacos de areia ao redor de seus fortes. Marcaram alvos para Dulin, identificando pontos fracos na pedra que podiam fazer estruturas inteiras desabarem sobre o Exército Republicano.

Então se agacharam para esperar.

A chuva começou naquele fim de tarde e continuou durante a noite, gotas grossas e implacáveis que martelavam e transformaram a terra em uma lama tão escorregadia que as tropas tiveram que apoiar suas carroças em pedras para que as rodas não emperrassem durante a noite. Rin esperava que pela manhã a chuva já tivesse cessado, mas o tamborilar só se intensificou com o passar das horas. Ao amanhecer, o manto cinza sobre Xuzhou não mostrava sinais de que abrandaria.

Rin tentou dormir um pouco, mas a chuva que batia em sua barraca tornava isso impossível. Desistiu e passou a noite sentada do lado de fora, vigiando o cemitério sob a estátua de Tearza.

Nezha estava certo em atacar na temporada de chuvas. O fogo de Rin serviria apenas para mantê-la aquecida e nada mais. Ela o testou durante a noite, enviando arcos de chamas pelo céu noturno. Todos se apagaram em segundos. Rin ainda podia incinerar qualquer um dentro de sua proximidade imediata, mas isso não ajudava em batalha. Além disso, canhões e arcabuzes não seriam tão eficientes naquele clima. Os pavios levariam uma eternidade para acender. Ambos os lados foram reduzidos a armas brutais, primitivas e familiares: espadas, flechas e lanças.

O vencedor naquele dia seria determinado por pura proficiência tática. E Rin, apesar de tudo, mal podia esperar para ver no que Nezha tinha pensado.

O sol subiu mais alto no céu. As tropas de Rin estavam acordadas, armadas e prontas, mas ainda não havia notícias das sentinelas. Eles esperaram mais uma hora, nervosos. Então, de repente, a chuva passou de um tamborilar alto para um rugido violento.

Podia ser um acidente da natureza, mas Rin duvidava. A sincronia foi muito abrupta. Alguém carregava aquela chuva dos céus.

— Ele está aqui. — Rin se levantou e gesticulou para os oficiais. — Preparem as colunas.

Segundos depois, as sentinelas reconheceram o que ela já sabia, e cornetas ressoaram pelas tumbas.

O Exército Republicano apareceu na outra ponta da ravina, espalhando-se sob os pés do Imperador Vermelho.

Rin estudou as linhas de frente com a luneta até ver Nezha marchando na dianteira. Vestia um traje estranhamente híbrido: seu peito estava coberto pelo familiar tecido azul e pela armadura lamelar do Exército do Dragão, mas seus braços e pernas estavam envoltos em um tipo de armadura de placas de metal que se sobrepunham. Parecia muito pesada. Seus ombros, quase sempre empertigados e altivos, pareciam caídos.

— O que é aquilo nos pulsos dele? — perguntou Kitay.

Rin semicerrou os olhos na luneta. O máximo que conseguiu identificar foram aros dourados ao redor dos pulsos de Nezha, mas ela não tinha a menor ideia do que era aquilo e para que servia — não parecia parte da armadura, e Rin achou difícil imaginar como podiam ser usados como arma.

Ela abaixou a luneta. Outro par de aros por cima das botas dele.

— Ele tinha isso em Arabak?

— Não que eu me lembre — respondeu Kitay. — Mas me lembro de ver essas cicatrizes estranhas antes, bem no...

— Ele viu a gente — disparou Rin.

Nezha também usava uma luneta. Olhava diretamente para eles.

A simetria da cena impactou Rin. Os dois exércitos pareciam parte de uma pintura: duas facções rivais enfileiradas sob as estátuas de seus deuses patronos. Tearza e o Imperador Vermelho, speerliesa contra conquistador, os mais novos participantes em um conflito de centenas de anos que nunca havia terminado de verdade, apenas continuara a reverberar pela história.

Até agora. Até que um deles acabasse com isso, para o bem ou para o mal.

Nezha ergueu a mão.

Rin ficou tensa. O sangue rugia em seus ouvidos, a onda de adrenalina familiar e viciante retumbando em seu corpo.

Então era assim que começava. Sem cumprimentos, sem qualquer tentativa de negociação. Apenas batalha. Nezha desceu a mão, e suas tropas correram pela ravina, os pés esmagando a lama com força.

Rin se virou para a Comandante Miragha.

— Envie as tartarugas.

Ao longo da história nikara, a forma tradicional de lidar com flechas de fogo era enviar linhas de frente com escudos para absorver o impacto. As dezenas de fatalidades garantiam o tempo necessário para que combatentes mano a mano penetrassem as linhas inimigas. Mas Rin não tinha soldados para desperdiçar.

Que entrassem as tartarugas. Eram uma das invenções recentes de Kitay. Inspirado pelos barcos com armadura da Frota Republicana, ele projetou pequenos veículos montados em carroças que podiam aguentar fogo pesado de quase qualquer tipo. Kitay não possuía tempo nem recursos para construir nada sofisticado, então montou o projeto com mesas de madeira, colchas de algodão encharcadas de água e placas recuperadas de armaduras hesperianas que, juntas, aguentavam a maioria dos projéteis voadores.

Uma a uma, elas rolaram detrás das tumbas para a ravina. Como se tivessem aproveitado a deixa, os arqueiros de Nezha lançaram suas saraivadas de abertura, e flechas pontilharam as superfícies das tartarugas até que não parecessem nada além de porcos-espinhos errantes.

— Elas ficaram tão ridículas — murmurou Rin.

— Cala a boca — disse Kitay. — Estão funcionando.

Os mísseis republicanos acertaram dois golpes de sorte, lançando tartarugas no ar como bolas de fogo giratórias. Sem medo, os outros veículos com armadura avançaram. Uma sinfonia de assobios preencheu o ar quando o Exército Sulista respondeu ao fogo da República. Em grande parte, para se exibir — a maioria dos projéteis ricocheteou nos escudos de metal da República, ineficazes —, mas a estratégia obrigou a artilharia republicana a se abaixar, dando tempo para as tartarugas avançarem. Parado com bestas de longa distância em uma saliência no meio da ravina, o contingente de Venka lançou o maior número de disparos, acertando os operadores de canhão de Nezha com flechas bem posicionadas.

Em meio ao barulho da chuva, Rin ouviu um ronco baixo irrompendo pela ravina. Ela se curvou, colocou a mão no chão trêmulo e sorriu.

Dulin chegara na hora certa.

Durante o treinamento, determinaram que ele não podia conjurar terremotos fora de um eixo de nove metros, o que significava que só afetaria as condições de batalha dentro das ravinas se fosse jogado no meio do combate. Rin não podia mantê-lo ali por muito tempo. As tartarugas não eram invencíveis — metade fora reduzida a sucata em chamas, obliterada por uma saraivada concentrada de mísseis.

Mas Dulin não precisava durar a batalha inteira. Só precisava acabar com as estações superiores de artilharia da República. Ele estava muito próximo agora, mesmo quando seu veículo de tartaruga parou de vez, barrado por flechas.

Vamos.

Os penhascos começaram a vibrar. Rin inclinou sua luneta para cima, para as estações de artilharia. Pedras deslizavam como pó na lateral do penhasco, cascateando sobre uma fileira de bestas. A saliência se deslocou e desabou, fazendo com que as tropas republicanas caíssem dezenas de metros.

Quase lá, acabe com isso...

Um foguete explodiu bem na frente da tartaruga de Dulin, fazendo o veículo dar uma pirueta no ar.

Rin deixou escapar um grito abafado.

Kitay segurou o braço dela.

— Está tudo bem, está tudo bem, olha...

Ele estava certo. Os penhascos ainda tremiam, com as estações de artilharia republicanas soterradas sob os escombros. Dulin ainda estava vivo, ainda canalizava seu deus Tartaruga. Três veículos com armadura se agruparam em torno dos destroços da tartaruga de Dulin, protegendo-a da próxima rodada de balas. Com sua luneta, Rin viu Dulin sair de baixo do veículo virado e mancar em direção à tartaruga mais próxima.

Soldados saíram da escotilha para puxá-lo para dentro. Então a carroça inverteu o curso e começou a recuar para trás da infantaria de Rin, que os aguardava.

As tropas de Nezha não o perseguiram. Como todos os outros, Nezha estava preocupado com a briga dentro da ravina, o que — como esperado — havia se transformado em um desastre total. Ninguém conseguia mirar direito na chuva. Flechas voavam para fora de curso e se fincavam no chão ou ricocheteavam nas paredes da ravina. Vez ou outra, alguém conseguia manter uma chama acesa por tempo suficiente para acender um pavio, mas o campo de batalha estava desordenado demais para que um golpe fosse certeiro. Bolas de canhão, balas de morteiro e foguetes disparavam ao acaso em aliados e inimigos. O lado positivo era que os arcabuzes com rodas de Nezha se tornaram inúteis, atolados na lama grossa, seu alcance limitado apenas ao meio da ravina.

As quatro tartarugas restantes continuaram a avançar na direção dele, seguidas por uma infantaria do Exército Sulista. Não chegariam longe. As linhas de frente de Nezha estavam armadas com alabardas, estendidas bem à frente em boas-vindas e prontas para empalar qualquer um que se aproximasse.

Mas as tartarugas não tinham sido colocadas ali para invadir as frentes. Elas só precisavam chegar perto o suficiente para lançar suas bombas. Cada esquadrão tinha um carvão aceso protegido dentro de uma lata de ferro. A três metros das linhas de frente de Nezha, eles acenderam os pavios das bombas e as jogaram pelas portinholas de cima das carroças.

Vários segundos se passaram. Rin ficou tensa. Então as linhas de frente de Nezha se abriram como papel rasgado, e a infantaria de Rin avançou.

A batalha havia agora se transformado em um banho de sangue convencional. Espadas, alabardas e escudos colidiam em um esmagar frenético de corpos. Devia ser um massacre — as tropas de Nezha eram mais bem treinadas e mais bem armadas —, mas a chuva e a lama tornavam impossível que qualquer um enxergasse, o que permitiu que a infantaria de camponeses de Rin durasse mais do que deveria.

E eles não precisavam durar para sempre. Apenas o suficiente.

Rin sentiu uma súbita e bizarra sensação de indiferença enquanto observava o massacre acontecendo no canto mais distante da ravina. *Nada disso parece real.* Sim, ela sabia que os custos eram reais — sabia que corpos reais sangravam e quebravam como consequência das ordens que dera, que vidas estavam se apagando na chuva enquanto ela esperava para botar seu plano em prática.

Não havia a adrenalina, a onda frenética de energia que acompanhava o medo irrepreensível da morte. Ali estava ela, observando de um ângulo tão seguro que Kitay assistia a tudo bem ao seu lado. Nenhum daqueles mísseis poderia atingi-la. Nenhuma daquelas espadas poderia tocá-la. Seu único verdadeiro oponente era Nezha, e ele também não tinha entrado no combate. Como ela, esperava em sua posição privilegiada, observando com calma o caos que acontecia abaixo.

Não era uma luta de verdade. Não era uma daquelas batalhas de punhos nus e feridas das quais tanto gostavam na escola. Aquela batalha era, em seu cerne, uma competição de ideias. Nezha havia feito uma aposta no ambiente — a chuva e a ravina. Rin colocara suas esperanças em ardis selvagens e distrativos.

Eles logo saberiam quem fizera a melhor escolha.

Uma flecha caiu no chão a três metros de distância. Rin olhou para baixo, arrancada do devaneio. A haste da flecha estava enrolada em fita vermelha. O sinal de Venka: *sua vez.*

Kitay também percebeu.

— A tartaruga está pronta atrás da terceira coluna — disse, baixando a luneta. — Rápido, antes que ele perceba.

Rin correu pela ravina. Uma última carroça de tartaruga esperava perto das linhas de frente, já dominada por tropas à espera. Os soldados a seguraram pelos braços e a impulsionaram para o centro da carroça, onde ela se agachou, abraçando os joelhos. Dois soldados começaram a correr, empurrando a carroça colina abaixo até ganhar velocidade.

Rin se preparou no interior escuro e apertado, dando solavancos de um lado para o outro enquanto a carroça disparava no terreno irregular. Ela ouviu batidas altas quando flechas atingiram as laterais do carrinho. A ponta de uma lança atravessou a parede diante dela, enfiada em uma fissura na armadura.

Ela abraçou os joelhos com mais força. *Quase lá.*

Tudo até então — as avalanches de Dulin, a disparada inicial das carroças-tartarugas, as bombas caseiras e a correria da infantaria — tinham sido distrações. Rin sabia que não podia ganhar um conflito físico contra as tropas de Nezha; ela havia acabado de tentar.

Nezha escolhera aquele cemitério, naquele clima, para neutralizar a Fênix. O banho de sangue acontecendo abaixo só importava porque a chuva impedia Rin de incendiar todos os que estavam de uniforme azul.

Mas o que fazer quando a natureza apresenta sua maior desvantagem? Como impedir a natureza em si?

A carroça parou com um tranco. Rin espiou pela portinhola superior. Semicerrou os olhos e identificou finas cordas pretas esticadas sobre o topo da ravina, e uma enorme lona de um navio de guerra se desenrolando aos poucos de um lado a outro dos penhascos.

Suas tropas, que sabiam que deviam ficar de olho no desenrolar da lona, já estavam se retirando, com os escudos firmes atrás de si. Os soldados republicanos pareciam confusos. Alguns seguiram sem muito entusiasmo, outros recuaram, como se sentissem um desastre iminente.

Dentro de segundos, a lona alcançou o outro lado da passagem, estendida de ambos os lados pelos esquadrões de Venka. A chuva caía com força na lona, mas nada passava. De repente, a parte central da ravina estava gloriosa e milagrosamente seca.

Rin saiu da tartaruga e buscou a deusa em espera dentro de sua mente. *Sua vez.*

A Fênix ascendeu, quente e familiar. *Finalmente.*

Ela ergueu os braços. Chamas explodiram, um arco crescente ressoando na direção das forças de Nezha.

As linhas de frente torraram na mesma hora. Rin avançou sem problemas, abrindo caminho sobre corpos escaldantes em armaduras brilhantes. As chamas brilharam ao seu redor, formando um escudo de calor inimaginável. Flechas se desintegraram no ar antes de alcançarem Rin. Os arcabuzes e canhões de Nezha brilhavam intensamente, retorcendo-se e desmoronando. O Exército Sulista avançou atrás dela, com arcos tesos, canhões carregados e lanças de fogo mirados para a frente e prontos para disparar.

Ela só tinha alguns minutos. Manteve o fogo concentrado baixo dentro da ravina, mas naquele calor a lona queimaria em instantes, o que significava que ela tinha que acabar logo com aquilo.

Rin conseguia distinguir a figura de Nezha através da parede laranja — sozinho e desprotegido, gritando ordens para os soldados, que fugiam o mais rápido que podiam. Ele não havia se retirado antes das tropas;

esperaria até que a última das fileiras chegasse a um local seguro. Recusava-se a deixar seu exército.

Sempre tão nobre. Sempre tão burro.

Ele não ia escapar. Rin havia vencido aquele jogo de ideias. Nezha estava bem ali, e dessa vez ela não ia hesitar.

— *Nezha!* — gritou.

Queria ver o rosto dele.

Nezha se virou. Estavam perto o suficiente agora para que Rin conseguisse notar cada detalhe em seu adorável, terrível rosto de porcelana rachada. Quando seus olhares se encontraram, a expressão dele se contorceu — não de medo, mas com uma tristeza cautelosa e exausta.

Nezha sabia que estava prestes a morrer?

Nos devaneios dela, quando Rin fantasiava com o momento em que enfim o mataria, ele sempre queimava. Mas ele estava longe do alcance da lona, então ferro e aço teriam que servir. E se o corpo dele continuasse a se curar, então Rin o despedaçaria e queimaria até que nem o Dragão pudesse remontá-lo.

Ela assentiu para seu exército, sinalizando com a mão.

— Fogo.

Rin puxou as chamas de volta para dentro de si e se ajoelhou. Uma onda enorme ecoou pela ravina enquanto projéteis de todo tipo zuniam acima de sua cabeça.

Nezha ergueu os braços. O ar tremulou ao redor dele, então pareceu se fundir. O tempo diluiu; flechas, mísseis e bolas de canhão ficaram presos no meio da trajetória, incapazes de prosseguir. Rin levou um momento para perceber que os projéteis estavam presos dentro de uma barreira — um muro de água limpa.

De novo, ela cortou o ar com a mão.

— Fogo!

Outra saraivada de flechas guinchou pela ravina, mas Rin sabia que não faria diferença. O escudo de Nezha permaneceu firme. As tropas dela dispararam outra vez, e mais uma, mas tudo que lançavam em Nezha era engolido pela barreira.

Merda. Rin queria gritar. *Estamos jogando armas no rio.*

Ela sabia que Nezha controlava a chuva. Vira-o fazer isso em Tikany — sentira-a atingir seu corpo como mil punhos enquanto ele a invocava para cair com mais e mais força. Mas não sabia que podia manipulá-la em uma escala tão gigantesca, que podia tirar toda a água do céu e construir barreiras mais impenetráveis que aço.

Não tinha imaginado que o vínculo dele com o deus poderia rivalizar com o dela.

Nezha costumava temer o Dragão mais do que temia seus inimigos, invocando-o apenas quando forçado. E toda vez que o fizera, parecera uma tortura. Agora, ele e a água se moviam como um.

Isso não significa nada, pensou ela. Nezha poderia erguer todos os escudos que quisesse. Ela ia simplesmente evaporá-los.

— Voltem — ordenou Rin para as tropas.

Quando eles haviam recuado nove metros, ela conjurou outra parábola de chamas na ravina e aumentou a temperatura para a maior intensidade possível, entrando cada vez mais na loucura da Fênix, até seu mundo ficar vermelho. O calor cozinhava o ar. Acima, a lona chiou e se dissipou em cinzas.

Rin empurrou a parábola à frente. Duas paredes se encontraram no meio da passagem — azul e vermelho, Fênix e Dragão. Qualquer corpo d'água normal deveria ter se dissipado. Tanto calor divino poderia ter evaporado um lago.

Mesmo assim, a barreira ficou no lugar.

Queime, desejou Rin, febrilmente. *O que você está fazendo? Queime...*

A Fênix a impressionou com a resposta.

O Dragão é muito forte. Não vamos conseguir.

As chamas se encolheram de volta para o corpo dela. Rin encarou Nezha através da água. Ele sorriu, convencido. Seu exército havia terminado de recuar. As tropas dela ainda poderiam persegui-los por terra, mas como passariam por Nezha?

Então Rin compreendeu com uma clareza devastadora.

Nunca fora a intenção de Nezha se estabelecer em Xuzhou. Enviar seus homens para a ravina fora um estratagema, uma oportunidade de descobrir a extensão das novas capacidades de Rin, tanto xamânicas quanto convencionais, com perda mínima para as forças dele. Nezha não fora até ali lutar; fora para envergonhá-la.

Ele colocou seu deus contra o dela. E *venceu*.

Nezha abaixou os braços. A barreira desmoronou, respingando com força contra as pedras. A tempestade parou. Rin cuspiu água, o rosto queimando.

Nezha deu um acenozinho provocador.

Estava sozinho, mas Rin sabia que não devia ir atrás dele. Sabia da ameaça na mente dele, podia prever exatamente o que faria se as tropas sulistas avançassem.

Apenas tente. Veja o que a chuva fará.

Embora dizer isso fosse como arrancar seu coração, ela se voltou para o Exército Sulista e deu a única ordem possível.

— *Recuar* — gritou.

Dessa vez, eles obedeceram. Fagulhas de fúria e humilhação saíram de seus ombros enquanto ela os seguia, vaporizando a água de sua armadura em uma névoa espessa e sufocante. *Desgraçado.*

Ela quase o pegara.

Quase o *pegara.*

Ela não sentia esse tipo de raiva mesquinha, essa pura *indignação*, desde Sinegard. Não se tratava de tropas, tratava-se de orgulho. Naquele momento, eram alunos outra vez, esmurrando um ao outro no ringue, e Nezha havia rido na cara dela.

CAPÍTULO 28

— O que aconteceu? — exigiu Cholang. — O que foi *aquilo*?

— Ele tem um deus. — Rin andava de um lado para o outro diante do general, as bochechas coradas diante do vexame que passara. Eles deviam estar celebrando. Ela prometera uma vitória e tanto, não aquele impasse constrangedor. — O Dragão de Arlong, o senhor dos mares. Nunca o vi transformar chuva em escudo daquela forma. Ele deve ter ficado mais forte. Deve ter... deve ter praticado.

Ela mantinha a voz tão baixa que mal se fazia ouvir. Fora da tenda, o Exército Sulista esperava em um suspense perplexo, a decepção tingida por um medo crescente.

Ela sabia que rumores sobre Nezha estavam se espalhando pelas tropas. *Os deuses favorecem o Jovem Marechal*, diziam. *A República chamou os céus, que garantiram a eles um poder para rivalizar com o nosso.*

— Então por que estamos sentados aqui? — perguntou Venka. — Estávamos acabando com eles! Devíamos ter ido em frente...

— Se tivéssemos feito isso, íamos nos afogar — gritou Rin.

Xuzhou ficava apenas alguns quilômetros ao norte do Murui do oeste. Qualquer ataque agora seria inútil. Nezha decerto havia se posicionado ao longo das margens do rio e, assim que as tropas sulistas tentassem uma travessia, ele usaria as corredeiras para apanhá-las como um punho e as arrastaria para as profundezas lamacentas do Murui.

Rin lembrava muito bem como era se afogar. Mas dessa vez Nezha não iria salvá-la. Dessa vez, ele mesmo poderia empurrá-la para o fundo do rio, mantendo-a imóvel enquanto ela se debatia até que seus pulmões entrassem em colapso.

Não posso acabar com ele.

Ela tinha que encarar esse fato cruel e imutável. A Fênix deixara isso bem claro. Não podia enfrentar Nezha e vencer. Não importava quantos soldados tinha; não importava que controlasse o dobro de território que ele. Se os dois se encontrassem outra vez no campo de batalha, ele poderia matá-la facilmente de mil maneiras diferentes, porque, no fim das contas, o mar e suas profundezas escuras sempre venceriam o fogo.

E Rin sabia que Nezha só ficaria mais forte quanto mais ela se aproximasse de Arlong. Ele criara um escudo grosso o suficiente para afastar balas usando apenas água da chuva. Imaginar o que poderia fazer em um rio tão vasto que parecia um oceano deixava Rin apavorada.

Dias antes, ela tinha todas as vantagens estratégicas. Como seu ímpeto desapareceu tão de repente?

Se todas as lideranças não estivessem ali, ela teria gritado.

— Não podemos fugir — disse Kitay, baixinho. — Temos que prestar atenção ao conselho de Chaghan. Voltar ao plano original.

O olhar de Rin encontrou o dele. Uma compreensão silenciosa se passou entre os dois, e instantaneamente as peças da estratégia óbvia e inevitável se encaixaram.

Ela estava apavorada, mas eles não tinham escolha. Só havia um caminho, e agora era só uma questão de logística.

— Teremos que nos manter nas rotas terrestres pelo máximo de tempo possível — disse Rin.

— Certo — concordou ele. — Chegar ao rio. Ir direto pelas montanhas até a capital.

— E quando chegarmos aos Penhascos Vermelhos...

— Encontraremos a gruta. Mataremos o deus na fonte.

Sim. Era isso. Ela fora estúpida em pensar que poderia vencer aquela campanha sem tocar Arlong, quando esse sempre fora o local do poder.

Nezha cairia se Arlong caísse. Nezha morreria se o Dragão morresse.

— Não entendi. — Venka olhava de um para o outro. — O que estamos tentando fazer?

— Vamos até à Gruta das Nove Curvas — arfou Rin. — E vamos matar um dragão.

Rin ordenou que todos, exceto Kitay, saíssem da tenda.

Os dois sabiam que o que vinha a seguir tinha que ser planejado com cautela e discrição. Havia muitas estradas para Arlong, mas apenas uma rota que faria o exército chegar lá são e salvo. Altan uma vez a ensinara que os amadores ficavam obcecados com estratégia, e os profissionais se preocupavam com a logística. A logística do que fariam seria a diferença entre dezenas e milhares de baixas, e por isso não poderia sair daquela tenda.

Rin esperou até que os passos do lado de fora se transformassem em silêncio antes de falar:

— Sabe o que temos que fazer.

Kitay assentiu.

— Você quer um chamariz.

— Estou pensando em vários. Todos perseguindo travessias diferentes, sem conhecimento de outras travessias, só o ponto de encontro.

Era a única forma de funcionar. Nezha controlava o rio inteiro, o que significava que tinha todas as vantagens, exceto uma: ele não sabia onde ou como Rin iria atravessá-lo.

Enquanto isso, o problema de Rin era como mover uma grande coluna sobre o rio em um ponto que Nezha não pudesse prever. Ela não estava mais lidando com uma força de ataque rápida e minúscula; não conseguiria fazer o tipo de emboscada a que estava acostumada.

Além disso, tinha que presumir que havia espiões de Nezha dentro de suas fileiras. Talvez não em seu círculo íntimo, mas decerto nas fileiras de oficiais. Isso era inevitável na guerra, por isso era preciso planejar cada operação com a suposição de que algo vazaria. A questão era se ela conseguiria limitar o quanto eles sabiam. Se pudesse confiar em Cholang e Venka, então poderia dividir um plano em partes para dar aos generais informação limitada, mas suficiente.

— Dividiremos o exército em sete partes — propôs ela. — Nezha poderia dar sorte se dividíssemos em apenas dois ou três. Sete torna tudo mais difícil.

— A consequência, é claro, é que você envia pelo menos um sétimo de seu exército para a morte certa — disse Kitay.

Rin fez uma pausa, e então assentiu. Teria que lidar com aquilo e aceitar que não iam apenas perder tropas — bons oficiais seriam sacrificados também, pois uma distribuição irregular de poder pareceria suspeita demais. Não havia outro jeito. Eles tinham que aceitar o risco e esperar que os outros seis esquadrões completassem a travessia e se encontrassem fora de Arlong.

— Vamos pensar no pior cenário — continuou Kitay. — Suponha que Nezha perceba que plantamos os chamarizes e que divida suas forças também. Suponha que você termine com apenas três esquadrões na reunião. Como vai distribuí-los pelas forças de Arlong?

— Não temos que conquistar Arlong — disse Rin. — Só temos que envenenar a gruta. E não são necessários seis esquadrões para isso, apenas um.

— Está bem. — Ele assentiu, com uma expressão sombria. — Então vamos descobrir como fazer esse esquadrão alcançar o objetivo.

Nas três horas seguintes, Rin e Kitay elaboraram um itinerário com base nos mapas mais detalhados que encontraram. Com Venka na liderança, um esquadrão cruzaria o Vau do Sábio. Era para lá que Nezha esperaria que fossem — era a travessia mais rasa, a que não envolvia equipamentos para a construção de uma ponte. Mas a obviedade dessa estratégia, aliada ao fato de que Rin estaria visivelmente ausente, deveria ser o bastante para impedir Nezha de atacar Venka com mais força. Eles despachariam três outros esquadrões para pontes largas, um para uma travessia de vau estreita e outro para um trecho ao longo do Murui onde não havia travessia alguma.

Durante a longa marcha, Kitay elaborou projetos engenhosos para uma ponte que poderia ser montada em minutos, com traves mestras portáveis de madeira. Eles não as haviam usado nas montanhas porque precisavam da madeira, mas agora tinham mais que o suficiente. Se não existisse uma ponte, eles a construiriam.

— E onde cruzamos? — perguntou Kitay.

— Em qualquer lugar. — Rin tocou as peças. — Importa? É uma chance em sete, não importa para onde formos.

Ele balançou a cabeça.

— Uma em sete é muito alto. Tem que haver uma forma de reduzir para zero.

— Não tem.

Ela entendia o perfeccionismo dele, sabia que Kitay ficava nervoso a menos que resolvesse todas as possibilidades, mas também sabia que não deveria subestimar Nezha duas vezes. Poderiam ter boas chances evitando a maior parte da linha de defesa republicana, supondo que a informação que tinham fosse precisa. Caso contrário, uma chance em sete teria que ser o suficiente.

— Pegaremos a ponte no Estreito de Nüwa — decidiu ela. — Nosso esquadrão não terá que levar nenhuma artilharia pesada, então as restrições de largura não terão importância.

— Então como quer cruzar? — perguntou ele.

— Do que está falando? Tem uma ponte.

— Mas e se eles derrubarem a ponte com antecedência? — perguntou ele. — Ou imagine que tenham soldados parados por toda a extensão. Como vamos passar?

Eram perguntas retóricas, Rin percebeu. Kitay se recostou, observando-a com um sorrisinho malicioso familiar.

— Você não vai me colocar numa pipa — declarou ela.

Ele sorriu.

— Estou pensando em algo maior.

— Não — retrucou Rin de imediato. — Você nunca conseguiu colocar aquela coisa para voar. E não vou morrer numa armadilha mortal hesperiana.

O sorriso cresceu.

— Vamos, Rin. Confie em mim. Eu já dei asas para você uma vez.

— Sim, e foi assim que fiquei com essa cicatriz!

Ele deu um tapinha no ombro dela.

— O que só mostra que você nunca se importou em ser bonita.

Seis esquadrões se dispersaram na manhã seguinte para pontos de passagem espalhados por um raio de dezesseis quilômetros. Grande parte tinha uma boa chance de atravessar. Na noite anterior, Kitay enviara equipes por pontos de passagem próximos a bosques de bambu e orientara que derrubassem árvores em lugares aleatórios. O bambu era um bom material para pontes temporárias ou passarelas. Os batedores de Nezha veriam as árvores decepadas e, com sorte, antecipariam travessias em pontes que nunca aconteceriam.

Acompanhados por tropas suficientes para arrastar o dirigível em três carroças, Rin, Dulin e Pipaji seguiram direto para o sul.

A oito quilômetros do acampamento deles em Xuzhou havia um trecho raso do rio chamado Estreito de Nüwa, assim chamado pela forma acentuada como se curvava para o leste. A ponte havia sido mesmo desmontada, mas a água ali estava apenas na altura dos joelhos. Mesmo com as corredeiras cheias e encharcadas pelas monções, tropas preparadas com bolsas de flutuação podiam atravessar sem serem arrastadas.

Era um plano chato. Bom o suficiente para não levantar suspeitas, mas não o melhor. Eles não fariam aquilo.

Eles se separaram de uma equipe de distração no Estreito de Nüwa e continuaram marchando três quilômetros mais ao sul, onde o rio era mais largo e rápido. Mais cedo naquela manhã, Kitay desmontara seu dirigível e colocara as peças em três carroças. Então passaram duas horas nas margens do rio reconstruindo-o de acordo com suas cuidadosas instruções. Rin sentia o passar de cada segundo, observando apreensiva a margem oposta em busca de tropas republicanas. Mas Kitay demorava, mexendo em cada parafuso e puxando cada corda até ficar satisfeito.

— Pronto. — Ele deu um passo para trás, limpando o óleo das mãos. — Seguro o bastante. Entrem.

Os xamãs não se mexeram, encarando a cesta com hesitação.

— De jeito nenhum esse treco voa de verdade — murmurou Dulin.

— Claro que voa — disse Pipaji. — Vocês os viu voar.

— Eu vi os *bons* voarem — retrucou Dulin. — Esse aí está uma merda.

Rin tinha que admitir que também não sentia muita confiança nos reparos feitos pelo amigo. O balão original do dirigível havia rasgado muito na explosão em Tianshan. Kitay o remendou com couro de vaca, de modo que, inflado, parecia um animal hediondo meio esfolado.

— Rápido — disse ele, irritado.

Rin engoliu suas dúvidas e entrou na cesta.

— Vamos, pessoal. Vai ser um passeio rápido.

Eles não precisavam de um voo tranquilo. Precisavam apenas subir. Se caíssem, pelo menos cairiam do outro lado.

Com relutância, Pipaji e Dulin seguiram. Kitay se sentou na direção e puxou várias alavancas. O motor rugiu ao ganhar vida e manteve um zumbido ensurdecedor que sacudia o chão. De longe, o barulho do motor se assemelhava ao de abelhas. De perto, Rin o *sentia* mais do que ouvia, vibrando em cada osso de seu corpo.

Kitay se virou, acenou com as mãos e fez com os lábios: *Espere.*

O balão inflou com um ruído acima da cabeça deles. O dirigível se inclinou com um solavanco para a direita, saiu do chão e balançou no ar enquanto Kitay trabalhava freneticamente para estabilizar o voo. Rin agarrou o corrimão e tentou não vomitar.

— Estamos bem! — gritou Kitay acima do barulho do motor.

— Gente? — Pipaji apontou para a lateral do veículo. — Não estamos sozinhos.

Algo disparou ao lado da cabeça dela. A corda perto do braço da garota se partiu, as pontas desfeitas por uma flecha invisível. Pipaji se encolheu com um grito.

— Abaixem-se — ordenou Rin.

A ordem fora inútil, porque todos já tinham abaixado, os braços sobre a cabeça enquanto balas zuniam acima deles.

Rin engatinhou para a ponta mais distante da cesta e olhou por uma fresta. Viu uma massa de uniformes azuis correndo em direção às margens do rio, arcabuzes apontados para o céu.

Merda. Nezha devia ter colocado tropas por cada parte do rio ao perceber que o Exército Sulista havia se dividido em partes. E o dirigível estava agora visível a quilômetros de distância, um alvo enorme no ar.

Outra onda de disparos balançou a cesta. Alguém gritou de dor. Rin olhou para trás e viu um dos seus soldados agarrando a perna, o pé esquerdo uma bagunça ensanguentada abaixo do tornozelo.

— Usem os canhões! — gritou Kitay, lutando com as alavancas. Ele estava usando o leme, mas com muita dificuldade. O dirigível virou de repente para o leste, lançando-os para perto da margem oposta e da emboscada. — Estão carregados!

— Não sei atirar! — gritou Rin. Mas se abaixou perto dele e mexeu nos canhões.

Engenhoso, pensou ela, atordoada. Os puxadores deixavam que ela girasse as bocas das armas quase trezentos e sessenta graus, mirando em qualquer coisa, exceto em si mesma.

Ela mirou o melhor que pôde em direção ao pelotão. O coice a jogou contra a parede do dirigível. Rin ficou de joelhos, saltou à frente e agarrou o puxador do segundo canhão. Mesmo processo. Dessa vez, ela sabia que deveria se lançar ao chão antes que o impacto a atingisse. Não dava para avaliar como estava se saindo, não de onde estava agachada, mas o estrondo e os gritos que se seguiram prometiam bons resultados.

O dirigível deu uma guinada para a esquerda. Rin tombou para o lado de Kitay.

— O balão — arfou Kitay. Ele largara as alavancas. — Eles o furaram, estamos caindo...

Ela abriu a boca para responder bem quando o balão se inclinou de novo, indo rápido na outra direção.

— Saia — disse Kitay, ríspido.

Rin entendeu. Juntos, eles engatinharam para a câmara de direção na cesta central. Não tinham esperança de voar mais; só tinham que manter o dirigível firme até chegar perto o suficiente do chão. Mais perto, *mais perto*...

Rin pulou da cesta, pousando de joelhos dobrados, esperando distribuir o impacto pelo corpo. Não funcionou. A dor se espalhou pelos dois joelhos, tão intensa que ela se curvou por vários segundos, gritando sem palavras, antes de conseguir se controlar.

— Kitay...

— Bem aqui. — Ele ficou de joelhos, tossindo. Seu cabelo encaracolado estava um pouco chamuscado. Ele apontou para algo atrás dela. — Cuide de...

Rin estendeu a palma. O fogo explodiu, arqueando ao redor deles em uma parábola, e se espalhou por vinte, trinta metros. Rin forçou o máximo de fúria que pôde naquele inferno, tornou-o perversamente quente. Se alguém na emboscada da República sobrevivera aos canhões do dirigível, não passava de cinzas agora.

— Chega. — Kitay pôs uma mão no ombro dela. — É suficiente.

Rin chamou a chama de volta para si.

Pipaji e Dulin saíram da cesta, tossindo. Pipaji mancava, pulando com o braço apoiado no ombro de Dulin, mas nenhum dos dois parecia gravemente ferido. Um punhado de soldados saiu do dirigível atrás deles.

Rin suspirou, aliviada. Poderia ter sido muito pior.

— General? — Pipaji apontou para os destroços. — Tem alguém... alguém...?

Apenas um dos soldados não conseguiu escapar. Estava preso sob a lateral do motor. Ainda estava consciente. Gemia, o rosto contorcido de angústia. Suas pernas estavam arruinadas sob a massa de aço retorcido.

Rin o reconheceu. Era um dos amigos de Qinen, um dos jovens de barba por fazer que a seguiram sem hesitar desde Leiyang até o monte Tianshan.

Envergonhada, Rin percebeu que não conseguia lembrar o nome do soldado.

Juntos, os soldados empurraram a lateral do dirigível, mas ninguém conseguiu movê-la. E para quê? Tinha esmagado mais que o corpo do soldado. Rin via fragmentos do osso do quadril dele espalhados pela terra queimada. Não poderiam levá-lo até Lianhua a tempo. Não havia como ele se recuperar.

— Por favor — disse o soldado.

— Eu entendo — disse Rin, ajoelhando-se para cortar a garganta dele.

Antes, teria hesitado, mas naquele momento nem piscou. A agonia dele era tão óbvia, e a morte, tão necessária. Ela enfiou a faca na jugular do rapaz, esperou vários segundos para que o sangue fluísse e então fechou os olhos dele.

Levantou-se. Dulin estava de olhos arregalados. Pipaji cobria a boca com a mão.

— Vamos — disse Rin, séria. — Hora de matar um dragão.

CAPÍTULO 29

Bastou uma rápida marcha de cinco quilômetros pela encosta da montanha até a beira dos penhascos que se fechavam em Arlong como uma concha de ostra. Quando enfim atravessaram a parede de floresta densa, o grande e largo rio Murui surgiu no horizonte, estendendo-se sem fim, tal qual um oceano. Diante deles estavam os famosos Penhascos Vermelhos de Arlong, brilhando ao sol do meio-dia como sangue recém-derramado.

Rin parou na saliência, procurando até encontrar uma série de caracteres na parede oposta, esculpidos em uma inclinação na face da rocha, para que só fossem vistos quando a luz os refletisse.

Nada dura.

Essas foram as famosas palavras, escritas em nikara antigo quase indecifrável, esculpidas nos Penhascos Vermelhos pelo último ministro leal ao Imperador Vermelho pouco antes de seus inimigos invadirem a capital e pendurarem seu corpo esfolado acima das portas do palácio.

Nada dura. O mundo não existe. Nezha e Kitay haviam proposto traduções conflitantes. Estavam errados e certos. Suas traduções eram dois lados da mesma verdade: o universo era um sonho acordado, uma coisa frágil e mutável, um borrão de cores moldado pelos caprichos imprevisíveis da divindade.

Da última vez que Rin estivera ali, um ano que parecia ter sido outra vida, estivera cega por lealdade e amor. Alçara voo entre aqueles penhascos em asas nascidas do fogo, lutando em nome de Yin Vaisra por uma República fundada em mentira. Lutara para salvar a vida de Nezha.

Além do canal estreito, Rin mal conseguia distinguir a silhueta da capital. Ela pegou a luneta do bolso e examinou o perímetro da cidade por alguns segundos, até ver o movimento perto de cada um dos portões —

seus esquadrões se moviam como peças de xadrez em perfeita formação. Pelo que podia ver, pelo menos quatro das iscas haviam passado pelo Murui. Para seu alívio, a coluna de Venka estava entre elas. Enquanto Rin observava, eles marchavam pelas encostas do nordeste. Ela não viu sinal dos dois últimos esquadrões, mas não tinha tempo para se preocupar com isso. Em minutos, a invasão terrestre de Arlong começaria.

Essa parte do ataque era apenas uma distração. As quatro colunas que cercavam Arlong estavam armadas com os projéteis mais exuberantes de seu arsenal, bombas duplas, enormes canhões de curto alcance e fogos de artifício reaproveitados e preenchidos com estilhaços. O objetivo era atrair a atenção de Nezha, enganá-lo e fazê-lo pensar que o ataque terrestre era um esforço mais significativo do que de fato era. Com base apenas nos números, Rin sabia que não poderia vencer uma batalha terrestre nem um cerco prolongados. Não quando Nezha estivera montando suas defesas por semanas; não quando todas as últimas cartas na manga e armas da República estavam atrás daqueles muros.

Mas eles não precisavam vencer. Só precisavam fazer barulho.

— Boa sorte — disse Kitay. Ele ficaria para trás, em cima dos Penhascos Vermelhos, perto o bastante para testemunhar tudo com a luneta, mas longe o suficiente para ficar fora de perigo. Ele apertou o pulso dela.

— Não faça nenhuma burrice.

— Tome cuidado — pediu Rin.

Ela se forçou a usar um tom casual. Brusco. Não havia tempo para ficar emotiva. Os dois já sabiam que o plano poderia falhar; tinham se despedido na noite anterior.

Kitay prestou uma continência de brincadeira.

— Mande lembranças ao Nezha.

Uma saraivada de tiros de canhão pontuou as palavras dele do outro lado do canal. Os sinais de fumaça de Venka brilharam no céu cinzento. A invasão final começara. Enquanto Arlong explodia, Rin e seus xamãs desceram o penhasco para acabar com tudo de uma vez por todas.

Rin temera que a gruta fosse difícil de encontrar. Tudo o que tinha para se orientar eram fragmentos de uma das conversas mais dolorosas que já tivera, ecoando por sua mente na voz baixa e tortuosa de Nezha. *Há uma gruta a cerca de um quilômetro e meio da entrada deste canal, uma caverna submersa de cristal sobre a qual os servos gostavam de contar histórias.*

Entretanto, quando chegou lá embaixo, à sombra do Penhasco Vermelho, passando pelos mesmos bancos de areia onde Nezha e os irmãos haviam brincado tanto tempo antes, ela percebeu que o caminho até o Dragão era óbvio. Apenas um lado do canal tinha entradas por cavernas. E, se ela queria encontrar o covil do Dragão, tudo o que precisava fazer era seguir as joias.

Estavam incrustadas no fundo do rio, brilhando e reluzindo sob as ondas suaves. Quanto mais próximas das cavernas, maiores eram as pilhas de tesouros — taças cravejadas de jade, peitorais dourados, colares de safira e diademas de ouro, espalhados em meio a uma deslumbrante variedade de lingotes de prata. Não era de se admirar que Nezha e o irmão, mesmo com as inúmeras advertências, tivessem um dia se aventurado na gruta. Que criança poderia resistir àquele fascínio?

Rin sentia que estava perto. Podia sentir o poder emanando da gruta; o ar parecia carregado de energia, permeado por um crepitar constante e inaudível, muito similar à atmosfera que sentira no monte Tianshan.

Ali, a fronteira entre os mortais e o divino era extraordinariamente fina.

Rin parou por um momento, tomada pela incômoda sensação de que já estivera ali antes.

Um pouco antes da entrada da gruta, as joias davam lugar a ossos. Eram estranhamente bonitos, dando à água uma luminescência tênue e verde. Não era resultado de podridão e erosão. Alguém — *algo* — tinha construído aquele caminho. Com amor, havia retirado a pele dos corpos e organizado os ossos em um convite brilhante.

— Grande Tartaruga — murmurou Dulin. — Vamos explodir este lugar inteiro logo.

Rin balançou a cabeça.

— Estamos muito longe.

Nem tinham visto o Dragão ainda. Eles precisavam se aproximar bem mais — se acendessem os mísseis agora, apenas alertariam as sentinelas de Nezha.

— Não disparem até que o vejam se mexer.

Ela avançou, destemida, tentando ignorar os ossos abaixo de suas botas. Abriu as mãos ao passar pelo interior escuro, mas suas chamas apenas iluminaram alguns metros caverna adentro. A escuridão parecia engoli-la. Rin passou os dedos pelos sulcos na parede em busca de algo que a guiasse, então puxou a mão com força ao se dar conta do que eram. Seu estômago revirou.

As paredes eram cheias de rostos — lindos, simétricos, de todos os tamanhos e formas; de homens adultos a menininhas; rostos sem cabelo, sem olhos e sem expressão. A podridão não tocara as peles imaculadas e sem sangue. Aquelas cabeças estavam penduradas em um espaço escavado fora do tempo, agora e para sempre.

Rin estremeceu.

O oceano gosta de manter seus tesouros. O oceano não destrói. O oceano coleta.

Certa vez, Nezha andou de mãos dadas com o irmão em direção à gruta. Ele ignorou os inúmeros avisos porque Mingzha havia implorado para ir ao lugar, e Nezha não negava nada a Mingzha. Ele não sabia do perigo, e ninguém o impediu. Claro que ninguém o impediu — Vaisra o deixou ir, deliberadamente o enviou, porque sabia que um dia precisaria do monstro que Nezha se tornaria.

Rin percebeu por que a gruta lhe parecia tão familiar. Não era nem um pouco como o monte Tianshan. O Templo Celestial era um local de leveza, de claridade e ar. A gruta tinha uma história mais pesada. Estava maculada com uma mancha mortal, estava infundida de dor e tristeza, era um testemunho do que acontecia quando mortais ousavam lutar contra os deuses.

Ela sentira uma divindade assim uma vez antes, fazia uma eternidade, no pior dia de sua vida.

Naquele momento, era como se estivesse no templo de Speer.

— General!

Uma onda de gritos ecoou da boca da caverna. Rin se virou. Seus soldados apontavam para o outro lado do rio, onde uma pequena e lustrosa sampana deslizava sobre a água em direção a eles. Aquela velocidade não poderia ser alcançada com velas ou rodas de pás.

Nezha estava naquele barco.

— Agora — ordenou Rin a Dulin.

Ele se ajoelhou e pressionou as mãos contra o chão da gruta. Vibrações rolaram sob os pés de Rin, ecoando nas profundezas insondáveis da caverna. Poeira e água escorriam do teto da caverna, cobrindo-os de sujeira.

Mas o estrondo não se transformou em um tremor de terra. O interior da gruta não desabou.

— O que está fazendo? — sibilou Rin. — Enterre aquela coisa.

Uma veia pulsava na têmpora de Dulin.

— Não consigo.

A sampana já estava a meio caminho do rio; chegaria até eles em segundos. *Meios convencionais, então.* Rin assentiu para as tropas.

— Fogo.

Eles obedeceram, erguendo suas lanças de foguetes. Miraram; Rin lançou uma chama para acender os pavios. Oito lanças com poderosos explosivos voaram, guinchando, para a boca da caverna. Não foi possível ver até onde tinham ido, mas um instante depois ela ouviu um estrondo abafado e, abaixo, um gemido baixo e retumbante que parecia quase humano.

Então o rio avançou, e Nezha estava sobre eles.

Rin se agachou, preparando-se para o golpe inicial. Não aconteceu.

Nezha saiu pela lateral da sampana, andando tranquilamente, como se tivesse chegado para tomar um chá. Estava sozinho. Seus pés não afundavam quando tocavam a água, passando sobre a superfície do rio como se fosse mármore.

Ao se aproximar, não puxou um escudo ao seu redor. Não era preciso. Estava confiante em seu domínio, protegido por água sem fim por todos os lados. Sem mexer um fio de cabelo, seria capaz de evitar qualquer ataque que Rin pudesse tentar.

Ela sabia muito bem que permanecia de pé apenas porque Nezha estava curioso.

— Oi, Rin — disse ele. — O que acha que está fazendo aqui?

— E você? — Ela assentiu em direção a Arlong. — A cidade está queimando.

— Reparei. Então por que você não está lá?

— Achei que dariam conta sem mim.

Ela olhou para Pipaji, que estava curvada discretamente atrás de Dulin. Estava de olhos fechados, os lábios se movendo em silêncio enquanto mergulhava em transe. Uma nuvenzinha negra se formou ao redor de seus tornozelos, deu um pulso hesitante, e então começou a se estender em direção a Nezha, como tentáculos de fumaça se desenrolando debaixo d'água.

Boa menina. Rin só precisava de alguns segundos.

— Me diga — disse Nezha. — O que você ia fazer quando encontrasse a gruta?

— Eu pensaria em algo — disse Rin. — Sempre penso.

Nezha nem sequer olhou para Pipaji. Seus olhos estavam focados em Rin. Ele se aproximou devagar, os dedos acariciando o cabo da espada. *Ele está se vangloriando*, percebeu Rin. Pensou que fosse acabar com o plano dela. Pensou que tivesse vencido.

Ele não devia ser tão descuidado.

Os tentáculos escuros alcançaram a água sob os pés de Nezha.

Rin arfou.

Nezha se encolheu e cambaleou para trás. O veneno o seguiu, subindo por suas pernas e sob suas roupas. Linhas pretas emergiram do colarinho e das mangas de seu traje, sibilando ao tocar nos aros dourados.

Pipaji emitiu um som gutural e sobrenatural. Os olhos dela brilhavam com um violeta-escuro, e a boca estava contorcida em um sorrisinho cruel que Rin nunca vira naquele rosto.

— Estilhace — sussurrou ela.

Mas Nezha não caiu. Estava sentindo muita dor — convulsionava, as linhas de veneno se contorcendo por seu corpo como uma horda de serpentes pretas. Ainda assim, sua pele não murchou; seus membros não apodreceram e corroeram. As vítimas de Pipaji costumavam sucumbir em segundos. Mas algo sob a pele de Nezha repelia as ondas escuras, reparando a corrosão.

Pipaji olhou para as pontas dos dedos, atordoada, como se conferisse se ainda estavam pretas.

Nezha parou de se contorcer. Ele se endireitou, esfregando o pescoço. O preto já desbotara de sua pele.

— Ah, Rin. — Ele deu um suspiro teatral. — Isso também teria funcionado, mas você mostrou sua mão cedo demais.

Ele fechou o punho e desferiu um golpe selvagem. Uma coluna de água subiu atrás de Pipaji e a jogou no rio. Ofegante, ela tentou se levantar, mas a água subia e descia, fazendo-a cair de joelhos.

Pipaji gritou. O preto em seus dedos se estendia por seus braços. Mais nuvens índigo floresceram debaixo d'água, correndo em direção a Nezha como criaturas marinhas. Nezha fez um movimento de concha. A água sob os pés de Pipaji subiu, arremessando-a vários metros para trás. Dessa vez ela ficou imóvel. As ondas escuras desapareceram.

— Isso foi o melhor que conseguiu arranjar? — zombou Nezha. — Você veio atrás de mim com essa *garotinha?*

Rin não conseguia falar. O pânico anuviava sua mente. Não havia nada que pudesse dizer, nada que pudesse fazer — até a Fênix estava aterrorizada, relutando em emprestar suas chamas, já antecipando uma batalha perdida.

Nezha estendeu os dedos na direção de Pipaji. Rin pensou que a garota tivesse morrido — parte dela *esperava* que tivesse morrido —, mas Pipaji estava viva e consciente, e gritava enquanto uma massa de água a erguia, envolvia sua cintura e subia por seus ombros.

— Pare! — gritou a garota. — Por favor, pare, tenha piedade...

O rio se fechou sobre o rosto dela. Seus gritos foram abafados. Nezha ergueu o braço para o céu. Pipaji pairava alto sobre o rio, dentro de uma imponente coluna de água. Ela se debatia descontroladamente, tentando nadar para sair, mas a água apenas inchava para acomodar sua agitação. Dulin desembainhou sua espada e golpeou violentamente o pilar como se fosse uma árvore, mas Nezha torceu os dedos, e a água arrancou a lâmina de suas mãos.

A boca de Pipaji se contorceu em desespero. Rin podia ler seus lábios. *Me ajude.*

Sem pensar duas vezes, Rin puxou o fogo para a mão e avançou.

Nezha balançou a mão. Uma onda surgiu diante dela, derrubando-a de costas. Nezha suspirou e balançou a cabeça.

— É só isso?

O horror esmagou o peito dela enquanto Rin se colocava de pé. Tão fácil. Aquilo era tão *fácil* para ele.

— Agora você. — Nezha direcionou o punho para Dulin, que corria em sua direção.

O garoto não tinha qualquer chance de vencer. Rin não viu o que Nezha fez. Ainda estava se levantando, piscando para tirar a água dos olhos. Tudo o que sentiu foi um forte puxão, como uma corrente temporária, e então o barulho da água. Quando ela enfim se endireitou, Dulin havia sumido.

— A questão do oceano é a seguinte. — Nezha se virou para Pipaji. — Se mergulhar fundo demais, a pressão pode matar você.

Como se não fosse nada de mais, ele fechou a mão. Os olhos de Pipaji se arregalaram. Nezha fez um movimento de arremesso. O pilar de água jogou Pipaji para o lado como uma boneca de pano. Ela caiu de bruços, mole, na parte rasa. Flutuava, mas não se mexia.

Rin rolou para o lado e disparou um jato de fogo bem no rosto de Nezha. Ele acenou com a mão. A água subiu para dispersar as chamas. Mas isso deu a Rin alguns segundos preciosos, que ela usou para recuperar o equilíbrio, se agachar e pular.

Ela tinha que derrubá-lo. Ataques de longe não funcionariam; os escudos dele eram muito fortes. Mais uma vez, a única esperança de Rin era um golpe de perto. Por um breve momento, enquanto corria até ele, os deuses não importavam — eram apenas os dois, mortais e humanos, rolando e se contorcendo no rio. Ele deu uma joelhada na coxa dela. Ela tateou o rosto dele, tentando arrancar-lhe os olhos. As mãos dele encontraram um ponto no pescoço dela e apertaram.

A água caiu sobre eles e os obrigou a descer, mantendo-os abaixo da superfície. Rin se debatia e se engasgava. Os dedos de Nezha apertaram seu pescoço com mais força, os polegares esmagando sua laringe.

Me ajude. Rin lançou seus pensamentos frenéticos para a Fênix. *Me ajude.*

Ela ouviu a resposta da deusa como um eco distante e mudo. *O Dragão é muito forte. Não podemos...*

Ela se agarrou à conexão delas. Puxou-a. *Não me importo.*

O calor subiu por suas veias. Ela forçou sua boca na de Nezha. As chamas irromperam debaixo d'água e o rio explodiu ao redor deles. Nezha a soltou. Ela viu bolhas se formando na pele dele, deixando marcas rosadas em seu rosto.

Rin irrompeu na superfície, ofegante. O mundo parecia envolto em névoa escura. Ela arfou, numa respiração entrecortada, profunda e rouca. Sua visão ficou nítida, e ela viu Nezha se levantando.

Rin se agachou, as chamas faiscando ao seu redor, pronta para a segunda rodada.

Mas Nezha não estava olhando para ela. Ele lutava para ficar de pé, suas roupas rasgadas e queimadas sob a armadura, seu rosto brilhando em vermelho com bolhas desaparecendo rapidamente. Seus olhos arregalados estavam fixos em algo atrás dela.

Rin se virou.

Dentro da gruta, algo se mexeu.

* * *

Nezha soltou um gemido de pavor.

— Rin, o que você *fez*?

Ela não tinha resposta. Estava enraizada no chão, assustada, incapaz de fazer qualquer coisa além de observar com horror e fascínio enquanto o Dragão de Arlong emergia de seu covil.

Movia-se lenta e pesadamente. Rin se esforçava para assimilar sua forma; era tão grande que ela não conseguia entender seu contorno, apenas sua escala. Quando ergueu a cabeça, cobriu todos — Rin, Nezha e suas tropas — com sua gigantesca sombra.

Os dragões nos mitos de Nikan eram criaturas elegantes, senhores sábios e sofisticados dos rios e da chuva. Mas o Dragão não era nada parecido com as elegantes serpentes cerúleas que pendiam em pinturas ao redor do palácio em Arlong. Lembrava uma cobra, grossa e ondulante, seu corpo escuro e bulboso terminando em uma cabeça ondulada e irregular. Era o ventre do oceano ganhando vida.

O Dragão coleciona coisas bonitas. Era porque o mar absorvia tudo o que tocava? Porque era tão vasto e tão escuro que procurava qualquer ornamento que pudesse encontrar para lhe dar forma?

O Dragão inclinou a enorme cabeça e rugiu, um som mais sentido do que ouvido, uma vibração que parecia capaz de destruir o mundo.

— Segurem-se — disse Rin para as tropas, esforçando-se para manter a voz firme. Não estava com medo. *Não estava com medo.* Se reconhecesse que estava com medo, desmoronaria. — Fiquem calmos, mirem nos olhos...

O Dragão mergulhou. As tropas não se acovardaram, não recuaram nem um milímetro. Mantiveram suas armas altas e inúteis até o fim.

Tudo acabou em segundos. Houve um lampejo de movimento, uma fração de segundo de gritos e, em seguida, uma rápida retirada. Rin não viu as mandíbulas do Dragão se moverem. Viu apenas armas descartadas, listras vermelhas se espalhando pela superfície e pedaços de armadura flutuando nas ondas.

O Dragão recuou, a cabeça inclinada para o lado, examinando a presa restante.

Nezha ergueu os braços. O rio se transformou em uma barreira entre ele e o Dragão, uma parede azul que se estendia por quase seis metros no céu. O dragão se movia como um chicote. Algo enorme e escuro caiu na água. A barreira se dissolveu, rasgada como uma fina folha de papel.

Me dê o controle, exigiu a Fênix. A voz soava mais alta do que Rin já ouvira, momentaneamente afogando-a nos próprios pensamentos.

Rin hesitou. *Kitay...*

O garoto não será um obstáculo, disse a Fênix. *Se você quiser.*

Rin olhou para o Dragão. Que escolha ela tinha?

Eu quero.

A Fênix a dominou. Chamas saíram dos olhos, nariz e boca de Rin. O mundo explodiu em vermelho; ela não conseguia perceber mais nada. Não sabia se Nezha estava a salvo, ou se havia sido queimado vivo pela mera proximidade. Se fosse o caso, não havia nada que pudesse ter feito. Não tinha mais arbítrio nem controle — não estava invocando o fogo, era apenas seu canal, um portão irregular e sem resistência através do qual ele rugia para o reino material.

A Fênix, livre, uivou.

Rin cambaleou, dominada pela visão dupla do plano espiritual sobreposto ao mundo material. Viu energias divinas pulsantes, vermelho-alaranjado contra azul-cerúleo. O rio borbulhava e fumegava. Peixes escaldados subiam à superfície. Algo apareceu em sua mente por um instante, então o rio e as grutas desapareceram de sua vista.

Rin só via uma vasta planície escura e duas forças avançando e duelando dentro dela. Não conseguia sentir Kitay. Naquele momento, ele parecia tão distante que talvez nem estivessem ancorados.

Olá de novo, passarinha. A voz do Dragão era um grunhido estrondoso, profundo, potente e sufocante. Era como se afogar. *Você é persistente.*

A Fênix avançou. O Dragão recuou.

Rin lutava para entender os deuses em colisão. Não conseguia acompanhar o duelo; a batalha acontecia em planos complexos demais para que sua mente processasse. Ela podia ver apenas indícios; grandes explosões de som, cor e registros inimagináveis como forças de fogo e água emaranhadas, duas forças intensas o suficiente para derrubar o mundo, cada uma equilibrada apenas pela outra.

Como você pode vencer?, perguntou ela, agitada. Os deuses não eram personalidades; eram forças fundamentais da criação, elementos constituintes da existência em si. O que significava um conquistar o outro?

Acima do barulho, ela pensou ter ouvido Nezha gritar.

Então o calor dentro dela aumentou, queimando tão incandescente que Rin temeu evaporar. A Fênix parecia ter saído na frente — explosões de carmesim dominavam o plano espiritual, e Rin podia distinguir vagamente o fogo cercando a forma escura do Dragão.

Tinham conseguido? Tinham *vencido?* Certamente nada, humano ou divino, poderia ter sobrevivido ao massacre. Mas quando acabou, quando as chamas se apagaram e o mundo material reapareceu na visão de Rin, quando seu corpo voltou a ser seu e ela cambaleou e tropeçou na água rasa, com dificuldade de respirar, Rin viu que ainda estava na sombra da grande fera.

Seu fogo não fizera cócegas no Dragão.

A Fênix estava em silêncio. Rin a sentiu retroceder em sua mente, um ponto de calor fugindo como uma estrela moribunda, ficando mais distante e mais fria até sumir.

Então ela estava sozinha. Indefesa.

O Dragão inclinou a cabeça, como se perguntasse: *E agora?*

Rin tentou ficar de pé e falhou. Suas pernas não lhe obedeciam. Ela recuou, os dedos dormentes lutando para segurar a espada. Mas era uma coisa tão pequena e frágil. Que pedaço de metal poderia arranhar a criatura?

O Dragão se ergueu, escurecendo todo o rio com sua sombra. Quando atacou, tudo o que ela pôde fazer foi fechar os olhos.

Rin sentiu o impacto depois, um estrondo que sacudiu a terra e deixou seus ouvidos zumbindo. Mas não estava morta nem ferida. Ela abriu os olhos, confusa, então olhou para cima. Um grande escudo de água se estendia acima. Nezha estava ao seu lado, com as mãos estendidas para o céu.

A boca dele se movia. Vários segundos se passaram antes que ela ouvisse os gritos dele.

— Sua *idiota*! O que você...?

— Pensei que eu poderia matá-lo — murmurou ela, ainda atordoada. — Pensei...

— Você sabe o que fez?

Ele acenou com a cabeça na direção da cidade. Rin seguiu o olhar dele. Então entendeu que o único motivo de estarem vivos era o Dragão estar preocupado com um prêmio bem maior.

Ondas enormes e robustas se ergueram do rio, descendo o canal com uma lentidão incompreensível. As nuvens cinzentas escureceram, engrossando em segundos e se transformando em uma tempestade iminente. Àquela distância, Arlong parecia tão delicada. Um pequeno castelo de areia, tão frágil, tão *temporário*, à sombra das profundezas que se erguiam.

— Me ajude a levantar — sussurrou Rin. — Eu quase consegui. Posso tentar de novo...

— Você não pode. Está fraca demais.

Nezha falava sem emoção ou ódio. Não era um insulto, apenas um fato. Enquanto observava a forma escura se movendo abaixo da superfície em direção à cidade, seu rosto cheio de cicatrizes foi tomado por uma expressão decidida. Ele largou o escudo de água — não era mais necessário agora — e começou a caminhar em direção ao Dragão.

Por instinto, Rin estendeu a mão para a dele, então recuou, confusa.

— O que você...?

— Fale baixo — disse Nezha. — Quando tiver chance, corra.

Rin estava atordoada demais para fazer qualquer coisa além de assentir. Não conseguia lidar com a bizarrice da situação. Como eles de repente pararam de tentar se matar? Por que estavam lutando outra vez do mesmo lado? Não conseguia entender por que Nezha a salvara. E nem compreender a maneira como seu coração se contorcia ao vê-lo caminhar, vulnerável e de braços abertos, oferecendo-se à fera.

Rin se lembrava daquela postura. Lembrava-se de tê-la visto muito tempo antes, enquanto Altan caminhava em direção a um Suni espumante, sem medo e desarmado, falando com calma, como se estivesse conversando com um velho amigo. Como se o deus na mente de Suni, estranho e caprichoso, não fosse ousar quebrar seu pescoço.

Nezha não estava tentando lutar contra o Dragão. Estava tentando domá-lo.

— Mingzha! — gritou ele, balançando os braços para atrair a atenção da criatura.

Rin levou um momento para entender o que ele estava falando — Yin Mingzha, o irmãozinho de Nezha, o quarto herdeiro da Casa de Yin, e o primeiro dos filhos de Vaisra a morrer.

O Dragão parou, e então saiu da água, a cabeça inclinada para trás na direção de Nezha.

— Você lembra? — gritou o rapaz. — Você devorou Mingzha. Estava com tanta fome que não o manteve em sua caverna. Mas você me queria. Você sempre me quis, não foi?

Surpreendentemente, o Dragão abaixou a cabeça, vergando-a até seus olhos estarem no mesmo nível que os de Nezha, que estendeu a mão e acariciou o focinho da fera. O Dragão não se mexeu. Rin tapou a boca com a mão, aterrorizada.

Ele parecia tão *pequeno*.

— Eu vou com você — disse Nezha. — Entraremos naquela gruta juntos. Você não precisa mais ficar sozinho. Mas tem que parar. Deixe esta cidade em paz.

O Dragão permaneceu quieto. Então, bem devagar, as águas começaram a retroceder. O Dragão fez um breve movimento em direção a Nezha que pareceu estranhamente afetuoso. Rin encarou, boquiaberta, enquanto Nezha pressionava a mão contra a lateral do Dragão.

Eu vou com você.

Com aquele único gesto, ele evitou centenas de milhares de mortes. Domou um deus que Rin despertara, impediu um massacre que teria sido culpa dela e deu a Rin a vitória.

— Nezha — sussurrou ela. — Por quê?

Tarde demais, ela ouviu um zumbido fraco e inconfundível.

O dirigível emergiu da encosta do penhasco e mergulhou, rápido e baixo, direto sobre a gruta. Era muito menor do que os dirigíveis de bombardeio que perseguiram Rin pelas montanhas; sua cabine parecia ser feita para apenas uma pessoa. Ainda mais incomum era sua parte inferior — estendendo-se do fundo de sua cesta, onde deveria estar o canhão, havia um fio longo e brilhante que se ramificava em vários pontos curvos, como uma garra extensível.

Rin olhou para Nezha. Ele estava imóvel, os olhos arregalados de horror.

Mas os hesperianos eram seus aliados. O que ele tinha a temer? Rin conjurou o fogo em sua mão, deliberando se deveria atacar. Antes, não teria hesitado. Mas se o dirigível tivesse vindo lutar contra o Dragão...

O dirigível virou de uma vez na direção de Rin. *Está aí a resposta.* Ela mirou na cabine. Mas, antes que pudesse puxar o fogo, uma linha fina de raio, linda e absurda, atravessou o céu azul. Um segundo depois, ela viu uma luz branca ofuscante. Depois, nada.

Rin não estava ferida. Não sentia dor. Ainda estava de pé; podia ouvir, se mexer e sentir. Embora sua visão tivesse ficado turva por um momento, voltou depois que ela piscou várias vezes. Mas algo havia mudado no mundo. De alguma forma, ele parecia ter sido despojado de sua vida e brilho — suas cores foram drenadas, azuis e verdes silenciados em tons de cinza, e seus sons reduzidos a arranhões de lixa.

A Fênix ficou quieta.

Não... a Fênix *desapareceu*.

Rin se esforçou, debatendo-se desesperadamente através do vazio para trazer o deus da mente de Kitay para a dela, mas foi em vão. Não havia vazio. Não havia portão. O Panteão não estava fora de seu alcance, simplesmente tinha sumido.

Então Rin gritou.

Estava em Chuluu Korikh outra vez. Estava se afogando no ar, selada e sufocando, aprisionada dessa vez não em pedra, mas no próprio corpo mortal, batendo impotente contra as paredes da própria mente, e isso foi uma tortura tão insuportável que ela mal percebeu o raio que ainda corria por seu corpo, fazendo seus dentes baterem e chamuscando seus cabelos.

Você não passa de um agente do Caos. A voz da Irmã Petra apareceu em sua mente, aquela voz clínica e fria falando com uma confiança inabalável que nunca parecera justificável. *Vocês não são xamãs. São miseráveis e corrompidos. E vou encontrar uma maneira de contê-los.*

Ela encontrara.

Criança. Rin ouviu a voz da Fênix. Impossível. Mesmo assim, o fogo retornou; um calor percorreu seu corpo, aninhando-a, protegendo-a.

Então o raio caiu em Nezha.

Ele estava de costas para Rin. Seus braços estavam abertos, como se estivesse sendo crucificado, contorcendo-se e se balançando enquanto a luz crepitante ricocheteava por seu corpo. Faíscas percorriam seus aros dourados, que pareciam amplificar a eletricidade antes de penetrar profundamente sua carne.

Os raios engrossaram, dobraram e se intensificaram. Soluços ásperos e irregulares escapavam da garganta de Nezha. O Dragão também parecia atormentado pela dor. Estava fazendo uma dança estranha, sacudindo a cabeça e contorcendo o corpo, balançando-se para a frente e para trás no ar de uma forma que teria sido engraçada se não fosse tão horrível.

A boca de Rin se encheu de bile.

Concentre-se, criança, pediu a Fênix. *Ataque agora.*

O olhar de Rin alternava entre o Dragão e o dirigível.

Ela sabia que tinha uma chance de atacar, mas qual alvo? Nezha a salvara do dirigível. O dirigível a salvava do Dragão. Quem era seu inimigo agora?

Ela ergueu a mão esquerda. O dirigível recuou vários metros, como se sentisse suas intenções. Ela abriu a palma e apontou um grosso jato de chamas para o balão, tentando que fosse o mais rápido e mais alto possível, esperando com todas as forças que funcionasse.

Um barulho de rasgo dividiu o céu. O balão do dirigível brilhou em laranja por um momento, estourou e depois sumiu. A cesta foi lançada em direção aos penhascos; o raio desapareceu.

Nezha desabou.

O primeiro instinto de Rin foi correr em sua direção. Ela deu dois passos, então se conteve, perplexa. Por que o ajudaria? Porque ele tinha acabado de salvá-la? Mas esse foi o erro dele, não dela — ela não deveria se dar ao trabalho, deveria apenas deixá-lo morrer...

Certo?

A água ficou gelada ao redor dos tornozelos dela. Rin sentiu uma onda de medo e exaustão.

Mas o Dragão não atacou. Surpreendentemente, parecia assustado e submisso. Virou a cabeça em direção à gruta e deslizou de volta para a escuridão. De repente, o ar não estava tão pesado. As nuvens cinza desapareceram, e a luz do sol estava outra vez visível nas ondas brilhantes. A gravidade agiu sobre o rio outra vez, e as águas suspensas caíram com um estrondo.

Preciso chegar à costa.

Rin repetiu aquele pensamento como um mantra antes de enfim entrar em ação. Cambaleando e tropeçando como um bêbado, foi até a margem do rio. Sentia-se desconectada, distante, como se outra pessoa estivesse controlando seu corpo enquanto sua mente disparava com perguntas.

O que acabou de acontecer? O que Nezha acabou de fazer? Isso foi uma rendição?

Ela tinha vencido?

Mas nenhum de seus sonhos de vitória se parecia com aquilo.

Ela ouviu um gorgolejo fraco e sofrido. Virou-se. Pipaji jazia mais adiante na areia, curvada em posição fetal. Seu rosto estava só um pouco acima da água. Rin não sabia como não havia se afogado. Seus ombros estreitos subiam e desciam, e seus dedos desenhavam padrões minúsculos e desesperados na lama.

Rin correu até a garota, que choramingava.

— Ah, deuses. — Ela apoiou Pipaji nos braços e deu soquinhos nas costas estreitas da garota, tentando forçar a água para fora de seus pulmões. — Pipaji? Está me ouvindo?

Água saiu da boca de Pipaji — só um pouco a princípio, e então seu corpo se debateu e uma torrente fétida de água de rio e bile saiu de sua boca. Pipaji tossia contra o peito de Rin, sem forças, respirando em soluços superficiais e desesperados.

— Espere. — Rin passou o braço direito de Pipaji ao redor do ombro e a colocou de pé. Era uma posição desajeitada, mas Pipaji era tão magra e leve que Rin achou fácil arrastá-la um passo por vez. — Você vai ficar bem. Só precisamos levar você a Lianhua.

Haviam dado dez passos margem acima quando Rin ouviu um violento acesso de tosse. Olhou para trás. Nezha estava de joelhos no raso, o corpo curvado, os ombros tremendo.

Rin parou.

Ele estava a apenas alguns metros de distância. Estava tão perto que ela via cada detalhe em seu rosto — sua palidez branca como giz, seus olhos avermelhados, as cicatrizes desbotadas na pele pálida como porcelana. Rin não conseguia se lembrar da última vez que tinham ficado tão próximos sem tentarem se matar.

Por um momento, simplesmente se olharam, encarando-se como se fossem estranhos.

Rin olhou para os círculos dourados em torno dos pulsos dele. Sentiu o estômago revirar quando percebeu que não eram joias. Eram *condutores*.

Não atraíram o raio por acidente. Haviam sido projetados para isso.

Então ela se deu conta do que Nezha devia ter vivido desde que ela saíra de Arlong. Com a fuga de Rin, Petra precisava de um xamã para conduzir experiências.

Depois que os membros do Cike foram mortos, restava apenas um na República.

A pele ao redor dos pulsos e tornozelos de Nezha estava descolorida, com tons de roxo dos machucados e de vermelho intenso. A visão fez o peito dela apertar. Rin tinha visto o corpo de Nezha se recuperar de feridas que deveriam tê-lo matado. Havia visto a pele dele se curar de queimaduras que a deixaram preta. Ela pensava que os poderes do Dragão poderiam curar qualquer coisa. Mas não podiam curar aquilo.

Outrora, Rin tivera certeza de que o Panteão era uma criação. Que não havia poder superior e que a religião hesperiana, seu Arquiteto Divino, não passava de uma história conveniente.

Agora ela não tinha tanta certeza.

Devagar e com muita dificuldade, Nezha se levantou e limpou a boca com as costas da mão. Quando a retirou, estava ensanguentada.

— Ela está viva?

Rin estava tão atordoada que não entendeu as palavras. Nezha indicou Pipaji com a cabeça e repetiu a pergunta.

— Ela está viva?

— E-eu não sei — respondeu Rin. — Ela... Vou tentar.

— Eu não queria... — Nezha tossiu de novo. Seu queixo brilhava em vermelho. — Não foi culpa dela.

Rin abriu a boca para responder, mas nada saiu.

O problema não era ela não ter nada a dizer. Era que tinha *muito* a dizer e não sabia por onde começar, porque tudo o que vinha à sua mente parecia inadequado.

— Você devia ter me matado — disse, por fim.

Nezha a olhou por um longo tempo. Rin não conseguia ler a expressão dele. O que pensava ver a confundia.

— Mas eu nunca quis você morta.

— Então *por quê*?

Aquelas duas palavras não eram suficientes. Nada em que ela pudesse pensar era suficiente. O abismo entre eles era grande demais agora, e as mil perguntas na mente de Rin pareciam superficiais e frívolas demais para terem a menor chance de responder às questões que a atormentavam.

— Dever — disse ele. — Você não entenderia.

Rin não soube como reagir.

Ele a observou em silêncio, a espada pendendo inutilmente da lateral do corpo. Seu rosto se contraiu, como se também estivesse lutando com pensamentos que não poderia dizer em voz alta.

Seria tão fácil matá-lo. Nezha mal conseguia ficar de pé. Seu deus acabara de fugir, com medo de algum poder maior que Rin nem sabia que existia. Se ela o atacasse naquele momento, as feridas provavelmente não cicatrizariam.

Mas não conseguiu fazer a chama vir. Precisava de fúria, e ela não conseguia invocar nem a mais leve lembrança de raiva. Não podia praguejar, gritar ou fazer qualquer uma das milhões de coisas que imaginou que faria se tivesse a chance de confrontá-lo assim.

Quantas chances você vai desperdiçar?, perguntou Altan.

Pelo menos mais uma, pensou ela, e ignorou a risada zombeteira dele.

Se Rin conseguisse se lembrar de como odiar Nezha, teria o matado. Em vez disso, se virou e o deixou partir.

CAPÍTULO 30

Pipaji estava morrendo.

Sua condição piorou rapidamente na meia hora que Rin levou para arrastá-la em direção às principais tropas na cidade e gritar para soldados que buscassem Lianhua. Quando Rin a deitou em uma lona seca na praia, o pulso de Pipaji estava tão fraco que ela pensou que a garota já havia morrido, até erguer suas pálpebras e ver seus globos oculares trêmulos piscando entre castanho e preto. A situação era desesperadora.

Ela tentou dar ópio à garota. Sempre mantinha um pacote no bolso de trás e começou a carregar o dobro desde que passou a enviar os xamãs para a batalha. Não funcionou. Pipaji inalou a fumaça, mas seus gemidos não pararam, e as veias roxas e grotescas que se projetavam de sua pele só ficaram mais grossas.

A deusa estava assumindo o controle.

Grande Tartaruga. Rin olhou para o rosto branco de Pipaji, tentando não entrar em pânico. Os xamãs que perdiam o controle para os deuses não podiam ser mortos. Ficavam presos dentro de corpos tornados divinos, condenados a viver até que o mundo parasse de girar.

Rin não podia condenar Pipaji a isso.

Mas isso significava que teria que matá-la, enquanto os olhos da garota ainda lutavam para se abrir, enquanto ainda se agarrava a um pouco de mortalidade.

Rin levou a mão trêmula ao pescoço de Pipaji.

— Tenho ópio! — gritou Lianhua, correndo pela praia. Ela parou perto de Pipaji, arfando. — Você...?

— Já tentei — disse Rin. — Não funcionou. Ela está quase enlouquecendo... A dor não está ajudando e ela está com algum ferimento interno. Nezha fez algo com ela e eu não consigo ver, mas acho que deve ser algum sangramento, e você precisa... *Não toque nela.*

Lianhua, agora ajoelhada ao lado de Pipaji, puxou as mãos de volta.

— Toque apenas nas roupas dela — instruiu Rin. — E cuidado com a areia. Seja cautelosa. Ela não está sob controle.

Lianhua assentiu. Não parecia com medo, apenas focada. Ela suspirou, fechou os olhos e abriu os dedos acima do torso de Pipaji. Um brilho suave iluminou o uniforme encharcado de Pipaji.

As pálpebras da garota estremeceram. Rin prendeu a respiração.

Talvez não fosse o fim. Talvez a dor fosse o único problema; talvez ela voltasse para eles.

— Pipaji? *Pipaji!*

Rin olhou para cima e praguejou baixinho. A irmãzinha — Jiuto — estava correndo pela praia, gritando.

Quem a deixara ir até ali? Rin queria estrangular alguém.

— Volte. — Enquanto Jiuto se aproximava, Rin estendeu o braço para impedi-la de chegar à irmã.

Jiuto era pequenina, mas estava com medo, histérica. Debateu-se ferozmente para fugir do toque de Rin e caiu de joelhos ao lado da irmã.

— Não! — gritou Rin.

Mas Jiuto já estava empurrando Lianhua. Ela se lançou sobre a irmã, aos prantos.

— Pipaji!

Bem quando Rin e Lianhua tentaram arrastar Jiuto dali, Pipaji ergueu a cabeça.

— Não.

Ela abriu os olhos. Estavam normais, adoravelmente castanhos.

Rin hesitou, a mão esquerda agarrando o colarinho da blusa de Jiuto.

— Está tudo bem. — Pipaji ergueu os braços, acariciando o cabelo da irmã. — Jiuto, acalme-se. Estou bem.

O choro de Jiuto imediatamente se transformou em soluços assustados. Pipaji fechou a mão e fez uma massagem circular nas costas da irmã, sussurrando palavras de conforto no ouvido dela.

Rin lançou um olhar para Lianhua.

— Ela...?

Lianhua estava paralisada, as mãos estendidas.

— Não tenho certeza. Consertei a costela, mas o resto... Quer dizer, há algo...

Pipaji olhou para Rin, ainda abraçando Jiuto. O rosto estava contorcido de desconforto.

— Eles falam muito alto — sussurrou Pipaji.

O coração de Rin acelerou.

— Quem está falando alto?

— Estão gritando — murmurou Pipaji. Seus olhos escureceram. — Eles são tão... Ah.

— Foque na gente — disse Rin, com pressa. — Na sua irmã...

— Não posso. — As mãos de Pipaji, ainda agarrando os ombros de Jiuto, começaram a tremer. Elas se curvaram em garras, arranhando o ar. — Ela *está* lá... Ela...

— Tire ela daí — ordenou Rin a Lianhua.

A jovem entendeu de imediato. Envolveu a cintura de Jiuto e a puxou. A menina relutou, gritando, mas Lianhua não a soltou, arrastando-a em direção à floresta.

— Fique comigo — disse Rin para Pipaji, assim que ficaram a sós. — Pipaji, *escute a minha voz...*

Pipaji não respondeu.

Rin não sabia o que fazer. Queria abraçar Pipaji e confortá-la, mas estava com medo de tocá-la. Uma enorme nuvem roxa surgiu nos ombros da garota, subindo até o pescoço, deixando todo o seu semblante de um violeta uniforme e intenso. Pipaji arqueou as costas. Engasgou sem palavras, lutando contra uma força invisível.

Rin se afastou, de repente aterrorizada.

Pipaji virou a cabeça na direção dela. O movimento pareceu horrível e sobrenatural, como se seus membros estivessem sendo puxados para um lado e para o outro por um titereiro invisível.

— Por favor — disse Pipaji. Os olhos brilhavam no mais claro dos castanhos. — Enquanto estou aqui.

Chocada, Rin a encarou.

Morte ou Chuluu Korikh.

Cinco palavras simples e devastadoras. Rin as conhecia desde o início. Havia apenas dois destinos possíveis para o Cike: morte ou emparedamento. Um comandante garantia que fosse o primeiro.

Um comandante abate.

— Preciso que você se concentre — pediu Rin com uma calma que não sentia. Não podia abrir mão de sua responsabilidade; tinha que fazer isso. Àquela altura, seria um ato de misericórdia. — Você ainda terá que lutar. Pode ser que me envenene.

— Não vou — sussurrou Pipaji.

— Obrigada.

Rin segurou a lateral da cabeça de Pipaji com a mão esquerda, pressionou um joelho contra o ombro da garota para servir de alavanca e torceu.

O estalo foi mais alto do que o esperado. Rin balançou os dedos, focando na dor para não ter que encarar os olhos vítreos de Pipaji. Ela nunca quebrara um pescoço antes. Em Sinegard lhe ensinaram como fazer, praticara várias vezes em bonecos, mas até então não tinha percebido quanta força era necessária para fazer uma coluna partir.

Então acabou.

Rin entrou na cidade a pé. Ninguém anunciou sua presença. Músicos e dançarinos não a seguiam. Poucos a notaram; a cidade estava consumida demais no próprio colapso. Em sua exaustão, tudo o que Rin vislumbrava era uma grande agitação. Corpos queimados e ensanguentados carregados para a cidade em macas. Multidões saindo dos portões de Arlong arrastando sacos cheios de roupas, relíquias e prata. Corpos em hordas vacilantes sobre os restos da frota de Arlong, escapando nos poucos navios que não tinham afundado com a fúria do Dragão.

Ela tinha a percepção vaga de que havia vencido.

Arlong estava destruída. Os hesperianos tinham fugido. Nezha e seu governo haviam recuado às pressas para o canal. Rin soube desses fatos na hora seguinte, fez com que oficiais extasiados os repetissem para ela de novo e de novo, mas ela continuava tão atordoada, cansada e confusa que pensou que estivessem brincando.

Como aquilo poderia ser chamado de vitória?

Ela sabia qual era o gosto da vitória. Vitória era quando varria as tropas inimigas do campo com uma chama divina e seus homens gritavam e tomavam o que era deles por direito. A vitória era merecida. *Justa.*

Mas aquela situação parecia trapaça — como se seu oponente tivesse tropeçado e ela tivesse sido declarada vencedora por acidente, o que tornava o êxito algo escorregadio e frágil, uma vitória que poderia ser arrancada a qualquer momento por qualquer motivo.

— Não entendo — disse ela para Kitay. — O que aconteceu?

— Acabou — respondeu ele. — A cidade é nossa.

— Mas como?

Ele respondeu pacientemente, da mesma forma como explicara a tarde inteira.

— O Dragão destruiu a cidade. E então você baniu o Dragão.

— Mas não fiz isso. — Ela olhou para os canais inundados. — Não fiz nada.

Tudo o que fez foi cutucar uma fera que não conseguia controlar. Depois ficou sentada, morrendo de medo, enquanto Nezha e um piloto hesperiano travavam uma batalha de raios que ela não entendia. Rin provocara forças que não podia controlar. Quase afundou a cidade inteira, quase afogou todas as pessoas naquele vale, tudo porque pensou que poderia despertar o Dragão e vencer.

— Talvez ele tenha visto como os hesperianos são — sugeriu Kitay, depois que Rin contou o que acontecera no rio. Não fazia sentido Nezha ter simplesmente desistido, recuado quando poderia ter matado Rin e parado o Dragão em um só golpe. — E talvez ele não queira abrir mão das únicas forças que podem pará-los.

— Parece que ele demorou para perceber isso — murmurou Rin.

— Talvez tenha sido autopreservação. Talvez as coisas estivessem piorando.

— Talvez — disse ela, pouco convencida. — O que acha que ele fará agora?

— Não sei. Mas temos coisas mais urgentes em que pensar. — Kitay assentiu para os portões do palácio. — Acabamos de depor o governante de metade deste país. Agora, você tem que se apresentar como substituta dele.

Havia tropas a quem se dirigir. Discursos a fazer. Uma cidade para ocupar e um país para reivindicar.

Rin tremia de exaustão. Não se sentia uma governante; mal se sentia vitoriosa. Não conseguia pensar em nada que quisesse menos do que encarar uma multidão e fingir.

— Amanhã — disse ela. — Antes, preciso fazer algo.

Em Tikany havia um pequeno cemitério escondido no meio da floresta, tão oculto atrás de matagais de choupos e bambuzais que os homens nunca o encontravam por acaso. Mas todas as mulheres do lugar sabiam sua localização. Elas o visitavam com as mães, sogras, avós ou irmãs. Ou faziam a viagem sozinhas, pálidas, aos prantos, abraçando suas miseráveis cargas contra o peito.

Era um cemitério de bebês. Meninas bebês sufocadas em cinzas ao nascer porque os pais queriam filhos homens. Meninos que morreram muito cedo e deixaram as mães tristes e com medo de serem substituídas por esposas mais jovens e férteis. Os produtos confusos de abortos espontâneos e tardios.

Arlong tinha algo equivalente, presumiu Rin. Toda cidade precisava de um lugar para esconder as mortes vergonhosas de suas crianças.

Venka sabia onde era.

— A um quilômetro dos penhascos de evacuação — disse ela. — Vire ao norte quando vir o canal. Há um caminho na grama. Leva um tempo para achar, mas é só seguir quando entrar no seu campo de visão.

— Você vem comigo? — pediu Rin.

— Tá de sacanagem com a minha cara? — respondeu Venka. — Nunca mais volto lá.

Assim, ao pôr do sol, Rin embrulhou o pote contendo as cinzas de Pipaji em várias camadas de linho, enfiou-o em uma sacola e partiu para os penhascos com uma pá amarrada às costas.

Venka estava certa — quando Rin soube o que procurava, o caminho ficou claro como o dia. Nada marcava as sepulturas, mas a grama alta crescia em espirais curiosas, torcendo-se e enrolando-se como se evitasse os ossos um dia amados no solo abaixo.

Rin examinou a clareira. Quantos corpos tinham sido enterrados ali, ao longo de quantas décadas? Quanto ela teria que andar até que seus dedos não atingissem ossos minúsculos quando ela os enfiasse na terra?

Ela continuava trêmula. Olhou ao redor, certificou-se de que estava sozinha, então se sentou e tirou um cachimbo do bolso. Não consumiu ópio suficiente para ficar inconsciente, apenas o bastante para manter a mão firme para poder segurar a pá com firmeza.

— Não é fácil, é?

Ela viu Altan em sua visão periférica, seguindo-a pelas fileiras de túmulos não marcados. A forma dele permanecia apenas se Rin olhasse para o outro lado. Se focasse onde achava que ele estava, Altan desaparecia.

— Eles eram só crianças — disse Rin. — Eu não... não queria...

— Você nunca quer machucar ninguém. — Altan nunca lhe soara tão gentil. Aquele era o mais gentil que Rin já permitira que a memória dele fosse. — Mas precisa fazê-los passar pelo inferno, porque essa é a única forma de as outras pessoas sobreviverem.

— Eu os teria poupado, se pudesse.

Ao menos uma vez, ele não zombou. Soava apenas triste.

— Eu também.

Enfim Rin encontrou um ponto onde o solo parecia intocado e a grama crescia reta. Ela colocou o pote enrolado em linho no chão, agarrou a pá com força e começou a cavar, enquanto Altan observava em silêncio à sombra. Vários minutos se passaram. Apesar do frio do fim de tarde, suor se acumulava em sua nuca. O chão era pedregoso e duro, e a pá às vezes escapava de sua mão. Por fim, Rin encontrou um equilíbrio perigoso, usando a mão para guiar a pá e o pé para enfiá-la mais fundo no chão.

— Acho que te entendo melhor agora — disse ela depois de um longo silêncio.

— Hã? — Altan inclinou a cabeça. — O que você entende?

— Por que me pressionou tanto. Por que me machucou. Eu não era uma pessoa para você. Eu era uma arma, e você precisava que eu funcionasse.

— Dá para amar suas armas — disse Altan. — Você pode espancá-las para moldá-las e vê-las se autodestruírem e saber que é tudo necessário, mas isso não quer dizer que não pode amá-las também.

Ela não precisava cavar muito nem com tanta força — ninguém jamais perturbaria aquelas sepulturas —, mas algo no movimento difícil e repetitivo a acalmava, mesmo quando a dor em seu ombro ia piorando. Parecia uma penitência.

Por fim, quando o buraco se estendia tão fundo que a luz do sol moribundo não conseguia atingir seu fim, quando o solo passava de marrom e rochoso a um barro macio e lamacento, ela parou e acomodou com cuidado as cinzas de Pipaji na cova.

Rin queria ter enterrado Dulin também, mas vasculhou o canal por horas e não conseguiu encontrar nem um pedaço do uniforme dele.

— Fica mais fácil um dia? — perguntou ela.

— O quê? Enviar pessoas para a morte? — Altan suspirou. — Quem me dera. Nunca para de doer. Eles vão achar que você não se importa.

Que é um monstro cruel que deseja apenas a vitória. Mas você se importa, sim. Ama seus xamãs como se fossem sua família, e uma faca gira em seu coração toda vez que vê um deles morrer. Mas você precisa fazer escolhas que ninguém mais pode. É morte ou Chuluu Korikh. Comandantes abatem.

— Eu não queria que fosse eu — disse ela. — Não sou forte o bastante.

— Não.

— Deveria ter sido você.

— Deveria ter sido eu — concordou ele. — Mas foi você que escapou. Então vá até o fim, criança. É o mínimo que deve aos mortos.

Kitay esperava por ela na base dos penhascos, segurando um maço de varetas de incenso em uma mão e um jarro de licor de sorgo na outra.

— O que é isso? — perguntou Rin.

— Qingmingjie — disse ele. — Temos que manter vigília.

Qingmingjie. O Festival de Limpeza dos Túmulos. A noite em que os fantasmas dos mortos inquietos caminhavam no mundo dos vivos e cobravam suas dívidas. Ela já vira outros celebrarem em Tikany, mas nunca participara dos rituais.

Nunca tivera uma morte para lamentar.

— É só daqui a duas semanas — disse ela.

— Não é essa a questão. Temos que manter vigília.

— Temos?

— Milhares de pessoas morreram para que você vencesse esta guerra. Não foram apenas seus xamãs. Foram soldados cujos nomes nem sequer aprendeu. Você vai honrá-los. Vai manter vigília.

Rin estava tão cansada que quase foi embora.

Que importância tinha o ritual? Os mortos não podiam machucá-la. Ela queria que o assunto se encerrasse. Já se punira demais naquele dia.

Porém, quando viu a expressão no rosto de Kitay, soube que não podia recusar. Ela o seguiu em silêncio vale abaixo.

O campo de corpos estava tão quieto à noite que talvez ela jamais soubesse que uma batalha fora travada ali. Poucas horas antes, era um local de gritos, de detonações, de aço e fumaça. E agora o espetáculo acabara; as cordas das marionetes haviam sido cortadas, e todos repousavam em silêncio.

— Que estranho — murmurou ela. — Eu nem estava aqui.

Rin não comandara a batalha. Não havia testemunhado seu desenrolar, não sabia que lado cedera primeiro, não sabia o que teria acontecido se o Dragão não tivesse erguido o Murui. Estivera ocupada com uma luta diferente, no reino dos deuses e contra raios, para lembrar que uma batalha convencional acontecia, até o resultado estar diante de seus olhos.

— E agora? — perguntou.

— Não tenho certeza. — Kitay ergueu o incenso sem entusiasmo, como se tivesse acabado de perceber como era um gesto sem sentido.

Não podiam sequer começar a contar os corpos no vale. Nem todo o incenso do mundo poderia compensar aquele sacrifício.

— Em Tikany, queimamos papel — disse Rin. — Dinheiro de papel. Casas de papel. Às vezes, esposas de papel, se forem homens jovens que morreram antes de se casar.

Ela se calou. Não tinha mais o que dizer. Estava balbuciando, com medo do silêncio.

— Eu não acho que o papel é que é importante — explicou Kitay. — Acho que só precisamos de...

A voz dele sumiu. Ele arregalou os olhos, focando em algo acima do ombro de Rin. Tarde demais, ela percebeu que também ouvira o som de passos sobre grama queimada e ossos.

Quando se virou, viu apenas uma silhueta no escuro.

Nezha viera sozinho. Desarmado.

Ele sempre parecia tão diferente ao luar. Sua pele ficava mais pálida, seus traços pareciam mais suaves, lembrando menos o rosto severo do pai e mais a adorável fragilidade da mãe. Parecia mais jovem, como o garoto que Rin conhecera na escola.

Ela se perguntou brevemente se Nezha havia voltado para morrer.

Kitay quebrou o silêncio.

— Trouxemos licor.

Nezha estendeu a mão. Kitay lhe entregou a garrafa quando se aproximou. Ele não se preocupou em cheirar em busca de veneno; apenas tomou um gole e engoliu com força.

Aquele gesto confirmou o feitiço — a suspensão da realidade que os três desejavam. As regras não ditas pairavam no ar, reforçadas a cada momento que o sangue não era derramado. Ninguém pegaria uma arma.

Ninguém lutaria ou fugiria. Apenas naquela noite, apenas naquele momento, os três ocupariam um espaço liminar onde passado e futuro não importavam, onde poderiam ser as crianças que costumavam ser.

Nezha segurava um pacote de incenso.

— Você tem fogo?

De alguma forma, eles se viram sentados em um triângulo silencioso, envoltos em uma fumaça grossa e perfumada. A garrafa de vinho jazia entre eles, vazia. Nezha havia bebido grande parte, Kitay o resto. Kitay fora o primeiro a estender a mão, e então os três ficaram de mãos dadas. Parecia um gesto terrível e errado, mas Rin não queria soltar nunca mais.

Fora assim que Daji, Jiang e Riga se sentiram um dia? Era assim que eram no auge de seu Império? Teriam se amado com tanta fúria, tão desesperadamente?

Era provável. Não importava que depois tivessem passado a se odiar, a ponto de causarem as próprias mortes, mas deviam ter se amado um dia.

Rin ergueu o olhar, observando a lua vermelha baixa no céu. Os mortos deviam falar com os vivos no Qingmingjie. Deviam atravessar a lua, como se fosse uma porta, paralisados pela fragrância do incenso e pelo som dos fogos de artifício. Mas quando ela olhou para o campo de batalha, tudo o que viu foram cadáveres.

Ela se perguntou o que diria se pudesse falar com seus mortos.

Ela diria a Pipaji e Dulin que eles tinham se saído bem.

Ela diria a Suni, Baji e Ramsa que sentia muito.

Ela diria a Altan que ele estava certo.

Ela diria "obrigada" ao Mestre Jiang.

E prometeria a todos que faria o sacrifício deles valer a pena. Porque era isso que os mortos eram para ela: sacrifícios necessários, peças de xadrez perdidas para que avançasse, trocas que repetiria se tivesse a chance.

Rin não saberia dizer quanto tempo ficaram sentados ali. Talvez minutos. Talvez horas. Parecia um momento esculpido no tempo, um refúgio do progresso inevitável da história.

— Queria que as coisas tivessem sido diferentes — disse Nezha.

Rin e Kitay ficaram tensos. Ele estava quebrando as regras. Não podiam manter aquela frágil fantasia, aquela nostalgia indulgente, se ele quebrasse as regras.

— Elas poderiam ter sido diferentes. — A voz de Kitay era dura. — Mas você teve que ser um babaca desgraçado.

— Sua República está morta — disse Rin. — E, se o virmos amanhã, você também.

Ninguém disse nada depois disso. Não havia nada a dizer.

Não haveria trégua ou negociação naquela noite. Aquela noite era uma graça emprestada, descolada do futuro. Ficaram sentados em um silêncio miserável e desesperado, desejando e lamentando enquanto a lua sangrenta traçava seu caminho pesado no céu. Quando o sol nasceu, Rin e Kitay se levantaram, sacudiram a dor dos ossos e voltaram para a cidade. Nezha caminhou na outra direção.

Eles não se importaram em ver para onde ele foi.

Marcharam de volta para Arlong, os olhos fixos na cidade semiafogada cujas ruínas brilhavam à luz cintilante do amanhecer.

Eles haviam ganhado a guerra. Agora tinham um país para governar.

CAPÍTULO 31

Arlong caiu de imediato após a retirada de Nezha. Naquela manhã, o Exército Sulista varreu as ruas da cidade assim que os hesperianos e a República terminaram de evacuar o lugar. Encontraram uma situação confusa — metade dos distritos ainda era habitada por civis de Nikan sem outro lugar para ir, e a outra metade havia se tornado cidades fantasmas. Os quartéis e complexos residenciais, que antes abrigavam os soldados hesperianos, foram abandonados. Dentro dos estaleiros naufragados, os grandes hangares para abrigar dirigíveis estavam vazios, os pisos cheios de ferramentas e sobras de peças.

— Permitirei pilhagem num nível razoável — disse Rin aos oficiais. — Peguem o que quiserem, mas sejam civilizados. Não quero saber de briga por espólio, e se mantenham nos bairros afluentes. Deixem os distritos pobres em paz. Mirem os quadrantes hesperianos primeiro. Com certeza eles não conseguiram levar tudo. Podem pegar armas, bugigangas e roupas. Mas alimentos voltam para o palácio para redistribuição central.

— Como devemos lidar com a resistência armada? — perguntou a Comandante Miragha.

— Evitem derramamento de sangue, se possível — respondeu Kitay. — Capturem em vez de matar. Queremos a inteligência deles. Tragam todos os soldados para as masmorras e mantenham os hesperianos e republicanos separados.

Os soldados republicanos que não conseguiram escapar nos navios tentavam desesperadamente se passar por civis. As ruas estavam tomadas de uniformes descartados. Uma hora após o início da ocupação, Rin recebeu um relatório sobre um esquadrão inteiro de homens nus que imploravam por roupas comuns de segunda mão para que pudessem disfarçar suas identidades. Ela riu por uns bons cinco minutos, depois ordenou que os homens fossem acorrentados e obrigados a ficar nus no estrado do lado de fora do palácio pelo resto do dia.

— Bom para o moral — disse ela para Kitay quando o amigo protestou.

— É excessivo — retrucou ele.

— É exatamente a quantidade certa de humilhação pública. Uma resistência secreta só ganha adeptos se as lideranças têm credibilidade. — Ela apontou para os homens trêmulos. — *Eles* certamente não terão mais credibilidade.

Kitay não contestou a decisão.

Enquanto as tropas continuavam a tomar as ruas, Rin foi até os Penhascos Vermelhos para ver o último dos navios de evacuação saindo do canal estreito.

Ela se lembrou do dia, quase um ano antes, em que viu pela primeira vez a frota hesperiana chegar às costas de Nikan. Como havia ficado aliviada. E grata. As velas brancas representavam esperança e sobrevivência. Intervenção divina.

Mas eles só apareceram quando a República estava por um fio. Desde o início, poderiam ter acabado com a guerra civil em minutos. Poderiam ter poupado o país inteiro de meses de fome e derramamento de sangue. Eles esperaram e assistiram à tragédia desnecessária até o final, quando poderiam simplesmente intervir e se autodeclararem heróis.

Eles não foram nem de longe tão pomposos em sua partida.

— Malditos covardes — disse Venka. — Vai deixá-los ir e pronto?

— Não sei — respondeu Rin. — Pode ser divertido afundar todos aqueles navios no porto.

Kitay suspirou.

— Rin...

— Estou falando sério — disse ela.

— Ocupar uma cidade é uma coisa — retrucou ele. — Atear fogo em civis é outra.

— Mas seria tão divertido.

Tinha um fundo de verdade. Rin sentiu um arrepio de alegria sombria e vingativa ao observar a frota mutilada e em fuga. Se quisesse, poderia transformar todos os navios naquele canal em cinzas. Ela tinha esse poder.

— Por favor, Rin. — Kitay lançou a ela um olhar cauteloso. — Não seja burra. Os hesperianos estão se retirando porque estão exaustos.

Gastaram tudo em uma guerra em um continente do qual nem gostam. Apostaram na facção errada e perderam. Agora, só querem lamber suas feridas. Mas, se você lançar chamas em *mulheres e crianças em fuga*, eles podem reconsiderar.

— Estraga-prazeres — disse Venka.

Rin suspirou.

— Odeio quando você está certo.

Então ela deixou os navios navegarem tranquilos para fora do porto. Deixou os hesperianos pensarem, ao menos por enquanto, que o novo regime não guardara rancor. Que as prioridades ficariam dentro dos limites de Nikan. Ela os deixaria pensar que estavam seguros.

E depois, quando estivessem embalados em complacência, quando se convencessem de que aqueles imundos, burros e inferiores nikaras não representavam uma ameaça tão grande... ela atacaria.

A tarefa seguinte de Rin era ocupar o palácio.

O lugar estava em ruínas. As grandes portas pintadas foram deixadas entreabertas, os corredores repletos de pedaços de vasos que caíram de carroças lotadas às pressas. O vasto salão no centro do palácio quase não tinha mais móveis; permaneceram apenas as tapeçarias de parede, muito pesadas e difíceis de manejar.

O retrato da família Yin estava pendurado no fundo da câmara. Rin o observou por um momento, olhando para os rostos da família que imaginou que um dia governaria o Império.

Fosse qual fosse o artista, retratara os Yin com uma precisão impressionante. Juntos, suas semelhanças eram ainda mais evidentes. Todos tinham as mesmas maçãs do rosto salientes, sobrancelhas arqueadas e maxilares esculpidos e angulares. Nenhum sorria, nem mesmo as crianças, que olhavam para o corredor vazio com expressões igualmente arrogantes e desdenhosas.

A princípio, Rin confundiu Jinzha com Nezha, mas depois percebeu que os jovens à direita do pai deviam ser os gêmeos primogênitos, Jinzha e Muzha. Nezha estava sozinho, sério e desamparado, à esquerda do pai. A tapeçaria devia ter sido feita anos antes — ele era representado na obra como uma criança pequena, mal chegando à cintura do pai. Bem no canto direito estava Yin Saikhara, embalando um bebê nos braços. Só podia ser Mingzha, o falecido irmãozinho de Nezha, aquele perdido para o Dragão.

Que família linda, destruída em apenas um ano. Jinzha fora capturado e transformado em recheio de bolinho no lago Boyang. Os restos carbonizados do corpo de Vaisra jaziam indistinguíveis dos destroços de sua frota. Muzha supostamente se afogara no ataque do Dragão a Arlong. E Nezha estava arruinado e derrotado, acorrentado a seus mestres hesperianos.

Em um impulso de ódio cruel, Rin desejou ter ela mesma acabado com a linhagem.

Mas Saikhara escapara de sua justiça. Ela se jogou da torre mais alta do palácio quando viu os estandartes das tropas do sul marchando para a cidade. Seus ossos frágeis quebraram como porcelana no campo de execução do lado de fora do palácio, e ela se juntou a uma longa tradição de mulheres nobres que morreram com suas dinastias.

Rin soube por relatos que os residentes de Arlong haviam passado a odiar Saikhara nos últimos dias. Não era um grande segredo que a Casa de Yin havia lucrado muito com a guerra civil, mesmo quando o conflito empobreceu populações inteiras em sua fronteira. A irmã de Nezha, Muzha, ficara rica agindo como intermediária entre os comerciantes hesperianos e os poderosos comparsas mercadores que lotavam a corte republicana.

Quando Saikhara voltou de sua grande turnê de publicidade em Hesperia, foi revelado que Muzha e ela haviam despejado grandes quantidades de mercadorias de Nikan nos mercados da Hesperia, enquanto os outros estocavam comida e compravam em pânico nos mercados, que aumentavam os preços numa velocidade quase impossível de acompanhar.

A opinião pública pedia que Nezha punisse a mãe e a irmã, mas ele não fez nada além de tirá-las de seu gabinete. Então o apelido de Nezha passou de "Jovem Marechal" para "Filho Frouxo", enquanto sua mãe era intitulada "Prostituta do Ocidente". Na semana anterior, as ruas clamavam tão alto por sua punição que, se o Exército Sulista não tivesse irrompido pelos portões de Arlong, ela poderia muito bem ter sido dilacerada pelas turbas.

— Achei que ela fosse fugir com os hesperianos — comentou Kitay quando estavam na varanda do segundo andar, vendo os servos limparem o sangue de Saikhara dos degraus. O corpo dela estava a vários metros de distância, enrolado sem cerimônias em um lençol. Rin planejava lançá-lo no porto amarrado a uma grande pedra. Comida para os peixes. — Eles não a amavam?

— Acho que a abandonaram — disse Rin. — Precisavam salvar a própria pele.

Os hesperianos, encarando uma onda excessiva de ódio popular, não teriam ousado tentar tirar a odiada Saikhara da cidade.

Não importava que Saikhara falasse hesperiano fluentemente, que adorasse o Criador ou que tivesse se mascarado como hesperiana por metade da vida. No fim das contas, ela ainda era nikara, de uma raça inferior, e os hesperianos cuidavam apenas do seus.

Os corredores adjacentes estavam cheios de riquezas que faziam as de Jinzhou parecerem quinquilharias. Rin já havia percorrido aqueles corredores uma dúzia de vezes, sempre a caminho do gabinete de Vaisra, mas nunca tinha ousado parar e ver com atenção. Naquela época, a mera proximidade a enchia de admiração; aqueles artefatos eram evidências brilhantes de uma elite histórica na qual ela, de alguma forma, fora convidada a ingressar.

Passar pelos corredores parecia bem diferente agora que sabia que tudo em exibição nas paredes lhe pertencia.

— Olhe. — Kitay parou diante de um capacete muito velho e muito brilhante. — Aqui diz que isso pertence ao Imperador Vermelho.

— Tá brincando?

— Leia a placa.

O capacete parecia antigo o bastante. Rin viu pedrinhas de jade cravadas na testa. Ela enfiou a mão na caixa, tirou o capacete e o experimentou. Era frio e pesado, um trambolho desconfortável. Ela o retirou na mesma hora.

— Não sei como alguém conseguia lutar usando isto.

— É cerimonial, provavelmente — explicou Kitay. — Duvido que o Imperador o usasse mesmo em batalha. Este lugar está cheio das coisas dele. Olhe, ali está o peitoral dele, e aquilo é seu antigo conjunto de chá.

Seus dedos pairavam acima das relíquias, como se estivesse impressionado demais para tocá-los. Mas Rin, olhando ao redor do salão, foi tomada por um profundo sentimento de pena. O Imperador Vermelho foi o maior homem da história de Nikan, tão famoso que todas as crianças do Império sabiam seu nome assim que aprendiam a falar. Os mitos sobre ele podiam encher — e encheram — estantes inteiras. Ele uniu o país pela primeira vez; trouxe fogo e derramamento de sangue em uma escala que a terra nunca havia testemunhado; e construiu cidades que permaneceram centros intelectuais, culturais e comerciais do Império.

Agora, um milênio depois, tudo o que restava era seu capacete, o peitoral de sua armadura e um jogo de chá.

Sua dinastia não sobrevivera nem mesmo uma geração. Após sua morte, seus filhos se enfrentaram e, após os séculos de conflitos sangrentos que se seguiram, o Império foi dividido sob um sistema provincial que o Imperador Vermelho não havia planejado nem desejado. Sua linhagem foi perdida e seus herdeiros extintos nos primeiros vinte anos da guerra civil que eles mesmos começaram. Se sua linhagem persistia, ninguém a reconhecia.

Ele foi rei por um dia. Por um breve momento, ficou no centro do universo. E para quê?

Ele deveria ter se casado com Tearza, pensou Rin. Foi tolo por tornar os xamãs seus inimigos. Deveria tê-los atado a seu regime. Deveria ter colocado uma speerliesa no trono, e então seu Império teria durado uma eternidade. Àquela altura, seus herdeiros teriam conquistado o mundo.

— Esta aqui tem o seu nome — chamou Kitay, longe no corredor.

— O quê?

— Veja.

Ele apontou. Era uma espada — a gêmea daquela que Rin perdera na água durante a batalha nos Penhascos Vermelhos, a segunda feita do tridente derretido de Altan.

Eles a mantiveram como um troféu. *Mineral speerliês*, dizia a placa, *usada pela última vez por Fang Runin.*

Rin tirou a espada da caixa e soprou o pó da lâmina. Pensou que ela tivesse afundado no rio para sempre.

A placa era tão pequena. Não havia mais detalhes, nenhum relatório de seus feitos, só seu nome e o material da espada. Ela bufou. Era a cara de Vaisra. Se as coisas tivessem saído do jeito dele, Rin seria apenas uma nota de rodapé na história.

Quando construírem museus para o meu regime, Vaisra, você não será mencionado.

Quase metade das caixas estava vazia. Pareciam ter sido roubadas havia pouco tempo, provavelmente pela liderança republicana; a poeira não teve tempo de assentar nos contornos que os artefatos deixaram para trás. Lendo as placas, Rin não sabia por que alguns tinham sido roubadas e outros deixados para trás; os itens perdidos eram objetos de valor de todos os tipos e de todas as épocas, mas pareciam ter sido levados aleatoriamente.

Uma caixa vazia se destacava das demais — uma prateleira que se projetava da parede, com bordas douradas para chamar a atenção do espectador.

Rin pegou a placa. *Selo Imperial do Imperador Vermelho.*

Ela quase a deixou cair. *Incrível.* Tinha aprendido sobre aquele selo na escola. Quando o Imperador Vermelho morreu, declarou que seu selo só poderia ser passado, junto com o mandato do céu, para o próximo governante legítimo do Império. Foi roubado logo na manhã de seu funeral. Nos séculos seguintes, o selo trocou de mãos entre príncipes, generais, concubinas espertas e assassinos, seguido por uma trilha de sangue aonde quer que fosse. Trezentos anos depois, enfim saiu dos registros históricos, embora líderes provincianos ainda alegassem vez ou outra tê-lo trancado em seus cofres privados.

Então estava na Casa de Yin o tempo todo.

Claro que Nezha o levara. Rin achou graça disso. Ele perdera o país, mas pegara o mandato do governante.

Pode ficar com ele, babaca, pensou ela.

Nezha poderia ter o selo e todo o lixo brilhante que seus funcionários colocaram em suas carroças. Não importava que aqueles tesouros fossem marcos da história nikara. A história não importava para Rin. Era um registro de escravidão, opressão, desordem e corrupção. Não desejava relíquias de seus antecessores. Não carregava o legado deles. Queria construir algo novo.

O trono de Vaisra permanecia no final do corredor, pesado demais para ser levado.

Rin se sentiu muito pequena quando se aproximou dele. Era muito maior que o trono no qual se sentara em Jinzhou. Aquele sim era o trono adequado para um imperador — uma cadeira de espaldar alto e ornamentada em uma plataforma de múltiplos degraus. Um mapa intrincado do Império estava marcado em sulcos pretos por todo o chão de mármore. Sentado no trono, podia-se ver o mundo.

Kitay indicou o assento.

— Vai testar?

— Não — respondeu Rin. — Não é para mim.

Depois de caminhar pelos corredores escuros e frios do palácio, ficou claro para Rin que aquele nunca seria seu lar. Jamais se sentiria confortável ali; era assombrado pelos fantasmas da Casa de Yin. E ainda bem. A sede em Arlong nunca governara todo o Império. Era o lar de traidores e impostores, pretendentes ao trono fadados ao fracasso. Ela não seria apenas mais uma impostora que governaria da Província do Dragão.

Aquele lugar era apenas uma base temporária a partir da qual solidificaria seu domínio sobre o resto do país.

De repente, o interior do palácio pareceu mais gelado que o normal. *Temos muito trabalho a fazer*, pensou Rin. A tarefa diante dela parecia tão monumental que nem sequer parecia real. Ela destruíra o mundo, infligira um grande rasgo que se estendera do monte Tianshan até a Gruta das Nove Curvas. E agora precisava recosturá-lo.

Era sua obrigação restaurar a ordem nas províncias, tirar os cadáveres das ruas e colocar comida na mesa das pessoas. Tinha que devolver aquele país, que havia desmoronado de todas as formas concebíveis, à normalidade.

Ah, deuses. Ela cambaleou, de repente tonta. *Por onde começamos?*

Uma batida soou contra as pesadas portas do grande salão, ecoando pelo vasto e escuro espaço.

Rin piscou, arrancada de seu devaneio.

— Entre.

Um jovem oficial passou pelas portas. Era um dos funcionários de Cholang. Rin se lembrava do rosto dele — o vira antes na tenda de comando —, mas não de seu nome.

— A Comandante Miragha me enviou para dizer que o encontramos.

— Onde? — perguntou ela.

— Na extremidade dos distritos hesperianos. Nós o cercamos, mas ainda não o movemos. Ninguém entra ou sai. Estão esperando suas ordens.

— Ótimo. — Rin teve que parar por um momento antes de conseguir se mexer. Não sabia se a moleza em seus membros se devia à animação ou à fadiga. Quando deu um passo, pareceu estar flutuando no ar. — Vou agora.

Ela ignorou o olhar preocupado de Kitay enquanto seguia o comandante para fora do palácio. Já tinham conversado sobre isso. Ele sabia o que Rin pretendia fazer e haviam concordado que era necessário.

Não havia espaço para hesitar. Era hora do acerto de contas.

* * *

Da última vez que Rin estivera perto do distrito hesperiano em Arlong, ela matara um homem ao queimar seus testículos. Suas memórias do lugar eram repletas de medo e pânico — lembranças de arrastar um corpo às pressas para uma sampana, remar em direção ao porto e colocar pedras no cadáver para que afundasse antes que alguém a visse e a enchesse de balas.

No entanto, todas as suas memórias dos hesperianos estavam repletas de medo. Mesmo que tivessem chegado a Arlong como aliados de Vaisra, e mesmo que por meio ano tivessem lutado do mesmo lado, Rin só conseguia associá-los a uma pretensa superioridade estrangeira: mãos fortes e invasivas; instrumentos de aço; e fria indiferença.

O laboratório da Irmã Petra ocupava um prédio quadrado de um andar em frente ao quartel. As tropas de Rin cercaram o perímetro, armadas e à espera. A Comandante Miragha saudou Rin quando ela se aproximou.

— Está trancado por dentro — informou ela. — Alguém com certeza está aí.

— Você falou com essa pessoa? — perguntou Rin.

— Gritamos para que saísse, mas ninguém respondeu. Ouvi umas batidas. Quem estiver lá dentro está se preparando para uma briga.

Rin sabia que a maioria dos missionários já havia fugido da cidade. Ela tinha visto seus mantos cinza-ardósia nos primeiros barcos a sair do porto, facilmente identificáveis mesmo do outro lado do canal. A Companhia Cinzenta era reverenciada como realeza no ocidente; as tropas hesperianas restantes teriam escoltado seus membros pessoalmente para fora da cidade.

Isso significava que, seja lá quem estivesse barricado no laboratório, havia permanecido lá de propósito.

Do lado de fora, quatro dos homens de Miragha estavam em torno de um aríete com rodas e placas de ferro do tamanho de uma pequena tenda.

— Isso aí não é meio exagerado? — perguntou Rin.

— Só trazemos o nosso melhor — informou Miragha. — Estamos prontos quando estiver.

— Espere. — Rin examinou os soldados até encontrar um que segurava uma alabarda. — Me dê isso.

Ela enrolou uma bandeira hesperiana descartada ao redor da lâmina, amarrou-a com força e incendiou a ponta. Entregou-a de volta ao soldado.

— Você primeiro. Deixe que pensem que você sou eu.

Ele pareceu alarmado.

— Mas... general... então...

— Você vai ficar bem — disse Rin, séria. Fosse lá o que fosse, o raio não havia causado dano físico a ela ou Nezha. Usado contra alguém que não era um xamã, não devia ter efeito algum. — Só se prepare para um choque.

O homem não apresentou mais nenhuma objeção, o que deixou Rin impressionada. Ele segurou a alabarda em chamas com força e assentiu.

— Vá — disse Rin a Miragha.

Miragha deu a ordem. Seus soldados arrastaram o aríete para trás vários metros antes de empurrá-lo contra a porta. A porta de madeira se quebrou para dentro com o impacto. O soldado com a alabarda irrompeu, agitando a tocha pelo interior escuro, mas nada aconteceu. A sala estava vazia. Quando Rin entrou, tudo o que viu foram cadeiras derrubadas, mesas vazias... e um alçapão no canto.

Ela apontou.

— Ali.

O soldado com a alabarda desceu primeiro, com Rin o seguindo de longe. A tocha improvisada parecia uma imitação plausível. A chama tremeluzia e se curvava como algo vivo, lançando sombras distorcidas contra a parede.

Um raio logo fez um arco através da escuridão. O soldado gritou e deixou cair a alabarda. No brilho breve e intenso, Rin vislumbrou uma silhueta do outro lado da sala — uma figura agachada atrás de algo com a forma de um canhão montado. Era o suficiente.

Chamas explodiram de sua palma e rugiram pela sala. Ela ouviu um gemido mecânico alto, então viu uma explosão de faíscas ricocheteando pela sala como uma tempestade concentrada dentro de uma jarra.

O dispositivo parecido com um canhão explodiu. O raio desapareceu. Quando a fumaça se dissipou, as chamas de Rin, dançando em torno de seus braços e ombros, iluminaram uma massa de peças metálicas espalhadas e uma figura flácida enrolada no canto.

Fácil demais, pensou Rin ao cruzar a sala.

Se um soldado tivesse planejado essa emboscada, saberia que só teria uma chance; teria esperado até estabelecer uma linha clara de fogo até Rin.

Mas a Irmã Petra Ignatius era uma acadêmica, não uma soldada.

Rin empurrou as costelas de Petra com o pé, virando-a de costas.

— Se você queria uma audiência, era só pedir.

Petra se encolheu sob as botas de Rin. Um fio fino de sangue escorria pelo lado esquerdo de seu rosto, onde estilhaços tinham cortado sua têmpora, e havia marcas vermelhas de queimaduras em suas mãos e em seu pescoço, mas ela parecia ilesa. Estava de olhos abertos e consciente. Podia falar.

Rin se virou para as escadas, onde Miragha esperava com suas tropas.

— Saiam.

Miragha hesitou.

— Tem certeza?

— Ela não está armada — respondeu Rin. — Coloque duas tropas para guardar as saídas e mande o restante de volta para o centro da cidade.

— Sim, general.

Miragha seguiu seus homens pelo alçapão. Uma única coluna de luz do sol se esvaiu conforme eles fechavam o alçapão atrás de si.

Então Rin e Petra estavam sozinhas no porão mal iluminado pelo fogo.

— Você só tinha isso? — Rin arrastou uma cadeira da mesa de trabalho de Petra e se sentou. — Uma emboscada amadora?

Petra gemeu baixinho ao se sentar.

— O que é isto? — exigiu Rin. Ela apanhou do chão um dos fragmentos quebrados da máquina. O metal era uma mola apertada, fria ao toque. — O que isto faz?

Petra respondeu com um silêncio cauteloso. Ela recostou a cabeça na parede, e seus olhos cinzentos como pedra fitaram Rin de cima a baixo, como se analisassem um animal selvagem.

Está bem, pensou Rin. Então teria que recorrer à tortura. Ela nunca fizera isso antes — só vira Altan extrair informação com explosões de chamas bem colocadas e sádicas —, mas os princípios básicos pareciam simples o bastante. Ela sabia como ferir alguém.

Então, por mais absurdo que fosse, Petra começou a rir.

— Como se você fosse entender. — Ela ergueu o braço para limpar o sangue dos olhos. — O que foi? Imaginou que poderia inventar uma contra-medida? A teoria por trás das minhas máquinas está séculos além do seu entendimento. Eu poderia mostrar todos os componentes, todos os rascunhos dos meus projetos, e você ainda não entenderia. Você não tem *capacidade*.

Ela se levantou. Rin ficou tensa, preparada para atacar. Mas Petra apenas cambaleou para a cadeira diante dela e se sentou, as mãos cruzadas no colo em uma imitação doentia de uma professora dando sermão na estudante.

— Saber que seus deuses são inúteis não faz você morrer de medo? — zombou ela.

Queime-a, disse a Fênix. *Faça-a gritar*.

Rin se livrou do impulso. Tinha uma chance de conseguir informação. Teria sua vingança mais tarde.

Ela estendeu a mola de metal e repetiu a pergunta.

— O que isto faz?

— Você não sentiu? — Os lábios ensanguentados de Petra se dividiram em um sorriso. Pela primeira vez desde que Rin a conhecera, ela viu um brilho maníaco nos olhos da Irmã Cinzenta, uma rachadura em sua expressão anormalmente calma. — Silencia seu deus. *Anula* ele.

— Isso é impossível — contestou Rin. — Os deuses são forças fundamentais. Construíram este mundo, não podem ser afastados dele por uma peça de metal. Isso não é...

— Ouça o que está dizendo — murmurou Petra. — Agarrando-se à sua baboseira pagã, mesmo agora. Seus deuses não são nada além de uma ilusão. Uma podridão caótica no seu cérebro que infesta seu país há séculos. Mas eu encontrei a cura. Consertei aquele garoto, e vou consertar você também.

Ela estava se vangloriando. Não se importava de explicar a peça — na verdade, *queria* explicar e esfregar sua superioridade na cara de Rin. A tortura não seria necessária. Petra lhe contaria tudo o que ela quisesse, porque sabia que estava prestes a morrer, e se vangloriar era tudo o que lhe restara.

— O princípio era bem simples. Em Hesperia, temos terapia de choque para almas que perderam a noção da realidade. A eletricidade acalma a loucura. Bane o Caos do cérebro. Quando percebi que seu xamanismo é apenas loucura do tipo mais extremo, a solução foi fácil. Caos serpenteava por suas mentes até o mundo material. Então tudo o que eu tinha que fazer era *trancá-lo*.

Ela se inclinou à frente. O sangue escorreu outra vez em seu olho esquerdo, mas ela apenas piscou, sem limpá-lo.

— Qual é a sensação? De saber que seus deuses não são nada diante do Arquiteto Divino? Nós dominamos o Dragão. Dominamos a sua suposta Fênix. Sem seus xamãs, seu exército é uma massa não treinada de plebeus idiotas que *jamais*...

— Conquistarão Arlong? — interrompeu Rin. Não deveria ter explodido; deveria ter deixado Petra continuar falando, mas não conseguiu suportar aquela *arrogância de merda*. — A República está acabada. Seu povo fugiu do porto na primeira chance que teve. Você perdeu.

Petra deu uma risada que estava mais para um latido.

— E você acha que *venceu*? A rede da Companhia Cinzenta abrange o mundo. Temos olhos em todos os continentes. E esses pedaços de lixo são apenas protótipos. — Ela chutou os metais distorcidos no chão. — Quando entendi o que fazia Yin Nezha sangrar, enviei minhas anotações para as Torres Cinzentas. A esta altura, eles já aperfeiçoaram meus projetos. A próxima vez em que encontrar um será a última. O Arquiteto trabalha de maneiras misteriosas. Às vezes, ele se mexe devagar. Às vezes, ele faz sacrifícios. — Petra inspirou, trêmula, tossiu e suspirou. — O mundo marcha para a ordem, é inevitável, inexorável. Essa é a intenção dele. A Companhia Cinzenta é maior do que você imagina, e agora temos armas para queimar o Caos do mundo. Você pode me matar, mas não conseguirá nada. Seu mundo como o conhece terminará.

Rin permaneceu em silêncio.

Petra queria provocar Rin, queria que ela perdesse o controle, explodisse de fúria, provasse seu ponto — que, no fim, speerlieses não eram melhores que animais. Durante aquelas semanas na expedição para o norte, Petra sempre mantivera uma placidez calma enquanto fazia Rin gemer e se contorcer e uivar, o controle condescendente de uma mulher que acreditava ser superior de todas as maneiras.

Mas dessa vez era Rin quem tinha o controle. Ela não o desperdiçaria.

Sua intenção inicial era queimar Petra viva. Quando o mensageiro de Miragha chegou ao palácio, Rin teve uma visão imediata e fantástica de Petra gritando e se contorcendo no chão, implorando por misericórdia enquanto as chamas corroíam sua carne branca e pálida.

Mas agora tudo parecia tão banal, tão fácil. Petra não merecia uma morte mundana. Mera tortura corporal não a satisfaria. Rin foi tomada por uma ideia bem melhor, algo tão deliciosamente cruel que parte dela estava surpresa com a própria criatividade.

— Não vou matar você — disse ela com o máximo de calma que conseguiu reunir. — Não merece isso.

Pela primeira vez, o medo perpassou o rosto de Petra.

— Levante-se — ordenou Rin. — Suba na mesa.

Petra permaneceu na cadeira, o corpo tenso, como se tentasse decidir se corria ou resistia.

— *Suba na mesa.* — Rin deixou as chamas ao redor dos ombros ficarem mais altas, parecendo asas por um instante, antes de dispará-las na direção de Petra. — Ou torrarei cada parte do seu corpo. Farei isso devagar, e começarei com a sua garganta, para não ter que ouvi-la gritar.

Tremendo, Petra se levantou, subiu na mesa de exame e se deitou.

Rin procurou as alças. A mão esquerda se atrapalhou com as fivelas, mas ela conseguiu passá-las pelas argolas de metal nas laterais da mesa e puxá-las com força. Petra ficou imóvel o tempo todo. Rin via as veias salientes de sua mandíbula, que ela tensionava com força, tentando esconder o medo. No entanto, quando Rin puxou as alças em volta da cintura de Petra, prendendo seus braços ao lado do corpo, um gemido agudo escapou da garganta da irmã.

— Acalme-se. — Rin deu um tapinha debochado na bochecha dela. De alguma forma, pareceu melhor que um tapa. — Vai acabar logo.

Um ano antes, Petra amarrara Rin nua na mesa e lhe dera um sermão sobre a inferioridade de sua mente, as deficiências de seu corpo e o atraso geneticamente determinado de sua raça. Meses depois, devia ter feito o mesmo com Nezha. Devia ter ficado exatamente onde Rin se encontrava agora, observando com indiferença enquanto um raio percorria o corpo dele, tomando notas meticulosas enquanto seu objeto de estudo se contorcia de dor. Ela provavelmente também lhe ensinara que essa era a intenção do Arquiteto Divino. As humilhações e violações eram necessárias para a marcha lenta e santa em direção à civilização e à ordem.

Agora era a vez de Rin doutrinar.

— Você se lembra da vez em que tirou meu sangue? — Ela acariciou o cabelo de Petra. — Encheu vários potes com ele. Não precisava daquele tanto, mas queria me punir. Estava com raiva porque ansiava por uma prova do Caos, e eu não conseguia mostrar os deuses para você.

Um cheiro pungente preencheu o ar. Rin olhou para baixo e viu um ponto úmido se espalhando pelas roupas de Petra. Ela havia se mijado.

— Não tenha medo. — Rin enfiou a mão no bolso de trás e pegou um sachê de sementes de papoula. — Estou lhe dando o que sempre quis. Vou apresentá-la aos deuses.

Ela abriu o sachê a dentadas, despejou o conteúdo na palma da mão e o enfiou na boca de Petra.

Um soldado poderia ter resistido — prendido a respiração, mordido a mão de Rin com força suficiente para arrancar sangue ou escondido as sementes sob a língua e cuspido no momento em que escapasse. Mas Petra não sabia lutar. A Companhia Cinzenta era intocável em Hesperia, por isso a mulher nunca precisara aprender. Ela se contorceu pateticamente sob o aperto de Rin, mas não conseguiu se libertar. Rin enfiou o cotoco no nariz dela, restringindo o fluxo de ar, até que por fim Petra não teve escolha a não ser abrir a boca e arfar.

Rin viu a garganta dela subir e descer. Então, vários longos minutos depois, viu os olhos da mulher se fecharem enquanto a droga se infiltrava em sua corrente sanguínea.

— Boa menina. — Ela limpou a mão na calça. — Agora nós esperamos.

Rin não sabia ao certo se aquilo funcionaria. Petra não podia nem conceber a existência do Panteão, muito menos como chegar lá. E Rin não era Chaghan. Não podia passar de um plano para o outro arrastando consigo almas, tal qual um pastor.

Mas podia invocar os deuses, e a deusa dela era a da vingança.

Ela arrastou uma cadeira para perto da mesa, sentou-se e fechou os olhos.

A Fênix respondeu de imediato. Parecia achar graça. *Sério, pequenina? Traga-a até mim*, pensou Rin. *E nos leve até seus irmãos.*

A Fênix gargalhou. *Como quiser.*

A escuridão correu ao redor dela. O laboratório desapareceu. Ela se sentiu arremessada para o vazio, espiralando através da ponte em sua mente como uma flecha disparada direto para o céu.

— Onde estamos? — A presença de Petra se revoltou, em pânico. — O que é isto?

Rin podia sentir o medo dela como um maremoto, uma inundação contínua de alienação desenraizada e horrorizada. Era a mesma emoção que Rin sentira na Cidade Nova, levada ao extremo: a chocante constatação de que o mundo não era o que ela pensava, que tudo em que acreditava estava errado.

Petra não estava apenas assustada. Ela desmoronava.

— É divindade — respondeu Rin, alegremente. — Olhe ao redor.

De repente, o Panteão estava visível, um círculo de pedestais que as rodeava como espectadores ao redor de um palco. Os deuses se aproximaram, cruéis e curiosos, sessenta e quatro entidades enfeitiçadas pela presença de uma alma que se negava a reconhecer a presença delas.

— Essas são as forças que constituem nosso mundo — disse Rin. — Elas não têm intenção. Não têm planos secretos e não tendem em direção à ordem. Não querem nada além de ser o que são. E elas não se importam.

Petra murmurou algo baixo e temeroso, algum cântico repetitivo em uma linguagem que quase soava como hesperiano, mas não exatamente. Uma maldição? Uma oração? Fosse o que fosse, o Panteão não se importava. Ao contrário do Criador, o Panteão era real.

— Me leve de volta — implorou Petra. Ela perdera toda a dignidade; perdera toda a fé. Sem seu Criador, fora reduzida a um núcleo perdido e aterrorizado, debatendo-se em busca de algo a que se agarrar. — Me leve...

Os deuses se aproximaram.

O som não existia no plano do espírito, não exatamente. O que Rin percebia como palavras eram pensamentos transmitidos, todos em igual volume apesar da distância ou da intensidade. Rin sabia disso em teoria. Sabia que, ali, ninguém podia de fato gritar. No entanto, a força do desespero de Petra chegou bem perto disso.

— Me leve de volta — pediu Rin à Fênix. — Terminei por aqui.

Ela voltou para o corpo com um sobressalto. Abriu os olhos.

A Irmã Petra estava imóvel na mesa e de olhos arregalados. Suas pupilas disparavam freneticamente de um lado para o outro, perdidas no nada. Rin a observou por um longo tempo, perguntando-se se ela conseguiria encontrar o caminho de volta para o corpo, mas o único movimento que fazia era um ocasional tremor nos ombros. Um murmúrio sufocado escapou da garganta dela.

Rin cutucou o ombro de Petra.

— Como é?

Baba escorria do canto da boca da mulher. Petra balbuciou algo incompreensível e depois ficou em silêncio.

— Parabéns. — Rin deu um tapinha na cabeça dela. — Você enfim encontrou a religião.

CAPÍTULO 32

Em segurança dentro de uma casa cheia de guardas em um dos quartéis, Rin dormiu melhor naquela noite do que em qualquer outra noite de que se lembrava. Não precisou de láudano para ficar inconsciente. Não acordou várias vezes durante a noite, suada e trêmula, esforçando-se para ouvir um ataque de dirigível que havia apenas imaginado. Não viu Altan, o Cike nem Speer. Assim que se deitou, entrou em um sono profundo e sem sonhos, e não acordou até os raios de sol tocarem seu rosto.

Ela tinha vinte e um anos, e aquela era a primeira noite de que se lembrava na qual pôde fechar os olhos sem temer pela vida.

De manhã, ela se levantou, penteou o cabelo com os dedos para desfazer os nós e se encarou diante do espelho. Trabalhou os músculos do rosto até parecer controlada. Segura. Pronta. Líderes não podiam mostrar dúvida. Quando saísse por aquela porta, ela seria a general.

E depois o quê?, perguntou a voz de Altan. *A imperatriz? A presidente? A rainha?* Rin não sabia. Kitay e ela nunca haviam discutido que tipo de regime poderia substituir a República. Inocentes, haviam presumido que a vida no Império poderia voltar ao normal depois que ganhassem.

Mas não havia um normal. No período de um ano, haviam destruído tudo o que era *normal*. Agora não existiam líderes, imperatrizes e presidentes. Apenas um grande, belo e despedaçado país, unido pela reverência a uma única deusa.

Por enquanto, Rin decidiu que seria apenas a General Fang. Ainda não tinha um reino para governar. Não até que os hesperianos fossem derrotados de forma definitiva.

Ela saiu da casa. Cinco guardas esperavam do lado de fora, prontos para acompanhá-la pela cidade. Quando chegaram ao palácio, Rin teve que parar e se lembrar de que não estava sonhando. Desde o início da campanha de Ruijin, passara tanto tempo pensando no que aconteceria se estivesse no comando que parecia surreal que de fato estivesse ali, prestes a tomar o poder.

Não importava que tivesse passado por ali no dia anterior, arrancando artefatos das paredes como se fosse a dona do lugar — porque ela *era* a dona do lugar. O dia anterior tinha sido a tomada de poder, o momento de erradicar os últimos vestígios da autoridade republicana. Agora, era o primeiro dia do restante da história de Nikan.

— Você está bem? — perguntou Kitay.

— Sim — respondeu ela, arfando. — Só... tentando não esquecer tudo isso.

Ela passou pela soleira. Seu coração acelerou. Sentia-se leve, flutuante. As escalas haviam mudado. Os decretos que escreveria no palácio se espalhariam pelo país. As regras que conceberia se tornariam leis.

Da noite para o dia, ela se tornara o mais próximo de uma deusa a que qualquer mortal poderia chegar.

Estou diante da tela, pensou Rin. *E agora tenho o pincel.*

Rin não comandaria a nação a partir do grande e vazio salão do trono — o lugar era cavernoso e intimidador demais —, mas do gabinete de guerra de Vaisra, mobiliado com uma única mesa e várias cadeiras desconfortáveis e duras. Não poderia ter se sentado no trono do palácio; era muito grandioso, assustador, oficial. Ainda não estava pronta para desempenhar o papel de imperatriz. No entanto, sentia-se confortável naquele cômodo apertado e sem decoração. Ela havia lutado campanhas dali antes; parecia a coisa mais natural do mundo fazer isso de novo. Sentada àquela mesa com Kitay à direita e Venka à esquerda, não se sentia uma impostora. Ali era apenas uma versão muito melhor de sua tenda nos acampamentos.

Isto não está certo, disse uma vozinha no fundo da mente dela. *Isto é loucura.*

Mas o que nos últimos dois anos não tinha sido uma loucura? Ela havia arrasado um país, destruído a Trindade e comandado um exército. Para todos os efeitos, ela se tornara uma deusa viva. Se podia fazer tudo isso, por que não poderia governar um país?

Naquela manhã, a primeira coisa na agenda deles era decidir o que fazer com Nezha. Os batedores de Rin relataram que ele havia fugido do país com seus oficiais e conselheiros mais próximos, todos amontoados em toda embarcação mercante e de pesca que a República conseguiu reunir.

— Para onde eles foram? — perguntou Rin. — Ankhiluun? Moag não vai aceitá-los.

Kitay baixou a última página do despacho.

— Um pouco mais a leste.

— Na ilha do arco? — disse ela. — O ar ainda está envenenado lá.

Ele lançou a Rin um olhar estranho.

— Rin, ele está em Speer.

Ela se encolheu, não conseguiu evitar. Então Nezha se refugiara na Ilha Morta.

Fazia sentido. Não podia ir até Hesperia, seria quase o mesmo que se render. No entanto, ele devia saber que não estava seguro em nenhum canto do continente. Se queria ficar vivo, precisava colocar um oceano entre eles.

— Que fofo — disse ela, com o máximo de calma que conseguiu.

Ela sentiu o olhar de Kitay e Venka sobre si, mas não podia deixá-los pensar que estava abalada. Nezha certamente escolhera Speer para irritá-la. Rin podia ouvir a provocação na voz dele. *Você pode ter tudo, mas eu tenho seu lar. Tenho o último pedaço de território que não controla.*

Ela sentiu sim uma faísca de irritação, uma pontada de humilhação nas costas, onde um dia ele enfiou uma lâmina. Mas foi só isso. Nada de medo ou pânico. Escapar para Speer foi um movimento irritante da parte dele, mas também seu último sinal de fraqueza. Nezha não tinha mais cartas na manga. Perdera capital e frota. Governava uma República apenas no nome e fora relegado a uma ilha amaldiçoada e ressecada onde quase nada crescia. Tudo o que podia fazer era provocar.

Além disso, de acordo com os despachos, ele havia perdido o apoio de seus aliados. Os hesperianos não o ouviam mais. O Consórcio escolhera abandoná-lo.

— Ele não recebe apoio desde a queda de Arlong — relatou Venka. — E os hesperianos tiraram a autoridade dele de comandar as tropas terrestres. Agora, ele só tem a infantaria nikara à sua disposição, e um terço dela desertou depois de Arlong. — Ela tirou os olhos do relatório. — Impressionante. Você acha que o Consórcio acabou?

— Talvez por enquanto... — começou Kitay, no mesmo momento em que Rin disse:

— De jeito nenhum.

— Eles retiraram todas as tropas — disse Kitay.

— Vão voltar — contrapôs Rin.

— Talvez daqui a uns meses — disse Kitay. — Mas acho que sofreram mais perdas do que...

— Não importa — retrucou Rin. — Voltarão assim que possível. Podem levar dias ou semanas. Mas eles vão retaliar, com força, e precisamos estar preparados. Eu contei o que Petra disse. Eles não nos veem apenas como obstáculos para o comércio. Eles nos consideram uma ameaça existencial. E não vão parar até nos reduzirem a pó.

Ela olhou ao redor da mesa.

— A luta ainda não acabou. Vocês entendem isso, não? Eles não pediram um cessar-fogo. Não enviaram diplomatas. Não temos paz, temos apenas uma trégua, e não sei quanto tempo durará. Não podemos ficar sentados esperando. Temos que atacar primeiro.

Se as coisas fossem do jeito que Rin gostaria, o resto do dia teria sido destinado à remobilização militar. Ela queria abrir vagas para alistamento, montar campos de treinamento para saquear Arlong em busca de tecnologia militar hesperiana e ensinar a suas tropas como usá-la.

Ainda assim, a prioridade precisava ser a reconstrução civil, pois exércitos eram abastecidos por cidades, e a cidade estava prestes a desmoronar.

Então eles se dedicaram a reconstruir Arlong o mais rápido possível. Equipes de trabalho foram enviadas para as praias para realizar operações de resgate nos assentamentos que o Dragão havia inundado. Centros de triagem foram abertos em toda a cidade para tratar civis feridos na batalha e na ocupação que se seguiu. Filas se formavam diante das cozinhas públicas e se estendiam ao longo dos canais, alimentando multidões.

A governança exigia habilidades muito diferentes das empregadas para comandar um exército, e Rin nem de longe as dominava. Não tinha qualquer conhecimento sobre administração civil, mas de repente um milhão de tarefas mundanas exigiam sua atenção imediata. Realocação de civis cujas casas estavam submersas. Aplicação da lei contra saques e pilhagens. Encontrar cuidadores para crianças cujos pais estavam mortos ou desaparecidos. Restaurar a cidade a um nível mínimo de funcionalidade seria uma tarefa hercúlea, e sua dificuldade era agravada pelo fato de que a maioria dos funcionários públicos estava morta, presa ou havia fugido com Nezha para Speer.

Rin ficou chocada por conseguirem fazer algo. Ela certamente não teria passado por aquela primeira manhã sem Kitay, que parecia inabalável diante da impossibilidade da missão, que calmamente convocava funcionários e designava responsabilidades como se soubesse onde tudo estava e o que precisava ser feito.

Mesmo assim, aquela manhã não pareceu real, e sim um sonho. Era *absurdo* o fato de que os três governavam a cidade. A mente de Rin alternava entre uma convicção arrogante de que estava tudo bem, de que estavam dando conta e fazendo um trabalho melhor do que qualquer governança corrupta de Arlong já fizera, e o medo paralisante de que não eram qualificados para tudo aquilo. Afinal, eram apenas *soldados*, jovens que não haviam chegado nem a se graduar em Sinegard, e tão despreparados para a tarefa de governar aquela cidade que Arlong entraria em colapso a qualquer instante. Apesar da competência impressionante de Kitay, os problemas apenas se acumulavam. No momento em que resolviam uma questão, recebiam relatórios de mais doze. Tentavam tampar uma represa com as pontas dos dedos enquanto a água explodia ao redor deles. Rin temia que, se perdessem o foco por apenas um minuto, eles se afogariam.

No meio da manhã, ela queria se encolher e gritar *não quero isso, não posso fazer isso*, e depois entregar suas responsabilidades para um adulto.

Mas você quis lutar esta guerra, Altan a lembrou. *Você queria estar no comando. E agora está aqui. Não ferre tudo.*

No entanto, toda vez que organizava os pensamentos, Rin se lembrava de que não era apenas o destino de Arlong que estava em jogo. Era o do país.

E os problemas de Arlong não eram nada em comparação com o que estava acontecendo no resto de Nikan. A República se saíra pior do que o esperado. Todas as províncias sofriam com falta de grãos. O comércio de gado não existia, já que fora destruído pela invasão mugenesa, e a guerra civil que se seguira não dera espaço para recuperação. O peixe, item básico no sudeste, estava em falta desde que Daji envenenara os rios havia um ano. As taxas de doenças infecciosas disparavam. O país inteiro sofria com epidemias de tifo, malária, disenteria e — em um vilarejo remoto na Província do Rato — casos sem precedentes de lepra. Essas doenças afetavam as populações rurais em um cronograma cíclico. Além disso, o tumulto da guerra desalojara comunidades inteiras e forçara massas de pessoas a habitar espaços menores e lotados. Consequentemente, as infecções explodiram. A medicina hesperiana ajudara até certo ponto, mas não estava mais disponível.

E havia as consequências normais da guerra. Desalojamento em massa. Crescimento da bandidagem. Rotas de comércio que não eram mais seguras; economias inteiras que pararam de funcionar. O fluxo normal de produtos, o que mantinha o Império funcionando, parara de funcionar e levaria meses, se não anos, para ser restaurado.

Rin não saberia da metade desses problemas se não fosse pelos papéis particulares de Nezha — uma pilha de relatos organizados e surpreendentemente abrangentes de todos os pedidos de assistência ao governo nos últimos seis meses, mantidos com extremo cuidado e numa caligrafia elegante e estranhamente feminina. Rin os achou muito úteis. Passou horas examinando os pergaminhos, anotando as reflexões de Nezha e as soluções sugeridas por ele. Ali estavam os pensamentos de alguém que fora treinado para ser um estadista desde que aprendera a ler. Um número preocupante das propostas dele era melhor do que qualquer coisa em que Kitay ou ela pudesse ter pensado.

— Não acredito que ele deixou tudo isso para trás — disse Rin. — Não são tão pesados. Ele poderia ter causado um dano bem maior ao levá-los. Você acha que é algum tipo de sabotagem?

Kitay não parecia convencido dessa hipótese.

— Talvez.

Não, os dois sabiam que não era verdade. As anotações eram detalhadas demais, compiladas por meses de governança difícil. E muitos dos avisos de Nezha — a importância da reconstrução da represa, da gestão vigilante do tráfego do canal — mostraram-se fundamentais.

— Talvez ele estivesse tentando ajudar — sugeriu Kitay. — Ou pelo menos quisesse reduzir ao máximo os desastres da cidade.

Rin odiou essa alternativa. Não queria dar crédito a Nezha por essa generosidade. Isso pintava uma imagem diferente dele — não a de um cruel e oportunista lambe-botas dos hesperianos com quem vinha lutando durante a campanha, mas sim a de um líder que dava o seu melhor. Isso a fez pensar no menino cansado na cela. No menino assustado no rio.

Tornava bem mais difícil se concentrar em planejar a morte dele.

— Não importa — disse ela, curta e grossa. — Nezha não governa esta cidade, muito menos o país. Esses problemas são nossos agora. Me dê aquela página.

A tarde já estava no fim quando pararam para a refeição do meio do dia, e apenas porque o estômago de Kitay começou a roncar tão alto que se tornou uma distração. Rin estivera tão absorta nos documentos de Nezha que se esquecera da fome, até que um jovem oficial colocou pratos de pães de cebolinha cozidos no vapor, peixe cozido com pimenta e repolho refogado diante deles.

Isso despertou o apetite de Rin.

— Espere — disse Kitay assim que Rin tentou pegar um pãozinho. — Quem cozinhou isto?

— Os funcionários do palácio — respondeu o oficial que trouxera a comida.

— Eles ainda estão trabalhando nas cozinhas? — perguntou Venka.

— Você disse para manter todos os funcionários do palácio em seus cargos se eles quisessem desertar — disse o oficial. — Temos certeza de que a comida é segura. Guardas os vigiaram enquanto eles a preparavam.

Rin olhou para a variedade de pratos, maravilhada. Até então, ela não tinha se dado conta de que governava Nikan. *Ela governava Nikan*, o que significava não só responsabilidades como também privilégios. Ela tinha toda a equipe do palácio à sua disposição. Nunca mais precisaria cozinhar as próprias refeições.

Mas Kitay não parecia tão feliz. Assim que ela levou um pedaço de peixe à boca, ele deu um tapa nos palitinhos de sua mão.

— Não coma isso.

— Mas ele disse...

— Não ligo para o que ele disse. — Ele abaixou a voz para que o oficial não ouvisse. — Você não sabe quem cozinhou isso. Não sabe como chegou aqui. E certamente não pedimos almoço, o que significa que os funcionários da cozinha mudaram de lado rápido demais ou alguém está interessado em nos alimentar.

— General? — O oficial estava apreensivo. — Há algo que você...?

— Nos traga um animal — ordenou Kitay.

— Senhor?

— De preferência um cachorro ou um gato. O primeiro animal que encontrar serve. Seja rápido.

O oficial voltou vinte e cinco minutos depois com uma criatura pequena, felpuda e branca de orelhas pontudas, a cabeça pesando sob o peso de uma coleira ornamentada de ouro e jade. A raça devia ter sido bem popular com a aristocracia nikara, pensou Rin. Lembrava muito os filhotes que um dia vira na propriedade de Kitay.

O amigo pareceu perceber isso também. Ele se encolheu quando os oficiais colocaram o cão no chão.

— Os servos disseram que era de Saikhara — disse o guarda. — Chama-se Binbin.

— Deuses — murmurou Venka. — Não nos conte o nome dele.

Acabou rápido. O cachorro comeu com voracidade o peixe cozido, mas mal deu duas mordidas antes de começar a ganir.

Kitay avançou, mas Rin o conteve.

— Ele pode morder.

Eles permaneceram sentados, observando o cachorro cair no chão, trêmulo. Suas patas dianteiras atarracadas arranhavam a barriga inchada, como se tentassem arrancar algum parasita que roía suas entranhas. Aos poucos, seus movimentos ficaram fracos, depois apáticos.

Ele choramingou uma vez e ficou em silêncio. Pareceu levar uma eternidade para parar de se contorcer.

Rin sentiu uma violenta onda de náusea. A fome passara.

— Prendam a equipe da cozinha — disse Kitay calmamente. — Detenham todos em cômodos separados e os mantenham isolados até que possamos interrogá-los.

— Sim, senhor.

O oficial saiu. A porta bateu. Kitay se virou para Venka.

— Pode ter sido...

— Eu sei — cortou Venka. — Vou cuidar disso.

Ela se levantou, pegou seu arco na mesa e saiu, provavelmente para ver se o oficial cumpriria as ordens de Kitay ou fugiria.

Ele e Rin ficaram sentados em um silêncio atordoado. A calma temporária de Kitay havia evaporado — ele olhava para os pratos, piscando rápido e com a boca entreaberta, como se não soubesse o que dizer. Rin também se sentia perdida em uma névoa de pânico. A traição tinha sido tão repentina, tão inesperada, que seu pensamento dominante era a fúria por tamanha *estupidez*, por aceitar comida da cozinha sem nem mesmo parar para pensar.

Alguém tentara matá-la. Alguém tentara matá-la da maneira mais óbvia possível, e quase conseguira.

Foi quando ela percebeu que jamais poderia se sentir segura no próprio escritório.

A porta se abriu. Rin teve um sobressalto.

— O que foi?

Era um mensageiro. Ele hesitou, absorvendo o semblante perturbado dos dois, e então ergueu um pergaminho na direção de Rin.

— Tem, hã, uma missiva.

— De quem? — perguntou Kitay.

— Está selado com a Casa de...

— Traga aqui — disse Rin, brusca. — Depois saia.

Assim que a porta se fechou, ela rasgou o pergaminho com os dentes. Não sabia por que seu coração batia tão forte, por que de repente sentiu uma onda de temor e exasperação. Nezha tinha *perdido*, fugido para tão longe no oceano que não poderia lhe oferecer qualquer perigo.

Acalme-se, pensou Rin. *Ele não é nada. Isso não é nada. Só uma formalidade de um inimigo derrotado.*

Oi, Rin. Espero que esteja gostando do palácio. Ficou com meus antigos aposentos?
Você já deve ter percebido a essa altura que o país está afundado em merda. Deixa eu adivinhar: Kitay passou a manhã inteira analisando os relatórios agrícolas. Ele deve estar enlouquecendo com tantas inconsistências. Uma dica: os magistrados mais inteligentes sempre subnotificam seus rendimentos de colheita para obter mais subsídios. Ou pode ser que estejam morrendo de fome. Difícil, hein?

— Esse merdinha arrogante — murmurou Rin.

— Espere. — Kitay já estava na segunda página. Ele leu o final da página, franziu a testa e entregou-a para Rin. — Continue lendo.

A equipe da cozinha é boa, mas você vai descobrir que vários dos funcionários são bem leais à minha família. Espero que não tenha comido o almoço.

A boca de Rin ficou seca. Ele não podia saber daquilo. *Como* ele sabia?

Não puna todos. Será ou o cozinheiro-chefe, Hairui, ou o assistente dele. Os outros não têm coragem. Quero dizer, conhecendo você, provavelmente já jogou todos na prisão. Mas pelo menos deixe Minmin e o Pequeno Xing na cozinha. Eles fazem pãezinhos excelentes. E você gosta de pãezinhos, não é?

Ela baixou o olhar. De repente, respirar ficou difícil. As paredes pareciam se fechar ao seu redor, como se não houvesse oxigênio suficiente no ar.

Alguém está nos espionando.

— Nezha não está em Speer — declarou ela. — Ele está *aqui*.

— Impossível — disse Kitay. — Nossos batedores o viram ir embora...

— Isso não quer dizer nada. Pode ter voltado. Ele controla a droga da água, Kitay! Você não acha que ele pode ter viajado rio acima em uma noite? Ele está *nos observando*...

— Ele não teria para onde ir — disse Kitay. — Seria suicídio. O quê? Você acha que ele está escondido em uma cabana em algum lugar da cidade? Espiando por trás de esquinas?

— Ele sabe dos armazéns. — O tom de voz de Rin ficou muito alto. — Ele sabe dos malditos *cozinheiros*! Kitay, como ele ia saber essa *porcaria toda* se não estivesse...

— Porque é o palpite mais fácil do mundo — disse Kitay. — E ele sabe dos armazéns porque é o mesmo problema que estava enfrentando há meses. Até chegarmos, alimentar este país era problema *dele*. Ele não está espionando você. Está tentando fazer jogos mentais com você. Não deixe Nezha vencer.

Rin olhou para ele, incrédula.

— Acho que você está dando muito crédito à capacidade dele de fazer suposições.

— E acho que você está superestimando a vontade dele de morrer — disse Kitay. — Ele não está se escondendo na cidade. Isso seria suicídio. Ele tem batedores, sim, mas estamos na merda da capital dele. Claro que as pessoas darão notícias a ele.

— Então ele *vai saber*...

— Sim, ele vai saber. Temos que agir considerando que Nezha tem uma boa ideia do que estamos planejando. Isso é inevitável em regimes de governo. Você não pode manter suas operações em segredo por muito tempo, porque há pessoas demais envolvidas. No fim das contas, não importa. Temos nossas vantagens. Você não pode desperdiçá-las perdendo o juízo.

Trêmula, Rin se forçou a respirar com calma e a se recompor. Aos poucos, seu pulso diminuiu. A escuridão que se esgueirava nos cantos de sua visão desapareceu. Rin fechou os olhos com força, tentando organizar os pensamentos, tentando entender o problema.

Ela sabia que tinha inimigos em Arlong. Soubera disso desde o início. Não teve escolha a não ser pedir a muitos dos ex-funcionários que permanecessem em suas funções, porque não havia pessoal qualificado para ocupar seus cargos. Rin não tinha noção de como governar um país, então teve que contratar republicanos que sabiam. Todos haviam desertado para o regime dela, é claro, mas quantos deles estariam conspirando em segredo contra ela? Com quantos Nezha ainda se correspondia? Quantas pequenas armadilhas deixara para trás?

A respiração de Rin acelerou novamente. O pânico voltou e sua visão escureceu. Ela sentiu um pavor sussurrante e rastejante, um formigamento sob a pele, como se um milhão de formigas cobrissem seu corpo.

A sensação não passou. Persistiu ao longo da tarde, mesmo depois que interrogaram os funcionários da cozinha e executaram o cozinheiro-chefe. Ficou mais forte até se tornar uma agitação de sintomas: uma fadiga debilitante, uma dor de cabeça latejante que crescia conforme os olhos dela ficavam exaustos, buscando sombras que não existiam.

O palácio não parecia mais um parquinho vazio. Parecia uma casa de escuridão infinita, povoada por milhares de inimigos que Rin não podia ver nem antecipar.

— Eu sei — disse Kitay, toda vez que ela expressava seus medos. — Estou com medo também. Mas isso é governar, Rin. Tem sempre alguém que não quer você no trono. Mas precisamos seguir em frente. Não podemos soltar as rédeas. Não há mais ninguém para fazer isso.

Os dias se arrastavam. No entanto, aos poucos, a questão da administração da cidade deixou de parecer um sonho febril e começou a parecer mais um dever rotineiro. Eles acordavam uma hora antes do nascer do sol, examinavam relatórios de inteligência durante as primeiras horas da manhã, gastavam a tarde verificando os projetos de reconstrução que haviam iniciado e controlavam os problemas que surgiam ao longo do dia.

Não fizeram Arlong voltar ao normal. Nem um pouco. A maior parte da população civil ainda estava desalojada, acampada em barracos improvisados no mesmo terreno onde antes Vaisra havia encurralado todos os refugiados do sul. A escassez de alimentos ainda era um problema. As cozinhas comunitárias sempre ficavam sem comida muito antes de todos na fila serem servidos. Não existiam provisões suficientes e Rin não fazia ideia de onde poderiam extrair mais em curto prazo. Sua melhor esperança era esperar pelas missivas de Moag e que ela pudesse converter barcos cheios de antiguidades de Nikan em grãos hesperianos contrabandeados.

No entanto, de alguma forma, conforme os dias se transformavam em semanas, seu controle sobre a cidade parecia se estabilizar. A administração civil, composta por soldados do sul inexperientes e funcionários republicanos que precisavam ser vigiados o tempo todo, tornou-se semifuncional e autossustentável. Algo que lembrava ordem foi restaurado na cidade. Brigas e revoltas não mais aconteciam nas ruas. Todos os soldados republicanos que não haviam fugido pararam de tentar causar problemas ou foram presos. Arlong não tinha recebido o sul de braços abertos, mas enfim parecia ter aceitado o novo governo.

Aqueles pareciam sinais de progresso. Ou, pelo menos, essa era a mentira que Rin e Kitay contavam a si mesmos, para evitar enfrentar a constatação esmagadora de que eram crianças despreparadas e desqualificadas fazendo malabarismos com um edifício imponente que poderia desabar a qualquer momento.

Rin, Kitay e Venka sempre ficavam enfiados no gabinete de guerra até muito depois do pôr do sol. Enquanto a lua subia no céu, eles deixavam de se debruçar sobre a mesa para sentar no chão e deitar ao lado da lareira, bebendo garrafas de licor de sorgo recuperadas das adegas particulares de Vaisra, todo o trabalho deixado de lado.

Os três começaram a beber religiosamente. Era como uma compulsão. No final do dia, o álcool parecia tão necessário quanto comer ou beber água. Era a única coisa que aliviava o estresse debilitante que martelava em suas têmporas. Nesses momentos, experimentavam o oposto da ansiedade. Na privacidade daquela sala, tornavam-se temporariamente megalomaníacos. Fantasiavam sobre tudo o que mudariam no Império assim que o colocassem em ordem. O futuro estava cheio de castelos de areia, perspectivas frágeis a serem destruídas e reconstruídas como quisessem.

— Baniremos o casamento infantil — declarou Rin. — Será ilegal arranjar casamentos até que os envolvidos tenham pelo menos dezesseis anos. Tornaremos a educação obrigatória. E vamos precisar de oficiais nas escolas, claro...

— Você vai reintegrar Sinegard? — perguntou Venka.

— Não em Sinegard — respondeu Kitay. — Aquele lugar tem história demais. Construiremos uma nova escola, em algum lugar no sul. E vamos refazer todo o currículo. Mais ênfase em Estratégia e Linguística, menos em Combate...

— Você não pode se livrar de Combate — interrompeu Venka.

— Podemos nos livrar de Combate da forma como Jun o ensinava — sugeriu Rin. — Artes marciais não pertencem ao campo de batalha, pertencem a um palco de ópera. Temos que ensinar um currículo feito para a guerra moderna. Artilharia, arcabuzes, canhões... a gama toda.

— Quero uma divisão de dirigíveis — disse Venka.

— Arrumaremos uma para você — jurou Kitay.

— Quero uma dúzia. Todos equipados com canhões de última geração.

— Como quiser.

Conforme a noite avançava, as ideias sempre passavam de ousadas a fantasiosas e então a simplesmente absurdas. Kitay queria lançar um conjunto padronizado de ábacos porque contas do tamanho de ervilhas, segundo ele, faziam ruídos melhores. Venka queria proibir os ornamentos de cabelo intrincados e pesados exigidos por mulheres da aristocracia, porque cansavam o pescoço, bem como o toucado preto de aba dupla preferido pelos burocratas do norte, porque ela os considerava horrendos.

Essas últimas propostas eram triviais, então não valiam o tempo deles. Mas lançar ideias como se tivessem o poder de transformá-las em realidade ainda os animava. E então os três se lembravam de que *tinham* esse poder. Eram donos do país, e a população faria o que mandassem.

— Quero que todas as academias de estudiosos sejam gratuitas — disse Rin.

— Quero que a punição para estupro seja a castração — disse Venka.

— Quero que múltiplas cópias de todos os textos antigos sejam disseminadas em todas as melhores universidades, para que o conhecimento nunca se perca — exigiu Kitay.

E eles poderiam ter tudo. Porque dane-se... estavam no comando agora. Estavam sentados no trono em Arlong, e o que diziam era *lei*.

— Sou a força da criação — murmurou Rin enquanto encarava o teto e o via girar. O licor de sorgo de Vaisra queimava doce e azedo em sua língua; ela queria beber mais, só para sentir seu interior incendiar. — Sou o fim e o começo. O mundo é uma pintura e eu tenho o pincel. Sou uma deusa.

No entanto, a manhã sempre chegava e, junto às intensas dores de cabeça causadas pelas indulgências da noite anterior, voltavam a exaustão, a exasperação e o desespero crescente que acompanhavam a tentativa de consertar um país que havia passado a maior parte de sua história em guerra.

Ao que parecia, cada progresso que faziam em Arlong era sempre desfeito por más notícias do restante do país. O número de roubos tinha crescido. As epidemias estavam se agravando. Vazios de poder surgiram nas províncias do sudeste que o exército de Rin havia conquistado e, como ela não tinha tropas suficientes para consolidar seu regime em todo o país, uma dúzia de bolsões rebeldes estavam se formando, os quais ela mais tarde teria que reprimir.

A maior emergência era comida. Naquele instante, estavam discutindo a questão no gabinete de guerra. A escassez de grãos era o assunto de todas as missivas que recebiam das cidades periféricas, era a causa de quase todos os tumultos que as tropas de Rin tinham que conter. Até então, Arlong havia sido alimentada por remessas regulares de suprimentos hesperianos, mas estas também tinham acabado.

Mesmo Kitay não conseguiu encontrar uma solução. Malabarismos, diplomacia ou reorganização inteligente... nada poderia mascarar o fato de que os estoques de grãos simplesmente não existiam ali.

Moag, que havia sido a melhor opção de Rin, enviou de volta uma breve carta, acabando com as esperanças da governante.

Não dá, speerliesazinha. Não consigo tanto grão assim em tão pouco tempo. E os tesouros de Arlong não estão rendendo muito no mercado agora. Primeiramente, é difícil passá-los pelo embargo quando são tão obviamente nikaras. Segundo: os artefatos da família Yin perderam bastante valor, e você sabe o motivo. Continue procurando. Tenho certeza de que encontrará algo que eles desejem.

A vantagem perversa da fome iminente era o aumento no número de alistamentos, já que os recrutas do Exército eram os únicos que recebiam duas porções completas de comida por dia. Mas, é claro, quando isso se tornou de conhecimento geral, brigas e protestos começaram a se espalhar pelos quartéis diante da aparente injustiça.

Isso era uma boa metáfora para suas frustrações com a cidade, pensou Rin. Por que o exército *não deveria* ter prioridade? As forças de defesa eram essenciais, agora mais do que nunca. Por que ninguém enxergava isso?

Cada reunião interminável, cada conversa que tinham para falar de como alimentar a cidade, parecia cada vez mais enervante. Rin só conseguia pensar que tudo aquilo era uma mera distração. Que estava perdendo tempo tentando restaurar a funcionalidade de um país quebrado, quando o que deveria ter sido priorizado era a consolidação da vitória.

Ela estava tão perto do fim que quase podia sentir seu gosto.

Mais uma campanha. Mais uma batalha. Então ela seria a única restante, sentada em seu trono no sul, preparada para reconstruir o país destruído como bem entendesse.

Mas aquilo não se tratava de suas ambições pessoais. Trava-se de uma ameaça iminente na qual ninguém mais parecia reparar, um perigo muito mais assustador do que a fome.

Os hesperianos voltariam.

Por que não o fariam? E por que não atacariam agora, quando sabiam que o regime incipiente de Rin estava em terreno tão instável? Se Rin liderasse os hesperianos, chamaria dirigíveis adicionais e lançaria um contra-ataque assim que pudesse, antes que os nikaras pudessem reconstruir seu exército.

As forças de artilharia de Rin não eram capazes de derrubar dirigíveis. Pior: agora que Cholang e suas tropas haviam voltado para a Província do Cachorro, ela tinha apenas metade de seus números originais. Estava sem xamãs ofensivos; a Trindade morrera, Dulin e Pipaji também. Ela não tinha nada além do fogo para deter o ocidente, e não sabia se isso era suficiente.

Em seus sonhos, ela passou a ver os dirigíveis de novo, uma horda sibilante que tomava os céus a perder de vista. Eles desciam com potência total pelo litoral de Nikan, circulando o ar acima dela. Rin via o rosto dos pilotos: olhos azuis pálidos e demoníacos que riam dela enquanto miravam os canhões em sua direção.

E, antes que ela pudesse erguer os braços para o céu, eles abriam fogo. O mundo explodia em terra e chamas laranja. E, apesar de sua bravata, tudo o que Rin conseguia fazer era ficar ajoelhada no chão, cobrir a cabeça com os braços e esperar que a morte chegasse logo.

— Rin. — Kitay a balançou pelos ombros. — *Acorde.*

Ela sentiu gosto de sangue na boca. Havia mordido a língua? Ela virou de lado, cuspiu e se encolheu ao ver a mancha carmesim nos lençóis.

— O que foi? — perguntou, de repente com medo. — Aconteceu alg...

— Não aconteceu nada — disse ele, e mostrou o lábio. O interior de sua boca estava com pequenos machucados. — Mas você está me machucando.

— Deuses. — Rin sentiu uma pontada de culpa. — Desculpe.

— Tudo bem. — Kitay esfregou a bochecha e bocejou. — Só... tente voltar a dormir.

Então ela se deu conta de como ele parecia cansado, pequeno, fraco, tão diferente da personalidade confiante e firme que adquiria durante o dia.

Isso a assustou. Parecia uma prova física de que tudo aquilo era, no fim das contas, uma farsa. Que eram postulantes ao trono, fingindo competência, enquanto a vitória escapava de seus dedos.

O Império estava se fragmentando. Seu povo estava morrendo de fome. Os hesperianos retornariam e nada poderia detê-los.

Ela tocou os dedos dele.

— Kitay.

Ele apertou a mão dela. Parecia tão jovem. Parecia tão assustado.

— Eu sei.

Para piorar, as cartas não paravam de chegar.

Eram implacáveis. Nezha, ao que parecia, tentava começar uma guerra psicológica usando apenas uma torrente de pergaminhos. Eles apareciam do lado de fora dos aposentos dela. No meio de seus relatórios de inteligência. Não paravam de aparecer junto às refeições. Rin mudara a equipe da cozinha tantas vezes que a qualidade da comida piorara. Contudo, todo dia ao meio-dia um pergaminho aparecia sob sua tigela de mingau.

Certa manhã, uma carta apareceu em seu travesseiro, e Rin imediatamente comandou uma caçada na tentativa de encontrar o mensageiro.

No entanto, uma busca minuciosa em todo o quartel não revelou pista alguma. Depois, ela parou de tentar erradicar entregadores suspeitos — isso exigiria a substituição de quase toda a equipe — e começou a extravasar rasgando e queimando os pergaminhos de Nezha.

Mas só depois de lê-los.

Ela sempre tinha que lê-los primeiro.

Deveria tê-los queimado sem olhar — sabia que ler aquelas cartas significava apenas que estava entrando no jogo dele. Mas não conseguia evitar. Tinha que saber o que Nezha sabia.

Nunca conseguia definir o tom delas. Às vezes, zombavam e eram condescendentes. Nezha sabia que Rin não tinha aptidão para governar, e gostava disso. Mas às vezes os documentos eram de fato úteis.

Lao Ho é um bom homem para supervisionar a cobrança de impostos regionais, caso ainda não tenha jogado ele na prisão. E diga a Kitay que, por mais que ele queira reorganizar os sistemas de rotulagem dos antigos anais da biblioteca, mantemos eles assim por um motivo. Os primeiros numerais sinalizam relativa importância, não o tamanho do pergaminho. Não deixe que ele se confunda.

Nezha costumava alternar entre escrever provocações e fornecer informações importantes e precisas. Rin não conseguia entender o que estava acontecendo na mente dele. Era só um jogo? Nesse caso, estava funcionando — as provocações redobravam suas frustrações, a deixavam furiosa por seus erros serem tão visíveis que chegavam até Nezha; os conselhos eram ainda mais torturantes, porque Rin nunca sabia se devia aceitá-los, e passava tanto tempo questionando as dicas, tentando descobrir os motivos ocultos de Nezha, que executava menos tarefas do que se nunca tivesse lido as cartas.

Nezha sempre terminava as cartas com a mesma oferta.

Venha para a mesa de negociação. Os hesperianos sempre produzem grãos excedentes — eles têm máquinas que plantam por eles e condições de fornecer alimentos. Só faça algumas concessões e conseguirá.

A proposta nunca soava mais atrativa. Quanto mais cartas chegavam, mais prepotentes elas ficavam.

Fique com seus grãos, Rin queria responder. *Prefiro engasgar a deixar você me alimentar. Prefiro morrer de fome a pegar qualquer coisa das suas mãos.*

Mas Rin reprimia o impulso. Se enviasse alguma resposta a Nezha, ele saberia que ela lia todas as cartas.

Mas ele devia saber, de qualquer forma. Cada missiva era muito onisciente. Nezha identificava com clareza os problemas que estavam enfrentando, como se estivesse ao lado dela e de Kitay na sala de guerra. Rin sabia que ele estava tentando deixá-la paranoica, mas *funcionava*. Ela não se sentia mais segura no próprio quarto. Não conseguia descansar — Kitay e ela tiveram que começar a dormir em turnos outra vez, protegendo um ao outro na mesma cama. Do contrário, ela ficava ansiosa demais até mesmo para fechar os olhos.

Onde quer que estivesse, Rin mal conseguia se concentrar. Seus olhos estavam muito ocupados procurando por espiões ou assassinos. Ela passava os dias enclausurada na sala de guerra porque era o único lugar onde se sentia segura, com sua única janela três andares acima e sua única porta guardada por uma dúzia de soldados escolhidos a dedo.

— Você precisa parar de ler essas cartas — disse Venka.

Rin estava com a última missiva, encarando os caracteres até que começassem a queimar suas pálpebras, como se fosse conseguir decifrar as intenções de Nezha se os encarasse por tempo suficiente.

— Largue isso, Rin. Ele está brincando com você.

— Não, ele não está. — Ela apontou. — Olhe. Ele sabe que tentamos contrabandear grãos de Moag. Ele *sabe*...

— Claro que sabe — disse Venka. — É um palpite óbvio. O que mais tentaríamos? Você está deixando ele vencer quando lê as cartas. Nezha está brincando com você porque está exilado numa ilha no fim do mundo e não pode fazer nada além de gritar por atenção...

— *Gritar por atenção.* — Rin baixou o pergaminho. — Que frase interessante.

Houve um silêncio estranho. Kitay ergueu o olhar de uma pilha de relatórios de comércio, intrigado.

Venka franziu a testa.

— Como é?

Por um momento, Rin apenas a encarou sem transparecer qualquer emoção, a mente girando para decifrar a conclusão a que chegara.

Rin tinha acabado de ler aquelas palavras na caligrafia de Nezha, e elas haviam ficado em sua mente por formarem uma expressão muito específica:

Tenho certeza de que você pensa que estou apenas gritando por atenção, mas dê uma olhada nos livros e saberá que estou certo.

Essas palavras não estavam em nenhuma das cartas anteriores de Nezha. Rin teria se lembrado. E Venka ainda não tinha lido a que estava em sua mão, a menos que...

A *menos que*...

A sala pareceu escurecer. Rin semicerrou os olhos.

— Como sabia que Nezha ia fazer um cerco em Xuzhou?

— Como assim? — retrucou Venka, visivelmente nervosa.

— Responda.

— Interceptamos os mensageiros deles, eu contei isso...

— Você é muito boa nisso — disse Rin.

Ela viu os músculos do rosto de Venka se mexerem, como se não conseguisse decidir se sorria ou aceitava o elogio. Ela parecia assustada. Isso significava que estava mentindo? Tinha que estar... Que outro motivo ela tinha para ter medo?

— Responda mais uma coisa. — Rin se levantou. — Como acha que Nezha sabia que estávamos tentando alcançar a Trindade?

A boca de Venka se mexeu sem emitir som. Então ela disse:

— Não estou entendendo.

— Acho que está. — Rin deu um passo na direção dela. Seus ouvidos doíam. Ela falou baixo. — Você sabe quantas pessoas sabiam do plano? Cinco. Kitay, o Mestre Jiang, a Víbora, você e eu.

Venka deu um passo para trás.

— Eu não sei o que...

— Rin — interrompeu Kitay. — Não faça isso. Vamos conversar... Rin o ignorou.

— Tenho outra pergunta. — Ela não daria a Venka a chance de organizar os pensamentos, de preparar uma explicação. Queria lançar todas as suas suspeitas de uma vez, construir um caso de todos os ângulos até que Venka cedesse à pressão. — Por que não nos contou que Nezha ia bombardear Tikany?

Venka a encarou com um olhar incrédulo.

— Como eu saberia disso?

— Você nos fez pensar que estávamos seguros quando tomamos a Colmeia — disse Rin. — Você me disse que Nezha não estava próximo para lançar um ataque sulista. Você afirmou que ele estava doente.

— Porque ele *estava*! — A voz de Venka estava aguda. — Todo mundo estava falando disso! Eu não inventaria isso...

Kitay agarrou o cotovelo de Rin.

— *Chega...*

Rin se desvencilhou dele.

— Mesmo assim, duas semanas depois, ele estava em Tikany... milagrosamente curado. Responda, Venka: por que eles deixaram você viva na Bigorna? O Exército Sulista estava sob cerco havia seis meses, mas você saiu tranquilamente. Por quê?

As bochechas de Venka ficaram de um branco pálido e furioso.

— Isso é mentira.

— Responda à pergunta.

— Você acha que sou uma espiã? *Eu?*

— Por que saiu de Arlong naquela noite? — pressionou Rin.

Venka ergueu as mãos.

— *Que noite?*

— Em Arlong. A noite em que escapamos. Todos tínhamos motivos para ir, todos estávamos fugindo para sobreviver, menos você. Ninguém estava atrás de você. Então por que saiu?

— Tá de brincadeira comigo? — gritou Venka. — Fui embora por *você*.

— E por que faria isso? — pressionou Rin. Estava tudo tão óbvio agora. As peças se encaixavam tão bem. A repentina mudança de opinião de Venka, a implausibilidade de suas motivações... As contradições eram tão gritantes que Rin ficou surpresa por não ter percebido antes. — Você nunca gostou de mim. Você me odiava em Sinegard. Pensava que eu era um lixo de pele escura. Acha que todo o sul é lixo de pele escura. O que a fez mudar de ideia?

— Isso é inacreditável — gritou Venka.

— Não, o que é inacreditável é uma aristocrata sinegardiana decidir se juntar a rebeldes sulistas. Faz quanto tempo? Você está passando informações para Nezha desde o início?

Kitay bateu o punho na mesa.

— Rin, cala a porra da boca.

Rin ficou tão assustada com a veemência dele que, apesar de tudo, ficou em silêncio.

— Você está exausta. — Kitay pegou o pergaminho da mão dela e começou a rasgá-lo em pedacinhos. — Você não vai mais ler essas cartas. Está dando a Nezha exatamente o que ele quer...

— Ou talvez eu tenha encontrado a informante dele — disse Rin.

— Não seja ridícula! — gritou ele.

— Você leu esse pergaminho, Kitay! Você viu as palavras...

— É a merda de uma frase... — começou Venka.

— É a merda de uma frase que só *você* usou. — Rin ergueu o dedo para ela. — Porque foi você que escreveu, não foi? Você está passando informação para eles esse tempo todo, rindo de nós, vendo a gente se preocupar...

— Você está ficando louca — disse Venka.

— Ah, tenho certeza de que é isso que você quer que eu pense — disse Rin. — Você e Nezha...

De repente, algo mudou no rosto de Venka.

— Se abaixa.

Então ela se jogou sobre Rin, os braços envolvendo a cintura dela como que para levá-la ao chão.

Rin não tinha entendido o que Venka ouvira. Só viu a amiga avançando e ficou com a visão vermelha, travada na resposta de luta que até então a mantivera viva. Assim, em vez de se virar e se abaixar, ela agarrou Venka pelos ombros e deu uma joelhada na coxa dela.

Mais tarde, Rin se torturaria se perguntando se teria sido a culpada pelo que aconteceu, listando tudo que deveria ter feito. Deveria ter percebido que as últimas palavras de Venka foram um aviso, não uma ameaça. Deveria ter notado que Venka estava desarmada e que as mãos dela não estavam indo para a cabeça ou o pescoço de Rin, o que ela faria se realmente quisesse machucá-la. Deveria ter visto que o rosto de Venka estava contorcido de medo, não de raiva.

Deveria ter entendido que Venka estava tentando salvar sua vida.

Mas, naquele momento, Rin estava tão convencida de que Venka era uma traidora, que aquilo era um *ataque*, que não percebeu a flecha de besta no pescoço de Venka até ambas caírem no chão. Até já ter queimado os ombros de Venka. Até perceber que Venka estava se contorcendo, mas não se levantava.

Tarde demais, Rin notou a figura na janela.

Outro virote guinchou no ar. Rin observou sua trajetória, impotente e apavorada, mas o disparo errou Kitay por um metro. Ele mergulhou debaixo da mesa; o virote se enterrou no batente da porta.

Rin mirou a palma da mão na janela. As chamas rugiram; o vidro explodiu. Através das chamas, ela viu a figura vestida de preto caindo no ar.

Ela saiu de baixo do corpo de Venka e correu em direção à janela. O assassino jazia três andares abaixo. Não se mexia. Rin não se importava. Ela apontou para baixo, e um fluxo de chamas disparou em direção ao chão, lambendo ferozmente o cadáver.

Ela engrossou a chama, fez com que ardesse tão quente quanto possível, até que não pudesse mais ver o corpo, apenas ondas espessas e turbulentas de laranja sob o ar cintilante. Não queria preservar o corpo do assassino. Sabia quem o havia enviado: Nezha, a Companhia Cinzenta ou os dois agindo juntos. Não era mistério nenhum; ela não aprenderia nada interrogando o agressor. Talvez tivesse sido prudente arrancar alguma informação dele, mas naquele momento tudo o que Rin queria era ver algo queimar.

CAPÍTULO 33

Na manhã seguinte, o Exército Sulista partiu para Tikany.

Rin não podia governar na Província do Dragão. Isso deveria ter ficado claro desde o início — Arlong não era sua terra natal, ela não conhecia o funcionamento interno da cidade e não tinha apoiadores. Ali, Rin era uma oportunista estrangeira que lutava contra séculos de discriminação contra o sul. A morte de Venka foi apenas a gota d'água — prova de que, se Rin quisesse consolidar seu governo, ela teria que fazer isso em casa.

Um grupo de civis se reuniu no vale para ver as fileiras passarem. A julgar por suas expressões sérias, Rin não sabia se estavam sutilmente enxotando o Exército Sulista, se estavam felizes em vê-los partir ou com medo de que ela estivesse levando toda a comida.

Rin havia deixado para trás uma força mínima — apenas trezentos soldados, o máximo que estava disposta a ceder — para manter a ocupação da cidade. Eles provavelmente falhariam. Era possível que Arlong entrasse em colapso sob a pressão de sua miríade de escassez de recursos. Seus civis poderiam emigrar em massa, ou derrubar as tropas do sul em uma revolta interna. Não importava. Arlong não era uma grande perda. Um dia a cidade seria propriamente dela, expurgada de dissidentes, despojada de seus tesouros e transformada em uma fonte domada e obediente de recursos para um novo regime.

Mas, antes, Rin precisava tomar o sul para si.

Ela manteve a mente fixa em Tikany, em ir para casa, e tentou não pensar que a partida deles parecia uma derrota.

Kitay e ela passaram grande parte da viagem em silêncio. Não havia muito a ser dito. No quarto dia, tinham esgotado todas as discussões sobre recursos, tropas e que tipo de fundação teriam que construir em

Tikany para treinar uma força de combate capaz de enfrentar o ocidente. Qualquer outro assunto era conjectura inútil.

Não conseguiam falar de Venka. Tentaram, mas nenhuma palavra saía quando abriam a boca, nada além de um silêncio pesado e doloroso. Kitay achava que a morte de Venka a livrava de suspeitas. Rin ainda estava convencida de que Venka poderia ser uma informante, mas várias alternativas eram possíveis. Venka não era a única com acesso às informações que Nezha insinuava. Algum oficial subalterno poderia ter passado informações para a República durante a marcha. Os pergaminhos pararam de aparecer depois da morte dela, mas podia ter sido apenas porque eles saíram de Arlong. Venka permaneceu uma questão em aberto, traidora e aliada ao mesmo tempo, e essa era a única maneira de Rin suportar a lembrança dela.

Ela não queria saber a verdade. Não queria nem se perguntar. Simplesmente não conseguia pensar em Venka por muito tempo, porque então seu peito latejava como se tivesse sido perfurado por uma faca invisível e retorcida, e seus pulmões doíam como se ela estivesse sendo mantida debaixo d'água. O rosto confuso e decepcionado de Venka ressurgia em sua mente. Se Rin permitisse que essas lembranças a atormentassem, começaria a se afogar. A única maneira de fazer esses sentimentos pararem era queimando.

Era muito mais fácil se concentrar na raiva. Em meio a seu luto confuso, o único pensamento nítido era que a luta não havia terminado. Hesperia a queria morta; Hesperia estava vindo atrás dela.

Ela não sonhava mais com a morte de Nezha. Esse ressentimento parecia tão mesquinho agora, e pensar no corpo dele destruído não lhe trazia satisfação. Ela tivera a chance de quebrá-lo e não a aproveitara.

Não, Nezha não era o inimigo. Era apenas um de seus muitos fantoches. Rin percebia agora que sua guerra não era civil, era global. E, se ela queria paz — verdadeira e duradoura —, teria que derrubar o ocidente.

Duas semanas depois, a estrada para Tikany se tornou um mosaico do sofrimento humano.

Rin não sabia o que esperar quando entrou no sul. Não aguardava gritos alegres do povo liberto, não era tão ingênua. Sabia que havia assumido a responsabilidade por um país quebrado, destruído em todos os sentidos por anos de guerra constante. Sabia que deslocamento em massa, safras ruins, fome e criminalidade eram problemas com os quais teria que lidar cedo ou tarde, mas ela os guardara no fundo da mente, concentrando-se no problema muito mais urgente do ataque hesperiano.

Só que era muito mais difícil ignorar os famintos quando eles a encaravam.

O Exército Sulista tinha acabado de cruzar a fronteira com a Província do Galo quando os pedintes começaram a sair para encontrá-los na beira da estrada. Parecia que a notícia do retorno de Rin havia se espalhado pela aldeia e, conforme a coluna em marcha avançava para o coração do sul, multidões começaram a aparecer em todos os trechos da estrada.

No entanto, Rin não encontrou festas de boas-vindas. Em vez disso, viu as consequências de sua guerra civil. Seu primeiro encontro com a fome a chocou. Ela tinha visto corpos em quase todos os estados de destruição — queimados, desmembrados, dissecados e inchados, mas nunca antes havia testemunhado uma fome tão severa. Os corpos que se aproximavam de sua carroça — *vivos*, percebeu ela, chocada — eram esticados e distorcidos, mais como um esboço confuso de anatomia humana feito por uma criança do que qualquer corpo humano que já encontrara. As mãos e os pés eram inchados como laranjas, extremidades infladas que pendiam de membros finos como gravetos, um arranjo quase impossível. A maioria parecia incapaz de andar; em vez disso, rastejavam e rolavam em direção à carroça de Rin em um avanço lento e terrível que fez Rin ser tomada pela vergonha.

— Pare — ordenou ela ao cocheiro.

Cautelosamente, ele observou a multidão que se aproximava.

— General...

— Eu disse para *parar*.

Ele puxou as rédeas dos cavalos. Rin desceu da carroça.

Os civis famintos começaram a avançar em direção a ela. Rin sentiu medo — porque eram muitos, e seus rostos eram tão fantasmagóricos, vazios e sujos de terra que pareciam monstros —, mas logo afastou o sentimento. Eles não eram monstros, eram o seu povo. Sofriam por causa da guerra dela. Precisavam da ajuda dela.

— Aqui — disse Rin, tirando um pedaço de carne seca do bolso.

Em retrospecto, ela deveria ter percebido a burrice que era oferecer comida para uma horda de pessoas famintas quando era óbvio que não tinha o suficiente para todos.

Rin não estava pensando com clareza. Tinha visto uma fome miserável e torturante, e queria aliviá-la. Não esperava que fossem começar a correr, puxando uns aos outros para o chão, os pés descalços esmagando os membros frágeis enquanto avançavam. Em um instante, dezenas de mãos se estenderam em sua direção, e ela ficou tão assustada que deixou cair a carne seca e cambaleou para trás.

Eles atacaram a comida como tubarões.

Aterrorizada e constrangida por seu terror, Rin voltou para a carroça.

Sem perguntar, o cocheiro botou os cavalos em movimento. A carroça deu uma guinada em um ritmo rápido. Os corpos famintos não a seguiram.

Com o coração batendo forte, Rin abraçou os joelhos contra o peito e engoliu a vontade de vomitar.

Sentia Kitay a observando. Não suportaria olhar para ele. Mas Kitay foi misericordioso e não disse nada. Quando pararam para jantar naquela noite, a comida tinha gosto de cinzas.

Não importava que as carroças nunca parassem, que nunca distribuíssem comida para as mãos suplicantes porque os próprios suprimentos estavam acabando; os grupos nas beiras de estrada se tornaram rotina conforme se aproximavam de Tikany. Tinham apenas o suficiente de grãos e arroz para manter o exército vivo por mais três meses; não podiam doar nada. Os soldados aprenderam a marchar olhando para a frente, como se não vissem nem ouvissem nada. Mesmo assim, as multidões persistiam, de braços estendidos, murmurando apelos em sussurros arfantes porque não tinham energia para gritar.

Era mais difícil olhar para as crianças porque seus corpos eram os mais distorcidos. Suas barrigas estavam tão inchadas que elas pareciam grávidas, enquanto todas as outras partes de seus corpos haviam murchado, finas como juncos. Suas cabeças balançavam nos pescocinhos como os brinquedos de madeira que Rin costumava ver no mercado. As únicas outras partes delas que não haviam encolhido foram os olhos. Seus olhos suplicantes e tristes se projetavam de crânios diminutos, como se, com os membros secos, tivessem sido reduzidos àqueles olhares desesperados.

Aos poucos, por meio de muita conversa com os civis famintos que ainda conseguiam reunir energia para falar, Rin e Kitay aprenderam o quadro completo do crescimento da fome no sul. Não era apenas um ano ruim. Simplesmente não havia comida.

A carne fresca fora a primeira a desaparecer, depois as especiarias e os sais. Os grãos duraram vários meses, e então os aldeões famintos passaram a usar qualquer tipo de nutriente — palha, casca de árvore, insetos, carniça, raízes e ervas selvagens. Alguns recorreram a escavar a espuma verde das superfícies da lagoa em busca da proteína nas algas. Alguns cultivavam plâncton em tonéis com a própria urina.

A pior parte era que Rin não conseguia ligar isso à crueldade inimiga. Aqueles corpos grotescos não eram fruto de tortura. A fome não era culpa das tropas da Federação — eles haviam matado e queimado em sua marcha para o sul, mas não na escala necessária para causar uma fome tão severa. Não era culpa dos republicanos ou hesperianos. Era apenas o resultado de uma guerra civil, do que acontecia quando o país inteiro perdia trabalho e ganhava migração em massa porque não havia locais seguros. Todos apenas tentavam sobreviver, o que significava que ninguém plantava. Seis meses depois, ninguém tinha nada para comer.

E Rin não tinha nada para lhes oferecer.

Seus olhares ressentidos deixaram claro que eles sabiam que Rin estava retendo recursos. Ela se obrigava a ignorá-los. Não foi difícil se endurecer diante da miséria; não foi necessária nenhuma força emocional especial. Bastou uma exposição repetida e desesperançosa a ela.

Rin testemunhara aquele tipo de desespero antes. Ela se lembrou de navegar lentamente pelo rio Murui até Lusan no navio de guerra de Vaisra, o *Soturno do Mar*, observando das grades enquanto multidões de refugiados ficavam nas margens encharcadas de suas aldeias, vendo o Líder do Dragão — o rico, poderoso e influente Líder do Dragão — navegar sem lhes atirar nem mesmo uma prata. Ela ficara surpresa com a insensibilidade de Vaisra na época.

Mesmo assim, Nezha o defendeu. *Prata não vai ajudá-los*, disse a ela. *Não há nada que possam comprar com ela. A melhor coisa que podemos fazer por esses refugiados é manter nossos olhos em Lusan e matar a mulher que intermediou a guerra que os colocou lá.*

Naquela época, aquela lógica parecia tão fria e distante em comparação com a evidência real do sofrimento daquelas pessoas diante deles.

Mas, agora que ocupava a posição de Vaisra, Rin entendia seu raciocínio. Problemas profundos não podiam ser corrigidos com soluções temporárias. Ela não podia deixar cada criança esquelética distraí-la quando a causa do sofrimento ainda estava à espreita.

Rin consolava a si e às tropas ao lembrá-los de que aquilo não persistiria por muito mais tempo. Ela consertaria tudo em breve. Lembrava-se disso cada vez que via um rosto ossudo e seco; era a única forma de lidar com os sulistas moribundos e não esvaziar todas as carroças de suprimentos ali mesmo.

Eles só precisavam aguentar mais um pouco.

Isso se tornou um mantra, a única coisa capaz de fortalecer sua decisão. Só mais um pouquinho e a guerra estaria terminada. Ela venceria o ocidente. E então teriam todos os sacos de grãos gloriosos e dourados que queriam. Eles teriam tanto para comer que iam se engasgar.

— Rin. — Kitay cutucou o ombro dela.

Ela se mexeu.

— Humm?

Era meio-dia, mas ela havia adormecido, ninada pelo balanço rítmico da carroça. Fazia quatro semanas que estavam marchando. Agora, no trecho final, a monotonia, as horas silenciosas e a dieta restrita a faziam fechar os olhos sempre que não estava de vigília.

— Olhe. — Ele apontou. — Lá.

Rin se levantou, esfregou os olhos e os semicerrou.

Fileiras e fileiras escarlate surgiram no horizonte. A princípio, Rin pensou que fosse um truque de luz, mas então eles se aproximaram, e ficou claro que o brilho vermelho brilhante que cobria os campos não era um reflexo do sol poente, mas um tom rico que vinha das próprias flores.

Flores de papoula desabrochavam por toda Tikany.

Ela ficou boquiaberta.

— Mas o que...?

— Merda — disse Kitay. — Puta merda.

Rin pulou da carroça e correu.

Chegou no campo em minutos. As flores estavam mais altas do que qualquer flor que já vira; quase chegavam à sua cintura. Ela pegou uma, fechou os olhos e inspirou profundamente.

Uma emoção inebriante inundou seus sentidos.

Ela ainda tinha aquilo. Nada mais importava. A traição de Venka, seus inimigos em Arlong, a violência que dissolvia o país, nada disso importava. Todo o resto poderia desmoronar... porque Moag podia negociar *aquilo*. Meses antes, Moag dissera que aquele era exatamente o tipo de ouro líquido de que precisava para adquirir recursos hesperianos.

Aqueles campos valiam dez vezes mais todos os tesouros de Arlong. Aqueles campos iam salvar o país.

Rin caiu de joelhos, levou a mão à testa e riu.

— Não entendo. — Kitay se ajoelhou também. — Quem...?

— Eles ouviram — murmurou ela. — Eles sabiam.

Ela tomou Kitay pela mão e o conduziu para o contorno plano e humilde da vila no horizonte.

Uma multidão se formava perto dos portões. Eles a viram chegando; haviam aparecido para recebê-la.

— Estou aqui — disse Rin.

E então, porque eles não poderiam ouvi-la de tão longe, ela lançou um sinalizador no ar: uma fênix enorme e ondulante, as asas se abrindo lentamente contra o céu azul brilhante, para provar que estava de volta.

Contra todas as probabilidades, Tikany sobrevivera. Apesar da fome e das bombas, muitos de seus residentes permaneceram lá, principalmente porque não havia para onde ir. Ao longo de meses, o lugar se tornou o centro da região, com moradores de aldeias menores e dizimadas chegando com suas casas e meios de subsistência carregados em carroças para se instalar em um dos barracos que agora formavam a maior parte do município. A fome não atingira Tikany com tanta força quanto em outras partes do Império — durante sua ocupação, os mugeneses estocaram uma quantidade surpreendente de arroz, que os sobreviventes de Tikany racionaram ao longo dos meses.

Rin soube pela liderança da aldeia que a decisão de plantar ópio fora tomada após o bombardeio de Nezha. Os grãos não cresciam bem na Província do Galo, mas as flores do ópio, sim. Em tais quantidades, em um país onde todos precisavam de alívio para a dor, a papoula valia muito.

Eles sabiam que Rin voltaria. Sabiam que precisaria de influência. Tikany, o menos provável dos lugares, manteve sua fé, investiu seu futuro na vitória de Rin.

Agora, ela encarava os aldeões reunidos na praça da cidade, os milhares e milhares de rostos magros que haviam lhe entregado as chaves para o estágio final de sua guerra, e ela os amava tanto que poderia chorar.

— Venceremos essa guerra — disse ela.

Encarou o mar de rostos, avaliando a reação deles. Sua garganta estava seca. Rin tossiu, mas um nó permaneceu, pesando nas palavras que ela preparara.

— O Jovem Marechal fugiu para a Ilha Morta — disse ela. — Ele sabia que não está seguro em parte alguma do solo nikara. O Consórcio perdeu a fé na República, e falta pouco para se retirarem por completo. Só precisamos dar nossa tacada final. Só... só precisamos durar um pouco mais.

Rin engoliu em seco sem querer, então tossiu. Suas palavras flutuavam, estranhas e hesitantes, no ar seco.

Ela estava nervosa. Por que estava tão nervosa? Aquilo não era nada novo. Ela já discursara para fileiras reunidas antes. Gritara injúrias contra Vaisra e a República enquanto milhares aplaudiam. Levara uma multidão a tamanho frenesi que as pessoas partiram um homem ao meio, e as palavras haviam saído com extrema facilidade.

Mas o ar em Tikany parecia diferente, não carregado com a emoção da batalha, do ódio, mas morto de exaustão.

Ela piscou. Aquilo não podia estar certo. Ela estava em sua cidade natal, falando com as tropas que a seguiram até o inferno e voltaram, com aldeões que tingiram os campos de escarlate para ela. Para *ela*. Eles a julgavam divina e a adoravam. Ela acabara com os mugeneses por eles; conquistara Arlong por eles.

Então por que se sentia uma fraude?

Ela tossiu outra vez. Tentou injetar alguma força em suas palavras.

— Esta guerra...

Alguém na multidão gritou para interrompê-la.

— Achei que tivéssemos vencido a guerra.

Ela ficou atordoada. Ninguém jamais a interrompera antes.

Ela vasculhou a praça. Não conseguia encontrar a fonte da voz. Poderia pertencer a qualquer um daqueles rostos; todos pareciam igualmente antipáticos e ressentidos.

Todos pareciam *concordar* com aquela afirmação.

Rin sentiu uma onda de impaciência. Eles não entendiam a ameaça? Não estavam ali quando Nezha jogou centenas de toneladas de explosivos em civis desarmados?

— Não há armistício — explicou ela. — Os hesperianos ainda estão tentando me matar. Observam dos céus, esperando que falhemos, em busca de uma oportunidade para acabar conosco com um só golpe. O que acontece a seguir é o maior teste da nação nikara. Se agarrarmos esta chance, agarraremos nosso futuro. Os hesperianos são fracos e despreparados, e estão em choque pelo que fizemos em Arlong. Preciso de vocês comigo nessa última etapa...

— Fodam-se os hesperianos! — Outro grito, voz diferente. — Alimente a gente primeiro!

Rin sabia que um bom líder não responderia à multidão. Um líder estava acima dos importunos — responder a perguntas gritadas apenas lhes conferia uma legitimidade que não mereciam.

Ela tentou dar continuidade ao discurso e retomar sua linha de pensamento.

— Esse ópio...

Não conseguiu terminar a frase. Um barulho irrompeu do fundo da multidão. A princípio, ela pensou que fosse outro protesto, mas então ouviu o barulho de aço, e uma segunda rodada de gritos que aumentou e se espalhou.

— Se abaixa.

Kitay agarrou Rin por trás para tirá-la do palco. Ela resistiu por um segundo, chocada, encarando a multidão. Mas não estavam mais prestando atenção nela. Todos haviam se voltado para a fonte da comoção, que ondulava como tinta caindo na água, uma nuvem de caos que arrastava todos ao redor. Kitay a puxou com mais força.

— Você precisa sair daqui — disse ele.

— Espere. — A palma de Rin estava quente, pronta para disparar chamas, embora não fizesse ideia do que deveria fazer. Em quem mirar? Na multidão? Em seu próprio povo? — Posso...

— Não há nada que possa fazer. — Ele a afastou da revolta. As pessoas gritavam agora. Rin olhou para trás e viu armas disparando pelo ar, corpos caindo, cabos de lança e de espadas atingindo carne desprotegida. — Agora não.

— Que merda essas pessoas têm na cabeça? — gritou Rin, exasperada e revoltada.

Eles se retiraram para o quartel-general de Tikany, onde ela estaria segura e fora de vista, longe da multidão, enquanto as tropas terminavam de restabelecer a ordem na praça. Seu choque havia passado. Agora, Rin estava apenas chateada e *furiosa* por seu povo agir como uma horda petulante e ignorante.

— Eles estão exaustos — respondeu Kitay, baixinho. — Estão com fome. Pensaram que a guerra havia acabado e que você voltaria com suprimentos. Não acharam que ia arrastá-los para outro conflito.

— Por que todo mundo acha que a guerra acabou? — Frustrada, Rin fechou a mão em garra. — Só eu tenho olhos?

Era assim que as mães se sentiam quando seus filhos faziam birra? Que *ingratidão* maldita. Ela fora ao inferno e voltara para eles, e eles tiveram a coragem de ficar lá, reclamar e exigir coisas que Rin não podia dar.

— Os hesperianos estavam certos — disse Rin, irritada. — Eles não passam de ovelhas de merda. Todos eles.

Não era de se admirar que Petra pensasse que o povo nikara era inferior. Rin compreendia agora. Não era de se admirar que a Trindade tivesse governado como governou, com sangue abundante e ferro implacável. De que outra forma era possível incitar as massas, senão pelo medo?

Como os nikaras podiam ser tão cegos? Seus estômagos não eram as únicas coisas em jogo. Se parassem para *pensar*, estavam à beira de algo muito maior do que um jantar completo, se apenas se reunissem para mais um empurrão. Mas eles não entendiam.

Como Rin poderia fazê-los entender?

— Eles não são ovelhas. São pessoas comuns, Rin, e estão cansados de sofrer. Só querem que isso termine.

— Eu também! Estou oferecendo a elas essa chance! O que querem que a gente faça? — perguntou ela. — Que penduremos nossas espadas, joguemos fora nossos escudos e esperemos que eles nos matem em nossas camas? Kitay, eles são mesmo tão *burros* para pensar que os hesperianos vão nos deixar em paz?

— Tente entender — disse ele, gentilmente. — É difícil priorizar o inimigo que você não consegue ver.

Ela zombou.

— Se é assim que se sentem, então não merecem viver.

Não devia ter dito isso. Soube que estava errada assim que as palavras saíram de sua boca. Tinha dito aquilo não por raiva, mas por pânico, pelo medo gelado que retorcia suas entranhas.

Tudo estava desmoronando.

Tikany deveria ser o bastião de sua resistência, a base de onde lançaria seu ataque final ao ocidente. Simbólica e geograficamente, Tikany e seu povo eram *dela*. Rin fora criada ali. Voltara e libertara sua cidade natal. Ela os defendera primeiro dos mugeneses e depois da República. Agora, quando mais precisava de seu apoio, eles queriam fazer a merda de uma rebelião.

Eles podem amá-la ou temê-la, dissera-lhe Daji. *Mas a única coisa que você não pode tolerar é desrespeito. Porque então você não tem nada. Você perdeu.*

Não. Não. Rin pressionou a palma da mão contra a têmpora, tentando abrandar a respiração. Era apenas um contratempo; ela ainda não tinha perdido.

Tentou se lembrar dos artifícios que ainda possuía: tinha Moag e os campos de ópio. Ainda possuía uma enorme reserva de tropas de todo o Império, mesmo que ainda precisassem de treinamento. Havia os recursos financeiros de todo o país; só precisava extraí-los. E tinha uma *deusa*, a deusa mais poderosa que restava no Império Nikara.

Então, por que Rin se sentia à beira da derrota? Suas tropas estavam morrendo de fome, sua base de apoio a odiava, suas fileiras estavam infestadas de espiões que ela não podia ver, e Nezha a provocava a cada passo, torcendo a faca onde mais doía. Seu regime, aquele frágil edifício que haviam construído em Arlong, estava desmoronando por completo, e ela não tinha força suficiente para mantê-lo unido.

— General?

Rin se virou, impaciente.

— O que foi?

O oficial parecia aterrorizado. Sua boca se mexeu várias vezes, mas nenhum som saiu.

— Fale logo! — gritou Rin.

Os olhos arregalados do soldado piscaram. Ele engoliu em seco. Quando por fim falou, sua voz era um sussurro tão tímido que Rin o fez repetir duas vezes antes de enfim entender.

— Os campos, general. Estão queimando.

Rin levou vários segundos para entender que não estava sonhando, que as nuvens vermelhas a distância, brilhando intensamente contra o céu sem lua, não eram uma ilusão.

Os campos de ópio estavam em chamas.

A chama crescia enquanto Rin observava, expandindo-se a um ritmo assustador. Em segundos, poderia tomar todos os campos. E tudo o que Rin podia fazer era ficar ali, perplexa, lutando para compreender o que via: a destruição de seu único trunfo.

Ela ouvia a voz de Kitay ao longe, dando ordens, pedindo a evacuação dos barracos mais próximos dos campos. De esguelha, viu uma onda de movimento ao seu redor enquanto as tropas entravam em ação, formando filas nos poços para passar baldes de água para os campos.

Ela não conseguia se mexer. Seus pés pareciam enraizados, presos no lugar. Mesmo que pudesse, o que poderia fazer? Mais um balde de água não ajudaria. Todos os malditos baldes em Tikany não ajudariam. As chamas haviam se espalhado por mais da metade dos campos; a água fazia pouco mais do que chiar e evaporar, juntando-se às grandes nuvens de fumaça que se erguiam no horizonte.

Rin não podia invocar sua deusa para impedir aquela tragédia. A Fênix só iniciava incêndios. Não os apagava.

Ela sabia que não era um acidente. Não, incêndios florestais acidentais se espalhavam a partir de uma única fonte, mas aquele incêndio tinha várias, pelo menos três pontos iniciais de queima cujos alcances convergiam gradualmente conforme o fogo se espalhava.

Nezha também era culpado disso.

Era sabotagem, e os criminosos já haviam partido, desaparecendo na escuridão.

Você os trouxe aqui, disse a voz de Altan. *Você os trouxe na sua caravana porque não conseguiu descobrir quem eram os espiões e mostrou a eles exatamente onde atacar.*

A onda de desespero a atingiu tão profundamente que ela quase achou graça. Porque claro, *claro*, no final da linha, quando tudo se reduzisse a uma única esperança, ela perderia isso também. Não era surpresa, era apenas o ponto culminante de uma série de falhas que começaram no momento em que ocupou Arlong; uma reversão repentina e imprevista da sorte que a havia feito conquistar o sul.

Ela não podia parar isso. Não podia consertar isso.

Tudo o que podia fazer era assistir. E uma parte doentia e desesperada dela queria assistir. Encontrou uma alegria perversa em olhar enquanto as flores murchavam e se transformavam em cinzas, porque queria ver até onde iria o desespero. Além disso, a destruição era boa — o apagamento arbitrário da vida e da esperança era *bom*, mesmo que a esperança se esvaindo em fumaça fosse a dela.

— Você precisa falar com a República — disse Kitay.

Estavam sozinhos no escritório, todos os ajudantes e guardas banidos para não ouvirem. As pessoas queriam respostas, ordens e garantias, mas Rin não tinha nada. Os campos queimados foram o golpe final. Rin não tinha planos, recursos, nada a oferecer às suas tropas. Kitay e ela precisavam resolver aquilo e não podiam sair dali até decidirem os próximos passos.

No entanto, para a descrença de Rin, a sugestão final do amigo era rendição.

A maneira como Kitay disse isso fez parecer que sempre tivera isso em mente, que era a solução óbvia. Como se ele tivesse chegado àquela conclusão meses antes e só agora estivesse se dando ao trabalho de informá-la.

— Não — disse Rin. — Jamais.

— Rin, vamos...

— É o que eles querem.

— Claro que é o que eles querem! Nezha está oferecendo comida. Está oferecendo isso desde o início. Você tem que aceitar.

— Você está trabalhando para eles?

Ele se encolheu.

— Não! O que você...?

— Eu sabia. Eu *sabia*. — Isso explicava tudo. Por que ele a enchera de tarefas estúpidas e exaustivas em Arlong, por que continuara depreciando a frente militar, por que ignorara deliberadamente a clara ameaça das cartas constantes de Nezha. — Primeiro Venka, agora você? É isso?

— Rin, isso...

— Não me chame de louca.

— Você *está* agindo como louca! — gritou ele. — Está agindo como uma maníaca. Cale a boca por um instante e encare os fatos. — Ela tentou retrucar, mas Kitay levantou a voz, estendendo as mãos diante do rosto dela, como se Rin fosse uma criança teimosa. — Estamos lidando com a fome! Não algo que podemos consertar, mas a pior fome na história recente do país. Não há mais grãos na merda do país inteiro porque Daji envenenou metade do sul, o continente inteiro estava ocupado tentando se salvar para plantar alimentos, nossos rios transbordaram, e tivemos um inverno atipicamente frio e seco que encurtou a estação de cultivo das plantações, o que tornou as coisas ainda mais difíceis. — Kitay estava ofegante, e suas palavras saíam em um ritmo tão frenético que Rin mal conseguia entendê-lo. — .... nenhum projeto de irrigação ou controle de inundação. Ninguém está mantendo ou supervisionando os armazéns. Se havia algum, está vazio agora. Não temos vantagem, não temos outro plano, não temos dinheiro, nada...

— Então lutaremos — disse ela. — *Acabaremos* com eles, e então pegaremos o que queremos...

— Isso é loucura.

— Loucura? Loucura é dar a eles o que querem. Não podemos parar aqui. Não podemos largar tudo e deixá-los vencer...

— *Cala a boca!* — gritou Kitay. — Você ouve o que está dizendo?

— E *você*? Você quer desistir!

— Não quero — disse ele. — É a única opção que temos. O povo está morrendo de fome. *Nosso* povo. Aqueles cadáveres na estrada? Logo isso será o país inteiro, a não ser que aprenda a engolir seu orgulho.

Rin quase gritou. Não era assim que deveria funcionar.

Ela havia vencido, acabara com a cidade de Nezha, destruíra seus inimigos, conquistara o sul de Nikan. Ela havia *vencido*, então *por que* estavam falando como se tivessem sido derrotados?

De repente, sua raiva se dissipou. Não adiantava nada ficar furiosa com Kitay. Gritar com ele não mudaria os fatos.

— Eles não podem fazer isso comigo — disse ela, desolada. — Era para eu ter vencido.

— Você *venceu* — retrucou Kitay, com tristeza. — O país inteiro é seu. Só, por favor, não o jogue fora com seu orgulho.

— Mas nós íamos reconstruir este mundo — disse Rin.

As palavras soaram melancólicas quando as disse, uma fantasia infantil, mas era assim que ela se sentia, era nisso em que acreditava. Caso contrário, de que adiantava tudo aquilo?

— Seremos livres — prosseguiu ela. — *Libertaremos* o povo...

— E você ainda pode fazer tudo isso — insistiu Kitay. — Olha só o que fizemos. Onde estamos. Construímos uma nação inteira, Rin. Não precisamos deixá-la desmoronar.

— Mas eles vão vir atrás de nós...

— Prometo que não. — Ele segurou o rosto dela entre as mãos. — Olhe para mim. Nezha foi derrotado. Ele não quer mais confronto. O que ele quer é o que todos queremos, que é parar de matar nosso próprio povo. Estamos prestes a ter o mundo pelo qual lutamos. Está vendo? Está tão perto, logo além do horizonte. Teremos um sul independente, teremos um mundo livre de guerra, e tudo o que precisa fazer é *dizer as palavras.*

Mas esse não é o mundo pelo qual lutei, pensou Rin. O mundo pelo qual lutara era um em que ela estava no comando.

— Dissemos que eles estavam livres — disse Rin, devastada. — Vencemos. *Vencemos.* E você quer que voltemos aos estrangeiros e nos curvemos.

— Cooperação não é se curvar.

Ela bufou.

— É quase isso.

— É uma longa marcha até a liberdade — disse ele. — E não é tão fácil quanto queimar nossos inimigos. Nós ganhamos nossa guerra, Rin. Derrubamos sangue por justiça. Mas a pureza ideológica é um grito de guerra, não a base estável para um país unificado. Uma nação não é nada se não puder prover para as pessoas. Você tem que agir por elas. Às vezes, você precisa ceder. Às vezes, pelo menos, precisa fingir que vai ceder.

Não, era aí que ele se enganava. Rin *não iria se curvar de jeito nenhum.* Tearza se curvara. Hanelai se curvara. E veja o que conseguiram: mortes rápidas e brutais e o apagamento completo de uma história que deveria ter sido escrita por elas. Era culpa delas por serem *fracas*, por confiarem nos homens que amavam e não terem coragem de fazer o que era necessário.

Tearza devia ter matado o Imperador Vermelho. Hanelai devia ter assassinado Jiang quando teve a chance. Mas elas não conseguiram machucar as pessoas que amavam.

Mas Rin poderia matar qualquer coisa.

Poderia libertar o país. Poderia ter sucesso onde todos os outros haviam falhado, porque estava disposta a pagar o preço.

Pensava que Kitay também entendia o sacrifício necessário.

Pensava que, se alguém sabia o que a vitória exigia, era ele.

Mas, se estivesse errada, se Kitay fosse fraco demais para levar aquela revolução até o fim, ela teria que fazer isso sozinha.

— Rin?

Ela o encarou.

— O que foi?

— Você entende isso, certo? — Ele apertou os ombros dela. — Por favor, Rin. Diga que entende.

Kitay soava tão desesperado.

Rin olhou nos olhos dele e não reconheceu a pessoa que viu ali.

Aquele não era Kitay. Era alguém fraco, ingênuo e corrompido.

Ela o perdera. Quando Kitay se tornara seu inimigo? Rin não tinha visto acontecer, mas agora era óbvio. Talvez tivesse se voltado contra ela em Arabak. Poderia estar planejando aquela traição desde que deixaram Arlong. Poderia ter trabalhado contra ela o tempo todo, segurando-a, impedindo-a de queimar o mais forte que podia. Será que Kitay estava do lado de Nezha o tempo todo?

A única coisa que sabia com certeza era que Kitay não era mais dela. E, se não pudesse reconquistá-lo, então teria que fazer o resto sozinha.

— Por favor, Rin — implorou ele. — *Por favor*.

Rin hesitou, pesando as palavras com cuidado antes de responder.

Tinha que ser esperta. Não podia deixá-lo saber que vira a verdade.

Qual mentira seria plausível? Não podia apenas concordar. Kitay saberia que era fingimento; ela nunca cedia tão facilmente.

Rin tinha que simular alguma vulnerabilidade. Tinha que fazê-lo acreditar que aquela era uma escolha difícil para ela — que havia cedido, como ele queria.

— Eu só... — Ela deixou a voz tremer. Arregalou os olhos, para que Kitay pensasse que ela estava apavorada, em vez de decidida. Kitay acreditaria. Ele sempre via o melhor nas pessoas, maldito seja, e isso significava que cairia em qualquer coisa. — Estou com medo disso não ter volta.

Kitay a puxou para perto. Rin conseguiu não se encolher contra seu abraço.

— Vai ter volta. Vou trazer você de volta. Estamos nisso juntos, estamos conectados...

Rin começou a chorar. Isso não foi fingimento.

— Está bem — sussurrou. — Está bem.

— Obrigado.

Kitay a apertou com força. Ela retribuiu o abraço, pressionando a cabeça contra o peito dele enquanto sua mente disparava, imaginando para onde iria a partir dali.

Se não podia contar com seu povo e não podia contar com Kitay, então ela mesma teria que terminar as coisas. O único aliado de que precisava era uma deusa que podia enterrar países. E, se Kitay tentasse lhe negar isso, ela simplesmente teria que enterrá-lo também.

Rin sabia que podia fazer isso. Sempre soube, desde o dia em que se ajoelharam diante da Sorqan Sira e fundiram suas almas. Podia tê-lo apagado bem ali. Quase o fizera; ela era muito mais forte. Rin se conteve porque o amava.

E ainda o amava. Nunca deixaria de amá-lo. Mas isso não importava.

Você me abandonou, pensou Rin enquanto Kitay chorava de alívio em seu ombro. *Você pensou que poderia me enganar, mas eu conheço sua alma. E, se não estiver comigo, você também vai queimar.*

CAPÍTULO 34

Nezha os encontraria sozinho dentro de três semanas, em Speer. Nada de guardas, delegados, tropas ou hesperianos. Rin e Kitay representariam Nikan e Nezha falaria pela República e pelo Consórcio. Se Rin tivesse sequer um vislumbre de outra pessoa na ilha, o cessar-fogo estaria acabado.

Esses foram os termos que Rin exigira na primeira e única resposta às cartas de Nezha. Ela ficou surpresa quando o Consórcio e ele concordaram sem questionar. Os hesperianos não conseguiam entender o poder contido nas areias da Ilha Morta. Pensavam que as superstições de Nikan eram produto de mentes fracas e bárbaras, que o comando de Rin sobre o fogo nada mais era do que uma explosão do Caos. Não tinham como saber que Speer estava repleta de história e sangue, do poder de milhares de mortos vingativos que assombravam todos os seus cantos.

Uma vez, Chaghan lhe explicara que havia lugares no mundo onde as fronteiras entre os deuses e os mortais eram tênues. Onde a realidade se confundia, onde os deuses quase se materializavam.

Os speerlieses fizeram de um desses lugares seu lar, bem no limite da mortalidade e da loucura, e a Fênix os puniu e os abençoou em troca.

O legado da Ilha Morta corria nas veias de Rin. Agora, invocava-a ao seu lar para terminar o que começara, para levar a vingança até o fim. Quando retornasse à ilha, estaria no domínio sagrado da Fênix, um passo mais perto da divindade.

A Fênix destruíra uma nação daquela ilha antes. Não hesitaria em fazê-lo de novo.

Eles atravessaram o canal no bote de um pequeno barco de pesca. Rin se sentou, abraçando os joelhos e tremendo contra a brisa do oceano enquanto Kitay se preocupava com as velas. Nenhum dos dois disse nada.

Não havia mais nada a ser dito. Tudo tinha sido derramado na noite em que os campos de Tikany queimaram, e agora o que havia entre os dois era uma resignação silenciosa e exausta. Não havia compaixão ou garantia. Rin sabia o que aconteceria e Kitay pensava que sabia; agora restava apenas aguardar.

Quando a Ilha Morta surgiu no horizonte, um monte cinza que a princípio parecia indistinguível da névoa, Kitay estendeu a mão e esfregou o polegar no pulso dela.

— Vai ficar tudo bem — murmurou ele. — Vamos consertar isso.

Rin abriu um sorrisinho, virou-se para encarar a ilha e não respondeu.

Nezha esperava na praia quando o barco deles se aproximou da margem. Não parecia estar armado, mas isso não importava. Nenhum deles estava longe de seu exército. Rin tinha tropas esperando em navios na costa da Província da Serpente, lunetas apontadas no horizonte para o primeiro sinal de sua chama. Ela imaginava que os reforços de Nezha estavam fazendo o mesmo.

Não, ela estava contando com isso.

— Com medo? — perguntou Rin ao pisar na areia.

Nezha abriu um sorriso vazio.

— Você sabe que não posso morrer.

— Estamos tentando estabelecer a paz aqui. — Kitay largou a âncora na lateral da embarcação e seguiu Rin até a costa. — Vamos deixar as ameaças de morte de lado, sim?

— Justo. — Nezha gesticulou para um ponto mais além na praia, onde Rin viu que ele preparara três cadeiras e uma mesa de chá quadrada coberta com tinta, pincéis e pergaminhos em branco. — Vocês primeiro.

Rin não pôde deixar de reparar em Nezha enquanto caminhava ao seu lado.

Ele parecia destruído. Ainda se comportava como um general. Seus ombros nunca caíam; sua voz nunca vacilava. No entanto, cada parte dele parecia diminuta, reduzida. Sua boca cicatrizada, antes torcida para um lado em um sorriso zombeteiro, agora parecia presa em um careta de dor.

Rin pensou que seria alvo da chacota de Nezha, vangloriando-se por fazê-la se render, mas ele não parecia estar gostando daquilo. Parecia exausto, como alguém à espera da morte.

Eles puxaram as cadeiras e se sentaram. Rin quase riu quando a primeira coisa que Nezha fez foi, com muita educação e cuidado, servir a cada um deles uma xícara cheia de chá fumegante, um ato que dava um ar de cerimônia, de *normalidade*, às negociações possibilitadas por um oceano de sangue.

Nem ela nem Kitay tocaram em suas xícaras. Nezha esvaziou a dele em um único gole.

— Bem. — Ele pegou um pincel de tinta e o segurou sobre o pergaminho. — Por onde começamos?

— Nos diga os termos finais — disse Rin.

Nezha hesitou por um instante. Não esperava que ela seria tão direta.

— Você quer dizer...?

— Diga tudo — respondeu Rin. — Liste cada coisa necessária para tirar os hesperianos da nossa cola. Não estamos aqui para fazer hora. Só nos diga quanto isso vai custar.

— Como quiser. — Ele pigarreou. Não tinha papéis para consultar. Sabia de cor o que os hesperianos queriam. — O Consórcio está disposto a retirar suas forças, se comprometer com um armistício assinado e a fornecer navios de grãos suficientes, carne seca e amido para alimentar todo o país até a próxima colheita.

— Grande Tartaruga — disse Kitay. — Obri...

Rin o interrompeu.

— E em troca?

— Primeiro, anistia total para todos os soldados e lideranças envolvidos com a República — disse Nezha. — Isso beneficia você também. Você precisa de pessoas para manter o país funcionando. Deixe que voltem para casa com a segurança garantida e eles trabalharão para você. Garantirei isso. Em segundo lugar, o Consórcio quer portos designados pelo tratado. Pelo menos um em cada província que faça fronteira com o oceano. Terceiro: gostariam de ter os privilégios missionários de volta. A Ordem Cinzenta conduz sua doutrinação com imunidade, e qualquer um que encostar um dedo em seus membros é extraditado para Hesperia para punição.

— E quanto a mim? — pressionou ela.

Nezha estendeu os braços. Argolas douradas brilhavam ao redor da pele pálida e em carne viva. De perto, ficou claro que elas se encaixavam perfeitamente nos pulsos dele. Rin não sabia como Nezha as tirava, ou mesmo se podia fazer isso.

— Você vai ter que colocar isto. Nunca mais invocará a Fênix. Não transmitirá seu conhecimento sobre o xamanismo para qualquer pessoa viva e cooperará na busca por todos em Nikan suspeitos de conhecer o Panteão. Pode ser livre no sul, até governá-lo, se quiser, desde que se coloque à disposição.

— De que maneira? — perguntou Kitay.

Nezha engoliu em seco.

— Da mesma maneira que eu me coloquei.

Um silêncio pesado se instaurou. Nezha não os encarava, mas também não baixou o olhar, fixando a atenção à frente, os ombros ainda empertigados, reagindo à pena deles com uma apatia silenciosa enquanto os dois analisavam as argolas.

— Por quê? — perguntou Rin por fim.

Não conseguiu evitar que a voz falhasse. Ver as argolas de repente se tornou algo insuportável demais. Ela queria arrancá-las dos pulsos dele, cobri-las com as mangas de seu traje, qualquer coisa para fazer com que desaparecessem.

— Nezha, por que *m*...

— Porque eles tinham todo o poder — respondeu ele, num sussurro. — Porque ainda têm.

Rin balançou a cabeça, chocada.

— Você não tem orgulho?

— Não se trata de orgulho. — Ele recolheu os braços. — Trata-se de sacrifício. Escolhi os hesperianos porque reconheço que não estão apenas décadas, mas *séculos* à nossa frente de todas as formas que importam. Se eles decidirem trabalhar conosco, podem usar seu conhecimento para melhorar a vida de milhares de pessoas. Apesar dos custos.

— Não concordamos com os custos — declarou ela, friamente.

— Você só viu um lado deles, Rin. Você viu o que eles têm de pior, mas também representa tudo o que eles não suportam. Mas e se não representasse? Eu sei que eles acham que são superiores, que pensam que não somos humanos... — Ele pigarreou. — Sei até onde vai a crueldade dos hesperianos, mas eles estavam dispostos a cooperar comigo. Estão chegando perto de me respeitar. E se eu tiver *isso*...

— O que será preciso? — perguntou Kitay de repente. — Para que respeitem você?

Nezha não hesitou.

— A morte de vocês.

Não havia maldade em sua voz. Não era uma ameaça, apenas uma simples declaração. Nezha não fora capaz de entregar o cadáver de Rin, apesar das oportunidades, e assim desistira de uma nação.

Kitay assentiu de leve, como se já esperasse essa resposta.

— E o que será preciso para que eles *nos* respeitem?

— Eles jamais respeitarão vocês — respondeu Nezha, a voz sem emoção. — Nunca verão vocês como algo além de sub-humanos. Trabalharão com cautela porque têm medo de vocês, mas sempre estarão atentos. Vocês sempre precisarão rastejar para conseguir o que desejam. A República do meu pai era o único regime que teriam apoiado voluntariamente. Mesmo assim, não teriam confiado em mim a menos que eu entregasse a cabeça de vocês.

Rin bufou.

— Aí é que está o impasse.

— Vamos. Você sabe que não é por isso que estou aqui. — Nezha pressionou os dedos nas têmporas. — Você venceu, Rin. Ponto-final. Não estou em busca do trono. Só estou tentando tornar isso menos doloroso para todos os envolvidos.

— Você parece tão convencido de que serei uma péssima governante.

— Isso não é um insulto. Só acho que você não tem interesse em governar. Você não liga para política. Não é uma administradora. É uma soldada.

— Sou general — corrigiu ela.

— Você é uma general que varreu todos os outros do mapa — disse ele. — Você ganhou, está bem? Venceu. Mas seu papel... acabou. Você não tem mais guerras para lutar.

— Você sabe que isso não é verdade.

— *Pode* ser verdade — insistiu ele. — Não é o que Hesperia quer. Esta guerra continua se você levá-la até eles. Mas, se trabalhar com eles, se deixá-los acreditar que não é uma ameaça, eles não a tratarão como se fosse uma. Se fizer concessões, se agradá-los...

— Que mentira — gritou ela. — Já ouvi essa lógica antes. Su Daji iniciou a Terceira Guerra da Papoula porque pensou que perder metade do país era melhor que perdê-lo por inteiro. E o que aconteceu depois, Nezha? Como ganhou essa cicatriz no rosto? Como chegamos a Golyn Niis?

— O que está fazendo — disse Nezha, baixinho — será pior que mil Golyn Niis.

— Não se vencermos.

Ele a estudou com cautela.

— Esta é uma negociação de paz.

— Não é — disse Rin. — Você sabe que não é.

Nezha semicerrou os olhos.

— Rin...

Ela afastou a cadeira e se levantou. Bastava de fingimento. Não tinha ido ali para assinar um acordo de paz, e ele também não.

— Onde está a frota? — perguntou Rin.

Nezha ficou tenso.

— Não sei do que está falando.

— Chame-os. — Ela deixou as chamas descerem pelos ombros. — Foi para isto que vim. Não para essa besteira.

Kitay se levantou.

— Rin, o que está fazendo?

Ela o ignorou.

— Chame-os, Nezha. Sei que estão escondidos. Não vou pedir outra vez.

O rosto de Nezha empalideceu. Ele trocou um olhar perplexo com Kitay, e a pura condescendência daquele gesto fez as chamas dela queimarem com duas vezes mais força.

— Está bem — disse ela. — Eu mesma faço.

Então Rin se virou em direção ao oceano e soltou uma chama brilhante no céu.

Uma frota de dirigíveis surgiu imediatamente no horizonte.

Eu estava certa. Rin sentiu uma onda quente de satisfação. Os hesperianos não haviam sido ousados o suficiente para esconder seus dirigíveis em Speer — o que foi esperto da parte deles, pois Rin os teria dizimado —, mas os mantiveram esperando ao longo de toda a costa da Província da Serpente.

Então era esse o cessar-fogo de Nezha. Isso confirmava tudo de que Rin suspeitava. Os hesperianos não estavam interessados em paz, nem ela. Só queriam acabar com tudo. Tinham vindo para uma emboscada, e ela descobrira o blefe.

Nezha se levantou.

— Rin, eles não...

— Mentiroso — rosnou ela. — Eles estão *bem ali*.

— São reforços — disse ele. — Caso...

— Caso o quê? — exigiu ela. — Caso você não terminasse o trabalho? Você queria acabar com isso, então vamos acabar com isso. Vamos responder à pergunta de uma vez por todas. Vamos colocar o deus deles contra a minha. Veremos qual é real.

O fogo dela subiu mais, um pilar tão brilhante que lançava uma tonalidade laranja sobre toda a costa. A frota avançou. Já estava na metade do canal; chegaria a Speer em segundos.

Rin observou o horizonte e esperou.

Kitay e ela haviam determinado seu raio máximo tempos antes. Desde que haviam sido ancorados, sempre fora cinquenta metros em qualquer direção. Ela nunca poderia ir mais longe sem que Kitay desmaiasse, sem perder o acesso à Fênix.

Mas agora Rin estava em Speer. Tudo mudava em Speer.

Quando o primeiro dos dirigíveis se aproximou o suficiente para que Rin pudesse ver seus canhões, ela o varreu do céu. Os canhões não chegaram nem a disparar; o dirigível mergulhou direto no oceano como uma rocha.

O resto da frota avançou, destemido.

Continuem vindo, pensou Rin, exultante. *Vou acabar com todos vocês.*

Era isso. Era o momento em que reescreveria a história. A frota hesperiana encheria o céu como nuvens de tempestade e ela a destruiria em minutos. Seria mais que uma vitória esmagadora. Seria uma demonstração de força — uma demonstração inegável e irrefutável da autoridade divina.

Então os hesperianos que sobrevivessem fugiriam, dessa vez para sempre. Nunca retornariam ao hemisfério oriental. Nunca ousariam ameaçar seu povo. E, quando ela exigisse ouro e grãos, não ousariam negar.

Isso era o que Speer sempre fora capaz de fazer, o que a Rainha Mai'rinnen Tearza tivera muito medo de fazer. A última rainha speerliesa deixou sua terra natal se tornar uma ilha de escravizados porque pensou que libertar a Fênix poderia queimar o mundo.

Ela poderia ter tido tudo, mas não teve a *determinação*.

Rin não cometeria o mesmo erro.

— Eu não queria isso — disse Kitay, sob o rugido das chamas, implorando a Nezha. — Isso não é o que ela...

— Faça ela parar — disse Nezha.

— Não posso.

Nezha se levantou, jogando sua cadeira no chão. Rin sorriu. Quando ele avançou em sua direção, Rin estava pronta. Tinha visto a protuberância sob a camisa onde ele escondia uma faca. Sabia que, quando avançava primeiro, ele favorecia um golpe com a mão direita na parte superior do torso. Ela se virou para o lado. A lâmina dele encontrou o ar. Quando Nezha tentou atacá-la, Rin refletiu seu impulso e rolou com ele para o chão.

Subjugá-lo foi tão fácil.

Devia ter sido uma luta. Nezha tinha todas as vantagens no combate corpo a corpo — era mais alto e mais pesado, seus membros eram mais longos e, toda vez que brigavam, a menos que ela usasse um truque, ele sempre conseguia prendê-la empregando pura força bruta.

Mas algo estava errado.

A habilidade formidável de Nezha não estava ali. Força e velocidade não existiam. Seus golpes eram duros e lentos. Ela não via prova de qualquer ferimento. Mesmo assim, ele se encolhia a cada movimento, como se facas invisíveis se cravassem em sua pele.

E ele não estava invocando o Dragão.

Por que não estava invocando o Dragão?

Se Nezha tivesse exigido mais do foco dela, Rin teria visto como suas argolas vibravam toda vez que ele se movia, escurecendo a pele ao redor de seus pulsos e tornozelos em uma visão assustadora. Mas a mente dela não estava em Nezha. Ele era apenas um obstáculo, um grande objeto em forma de bloco que Rin precisava tirar do caminho. Naquele momento, Nezha era apenas um obstáculo.

A atenção de Rin estava no céu; na frota.

Era assim que Jiang sempre se sentia no campo de batalha, quando derrubava colunas com pouco mais que um pensamento? A diferença de escala era inconcebível. Aquilo não era luta. Não havia esforço. Rin estava simplesmente escrevendo a realidade. Estava *pintando*. Apontava e balões eram incinerados. Cerrava o punho e cestas explodiam.

Sua visão se movia, se aguçava, se expandia. Quando Rin afundou a Federação, estava no subsolo, sozinha dentro de um templo de pedra, mas, quando despertou o vulcão adormecido, parecia que estava flutuando bem acima do arquipélago, muito consciente do milhão de almas adormecidas abaixo dela, queimando como cabeças de fósforo, apenas para escurecer repentina e irreversivelmente.

Agora, outra vez, ela via o mundo material — uma coisa tão delicada, frágil e temporária — através dos olhos de um deus. Via os dirigíveis com tantos detalhes que era como se estivesse a centímetros deles. Ela reparou na textura lisa dos balões do dirigível. O tempo se dilatava enquanto ela observava o fogo acender ao redor deles, rasgando o gás que enchia seus interiores e que era um alimento tão *delicioso* para sua chama...

— Rin, *pare*!

Ela viu a boca de Nezha se mexer segundos antes de perceber que ele gritava. Ele não estava mais lutando — decerto não estava tentando. Seus golpes mal a atingiam, e suas defesas eram lentas.

Rin enfiou o joelho na lateral de seu corpo, apertou seu ombro com força e o empurrou com tudo no chão.

A cabeça dele bateu na quina da mesa. Ele caiu de lado, de boca aberta. Não se levantou.

Rin se voltou para a frota.

A praia desapareceu de sua vista. Ela via o que o fogo via — não corpos ou navios, mas formas, todas iguais, alimentando as piras de sua adoração. E sabia que a Fênix estava satisfeita porque sua gargalhada estridente ficava cada vez mais alta, sua presença se intensificava até que suas mentes parecessem uma só, enquanto, de um extremo ao outro do horizonte, ela destruía a frota...

Até que o silêncio caiu.

O choque a fez cambalear.

O céu parecia muito azul e claro; os dirigíveis, muito distantes. Ela era apenas uma garota outra vez, sem fogo. A Fênix havia sumido e, quando tentou alcançá-la, encontrou apenas uma parede muda e indiferente.

Ela se voltou para Kitay.

— O que você...?

Ele mal conseguia ficar de pé, agarrando-se à mesa para se apoiar. Seu rosto estava de um cinza mórbido. O suor escorria de suas têmporas e seus joelhos se dobraram com tanta força que Rin teve certeza de que ele estava prestes a desmaiar.

— Você não pode... — sussurrou Kitay.

— Kitay...

— Não sem a minha ajuda. Não sem a minha permissão. Esse foi o nosso acordo.

Ela ficou boquiaberta, chocada. Ele a interrompera. O *traidor*, ele *a interrompera*.

Kitay era sua ponte, seu único canal para a Fênix. Desde que haviam sido ancorados, ele sempre o mantivera aberto, deixando-a abusar de sua mente para canalizar tanto fogo quanto desejasse. Ele nunca o fechara. Rin quase se esquecera de que ele podia fazer isso.

— Eu também achei que não podia — disse ele. — Pensei que não poderia negar nada a você. Mas posso, sempre pude, só nunca tentei.

— Kitay...

— Pare com isso — ordenou ele. Um espasmo percorreu seu corpo, e ele se jogou para a frente, estremecendo, mas se segurou na beirada da mesa antes de cair. — Ou jamais invocará o fogo outra vez.

Não. Não, não era assim que terminava. Rin não havia chegado tão longe para ser barrada pelos escrúpulos idiotas de Kitay. Ele não tinha o direito de reter seu poder como um pai insuportável, tirando os brinquedos de seu alcance.

Rin viu a determinação nos olhos dele, e seu coração se partiu.

Você também?

Ela não atacou primeiro. Se Kitay não tivesse dado o primeiro golpe, talvez ela não tivesse tido a força para acertá-lo. Apesar de sua traição, ainda era *Kitay* — seu melhor amigo, sua âncora, a pessoa que mais amava no mundo e a única pessoa que jurara sempre proteger.

Mas ele deu o golpe.

Ele avançou, os punhos apontados para o rosto dela. Quando o fez, foi como se uma vidraça se quebrasse. Então não havia nada que a impedisse, nenhum sentimento, nenhuma pontada de culpa quando Rin redirecionou sua fúria para ele.

Ela nunca tinha lutado com Kitay antes.

E se deu conta disso enquanto se engalfinhavam no chão, uma observação singela e incrível, pois quase todos em sua turma em Sinegard haviam lutado uns contra os outros em algum momento.

Ela lutara contra Venka e Nezha várias vezes. Em seu primeiro ano, tentara matar Nezha tantas vezes que quase conseguira.

Mas nunca havia tocado em Kitay. Nem nos treinos. Nas poucas vezes em que foram colocados um contra o outro, encontraram desculpas para buscar parceiros diferentes, pois nenhum dos dois suportava a ideia de tentar ferir o outro, nem mesmo de fingimento.

Rin nunca percebera como ele era forte. Em sua mente, Kitay era um estudioso, um estrategista. Não participava de um combate desde a expedição de Vaisra ao norte. Sempre observava as batalhas de longe, protegido por um esquadrão inteiro.

Ela havia se esquecido de que o amigo também tinha sido treinado como soldado. E era muito, muito bom nisso.

Kitay não era tão forte quanto Nezha, nem tão rápido quanto ela, mas golpeava com uma precisão nítida e mortal. Seus ataques aplicavam força máxima concentrada nos menores pontos de impacto — a extremidade afiada de sua mão, as juntas dos dedos, a saliência de seu joelho. Ele escolhia os alvos com cuidado. Conhecia o corpo dela melhor do que ninguém; sabia os pontos onde ela sentia mais dor — o pulso amputado, as cicatrizes nas costas, as costelas quebradas duas vezes.

E ele os atacou com precisão brutal.

Rin estava perdendo. Estava ficando exausta, enfraquecida pelas feridas acumuladas de uma dúzia de golpes diretos. Kitay manteve a ofensiva desde o início. Rin se debatia para desviar, não duraria mais um minuto.

— Desista — pediu ele, arfando. — Desista, Rin, acabou.

— Vai se foder — rosnou ela, e lançou o punho direito na direção do olho dele.

Em sua fúria, ela se esqueceu de que aquele punho não existia, que não enfrentaria os ossos afiados do rosto dele com os nós dos dedos, mas com o toco de seu pulso, dolorido e vulnerável e protegido apenas por uma fina e irritada camada de pele.

A dor foi intensa, debilitante. Ela uivou.

Kitay cambaleou para trás, fora de seu alcance, e pegou a faca de Nezha do chão.

Ela se encolheu, erguendo os braços instintivamente para proteger o peito. Mas Kitay não havia apontado a lâmina para ela.

Merda.

Ela se lançou e agarrou o pulso dele justo quando Kitay mergulhou a lâmina em direção ao próprio peito. Rin não era forte o suficiente; a ponta se enterrou sob a pele e deslizou para baixo, abrindo um corte em suas costelas. Eles lutaram um contra o outro, ela puxando com toda a força enquanto Kitay empurrava a faca contra si mesmo, a lâmina afiada tremendo a apenas um centímetro de seu peito.

Ela não ia ganhar.

Ela não conseguiria dominá-lo. Ele era mais forte. Tinha as duas mãos.

Mas ela não precisava derrotá-lo fisicamente — só precisava derrotar sua vontade. E Rin sabia de um fato não dito, uma verdade que fizera parte do vínculo dos dois desde que o conhecera.

A vontade dela era muito maior que a dele. Sempre fora.

Ela agia. Ele seguia. Como duas mãos na lâmina de uma espada, Rin determinava a direção e Kitay fornecia a força; ela era a visionária, e ele era seu executor voluntário. Ele sempre acatava o que ela queria. Ele não a desafiaria agora.

Rin concentrou todos os seus pensamentos na Fênix, lutando contra a frágil barreira da mente de Kitay.

Sei que está aí, ela rezou para o silêncio. *Sei que está comigo*.

— Desista — disse Kitay. Mas o suor escorria por sua testa, seus dentes rangiam. — Você não pode.

Rin fechou os olhos e redobrou seus esforços, agarrando-se ao vazio até encontrar um minúsculo filamento, o menor sinal da presença divina. Foi o suficiente.

Quebre-o, disse Rin à Fênix.

Rin ouviu um estilhaço em sua mente, uma xícara de porcelana arremessada contra a pedra.

Ela viu um lampejo de vermelho. A praia desapareceu.

Os dois estavam sozinhos no plano do espírito, parados em lados opostos de um grande círculo, ambos nus e totalmente revelados. Estava tudo ali, disposto entre eles. Toda a fúria, vingança, sede de sangue e culpa compartilhadas. A crueldade dela. A cumplicidade dele. O desespero dela. O arrependimento dele.

Rin o viu do outro lado do círculo e soube que, se quisesse dominá-lo, tudo o que precisava fazer era pensar. Ela quase fez isso antes — no instante em que foram ancorados, nos primeiros momentos depois que restabeleceu seu vínculo com a Fênix, Rin quase o apagou. Poderia enfiar o poder da deusa na mente dele, como se Kitay não fosse nada além de uma frágil rede.

Ele também sabia disso. Ela sentiu sua resignação, sua miserável rendição.

Rendição, não acordo. Eles eram inimigos agora, e Rin poderia submetê-lo à sua vontade, mas nunca mais teria seu coração.

Mas algo — sentimento, coração partido — a obrigou a tentar.

— Kitay, por favor...

— Não — disse ele. — Só... vá em frente. Mas não.

O corpo dele perdeu a força. O mundo dos espíritos desapareceu. Rin recobrou os sentidos bem quando Kitay caiu nos braços dela. Então, de alguma forma, ela se viu ajoelhada acima dele, com a mão em seu pescoço, o polegar descansando em sua garganta.

Eles se encararam. Rin sentiu um choque de horror.

E reconheceu o jeito como Kitay a olhava, da mesma maneira que ela olhava para Altan. Era a maneira como vira Daji olhar para Riga — aquele olhar de lealdade miserável, desesperada e reprovadora.

Dizia: *Faça.*

Pegue o que quiser, dizia. *Vou odiar você por isso. Mas vou amar você para sempre. Não posso deixar de amar você.*

Pode me arruinar. Pode nos arruinar. Eu vou permitir.

Rin quase tomou isso como uma autorização.

Mas, se o fizesse, se rompesse a alma dele e tomasse tudo o que queria...

Ela nunca pararia. Não haveria limites para seu poder. Rin nunca pararia de usá-lo, abrindo a mente dele e a incendiando a cada hora, minuto e segundo, porque sempre precisaria do fogo. Se fizesse isso, sua guerra se estenderia por todo o mundo e seus inimigos se multiplicariam — sempre haveria outra pessoa, alguém como Petra, tentando banir sua deusa e esmagar sua nação, ou alguém como Nezha, tentando fomentar a rebelião de dentro.

E, a não ser que matasse cada um deles, Rin nunca estaria segura e sua revolução nunca teria sucesso. Teria que continuar até reduzir o resto do mundo a cinzas, até ser a última sobrevivente.

Até estar sozinha.

Isso era paz? Isso era libertação?

Ela podia ver suas vitórias. Podia ver os destroços queimados da costa hesperiana. Podia se ver no meio de uma conflagração que consumia o mundo, o torrava, o purificava, devorava suas fundações apodrecidas...

Mas não via onde tudo terminava.

Não conseguia ver onde a dor parava — não para o mundo, e não para Kitay.

— Você está me machucando — sussurrou ele.

Foi como ser mergulhada em água gelada. Enojada, ela deu um grito agudo e tirou a mão do pescoço dele.

O zumbido aumentou para um rugido ensurdecedor.

Tarde demais, Rin olhou para cima. Um raio envolveu seu corpo, uma dúzia de arcos indolores de luz mil vezes mais brilhante que o sol. A Fênix ficou em silêncio. A raiva também; assim como as visões carmesim de um mundo em chamas. O raio fez desaparecer sua divindade, e tudo o que deixou para trás foi o horror absoluto do que ela quase fizera.

Kitay gemeu, levou dois dedos à têmpora e ficou mole. Rin o apertou contra o peito e o balançou para a frente e para trás, atordoada.

— Rin — disse Nezha.

Ela se virou. Ele estava sentado. Sangue escorria pelo lado de sua cabeça, e seus olhos estavam turvos, sem foco. Ele olhou para a eletricidade que dançava no corpo de Rin, boquiaberto. Levantou-se devagar, mas ela sabia que Nezha não atacaria. Ele era a coisa mais distante de uma ameaça naquele momento — parecia apenas um menino assustado e confuso, sem saber o que fazer.

Não há nada que ele possa fazer, percebeu Rin. Nem Nezha nem Kitay podiam determinar o que aconteceria a seguir. Não eram fortes o suficiente.

A escolha tinha que ser dela.

Rin viu isso em um vislumbre de clareza absoluta. Sabia o que precisava fazer. O único caminho a seguir.

E que caminho familiar era esse. Era tão óbvio. O mundo era um sonho dos deuses, e os deuses sonhavam em sequências, em simetria, em padrões. A história se repetia, e ela era apenas a última iteração da mesma cena em uma tapeçaria que havia sido fiada muito antes de seu nascimento.

Tantos outros haviam estado naquele precipício antes dela.

Mai'rinnen Tearza, a rainha speerliesa que escolhera morrer em vez de se atrelar a um rei que odiava.

Altan Trengsin, o garoto que queimava forte demais, que forjara a própria pira funerária.

Jiang Ziya, a lâmina do Imperador Dragão, o monstro, o assassino, seu mentor, seu salvador.

Hanelai, que fugira para a morte antes de se ajoelhar.

Todos haviam detido um poder sem precedentes, um poder inimaginável e inigualável capaz de reescrever a história. E eles se apagaram.

Agora lá estavam eles de novo: três pessoas — crianças, na verdade; muito jovens e inexperientes para os papéis que herdaram — segurando o destino de Nikan nas mãos. E Rin estava prestes a adquirir o Império que Riga queria, se ao menos pudesse ser cruel o suficiente.

Mas que tipo de imperador Riga teria sido? E quão pior ela seria?

Ah, mas a história se movia em círculos cruéis.

Rin podia ver o futuro, e sua forma já estava desenhada, predeterminada por padrões que haviam sido acionados antes de ela nascer — padrões de crueldade, desumanização, opressão e trauma que a puxaram de volta para o lugar onde a Trindade um dia esteve. E, se ela fizesse isso, se quebrasse Kitay como Riga teria quebrado Jiang, apenas recriaria esses padrões — porque haveria resistência, haveria sangue, e a única maneira de eliminar essa possibilidade seria queimando o mundo.

Mesmo assim, uma única decisão poderia escapar da corrente, poderia desviar a história de seu curso.

É uma longa marcha até a liberdade, dissera Kitay.

Às vezes, você precisa ceder.

Às vezes, pelo menos, precisa fingir que vai ceder.

Ela enfim entendeu o que aquilo significava.

Sabia o precisava fazer. Não se tratava de rendição. Tratava-se de estratégia. Tratava-se de sobrevivência.

Rin se levantou, pegou a mão de Nezha e colocou os dedos dele ao redor do cabo da faca.

Ele ficou tenso.

— O que você...?

— Consiga o respeito deles — disse ela. — Diga a eles que me matou. Diga tudo o que querem ouvir. Diga o que for necessário para que confiem em você.

— Rin...

— É a única maneira de prosseguir.

Nezha entendeu o que ela queria. Seus olhos se arregalaram de surpresa, e ele tentou puxar a mão para si, mas ela apertou seus dedos com força.

— Nezha...

— Você não pode fazer isso — disse ele. — Não vou deixar.

— Não é um favor para você. É a coisa mais cruel que eu poderia fazer.

Ela falava sério.

Morrer era fácil. Viver era bem mais difícil — essa era a lição mais importante que Altan lhe ensinara.

Rin olhou para Kitay.

Ele estava acordado, o rosto determinado. Assentiu, com uma expressão sombria.

Era tudo o que Rin precisava ver. Era a permissão.

Não podia libertá-lo. Nenhum dos dois sabia como. Mas Rin sabia, tão claramente quanto se ele tivesse dito em voz alta, que Kitay tinha a intenção de segui-la até o fim. Seus destinos estavam entrelaçados, esmagados pela mesma punição.

— Vamos. — Ela apertou os dedos nos de Nezha. Fechou as mãos dele ao redor do cabo enquanto o raio arqueava ao redor deles. Puxou a lâmina bem para a frente. — Direito dessa vez.

— Rin. — Nezha parecia assustado. Era engraçado como o medo o fazia parecer tão mais jovem, como arredondava seus olhos e apagava o sorrisinho cruel de seu rosto para que ele parecesse, só por um instante, o garoto que conhecera em Sinegard. — Rin, não...

— Conserte isso — ordenou ela.

Os dedos de Nezha ficaram frouxos nos dela. Rin os apertou; estava decidida o suficiente pelos dois. Enquanto os dirigíveis desciam em direção a Speer, ela levou a mão de Nezha ao próprio peito e enfiou a lâmina em seu coração.

EPÍLOGO

Ela era tão pequena.

Nezha não conseguiu registrar os gorgolejos sufocados da garganta dela, o pânico vítreo dos olhos ou o calor do sangue que escorria por suas mãos. Ele não podia, ou seria seu fim. Enquanto Rin sangrava sobre a areia, o único pensamento que passava pela mente de Nezha era que ela era tão pequena, tão leve, tão frágil em seus braços.

Então os espasmos pararam, e ela se foi.

Kitay jazia imóvel ao lado dele. Nezha sabia que Kitay também partira — que Kitay morrera sem derramamento de sangue no momento em que enfiou a lâmina no coração de Rin, porque os dois estavam ligados de uma forma que ele nunca poderia entender, e não havia um mundo em que Rin morria e Kitay permanecia vivo. Porque Kitay — o terceiro, o intermediário, o peso que fez pender a balança — escolheu seguir Rin após a morte e deixar Nezha para trás. Sozinho.

Sozinho, e carregando o imenso fardo de seu legado.

Ele não conseguia se mexer. Mal conseguia respirar. Enquanto olhava para o pequeno corpo em seus braços — tão flácido e sem vida, tão diferente do cruel furacão humano que conhecia como Fang Runin —, tudo o que podia fazer era tremer.

Sua filha da puta, pensou ele. *Sua filha da puta.*

Nezha percebeu vagamente que deveria estar feliz por Rin estar morta. Deveria estar *exultante*. Racional e intelectualmente, estava. Rin era um monstro, uma assassina, uma destruidora de mundos.

Nada além de sangue e cinzas seguia em seu rastro. O mundo era um lugar melhor, mais seguro e mais pacífico sem ela. Ele acreditava nisso. Tinha que acreditar nisso.

Mesmo assim.

Mesmo assim, quando olhava para aquele corpo quebrado, tudo o que queria fazer era uivar.

Por quê? Ele queria gritar com ela. Queria sacudi-la, estrangulá-la, até que respondesse. *Rin, que merda é essa?* Mas ele sabia por quê.

Sabia exatamente que escolha ela havia feito e o que pretendia. E isso tornava tudo — odiá-la, amá-la, *sobreviver* a ela — muito mais difícil.

Conserte isso.

Nezha inclinou a cabeça para trás. Seus joelhos tremiam por conta de uma onda de exaustão que dominava seus membros, e ele respirou fundo e ruidosamente enquanto contemplava a tarefa monumental diante de si.

Conserte isso? *Conserte isso?* O que lhe restara? Ela destruíra *tudo.*

Mas o país deles sempre esteve destruído. Nunca havia sido unificado, não de verdade. Foi mantido firmemente unido por aço e sangue, enquanto as facções ameaçavam dividi-lo por dentro. Rin trouxera essas tensões à superfície e, em seguida, ao ponto de ruptura. Ela forçara os nikaras a confrontarem a maior mentira que já haviam contado sobre si mesmos — que já houvera um Império Nikara unido.

No entanto, Rin estabelecera uma base para Nezha. Ela queimara tudo o que era podre e corrupto. Ele não precisava reformar o sistema de liderança ou lidar com a reação do sistema decadente da aristocracia feudal porque ela os destruíra para ele. Rin apagara os mapas do passado. Arremessara as peças para fora do tabuleiro.

Ela era uma deusa. Ela era um monstro. Ela quase destruíra o país.

E então lhe dera uma última e arfante chance de viver.

Nezha sabia que Rin não fizera isso por ele. Não, ela não tivera compaixão. Rin sabia que o futuro que acabara de lhe oferecer era cheio de horrores. Os dois sabiam que o único caminho à frente para Nikan era através de Hesperia — através de uma entidade cruel, arrogante e exploradora que certamente tentaria remoldá-los e reestruturá-los, até que os únicos vestígios da cultura nikara estivessem enterrados no passado.

Mas Nikan já sobrevivera a uma ocupação antes. Se Nezha jogasse direito — se cedesse onde necessário, se atacasse na hora certa —, talvez sobrevivesse à ocupação outra vez.

Ele não sabia como enfrentaria o que viria a seguir, mas tinha que tentar.

Devia isso a Rin.

Nezha colocou o corpo de Rin no chão, levantou-se, endireitou os ombros e esperou a chegada da frota.

PERSONAGENS

A COALIZÃO DO SUL E SEUS ALIADOS
Fang Runin: órfã de guerra da Província do Galo, ex-comandante do Cike e a última speerliesa viva
Chen Kitay: filho do ex-ministro da Defesa imperial; último herdeiro da Casa de Chen e âncora de Rin
Sring Venka: arqueira de Sinegard, filha do ex-ministro da Economia
Liu Gurubai: Líder do Macaco, um brilhante político
Ma Lien: líder mercenário, membro da liderança sulista
Liu Dai: membro da liderança sulista, aliado fiel de Gurubai
Yang Souji: líder da resistência da Província do Galo, comanda os Lobos de Ferro
Quan Cholang: o jovem e recém-nomeado Líder do Cachorro
Chiang Moag: Rainha Pirata de Ankhiluun; também conhecida como a Rainha Durona e a Viúva Mentirosa

A CASA DE YIN
Yin Vaisra: Líder do Dragão e líder da República Nikara
Yin Saikhara: Senhora de Arlong; esposa de Yin Vaisra
***Yin Jinzha:** filho mais velho do Líder do Dragão; grão-marechal do exército da República; morto por Su Daji
Yin Muzha: irmã gêmea de Jinzha; única filha de Vaisra
Yin Nezha: segundo filho do Líder do Dragão
***Yin Mingzha:** terceiro filho do Líder do Dragão; morto pelo Dragão de Arlong na infância

A TRINDADE
Su Daji: ex-Imperatriz de Nikan e a Víbora; invoca a Deusa Serpente da Criação Nüwa
Jiang Ziya: o Guardião; invoca as feras do Bestiário do Imperador
Yin Riga: ex-Imperador Dragão; dado como morto desde o fim da Segunda Guerra da Papoula

OS HESPERIANOS

General Josephus Tarcquet: líder das tropas hesperianas em Nikan

Irmã Petra Ignatius: representante da Companhia Cinzenta (a ordem religiosa hesperiana) em Nikan; uma das mais brilhantes intelectuais religiosas de sua geração

O CIKE

*Altan Trengsin:** speerliês, ex-comandante do Cike

*Ramsa:** ex-prisioneiro em Baghra; especialista em munição

*Baji:** xamã que invoca o Deus Javali

*Suni:** xamã que invoca o Deus Macaco

Chaghan Suren: xamã do clã Naimade; irmão gêmeo de Qara

*Qara Suren:** atiradora de elite que se comunica com pássaros; irmã gêmea de Chaghan

*Aratsha:** xamã que invoca o Deus do Rio

*Falecido(a)

AGRADECIMENTOS

Quatro anos, três livros e inúmeras memórias. Começamos esta jornada quando eu tinha dezenove anos e, ao terminar esta trilogia, aos vinte e três, não consigo acreditar que fizemos mesmo isso. A história de Rin e este capítulo da minha carreira editorial terminaram. Tenho muitas pessoas a agradecer.

Sou muito grata à equipe da Harper Voyager, que fez um trabalho fantástico na publicação destes livros. David Pomerico, Natasha Bardon, Mireya Chiriboga, Jack Renninson, Pamela Jaffee e Angela Craft. Jung Shan Ink sempre me deslumbra com as ilustrações mais lindas que um escritor poderia desejar. Hannah Bowman, a melhor e mais perspicaz agente do ramo, tinha fé no que essa trilogia poderia ser desde o início, mesmo quando eu não tinha. Havis Dawson, Joanne Fallert e o restante da equipe da Liza Dawson Associates que continuam a levar meus livros para o resto do mundo. Obrigada a todos por me acompanharem até o fim.

A todos os meus mentores e professores: Jeanne Cavelos, Kij Johnson, Ken Liu, Fonda Lee, Mary Robinette Kowal, Adam Mortara, Howard Spendelow, Carol Benedict, John McNeill, James Millward, Hans van de Ven, Heather Inwood e Aaron Timmons. Obrigada por me guiarem para me tornar uma pessoa que pode escrever e tratar os outros um pouco mais como vocês.

Aos amigos e familiares que me ajudaram a me sentir como um ser humano decente e me encorajaram a continuar escrevendo até a última página: minha mãe, meu pai, James, Grace, Jack-Jack, Tiffany, Ben, Christine, Chris, Coco, Farah, Josh, Linden e Pablo — obrigada por seu constante amor e apoio.

Para a Marshfam e além: Joani, Martin, Kobi, Kevin, Nancy, Katie, Aksha, Sarah, Julius, Taylor, Noam, Ben, Rhea e David: obrigada por iluminarem minha vida e por me darem dois anos na Inglaterra cheios de risadas, comida caseira e jogos de tabuleiro.

Ao Magdalene College, em Cambridge, e ao University College, em Oxford: obrigado por serem lugares tão mágicos para escrever. Tive a sorte de chamá-los de lar.

Para o Vaults & Garden Café: vocês jamais saberão quantos personagens foram mortos sob seu teto. Obrigada pelos *scones*.

E, para Bennett, que está nesta jornada desde o início: mal posso esperar para ver aonde iremos juntos.

intrinseca.com.br

@intrinseca

editoraintrinseca

@intrinseca

@editoraintrinseca

editoraintrinseca

1ª edição	NOVEMBRO DE 2023
impressão	LIS GRÁFICA
papel de miolo	PÓLEN NATURAL 70 G/M²
papel de capa	CARTÃO SUPREMO ALTA ALVURA 250 G/M²
tipografia	SABON